红楼梦黄小田评点研究

宋庆中 著

知识产权出版社
全国百佳图书出版单位

图书在版编目（CIP）数据

红楼梦黄小田评点研究 / 宋庆中著. —北京：知识产权出版社，2019.6
ISBN 978-7-5130-6277-0

Ⅰ. ①红… Ⅱ. ①宋… Ⅲ. ①《红楼梦》评论 Ⅳ. ①I207.411

中国版本图书馆 CIP 数据核字（2019）第 101523 号

内容简介

本书为学界首部关于黄小田《红楼梦》评点研究的学术专著，主要考察黄小田生平交游、命运遭际、文化修养等对其评点《红楼梦》的影响。全书共五章：（一）黄小田评点研究概论；（二）黄小田与《红楼梦》评点；（三）杨葆光、张尔耆与黄小田评点；（四）黄小田评点的影响；（五）黄小田评点的特点及红学史地位。该书价值非仅红学研究，于《儒林外史》研究、晚清诗文与士人研究、文学批评史研究等，亦足资参考。

责任编辑：徐家春　　　　**责任印制**：孙婷婷

红楼梦黄小田评点研究

HONGLOUMENG HUANG XIAOTIAN PINGDIAN YANJIU

宋庆中　著

出版发行：知识产权出版社有限责任公司	**网　　址**：http：//www.ipph.cn
	http：//www.laichushu.com
电　　话：010-82004826	
社　　址：北京市海淀区气象路 50 号院	**邮　　编**：100081
责编电话：010-82000860 转 8573	**责编邮箱**：823236309@qq.com
发行电话：010-82000860 转 8101	**发行传真**：010-82000893
印　　刷：北京中献拓方科技发展有限公司	**经　　销**：各大网上书店、新华书店
开　　本：720mm × 1000mm　1/16	**印　　张**：29.5
版　　次：2019 年 6 月第 1 版	**印　　次**：2019 年 6 月第 1 次印刷
字　　数：482 千字	**定　　价**：88.00 元

ISBN 978-7-5130-6277-0

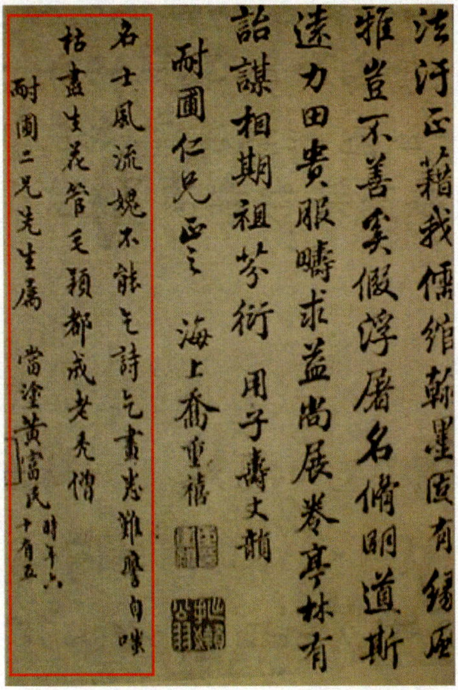

“耐圃二兄”诗画册页黄小田题跋
（文献来自豆瓣网 https://www.douban.com/note/30815528/）

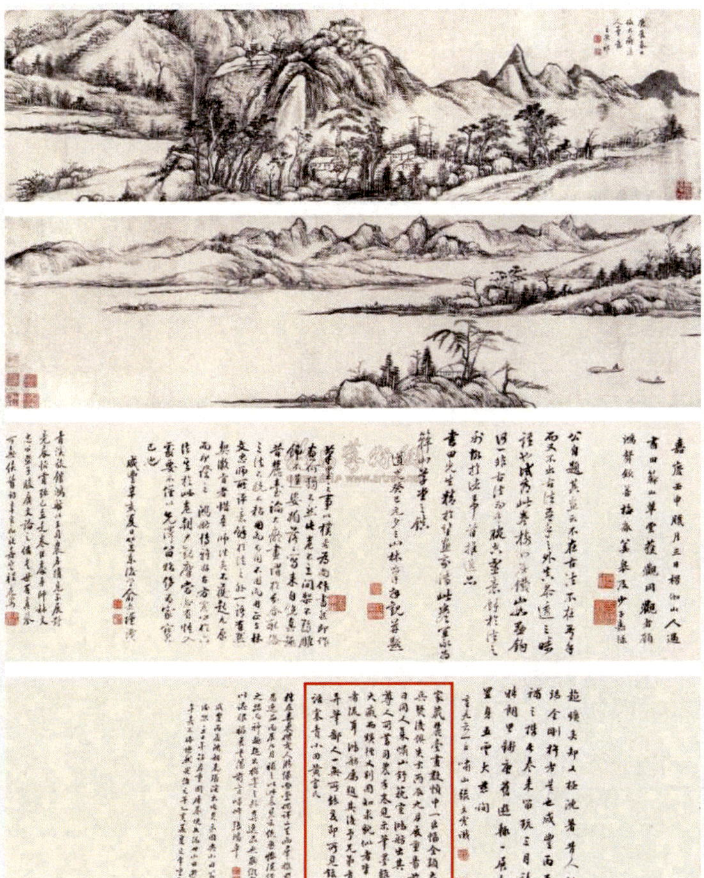

王原祁《庚辰春日仿大痴道人笔意》黄小田题跋
（文献来自雅昌艺术网）

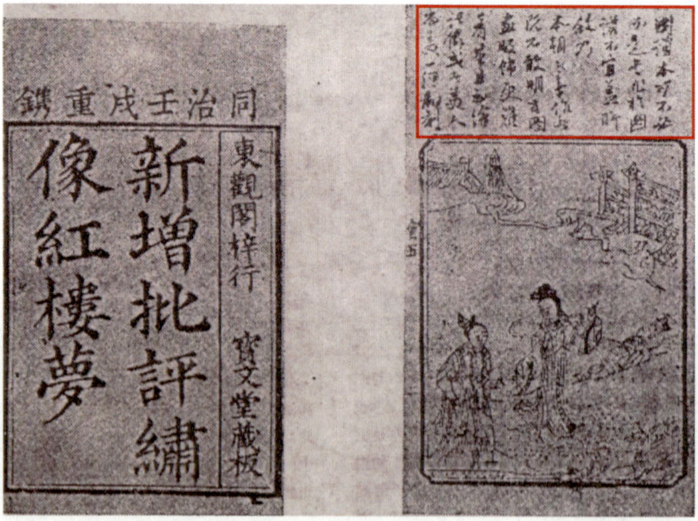

杨葆光过录本扉页及卷首宝玉绣像批语

红框内文字为：“图赞本可不必，而是书尤于图赞不宜。盖所叙乃本朝之事，作者既不敢明言，图画服饰更难着笔，且初绘诸像，或者美人尚美，一经翻刻……”

（文献为梁白泉文章原插图）

同治元年宝文堂刊《新增批评绣像红楼梦》宝玉绣像

（文献由江西汪显清先生提供）

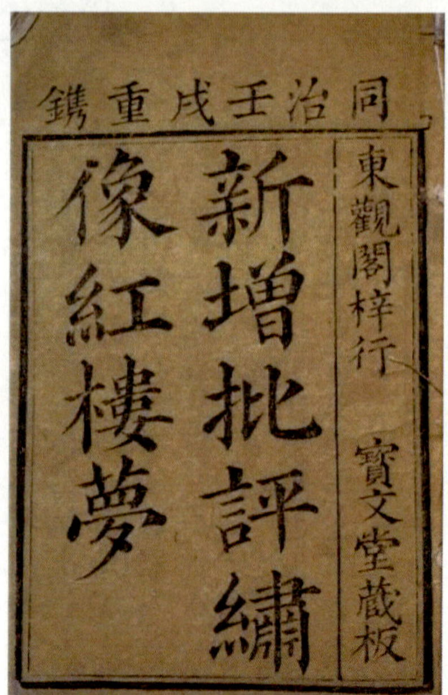

同治元年宝文堂刊《新增批评绣像红楼梦》

（文献由江西汪显清先生提供）

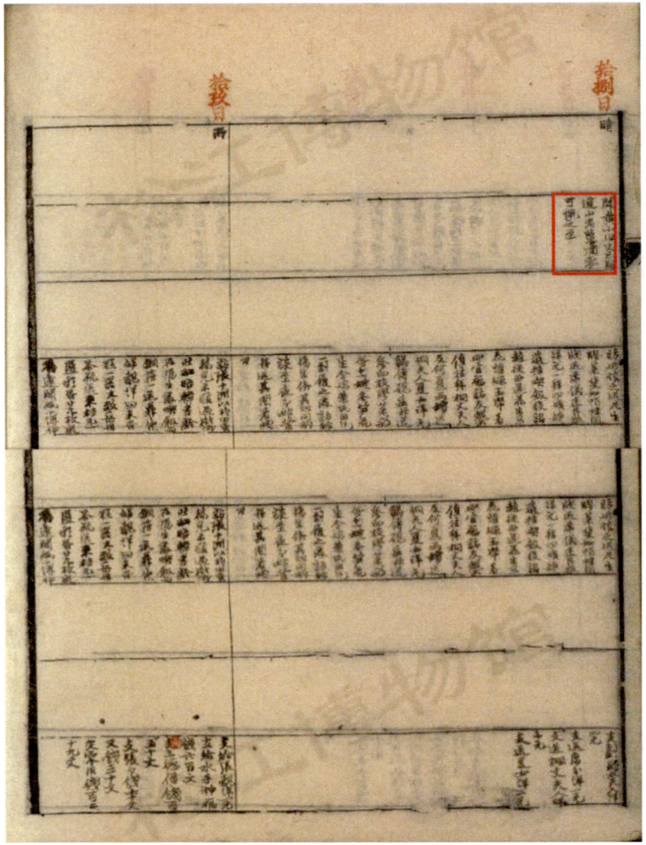

杨葆光《订顽日程》书影

同治七年十二月十八日“人事”：“闻黄小田丈已归道山，老辈凋零，可慨之至！”

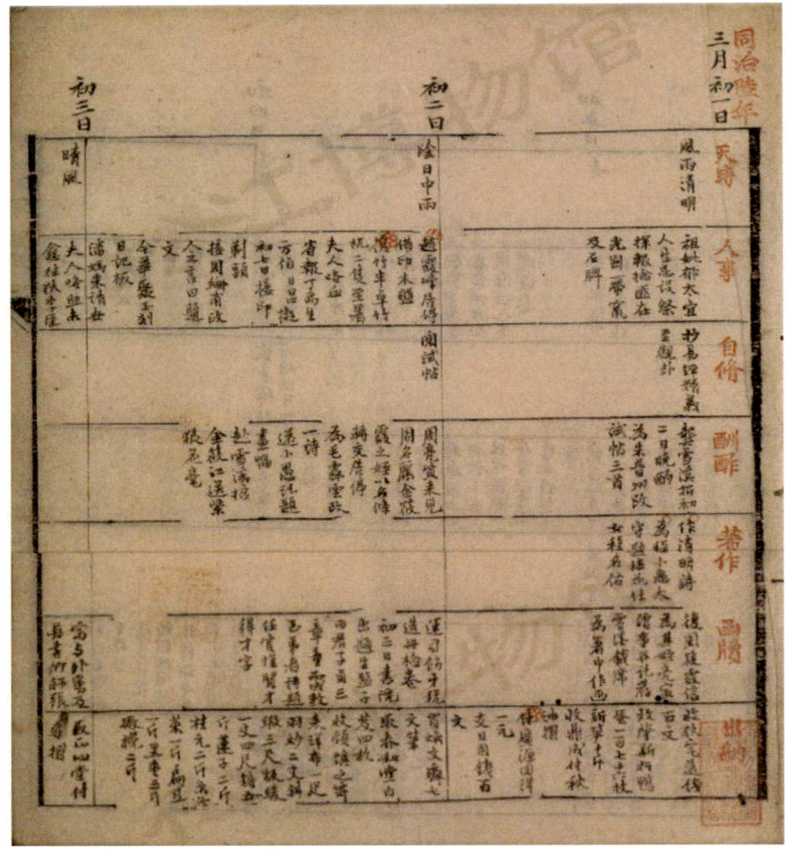

杨葆光《订顽日程》首页

（文献取自松江博物馆官方网站）

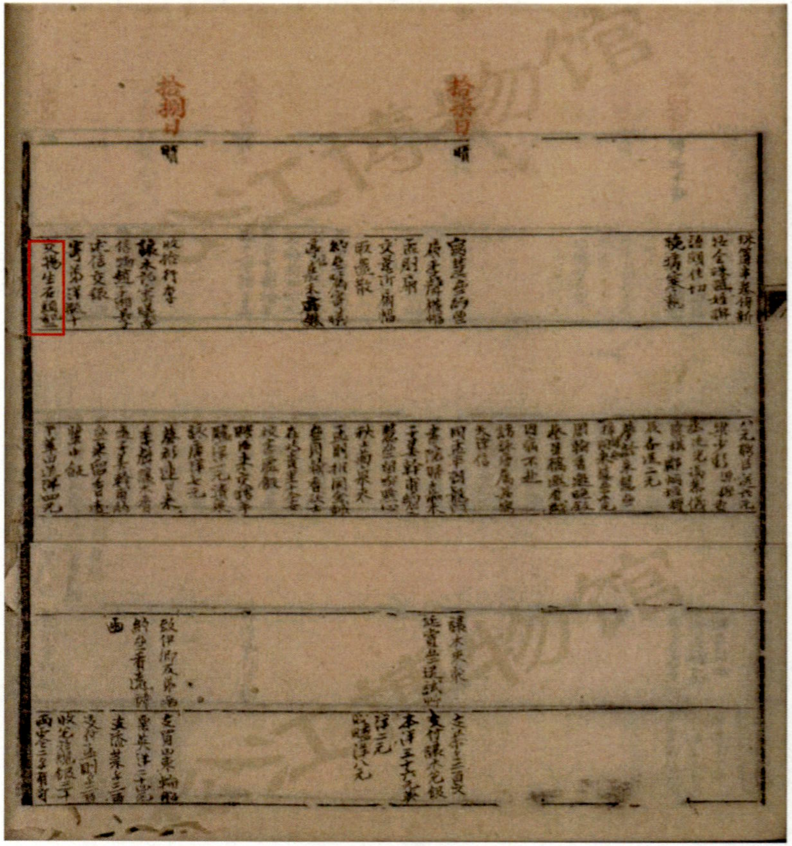

杨葆光《订顽日程》书影

同治十二年四月十八日“人事”：“交杨生《石头记》二。”

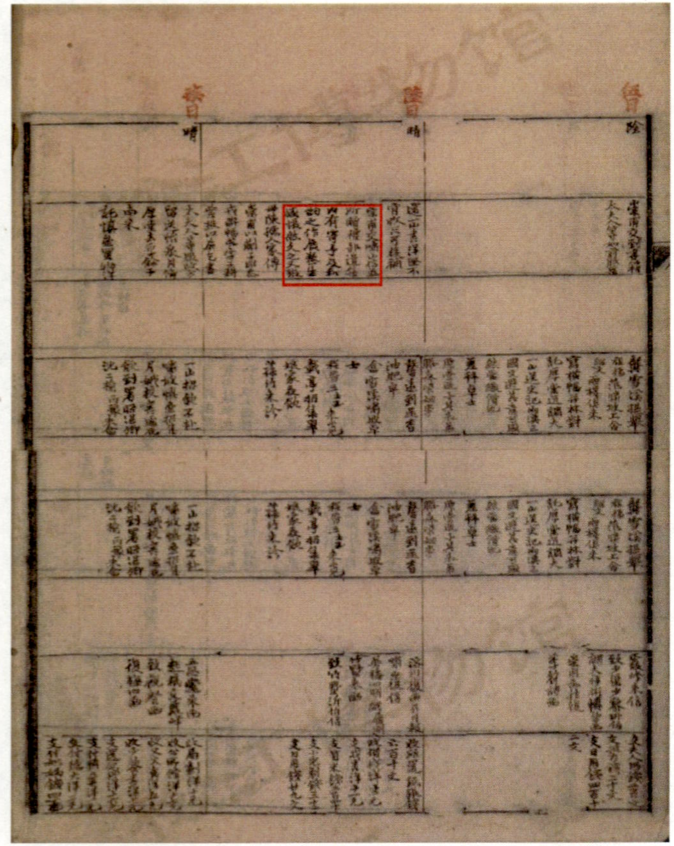

杨葆光《订顽日程》书影

同治十一年二月初六日“人事”：“崇甫交啸山信并所赠《礼部遗集》，内有寄予及和韵之作。展卷生感，怅然久之。”

（文献取自松江博物馆官方网站）

序

晚清文学史上有一个人，先后评点过两部小说名著，《红楼梦》和《儒林外史》。此人叫黄小田，世居芜湖。他自己表白，最服膺的小说还有《聊斋志异》。我因此猜测他也评点过花妖狐魅传奇，可惜尚无实证。仅就蒲松龄、吴敬梓、曹雪芹这三位文豪看，黄小田的识见与趣味便非同寻常。鲁迅名言，“伟大也要有人懂”。黄小田是懂得的。

他的父亲黄钺（字左田）是个书画家，乾隆朝进士，嘉道两朝一品重臣，有《壹斋集》。黄小田家学渊源，能诗能文，兼擅填词，年轻时到北京城做过官，年老时去上海滩避过乱，半生漂泊，自号萍叟。曾赋诗云：“呵壁年年为感骚，腑中孤愤腕中毫。杞人泪尽天长醉，海国楼成地不毛。铁聚六州炉枉铸，金填巨壑浪空淘。书生纸上谈兵事，满鬓西风首重搔。”题为《秋感二十首》，这是第一首，见《礼部遗集》中的《萍轩小草》卷下，哈佛燕京图书馆藏同治庚午刻本。此诗写于咸丰十一年辛酉（1861）晚秋，时作者六十七岁。全诗格调怆恻压抑，“腑中孤愤腕中毫”自然包括评点《红楼梦》和《儒林外史》。他写这首诗的时候，瘸龙文宗崩，二十七岁的叶赫那拉氏（慈禧太后）发动宫廷政变，侥幸攫得成功，开始垂帘听政。中国灾难日趋深重，宜乎黄小田忧心忡忡乃至绝望。他针对第一百二回写尤氏黄昏时途经大观园，“觉得凄凉满目，台榭依然，女墙一带都种作园地一般，心中怅然如有所失”加批道：“此时未败，已是如此光景，何况败后？兰亭梓泽，自古同然。”语虽平淡，韵味悠远。黄小田生于乾隆最末一年，历嘉道咸同四朝。对他来讲，康乾盛世只是美丽的神话传说，贾府这样一个大家庭正从衰朽走向溃烂才是真真切切的残酷现实。古来家国同构，家国一体，家即国，国即家，“海国楼成地不毛”，象征意义不言而喻。曹雪芹简直就是个谶纬师。像黄小田，一介文人士大夫，遭逢乱世，洞谙时务，不欣赏《红楼梦》才怪。

我起意浏览《礼部遗集》是受宋庆中兄的直接影响。最近他写成专著《红楼梦黄小田评点研究》，命我作序，故不得不临时抱佛脚，仓促补些功课。杨葆光读过黄的《秋感二十首》，并有酬唱之作，即《守风吴淞口和黄小田仪部丈（富民）秋感次韵》，见光绪癸未刊《苏盦诗录》卷一。黄比杨大三十五岁，两公属忘年交，雅谊殷殷，关节点俱载诸典籍。杨有兴趣眷抄《红楼梦》黄批，不是无缘无故的。关于杨录黄评本，拙文着重引用过其中的一条批语："'副小姐'三字妙，正是恨他们大样。有撰《痴人说梦》者，谓旧抄本作'伏侍小姐'，便无味。"见第七十七回。这条黄批可证苕溪渔隐范锴《痴人说梦》在道咸间真实存在过，可证甲戌、己卯、庚辰、梦稿、列藏、蒙府、戚序、南图、舒序、甲辰、郑藏诸脂本绝对不伪。职是之故，黄批使得香港李知其、曼谷张硕人所创脂本造假说的信从支持者很窝火，有人便干脆宣布《痴人说梦》是一部伪书，黄小田评本也不真，还带累"土番"变成了光绪朝新词语。如此轻率的奇谈怪论，我不得不予以反驳。庆中兄命我写序，跟此事有关。

说来可恨，我与庆中素昧平生，到今天也还缘悭一面，仅文字神交而已。五年前，他参与沪上《红楼梦研究辑刊》编务，一日赐函约稿，我俩便开始了鱼雁往返。但我仍对他缺乏了解，只感觉他耿直、颖拔、刻苦，学术上成绩斐然，是一位引人瞩目的红学新秀。我对《红楼梦》黄评本所采取的是一种实用主义势利鬼态度，浅尝辄止，不求甚解，言之汗颜。缘此，当庆中函告他正撰写《红楼梦黄小田评点研究》的时候，我感到格外欣慰，心想终于有人肯下笨功夫、死功夫、苦功夫、硬功夫，为黄小田做些实实在在的事了。因贪图先睹之为快，庆中以序相邀，我便未忍推辞掉。先前有朋友问序于我，自忖谫陋，没敢应承过。

果然不出所料，拜读过电子版书稿，我不禁翘起大拇指。庆中是不会辜负读者的。例如针对探春语："幸亏我还明白，但凡糊涂不知礼的，早急了。"黄小田眉批："一本作'早急死了'。"查现存脂程两系诸本俱作"早急了"，无一例外，唯独《痴人说梦·镌石订疑》记云："'但凡糊涂不知礼的，早急了。'（五十五回）案旧抄本，'早急了'作'早急死了'。"又针对宝玉语："凭他怎么后手不接，也不短了咱们四个人的。"黄小田眉批："'四个人'一本作'两个人'。"查程系诸本均作"四个人"，脂系诸本（梦稿与蒙府除外）则均作“两个人”，指宝黛双玉。按《痴人说梦·镌石订疑》记云：“‘也不短了咱们四个人的。’（六十二回）案旧抄本，‘四’作‘两’。”庆中断言，黄批这两处“一本”均指范锴《痴人说梦》所记“旧抄本”。该“旧抄本”是个脂本，于焉再添新证。脂本乾嘉间早已存在，更无疑矣。《痴人说梦》何啻文献著录？黄小田批则为文字征引，凿凿似铁石。此系双重证据，即考据学上的双保险。前已述及，黄小田读过《痴人说梦》是有明文交代的，所以我认为，庆中对黄批里这两处“一本”的判断非凭私臆，非凭孤证，极具说服力，完全可信。此等细入毫芒处，我既性懒才疏又粗心马虎，眼光始终未到，故读罢拍案称奇，直欲浮一大白。他如《红楼梦》与《儒林外史》黄批互证、杨录本题识与《订顽日程》互证、朱昌鼎《屯窝诗稿》与红学逸事补证，尽皆有根有柢、有枝有叶、有本有源，而非凌虚蹈空之音、花拳绣腿之影。诸如此类，我这里不能一一枚举，劳驾读者自行验证。胡适名言，“有几分证据说几分话”。美国知识界特别是法学界有句口头禅，Show me the evidence（拿证据来），而今成了全社会流行语。此即下马观景，脚踏实地，真刀真枪，无征不信。庆中正是这般履践的。

遵循知人论世原则，庆中把重心放在基础研究上，举凡黄小田家世、生平、交游、著述及评点《红楼梦》的具体时空与底本，都尽量考辨清楚，并由此扩展到黄仁、陈其泰、刘枢、张尔耆、韩载阳、张锡让、张文虎……尤其是杨葆光；那些重要的黄批也都条分缕析，旁引曲证，务求明明白白，于是新见迭发，异彩纷呈，斩获是可观的。该书价值非红学所能拘囿，在《儒林外史》研究、晚清诗文与士人研究、文学批评史等诸多领域，亦足资参考。之所以如此，是因为庆中确确花了时间、下了功夫、吃了苦头。他曾点校笺注《礼部遗集》，纂成《黄小田年谱》，两项总计四十余万字。今读此稿，材料丰赡，证据扎硬，这跟前期工作密切相关。为了写一本书，肯耗费六七载光阴，肯搜集这么多原始资料，肯反复斟酌、再三修改、长期打磨，实难能可贵。他是苦吟派，宁愿落伍，宁愿迟缓，宁愿守冷摊子，宁愿无名无利。前贤所谓“板凳甘坐十年冷，文章不写半句空”，庶几近之。你尊重自己，就会尊重你所热爱的笔墨生涯。你尊重读者，读者就会尊重你。你敬畏学术，历史就会感激你。

庆中信里讲得十分恳挚，渴望听到批评意见。兹吹毛求疵，勉强拈出一项。窃以为，此书白璧微瑕，是作者未能赴南京博物院目验杨录黄评本原物。因之，有些断语他不敢下，有些疑团只得暂且悬置。若获睹原件，便底气相对充足，无须过度踌躇，另外还有可能发现别的学者留意不到处，譬如该本与《订顽日程》手稿字迹异同，从而将相关论题引向深入。考虑到真赝之类纠纷，鉴定原件当属必要。庆中已意识到这一层，曾切实努力争取过，甚至找了南博副院长，但那不是一桩易事。四年前，中央民族大学曹立波教授曾亲口相告，她偕一位女弟子联袂尝试过，正是要查阅南博藏杨录黄评本原件，结果就未能如愿。据说南博确有实际困难，倒不必责备。孟浩然诗："岘山不可见，风景令人愁。"勿论如何，对研究者而言，未见原物究属遗憾，今只好从长计议了。我常想，做学问的那种最高境界，恰像珠穆朗玛峰顶，虽不能至，但心向往之，也不失为苦中作乐的一份尘嚣禅趣。愿与庆中共勉。

庆中兄瑰才卓荦，正当克壮之年，自不会以这一部专著为限量，当然还应写出更多、更好、更厚重的新作品。相信读者是普遍期待的，我也歆羡企冀。爰赠一绝云：

石头记梦太糊涂，考据看君尽自如。即此多情黄叶落，端宜雪夜著新书。华阳老人词："多情宋玉，值西风摇落，悲秋时节。"异域入冬，却满城秋色。

沈治钧

2018 年 11 月 19 日亚特兰大旅次

序

青年学人宋庆中以其《红楼梦黄小田评点研究》书稿见示，并嘱我写“序”。我非资深红学家，所谓“序”者，实际上也只是红友间互相阅读对方著作后的一些感想而已。

梁启超在《清代学术概论》中曾总结过时人相矜尚的“朴学”即正统派学风治学特色：

一、凡立一义，必凭证据；无证据而以臆度者，在所必摈。

二、选择证据，以古为尚。以汉唐证据难宋明，不以宋明证据难汉唐；据汉魏可以难唐，据汉可以难魏晋，据先秦西汉可以难东汉。以经证经，可以难一切传记。

三、孤证不为定说。其无反证者姑存之，得有续证则渐信之，遇有力之反证则弃之。

四、隐匿证据或曲解证据，皆认为不德。

五、最喜罗列事项之同类者，为比较的研究，而求得其公则。

六、凡采用旧说，必明引之，剿说认为大不德。

七、所见不合，则相辩诘，虽弟子驳难本师，亦所不避，受之者从不以为忤。

八、辩诘以本问题为范围，词旨务笃实温厚。虽不肯枉自己意见，同时仍尊重别人意见。有盛气凌轹，或支离牵涉，或影射讥笑者，认为不德。

九、喜专治一业，为“窄而深”的研究。

十、文体贵朴实简洁，最忌“言有枝叶”。

之所以不厌其详地引录以上十条，旨在传播、弘扬“朴学”学风。通阅庆中这部三十余万字的书稿后，感觉他的治学基本做到了梁启超倡导的学术规范。

《红楼梦黄小田评点研究》堪称“窄而深”研究的又一范例（此前有北京图书馆出版社2004年出版的曹立波《红楼梦东观阁本研究》），这是阅读时给我留下的强烈印象。所谓“窄而深”的研究，是就此专著选题而言。凡治红者众所周知，作为红学史上的程本系统《红楼梦》评本，据道光年间铭东屏致张新之函云“向来不下数十家”，如按作者开始评点的大体时间排列，目前知道的就有张汝执评本、东观阁评本、孙崧甫评本、王希廉评本、陈其泰评本、哈斯宝评本、张新之评本、云罗山人评本、张子梁评本、过浩与顾曾寿评本、姚燮评本、周绍良藏无名氏评本、徐传经评本、朱湛过录评本、黄苗子藏无名氏评本、话石主人评本、刘履芬评本、无名氏《读红楼梦随笔》（洪秋蕃《红楼梦抉隐》）评本、蝶芗仙史评本、王伯沆评本，还不包括那些在当时就已佚失、但还可以从时人记载中获知线索的评本，如清人笔记《悟石轩石头记集评》摘录过相关评语的“邱佩金评本”等，“黄小田评本”只是这“数十家”评本中的一种。就《红楼梦》评点研究专著选题模式而论，有力求宏观把握的“散点扫描”，如北京图书馆出版社2007年出版的刘继保《红楼梦评点研究》、齐鲁书社2015年出版的何红梅《红楼梦评点理论研究——以脂砚斋等10家评点为中心》、华艺出版社2010年出版的胡晴《红楼梦评点中的人物批评》等，他们的专著都不同程度地对《红楼梦》评点研究做出了独特贡献。但也不得不指出，除上述外，也有的所谓“宏观研究”，由于贪多求全，研究者的学养又不足以驾驭包罗万象的研究对象，仅是浮光掠影般对前贤既有学术成果做些非原生态概述，势必导致研究结论空疏、大而无当，反而比不上“窄而深”微观研究“焦点透视”的学术实绩。尽管庆中是以黄小田《红楼梦》评点作为主要研究对象，但仍“罗列事项之同类者”，进行了比较研究，从专著相关章节《黄小田评点研究综述》《诸家治红对黄小田评点的影响》等，即可管窥其涉猎同类《红楼梦》评点家及与评论对象相关的红学文献之广。庆中是2012年5月镇江会议期间确定将黄小田作为主攻方向的，也正是从这一年起，他连续发表了与黄小田评点《红楼梦》相关的学术论文，如《黄小田〈红楼梦〉手批本及参校本初探》《杨葆光首次过录黄小田〈红楼梦〉批语的时间问题》《黄小田对〈后红楼梦〉的评价》《黄小田和妙复轩评〈石头记〉》《〈红楼梦〉评点家陈其泰、黄小田交游及批语关系考》《浅论黄小田对“二尤”故事的创写之疑——兼谈成书过程中的相关问题》《师生谊·乱世情·红楼缘——简论松江文士黄仁和黄小田〈红楼梦〉评点》《〈红楼梦〉杨葆光批语散论》等，从而为完成其专著奠定了坚实的基础。

红学是与甲骨学、敦煌学鼎足而立的三大“显学”之一，但有种观点在红学界颇有市场，认为只有“曹学、版本学、脂学、探佚学”才算红学的正当研究范围。研究曹雪芹及其家世，有助于《红楼梦》的正确阐释，也符合“知人论世”的中华学术传统；严格区分《红楼梦》的“脂本系统”与“程本系统”，充分估计到早期脂砚斋抄本的价值，对正确理解曹雪芹原著构思也颇有益。然而，随着红学探佚派的兴起及1987版《红楼梦》电视剧的热播，红学界形成了一股“重脂轻程”的偏颇倾向。其实那些早期脂本毕竟还是局限在曹雪芹亲友小圈子中流传，直到胡适发表《红楼梦考证》之后的二十世纪二十年代末才陆续露出庐山真面，因而有清一代其社会影响十分有限。应该承认，清代红学主要还是《红楼梦》评点派的天下，而《红楼梦》评点本特指的对象，应该是程本面世后的评点本，这是客观事实。新红学创立以来，很多红学研究者将主要精力投注到曹雪芹家世及《红楼梦》版本等方面的文献研究，即使偶尔涉及《红楼梦》文本艺术赏析，主要也是据西学东渐后的“新潮”理论，而对极具民族特色的传统小说评点理论不屑一顾，或许是由于清代《红楼梦》评点形式上的“碎片化”，以致红学研究者对这一流派的总体评价不高。与那些侧重理论概括的红学论文和专著相比，《红楼梦》评点确实有琐碎不够系统的通弊，但它长于对一字一句的具体品评，更易于与原著融为一体，有时甚至比某些隔靴搔痒、空话连篇的长篇论著更受读者欢迎，这正是《红楼梦》评点的批评功能所在，也是它不能被其他红学流派完全替代的原因。对《红楼梦》评点进行全面清理与价值新估，于《红楼梦》传播研究、古典小说批评史阐释盲点填补都具有重要意义。

随着二十世纪八十年代以降红学研究走向正轨，《红楼梦》评点派也渐为研究者所看重。作为新时期红学第一人的冯其庸登高一呼，在《红楼梦学刊》1987年第1辑发表的《重议评点派》长文，分别从主题性质、人物评论、艺术结构、作者生平、版本异同、佚稿线索等不同视角对《红楼梦》评点派进行了重新评估。胡文彬发表在《红楼梦学刊》1991年第3辑的《清代〈红楼梦〉评点家王希廉生平考述》，开《红楼梦》评点家个案研究之先河。而具体到黄小田本人，则是张庆善发表于《红楼梦学刊》1990 年第 4 辑的《一位鲜为人知的〈红楼梦〉评点家——黄小田〈新增批评绣像红楼梦〉评点初探》，该文是黄小田评点研究中第一篇严格意义上的学术论文，对此后的研究者产生了深远影响。正是在诸多有识之士的呼吁与倡行这种良好的学术大环境下，庆中开启了他对黄小田课题持之以恒的研究并取得了丰硕成果。他在起步阶段就非常注重基础性研究，如书稿首先对黄小田生平履历资料进行了系统爬梳，探究了其生平交游、文化修养、人生经验、命运遭际等对评点《红楼梦》的影响，还制成了《黄小田年谱简编》作为本书“附录”。在此基础上围绕评点年限、评点动因、评点底本、杨葆光的两次过录、张尔耆的过录、诸家治红对黄小田的影响以及黄小田评点对他人的影响等议题展开研究。这些基础性研究再现了黄小田评点的过程及杨葆光等过录的历程，看似微不足道，实则牵一发动全身，扫清或解决这些难题，不仅可窥得评点者批校《红楼梦》的全貌，同时对进一步深入研究批语亦有帮助。庆中以“窄而深”专题研究为范围，文风“笃实温厚”，避免了“言有枝叶”，做到了“凭证据”而非蹈空逞臆之谈，其立论亦非“孤证”。他恪守了学术规范，从不“隐匿证据或曲解证据”，对他人的学术观点在正文中“明引之”，或尽可能做出注释。难能可贵的是，他尊重他人研究成果但并不盲从，“所见不合，则相辩诘”，这种质疑精神贯穿其整个研究过程。针对欧阳健等人的“脂本造假说”，沈治钧在《红楼梦学刊》2014 年第 5 辑发表《阅读〈痴人说梦〉札记》一文，通过对范锴所见“旧抄本”同脂本系统诸抄本及程甲本的异文比对，证明“现存的《红楼梦》早期抄本都不是近人根据程甲本抄录伪造的假古董，而是弥足珍贵的清代古籍文献”。由于黄小田批语既是判断范锴《痴人说梦》客观存在的旁证之一，也关涉早期脂抄本的历史真实性，更关系到《红楼梦黄小田评点研究》全书立论的基础，故而庆中也在书稿相关部分辟专节详细论辩，对“程前脂后”这个问题的关注，表明他的研究已经走在了红学的学术前沿。《红楼梦黄小田评点研究》字里行间荡漾着“朴学”的遗风余韵，从中可见作者的文献整合能力与理论思辨能力，充分显示出一位优秀青年学人的扎实基础与发展潜质。

除了对黄小田评点《红楼梦》的系统研究，这部书稿还涉及了黄小田的另一部评点本《儒林外史》，披露了首倡“红学”术语的松江才子朱昌鼎的“题红诗”,《黄小田评点的红学史地位》一节则详细论述了黄小田对《红楼梦》在晚清沪上的传播及研究起到的承上启下的作用。此外，这部书稿钩沉出诸多同黄小田相关的有价值的涉红线索。如曹寅曾寓目明画家沈周《莫斫铜雀砚图》，该图或为黄小田父黄钺所收清内府藏本。黄钺书画方面造诣颇深，不仅书画双工，且是著名书画鉴藏家,《国朝先正事略》记其“工书善画，所进画幅，久邀睿赏，与富阳相国称董黄二家，内府名迹，均经其鉴定”。其实黄小田家族皆善画，尽管迄今为止尚未发现黄小田有绘画作品传世，但从其《红楼梦》的评点中，他对绘画术语的信手拈来诸如批语中频繁出现的“活画”“画出”“如画”“传神”“入神”等，显示出了他同《红楼梦》作者于绘画一道灵犀相通。从史料可知，曹雪芹是丹青妙手，所以才营造出“黛玉葬花”“宝钗扑蝶”“湘云眠芍”“宝玉乞梅”……这一帧帧美不胜收的画面。《红楼梦》评点中弥漫的考据、纠谬之风“解经”模式固然与清代特殊的学术背景密不可分，但它又是集传统文化大成的美学新开拓，除对前代诗话、词话、曲话、文论等方面的吸取外，也借鉴了传统的画论。今后如在书画收藏市场发现黄小田的绘画作品，相信这部专著在绘画与《红楼梦》评点关系方面的论述还能进一步深入。

道光十二年（1832），王希廉的双清仙馆本出现，随后，张新之、姚燮评点相继完成并且又有汇集这三家评语的“汇评本”面世。评点形式上增加了卷首批序、图说、论赞、读法等，“批序”带有对评点本的总体说明性质，而“读法”等则对文本的细致问题进行具体诠释。据庆中考证，黄小田评点《红楼梦》始于道光二十四年（1844），终于咸丰二年（1852），应归于“不下数十家”的道光年间的评点队伍中。早期的“脂评本”有评语而无圈点，这并不是说脂砚斋所处的时代，圈点之类标示符号还没发展定型，根本原因还是脂砚斋评《红楼梦》主要还是一种封闭的“文人自赏型”，根本无须加圈加点甚至重圈密点去提示读者注意，而程评本系着眼于读者的“书商导读型”评点，形式上必然包括“评”与“点”，就常情论，黄小田评点的《红楼梦》，一般也应具备道光年间的评点本特征。黄小田评点《红楼梦》虽无批序、图说、论赞、读法等“三家评”特征，但杨葆光十余条批语中有墨圈符号的出现，而且据某些批语中的文字特指，相关部分可能还有圈点符号。李汉秋、陆林整理本没有，梁白泉整理本中也没有，但不表明他们整理过录之前，黄小田评点《红楼梦》原本中就一定没有那些圈点符号。圈点符号也具有多方面的批评功能，除了语法角度的句读作用外，更重要的是在文学赏析方面，如点出佳句、提示主旨，以及对小说的线索、人物特性描写等予以强调等。今后如发现黄小田评点《红楼梦》的原本或带有圈点符号等的过录本，相信对黄小田评点《红楼梦》的论述也能进一步深入。

《红楼梦黄小田评点研究》论及程本系统时，整部书稿统称为“程刻”本，似乎不妥，台湾红学家刘广定一次曾就此话题与笔者通信探讨，认为宜更名“程排”更合适。就印刷技术条件考察，毕竟最初的程甲本还是属于活字印刷的“排印”阶段，自西方传入石印和铅印技术后，才代替了我国古老的活字印刷和雕版印刷，印刷技术的更新换代，也揭开了《红楼梦》评点史的新时代，评点形式较之从前在体系上更趋完备，从而多元地拓展了读者的《红楼梦》阅读空间。当然这方面属于可以探讨的仁智互见的小问题，并且这些小问题也是不难检点润色的。

宋庆中之前，虽有单篇黄小田《红楼梦》评点研究文章发表，相关研究著作对黄小田评论《红楼梦》也多有涉及，但缺乏系统性、全面性综合研究，那些成果也不能算学术专著，《红楼梦黄小田评点研究》的问世，填补了此项研究课题的空白，这是红学界第一部黄小田评点《红楼梦》的专著，某种意义上也可以说，此著一出，他文俱废。学若积薪，后来居上，也是任何研究领域实现学术增长点的一般规律。

需要指出的是，宋庆中只是一名河北农村中学普通教师，研究条件自然无法与高校及科研机构的专业学者相比，但就是在这种艰苦的研究条件下，他力求搜集、追索黄小田的相关原始文献，最大努力遍查线索、勾稽史实，他做的一项基础性工作便是笺注黄小田诗集《礼部遗集》。此外，还承担过沪上《红楼梦研究辑刊》以及他曾任主编之一的《红楼梦研究》等刊物的校勘任务，而现在担任北京《曹雪芹研究》的责任校对，表现出“采铜于山”的工作态度，尤其具有“朴学”风貌的《黄小田年谱简编》及当行本色的系列学术论文，更是表现出他专精覃思的治学精神。尽管我和庆中神交已久，但直到 2017 年岁末中国红楼梦学会与天津师范大学联合举办“京津冀红学高端论坛”时，才与他第一次见面，印象中为人诚恳，口讷心秀，是读书种子和治学之才。值此国家主导京津冀一体化的美好年代，我个人衷心期望，京津冀红学也能协同发展，并祝愿庆中层楼更上，取得更多的红学成果。

赵建忠

己亥新正于聚红厅

目　录

第一章　黄小田评点研究概论

作为十八世纪中叶中国古典小说的杰构佳什，曹雪芹以其高才巨手创写的《红楼梦》，颉颃往哲，熔冶古今，“至今为人爱重”①。“书尚评点，以能通作者之意，开览者之心也”（明袁无涯《忠义水浒全书发凡》），因而，有清一代才情横溢的评点家们穷精眇虑，寻幽发胜，对《红楼梦》一书做了全面而又深入的艺术鉴赏与美学开拓。

本书的研究对象为旧红学评点派黄小田《红楼梦》评点。而在研究之先，有必要对黄小田评点的概况做一大致了解，同时，对黄小田其人其事也要有所知悉，因为，“颂其诗，读其书，不知其人，可乎？”（《孟子·万章下》）故而本章名为“黄小田评点研究概论”。凡“黄小田评点研究综述”“黄小田生平与著述”等两节内容。为免称谓杂冗，本章及以后各章凡所涉方家学人，一律不缀敬称，识者谅察。

第一节　黄小田评点研究综述

1921年，胡适发表了具有划时代意义的宏文《红楼梦考证》（改定稿），由此宣告“新红学”的诞生，而乾嘉以降至1921年前则为红学史上的“旧红学”时期。旧红学时期的《红楼梦》研究主要有评点派、题咏派、杂评派、索隐派等流派，诸派林立，共同构建起旧红学的格局，评点派则为其中最

① 鲁迅:《清之人情小说》，见鲁迅撰、郭豫适导读《中国小说史略》，上海古籍出版社1998年版，第171页。

重要的一支力量。《红楼梦》有两大版本系统：一为八十回脂抄本系统，一为百廿回程刻本系统。其评点也有相应的两种类型：一为依附于八十回《石头记》传抄本文本之上的脂砚斋、畸笏叟等人的评点；一为依附于百廿回《红楼梦》程刻本文本之上的乾嘉以降诸学人的评点，如张汝執、东观阁本、孙崧甫、王希廉、陈其泰、哈斯宝、云罗山人、张子梁、张新之、姚梅伯、话石主人、张其信、刘履芬、蝶芗仙史、王伯沆[①]等。黄小田历乾嘉道咸同五朝，其《红楼梦》批评是以百廿回程刻本为评点底本的。

因印本书籍具有阅读之便、翻检之速、保存之利等特点，以百廿回程刻本为评点底本的《红楼梦》批评，一时蔚为大观，成果斐然。而“黄小田评点在形式上同其他评点没有什么不同，但纵观全部批语，总的印象是批语涉及的面宽，对《红楼梦》的主旨、艺术成就、人物形象都有许多精彩的见解，水平不低。不仅如此，黄小田在评点《红楼梦》中，还不时提出一些小说创作的理论问题，这更加难能可贵”[②]，张庆善给予黄小田评点以较高的评价。因此，若要系统研究黄小田评点，对学界关于黄小田评点研究作一全景扫描乃题中应有之义。故而本节从程刻本评点研究概览、黄小田评点研究现状、黄小田评点研究中存在的问题等三个方面对黄小田评点相关研究进行回顾与估衡，以总结既往，拓展未来。

一、程刻本评点研究概览

小说批评发轫于诗文评点，自明中叶逐渐发展起来，至清代达到鼎盛，而参与人数之多、研究成果之丰、传播影响之广，以文学名著《红楼梦》为最。《红楼梦》评点与其他古典小说殊为不同，作者曹雪芹在著书阶段，即有脂砚斋、畸笏叟等早期批家同步批阅、评点，背景挪移、素材提炼、人物塑造、情节铺设、章法结构等悉予揭示，以至一评再评、三评四评，并以“一芹一脂”的昂奋姿态呈现操觚者与批评者的联袂合作。脂砚斋、

① 王伯沆评点起于民国三年（1914），终于民国二十七年（1938）。

② 张庆善：《一位鲜为人知的〈红楼梦〉评点家——黄小田〈新增批评绣像红楼梦〉评点初探》，《红楼梦学刊》1990年第4辑，第220页。

畸笏叟等虽致力于《红楼梦》的“问世传奇”[①]（第一回），但仅限于手抄录示、遗稿残编及戚友间小范围传阅，途径单一，闻见不广。乾隆五十六年（1791），由程伟元、高鹗主持修辑的萃文书屋木活字印刷本百廿回《红楼梦》（即“程甲本”）的刊行，则使得《红楼梦》传播走向更为宏阔的视界，社会上也掀起一股《红楼梦》阅读、赏鉴的热潮，并不断拓宽小说文本及文本之外的诸多领域。其中，作为极具中国民族特色的文学批评模式，以程刻本作批评底本的评点也获得空前的繁荣。

学界对脂抄本评点与程刻本评点的态度却是迥乎不同的。

脂砚斋、畸笏叟等批家或与曹雪芹情好款洽或与曹氏家族关系密切，故而熟知雪芹其人，深悉拟书底里，如第一回“雪芹旧有《风月宝鉴》之书，乃其弟棠村序也。今棠村已逝，余睹新怀旧，故仍因之”[②]（甲戌本眉批）、“能解者方有辛酸之泪，哭成此书。壬午除夕。书未成，芹为泪尽而逝”（甲戌本眉批），第二十二回“暂记宝钗制谜云：朝罢谁携两袖烟，琴边衾里总无缘。晓筹不用鸡人报，五夜无烦侍女添。焦首朝朝还暮暮，煎心日日复年年。光阴荏苒须当惜，风雨阴晴任变迁。此回未成而芹逝矣，叹叹！丁亥夏。畸笏叟”（庚辰本附批），第七十五回“乾隆二十一年五月初七日对清。◇缺中秋诗，俟雪芹”（庚辰本回前评）等。这些批家甚至还参与了小说创作并同雪芹沟通互动，如著名的第十三回“秦可卿淫丧天香楼”“命芹溪删去”事件（甲戌本眉批、回末评）等，故而他们的评点也成为考证作者家世生平、探究小说成书过程、推求版本源流嬗递等的珍贵史料。同时，评点文字中“草蛇灰线”“伏脉千里”等叙事手法的大量应用，也为细研八十回后的故事情节提供了重要线索。随着研究的深入，二十世纪八十年代后，脂抄本评点的文艺理论价值如小说学价值、小说美学价值等也得到了重点关注，如孙逊《红楼梦脂评初探》，叶朗《中国小说美学》，王先霈、周伟民《明清小说理论批评史》，陈谦豫《中国小说理论批评史》，王运熙、

① ［清］曹雪芹著：《红楼梦》（程甲本校注本），北京师范大学出版社 1987 年版。如无特别说明，本书所引《红楼梦》原文均以北师大 87 版程甲本校注本为主，并随文标注回数，不标页码。

② ［清］曹雪芹著、脂砚斋评，吴铭恩汇校：《红楼梦脂评汇校本》，北方联合出版传媒（集团）股份有限公司万卷出版公司 2013 年版。凡本书所引脂批，皆见该书，不另注。个别章节所引脂本《红楼梦》原文，亦见该书，并随文标注回数，不标页码。

顾易生《中国文学批评通史——清代卷》，邬国平、王镇远《清代文学批评史》，张少康、刘三富《中国文学理论批评发展史》，刘良明《中国小说理论批评史》，黄霖《中国小说研究史》，陈洪《中国小说理论史》，张世君《明清小说评点叙事概念研究》，何红梅《红楼梦评点理论研究——以脂砚斋等10家评点为中心》等，或为专著，或辟专章，将脂批置放于明清小说评点史的时代氛围、文化背景上进行宏观考察，或开拓，或深化，各擅胜场。研究视角的转变，带来了研究范围的不断拓展，也促进了研究内容的日益丰富，阐释脂批艺术性方面的论文更是愈为繁盛，各以精细的解读与透辟的分析发掘脂批独特的价值与内涵，良多创见。

平心而论，脂批的文学价值是低于其文献价值的。它虽受明清小说批评史上诸如金圣叹、毛宗岗、张竹坡等前辈大家的影响，但总体上并未超越他们的理论成就与经验总结，同时评点的字里行间又弥漫着些许“人世几回伤往事”的感伤情调，故而有学者认为其多思想局限与时代糟粕。如郭豫适就曾说：“脂评虽然有它一定的价值和意义，但对它评价不能过高。……脂评在许多地方流露出没落阶级颓废的思想感情，庸俗腐朽的封建思想和形式主义的文艺观点。”[①]韩进廉也认为：“脂砚斋、畸笏叟等同曹雪芹一样，毕竟是封建末世的人，头脑里有封建传统观念，言谈中流露出没落阶级的颓丧情绪。”[②]尽管如此，学界对脂批青睐胜于批评，而对程刻本评点正好相反，批评多于青睐。光绪三十年（1904）前后，侠人在《小说丛话》中指出：“评《红楼梦》者十余家，支离灭裂，无一能见其真相。”[③]侠人乃梁启超所倡导的“小说界革命”初期的研究者，“在《小说丛话》中，最引人注目的是侠人对《红楼梦》的评价”[④]，而“侠人对《红楼梦》的观点在近一个世纪来实际上伴随着红学研究的过程。只要翻检一下从那以后至五六十年代以来的评红论著不难发现，其中不少从方法到某些观点都有着它影响的痕迹”[⑤]，侠人对以程刻本为底本的《红楼梦》评点

① 郭豫适著：《红楼研究小史稿》，上海文艺出版社1980年版，第36页。

② 韩进廉著：《红学史稿》，河北人民出版社1981年版，第69页。

③ [清]侠人撰：《新小说·小说丛话》，见阿英编《晚清文学丛钞·小说戏曲研究卷》，中华书局1960年版。

④ 韩进廉著：《中国小说美学史》，河北大学出版社2004年版，第423页。

⑤ 章继光：《一项不应淡忘的红学研究成果：谈20世纪初侠人对〈红楼梦〉的评论》，《中国文学研究》2001年第4期，第38页。

的批评着实影响了其他学人。比如鲁迅谈金圣叹评点《水浒传》时就说："经他一批，原作的诚实之处，往往化为笑谈，布局行文，也都被硬拖到八股的作法上。这余荫，就使有一批人，堕入了对于《红楼梦》之类，总在寻求伏线，挑剔破绽的泥塘。"[①] 周汝昌在《红楼梦新证》中认为王希廉评本"庸俗无甚可取"，姚梅伯评本"亦无甚价值"，张新之评本"多穿凿"，蝶芗仙史评本"平庸无精警处"[②]。郭豫适《红楼研究小史稿》第五章《评点派的代表作》选取王希廉（雪香）、张新之、姚燮（梅伯）、哈斯宝等四人评点进行了评析，并认为："至于王雪香、张新之、姚燮评点《红楼梦》的文字，其篇幅比脂评要庞大得多。他们不是象脂评那样，针对小说中人和事发上几句评论或感叹，一般只是三言两语、数行即尽，而是详细评点、尽量发挥。在那大量的评点文字中，虽说也有一些比较合乎实际的评论，但封建性的说教和唯心主义的糟粕很多。"[③] 王先霈、周伟民在《明清小说理论批评史》中认为王希廉评点与张新之评点在小说研究方法论上对《红楼梦》是一种歪曲[④]。李广柏言张新之评本有"种种可笑之附会"[⑤]。大部分学者对程刻本评点的认同度普遍不高，评价也不高。这其中，虽也有部分学者认为不能一概抹杀程刻本评点的实绩而应区别对待，如韩进廉指出，对评点派"必须实事求是地给以科学的总结，而不能不加疏理，不辨良莠，就以决绝的感情'拉杂摧烧之'"，并举王希廉《红楼梦总评》对《红楼梦》一书所反映的社会生活的概括，蝶芗仙史对小说第四、五两回的评语，认为："这些评点，可以帮助读者理解作品的思想内容和情节结构。评点，作为我国文学批评的一种独创，其优越之处就是能直接沟通作者与读者之间的思想感情。好的评点总是能抓住作品的关键与难点，阐发作品的主旨和作者的意图，引起读者的注意和共鸣。"[⑥] 但这种声音毕竟微弱，

① 鲁迅：《谈金圣叹》，一九三三年七月一日上海《文学》第一卷第一号。又可参《南腔北调集·谈金圣叹》，见《鲁迅全集》第四卷，人民文学出版社 1981 年版。

② 周汝昌著：《红楼梦新证》，译林出版社 2012 年版（据 1953 年第三版简体字版），第 334–335 页。

③ 郭豫适著：《红楼研究小史稿》"引言"，第 3–4 页。

④ 王先霈、周伟民著：《明清小说理论批评史》第十章，花城出版社 1988 年版，第 551–605 页。

⑤ 李广柏著：《红学史》第四章《"评点"的盛行》，广东教育出版社 2010 年版。

⑥ 韩进廉：《红学史话（四）》，《河北师范大学学报》（哲学社会科学版）1979 年第 1 期，第 75–76 页。

应者寥寥，程刻本评点被否定、被忽视、被边缘的不良局面并未得到改观。1987 年，《红楼梦学刊》发表冯其庸写于 1986 年的宏文《重议评点派——〈重校八家评批红楼梦〉序》[①]，文章从“关于《红楼梦》的作者的探索”“关于《红楼梦》是一部‘别开生面’的书的问题”“关于‘总纲’的问题的讨论”“关于全书的结构层次问题”“关于《红楼梦》的人物论”“关于《红楼梦》的艺术描写”“关于发愤著书说和自叙说”“关于后四十回是否是前八十回一人的手笔的问题”“关于《红楼梦》的抄本问题”“关于《红楼梦》八十回以后的情节的问题”“关于《红楼梦》的索隐问题”等十一个方面论述评点派红学“是一份有价值的遗产，值得我们借鉴”，并呼吁：“应该给评点派红学以应有的历史地位，应该重新评议评点派的红学，应该让我们的先人们创造的非常有效的评点派的文学批评方式得到继承和发扬！”该文高屋建瓴，有效匡正了评点派，尤其是程刻本评点长期遭受冷遇甚或湮没无闻的尴尬境况。在冯先生的积极倡议下，此后又经诸多学界前辈戮力推动，如白盾在《红楼梦研究史论》一书中专辟一节谈“评点派的历史功绩”[②]，胡文彬在《〈评订红楼梦〉的发现及其意义——兼论程刻本评点的整理与研究》一文中强调“在进一步深入研究‘脂评’的同时，将整理与研究的目光转移到程刻评点本上来”“程刻评点本整理与研究需要加强和提高”[③]，周策纵谈及红学流派时指出“评点派自清末以来便已式微，但其内容却提供给我们许多宝贵的研究资料”[④]，等等，及至而今，关于程刻本评点的研究成果如雨后春笋般萌发出来，各种鲜为人知或境遇堪忧的评点本也被发现、整理，重焕其美、其魅的崭新容颜。截至本书写作时间，查阅中国知网及相关报刊，据不完全统计，关于哈斯宝评点的文章最多，陈其泰评点次之，“评点派三大家”王希廉、张新之、姚梅伯紧随其后，其他依次为王伯沆评点、东观阁本评点、刘履芬评点、洪秋蕃评点、张汝執评点、张子梁评点、云罗山人评点、话石主人评点、蝶芗仙史评点等。

① 冯其庸：《重议评点派——〈重校八家评批红楼梦〉序》，《红楼梦学刊》1987 年第 1 辑，第 1–32 页。

② 白盾主编：《红楼梦研究史论》第一编第三部分，天津人民出版社 1997 年版，第 67–122 页。

③ 胡文彬：《〈评订红楼梦〉的发现及其意义——兼论程刻本评点的整理与研究》，《红楼梦学刊》1999 年第 4 辑，第 62–63 页。

④ ［美］周策纵著：《红楼梦案——周策纵论红楼梦》，文化艺术出版社 2005 年版，第 7–8 页。

纳入数据统计者，为主要的文章著述，实际情况比这还要多，但比例不会有太大变化，哈斯宝评点、陈其泰评点、三大家王张姚评点等五家评点为研究重镇。

由此不难看出，二十世纪八十年末冯其庸所力倡的“重议评点派”，开一代学术新风，一大批致力于评点派研究的学者沉潜治学，一大批量多质优的研究成果井喷式涌现，一个攒花聚锦、竞艳争芳的学术热点逐渐形成，程刻本评点研究走上了健康发展的学术轨道。

二、黄小田评点及其研究

在程刻本评点研究热潮的引领下，罕为人知的清代学人黄小田评点也走进了人们的视野，并引起研究者和红学爱好者的兴趣与关注。

黄小田评本藏于南京博物院，由清人杨葆光过录于同治元年（1862）宝文堂藏板东观阁梓行百廿回《新增批评绣像红楼梦》上。该书刻工不佳，承讹踵谬，鲁鱼亥豕，分装成二十四册，面十行，行二十二字，批语全为墨笔，有二三人笔迹。1978 年初，该评本引起著名文物鉴定专家史树青的注意并掌眼鉴定，同年夏，时任南京博物院院长姚迁组织人力抄出，但未公开发表。①

1980 年 6 月，胡文彬编著的《红楼梦叙录》出版，该书第二部分“印本”中辑录了黄小田评点的相关信息。根据该书“前言”第二条“所录资料上迄《红楼梦》问世，下至一九七八年十二月底”，知胡先生得悉该评本讯息亦在 1978 年。这是国内首次对黄小田评本予以披露，并对黄小田、杨葆光二人生平进行了简单介绍，同时摘引了该评本第百二十回末页关于黄小田的眉批 1 条、杨葆光识语 1 条、杨葆光转录的“夬斋”识语 1 条、小说第九十回至百九回回末杨葆光所署过录题记 3 条，据此可知黄小田评点的价值及杨葆光的过录经过，但胡先生将该评本误判为黄小田、杨葆光两个评本。②

---

① 馆藏信息转自梁白泉《杨葆光过录黄小田〈新增批评绣像红楼梦〉评语录后》，见《东南文化》1985 年第一辑，第 175 页。

② 胡文彬编著：《红楼梦叙录》，吉林人民出版社 1980 年版，第 42-43 页。

1985年，南京博物院文博专家梁白泉将杨葆光过录的黄小田评点卷首程伟元序及“石头”“宝玉”“探春”“惜春”“秦氏”等图赞后的批语，并第一至四十回批语以《黄小田〈红楼梦〉评语（一）》[①] 为题发表于该年创刊的《东南文化》第一辑上，同时发表《杨葆光过录黄小田〈新增批评绣像红楼梦〉评语录后》一文。该文对黄小田评点的发现经过，黄小田批语的数量与形态，杨葆光在韩扬生、张心庵两人协助下的过录过程，黄小田生平交游，评点的起讫时间，批语的特点等，都作了初步探讨。同时，由“全用墨笔，其中有4条（2733、2738、2753、2850）末尾注‘朱字’。想系原来为硃笔”也可推知黄小田应系使用墨、朱两色之笔进行的评点，以墨笔为主。《录后》一文为人们多方面了解黄小田及其评点提供了难得的资料，而公布的前四十回批语也让人们一览黄小田批语的风貌。《录后》一文后收入2011年南京博物院编《梁白泉文集（文化民俗卷）》。

1986年6月，胡文彬所著《红边脞语》出版，该书第四部分“脂评所引诗词曲赋典故汇释”收有《白下又见“红楼梦”——黄评〈新增批评绣像红楼梦〉》[②] 一文，其内容与《红楼梦叙录》所载黄小田评点信息基本相同，仍误为“黄小田、杨葆光评《新增批评绣像红楼梦》”。该文有三点新增内容：第一，开头提到“《新增批评绣像红楼梦》，东观阁刊本，一百二十回。是书卷首程伟先（元）序，高鹗叙，次目录，次绣像24页，前图后赞”，其实这是杨葆光过录本的板式特征，黄小田在其评点底本程伟元序后有批“此后尚有高铁岭一序，翻刻者删去，殊属可恨”[③]，可知黄小田评本无高鹗序。第二，文中提及“是书曾经中国历史博物馆专家史树青目验。据史树青同志录示材料知道……”知胡先生获知该评本信息乃通过史树青，时间在1978年。第三，文章提到“小田父黄钺，字左君，又左田，号西斋。自号盲左，乾隆进士，嘉庆时授礼部尚书，著有《西斋集》。据《西斋集》和黄小田评语知道黄钺同刘大观友善，同张船山、高鹗二人

① 梁白泉：《黄小田〈红楼梦〉评语（一）》，《东南文化》1985年第一辑，第178-212页。《杨葆光过录黄小田〈新增批评绣像红楼梦〉评语录后》一文见该刊第175-177页。

② 胡文彬著：《红边脞语》，辽宁人民出版社1986年版，第140-141页。

③ 梁白泉：《黄小田〈红楼梦〉评语（一）》，第178页。如无特别说明，本书所引黄小田评点文字均以梁白泉整理本为主，同时参考黄山书社1989年版李汉秋、陆林辑校本。此外，笔者对两版批语整理中标点不妥之处进行了重新修正。

‘同年’，此点甚可注意”。这段话中有两处问题，黄钺号壹斋，非“西斋”，其诗集为《壹斋集》，非《西斋集》。虽如此，但指出“黄钺同刘大观友善，同张船山、高鹗二人‘同年’”，甚有卓识。刘大观曾应他人之请为曹雪芹好友敦诚《四松堂集》写序，而张、高二人又为红学史上的著名人物，胡文简短的一句话，拉近了黄小田家族与曹雪芹及其《红楼梦》的关系。2006年，胡先生复将此文收入氏著《读遍红楼——不随黄叶舞秋风》卷九“版本珍闻”[①]，内容未变。

1986年10月，梁白泉将《黄小田〈红楼梦〉评语（二）》（第四十一至六十五回）发表于《东南文化》1986年第二辑，此后，又将评语系列（三）、（四）、（五）、（六）、（七）、（八）、（九）分别发表于该刊1986年第三辑、1987年第1期、1987年第2期、1987年第3期、1988年第1期、1988年第2期、1989年第2期[②]，至此，始将黄小田三千余条批语公布完毕，对学界关于此一课题的研究有奠基之功。

1989年1月，黄山书社出版了由李汉秋、陆林辑校的黄小田《红楼梦》评点本[③]。该评本以程甲本为底本，将眉批、行间批（侧批）以小一号字体列于相应的小说正文之后，一改梁白泉“一句小说原文 + 一处对应批语”的整理样式，首次以“书”的形式出现，便于读者结合完整的故事情节进行阅读。但因辑校者工作不慎，批语录入过程中混进了为数颇众的东观阁本批语，这一严重的版本失误致此后以该书作参照研究的学人们出现了黄小田批语与东观阁本批语张冠李戴的误判。该书自1989年1月一版一印后，又于1990年7月二印、1992年6月三印、1994年5月二版一印、1995年8月二版二印，但黄小田批语与东观阁本批语混淆的情况一仍其旧。

1990年4月，张庆善撰1.2万字长文《一位鲜为人知的〈红楼梦〉评

---

① 胡文彬著：《读遍红楼——不随黄叶舞秋风》，山西书海出版社2006年版，第362页。

② 梁白泉辑录：《黄小田〈红楼梦〉评语》（二、三、四、五、六、七、八、九），《东南文化》1986年第二辑、1986年第三辑、1987年第1期、1987年第2期、1987年第3期、1988年第1期、1988年第2期、1989年第2期，第185-206、181-195、90-93、123-126、126-130、131-134、135-140、85-97页。

③ ［清］曹雪芹、高鹗著，［清］黄小田评点，李汉秋、陆林辑校：《红楼梦》，黄山书社1989年版。

点家——黄小田〈新增批评绣像红楼梦〉评点初探》[①]，并发表于同年《红楼梦学刊》第4辑。文章除参考梁白泉《录后》及李汉秋、陆林辑校本“前言”而对黄小田家世生平、杨葆光生平等作了简单介绍外，主要论述了黄小田对《红楼梦》主旨的认知、黄小田评点的艺术成就、黄小田对人物形象的看法、黄小田对小说创作所提出的理论观点等四个方面的问题，并指出：“黄小田评语是红学史研究中的重要发现，对了解清代人对《红楼梦》的认识及其研究，对全面正确地评价清代《红楼梦》评点派，总结中国古典小说批评，都有着重要的价值。”该文是黄小田评点研究中第一篇严格意义上的学术论文，它对黄小田评点的高度赞誉，对黄小田评点艺术价值与美学价值的双重阐扬，对此后的研究者都产生了重要影响。

1997年，雨虹发表《红学评点派》[②]一文，该文选取王希廉、姚梅伯、张新之、陈其泰、哈斯宝、黄小田等六家评点进行了简括的评价，认为黄小田评点“有很高的鉴赏能力，而且很有理论水平”。10月，美国汉学家浦安迪编释的《红楼梦批语偏全》[③]（后有北京大学出版社2003年版）一书出版，该书选录了部分黄小田批语。

1999年，王立言等主编的《小说通典》[④]出版。该书收入李汉秋编写的“黄小田”条目，对黄小田评点《红楼梦》有简单介绍，内容取自黄山书社1989年辑校本“前言”。

2004年是黄小田评点研究在二十一世纪初期迎来开门红的一年。1月，曹立波在其2002年博士论文基础上修改而成的《红楼梦东观阁本研究》出版，这不仅是程刻本评点研究领域较早的专著，而且率先对黄小田批语的来源作了探究。该书第七章《东观阁本批语的影响》第三节，通过比较东观阁本批语与黄小田批语后得出结论：“黄小田对东观阁本批语多有引用，而且改动不大，许多都是直接照录的。同时，黄小田的抄录，对东观阁本批语有一些校订作用。”[⑤]4月，胡晴完成硕士论文《〈红楼梦〉评点中

① 张庆善:《一位鲜为人知的〈红楼梦〉评点家——黄小田〈新增批评绣像红楼梦〉评点初探》，第219–237页。

② 雨虹:《红学评点派》,《红楼梦学刊》1997年第3辑，第242–247页。

③ [美] 浦安迪编释:《红楼梦批语偏全》，台湾南天书局1997年版。

④ 王立言等主编:《小说通典》，解放军文艺出版社1999年版，第519页。

⑤ 曹立波著:《红楼梦东观阁本研究》，北京图书馆出版社2004年版，第二二一页。

人物塑造理论的考察与研究》[①]，该文选取王希廉、姚梅伯、张新之、陈其泰、哈斯宝、黄小田、刘履芬、王伯沆等八家评点，分别从描写人物的方式、刻画人物的艺术手法等方面进行综合分析，并于附表《〈红楼梦〉评点评语举要》中列出第三、六、三十六回等4条具有代表性的黄小田批语。10月，李汉秋于《光明日报》发表《黄小田和清末上海的小说沙龙》[②]一文，文章提及黄小田评点《红楼梦》多有所得，如强调《红楼梦》"由盛而衰""可为殷鉴"、《红楼梦》写"情"等，仍是黄山书社1989年辑校本"前言"中的内容。

2007年1月，刘继保在其2004年博士论文基础上修改而成的专著《红楼梦评点研究》出版。该书第十三章《黄小田评点》一节，分别从黄小田生平著述与《红楼梦》评点概况、黄小田评点的主要内容、黄小田评点的地位与价值等三个方面对黄小田评点进行了扼要分析，述其不足时指出："黄小田的《红楼梦》评点不如他对《儒林外史》评点下的功夫大，评点的文字也没有《儒林外史》多，但是他对《红楼梦》的评点是很独特的，也是很有价值的。……黄小田的评点主要是针对小说人物和情节作赏析和评论，没有作理论思想的开掘，所以他的评点虽然言简意赅极为精当，但是许多思想与见解都没有得到很好的展开，总让人有言不尽意之感。另外，黄评也有不少道学气，这也是他评点的缺陷之一。"[③]所评切中肯綮。4月，吴晓风完成博士论文《〈红楼梦〉评点研究》[④]，选取东观阁本、王希廉、姚梅伯、张新之、陈其泰、哈斯宝、黄小田、刘履芬、蝶芗仙史、洪秋蕃、云罗山人、张其信、张子梁、话石主人、孙崧甫等十五家评点，分别从《红楼梦》主旨、人物品评、艺术技巧等三方面综合论述各家观点。

2008年5月，钟雪梅完成硕士论文《清代〈红楼梦〉批评研究》[⑤]，文章选取脂批及十八家程刻本评点进行了简要分析。其中，对黄小田评点，侧重于他对《红楼梦》主题的看法。

---

① 胡晴：《〈红楼梦〉评点中人物塑造理论的考察与研究》，中国艺术研究院2004年硕士论文。

② 李汉秋：《黄小田和清末上海的小说沙龙》，《光明日报》2004年10月27日。

③ 刘继保著：《红楼梦评点研究》，北京图书馆出版社2007年版，第299–300页。

④ 吴晓风：《〈红楼梦〉评点研究》，复旦大学2007年博士论文。

⑤ 钟雪梅：《清代〈红楼梦〉批评研究》，厦门大学2008年硕士论文。

2009年,胡晴发表《论〈红楼梦〉评点中的后四十回人物鉴赏》[①]一文,文章选取王希廉、姚梅伯、张新之、陈其泰、黄小田、王伯沆等六家评点,从评点者对待后四十回文字的不同态度入手,深入讨论了后四十回人物批评中的各种重要观点以及由此形成的深层内蕴。

2010年,胡晴专著《〈红楼梦〉评点中的人物批评》[②]出版。全书分脂批篇、评点篇两部分,其中对黄小田评点有所涉及。

从2011年开始,黄小田评点作为独立的个体从整体性研究论文中逐渐剥离出来,以宏观视野进行概述的论文也不再一枝独秀,取而代之的是更多从微观上进行分析的文章。比如,沈治钧独具慧眼,从黄小田批语中捕捉到向为学界所关注的嘉道学人范锴所著《痴人说梦》这一重要文献,该书辑录了一部珍贵的脂抄本系统的"旧抄本"文字,故沈先生连发《黄小田批语和范锴所见旧抄本》[③]《范锴〈痴人说梦〉补谈》[④]二文,指出"黄批证明了范著的历史真实性,范著又证明了脂评本的历史真实性,它们三者构成了一条证据链",并据黄小田卒年及杨葆光第二次过录黄小田批语的年限佐证范著的成书年代不晚于嘉庆二十二年(1817)。此外,成爱君校辑的《七十八回汇校汇评红楼梦》[⑤](后于2013年出版修订本《新订集评石头记》)于5月出版,该书选取了部分黄小田批语。

2012年,薛红娟发表《杨葆光过录黄小田〈红楼梦〉批语的几个问题》[⑥]一文。该文首次对杨葆光过录中的一些待解之疑进行了探究:黄、杨二人交游主要集中于咸丰末期至同治初期避居上海时;杨葆光两次过录时间,第一次为咸丰末同治初二人避乱上海时,第二次则从光绪元年(1875)十一月二十四日至二十八日间开始至光绪二年(1876)正月十三日结束;对杨葆光过录本识语中提到的"夬斋妇兄""韩子扬生""张子心庵"等人

① 胡晴:《论〈红楼梦〉评点中的后四十回人物鉴赏》,《红楼梦学刊》2009年第5辑,第305-319页。

② 胡晴著:《〈红楼梦〉评点中的人物批评》,华艺出版社2010年版。

③ 沈治钧:《黄小田批语和范锴旧抄本》,《曹雪芹研究》2011年第一辑,第125-132页。

④ 沈治钧:《范锴〈痴人说梦〉补谈》,《中国矿业大学学报》(社会科学版)2011年第4期,第113-118页。

⑤ 成爱君校辑:《七十八回汇校汇评红楼梦》,凤凰出版社2011年版。

⑥ 薛红娟:《杨葆光过录黄小田〈红楼梦〉批语的几个问题》,《红楼梦学刊》2012年第4辑,第325-337页。

进行了考证，并认为杨葆光过录所使用的底本除黄小田手批本外，也有此三人的过录本。同年，宋庆中发表《黄小田〈红楼梦〉手批本及参校本初探》[①]一文，初步判断黄小田评点所用底本应为藤花榭本或三让堂本中的某一种，参校本则应有程甲本、东观阁评本、王评本、范锴《痴人说梦》，还可能有程乙本、东观阁原本和眼下未知的某一刻本等。

2013年，宋庆中发表《杨葆光首次过录黄小田〈红楼梦〉批语的时间问题》[②]一文，就2012年薛红娟一文中的某些问题提出商榷。商榷认为：杨葆光首次过录的时间应自咸丰末年同治初年（1861—1862）始至同治十二年（1873）四月止；“韩子扬生”“张子心庵”等人手中并没有黄小田批语的《红楼梦》，而“夬斋妇兄”过录黄小田批语的时间似约在咸丰三年至咸丰十年（1853—1860）间。此外，本年度有2篇整体性研究论文。一为4月间薛红娟完成的硕士论文《清代评点家视野下的〈红楼梦〉后四十回》[③]，文章选取脂砚斋、张汝執、东观阁本、王希廉、姚梅伯、张新之、陈其泰、哈斯宝、黄小田、刘履芬、蝶芗仙史、洪秋蕃等十二家评点，分别从后四十回的作者、后四十回的人物、后四十回的结构等三方面聚合诸家观点进行了综合论述。一为刘继保发表的《清代〈红楼梦〉评点对一百二十回的认识》[④]一文，文章选取陈其泰、王希廉、张新之、话石主人、黄小田等五家评点进行比较研究，其中，谈到黄小田认为前四十回为原作而后八十回为续书系其“笔误所致”，并指出：“在清代后期，能够发现《红楼梦》是两个人所写的，已经很不容易了，除了黄小田，还有一位就是陈其泰，这也说明这两位评点家心细如发，又有很高的鉴赏力。”

黄小田评点最早由史树青发现，而史先生曾于谢根荣“金缕玉衣”骗贷案中鉴赝为真，故而欧阳健于2014年发表《〈痴人说梦〉所记“旧抄

---

① 宋庆中：《黄小田〈红楼梦〉手批本及参校本初探》，《红楼梦研究辑刊》2012年第五辑，第241-256页。

② 宋庆中：《杨葆光首次过录黄小田〈红楼梦〉批语的时间问题》，《曹雪芹研究》2013年第一辑，第152-159页。

③ 薛红娟：《清代评点家视野下的〈红楼梦〉后四十回》，中央民族大学2013年硕士论文。

④ 刘继保：《清代〈红楼梦〉评点对一百二十回的认识》，《红楼梦学刊》2013年第4辑，第103-113页。

本”还原》[①]一文，质疑其鉴定水平并认为黄小田评点亦不可靠。欧阳之文缘起沈治钧2011年所发二文。6月，胡晴专著《烛明香暗画楼深：红楼梦人物研究》出版，全书分上卷“文本编”与下卷“作者·评者编”。其中，下卷《恸哭文章才绝世——各有所长的评点家们》一节对王希廉、姚梅伯、张新之、陈其泰、哈斯宝、黄小田、刘履芬、王伯沆等八位评家的批校风格进行了评析，认为“黄小田的评点贴近世情，用语简练，但也有欠缺深度的遗憾”[②]，点评到位，剀剀中理。本年宋庆中发表2篇关于黄小田评点的文章：一篇为《黄小田对〈后红楼梦〉的评价》[③]，文章解读并阐述了黄小田对首部红楼续书《后红楼梦》的三点评价及《后红楼梦》对其评点《红楼梦》的影响，为探讨黄小田红学观的形成提供了一定的参考依据；一篇为《黄小田和妙复轩评〈石头记〉》[④]，“妙复轩评《石头记》”即张新之评本，黄小田评点本第五十四回某处异文目前不知来自何本，但该异文与张新之评本相同，说明二者应为同源血亲，同时就两评本都极为关注小说中的“吃饭”细节，推测黄小田或接触过张新之批语。

2015年共有3篇关于黄小田评点的文章，皆为宋庆中所发。一篇为《〈红楼梦〉评点家陈其泰、黄小田交游及批语关系考》[⑤]，文章通过陈其泰刊印黄小田等六人结社诗集之因缘，推考陈其泰与黄小田或有交，进而比对二人《红楼梦》批语，认为陈其泰评点对黄小田多有影响和启发；同时据批语及相关文献，推测黄小田评点《红楼梦》始于道光二十四年（1844）。一篇为《浅论黄小田对“二尤”故事的创写之疑——兼谈成书过程中的相关问题》[⑥]，文章从叙事篇幅“偏写二尤，似觉太烦”、“二尤”身

① 欧阳健：《〈痴人说梦〉所记“旧抄本”还原》，《南都学坛》（人文社会科学学报）2014年第5期，第52–59页。

② 胡晴著：《烛明香暗画楼深：红楼梦人物研究》，北方联合出版传媒（集团）股份有限公司万卷出版公司2014年版，第218页。

③ 宋庆中：《黄小田对〈后红楼梦〉的评价》，《曹雪芹研究》2014年第1期，第134–140页。

④ 宋庆中：《黄小田和妙复轩评〈石头记〉》，《红楼梦研究辑刊》2014年第九辑，第128–145页。

⑤ 宋庆中：《〈红楼梦〉评点家陈其泰、黄小田交游及批语关系考》，《曹雪芹研究》2015年第1期，第160–168页。

⑥ 宋庆中：《浅论黄小田对“二尤”故事的创写之疑——兼谈成书过程中的相关问题》，《红楼文苑》2015年第3期，第20–27页。

份“娼妓之态”、情节衔接“联络自尔吃力”等三方面试谈黄小田对“红楼二尤”故事创写的评批疑惑，同时附带探考了由其批语触及的《红楼梦》成书过程中的一些问题。一篇为《师生谊·乱世情·红楼缘——简论松江文士黄仁和黄小田〈红楼梦〉评点》[①]，黄小田的受业恩师黄仁也是一位《红楼梦》爱好者，文章深挖史料，探讨了黄仁研红对黄小田评点《红楼梦》产生的影响。另外，本年度在小说评点领域也有新的创获，何红梅在其 2007 年博士论文基础上修改而成的专著《红楼梦评点理论研究——以脂砚斋等 10 家评点为中心》于 8 月出版，该书选取脂砚斋、东观阁本、王希廉、姚梅伯、张新之、陈其泰、哈斯宝、黄小田、洪秋蕃、王伯沆等十家评点，分别从主题论、人物论、情节论、结构论、语言论等五方面进行了综合研究。其中，第三章第二节《论功能》第三部分“写细琐小事也定有用意——细节描写的作用”主要谈黄小田对细节描写的评点并指出：“黄小田重视细节描写，较为全面地概括了细节描写的艺术功能，深入地揭示了细节的真实性要求，是《红楼梦》评点的重要理论成果”，“与明末清初时期的有关认识相比，无疑是一次理论上的进步”[②]。

就欧阳健《〈痴人说梦〉所记“旧抄本”还原》一文及其信从的“程前脂后”说，2016 年，沈治钧发表《苕溪渔隐〈痴人说梦〉真伪平议》[③]一文，逐条驳议，文章指出：“《痴人说梦》国家图书馆藏本的避讳形态、黄小田批语、‘旧抄本’中的‘土番’字样、曹耀宗《红楼梦百咏词》跋文、徐传经评本、蝶芗仙史评本等内证与外证，均可证实《痴人说梦》自身不伪。该书所记‘旧抄本’作为客观独立、切实有力的学术旁证，能够简明确证今存早期脂本不伪。”同年，宋庆中发表《〈红楼梦〉杨葆光批语散论》[④]一文，文章对杨葆光过录黄小田评点过程中随手写下的 12 条批语进行了解读，为进一步了解杨葆光其人及拓展黄小田批语研究提供了借鉴。

---

① 宋庆中：《师生谊·乱世情·红楼缘——简论松江文士黄仁和黄小田〈红楼梦〉评点》，《红楼梦研究辑刊》2015 年第十辑，第 280–292 页。

② 何红梅著：《红楼梦评点理论研究——以脂砚斋等10家评点为中心》，齐鲁书社2015年版，第 222、221 页。

③ 沈治钧：《苕溪渔隐〈痴人说梦〉真伪平议》，《红楼梦学刊》2016 年第 1 辑，第 104–140 页。

④ 宋庆中：《〈红楼梦〉杨葆光批语散论》，《红楼梦研究辑刊》2016 年第十二辑，第 235–249 页。

以上即是黄小田评点被发现后，至本书写作期间学界的研究概况。另，除浦安迪、成爱君在各自校著中选取了黄小田部分批语外，网上还流传有网友“jian8min8”制作的CHM电子书《汇评本金玉红楼梦》，该书正文以程甲本为底本，也选录了部分黄小田批语。通过勾勒黄小田评点的研究概况可以看出，1978年至1990年的十三年间，学界对黄小田评点的跟进较为及时，但除张庆善一文外，黄小田评点的思想价值、文学价值以及审美价值等的研究都还未充分展开，基本停留在宏观介绍的基础上。七年后雨虹《红学评点派》一文是个转折点，该文虽对黄小田批语谈及不多，但文末之语可看作是对冯其庸“重议评点派”的有力呼应：“我们今天对红学评点派研究的很不够，如果我们能深入地研究一下清代红学评点派长处与短处，正确与错误，这对于总结二百年来的红学史，尤其是总结中国古代小说理论的发展都是很有意义的。我们必须重新评价红学评点派，我们应该全面地科学地评价评点派。”此后黄小田评点迎来属于自己的春天。以2004年为发端，几乎每年都有关于黄小田评点的文章出现，成果可谓丰赡，这表明黄小田评点虽缺乏理论的深发与总结，但自有其不可替代的独特价值。

三、黄小田评点研究中存在的问题

对第二部分所胪列的黄小田评点研究文章进行统计，凡28篇（部），与陈其泰及三大家相比势均力敌，毫无愧色，可见受重视与认可的程度，则哈斯宝评点、陈其泰评点、三大家王张姚评点、黄小田评点等六家评点为研究者所热议、青睐。但纵观黄小田评点研究，其存在的不足与亟待完善的地方也是非常明显的：

（一）黄小田家世生平研究不振

评点家的家世生平研究不仅是黄小田评点研究一个突出的短板，也是所有程刻本评点研究中都存在的问题。评点是一种不具有系统的理论、即兴感发无体系性、三言两语即可表达完整意思的文学批评方式，因而评点家笔下的评批文字就不可避免地带有个人的感情色彩，而评点家们不同的人生际遇、情感体验以及文化修养，又决定着各自评点的内涵与深度，故“从更加宏观完整的时代与个人的文化背景去讨论《红楼梦》评点，亦是《红楼梦》评点研究的现实之需”[①]。胡文彬对此项课题研究较早且用力甚勤，比如对王希廉生平阅历的追踪，有《清代〈红楼梦〉评点家王希廉生平考述》[②]《王希廉家世生平考述补说——兼谈清代评点派的研究》[③]等文章；如对张新之幕宾生涯的钩沉，有《山重水复疑无路——太平闲人张新之生平追索（一）》《柳暗花明又一春——太平闲人张新之生平追索（二）》[④]等文章。正是在胡先生身体力行的治学精神的感召之下，关于王希廉与张新之家世生平研究成果频出，如李永泉《王希廉家世生平补考》[⑤]，武全全、赵春辉《王希廉、王朝忠兄弟刊刻小说名著及其先世货殖考》[⑥]，孙中旺《常熟图书馆藏周绮〈双清仙馆诗钞〉三种钞本述略》[⑦]，杨艳华《张新之及其〈妙复轩评石头记〉序跋作者考论——以台湾宦游文人的记述为中心》[⑧]，等等。正是这些学人的努力，打捞起深埋于岁月长河的记忆，拼接出了评点家们断裂的人生片段，读者也因此获知王希廉与副室周绮读红论红的风雅生活、王希廉与胞兄朝忠承先世“隐于货殖”之志并刊书以继业的不仕初心、张新之在洋洋洒洒三十多万字的《妙复轩评石头记》外还著有议论时政的《草野存心》等珍档秘闻，这极大地丰富了红学史的内容，也对研究诸家评红的社会背景、写作背景助力尤多。其他如苗怀明《〈红楼梦〉评

① 胡晴著：《烛明香暗画楼深：红楼梦人物研究》，第 201 页。

② 胡文彬：《清代〈红楼梦〉评点家王希廉生平考述》，《红楼梦学刊》1991 年第 3 辑，第 211–229 页。

③ 胡文彬：《王希廉家世生平考述补说——兼谈清代评点派的研究》，《红楼梦学刊》1997 年第 2 辑，第 232–237 页。

④ 胡文彬著：《红楼梦与台湾：跨越海峡的记忆》卷一“附录”，白山出版社 2009 年版，第 10–14、15–21 页。

⑤ 李永泉：《王希廉家世生平补考》，《红楼梦学刊》2013 年第 2 辑，第 122–135 页。

⑥ 武全全、赵春辉：《王希廉、王朝忠兄弟刊刻小说名著及其先世货殖考》，《明清小说研究》2014 年第 1 期，第 217–225 页。

⑦ 孙中旺：《常熟图书馆藏周绮〈双清仙馆诗钞〉三种钞本述略》，《红楼梦学刊》2014 年第 4 辑，第 146–156 页。

⑧ 杨艳华：《张新之及其〈妙复轩评石头记〉序跋作者考论——以台湾宦游文人的记述为中心》，《红楼梦学刊》2016 年第 1 辑，第 195–209 页。

点家陈其泰生平考述》[①]及宋庆中《〈红楼梦〉评点家陈其泰与骈文名家钱振伦交谊考》[②]《〈红楼梦〉评批者徐伯蕃、徐勉如考论》[③]等文章，既展现了陈其泰身为评点大家的"天资高敏，文笔雄健"，也探讨了其故后《红楼梦》桐花凤阁批校本经由著名学者黄金台及其弟子钟步崧再至徐伯蕃、徐勉如昆仲的递藏流传等情况，凡此种种，无一不说明评点者的生平交往对评点研究的重要性。

浏览黄小田评点研究诸文，胡文彬《红楼梦叙录》"黄小田，名富民，安徽当涂人，生于乾隆六十年乙卯六月。道光六年七月任礼部仪制司行走，十八年三月充本科会试提调官，六月升授祠祭司员外郎。编《黄勤敏公年谱》，著有诗集，刻于金陵，未见"[④]可视为黄小田家世生平研究的滥觞。考证甚详者当首推梁白泉《录后》一文，此后相关文论如李、陆辑校本"前言"，张庆善《初探》，刘继保《红楼梦评点研究》之《黄小田评点》，胡晴《烛明香暗画楼深：红楼梦人物研究》之《同是天涯爱红人——评点派主要评点家及其评点概要》等，皆从该文获益不少。而对黄小田生平交游有意识地进行勾稽者，仅薛红娟及宋庆中四五篇文章，这是远远不够的。比如黄小田在评点中对画论术语的随手拈得，这要联系他绘画世家的艺术熏陶；比如黄小田在评点中对京语北俗的了若指掌，这和他二十多年的居京生活密切相关；比如黄小田在评点中对官场黑暗的无情揭露，这和他为官从政旋又屈身自隐的宦途经历不无关系……如果不对评点者进行"知人论世"方面的考证，这些问题均得不到圆满的解释。诚如胡文彬所说，"'评点派'著述的研究，过去只注重同代人诗文笔记中的零散记述，故对评点者的家世生平则多语焉不详。即使有些评点者的家世生平较为详尽，但研究者也甚少从时代、社会及评点者个人经历、学识、修养方面去探究这种蔚为一时风气的'评点'文化背景，致使研究中出现就事论事、缺少规律性的偏狭现象"，"由于长时间旧红学遭到口诛笔伐，所以有关这些评点本

---

① 苗怀明：《〈红楼梦〉评点家陈其泰生平考述》，《红楼梦学刊》1996 年第 1 辑，第 261–271 页。

② 宋庆中：《〈红楼梦〉评点家陈其泰与骈文名家钱振伦交谊考》，《红楼梦研究辑刊》2013 年第六辑，第 193–210 页。

③ 宋庆中：《〈红楼梦〉评批者徐伯蕃、徐勉如考论》，《红楼梦学刊》2014 年第 3 辑，第 98–113 页。

④ 胡文彬编著：《红楼梦叙录》，第 42 页。

的思想内容及其评点者家世生平的研究处于一种落后状态”，“希望红学研究界应该重视这一领域的资料搜集工作，加强评点内容的研究力度”①。胡先生这些文字写于1997年，二十余年过后，评点者生平阅历的研究虽然取得一定的进步，但这种进步是缓慢的，我们有必要通过积极而扎实的努力来改变这种状况。

（二）黄小田评点的基础性研究不牢

本书的研究特色之一是侧重黄小田生平履历方面资料的爬梳，以此探究生平交游、文化修养、人生经验、命运遭际等给予其评点《红楼梦》的影响。而另一特点，即在黄小田评点的基础性研究方面用力，所谓基础性研究，即本书目录所示，诸如评点年限、评点动因、评点底本及参校本、杨葆光的两次过录、张尔耆的过录、诸家治红对黄小田的影响以及黄小田评点对他人的影响等；再细碎一些，如黄小田先世与曹雪芹家族及《红楼梦》研究有否勾连、杨葆光过录的原因与机缘、张尔耆过录的原因与机缘、迫使杨葆光首次过录中止的黄小田文孙是谁、杨葆光过录黄评对其批点《牡丹亭》有否影响、黄小田交友圈有否爱红痴人、协助杨葆光过录的“张子心庵”的庐山真面等。这些研究议题看似微不足道，实则牵一发而动全身。最典型的例子如对黄小田评点底本的推考，黄小田批语中出现了若干底本正文文字，若仔细甄别查核，对其评点底本当不难推出大致范围，但黄山书社李、陆辑校本认为：“宝文堂所翻印的东观阁本《红楼梦》，是程甲本的最早翻刻本，而程甲本——程伟元、高鹗于乾隆五十六年辛亥（1791）以木活字板印行的《红楼梦》，是第一个一百二十回本，而且是其后刊行的各种一百二十回本的第一母本，红学界一般认为，它比1792年刊印的程乙本更接近《红楼梦》的原貌。但我国从二十年代中到八十年代中，通行本都是程乙本，鉴于程甲本较之程乙本有上述优长，我们就以它为底本，以程甲本的其他重要版本为校本，并参校程乙本和脂评本，择善改乙舛讹。”②李、陆辑校本的这一做法是粗率的，杨葆光既然以宝文堂刊本作为过录底本就必然有他采纳的原因，我们在择选辑校底本时应该尊重

① 胡文彬：《王希廉家世生平考述补说——兼谈清代评点派的研究》，第235页。

② ［清］曹雪芹、高鹗著，［清］黄小田评点，李汉秋、陆林辑校：《红楼梦》“前言”，第4页。

他的这一选择而启用东观阁本，结果弄巧成拙，以致我们如今所见的李、陆辑校本中，某些小说正文文字与黄小田批语中出现的底本文字同时现身时，二者迥然相异，各行其道，虽整体上无碍观瞻，但这种细微差别还是在一定程度上干扰了人们的阅读，也令研究者心生疑窦。

之所以说黄小田评点的基础性研究不甚牢固，因为相关文章在这方面曾出现过常识性错误。比如有学者认为“黄小田是黄钺第三子，在道光五年（1825）被选拔为贡生，官礼部侍郎”[①]，这句话中有两处错误，黄小田兄弟共五人，各名之初民、中民、少民、足民、富民，富民即黄小田，其为黄钺季子即第五子，另外，黄小田是以“礼部仪制司郎中”的身份省亲回籍并固守寒庐的，其为官生涯最高官职为礼部郎中，而非礼部侍郎。显然这是作者对黄小田生平不熟悉所致。更有甚者，有学者判黄小田至民国时期仍然健在且异常活跃，如《清末民初〈红楼梦〉作者问题探究》一文称：“关注曹雪芹著作权问题的研究者，也都注意到这样一个现象：在清末民初西学东渐的思潮背景下，中国小说地位被陡然提升了。彼时的学者言及《红楼梦》的作者时，出现了曹雪芹乃夺人之美的说法。黄小田写道‘相传如曹雪芹之于《红楼梦》，李笠翁之于《金瓶梅》，皆窃他人之名著，而署以己名’，这里在转述传说，看起来还有些以疑传疑的认真态度在。黄人（摩西）则直书出来，似记录事实地叙述道……黄小田是迄今我们所知道的、惟一同时评点过《儒林外史》和《红楼梦》两部巨著的小说评点大家；……因为当时都没有严谨的论述，更没有朴学方法的考证，二黄的《红楼梦》作者非曹雪芹说，也不过是一家之言。”并且在“署以己名”右上方有角标④，文尾注文云“黄小田（老棣）《文风之变迁与小说将来之位置》，载于《中外小说林》1907年第6期，见陈平原、夏晓虹编《二十世纪中国小说理论资料（第一卷）》，北京大学出版社1989年版，第206页”[②]，黄小田生于乾隆六十年（1795），卒于同治六年（1867），四十年后竟然起于地下并穿越至民国剧谈小说！黄小田也并无“老棣”的名号。尤其不可思议的是，该文发表于2017年，此际黄小田及其《红楼梦》评点于学界已人所尽知，作者委实不应如此孤陋寡闻。这种写作上的离谱与审校上的

① 刘继保著：《红楼梦评点研究》，第289页。

② 邵建阳：《清末民初〈红楼梦〉作者问题探究》，《红楼梦学刊》2017年第2辑，第178–179、188页。

不靠谱，长此以往会造成读者心里没谱。当然，这也说明黄小田评点研究中基础性研究并不坚实，相关问题亟需解决。

反观前面所列的28篇（部）黄小田评点研究文章，涉及基础性研究的诸如梁白泉、李汉秋、陆林、张庆善等人的文章，展开并不充分，论述也不够全面，且存在判断上的失误；薛红娟及宋庆中等文章，虽有拓展，但力量明显薄弱；而其他大部分文章则主要剖析黄小田批语的文艺鉴赏价值及其在小说理论史上的意义，蹈袭而欠创新。基础性研究不仅是构成评点者评点工作的重要环节，同时也是评点研究必须要逾越的关山，非此，不仅不能得窥评点者批校《红楼梦》的全貌，亦或走上崎岖逶迤的弯路，故而此一方面的研究很有深入开掘的空间，必须而且必要。

（三）黄小田评点专著不见

张庆善在为胡晴《〈红楼梦〉评点中的人物批评》一书所作的序中说："在本世纪，已开始有关注《红楼梦》评点的专著，但局面还需要进一步拓展，这方面的研究还大有深入之必要。"[①] 综览学界程刻本评点方面的学术专著，除胡晴《〈红楼梦〉评点中的人物批评》《烛明香暗画楼深：红楼梦人物研究》两部外，较有代表性的还有曹立波《红楼梦东观阁本研究》、刘继保《红楼梦评点研究》、何红梅《红楼梦评点理论研究——以脂砚斋等10家评点为中心》等屈指可数的几部。相对而言，关于程刻本评点的篇幅较长的硕博论文则稍胜一筹，据不完全统计，凡二十余篇。虽如此，这与程刻本评点被抬升至同脂批并驾齐驱的地位仍不甚协调。主题、情节、人物、结构、语言，小说文本阐释的多样性，决定着这些议题在在皆可独立成书，然而，程刻本评点仍存在专著匮乏的现象，这说明其距离全面研究尚有很长的一段路要走，某些由来已久的学术偏见也亟待实质性的转变。

再看28篇（部）黄小田评点研究文章，截至目前为止，还没有对黄小田《红楼梦》评点作个体研究的专著，更多的是以论文形式从宏观视野泛泛而谈，或撷取某一论点从微观角度进行概括性述评，或附丽于其他评家评点进行综合比较，故呈现在我们面前的研究文字支离繁碎，缺乏系统性、全面性和深入性。其实不唯黄小田评点，其他评点家的评点也存在

① 胡晴著：《〈红楼梦〉评点中的人物批评》，第2页。

这种个体研究严重稀缺的问题，除东观阁本评点有曹立波专著《红楼梦东观阁本研究》外，其他如张汝執评点有谭君华硕士论文《〈红楼梦〉张汝執评点研究》[①]、陈其泰评点有吴海燕硕士论文《论陈其泰〈桐花凤阁评《红楼梦》〉》[②]、张新之评点有官鹏鹏硕士论文《张新之〈红楼梦〉评点研究》[③]、姚梅伯评点有胡蓉硕士论文《姚燮〈红楼梦〉评点研究》[④]等，数量甚寡，关于哈斯宝评点的硕士论文虽有多篇，但皆是就其中某一论题进行分析而未做整体研究。冯其庸"重议评点派"的确加大了程刻本评点研究的力度，但在繁荣的表象之下，我们对在攻克、填补问题过程中涌现出来的新问题缺乏周到的考虑，比如评点家及其评点的个案研究，致使这一课题中的相当一部分研究成果陷入散乱与零落的状态，而缺乏认真的整理和必要的总结。

鉴于如上黄小田评点研究中存在的缺陷，笔者拟在前辈与时贤皓首穷经、辛勤付出的基础上，对黄小田评点中的不足如基础性议题等进行研究，以凸显其对评点研究的奠基作用，所谓平地起高楼，基础须打牢。当然，这其中也不乏对黄小田评点艺术见解等的鉴赏和分析，但这方面所占的篇幅要小一些。

必须要明确的是，黄小田评点的内容是精芜相杂的。中肯之处，散金碎玉，不胜枚举；迂腐之谈，固守鄙陋，充斥全书。见解合理，接受、褒扬之；观点陈腐，批判、扬弃之。本书坚持客观公正的学术立场，以期还原一个真实的旧红学时代的评点家并评议其瑕瑜互见的《红楼梦》评点。

第二节　黄小田生平与著述

毋庸置疑，《红楼梦》这部皇皇巨著的诞生离不开作者曹雪芹的天才

① 谭君华：《〈红楼梦〉张汝執评点研究》，中央民族大学2012年硕士论文。

② 吴海燕：《论陈其泰〈桐花凤阁评《红楼梦》〉》，浙江师范大学2006年硕士论文。

③ 官鹏鹏：《张新之〈红楼梦〉评点研究》，福建师范大学2016年硕士论文。

④ 胡蓉：《姚燮〈红楼梦〉评点研究》，福建师范大学2012年硕士论文。

创造，而曹雪芹的天才创造又离不开给予他丰富养料的肥沃土壤——显赫一时的织造世家与分崩离析的家族抄没，诗礼传家的文学滋养与霞染西山的底层磨砺，锦衣玉食的富贵生活与瓦灶绳床的贫窘孤寂，大起大落的人生落差与大彻大悟的内在超越，曹雪芹家世生平研究因而成为红学研究的重要组成部分。

同样，评点者家世生平研究也是诸家评点研究的必经之路。上一节中提到，学界对黄小田家世生平、交游著述等缺乏较为深入的考证，梁白泉《杨葆光过录黄小田〈新增批评绣像红楼梦〉评语录后》[①] 及黄山书社 1989 年版《红楼梦》黄小田评本"前言"[②] 是两篇较早涉及黄小田生平的文章，此后相关文论或承袭旧说一带而过，或以讹传讹语焉不详，致使这一领域的研究处于几近沉寂的状态。黄小田是目前可知唯一一位既评点了《红楼梦》又评点了《儒林外史》的旧红学时代的评点家，而在《儒林外史》评点研究中，黄小田家世履历、学艺交往方面的研究亦出现大面积的空白，这无疑是一种不应有的损失。黄小田是有诗文集行世的，其父黄钺亦有诗文著作流传至今，这些嘉道以还的刊本不应是静默的出版物，而应成为我们管窥黄小田家世生平、思想状况、人生道路、文学活动等的重要媒介。本节即对黄小田的家世、生平、著述等进行综合考察，以期提供较为翔实的背景资料，方便来者。

一、家世

黄小田（1795—1867），小字寅生，名富民，字景完，一字殖园，晚号萍叟，安徽太平府芜湖县人。先世分源江夏，祖居徽州祁门左田村，宋末迁当涂黄麻村，清顺治初年再迁芜湖，遂为芜湖人，五世居芜湖西门外升平桥，道光四年（1824）治第芜湖城南儒林街。

黄小田高祖尔昌公，州同职衔，赠光禄大夫；大父玉芝公，乾隆十九年（1754）十一月卒，赠光禄大夫。

黄小田家族光前裕后的关键人物即其父黄钺。黄钺（1750—1841），

① 梁白泉：《杨葆光过录黄小田〈新增批评绣像红楼梦〉评语录后》，第 175-177 页。

② ［清］曹雪芹、高鹗著，［清］黄小田评点，李汉秋、陆林辑校：《红楼梦》"前言"。

字左田，号壹斋、左君、井西居士、小井西道人等。乾隆五十三年（1788）乡试第百十四名举人；乾隆五十五年庚戌恩科（1790）殿试二甲第六名进士，授户部主事，因拒附和珅，告假回芜，掌徽州紫阳书院、六安书院及安庆敬敷书院逾十载。嘉庆四年（1799）经安徽巡抚朱珪举荐，加封懋勤殿行走；嘉庆九年（1804）由主事升为赞善，入直南书房，待旨出任湖北、山东、顺天等乡试主考官，后兼山西、山东学政；嘉庆十五年（1810）迁侍讲学士；嘉庆十八年（1813）擢内阁学士；嘉庆十九年（1814）任户部侍郎，寻调礼部侍郎；嘉庆二十四年（1819）补授礼部尚书，加封太子少保衔。道光元年（1821），封军机大臣，寻调户部尚书，参与大典事宜，从事京察议叙；道光六年（1826）致仕。道光二十一年（1841）卒，享年九十二岁，追封太子太保衔，谥勤敏，御祭葬，树石碑，赐入祀贤良祠，国史馆立传，同年入祀两邑乡贤祠。黄钺历职内廷二十七年，虽深荷倚重，沃承天宠，但政绩无多，其见重于世者，乃在诗文书画，而书画方面的造诣更胜诗名。黄钺不仅书画双工，且是著名书画鉴藏家，《国朝先正事略》记其："工书善画，所进画幅，久邀睿赏，与富阳相国称董黄二家，内府名迹，均经其鉴定。"[①]《墨林今话》卷七述其："人比之董华亭，云：'先生工书善画，其生平进御画幅，久邀睿赏，与富阳相国称董黄二家。内府所藏名迹，俱经其鉴定，允为艺苑总持。士大夫好六法者多执贽其门。'"[②]因画艺高超、博洽多闻，黄钺仿唐司空图《二十四诗品》萃二十四种山水画审美境界著《二十四画品》，于中国画论史卓有贡献。黄钺另有诗集《壹斋集》四十卷、《画友录》一卷、《泛桨录》上下卷、《奏御集》二卷、《两朝恩赉记》一卷、《萧汤二老遗诗合编》等，并曾与英和、姚文田、吴其彦等奉敕编纂《秘殿珠林三编》及《石渠宝笈三编》，撰述颇丰，时人刘瑗誉其"诗文书画，名满天下"[③]。

黄钺有同怀兄黄裳亦善画。黄裳（1743—1806），字补之，号寒壁。初画花鸟，嗣客武昌，与王诰、金叶山、戚叔楷诸人游，遂善山水。

---

① ［清］李元度撰：《国朝先正事略》卷四一"文苑·黄勤敏公钺"，见上海中华书局《四部备要》精装大开本，第479页。

② ［清］蒋宝龄撰、［清］蒋茝生续，周骏富辑："清代传记丛刊·艺林类⑨"《墨林今话》卷七"当涂黄左田先生钺"条，台湾明文书局1986年版，第184页。

③ ［清］刘瑗撰：《国朝画徵补录》卷下"黄钺"，清道光刻本，第三二页。

黄钺出身寒素，早失怙恃，又兼科场失意、功名蹭蹬，直至乾隆五十五年（1790）四十一岁时进士及第方摆脱潦倒困境，故深知世事不易、旅食艰难，与邵氏夫人结为婚姻后，延师课子，劝学规训，而诸子少承家学，皆有声名：

黄初民（1772—1831），小田长兄，小字阿鸣，字在轩。嘉庆六年（1801）登拔萃科，嘉庆七年（1802）入京朝考未中，道光元年（1821）以荫得员外郎工部营缮司行走。精绘画，善花卉，亦擅人物山水，存世作品有《花篮清供图》《庚午岁朝图》等。有子二：安桐、安鏧。孙四：敦诗、敦书、敦化、敦让。其中，黄敦书（1835—？），字味之，工画花卉，安徽博物馆藏其绘于光绪十八年（1892）花卉屏及与齐汝庚等合屏。

黄中民（1778—1857），小田二兄，字啸琴，出嗣伯父黄裳。诸生，道光五年（1825）以实录馆誊录官议叙监场大使分发两淮，道光十八年（1838）任扬州府东台县栟茶场盐课司大使，后调泰州草堰场大使，咸丰元年（1851）引疾归。善画山水，得父遗法。道光二十八年（1848）精刊黄钺注《韩昌黎诗增注证讹》十一卷。有子二：安定、安喆。

黄少民（1780—1860后），小田三兄。布政司经历衔，道光十五年（1835）联络芜湖十四家义绅创建丰备义仓十二座，议叙著加五品衔。能诗善画。有子二：安雅、安寿。

黄足民（1789—1849），小田四兄，字可庵，一字寸园。道光六年（1826）食饩郡庠。于黄钺诸子中画艺最精，尤善花卉，求者甚众，代表作品有《澄怀园食笋斋图》《人海归航图》《碧桃唐花图》《宜园读书图》等。足民外舅为乃父弟子、著名画家王子卿，有子安鼎亦善画。黄安鼎（1823—？），小字阿咸，字子九，由张文虎《屡与小田游宴而无诗，别后却寄》其二“孤甥每爱何无忌（谓吴子百孝廉），家学尤怜阮仲容（子九广文绘事能继其世）”[①]知其绘事深得父、祖真传。

第五子即黄小田。小田有子安谨，孙敦宜、女孙阿松。黄安谨（1826—？），原名安吉，字子眘（又作子慎），外舅为著名刻书世家金山钱氏代表人物之一钱熙甫（鼎卿）。筮仕江浙，官青浦县丞、上海县丞，荐擢候补

① ［清］张文虎撰:《舒乙室诗存》卷六,见《清代诗文集汇编》第630册,上海古籍出版社2010年版。凡本书所引《舒乙室杂著甲编》《舒乙室杂著乙编》《舒乙室杂著剩稿》《舒乙室诗存》《索笑词》《覆瓿集续刻》《舒乙室杂存》等张文虎诗文，皆见该册。

江宁知县，赏戴蓝翎，后署通州知州。以书画名，笔意似乃祖。撰有《〈儒林外史评〉序》《移黄勤敏公及王、许三石像碑记》《壹斋集重刊校识》，辑有《历朝词林摘锦·国朝词林摘锦》等。

小田另有姊二：

长姊黄氏（1775—1805），小字阿巽，赘婿当涂唐光斗（季观），监生，黄钺高弟。早卒，遗子徵鑅及女一。唐徵鑅（1795—1859），字振甫，道光十七年（1837）以顺天府大兴选贡生拔贡，道光十八年（1838）朝考以教谕用。

小姊黄氏（1783—？），适广东候补盐知事休宁吴文藻。有子增寿及女一。吴增寿（1820—？），字子百，号鹤臣，廪膳生，同治三年（1864）举人，候选训导。

黄小田甥婿唐莹《谢家山人集》卷六《柬黄子昚太守》其一曰“三绝诗书足典型，更留画品诏趋庭（勤敏公诗、字效法大苏，尤嗜绘事，著有《二十四画品》行世，故诸舅氏皆以画名）”①，合观如上家族世系，黄氏一门确然继有在者、风雅辉映。前有乃父，不堕先型，旁有平侪，雁行并起，这样一个书香门第、显宦之家，为黄小田诗词并举与画赋同工打下良好的基础。

二、生平

自乾隆六十年（1795）六月生于芜邑，至同治六年（1867）十月卒于沪上，黄小田凡七十三载人生，历乾嘉道咸同五朝。咸丰三年（1853）是黄小田命运的转折点，该年四月太平军再犯芜湖，黄小田携家累避乱迁徙，逃难前的近乎一个甲子，生活安逸，吟咏自适，逃难后则饱尝家族星散之痛、辗转流离之苦。从云端跌落凡间的人世悲欢，再兼生命的最后十数年羁旅他乡，使得黄小田的思想发生了深刻的变化，其笔触也由抒发个人际遇转而关注更为广阔的社会现实。纵览黄小田的一生，可分为求学、入仕、辞官、避难四个阶段：

① ［清］唐莹撰：《谢家山人集》卷六，见《清代诗文集汇编》第654册，上海古籍出版社2010年版。

（一）求学："烟景由来未可争，浮踪南北促征程"

乾隆六十年（1795）黄小田出生时，黄钺已授户部云南司主事，嘉庆四年（1799）乾隆驾崩、嘉庆亲政后，黄钺迎来了事业的辉煌，至道光六年（1826）告归，官至户部尚书、军机大臣，仕途亨通，迭荷殊恩，因此，青少年时期的黄小田是在一种安富尊荣的优越环境中生活与成长的。黄小田兄妹七人，其乃最幼者，上有严父慈母教养呵护，下有兄姊爱怜推枣让梨，这段其乐融融的幼年时光令黄小田晚年仍记忆犹新并赋诗曰："忆随小姊灯前戏，缚帚簪花卜紫姑。"（《萍轩小草》下卷《嘉庆壬戌，先兄在轩仿姒颐真画钟馗野溷，一豪猪即之，妹子持杖赶逐，作癸亥岁朝图。……今齿衰岁暮，流寓僧庐，因命鼎侄复仿作一图，题五绝句以志感》其三[①]）

因少亡双亲，寄寓外家，"可怜不祥儿，触处逢人怒"（《壹斋集》卷五《自武昌归，即之京师，与家人别》[②]），在这种寄人篱下的处境下，黄钺发奋读书，始中秋闱，再兼进士及第年已不惑，身老病衰，所以他十分重视对子女的教育。黄小田十五岁时，黄钺延松江举人黄仁授其业，黄仁不仅博通儒典、讲学有方，亦是蜚声一时的填词名家。由《黄勤敏公年谱》嘉庆二十一年（1816）"是年，富民补县学生"、嘉庆二十三年（1818）"三月，遣少民、足民、富民及安桐、安鏊南归应试"、嘉庆二十四年（1819）"是年，富民食饩邑庠"、道光元年（1821）"遣足民、富民及安桐、安鏊南归应试"、道光四年（1824）"十二月，富民南归应试"、道光五年（1825）"是年，富民考取选拔生"、道光六年（1826）"三月，富民入京迎朝考"[③]等记载可知，黄小田在父亲的督促与恩师的教导下，求学应试，脚踏实地，一步步走向科举之路。

有感于二三两儿年少"劣于书"（《壹斋集》卷十一《中民、少民劣于

---

① ［清］黄富民撰：《礼部遗集》，美国哈佛大学汉和图书馆藏同治庚午岁嘉平月金陵刻本。凡本书所引《过庭小稿》《誓墓馀稿》《避弋小草》《萍轩小草》《萍轩词草》《律赋剩稿》《试帖剩稿》等各卷诗文及张文虎《礼部遗集跋》，皆见该书，不另注。《礼部遗集》又可见《清代诗文集汇编》第589册，上海古籍出版社2010年版。

② ［清］黄钺撰，陈育德、凤文学校点：《壹斋集》，黄山书社1999年版，第七二页。凡本书所引黄钺诗文，皆见该书，不另注。为使本书所引古代文献标题规范统一，该校点本中部分诗文题目标点符号略有改变，特此说明。

③ ［清］黄富民编、黄钺删定、黄安谨校：《黄勤敏公年谱》，同治五年当涂黄氏金陵刻本。凡本书所引《黄勤敏公年谱》相关文字，皆见该书，不另注。

书，雪眉用昌黎符读书城南诗韵作书规之，感其意赋答》），为防季子重蹈覆辙，嘉庆十三年至嘉庆十五年（1808—1810）典试山西、嘉庆十八年至嘉庆十九年（1813—1814）典试山东时，黄钺均命黄小田随侍在侧，教诲殷切；按试闲余，黄钺还携子侄门生寻幽访韵、流连胜迹，这使得黄小田既开阔了视野，也增长了见识，又丰富了阅历。黄钺在为朝廷选材取士期间，积极奖掖后进，成才者甚众，如贵州学政、翰林院侍讲许乃普，翰林院编修、湖南学政祁寯藻，嘉庆二十五年（1820）进士、户部郎中张祥河，翰林院编修、南书房行走田嵩年，道光六年（1826）状元、翰林院编修朱昌颐，嘉庆二十五年（1820）“三元及第”状元、道光六年（1826）会试同考官陈继昌等，黄钺在京就职期间，黄小田同他们切磋往还、请益共勉，既结下一生的情谊，又学业精进、日有所成，而这些才藻艳逸的俊彦们日后均成为位高爵显的朝堂栋梁。尤其是嘉庆二十年（1815）黄钺“奉命检校《秘殿珠林》《石渠宝笈》书画”（《黄勤敏公年谱》），不仅拓展了自己的书画眼界，提高了鉴赏水平，也令黄小田问有所得、受益匪浅。

由《黄勤敏公年谱》知道光六年（1826）“七月，富民应朝考，取列一等”，而此前的这段求学经历，不仅是黄小田一生中最为舒心合意的岁月，也是他目不窥园、寒窗苦读的时期，虽有“浮踪南北促征程”（《过庭小稿·花朝雨》）之累，但对其文学艺术修养的形成影响尤著。

（二）入仕：“报国承家说也惭，头衔自顾德何堪”

黄钺五子中，初民以荫得员外郎工部营缮司行走，中民以实录馆誊录官议叙监场大使分发两淮，少民布政司经历，足民则仅知为府廪生，而由《黄勤敏公年谱》道光六年（1826）“七月，富民应朝考，取列一等，奉旨以七品小京官分部学习，旋签掣礼部仪制司行走”、道光九年（1829）“著加恩作为该部候补主事”、道光十七年（1837）“九月，富民补授精膳司主事”、道光十八年（1838）“三月，富民充本科会试提调官。六月二十日，富民升授祠祭司员外郎”、道光十九年（1839）“八月，富民升授仪制司郎中”等记载可知，黄小田是诸子中学优登仕且仕途较为顺利的一个。授官之初，黄小田是有着建功立业的情怀的，如道光九年（1829）道光帝因黄钺八十寿辰而著黄小田“为该部候补主事”，黄小田在恭赍赐物回芜途中有诗曰：“报国承家说也惭，头衔自顾德何堪。预思介寿还家乐，春酒醲涵雨露甘。"(《过庭小稿·出都行》其三)志得意满与一展抱负之情充溢字里行间。十年过后，壮志不减。道光十八年(1838)奉命提调春闱时作诗曰："一笑春官有底忙，追随飞盖此登堂。依稀燕觅新巢垒，惭愧人过旧战场。遮道旌旗明晓色，扃门鼓吹送斜阳。临风多少光明锦，要待群公玉尺量。"(《过庭小稿·奉命提调春闱得诗四首》其一)既描绘出各省举子齐聚贡院的盛况，也表达了为国求贤、取士当今的拳拳之心。从仕宦履历中可以看出，十数年间，黄小田始终职守礼部，礼部掌礼仪、筵飨、学校、科举、外交等事务，而在黄小田为官期间值得特书一笔的就是道光十二年(1832)岁尾与道光十三年(1833)年初参与接待朝鲜冬至兼谢恩使团一行。使团使清期间，黄小田同副房伴倘通德郎尹锦沙、三房伴倘进士鱼广陵等赏花煮酒，竟日笔谈，结下深厚友谊，其《过庭小稿》中还收有尹锦沙赠诗一首："南斗之南东海东，人间有路会相逢。从今旅夜依依梦，多在蓟门烟树中。"这在使团书状使金景善所撰《燕辕直指》[①]中也得到了印证，为道光时期中朝两国文人交往再添一例。

自道光六年(1826)步入仕途，至道光十九年(1839)"以仪郎请假侍养，遂不复出山"[②]，在十数年的政海生涯中，黄小田同乃父黄钺一样"平安着陆"，鲜有作为，但由此带来的好处借用宋人仇远的诗句就是"官冷身闲可读书"，读书令其文名籍甚。由李小瀛原序"予昔随侍修门，获交世丈黄小田仪部。癸巳春，寄居甥馆温篴楼寓，距小田居益近，日相过从，遂识衡甫、小泉两汪君，皆工诗善谈，年各相若。……衡甫创意，作'百美诗社'，上下千古，撷芳采艳，阄韵分题。夜分辄集小田寓斋，各出所成，互为月旦，累月若狂，旋以岁暮中止"[③]，知道光十三年癸巳(1833)，黄小田同居京诗友结"百美诗社"，拈韵赋诗，联吟者尚有李小瀛内弟温篴楼、中表弟蒋紫玖。由王韬《淞隐漫录》卷十二《十鹿九回头记》所记"李曾裕，字小瀛，上海人。父钟瀚，由部郎外擢贵州思恩府。其官京秩时，君随侍邸寓，翩翩年少，品粹学醇，弦诵之暇，与文人墨士结社联吟，时有

① ［朝鲜］金景善撰：《燕辕直指》，见林基中主编《燕行录全集》卷七十至七十二，东国大学校出版部2001年版。

② ［清］张文虎：《黄小田仪部七十寿序》，见《清代诗文集汇编》第630册《舒乙室杂著乙编卷上》。

③ 见［清］陈其泰编辑、俞絜参校《宫闺百咏》卷首，海盐陈氏桐华凤阁道光二十五年刊本。

‘后六家’之称”可知，这场雅集着实震动了京师文坛，社中人皆声名鹊起，而黄小田掞藻飞声，诗名也掩住了官名。

黄小田虽于公务闲暇笔耕不辍并因“百美诗社”名噪一时，但他此一时期的诗文，颇多咏物、摹景、题画、纪游、请宴、会友之作，局限在了抒发自我的狭仄范围之内，而于世情反映不够。黄小田是有“报国承家”的济世情怀的，但平生意气都消磨在这“并辔寻花狂欲绝，何曾佳日负春秋”（《瞥墓馀稿·杭州访衡甫京兆，酒间话旧，赋四律留别（时摄方伯篆）》其一）的碌碌无为之中了。

（三）辞官：“渔樵与汝订偕隐，不愿世人知姓名”

由《黄勤敏公年谱》知，道光十九年（1839）“八月，富民升授仪制司郎中”，三个月后的“十一月，富民以省亲乞假归”，而这次“请省亲回籍，及勤敏公薨，遂不复出山”（张文虎《礼部遗集跋》），升官旋即辞官，黄小田迎来了仕宦生涯的巅峰，也决绝地作别了官场。治世理想同社会现实是有矛盾的，如黄小田曾以“十年贱子趋春曹，同官一例科名高。登堂画诺行踧踖，屏息低颜气不豪”的为官经历劝娄县举人黄晴初“不如去读三尺律，收拾残书抛败笈。多事文章误乃公，短烛风檐一枝笔”（《过庭小稿·送晴初归松江（时挑知县）》），表达出对官场的厌烦。再兼少时家教甚严且受乃父休致后捐资救赈、热心乡邦的影响，当黄小田听看坟人“殷勤致情话，稼穑陈艰难。春霖田祖恝，秋旱天公慳。官仓输不足，笠底霜鬓斑”并见其所备餐饭“尘甑出红腐，得自辛苦间。瓦盆注村醪，尝之味甘酸”时发出了“几载仕宦心，热念从中删”（《过庭小稿·十月四日，偕大兄、三兄（少民）出郡东门，至杨家庄谒先祖光禄公墓，遂游武神山藏云寺而归》）的感慨以及对“土灶当门薪爨藷，烧春一盏醉成咍。休嫌大饼生葱味，一样艰难种得来”（《过庭小稿·午食野店中》其二）的认识，这又使得他的内心不时地泛起波澜进而拷问入仕初心，因而，黄小田在前程大好时停止追求仕进而归隐南山也就不难理解了。

黄小田辞官后，游历山川，栖止岩谷，呼朋唤友，文酒讌酬，过上了一种随己之性的闲适生活，如张文虎诗言：“渔樵与汝订偕隐，不愿世人知姓名。”（《舒乙室诗存》卷三《次小田偶成韵》）黄小田退隐芜邑后，也目睹到与歌舞升平的天子脚下不同的惨痛画面——“路头倒毙无物敛，狼籍横陈死人面。乌鸢争食不值钱，猪肉价昂人肉贱”（《晳墓馀稿·六月六日，因里谚成乐府二章，一以哀饥民，一以忧水患也》其一），“饿者乞墦间，那得饥肠充。殍殍成道殣，腐臭吹随风。行者掩鼻过，施者棺木空。试观蝇蚋饱，何异鱼腹供。悲哉蚩蚩氓，何罪罹鞠讻”（《晳墓馀稿·纪水灾》其七），水灾致数万百姓流离失所，死伤无数，黄小田四兄黄足民也在水患中染疾而亡。黄小田能关注到民生疾苦并付诸笔端，说明他的思想已有了实质性的转变，尽管这种关注还不是很充分。

从道光十九年（1839）岁末“以仪郎请假侍养，遂不复出山”（张文虎《黄小田仪部七十寿序》），到咸丰三年（1853）逃难前的十余年间，黄小田为中国古典小说评点史再添华章——百廿回《红楼梦》批评。时人铭东屏曾说“《红楼梦》批点，向来不下数十家”[①]，黄小田能评批《红楼梦》，知乃时风使然。此外，这也与他喜读稗官小说有关，如小说第九十七回“真是荷粉垂露，杏花烟润了”处眉批：“二句出唐人小说。”可见他对被讥为“小道”的稗官小说的熟稔程度。而黄小田喜读小说，受乃父影响颇深，黄钺《壹斋集》卷五有《庚子夏，钺与无咎、再山、尹甫外兄同舟北上，又同宿邸店者累日。无咎颇记忆稗官小说，夜辄嗾之，谈以引睡，盖词未毕，而余三人者已鼾齁矣。……》、卷二十七有《读唐人小说感赋》等。

真正的归隐不是肉身的遁世远迹，而是内心的宁静与超脱。黄小田辞官后，“有劝以之官者，笑而不答”（张文虎《礼部遗集跋》），可见他的归隐是听从了内心的召唤的。他在家居期间集数年之力，满怀深情地对《红楼梦》进行了评点，并从中体验到了精神的愉悦。比如第六十二回香菱和小螺、芳官、藕官、蕊官等玩斗草的游戏，在“这个又说：‘我有《牡丹亭》上的牡丹花。’那个又说：‘我有《琵琶记》里的枇杷果’”处眉批：“《翡翠园》亦传奇名也，予尝以‘《翡翠园》中翡翠鸟’对上句，不用借音，较枇杷句为工。”《翡翠园》为清初剧作家朱素臣的代表作品之一，又作《翡翠缘》，一句短短的批语，既显示出黄小田对戏曲的倾心喜好，也表明他在对《红楼梦》进行艺术鉴赏的过程中融入小说叙事情境，与小说人物同

① ［清］张新之：《妙复轩评石头记自记》所附“铭东屏书”，见一粟编《古典文学研究资料汇编·红楼梦卷》，中华书局1963年版，第三四页。凡本书所引铭东屏书，皆见该书，不另注。另，笔者引用《红楼梦卷》作参考文献时，对书中标点符号使用不妥之处重新作了修正，特此声明。

呼吸、共悲喜，由此不难想见《红楼梦》给予他的审美自得。

（四）避难："已分荣枯同草木，何时销洗戢刀兵？"

咸丰三年至同治六年（1853—1867）是黄小田生命的最后十五年，也是他为躲避战乱而携家逃难的时期。

咸丰三年（1853）四月太平军再攻芜湖，黄小田及其家族开始了迁徙逃亡之路，昆仲子侄从此各奔西东、天各一方。黄小田一家被姻亲钱鼎卿接至松江府金山县，咸丰七年（1857）春则由金山张堰迁至松江府城周遭，咸丰十年（1860）秋由松江城东南又迁回金山张堰，咸丰十一年（1861）三月由金山张堰再迁至南汇召稼楼，同治元年（1862）冬则移居上海城东地藏庵，同治五年（1866）因黄安谨调上海县丞而全家移入县丞署。在这数度迁移的十余年间，黄小田不仅饱受辗转漂泊之苦，在性命之虞与饥馁之忧相叠加的流亡生活中也遭受了戚友殒殁、故交凋零之悲，身心受到了极大的打击，故此一阶段其诗词创作甚丰，吟诵内容当然是以逃难为主，发羁旅天涯之叹、言思乡怀人之痛、抒战事平息之盼。从离开故土的那一刻，黄小田也完成了由闲适隐者到普通士人的身份的转变，风萍浪迹的逃难历程让他目睹了战乱给百姓带来的深重灾难，也让他接触到了挣扎于社会最底层的民众及其生活，因此他的笔触也由悠闲自得转为沉郁怆然，哀思感伤遍及诗词表里。

虽有奔播四出之苦，相对而言，黄小田携家逃难还算是比较幸运的。首先，"钱鼎卿亲家熙辅遣人冒锋镝招予来此"（《避弋小草》上卷《寄二三两兄》其三诗注），钱鼎卿对避乱金山的黄小田不仅优礼有加，还常饷酒送米以济时需，为此黄小田赋诗曰："一枝许借荫，千里移巢痕。妻饱童稚欢，讵止一饭恩。衰翁亦坐食，鼓腹羞自扪"（《避弋小草》下卷《九月二十四日得孙感赋兼呈鼎卿》）。其次，黄小田在松江重逢了诸多故人，如少时受业恩师黄仁、桐城派名家姚椿之弟姚楗、松江自怡园主人叶桐君、致仕返乡的福安知县刘枢、"百美诗社"诗友李小瀛等，寄诗慰藉，和韵奉答，他们给予背井离乡的黄小田以无微不至的关怀与帮助。第三，黄小田经钱鼎卿引见，又认识颇多知心益友，如钱鼎卿热情好客的二弟葆堂、三弟熙泰，青浦名医何鸿舫，娄县诸生杨煃等。其中著名校勘学者张文虎堪称他一生中最重要的朋友，黄小田《礼部遗集》中有数十首诗是记述二人交游的，而张文虎诗文集及日记中同黄小田的频频互动也足可印证二人“沧海自浅情自深”。此外，经张文虎介绍，黄小田还认识了另一位挚友，即常年在外谋生的娄县文人杨葆光，我们如今所见黄小田《红楼梦》评点，即为杨葆光的过录本。

在居无定所的逃难日子里，对稗官小说始终葆有热爱的黄小田又评点了一部反映士林众生相的讽刺小说《儒林外史》，而成为目前可知唯一一位评点两部名著的旧红学时代的评点家。黄小田评本在《儒林外史》评点史上占有重要地位，它介于嘉庆八年（1803）所刊卧闲草堂评本与同治十三年（1874）所刊齐省堂增订本之间，在《儒林外史》评点一度寥落的七十年中，只有黄小田开掘它声名远播的内在生命力，可谓慧眼如炬、智识不凡。而更重要的是，黄小田完成评点后，还就阅读心得与张文虎进行交流，直接促成张文虎天目山樵评本的出现并开启同光年间《儒林外史》研究的热潮。

黄小田在烽火连天的战乱年代评点《儒林外史》，也缘于对故土家园的无限思念——小说描绘了太多芜湖的风情。尽管黄小田于诗中每每感怀“已分荣枯同草木，何时销洗戢刀兵？”（《避弋小草》下卷《生日感赋（六月二十二日）》）但他最终也未能盼到承平复现，最终也未能重返故园，而在无尽的遗憾中终老松江。

总括黄小田的一生，以咸丰三年（1853）为界：学而优则仕，其生活虽多闲逸，但能于迷途未远之时践行陶元亮“归去来兮，请息交以绝游”的精神自救并于《红楼梦》评点中揭露官场黑暗，将矛头直指皇权专制社会最高统治者，难能可贵；颠簸流离、衣食无着的逃难经历，则让他哀民生之多艰的同时，更加真切地体会到了战争中的生灵涂炭、官府的不作为与滥杀无辜，进而于《儒林外史》评点中批判功名富贵、抨击官场昏暗，这对于一个封建士大夫来说，能如此是很不容易的。

三、著述

除《红楼梦》评点、《儒林外史》评点外，《礼部遗集》是黄小田最重要的诗文著作，也是他一生轨迹的如实记录，系卒后其子黄安谨并延张文虎襄助编纂而成。《礼部遗集》凡九卷，计：《过庭小稿》一卷，收诗110题，185首，吟诵内容主要为求学应试与京官生涯；《誓墓馀稿》一卷，收诗31题，53首，吟诵内容主要为弃官不仕与寄情山水，“誓墓”典出《晋书·王羲之传》，喻去官归隐；《避弋小草》二卷，收诗140题，232首（上卷78题，122首；下卷62题，110首），吟诵内容主要为咸丰三年至咸丰七年（1853—1857）间的避难生活；《萍轩小草》二卷，收诗196题，369首（上卷122题，172首；下卷74题，197首），吟诵内容主要为咸丰八年至同治六年（1858—1867）间的浮居生活；《萍轩词草》一卷，收词43阕，除《摸鱼儿·咏萤》一阕为居京旧词外，余皆咸丰三年（1853）避居松江后朋好唱答、抒情自填之作；《律赋剩稿》一卷，收赋13篇，推为黄小田拔贡前的习练之作；《试帖剩稿》一卷，收诗75首，为黄小田参加乡试的“五言八韵”诗习作。关于《礼部遗集》及其各卷的刊印情况，目前已知有以下三种：

第一种为《过庭小稿》单行本，咸丰八年（1858）八月上海王氏刻本。该本乃浙江严州府知府上海王庆勋所辑朋辈诗集《同人诗录》中的一种，《同人诗录》凡袁翼《邃怀堂诗集》、黄小田《过庭小稿》、张文虎《舒乙室诗》、黄燮清《倚晴楼诗集》、江弢叔《伏敔堂诗集》、李小瀛《舒啸楼诗集》、高锡蕃《朱藤老屋诗钞》、何其超《枣花老屋集》、石景芬《诵清阁诗钞》、杨肖英《修竹轩诗钞》等十家之作各一卷，收入王氏《诒安堂全集》。黄小田《萍轩小草》上卷有作于咸丰八年（1858）五六月间《王太守（庆勋）顷刊同人集，属杨肖英（煃）来录予诗》记载此事：“少小枯吟到白头，曾无句称锦囊收。涂妆翠枉眉颦效，勒帛红犹手泽留（少作经先勤敏公改易尚存）。绝少清声弹古调，颇多苦语爱悲秋。他年谁为侬藏拙，拉杂摧烧付浊流。”既点出了诗作的特色，也表示了谦恭之礼。

第二种为《礼部遗集》刊行本，乃独山莫友之检、同治庚午岁（即同治九年，1870）嘉平月金陵张文虎刊本，凡九卷。该本刊刻情况除卷首张文虎《礼部遗集跋》[①]介绍外，张文虎《怀旧杂记》卷三“黄小田仪部（富

① 张文虎《舒乙室杂著乙编》卷下亦收有《礼部遗集跋》，与同治九年刻本卷首《礼部遗集跋》有6处文字相异，知前者为原稿，后者为定稿。

民）"[①]条及其《舒乙室日记》[②]同治七年至同治九年（1868—1870）中均有提及。笔者所见该刊本有两种样式：一为美国哈佛大学汉和图书馆（今哈佛大学燕京图书馆）藏张文虎金陵刻本，一为《清代诗文集汇编》所收张文虎金陵刻本。两本微有不同，其中，"汇编本"中凡"欹"字，"哈佛本"均改为"攲"，而卷首张跋中，"汇编本"称黄小田卒年"年七十有四"，"哈佛本"作"年七十有三"，黄小田生于乾隆六十年（1795），卒于同治六年（1867），卒年为"年七十有三"，由此或可推知"汇编本"应为校正样本，而"哈佛本"则为付刻定本。

第三种为《壹斋集》与《礼部遗集》合刊本，乃光绪辛巳（即光绪七年，1881）黄安谨所刊，由其所撰《壹斋集重刊校识》：

> 先祖勤敏公《壹斋集》四十卷，前二十七卷刊京邸，后十三卷则归田后两次续刊，益以《奏御集》二卷、《萧汤二老遗诗》二卷，合为五十卷，皆手自编定。咸丰三年，粤寇东窜，赐书、藏书及板片皆沦于贼，先君常为饮恨，寤寐不忘。芜湖许小琴太守哀其志，同治二年为重刊于粤东，以印本来寄，先君佩服高谊，而以道远艰于就印为忧。及太守殁，后嗣君辈颇有完璧之意。今岁仲夏，秋生烟世讲遂航海载板至沪上，谨喜极而益悲，先君之不及见也。重刊始末已见太守跋尾，今谨又以年谱冠诸集首，以先君诗集附于后，集中有误刊等字，命儿子曾一一校正，而谨识其略于末。光绪辛巳仲夏安谨识。[③]

知将乃祖、乃父诗文集合刊，有慎终追远、传承家风之意。此外，柯愈春于《清人诗文集总目提要（中）》"礼部遗集　九卷"条称："黄富民撰。……所撰《礼部遗集》九卷，有瑞安孙衣言序，计自订《过庭小稿》一卷、《誓墓馀稿》一卷、《避弋小草》一卷[④]，南汇张文虎订《萍轩小草》二卷、《萍轩词草》一卷及后人辑《律赋剩稿》一卷、《试帖剩稿》

① ［清］张文虎撰：《怀旧杂记》卷三，见《清代诗文集汇编》第630册《覆瓿集续刻》。

② 陈大康整理：《张文虎日记》，上海书店出版社2009年版。其中讹误及标点不妥处，笔者重又修正，特此说明。

③ ［清］黄安谨：《壹斋集重刊校识》，见［清］黄钺撰，陈育德、凤文学校点《壹斋集》"附录　序跋"，第九一五页。

④ 柯著误，应为"二卷"。

一卷，同治九年刻，中国科学院图书馆藏。”[①]而同治九年（1870）张文虎金陵刊本并无孙衣言（琴西，又作勤西[②]）序。但孙衣言确曾为黄小田诗集作序，张文虎《舒乙室日记》同治十一年壬申（1872）十二月十四日“孙勤老以《礼部集》序来”、十二月十五日“改定孙勤老《礼部集》序”[③]可为证。孙衣言《逊学斋文钞》卷八亦收有作于“同治壬申十一月二十七日书于金陵思食笋斋”的《黄礼部诗序》，由“予既出守安庆，又十年，同治戊辰来官金陵，勤敏之孙安谨子慎亦以知县待次，适在江南见予诗有及食笋斋者，亟介予友南汇张文虎啸山索予诗以去，已而复以《壹斋集》见寄，又以其尊甫小田《礼部集》属为之序，以予与黄氏有文字契也”[④]知孙衣言序《礼部遗集》因由，则柯著所言九卷本《礼部遗集》无疑乃光绪年间黄安谨刊刻本，黄安谨所刊乃父诗集是以张文虎刊本为底本的。笔者亦访得南京图书馆藏有黄安谨所刻《壹斋集》与《礼部遗集》合刊本，馆藏号GJ/805780，凡十二册，第十一、十二册为黄小田九卷本《礼部遗集》，第一册为《黄勤敏公年谱》一卷及《壹斋集》目录，正应“今谨又以年谱冠诸集首，以先君诗集附于后”之谓。

《礼部遗集》最后一卷《试帖剩稿》为黄小田考赴秋闱时平素所作“五言八韵”诗，比之八股文，其程式化更为严重，价值不大，但“诗仿试帖体，以宫闺雅故为题”[⑤]，却能独辟新场，领异标新，此即道光十三年（1833）黄小田同居京朋好李小瀛、汪衡甫等六人结“百美诗社”所赋结晶——《宫闺百咏》，《宫闺百咏》自上古“皇娥夜织”起，至明末“圆圆入蜀”止，凡百题，收诗一百七十首。该书初印本为道光二十五年（1845）海盐陈氏桐华凤阁藏版白纸精刻巾箱本，二册，四卷；重刊本有民国二年

① 柯愈春著：《清人诗文集总目提要（中）》卷四十一，北京古籍出版社2001年版，第1305页。

② ［清］孙衣言：《市楼话雨图记》款署“记者瑞安孙衣言（勤西）也”，见任访秋主编《中国近代文学大系（1840—1919）》第11卷·散文集（2）《会匪纪略书后》，上海书店1993年版，第278-279页。

③ 陈大康整理：《张文虎日记》，第291页。

④ ［清］孙衣言撰：《逊学斋文钞》卷八，见《续修四库全书·集部·别集类》，同治十二年刊。

⑤ 况周颐著：《眉庐丛话》，见沈云龙主编《近代中国史料丛刊续编》第六十四辑，台湾文海出版社有限公司1974—1982年版，第67-68页。

（1913）扫叶山房石印本等。《宫闺百咏》第一册第一卷开篇即黄小田所作《皇娥夜织》，有“窈窕璇宫里，皇娥织悄然。当轩人似玉，太古夜如年。机杼声初动，星河影正悬。宵衣谋郑重，春绪寄缠绵。花样千秋创，文章五色妍。风梭飞璧月，云锦丽金天”句云云，清新明快，别致脱俗；他如《班姬纨扇》“吟到团栾扇，欢情太不长。月从天上好，风在殿西凉。箧笥抛捐久，罗纨冷淡香。甘辞铜辇梦，凄绝绿衣章。怀抱销金粉，肌容保雪霜。流萤才旧苑，飞燕已新妆。乐府歌空怨，东宫暗自伤。由来同薄命，持此谢君王”等，亦文词清丽，缠绵有味。

此外，黄小田还辑有一部《广韵注姓氏纂》[①]：

> 唐人姓氏之书《元和姓纂》原本久佚，《四库全书》从《永乐大典》录出者已阙卷首，非足本也。《广韵》源于陆法言《切韵》，虽经宋景德重修，而注中所引姓氏最备，如《世本》《姓苑》《百家谱》《英贤传》诸书不传于今者，赖其注犹存，则唐以前姓氏之书除《姓纂》外，莫古于《广韵注》矣。幼子富民随侍值庐，暇取《广韵注姓氏》，依韵钞集，分为五卷，更取郑渔仲《姓氏略》、王伯厚《姓氏急就篇》及唐以前史书、列传并杂见于载记者参互考证，附于卷后，名之曰《广韵注姓氏纂》。区区钞录之功，本无足录，惟汇萃成编，易于检阅，因付剞劂，或亦考古者之一助耳。道光四年初冬井西七十五叟黄钺记。

由跋文可知，黄小田这部五卷本著作刊于道光四年（1824），辑录于在京随侍黄钺期间。《广韵》一书不仅具有重要的音韵学价值，还收录姓氏字千余个，为后人研究姓氏源流提供了宝贵的资料。如黄钺所言黄小田这部著作“区区钞录之功，本无足录”，但因具有“汇萃成编，易于检阅”的特点，故“或亦考古者之一助耳”。另外，黄小田还续写了乃父道光十五年至道光二十一年（1835—1841）间的生活概况及道光二十二年（1842）入葬事，并道光十五年（1835）前黄钺自编生平纂为一册，名之《黄勤敏公年谱》，刻于金陵。

一部诗文集《礼部遗集》，绝句、律诗、歌行、诗余、律赋、古乐府等，

---

① ［清］黄富民辑：《广韵注姓氏纂》（五卷），道光四年刊本。五卷中，卷一“上平声”，卷二“下平声”，卷三“上声”，卷四“去声”，卷五“入声”。图书信息源自浙江大学CADAL数字图书馆，加工单位：浙江大学，加工单位编码：06216230。

诸体皆备；两部名著评点《红楼梦》与《儒林外史》，卓见迭出，自成一家：同乃父黄钺相似，黄小田在政治方面虽建树平平，但在为文治学领域却有所成。

四、艺文创作与实践

《礼部遗集》不仅是黄小田生活的实录，也是他思想的直接反映，从中亦能窥其文风笔韵与理论主张。

（一）诗

《礼部遗集》凡九卷，其中诗集占据较大比重，因《礼部遗集》为黄小田卒后其子黄安谨所编，这也就不可避免地存在诗文失载的情况。尽管搜寻并不完备，但八百多[①]首的古今体诗也足以说明黄小田的一生从未间断诗歌创作，"诗言志"，诗歌成为他表情达意最重要的言说方式之一。

张文虎《礼部遗集跋》评价黄小田诗歌创作称"君诗本其先公家法，实导源白傅"，"白傅"即白居易。作为中唐新乐府运动的倡导者之一，白居易在《新乐府序》中曾云"其辞质而径""其言直而切"，即新乐府诗的语言务要自然晓达、明白如话，这样才能更好地播于人口，发挥讽喻作用。而纵览黄小田诗歌作品，其用语浅率，不重藻饰，于朴素简约间别有一番况味，确乎香山一脉。如《过庭小稿》有《辛巳冬北上，道经徐州，车陷积潦，百计不得出，乃集村民为扛舆计，婪索既多，始脱泥淖，盖即此辈掘以祸行人而渔利者，为赋此诗》：

> 酸风檐隙鸣，淡月窗棱透。凄清茅店中，带梦醒残漏。推枕起问夜，戒仆束装走。荒鸡未送声，驽马犹恋豆。冲寒出门去，顷刻变双堠。忽闻前车哗，此道讶非旧。云有潢污横，辙迹隐潜溜。浅深不可测，势难此宿留。捷径无从求，迷途向谁扣。幸有导行人，水边如鹭候（深夜亦有村民蹲于道旁，若相待者）。马首日是瞻，左左而右右。大可藉指南，庶不患颠覆。田父绐项羽，机械早潜构。初济不濡轨，再进乃大谬。轮轴坚埋沙，马蹄深陷窦。浸淫水入箱（昌

① 未计入《试帖剩稿》。

> 黎诗“马头溪深不可厉，借车载过水入箱”），沙石相杂糅。急觅导行人，窜已若鼪鼬。泥行既无橇，泽行鲜反辂。病鸱堕坑中，钝蛙居井甃。于泥爻值需，系柅卦遇姤。旁观暗相庆，谓已入吾彀。缓缓前致词，林立集老幼。言有我辈在，还汝快驰骤。但须囊中钱，使我亦既觏（必见钱始为扛舆）。掀髯乃大悟，肺肝等自首。奴子愤不平，龃龉怒相诟。彼逸欺我劳，眈目志在斗。纷争不满欲，散各如鸟兽。我方迫行程，安敢恪铜臭。终仰援手功，得不降心就。谓免辱泥中，汝愿我当副。转颜皆雀跃，攘臂竞揎袖。……彼民亦无良，罪在不可宥。挟此祸行人，遂谓可致富。既非迫饥寒，何不事耕耨？人心日以薄，习俗何由厚。流弊将无穷，势必成盗寇。是谁纵之然，曷不早图究？涓涓虽细流，江湖会奔凑。我诗不足吟，借以告宰守。黄绸被底人，幸勿充耳褎。

这首诗作于道光元年（1821）冬，此际黄小田同二兄黄中民等奉母邵太夫人灵榇暂厝芜湖东门外火炉山后还京，途经徐州，车陷泥淖，乞村民扛舆，村民借此勒索，故黄小田愤而赋诗记之。全诗在叙事时，质直平易，不加文饰，读来通俗易懂；在描写形象时，简练准确，抓住特征，如黄小田随身奴仆与村民理论时，村民的态度是“纷争不满欲，散各如鸟兽”，而待黄小田答应出钱时，村民的态度是“转颜皆雀跃，攘臂竞揎袖”，由“争”至“散”，再由“攘”及“揎”，将村民们“必见钱始为扛舆”的神情姿态刻画得淋漓尽致；而在自抒怀抱时，如“既非迫饥寒，何不事耕耨？……是谁纵之然，曷不早图究？”“我诗不足吟，借以告宰守。黄绸被底人，幸勿充耳褎”，则又精警明晰，鞭辟入里，由此形成一种浅切质朴的风格特色。孙衣言在《黄礼部诗序》中亦言：“今读礼部诗，尤喜其似勤敏，……礼部之诗，才力不逮勤敏而精新要眇，独有所得，盖非流俗之所能为。”

在《礼部遗集》前六卷八百多首诗中，以咸丰三年（1853）避难为界，避难后所作与避难前所作的比例为 5 ∶ 2，这充分说明太平军战事给黄小田带来的深创剧痛，以致他念念不忘“老夫久断还乡梦，犹把余年望太平”（《避弋小草》下卷《生日感赋（六月二十二日）》）。马祖毅在《皖诗玉屑》中曾这样评价黄小田逃难后的诗篇：“《礼部遗集》中也有些反映农民痛苦生活的诗，如哀饥民、纪水灾、田鼠、农夫叹等等，就数量来说，显得单薄，内容也稍嫌浅了些”，“黄富民所处的时代，正值太平天国革命蓬勃发展之时。咸丰年间，他从芜湖逃到南汇，后又迁苏州[①]，最后定居上海，一直没回来。由于太平天国革命使他回不了故乡，再加上他坚持地主阶级立场，因此在《避弋小草》和《萍轩小草》里，存有不少咒骂农民革命和歌颂清政府镇压革命的诗篇，这说明他以前对农民生活痛苦的同情是有很大局限性的。然而，在那些诅咒革命的作品中，也还有个别篇章在客观上暴露了反革命武装在战争中屠杀无辜人民的血腥罪行，《纪青浦攻城事》就是"，"黄富民能如实记录下这种情况，还算是有些公理的"。[②] 作为皇权专制社会的官吏与文人，深受时代思想的束缚，面对农民起义，他自然会站在统治者的立场，诅咒与唾骂农民起义，以"贼"呼之，对此，我们不宜过分苛责，这是那个时代大部分儒家知识分子的必然局限。此外，马先生说"在那些诅咒革命的作品中，也还有个别篇章在客观上暴露了反革命武装在战争中屠杀无辜人民的血腥罪行"，其实纵览黄小田逃难诗篇，其对清政府腐朽统治的揭露是较为宽广的，批判也是较为深刻的，如：

①"似闻粤贼初，亦由迫官符"。咸丰三年（1853）黄小田避寇金山不久，作有《感时书事成三百三十言》(《避弋小草》上卷）一诗。在诗中，他是站在维护统治者的立场去"感时书事"的，如"皇朝薄赋敛，醇风扇寰区。水毁与木饥，立予宽厥租。普免天下赋，振古之所无。食德二百年，那不沦肌肤。久久奉行善，何地非康衢"；但他仍能站在比较客观的角度审视社会现实——"连年书大水，民瘠骨髓枯。岂堪再朘削，激之聚萑苻。譬如逐群麀，已向隘路驱。要截白棓打，欲窜前无途。迫之成反噬，是谁之过欤？"并指出所憎恨的太平天国运动产生的原因——"似闻粤贼初，亦由迫官符"，十个字表露了黄小田认识到农民痛苦生活的根源——"官逼民反"。这比那些只描绘生活惨景而未能透过现象看本质的诗篇要深刻得多，有意义、有价值得多，这也显示出黄小田思想的进步性，殊可宝贵。

②"一朝恣狼贪，快意用厥武"。马祖毅说"有个别篇章在客观上暴露了反革命武装在战争中屠杀无辜人民的血腥罪行，《纪青浦攻城事》就是"，《纪青浦攻城事》(《避弋小草》上卷）反映的是咸丰三年（1853）秋

① 此处马祖毅说误。黄小田挈家逃难路线为"金山→松江→金山→南汇→上海"，并未避至苏州。

② 转自钱仲联主编《清诗纪事（十五）道光朝卷》，江苏古籍出版社1989年版，第10486、10487、10488页。

刘丽川、周立春等领导的上海小刀会起义同清军之间的斗争。在该诗中，黄小田对清军滥杀无辜、欺压民众、粉饰太平的丑恶行径有所控诉：怒斥“时金陵等郡未克，兵难分调，募停运粮艘水手为前队”的清军无视百姓安危，“以火箭射入城，民居顿毁”而致“民尽鱼在釜”；又呼“浓烟黑雾中，万手争攫取”的清军“此辈本亡命”，“一朝恣狼贪，快意用厥武”；又描绘他们流氓无赖的丑恶嘴脸，攻城后“峨峨高盖来”，百姓哭诉“室家归一空，何以慰疾苦”，清军却道“尔众毋哓哓，哓哓重官怒”“汝邑诚区区，蕞尔不足数”。黄小田虽以“奸民乱嘉定，析党据青浦”称呼小刀会，但也认为他们“不犯黔娄室，但胁猗顿贾”，不动群众分毫，只反对富家大户等剥削者。官兵之“重关夜沉沉，一炬函谷举”与小刀会“不犯黔娄室，但胁猗顿贾”，一所为与一所不为，对比鲜明。

③“昨者霜忽零，那得毡帐蔽”。黄小田在揭露清政府黑暗统治的同时，也关注到了参战士兵对战争的厌弃情绪与抵触心理，显示出诗歌作品的广度与深度。如《避弋小草》上卷有《杂诗》六首，其二曰：

吴淞地产绵，紫花白花异。居民种艺勤，恃作一岁计。西风先稻成，白云秋满地。户户纺绩声，幽缸红一穗。织成匹练光，抱贸四方利。小家卖得钱，薪米幸有备。大家视等闲，婢媪暖柔毳。有兵田陇过，望绵空洒泪。或言滇黔来，或言闽粤至。足茧万里遥，迹已半年滞。暑战汗成盐，秋战体皆痱。昨者霜忽零，那得毡帐蔽。野田草露间，枕戈岂安睡。转眼朔雪飞，粟体北风厉。总总十万人，寒衣属谁寄。

该诗从“有兵田陇过，望绵空洒泪”开始至结束，借参战士兵之口，道出军旅生活的艰辛、无人体恤的悲苦、行军打仗的哀怨，因为描写对象有着真实的战争经历与生存体验，故而全诗颇具代表性与说服力。另，其四曰：

……穷民竞微利，性命如飘蓬。昨见取鱼人，裸入巨海中。白鱼仅数寸，不值口腹供。公然脱破袴，人前无赧容。担入鱼肆去，换几青青铜。是岂有所驱，驱亦谁肯从。我闻征调多，士卒如沙虫。复募健儿往，豨突颇自雄。及当兵刃接，颈缩寒鸦同。生愁三寸项，难敌三尺锋。将毋豹与虎，猛胜蛟与龙。良由志未定，遂令气不充。海民习波涛，目无波涛冲。犯险不知险，拍浮池沼中。生未睹战阵，捉臂来从戎。纵复号精锐，必蹈灭顶凶。百钱换性命，甘为渔舍翁。

这首诗杂糅听闻与悬拟，描写了征调的渔民因未经有效训练而上阵御敌，致在短兵相接中身首异处的惨况，结尾处笔锋一转——“百钱换性命，甘为渔舍翁”，渔民甘冒惊涛骇浪之险捕鱼谋生，也不愿从军征战而白白献出生命。全诗夹叙夹议，揭出战乱频仍、征役不息的社会现状及穷兵黩武给人们带来的深重影响。

④“分明中国土，群道是夷场”。同治元年（1862）二月，清政府将美国人腓特烈·华尔统带的“洋枪队”改组扩编为“常胜军”，以苏松太道吴煦为督带、记名道杨坊与华尔为管带，于上海近郊布防，并联合英法联军围歼太平军。这一事件在黄小田逃难诗篇中也有所呈现，不同的是，黄小田作品所聚焦的是这些“夷兵”们名为保护、实为侵略的行径。如《萍轩小草》下卷有《夷场》诗云：“扰扰聚蠛蠓，纷纷走犬羊。鬼能司性命，人已习逃亡。日色荒荒白，江流混混黄。分明中国土，群道是夷场。”夷兵们的到来，一方面“近郊正鼙鼓，高馆自笙竽”（《萍轩小草》下卷《杂感》其十），一方面“排闼醉攲斜（肆间每有夷奴醉扰）”（《萍轩小草》下卷《赁屋初定，喟然有作》其一），而待攻克嘉定，夷兵们又“掠贼所掠物归，皆欢忻鼓舞，捉人扛之”（《萍轩小草》下卷《夷兵攻克嘉定，掠贼所掠物归，皆欢忻鼓舞，捉人扛之感赋》），以致黄小田愤言“本非干净土，复被犬羊污。俗骨金银裹，媸皮粉墨涂”（《杂感》其十），甚至觉得“城中足官府，回溯觉多慈”（《杂感》其九），官府不作为已令人失望，夷兵则比官府更为可恶。洋人入侵是清政府软弱无能的表现，而夷兵打着“助剿”的名义，横行乡井，寻滋闹事，则进一步巩固了在华的地位与影响，这是清政府不得不正视的恶果，这也是黄小田所不希望看到的，所以他“触目惟长叹，杞天谁可呼？”（《杂感》其十）

《礼部遗集》所存八百多首诗中，或反映生活感受，或描绘自然风光，或吟唱高情远致，或抒写亲朋情谊，皆不乏佳制妙品，但同反映逃难的诗篇相较，后者无疑丰富了诗歌的思想内容，加强了诗歌的现实意义，尤其是那些既揞斥统治阶级又指出百姓生活痛苦根源的诗作，具有强烈的现实性与批判精神，从而成为黄小田创作后期最为闪光的篇章，所谓“笔端纸上，融贯民间疾苦”[①]。张文虎在《怀旧杂记》中亦曾评价黄小田“君诗本勤敏公家法，在少陵、香山间”，“少陵”即杜甫，“香山”为白居易，“在少陵、香山间”也是就黄小田诗篇辞句沉实、质朴自然的特色而言的，尤其是如上同情民瘼、指斥时弊的诗作，继承了杜甫、白居易新乐府的传统，不尚浮靡，平淡之中寓含深邃。

黄小田诗“导源白傅”，“在少陵、香山间”，张文虎、孙衣言等又皆言黄小田诗“本勤敏公家法”，而“黄勤敏诗笔意雄肆，于韩、苏为近”（徐世昌《晚晴簃诗汇》），“韩、苏”即韩愈和苏轼，黄钺更是赋诗“平生爱学昌黎体，道得南山一字无”（《壹斋集》卷三十九《听侄孙安淳读壹斋集示之》其二），对杜甫、韩愈、白居易等往哲的推崇，不仅使得黄小田在所作诗篇中频频引用其诗以作注解，在其《红楼梦》评点中亦多有援引。如第三十九回刘姥姥听平儿说贾府的“螃蟹宴”后计算“这样螃蟹，今年就值五分一斤，十斤五钱，五五二两五,三五一十五，再搭上酒菜，一共倒有二十多两银子。阿弥陀佛！这一顿的钱，够我们庄家人过一年了！”处眉批：“微词。即香山‘一丛深色花，十户中人赋’诗意。”黄小田以白居易《秦中吟·买花》中的名句，点出“京城贵游”奢侈靡费的生活，这与贾府炊金馔玉的豪奢生活何其相似，两相质之，愈见讽刺辛辣，揭露深刻。如第八十五回贾政擢升为工部郎中后恭贺之人络绎不绝，在“真个是：花到正开蜂蝶闹，月逢十足海天宽”处眉批：“昌黎诗所谓‘将衰正盛’乃此时也，可叹可叹。”黄小田从韩愈《感春五首》其五首联“辛夷花房忽全开，将衰正盛须频来”中化出“将衰正盛”一词比拟此际贾府景况，而就在此回贾府庆贺之期，薛家薛蟠收监，紧接着妙玉入邪魔、黛玉绝粒、李十儿弄权、水月庵窝娼聚赌等事件，使得贾府处于风雨飘摇的前夜，所谓盛极必衰也。再如第八十八回“只见贾环贾兰也都进来给贾母请了安。贾兰又见过他母亲，然后过来，在贾母傍边侍立”处眉批：“贾兰形景如在目前，所谓‘物情小可念，人意老多慈’，香山诗正合此景。”“物情小可念，人意老多慈”一句引自白居易《弄龟罗》诗，“龟”指白居易之侄、弟白行简幼子白龟，“罗”为白居易小女白罗，全诗写出晚辈承欢作者膝下的天伦之乐、亲情之爱。黄小田引此诗则点出贾母同贾兰间的祖

① 柯愈春著：《清人诗文集总目提要（中）》卷四十一“礼部遗集 九卷”，第1305页。

孙情、李纨与贾兰间的母子情，于贾母、李纨而言，舐犊情深，于贾兰而言，尊老敬长，承亲顺意。在《红楼梦》批校中，黄小田恰当好处地运用白居易、韩愈等先贤名句于评点文字中，既如锦上添花，富于文采，又增强了评说的力度。

（二）词

黄小田《礼部遗集》中收《萍轩词草》一卷，由《摸鱼儿·咏萤》一词词题小注“京师旧作录存”，知黄小田诗词同工，创作同步，惜其故后黄安谨整理时，或因早年间词作散佚，而仅搜集43阕。

尽管现存词数量不是很多，但黄小田的作品仍受到时人的关注，光绪举人张德瀛《词徵》“评嘉道以还词”条云：“黄小田（富民）词，如灌园野叟，闲话斜阳（当涂人，有《萍轩词草》）。”[①]“灌园”，即“抱瓮灌园”，典源《庄子·天地》，喻安于拙陋的淳朴生活，又有抱瓮、汉阴灌、汉阴瓮、无机汉阴、绝机汉渚等称，“野叟”即村间老人，如唐杜荀鹤《乱后山居》“野叟并田锄暮雨，溪禽同石立寒烟”。汲水灌园的村野老翁，其言也拙朴，其行也直率，以“灌园野叟，闲话斜阳”评价黄词，则其作具有一种自然质朴、高远冲澹的词风。比如《金缕曲·哭姚子枢》：

> 尔又长眠矣，怪音书、传来耳畔，故人频死（谓汪衡甫、雷竹泉、何晓枫、晏秋水诸人）。剩我龙钟颠沛者，面上常教泪洗。叹浊世、如君有几？官是清廉人孝友，看门庭、冷落寒如此。余几个，好孙子。
>
> 长安一别星逾纪。又天涯、两萍重合，白头知己。底事偏贪天上乐，不肯人间游戏。惨从此、酒杯无味。夜枕灯窗梁月落，见清光、恍惚吟魂里。谁为我，唤君起？

该词作于咸丰四年（1854）秋，姚子枢即桐城派名家姚椿之弟姚楗。姚、黄二人为故友，道光十三年（1833）黄小田宦京时，与姚楗酬唱颇夥，洎咸丰三年（1853）黄小田避难金山，同辞归娄县的姚楗再次相逢，喜不自胜，所以词中有言“又天涯、两萍重合，白头知己”。词的上片叙作者接到讣告后肝肠寸断，老泪纵横，并想到老友故去，身后萧条，感慨难以名状；下片则转入回忆，忆及两番情缘，并从追忆中回到现实，述及

① ［清］张德瀛撰：《词徵》卷六，见唐圭璋编《词话丛编》，中华书局1986年版，第4187页。

失去朋友的日子寝不安席、食不甘味。全词明白晓畅，如话家常，字字情真，句句深挚，作者对老友故去的哀痛之切、忆念之悲，通过简单平实的百余字道尽写出，蕴蓄了无限人世伤心，的为情味深长之作。再如《戚氏·种菜》：

掩柴门，白头羁客系荒村。废苑亭台，小园松菊，略无存。休论，腐儒飧，惟堪种菜咬其根。当年不少豪杰，手把镵柄暗声吞。蠖伏终老，雄飞无力，遑言远志鹏鲲。但樊迟学圃，彭泽栽秫，蜗寄乾坤。

休笑野老愚芚，亲著犊鼻，大布阮郎裈。颓垣畔，辟畦疏灌，抱瓮劳奔。惯朝昏，断井那问，泉浑不艺，九畹兰荪。笋奴菌妾，蒜友瓜朋，姜芥齐长儿孙。

待得秋冬好，青黄满眼，露气霜痕。偶为情亲小摘，便盈筐满把敢云恩。晚来铿鬻周菘（唐彦谦诗“菜味笑周菘”）。馔登庾韭，蔬食原吾分。甚鼎烹、歆羡劳方寸，评隽味、还胜鸡豚。更醉倾、老瓦陶盆，向寒夜、芋火拨鸱蹲。一场辛苦，教羊莫躄，饱腹常扪。

《戚氏》为宋柳永所创长调慢词，共三片。黄小田该词约作于咸丰十一年（1861）三月春夏间，此际黄小田携家自金山张堰迁至南汇召稼楼。词的上片写作者信步荒村，见“废苑亭台”间耕土垦田，想到闭门种菜事，并由此联想诸多历史人物也都有过此一言行，如“请学稼”（《论语·子路》）的孔门高弟樊迟、“公田种秫”（南朝梁萧统《陶渊明传》）的五柳先生等。下两片则以时间为序展开描绘，其中，中片想象在村农辛苦培育下菜畦的郁勃之景，“笋奴菌妾，蒜友瓜朋，姜芥齐长儿孙”一句比拟尤为新奇，使自然景物充满了情趣；下片则遥想华实在野的秋冬季，菜蔬采摘之后煎炒烹炸的诸般欣喜，可调餐饭，可佐村醪。全词简古雅淡，不事雕琢，字里行间一派脱世避俗的天真自然，浓郁的生活气息扑面而来。该词作于梗迹萍踪的逃难岁月，且黄小田赋有“闭门种菜英雄事，拟傍花边僦一椽”（《避弋小草》下卷《丁巳元日书怀》）句，故词作也透露出他对寄意田园、安贫自守的生活的推崇与对息兵罢战、铸甲销戈的生活的希冀，可谓寄情绵邈。

《萍轩词草》虽仅 43 阕词，无法窥其全貌，但颂寿、悼亡、绘景、抒情、题咏、嬉游、村居、自娱等，题材广泛，内容丰富，风格质朴，语言清新，与黄小田心性旷达、怡然自得的个性特质是相贴合的。

（三）律赋

《礼部遗集》收《律赋剩稿》一卷。律赋，指介于骈赋和文赋之间具有一定格律的赋体，其音韵谐协，对偶工整，于音律、押韵都有严格规定。律赋起于六朝，完备于唐宋，“自唐迄宋，以赋造士，创为律赋”（清孙梅《四六丛话序》），元明渐稀，兴于清，尤以乾隆后期及嘉道间，为清代律赋创作最为活跃、作品最为繁富的时期。

黄小田习作律赋，是有着得天独厚的优势的。首先，时风使然。律赋于清代极盛，因为“清代士子以钦点翰林为最高奋斗目标，而进入词垣要通过朝考，赋是这场考试的重要科目；入馆之后，还要习作馆课，参加散馆、大考；朝廷举行大典时还要献赋。作为翰林，赋的写作才能无疑是最重要的。为将来能进入翰林院，清人对赋的习作自童生时就已开始。清代学政在对童生、生员举行的观风考试时试以律赋，其用意就在于‘拔录生童，预储馆阁之选’，‘备他日承明著作之选’”[①]。而黄钺于嘉庆九年（1804）入直南书房，南书房为选调翰林专司文词书画之所，故而黄钺深悉律赋写作对考取翰林的重要性，尽管黄小田后来通过拔贡应朝考进入仕途，但从其所存律赋来看，黄钺无疑是希望黄小田走翰林之路的。其次，身边聚拢诸多律赋能手。粤东林联桂辑于道光二年（1822）的《见星庐赋话》所录赋家[②]中，颇多黄小田故旧：如嘉庆十六年辛未科（1811）庶吉士程恩泽，黄小田《过庭小稿》中有《春浦以和程云芬祭酒（恩泽）雪中退直诗见示次韵》诗，可证二人相识；如嘉庆十九年甲戌科（1814）庶吉士祁寯藻，为黄钺门生，其《䜌䫇亭集》中有9首直接写赠黄小田的诗并赋“闻道君来见恨迟，经年惆怅咏将离”（卷十四《喜黄小田仪部来都，并寄呈当涂夫子》[③]）句表达相思，而黄小田《礼部遗集》中也颇多酬答之作；如与祁寯藻同为嘉庆十九年甲戌科（1814）庶吉士的王玮庆，于道光十八年戊戌（1838）负责本科会试考场事务时与充本科会试提调官的黄小田在春闱闲余诗词唱和；如嘉庆二十五年庚辰科（1820）庶吉士陈继昌，其座师为黄钺，同黄小田自然熟识；还有一位，即乃父黄钺，黄小田未考取选拔生前，

① 转自潘务正《林联桂〈见星庐赋话〉与嘉道之际馆阁赋风》，《文学遗产》2010年第五期，第120页。又可参詹杭伦著《清代律赋新论》，北京燕山出版社2008年版，第3–11页。

② 转自潘务正《林联桂〈见星庐赋话〉与嘉道之际馆阁赋风》，第121页。

③ ［清］祁寯藻撰：《䜌䫇亭集》，咸丰七年刻本。

是一直在京随侍黄钺的。而这些具有翰苑经历的文学词臣，对黄小田习练律赋的耳濡目染与切磋砥砺，无疑会使其更上层楼。

《律赋剩稿》所存律赋，计《当魱赋》《团扇家家画放翁赋》《瓜战赋》《扫晴娘赋》《太白酒楼赋》《牛渚燃犀赋》《汉案户赋》《桃笙赋》《灌佛赋》《太白脱靴图赋》《百川灌河赋》《剥枣赋》《拟谢元晖高松赋》等13篇，逐篇读来，皆意灵笔活，情韵相生。比如《太白脱靴图赋（以“手污吾足乃敢嗔”为韵）》：

征旧事于青莲，展遗图于存叟。理惩创而堪观，事流传而不朽。雕镌而金石同坚，作赞而丹青能久。望太白兮横眉，仰长庚兮搔首。丹元子仙真曾写，邀玉局之清吟；牟学士生面重开，具长康之妙手。稽其太平作牧，刺史分符。访谪仙之游迹，经采石之名区。流连心慕，凭吊情孤。被酒想当年之状，濡毫成此日之图。裁缣数尺，泼墨盈壶。貌出天人，如见宫袍之烂；传观座客，不教寒具之污。

盖以才空一世，气慑群儒；笔摇山岳，杯视江湖。问青天于太华，弄白日于昆吾。金门待诏，玉禁传呼。芍药兮清词绮丽，花笺兮醉墨浓濡。乌帽攲斜兮不整，玉山颓倒兮须扶。飞身而欲蹑云霞，是真狂也；濯足而曾经沧海，臣本仙乎。爰有力士，其人者，纵焰貂珰，窃光御烛。龙骧自握夫私权，凤辇时从夫游瞩。目睥睨兮无人，势赫炎兮敢触。何乃视等弁髦，遣同奴仆。谓绾绶兮本非，使脱靴兮非辱。敢嗤醉尉，纵将军而能使低头；许作严光，对天子而何妨白足。观夫炯炯清矑，飘飘神采。目隘九州，眼高四海。蹴尔声来，勃然容改。觉此景之难堪，问相轻之无乃。似结袜之来汉殿，伸脚相呼；俨进履之自圯桥，鞠躬而待。

然而谗毁交乘，古今同感。往迹堪征，遗编可览。惟鸾凤之高翔，何蜉蝣之能撼！心企慕而良殷，语讥评而未敢。对王公而脱帽，何所容心；偃盘礴之解衣，不妨张胆。讵知前车可鉴，后辙相因。同被蛾眉之嫉，空传彩笔之新。片石而还堪珍重，粗沙而幸未磨磷。延访有风流之裔，摩挲来椎拓之人。具袍笏而来前，竞下米颠之拜；喜画图之常在，笑他丞相之嗔。①

① 原赋未分段。律赋原则上依韵分段，为免行文支离，此处则依文意分为三段。

黄小田该赋是以太平府首县当涂本地风物作为题材的，黄钺《壹斋集》卷三十三有诗《宋牟子才太白脱靴、山谷返棹二图，石刻在太平府学尊经阁下。……嘉庆壬申，余在京师作此图诗，亦据志注为景阳刻，承讹袭谬，未暇深考。顷友人拓赠二纸，始知其谬，愧赧无已，爰记以诗，并及向所闻赭山塔、荆山寒壁摩崖之误，以志吾荒陋焉》，知《太白脱靴图》乃南宋太平州知州牟子才所绘并刻赞勒石。故该赋第一段即回溯碑刻由来，而牟子才“访谪仙之游迹，经采石之名区”，乃因唐宝应元年（762）李白卒于族叔当涂令李阳冰所，葬于城南龙山，后迁于龙山相对之青山。第二段则由石刻图绘述及天宝元年（742）李白诏赴长安，供奉翰林，并天子前醉酒赏花、沉香亭赋诗太真、高力士脱靴以侍等诸般风光事。末段写李白因“戏万乘若僚友，视俦列如草芥”（宋苏轼《李太白碑阴记》）而遭高力士等谗毁，失去玄宗信任，作者就此谈了一下自己的看法。通览全赋，笔墨清俊，对仗工整，循题布置，流转自如。在押韵方面，无陈腐字、怪诞字，韵稳辞约；在审题方面，如第二段，由眼前之图摹写李白令力士脱靴且无媚态之精神风骨，虚实相间，落落大方；在结构方面，层次分明，首尾完密。李白及其仗剑远游、蔑视权贵的傲岸精神是青史垂名的，而野史传说中的“天子调羹”“贵妃研墨”“力士脱靴”等故事也是人们耳熟能详的，选此作赋并出新意也是有难度的。就立意旨归而言，该赋中规中矩，只“惟鸾凤之高翔，何蜉蝣之能撼”一句稍可点题，由此或可推得该赋乃黄小田未仕之作，因为他在走入仕途并阅尽沧桑后对官场权臣是无情鞭挞的，而非不痛不痒，这在《红楼梦》与《儒林外史》评点中体现得最为充分。

黄小田对律赋的熟稔，在《红楼梦》评点中也有呈现。如第四十一回刘姥姥随贾母等人游大观园，被凤姐戏耍要吃黄杨根做的十大套杯酒，在“鸳鸯笑道：‘酒喝完了，到底这杯子是什么木头的？’刘老老笑道：‘怨不得姑娘不认得，你们在这金门绣户里，那里认的木头？我们成日家和树林子做街坊，困了枕着他睡，乏了靠着他坐，荒年间饿了还吃他……’”处有眉批：“数语便可衍作诗赋。”短短的八个字，颇见黄小田的自信，这种创作上的自信无疑来自他对赋体文章的烂熟于心。还有第五十四回贾母众人传梅行令，在“那女先儿们都是惯熟的，或紧或慢，或如残漏之滴，或如迸豆之急，或如惊马之驰，或如疾电之光”处眉批：“四句抵一篇《羯鼓赋》。”

孙福轩在《清代赋学研究》一书中论及晚清律赋学时曾说：“此时赋作的别集数量传世者不在乾嘉道三朝之下，仅据一些公私书目记载即有百种以上，比较著名的如何盛斯的《柳汁吟舫赋草》、黄富民的《萍轩律赋剩稿》、王再咸的《泽山赋钞》、朱凤毛的《一帘花影楼律赋》、冯煦的《蒙香室赋录》、江璧的《子笙赋钞》、刘岳云的《食旧德斋赋钞》、章邦元的《翰馨书屋赋余》等，虽然内容和题材没什么创新之处，但数量众多的赋作别集也反映了清代晚期赋学的再次兴起和赋学的思潮动向。”[①] 以今人之评价来看，黄小田所作律赋还是有一定价值的。

（四）绘事

由“家世”一节知黄小田家族皆善画，黄小田自然也不例外，如《嘉庆壬戌，先兄在轩仿姒颐真画钟馗野溷，一豪猪即之，妹子持杖赶逐，作癸亥岁朝图。……题五绝句以志感》其二“故事重描六十年，吾家彩笔付黄筌”句间小注云“诸兄皆善画，富亦曾习之”，同时，黄小田夫人吴氏亦善画，则借《过庭小稿·滇生游慈佑寺归，见和拙作口占再呈》“会须绘出团圞影，玉臂清辉彩共流”句间小注“夫人善画”知悉。令人遗憾的是，迄今为止尚未发现黄小田有绘画作品传世，其画艺画风无从知晓，但在《红楼梦》评点中，黄小田对绘画术语的信手拈来，对充满美感的人物画面、场景描写等表现出的艺术直觉，无疑是其绘画经验的自然流露。此类批语如：

①“活画”“画出”“如画”等绘画术语交相运用。《红楼梦》甫一开篇，即表现出作者对人物塑造的娴熟驾驭。如第三回黛玉进贾府时王熙凤的外貌描写是“一双丹凤三角眼，两弯柳叶掉梢眉，身量苗条，体格风骚，粉面含春威不露，丹唇未启笑先闻”，其出场这一刻的先声夺人、光彩照人、声势逼人、气场震人均得到最大程度的展现，为此博得黄小田的高度赞誉，眉批曰：“六语写尽熙凤，人谓画工为写生手，此不待画而其人如在目前。”小说作者刻画人物形象的本领比画家还要精湛高超。此后，随着红楼故事的开展，数百人物陆续登场，黄小田批语中也频繁

① 孙福轩著：《清代赋学研究》，浙江大学出版社2008年版，第302页。

出现“活画”“画出”“如画”“活画出”等绘画术语，据粗略统计，约有16处，这既显示出黄小田对小说作者的倾心服膺，也表明他同小说作者于绘画一道灵犀共契。

②“传神”“入神”等论画标准夹杂出现。《红楼梦》对各色人物的塑造是血肉丰满、形神兼备的，脂批对此提点甚明。如第三回对王熙凤的容貌描写，甲戌本眉批：“试问诸公：从来小说中可有写形追像至此者？”第六回凤姐叫贾蓉回来处甲戌本眉批：“传神之笔，写阿凤跃跃纸上。”此类批语明显受到东晋大画家顾恺之所提出的“以形写神”“传神写照”等观点的影响。黄小田出身绘画世家，本人亦善画，对小说创作依傍绘画“形神论”而展开自然知之甚详，也深知小说对“传神”“入神”等艺术境界的追求，故而在《红楼梦》评点中，“传神”“入神”等论画标准亦有出现，据粗略统计，约有8处。如第二十三回元春省亲后就小和尚小道士的归宿，凤姐教贾琏如何谋之于贾政，在“贾琏笑道：‘我不知道，你有本事你说去。’凤姐听说，把头一梗，把筷子一放”处眉批：“入神如此，化工化工。”第五十二回“宝玉也觉心里有许多话，只是口里不知要说什么，想了一想，也笑道：‘明儿再说罢。’一面下台阶，低头正欲迈步”处眉批：“‘低头’二字极妙，盖心里有话，一面走，一面低头想也，传神如许。”

③对摹景状物类描写尤为关注。黛玉葬花、宝钗扑蝶、湘云眠芍、香菱斗草、宝玉乞梅……在《红楼梦》中，这一帧帧画面美不胜收，一幕幕场景赏心悦目，作者出众的审美创造力与营造意趣的把控力，赢得黄小田的特别关注。如第三十回“只见赤日当天，树阴匝地，满耳蝉声，静无人语”处眉批：“四句写夏日园林，可谓尽之。”确如批语所言，这描绘盛夏时令的十六字所创设的氛围，景清境美，动静相宜，令人凝神畅思，也令人赞叹作者的诗心画意。如第四十九回赏雪啖膻，在宝玉“于是走至山坡之下，顺着山脚，刚转过去，已闻得一股寒香扑鼻”处眉批：“雪景入画，令我神往。”“踏雪寻梅”是中国传统绘画常见题材，天地苍茫，暗香疏影，冰镜琉璃，循香访梅，确然令人沉浸其中不能自已，尤其是卢梅坡的名句“梅须逊雪三分白，雪却输梅一段香”更是增添了无限情韵。黄小田《过庭小稿》亦有《对雪十三韵》《春浦以和程云芬祭酒（恩泽）雪中退直诗见示次韵》等诗述及玩雪赏梅事。如第八十七回“这里黛玉添了香，自己坐着，

才要拿本书看，只听得园内的风，自西边直透到东边，穿过树枝，都在那里‘唏嗍哗喇’不住的响”处眉批：“一片秋声，写得凄深如许。纵非黛玉，亦难禁受。”“唏嗍哗喇”乃写风吹败叶、草木摇落，而当暮野四合，更令人顿生萧瑟之感。后四十回续书对景物的描绘虽然没了前八十回诗化的语言与诗性的情境，但通过白描手法与锤字炼句的结合运用，绘其声，描其色，摹其状，勾其态，也能收到较好的艺术效果。此类批语还有第百一回“（凤姐）刚欲往秋爽斋这条路来，只听‘唿唿’的一声风过，吹的那树枝上落叶，满园中‘唰喇喇’的作响，枝梢上‘吱娄娄’的发哨，将那些寒鸦宿鸟都惊飞起来”，秋风席卷，落叶翻飞，衰草昏鸦，影移月黑，一种肃杀的气氛透过文字密集袭来，令人竦肩缩颈，寒毛卓竖，为此黄小田眉批：“写得如身历其境，耳闻其声，令阅者亦欲发噤。”可见，明白易晓的文句同样能够力透纸背。黄小田关于此类摹景状物的批语，据粗略统计，约有 15 条（前八十回 10 条，后四十回 5 条），借此或可推其亦擅绘景物。画家需要有比常人更加敏锐的观察力、超强的感受力、独特的理解力、出色的判断力，黄小田对此类景物描写的偏爱，无疑也是其画家身份使然。

五、小结

冯其庸在《曹雪芹家世新考》一书的“自序”中曾说：

> 知人论世，要对一个作家及其作品有较为确切的了解，首先要了解作家的历史（包括他的家庭的历史）和他的世界观、他的社会关系等等，可以说这是研究一个作家所不可逾越的第一步。①

这“第一步”既适于《红楼梦》创作者的家世生平研究，也适于《红楼梦》评点者的家世生平研究。

而通过如上对黄小田家世、生平、著述等的全面考查，一个立体、鲜活的学人形象愈发明晰起来。也正是这番考查让我们发现，黄小田对《红楼梦》的评点，与其家世、生平等有着密不可分的联系并对其艺术观念与

---

① 冯其庸著：《曹雪芹家世新考（上）·自序》，见《瓜饭楼丛稿：冯其庸文集》卷十四，青岛出版社 2011 年版，第十九－二十页。

美学追求产生了重要影响。这说明第一节中所提到的黄小田评点研究中存在的“家世生平研究不振”“基础性研究不牢”等突出问题确然应引起注意，故从下一章开始，本书拟在这几方面做些努力。

第二章　黄小田与《红楼梦》评点

由第一章可知，诗人，词人，画家，赋家，为吏者，归隐者，避乱者，各种身份的转变造就了黄小田独特的人生经历；发奋应举，积极入仕，拂袖而归，大喜大悲大浮大沉的人生志业，促其《红楼梦》评点以及之后的《儒林外史》评点呈现出丰富多彩的样貌。从本章开始，我们以“黄小田与《红楼梦》评点”为研究核心，感受评点家于小说批评中投射的个人气质、生命情结、审美体验及其给予《红楼梦》文本以文学性阐释时所细心挖掘的艺术造诣与别样魅力。凡“评点年限”“评点动因”“评点底本及参校本”“诸家治红对黄小田评点的影响”“黄小田争议性批语简析”等五节内容。

第一节　评点年限

评点年限包括评点的开始时间和完成时间。评点年限的界定，不仅可反映评点者所处时代的社会背景、学术风尚，而且对评点者红学观的形成有着一定程度的影响，同时也决定着评点者对评点底本的择选，因而，评点年限的界定有着多方面的意义。

一、学界对黄小田评点《红楼梦》起讫年限的推测

黄小田《红楼梦》评点以实物形态出现即现藏南京博物院的同治元年

（1862）宝文堂刊《新增批评绣像红楼梦》杨葆光过录本，而杨葆光过录本对黄小田评点的起讫年限也并未言及，所以学界言人人殊。

梁白泉在《杨葆光过录黄小田〈新增批评绣像红楼梦〉评语录后》一文中认为："其时间，推测是在从北京辞归故里以后，即从大约道光二十年以后至咸丰三年这一段时间，即他四十五岁至五十七八岁之间。也有可能是太平天国革命时，战火在当涂一带烧起，他避居到金山、松江、南汇、上海这十年间做的，但这时他已是近七十高龄的人了。"① 何红梅②、薛红娟③等从之。

李汉秋、陆林辑校的黄小田评本"前言"认为："1853年太平军攻克芜湖，他离开家宅，避居金山、松江、南汇、上海十几年，直到病逝异乡。这时候，正如他的好友张文虎的《黄小田仪部七十寿序》所说：'第宅丘墟，赐书零落，百年乔木，炬为烽燹。夫以勤敏公遭际之盛，不及二十年，而君之所遭如此，宜有不堪回首者！'正是在这种'不堪回首'的情绪中，他评点了《红楼梦》，对其中的'盛衰之际'有特别深的感受。"④ 显然，李、陆二先生判黄小田评点的起讫年限为其咸丰三年（1853）因太平军战事离开芜湖而浮居上海一带的十余年间。张庆善⑤、刘继保⑥、吴晓风⑦、钟雪梅⑧、胡晴⑨等均持此说。

沈治钧则在《黄小田批语和范锴旧抄本》一文中认为："黄小田加批的时间大约在道光末年至咸丰初年，最迟不晚于他去世的同治六年（1867）丁卯。"⑩

梁白泉与李汉秋、陆林是较早对黄小田评点进行整理、辑校并作考证

① 梁白泉：《杨葆光过录黄小田〈新增批评绣像红楼梦〉评语录后》，第176–177页。

② 何红梅著：《红楼梦评点理论研究——以脂砚斋等10家评点为中心》，第340页。

③ 薛红娟：《清代评点家视野下的〈红楼梦〉后四十回》，第5页。

④ ［清］曹雪芹、高鹗著，［清］黄小田评点，李汉秋、陆林辑校：《红楼梦》"前言"。

⑤ 张庆善：《一位鲜为人知的〈红楼梦〉评点家——黄小田〈新增批评绣像红楼梦〉评点初探》，第235页。

⑥ 刘继保著：《红楼梦评点研究》，第289页。

⑦ 吴晓风：《〈红楼梦〉评点研究》，第13–14页。

⑧ 钟雪梅：《清代〈红楼梦〉批评研究》，第25页。

⑨ 胡晴著：《烛明香暗画楼深：红楼梦人物研究》，第227页。

⑩ 沈治钧：《黄小田批语和范锴旧抄本》，第126页。

的学者，因而他们的观点影响也较大，其后研究者多因袭之。但或因浮于黄小田家道中落的表象，又或因流于对其评点文字的走马观花，诸学者缺乏对黄小田批语的遍览通读，并进而影响到深层内涵的细究。在以上所列黄小田评点起讫年限的三种观点中，梁白泉的第一种推测即“从北京辞归故里以后，即从大约道光二十年至咸丰三年这一段时间，即他四十五岁至五十七八岁之间”是较为合理的，沈治钧的推测与梁白泉基本一致，但对具体年限语焉不详。那么，黄小田评点《红楼梦》究竟始于何年，终于何时？这是有据可查的，而线索即在其评点文字及相关诗文中。

二、黄小田评点《红楼梦》的起始年限

虽然学界对黄小田评点《红楼梦》的起讫年限众说纷纭，但这并不妨碍我们从黄小田的评点文字中去查寻蛛丝马迹。其实小说第一回的一条批语有着很强的现实针对性，而这条批语即解开黄小田评点起始年限的突破口。

在《红楼梦》第一回“石头果然答道：‘我师何必太痴！我想历来野史的朝代，无非假借汉唐的名色；莫如我这石头所记，不借此套，只按自己的事体情理，反倒新鲜别致……’”处，黄小田眉批：“此下一段，又作者之自命也。然实能痛扫一切陈腐套，而又无淫秽污臭之词，所以为高。近有人欲禁淫书，并此书亦在其内，冤哉冤哉！何尝窥见作者之用意哉！”在这条批语中，黄小田提到了“近有人欲禁淫书，并此书亦在其内”，按嘉道以降较有声势的禁毁“淫书小说”运动，分别有嘉庆十二年（1807）九月至嘉庆十四年（1809）年底安徽学政玉麟禁书，嘉庆二十年（1815）前后京师呵禁红楼戏曲表演，道光十七年（1837）苏松太兵备道周祖植禁书，道光十七年（1837）至道光十八年（1838）五月江苏按察使裕谦及吴县秀才潘遵祁等掀起的苏郡禁书，道光二十四年（1844）浙江禁书，同治六年（1867）安徽江安粮道王大经禁书，同治七年（1868）四月江苏巡抚丁日昌禁书等，七次运动中，《红楼梦》及其续书、戏曲等皆遭查缴[①]。黄

① 转自赵维国《〈红楼梦〉禁毁始末考述》，《红楼梦学刊》2001年第3辑，第204–221页；并参考王利器辑录《元明清三代禁毁小说戏曲史料》（增订本），上海古籍出版社1981年版。

小田生于乾隆六十年（1795），卒于同治六年（1867），玉麟禁书时黄小田十四五岁，批红无望；嘉庆二十年（1815）前后京师禁书时，黄小田年甫弱冠，尚不具备评点资历；而王大经、丁日昌禁书时，黄小田又已作古，故其评点《红楼梦》的起始时间应为道光十七年至道光十八年（1837—1838）或道光二十四年（1844）。按《黄勤敏公年谱》道光十七年（1837）“九月，富民补授精膳司主事”、道光十八年（1838）“三月，富民充本科会试提调官。六月二十日，富民升授祠祭司员外郎”、道光十九年（1839）“八月，富民升授仪制司郎中”，足见道光十七年至道光十八年（1837—1838）间黄小田公务繁忙，正值用世报国时期，此一阶段评点《红楼梦》，证据也稍嫌薄弱，故其着手进行《红楼梦》评点的起始年限应界定为道光二十四年（1844）。稍早的道光二十一年（1841）“六月三十日，（勤敏公）遂偃卧不语，是日申时竟弃不孝等长逝矣”（《黄勤敏公年谱》），而由张文虎《黄小田仪部七十寿序》“以仪郎请假侍养，遂不复出山”及《礼部遗集跋》“请省亲回籍，及勤敏公薨，遂不复出山”等可知，黄小田于道光二十四年（1844）开始评点《红楼梦》时已辞归不出，既无案牍劳形，亦绝仕宦之志，时间充裕，精力充沛，因此，界定黄小田评点《红楼梦》的起始年限为道光二十四年（1844）是较为合理的。而就在这一年的九月，杭州士绅张鉴呈请禁毁淫词小说，此举得到浙江巡抚梁宝常、浙江学政吴锺骏的支持，与之响应的还有杭州知府朱煌、湖州知府罗遵殿、仁和县知县杨裕深等，据苏省《计毁淫书目单》拟订《禁毁书目》，涉及小说、戏曲 120 余种，掀起浙江禁书高潮，故黄小田在评点《红楼梦》第一回时发出了“近有人欲禁淫书，并此书亦在其内，冤哉冤哉！何尝窥见作者之用意哉！”的抗议之声。

三、黄小田评点《红楼梦》的完成年限

对黄小田评点《红楼梦》的完成年限，其评点文字无明确提示，杨葆光过录本亦对相关信息付之阙如。但咸丰三年（1853）在黄小田的人生历程中是个重要的时间节点，因太平军攻克芜湖，该年黄小田及其家族的承平岁月被划上休止符，自此开始了十数年的逃难生活。这也是梁白泉、沈

治钧将黄小田评点《红楼梦》的完成年限推为咸丰三年（1853）及初年的主要依据。而笔者则将其界定为咸丰二年（1852），这一年，黄小田应已基本完成对《红楼梦》的评点，缘由如下：

①渐入老境的黄小田难以支撑起《红楼梦》和《儒林外史》两部共百万字文学作品的评点。

黄小田《避弋小草》上卷有《听说金陵事（贼焚掠芜湖已甚，至金陵尤虐，有逃出者，忆其语为诗）》一诗，其所叙太平军攻克金陵事即发生在咸丰三年（1853）。这一年的正月，太平军沿长江东下，连克九江、安庆、芜湖等地。二月十一日，攻克金陵，二十日，正式定都金陵，改名“天京”。此际，黄小田尚未避往他乡，《避弋小草》上卷亦有《村行见破屋桃花盛开》《见新燕感赋》等诗记芜湖战后凋敝景象。同年四月二十七日，西征太平军击败钦差大臣向荣之子向继雄于安徽太平府郡城当涂，黄小田及其兄辈始逃难，《避弋小草》上卷《寄子方四十二韵》一诗有“豖突性无定，乌惊弓载号（四月贼再犯芜湖，与君遂不相见）”句亦可辅证。从咸丰三年（1853）正月至四月，太平军两攻芜湖，“焚掠芜湖已甚”，以致“男罢锄禾女罢桑，垣倾屋败尽逃亡”（《村行见破屋桃花盛开》），试想在这样一个日日如惊弓之鸟而又神经高度紧张的战乱时期，黄小田哪里还有闲情雅致继续评点《红楼梦》。黄小田不仅评点了《红楼梦》，还评点了另一部名著《儒林外史》，而且对《儒林外史》的评点是在逃难后的余生完成的。但若如李汉秋、陆林等判黄小田评点《红楼梦》为其咸丰三年（1853）离开芜湖而浮居上海一带的十余年间，那么，黄小田既要评点约 96 万字的百廿回《红楼梦》，又要评点约 40 万字的五十六回《儒林外史》，评点约 140 万字的两部名著，于一位在颠沛流离中度日的花甲老人来说，大抵是难以想象的。光绪十一年（1885）黄安谨为上海宝文阁所刊《儒林外史评》的序中称“先君在日，尝有批本，极为详备，以卷帙多，未刊”[①]，“以卷帙多”，足证黄小田晚年作批的辛苦，更遑论评点字数为《儒林外史》两倍还要多的《红楼梦》了。在咸丰三年（1853）这一年所写的诗篇中，黄小田多倾吐客居异乡、漂泊无依之心曲，亦抒发身老天涯之感——“齿缺”“眼昏”“发稀”“耳聋”（《避弋

① 李汉秋编：《儒林外史研究资料》，上海古籍出版社 1984 年版，第 136 页。

小草》上卷《老境四律》)，思归之情愈发沉重的同时，岁月的风霜也使得他齿豁头童、体衰多病，对要先后评点两部合计百万字名著的黄小田来说，其精力的不济、体力的不支是可以想见的。因此，可将黄小田完成《红楼梦》评点的时间界定于咸丰二年（1852)。

②评点心境是界定黄小田评点《红楼梦》完成于咸丰二年（1852）的显著因素。

黄小田对《儒林外史》的评点是在逃难后的余生完成的，这在批语中有明显的提示，小说第四十五回“说罢，摆上酒来。九个盘子：一盘青菜花炒肉、一盘煎鲫鱼、一盘片粉伴鸡、一盘摊蛋、一盘葱炒虾、一盘瓜子、一盘人参果、一盘石榴米、一盘豆腐干。烫上滚热的封缸酒来”处有批：“家乡风味,令我乡思不可遏矣。”[①] 正因为“乡思不可遏”,黄小田评点《红楼梦》与《儒林外史》的心境是截然不同的。吴敬梓在《儒林外史》中写到了芜湖关、芜湖的浮桥及浮桥口的街市店铺、婚丧风俗以及芜湖第一大寺观吉祥寺等诸多芜湖风物，而黄小田作批时亦将无限深情融入笔端，小说第二十一回 3 条相同的批语“是芜湖风味”“是芜湖风味”“也是芜湖风味”、第二十三回批语“芜湖人最怕母舅，而长房舅舅尤重，故以此吓牛浦”、第二十四回批语“‘帮一个衬’是芜湖语”、第二十八回批语“吊桶底是南京教门卖的，吾乡亦有油饼耳”等凸显出黄小田对故乡须臾不曾忘却。《儒林外史》已不仅仅是一部文学作品,它亦成为一个蓄积情感的容器,将黄小田和浓浓的乡思乡情连接起来，成为他“老夫久断还乡梦，犹把余年望太平”(《避弋小草》下卷《生日感赋（六月二十二日)》的情感寄托。通览黄小田《儒林外史》评点，是明显能感受到他这种浓得化不开的乡恋乡愁的。而在评点《红楼梦》的文字中，则没有这种浓重的思乡情绪，透过全书三千余条批语，黄小田的心境是欢愉而又安稳的。红楼世界被作者的一支生花妙笔打造得风生水起，各色人物气韵生动、写照传神，对话叙事声口逼肖、贴近世情，故此引得黄小田陶醉其间连呼笔妙，反映到批语中则是贯穿小说百廿回终始的“笑倒”“一笑”“绝倒”“笑笑”“笑煞”“笑断肚肠”“呵呵”“好看煞”“可笑”“好笑”“笑杀”等展现阅读及加批心态的评点文字，据粗略统计，约有 80 余条，几占全部批语条数的 1/30，

① ［清］吴敬梓著，李汉秋辑校：《儒林外史汇校汇评》，上海古籍出版社 2010 年版，第五五三页。凡本书所引《儒林外史》原文及黄小田批语等，皆见该书，不另注。

可见《红楼梦》人物塑造栩栩如生，故事情节引人入胜，更可见黄小田评点时心境的雀跃、情思的飞扬、姿态的昂奋以及心与意合的律动。这种评点心境与评点《儒林外史》是宛然不同的。而且随着咸丰三年（1853）逃难岁月的开启，优游林下、壶觞自醉的闲逸生活一去不返，湖山漂泊、病愁羁旅便成为黄小田晚年诗文咏怀的核心主题，投射到《儒林外史》评点中则是撩拨心弦的梦呓乡语。《红楼梦》给予黄小田绵绵不尽的文学滋养，《儒林外史》给予他的则是一种心灵上的慰藉。因此，界定黄小田评点《红楼梦》完成于咸丰二年（1852）应是大致不差的。

③黄小田评点《红楼梦》完成于咸丰二年（1852），其姻亲钱鼎卿或为关键性人物。

咸丰三年（1853）四月太平军再犯芜湖，黄小田始携家逃难，投奔至松江府金山县姻亲钱鼎卿处，《避弋小草》上卷《寄二三两兄》其三有"下榻城西畔，深叨地主贤（钱鼎卿亲家熙辅遣人冒锋镝招予来此）"句可证。钱熙甫（1793—1862），字次丞，号鼎卿，金山县张堰镇钱家圩人。廪贡生，官芜湖教谕、金山吴稷堂阁学，著有《勤有书堂剩稿》等。钱鼎卿是在中国出版史上占有重要地位的清刻书世家金山钱氏的代表人物之一，他不仅曾续辑外舅吴省兰《艺海珠尘》丛书十集的后两集并于道光三十年（1850）刊行，同时对大弟钱熙祚（号雪枝）辑《守山阁丛书》也给予积极支持，徐珂《清稗类钞》"鉴赏类二"即有"钱鼎卿、雪枝刻书"[①]记其昆仲校书事。可见，黄小田完成《红楼梦》评点后是有着近水楼台的出版条件的，这与其《儒林外史》评点"以卷帙多，未刊"的尴尬境况也是迥乎不同的。黄小田自道光二十四年（1844）始评点《红楼梦》，那么他与钱鼎卿是何时结为儿女亲家的呢？《黄勤敏公年谱》道光二十一年（1841）载"是年，为第三孙安鼎议婚绍兴府山阴县刘氏职员（起涛）女，第四孙安吉议婚松江府金山县钱氏前芜湖教谕（熙甫）女"，安吉即黄安谨，但黄安谨与钱鼎卿之女何时婚配，相关资料均无记载，黄小田《誓墓馀稿》中作于道光二十九年（1849）六月的《纪水灾》一诗其五有"阿松病甫痊，阿除病又作。……天人两相厄，祸乃及老弱"句，阿松即黄安谨长女，黄小田诗集多有出现，由此可推黄安谨婚配或在道光二十一年（1841）

① ［清］徐珂编撰：《清稗类钞》，中华书局1984年版。

议婚当年或次年，最迟不会晚于道光二十九年（1849）。可见，早在道光二十一年（1841），黄小田与钱鼎卿两家即有结为秦晋之举，则其起于道光二十四年（1844）的《红楼梦》评点完毕，是满可有刊印的优越条件的，由黄安谨《儒林外史评》序“先君在日，尝有批本，极为详备，以卷帙多，未刊”也可推得黄小田对自己加批的作品是有刊行于世的考虑的，但黄小田终未刊印自己的《红楼梦》评点，这似可说明一个问题，即黄小田评点《红楼梦》跨越了道咸两朝，也即“黄小田加批的时间大约在道光末年至咸丰初年”。或曰，咸丰三年（1853）四月黄小田全家被钱鼎卿接至金山张堰，此际刊刻更有近水楼台之便，而且虽处战乱，金山钱家的刻书实力却还是有的，咸丰九年（1859）钱鼎卿刻英国胡威理所著《重学》十七卷即为明证。但须知黄小田全家是寄居钱鼎卿处的，且一住就是五年，如黄小田《避弋小草》下卷《丁巳元日书怀》曰“一室鸠居巢强占，五年蜗寄壁空涎”；又兼“田文好客古称难”，生活上的衣食之需多赖钱鼎卿周济，这愈发使得黄小田“一饭终须愧素餐”（《避弋小草》下卷《新居即事杂诗二十首（时自钱家圩移居松郡西郭内水关桥）》其一），而休要再提向钱鼎卿寻求印书支持了。有一件事颇可说明这个问题。咸丰三年（1853）太平军两犯芜湖，黄小田家族藏书及黄钺《壹斋集》板片悉遭焚毁，许文深《重刊壹斋集后序》“咸丰三年，粤寇由楚入吴，仓卒间，诗版与藏书数万卷悉没贼中。公子小田仪部避地松江，寓书文深，痛自引咎，且以无力重刊为终身恨”[①]、黄安谨《壹斋集重刊校识》“咸丰三年，粤寇东窜，赐书、藏书及板片皆沦于贼，先君常为饮恨，寤寐不忘”[②]及何鸿舫《还如阁诗存·题黄勤敏公诗集》“乱后逢萍叟，家藏叹失传。最伤勤敏集，重刻待何年”[③]等均提及黄小田无力重刊乃父《壹斋集》事，而最后接受《壹斋集》重刊事务的却是数千里外任广东南海县丞的葭莩亲许文深。许文深《重刊壹斋集后序》云：“比岁粤东少安，俸入亦稍裕，乃思仪部言，捡

① ［清］许文深：《重刊壹斋集后序》，见［清］黄钺撰，陈育德、凤文学校点《壹斋集》，第九一四－九一五页。

② ［清］黄安谨：《壹斋集重刊校识》，见［清］黄钺撰，陈育德、凤文学校点《壹斋集》，第九一五页。

③ ［清］何鸿舫撰：《还如阁诗存》（一卷），国家图书馆藏抄本。凡本书所引何鸿舫诗文，皆见该书，不另注。笔者感谢于鹏先生代查并惠示此一资料。

公旧赠《壹斋集》，具存箧笥，因悉遵原本召工重雕。”重雕始于咸丰九年（1859），而该年钱鼎卿则刊刻了西方数理之作《重学》，可见，黄小田耿耿于怀的《壹斋集》的重刊亦未向姻亲钱鼎卿开口，不是不能，而是羞于启口。由《壹斋集》的重刊再窥黄小田对自己《红楼梦》评点的刊印，亦是羞于向钱鼎卿启口。由此可推，咸丰三年（1853）前黄小田有刊印《红楼梦》评点的条件而终未刊印，系评点工作持续到了咸丰二年（1852）；咸丰三年（1853）因太平军战事避难至姻亲钱鼎卿处而终未刊印，系挈眷寄食而赧于启齿。因此，界定黄小田评点《红楼梦》完成的年限止于咸丰二年（1852）应是说得通的，也是符合黄小田其时的生活状况的。

按以上三点所推，黄小田评点《红楼梦》的完成年限为咸丰二年（1852）应可基本界定。此外，由杨葆光过录本第百二十回回末题记“曩尝从先生假手批本”可知，咸丰三年（1853）逃难时黄小田是携带着《红楼梦》评点的，那么，从咸丰三年（1853）起，至咸丰十一年（1861）春杨葆光借阅其评点的九年间，黄小田对《红楼梦》评点是否有所增删补改呢？因黄小田手批本不存，我们无法作出判断，但仍可从某些批语中探得一二。如小说第四十一回“那大姐儿因抱着一个大柚子玩的，忽见板儿抱着一个佛手，大姐便要，丫鬟哄他取去，大姐儿等不得，便哭了。众人忙把柚子给了板儿，将板儿的佛手哄过来与他才罢”处眉批：“大姐儿、板儿，俱为后文张本，非闲笔也。”黄小田该批其意显豁，即由第五回十二钗判词及《红楼梦曲》知巧姐的结局是与板儿结成夫妻，但在第百二十回巧姐最终嫁给周家为媳，批语所言“大姐儿、板儿，俱为后文张本”没了着落，而黄小田也未作出任何的修改与加批。再如第六十三回“麝月便掣了一根出来，大家看时，上面是一枝荼蘼花，题着‘韶华胜极’四字，那边写着一句旧诗，道是：开到荼蘼花事了”处眉批：“宝玉诸婢，麝月不甚有情，至后文求去则‘花事了’矣，故云送春。”在这里，黄小田犯了张冠李戴的误判，因为“至后文求去”的是玉钏儿，第百十七回明言“玉钏儿见宝玉疯癫更甚，早和他娘说了，要求着出去”，黄小田于此处亦有行间批：“玉钏无情。”两处批语自相矛盾，黄小田也未作出任何的修改与加批。可见，黄小田对其《红楼梦》评点是随文而走、一批而过的。

因受李汉秋、陆林观点的影响，刘继保将黄小田《红楼梦》评点归入与姚梅伯评点、朱湛过录嘉庆甲子本评点并提的咸丰时期的三家评点[①]，钟雪梅[②]从之。而由以上对黄小田评点起讫年限的推考可发现，黄小田评点《红楼梦》的时间与哈斯宝的情形是一样的。据哈斯宝《新译红楼梦序》款署“道光二十七年孟秋朔日撰起”[③]及另一抄本封面所题“壬子年七月撰迄，甲寅年五月修改装订”[④]，知其评译《红楼梦》始于道光二十七年（1847），完成于咸丰二年壬子（1852），定稿于咸丰四年甲寅（1854），跨越道咸两朝。而黄小田评点《红楼梦》始于道光二十四年（1844），迄于咸丰二年（1852），同样跨越道咸两朝。刘先生既将哈斯宝评点归于道光时期，黄小田评点自然也应列入。道光间铭东屏致张新之函云“《红楼梦》批点，向来不下数十家”，黄小田评点即在这“不下数十家”的队伍之中。此一时期也正是《红楼梦》评点史上百花齐放、争艳竞秀的高峰阶段。

综上，黄小田评点《红楼梦》始于道光二十四年（1844），终于咸丰二年（1852），前后历时九年，凡3014条批语（眉批2975条，行间批18条，回末评15条，卷首图赞评5条，首评1条[⑤]），约3.8万字。

第二节　评点动因

清人诸联在《红楼评梦》中说：“《石头记》一书，脍炙人口，而阅者各有所得：或爱其繁华富丽，或爱其缠绵悲恻，或爱其描写口吻一一逼肖，或爱随时随地各有景象，或谓其一肚牢骚，或谓其盛衰循环提矇觉瞶，或

① 刘继保著：《红楼梦评点研究》，第19–20页。

② 钟雪梅：《清代〈红楼梦〉批评研究》，第18页。

③ ［清］哈斯宝著，亦邻真译：《〈新译红楼梦〉回批》，内蒙古人民出版社1979年版，第21页。凡本书所引哈斯宝批语，皆见该书，不另注。

④ 刘继保著：《红楼梦评点研究》，第17页。

⑤ 梁白泉《杨葆光过录黄小田〈新增批评绣像红楼梦〉评语录后》一文统计为“总评、首评2条、图赞评5条、眉批2992条、回末评15条、行内评13条”，梁文数据中，将杨葆光13条（实为12条，见本书第四章《黄小田评点对杨葆光的影响》一节）批语计入，同时漏掉行间批（行内评）5条。正文中的数据系笔者依据梁先生整理本重又统计查核后获得的。

谓因色悟空回头见道，或谓章法句法本诸盲左腐迁。亦见浅见深，随人所近耳。”[①] 诸联之言道出了不同的读者阅读《红楼梦》，都会各有所获。而获益不同的读红人士，又有一个共同的阅读前提，即都对《红楼梦》葆有无限的热爱。《红楼梦》的评点者们也同样如此，如评点派三大家之一的王希廉在其《红楼梦批序》中说“余之于《红楼梦》，爱之读之，读之而批之，固有情不自禁者矣”[②]，张子梁则“读而爱之，昼则置诸酒馔之旁，夜则携于枕衾之侧，久而心与境会”[③]，等等。黄小田概莫能外，其评点《红楼梦》的动因则主要表现在对《红楼梦》由衷地推崇、捍卫《红楼梦》的经典地位、对居京生活的追忆等三个方面。

一、对《红楼梦》由衷地推崇

黄小田生活的清代中后期正是《红楼梦》评点的高峰期，道光十二年（1832）双清仙馆王希廉评本的刊行标志着评点派全盛时代的开启。而与王希廉生活于同一时期的评点家们则搦管蜂起，各逞才思，如陈其泰于道光二十二年（1842）参照涂瀛《红楼梦论赞》对其“少时看书眼光未到”[④]（第九回总评眉批）的《红楼梦》批语进行及时的修正增补，张子梁于道光二十四年（1844）前写成约 45 万[⑤] 字的《评定红楼梦》，张新之则至道光三十年（1850）终完成历时二十余年约 30 万字的《红楼梦》评点，哈斯宝于道光二十七年至咸丰四年（1847—1854）间完成《新译红楼梦》的蒙文翻译，姚燮则约在咸丰年间完成《红楼梦》评点，文本的、艺术的、审美的、技术的、考据的……浩浩汤汤，不但引领读者领略《红楼梦》的

① ［清］诸联撰：《红楼评梦》，见一粟编《古典文学研究资料汇编·红楼梦卷》，第一一七页。

② ［清］王希廉：《红楼梦批序》，见道光壬辰岁双清仙馆刊本《新评绣像红楼梦全传》卷首。其中“爱之读之”一句，一粟编《古典文学研究资料汇编·红楼梦卷》（第三三页）作“爱而读之”，误。

③ 转自胡文彬《〈评订红楼梦〉的发现及其意义——兼论程刻本评点的整理与研究》，第55页。

④ ［清］陈其泰评，刘操南辑：《桐花凤阁评〈红楼梦〉辑录》，天津人民出版社1981年版，第75页。凡本书所引陈其泰批语（或以“桐花凤阁批校本”称之），皆见该书，不另注。

⑤ 数据取自刘继保著《红楼梦评点研究》，第19页。

无限壶奥，而且从接受与传播的层面看，也丰富和拓展了《红楼梦》的意旨与内涵。正是在这种研红风气的影响与浸淫下，黄小田通读完百廿回《红楼梦》后有言："予最服膺者三书，《聊斋志异》《儒林外史》《石头记》也。《聊斋》直是古文，《石头记》为从来未（有）之小说……"[①]"《石头记》为从来未（有）之小说"，可见黄小田对《红楼梦》评价之高、推崇之重，正因为"为从来未（有）之小说"，黄小田在评点中褒之誉之、盛赞有加。第二回"如今生齿日繁，事务日盛，主仆上下，安富尊荣尽多，运筹谋画者无一。其日用排场费用，又不能将就省俭，如今外面的架子虽未甚倒，内囊却也尽上来了"处眉批："而其叙述致败之由，则亲切有如目睹，高出庸手万万，俗所称'四大奇书'，何足道哉！""四大奇书"即《三国演义》《水浒传》《西游记》《金瓶梅》等四部明代文学作品，其中，《金瓶梅》为世情小说的开山之作，《三国演义》《水浒传》《西游记》于世情亦有反映，但"四大奇书"对世态人情、盛衰荣辱的刨写显然不及《红楼梦》用力之多、着墨之细、开掘之深，是故"至今人称道之，不谓之奇书不能也"（第一回眉批）。黄小田是看过《水浒传》的，这在其《儒林外史》评点中多有提及（第三十八、三十九回）。又如《红楼梦》第七回回末评："东府之污秽，不可明写，却借一焦大托之于醉，尽情骂出，痛快非常，从来小说有此妙笔否？"黄小田该批是针对"焦大醉骂"这一情节的叙事手法而言的，因"东府之污秽，不可明写"，故"借一焦大托之于醉"侧笔而出，东观阁本批语将其概括为"旁衬笔"[②]，这样写的好处即如东观阁本批语所言"而正面已见"，既省却正面描写的笔墨，侧面道出也更加真实可信，偌大国公府最终走向败落也在情理之中。第六十八回"（凤姐）又指着贾蓉道：'今日我才知道你了。'说着，把脸却一红，眼圈儿也红了，似有多少委屈的光景"处眉批："含蓄不尽。如此笔妙，从来小说有之否？"该批可与第六回"那凤姐只管慢慢地吃茶，出了半日神，方笑道：'罢了，你且去罢。晚饭后你来再说罢。这会子有人，我也没精神了'"处眉批"传

① ［清］黄小田：《儒林外史又识》，见［清］吴敬梓著，李汉秋辑校《儒林外史汇校汇评》，第六八九页。凡本书所引黄小田《儒林外史序》《儒林外史又识》，皆见该书，不另注。

② 转自曹立波著《红楼梦东观阁本研究》"附录一　东观阁本批语校录"。凡本书所引东观阁本批语，皆见该书，不另注。同时参考东观阁本《新增批评绣像红楼梦》，北京图书馆出版社 2004 年版。

神至此，我不复能赞之，惟死心佩服而已”相对看，第六十八回写凤姐因贾琏偷娶尤二姐而大闹宁国府，贾蓉最后告饶，第六回则是凤姐见刘姥姥的间隙贾蓉来借玻璃炕屏。在这两段描写中，凤姐话虽不多，但言简义丰，尤其是辅以神态描绘以及可以想见的心理描摹，凤姐与贾蓉间那种闪烁飘荡的暧昧之情充溢于字里行间，正所谓白描入骨，追魂摄影，难怪黄小田“不复能赞之，惟死心佩服而已”。同时，黄小田对作者所塑造的“红楼二尤”形象以及在“二尤”章回中一以贯之的精明老辣、足智多谋的凤姐形象也给予了高度评价：“至其描写声容，无不惟妙惟肖，曲尽俗情，则自有小说以来未之见也。”（第六十八回回末评）正因为故事叙写细致、人物塑造传神、文法技巧高超，黄小田从《红楼梦》中获得了阅读的快意与审美的愉悦：“小说耳，原无足异，然文章之妙，为自来小说所未有，故不得不批。”（第一回眉批）

我们如今所见黄小田《红楼梦》评点源于杨葆光的过录本，杨葆光“曩尝从先生假手批本”的时间是在二人相识的咸丰十一年（1861）春，由此可知咸丰三年（1853）逃难时，黄小田是将《红楼梦》评点携带出来的。黄小田逃难时除必要的卧具外，就是带出诸多其父黄钺生前遗珍，如部分朝廷赐书、明人九日诗卷、童时塾中用物百年竹笔筒、“扬州八怪”殿军罗两峰梅花大横卷、道光御赐砚台等，当然还有一部自己的心爱之物——《红楼梦》，可见黄小田对《红楼梦》及其心血育之的评点文字的珍爱与珍视。黄小田是从咸丰三年（1853）四月开始携家逃难的，至六月（《避弋小草》上卷《归心》诗有“到郡暑方剧”句，查该年六月初二日为小暑，十八日为大暑，正为“暑方剧”）始抵金山，《红楼梦》一书也随黄小田历两个月的奔波迁徙，终落户金山。“难销长日小年如，老去闲身感索居。静极一虫偏聒聒，梦回双蝶正蘧蘧（孙畜鸣虫一，京师谓之聒聒，儿庭前日有双白蝶飞来）。溪山想像情无限，枕簟清凉乐有余。客邸无书谁借读，闲翻小说到虞初。”（《萍轩小草》上卷《夏日闲居》）这首写于咸丰八年（1858）的七律是黄小田《礼部遗集》中唯一提到“小说”的诗篇，尾联中的“虞初”即被奉为小说创作鼻祖的西汉小说家虞初，此处则代指小说。黄小田翻阅的这些小说中，或有《水浒传》，或有《聊斋志异》，或有《儒林外史》，当然也少不了《红楼梦》。《红楼梦》不仅给予书剑飘零的黄小田以心灵上的慰藉，亦给他居无定所的流寓生活带来些许暖色。无论是逃难前，还是逃难后，《红楼梦》就如一位老友，始终伴随身旁，可见黄小田对其是由衷地喜爱与推崇。

二、捍卫《红楼梦》的经典地位

黄遵宪称许《红楼梦》“乃开天辟地、从古到今第一部好小说，可与日月争光，万古不磨者”[①]，二百多年来，一代又一代的学人爱红读红、研红论红，接受、发现、阐释《红楼梦》作为文学经典的高度的思想性与艺术性，可以说，红学史的过程，也就是《红楼梦》逐步经典化的过程。而《红楼梦》的经典化，首先在于其自身即具有经典的品格。作为与曹雪芹生活时代比较靠近的评点家们，在同《红楼梦》发生精神交流与艺术碰撞的过程中，颇可窥得他们与作者进行隔时跨世的文心切磋，以开掘小说的经典品格。“而其叙述致败之由，则亲切有如目睹，高出庸手万万，俗所称‘四大奇书’，何足道哉！”家喻户晓的“四大奇书”都无法与《红楼梦》比肩，可见《红楼梦》在黄小田心目中声誉之隆、地位之崇，而黄小田于评点中捍卫《红楼梦》的经典地位则主要表现在以下三个方面：

（一）“试问时俗小说能否？”

深悉拟书底里的脂砚斋盛赞《红楼梦》“真打破历来小说窠臼”（甲戌本第一回眉批），并且时时把它与“近之小说”相较，以彰显《红楼梦》这一“千古未闻之奇文”（甲戌本第一回侧批）的艺术成就与审美追求。黄小田同样别具只眼。第三回林黛玉进贾府，贾母逐一将众人介绍给黛玉后，迎春、探春、惜春等则是“从黛玉眼中写三人”（甲戌本眉批），为此，黄小田眉批赞之：“作者不自叙，即将诸人用贾母指点出来，而‘三春’又由黛玉眼中看出。此书之不同寻常小说处，已见一斑。”这是小说的开始部分，黄小田已感到作者在叙事手法上独具一格，这种叙事手法也即陈其泰所概括的“化板为活之法”。用陈其泰的话来说，“贾府人多，不叙则不明，详叙则可厌”，“若入庸手，必作做书人一一细述，便同嚼蜡矣”（第二回

① ［日］实藤惠秀，郑子瑜编校：《黄遵宪与日本友人笔谈遗稿》，早稻田大学东洋文学研究会 1968 年版，第 31 页。

眉批），那么此时转换一下叙述的视角，由小说人物进行“眼中叙”，就会使这种絮烦死板的平铺直叙变得灵动活泛，给人耳目一新之感。黄小田在此处指出的这种与“寻常小说”迥乎不同的空间叙事技巧，其实在《红楼梦》第二回即有体现，在冷子兴对宁荣二府做出全景扫描后，黄小田有眉批：“冷子兴者，言荣府冷而复兴，故用以演说荣府。而如此叙入正文，亦为小说家别开生面。”此后，随着阅读过程的深入与红楼故事的次第展开，黄小田对作者匠心独运的文法技巧的赞誉亦渐逐增多。如第六回在刘姥姥拜见王熙凤时突然插入贾蓉来借玻璃炕屏处眉批“一直说下去，文章太直率矣”，“故小作波澜，又带写贾珍性情奢侈，凤姐、贾蓉神情暧昧。此书之妙，全在此等处”，此一叙事手法被脂批概括为“横云断山法”（甲戌本侧批）；第七回周瑞家的送宫花时对金钏儿说香菱“竟有些象咱们的东府里小蓉大奶奶的品格儿”，此处有眉批“并不写香菱之美，亦并不写秦氏之美，只此一语而两美并见，以后晴雯、龄官之似黛玉，亦皆此意，真妙笔也”，甲戌本此处有夹批“一击两鸣法，二人之美，并可知矣”；第六十七回写“闻秘事凤姐讯家童”前有一段袭人在沁芳桥畔教管花果的婆子如何防止虫咬的情节，因为此前莺儿向宝钗说“二奶奶一脸的怒气”“看那个光景，倒象有什么大事的是的”已为欲来之大事蓄势，故此黄小田眉批“将写凤姐讯家僮，却偏有此闲笔”，由此造成顿挫之势，此一叙事手法则被脂批概括为“急脉缓受”（蒙府本第六十四回回前总批）；第七十三回赵姨娘的丫鬟小鹊晚见将睡的宝玉，“小鹊笑向宝玉道：‘我来告诉你一个信儿，方才我们奶奶咕咕唧唧，在老爷前不知说了你些个什么，我只听见“宝玉”二字。我来告诉你，仔细明儿老爷向你说话，着实留神’”处眉批“赵姨娘咕咕唧唧谗害人，小鹊想见之熟矣，而又关切宝玉，故此听得此二字，遂来通信。仅此一事，写宝玉之多情、丫头之相爱及赵姨娘之诡秘，并引出大观园之奸盗、王夫人之搜检，荣府从此多事矣。文笔如游丝百丈，若断若连，其才之大，不可思议”，此一备受黄小田赞誉的神来之笔，与脂批所指出的“补前文之不暇，启后文之苗裔”的“一击空谷，八方皆应”（己卯本第十八回夹批）的叙事手法颇为近似。其他如脂批中出现的“特犯不犯”（甲戌本第十六回夹批）、“岔法”（甲戌本第二十七回回末总评）、“随笔埋伏”（蒙府本第四十三回侧批）等文法在黄小田评点文字中亦所在多有，二者可谓灵犀相通，不再赘。花样繁多的叙事手法被曹雪芹有效地加以调度、调配，从而使得《红楼梦》丰美宏赡的艺术肌体骨架匀称、关节自如，黄小田为此钦叹："作者之才，真小说圣手矣。"（第十五回眉批）

黄小田认为《红楼梦》与"时俗小说"的高下立判还体现在人物形象塑造上。《红楼梦》中上至国戚显宦下迄市井寒素，尊若世家纨绔微如山野村氓的各色人物呼之欲出，原因就在于作者"敢于如实描写，并无讳饰"[①]，从而写出了人性的真实与真实的人性。在这一点上，脂批是深知芹笔芹意的，故而论述也最为透彻显明，如"最厌近之小说中，满纸'千伶百俐''这妮子亦通文墨'等语"（甲戌本第三回夹批）、"最厌近之小说中满纸'神童''天分'等语"（戚序本第十八回夹批）、"可笑近之野史中，满纸羞花闭月，莺啼燕语"（己卯本第二十回夹批）、"最恨近之野史中，恶则无往不恶，美则无一不美"（庚辰本第四十三回夹批）、"最恨野史，有一百个女子，皆曰'聪明伶俐'，究竟看来，他行为也只平平"（庚辰本第四十八回夹批）等。黄小田对小说创作中如何塑造人物亦颇有识见，同曹雪芹及脂批的艺术理念一脉相承，我们不必对此逐一分析，只需比较其评点文字即可窥一斑：

> ①时俗小说，既赞其貌，必表其才，乃如此言之，作者之意可知，犹谓之淫书哉！（第三回"后人有作《西江月》二词批宝玉极确，其词曰：无故寻愁觅恨，有时似傻如狂"处眉批）
>
> ②不赞而嘲，亦大异寻常小说。（第八回"这就是大荒山中青埂峰下的那块顽石幻相。后人曾有诗嘲云"处眉批）
>
> ③面试仍有枪手，俗间小说必写诸人如何敏捷，首首皆佳，此偏不然，且必须有此小小迟延，方不直率。（第十八回"宝玉打开一看，觉比自己做的三首高得十倍，遂忙恭楷誊完呈上"处眉批）
>
> ④说书上戏上小姐卧房，正是笑书上戏上之俗。（第四十回贾母说"二则年轻的姑娘们，房里这样素净，也忌讳。我们这老婆子，越发该住马圈去了。你们听那些书上戏上说的小姐们的绣房，精致的还了得呢！"处眉批）
>
> ⑤此正笑庸俗小说中作诗小姐。（第四十八回"探春黛玉都笑道：'谁不是顽？难道我们是认真作诗呢！若说我们真成了诗，出

① 鲁迅：《中国小说的历史的变迁》，见《鲁迅全集》第九卷，人民文学出版社 1981 年版，第 338 页。

了这园子，把人的牙还笑掉了呢’”处眉批）

⑥贾环而能为此耶？胜“大哥二哥”之作远矣，不写贾环全不能诗，正此书异于寻常小说处。（第七十八回“又看贾环的，是首五言律，写道是：红粉不知愁，将军意未休。……好题忠义墓，千古独风流”处眉批）

无论是心仪钟爱的角色，还是面目可憎的形象，曹雪芹所秉持的创作原则即亦臧亦否，褒贬分明，“所以其中所叙的人物，都是真的人物”[①]。黄小田深谙艺术形象的真实必须以现实生活的真实为依据，如此才能创造出血肉丰满、亲切可感的人物形象来。除以上6例外，此类批语还如第五十回“芦雪亭争联即景诗，暖香坞雅制春灯谜”回末评“此两回笔墨清艳，令人神往，惟诗不甚佳者，不过写小女子灵心争捷，原不必佳，反不近情理”；第七十五回贾府中秋夜宴贾政说“怕老婆”笑话处眉批“试问自有小说以来，有如此妙文否？盖古板人说话，已觉可笑，又加以‘怕老婆’三字，未有不举座粲然者矣，入情入理，直是夺造化之能”；第七十六回“贾母道：‘偏今儿高兴，你又来催。难道我醉了不成，偏到天亮！’”处眉批“老人心性与小儿多相似，写得入情入理”；第八十八回贾母同宝玉谈起贾珠“李纨却忍不住，扑簌簌掉下泪来”处眉批“实不能忍了，入情入理”；第百十九回“王夫人打谅宝玉找着了，便喜欢的站起身来说：‘在那里找着的？快叫他进来’”处眉批“只望人归，并不想到中举一事，一定情理如是”等，皆表明只有遵循生活实际的人情事理，才能保证艺术形象的情理兼备。生活真实是艺术真实的基础，情理真实是艺术真实的本质。黄小田对红楼文本的鉴赏，对红楼人物的析探是深入肯綮的，而《红楼梦》一书在同“时俗小说”的对比中所呈现的经典特质，亦如高居天宇的丽日光辉夺目。

自道光六年（1826）考取七品小京官，至道光十九年（1839）升授仪制司郎中，在十数年的仕宦生涯中，黄小田“为京朝官，名公钜卿，多其故旧，交手推誉，声名文采，振耀四方，建牙持节，车前八驺，旦暮可待”（张文虎《黄小田仪部七十寿序》），故而他对《红楼梦》中宁荣二府的富贵豪奢不仅以常情待之，对元春省亲及公侯往来的种种仪制亦不陌生：

① 鲁迅：《中国小说的历史的变迁》，见《鲁迅全集》第九卷，第338页。

①以上写居室冠冕堂皇，岂寒俭人所能着笔。（第三回“临窗大炕上铺着猩红洋毯，正面设着大红金钱蟒引枕，秋香色金钱蟒大条褥；……其余陈设，不必细说”处眉批）

②又缓缓而行，前后俱写得好，试问时俗小说能否？（第十八回“忽见两个太监骑马缓缓而来，至西街门下了马，将马赶出围幙之外，便面西站立”处眉批）

③此一段词令极妥善，岂世俗小说所能！（第十八回“（元春）又向其父说道：‘田舍之家，齑盐布帛，得遂天伦之乐；今虽富贵，骨肉分离，终无意趣。’贾政亦含泪启道：‘臣草芥寒门，鸠群鸦属之中……庶不负上眷顾隆恩也’”处眉批）

④此等排场，写得大方简洁，非眼见不能如此下笔。（第七十一回“须臾，一个捧了戏单至阶下，先递与回事的媳妇；这媳妇接了，才递与林之孝家的；林之孝家的用小茶盘托上，挨身入帘来，递与尤氏的侍妾佩凤；佩凤接了，才奉与尤氏；尤氏托着，走至上席，南安太妃谦让了一回，点了一出吉庆戏文，然后又让北静王妃，也点了一出；众人又让了一回，命随便拣好的唱罢”处眉批）

《红楼梦》不是雪芹家传，但也不能否认他将家族的风光史巧妙地融入小说并进行了艺术的再创造，脂批“借省亲事写南巡，出脱心中多少忆昔感今”（甲戌本第十六回回前批）即为明证。而黄小田贵为显宦之后，曾于道光四年（1824）随父扈从香山，道光十三年（1833）又以礼部候补主事的身份接待入京朝奉的朝鲜冬至兼谢恩使团，再兼十数年的为官经历，因而颇可寻绎曹雪芹临文之际的内心跃动。以上批语表明，黄小田认为小说对器物装饰及场景安排的描写皆为作者对现实生活的“实录”，是有着真实生活影迹的，故而小说中的种种令人身临其境，“阅之如入书中，所以为妙”（第六回眉批）。这与那些偏离生活真实轨道的“时俗小说”“世俗小说”是迥然不同的，正因为“时俗小说”“世俗小说”失去了对现实生活真情实景的观察与体悟，而作者又多赖自己的主观体验，故其文本就被抽去三魂六魄，显得俗不可耐。

“高出庸手万万”，“试问时俗小说能否？”——作为文学经典，《红楼梦》与“时俗小说”是畛域分明的，其高度也是“时俗小说”难以企及的。

（二）“读者谓之淫书，我所不解”

作为一部演绎世情的小说，《红楼梦》写尽了俗世人情的种种，包括风月万象。我们阅读《红楼梦》，感到文字充满了诗情画意，余香满口，即使是不得不写的风月之事，作者也进行了巧妙的处理，黄小田将作者的这种写作手法概括为“含浑”“浑雅”。相关批语录示如次：

①至武则天、赵飞燕等名物，则秦氏之为人可知。然写来浑雅，不得以此谓之淫书。（第五回“案上设着武则天当日镜室中设的宝镜，一边摆着赵飞燕立着舞的金盘，盘内盛着安禄山掷过伤了太真乳的木瓜。上面设着寿昌公主于含章殿下卧的宝榻，悬的是同昌公主制的联珠帐”处眉批）

②此真极淫之淫书也。然何尝露出一字来，其含浑处，岂俗手所能梦见！（第七回“正问着，只听那边一阵笑声，却有贾琏的声音。接着房门响处，平儿拿着大铜盆出来，叫丰儿舀水进去”处眉批）

③此才是真淫书，然却极浑。（第二十三回“贾琏道：‘果然这样，也倒罢了。只是昨儿晚上，我不过是要改个样儿，你就扭手扭脚的’”处眉批）

④不知保养，含浑。（第五十五回“谁知凤姐禀赋气血不足，兼年幼不知保养”处眉批）

⑤写得浑雅乃尔。（第百九回“宝玉因心中愧悔，宝钗欲拢络宝玉之心，自过门至今日，方才如鱼得水，恩爱缠绵。所谓‘二五之精，妙合而凝’的了”处眉批）

⑥写得浑，不杀甚于杀矣。（第百十二回“那知那个人把刀插在背后，腾出手来，将妙玉轻轻的抱起，轻薄了一会子，便拖起背在身上”处眉批）

结合以上所附红楼文本，若直书明写，其中的香艳场景是很露骨的，但曹著及后四十回续书别出心裁，都采取了含而不露的处理方式，故而黄小田认为“无淫秽污臭之词，所以为高”（第一回眉批）。如上批语的第①、②、③、⑤、⑥条不难理解，第④条所附红楼文本，若无黄小田揭出，我们是很难窥见作者会心的。第五十五回说王熙凤“小月”即小产、流产，作为荣府的管家奶奶，王熙凤免不了强打精神处理大小事情，当然，因为年轻，也少不了和贾琏的房中之乐，“阿凤之为人，岂有不着意于‘风月’二字之理哉？若直以明笔写之，不但唐突阿凤声价，亦且无妙文可赏。若不写之，又万万不可”（甲戌本第七回夹批），而产后是禁止性事的，因为会伤精耗气，损及冲任，并累及肾脏、子宫。黄小田批下“不知保养，含浑”，显然是认为王熙凤在产后和贾琏行了周公之事，这种分析是不无道理的，同时也指出作者的处理技高一筹。正是基于这样一种对小说中两性行为的描写准绳，在第二十一回贾琏与多姑娘偷情时的丑态“贾琏一面大动，一面喘吁吁答道”处，黄小田毫不留情地留有眉批“全书无此等污秽之笔，且无关正文，何必细写，当删之”，在平儿发现贾琏偷情证据而承诺贾琏隐瞒实情的两段文字“平儿指着鼻子，晃着头笑道：‘这件事怎么回谢我呢？’”及“贾琏见他娇俏动情，便搂着求欢，被平儿夺手跑了，急的贾琏弯着腰恨道：‘死促狭小淫妇！一定浪上人的火来，他又跑了。’”处黄小田连下两条眉批“写得出，妙笔妙笔，觉比前文污秽情景，高出百倍”“较前文更妙，固知实写情事是笨伯也”，情事实写“是笨伯”，而含蓄所叙才是妙笔。

黄小田提出的“含浑”“浑雅”的观点，与诗论中的“浑含”说本质上是相同的，即含蓄之义。以含蓄之笔写之，亦能收到雅驯的艺术效果。针对如上批语中的第③条，姚梅伯有段眉批：“昨晚要改个样儿，荡情帏薄亵昵斯极，却非金瓶梅中吐属。即使法秀闻之，亦无诃诋。”[①] 姚燮该批指出此处贾琏向王熙凤所说性事绝非《金瓶梅》中赤裸裸的言辞，即使法秀僧听到，也不会受到他的责骂。法秀是北宋时法云寺僧人，以性格严厉、道风峻洁著称，李公麟画马，黄庭坚作艳词，皆受其当面指责，时人称其为“秀铁面”。“秀铁面”都不会从贾琏隐谈房事的言辞中挑出瑕疵，可见小说用笔多么含蓄。正是因为《红楼梦》对情事的描写采取了如黄小田所说的“含浑”“浑雅”的高妙之笔，既不伤害小说含蓄蕴藉、吐属大方的诗性风格，又让人无从攻讦“淫书”之所指，故黄小田在评点《红楼梦》时听闻“近有人欲禁淫书，并此书亦在其内”而发出“冤哉冤哉！”的抗

① 曹立波著：《红楼梦东观阁本研究》“附录一　东观阁本批语校录”，第二五二页；[美]浦安迪编释：《红楼梦批语偏全》，北京大学出版社2003年版，第136页。姚燮回内批参考曹、浦二书，回末评、《大某山民总评》等则参考上海古籍出版社1988年版护花主人、大某山民、太平闲人评《红楼梦》（三家评本），不另注。其他所引（如《读红楼梦纲领》等）则见相关文献标注。

议之声，并称“读者谓之淫书，我所不解”（第五回眉批）。

（三）“此书由盛而衰，不比寻常小说由衰而盛”

对《红楼梦》后四十回续书悲剧结局的处理，胡适在《红楼梦考证》（改定稿）中有一段非常精彩的评价：

> 但我们平心而论，高鹗补的四十回，虽然比不上前八十回，也确然有不可埋没的好处。他写司棋之死，写鸳鸯之死，写妙玉的遭劫，写凤姐的死，写袭人的嫁，都是很有精采的小品文字。最可注意的是这些人都写作悲剧的下场。还有那最重要的“木石前盟”一件公案，高鹗居然忍心害理的教黛玉病死，教宝玉出家，作一个大悲剧的结束，打破中国小说的团圆迷信。这一点悲剧的眼光，不能不令人佩服。我们试看高鹗以后，那许多续《红楼梦》和补《红楼梦》的人，那一个不是想把黛玉、晴雯都从棺材里扶出来，重新配给宝玉？那一个不是想做一部“团圆”的《红楼梦》的？我们这样退一步想，就不能不佩服高鹗的补本了。我们不但佩服，还应该感谢他，因为他这部悲剧的补本，靠着那个“鼓担”的神话，居然打倒了后来无数的团圆《红楼梦》，居然替中国文学保存了一部有悲剧下场的小说！①

作为一位有着较高鉴赏能力的评点家，黄小田在小说第五十七回薛姨妈和宝钗、黛玉闲话姻缘的一段文字即“薛姨妈道：‘我的儿，你们女孩儿家那里知道，自古道：“千里姻缘一线牵”。管姻缘的有一位月下老人，预先注定，暗里只用一根红丝，把这两个人的脚绊住，……若是月下老人不用红线拴的，再不能到一处’”处眉批：“此段为钗黛终身作影，红丝已在眼前，但未之见耳。可怜红丝所不能拴者，苦矣。此书所以迥出陈腐旧套也。”由该批不难看出，黄小田认为《红楼梦》之所以“迥出陈腐旧套”，原因就在于它所表现的宝黛爱情是有情难成神仙眷侣、注定事已错过姻缘，这与大众传统审美心理是背道而驰的，从而“打破中国小说的团圆迷信”。基于此，从小说第九十七回“这时宝玉虽因失玉昏愦，但只听见娶了黛玉为妻，真乃是从古至今、天上人间、第一件畅心满意的事了”处黄小田眉

① 胡适：《红楼梦考证》（改定稿），见宋广波编校注释《胡适红学研究资料全编》，北京图书馆出版社2005年版，第175页。

批“要知作小说若做到如此完美，反索然无味矣”及第百十九回“王夫人见贾兰中了，心下也是喜欢，只想：‘若是宝玉一回来，咱们这些人，不知怎样乐呢！’”处眉批“宝玉若回来，便是蛇足，便是寻常小说，毫无意味矣”不难看出，《红楼梦》同“寻常小说”之所以有霄壤之殊，原因就在于它突破了“始于悲者终于欢，始于离者终于合，始于困者终于亨”① 的大团圆模式，为中国小说带来一次历史性的革新，而黄小田敏锐的艺术洞察力于此可窥。

因为欣赏打破“团圆”的文字，黄小田对《红楼梦》主旨的设计也青睐有加，他在小说第二回“如今生齿日繁，事务日盛，主仆上下，安富尊荣尽多，运筹谋画者无一”处眉批：“记此数语，乃知贾家致败之由。盖此书由盛而衰，不比寻常小说由衰而盛，所以点醒世人。”可见，黄小田在小说伊始即认为《红楼梦》描写了一个大家族由盛而衰的过程，同时也以“此书由盛而衰”同“寻常小说由衰而盛”相较，既凸显了《红楼梦》挑战传统、洗旧翻新的主题认知，也明确了该书的社会功能。行进至小说第百十九回，黄小田再作眉批“是书先盛后衰，本异寻常小说”，重申《红楼梦》摒弃俗套、卓尔不群的经典品格。黄小田对《红楼梦》由盛而衰描写的肯定，也彰显了其不同流俗的艺术眼光，不逊于同时期的评点诸家，且对《红楼梦》异于“时俗小说”的创新之点、伟大之处也有精彩的评价。

通过如上三个方面的比较分析可以看出，黄小田认为无论是在叙事手法上，还是在人物塑造及故事创作上，《红楼梦》同“时俗小说”“寻常小说”都是有着云泥之别的，同时，黄小田坚定地将《红楼梦》与“淫书”划清界限，认为全书对情事的描写采用了“含浑”“浑雅”的写作方式，“无淫秽污臭之词，所以为高”，并指出“此书由盛而衰，不比寻常小说由衰而盛”，从而有力地捍卫了《红楼梦》的经典地位。这也是黄小田评点该书的主要原因之一。

三、对居京生活的追忆

评点派三大家之一的张新之曾说《红楼梦》“书中多用俗谚巧语，皆

① 转自俞晓红著《王国维〈红楼梦评论〉笺说》，中华书局 2004 年版，第 86 页。

地道北语京语，不杂他处方言”[①]，张新之的论断虽不完全正确，但曹雪芹以北京话为核心，广泛吸纳北方地区方言进行加工提炼，从而翻造出成熟丰富、自然鲜活的文学语言乃学界共识，而早期研红者周春更曾言读《红楼梦》要“通官话京腔”[②]。在黄小田批语中，有这样一种有趣的现象，即对《红楼梦》中涉及的北语京话及京师名物表现出极大的兴趣，据粗略统计，有13条之多：

①此戏当是京师高腔。（第二十二回“凤姐虽有王夫人在前，但因贾母之命，不敢违拗；且知贾母喜热闹，更喜谑笑科诨，便先点了一出，却是《刘二当衣》”处眉批）

②“嗗咄”二字，读平，京语也。（第二十二回“那宝玉不理，竟回来，躺在床上，只是闷嗗咄的”处眉批）

③“星星”，别本作“明星”，京师谓“星”为“星星”，翻刻者不知，改作“明星”，不解此语，何必看此书耶？（第三十五回“见了星星月亮，他便不是长吁短叹的，就是咕咕哝哝的”处眉批）

④“福”“物”音相近，北语皆读作平。（第三十九回“贾母道：‘什么“福”，不过是老废物罢了’”处眉批）

⑤“屯”，别本作“村”非“屯”，京师语也。（第三十九回“贾母笑道：‘凤丫头别拿他取笑儿。他是屯里人，老实，那里搁得住你打趣’”处眉批）

⑥“回了老了”，别本改作“厌我老了”，直是胡说，不知北语而欲妄改，何必翻刻？反失语妙。（第四十回“贾母笑道：‘姨太太今儿也过谦起来，想是厌我老了’”处眉批）

⑦北语“诗”“湿”同音。（第四十五回“凤姐笑道：‘我又不会作什么“湿”的“干”的，要我吃东西去不成？’”处眉批）

⑧不入京师亲见亲尝，不知此句之妙。（第四十九回“探春笑道：‘你们闻闻，香气这里都闻见了，我也吃去’”处眉批）

⑨缨络是一物，予家向曾蒙赐，南人无之。（第五十三回“又

① ［清］张新之：《红楼梦读法》，见一粟编《古典文学研究资料汇编·红楼梦卷》，第一五六页。

② ［清］周春：《阅红楼梦随笔·红楼梦评例》，见一粟编《古典文学研究资料汇编·红楼梦卷》，第六七页。

有紫檀雕嵌的大纱透绣花草诗字的璎珞”处眉批）

⑩去绳，预备撒钱，也谓之“打彩”。今京师久无此风，不过用小桌放钱放赏而已。（第五十三回“这媳妇素知规矩，放下桌子，一并将钱都打开，将彩绳抽去，堆在桌上”处眉批）

⑪ 北音“鸭”“丫”同音。（第六十二回“这鸭头不是那丫头”处眉批）

⑫ “这行子”者，北语犹云“这东西也”。（第六十三回“李氏摇了一摇，掣出一根来一看，笑道：‘好极。你们瞧瞧，这行子竟有些意思’”处眉批）

⑬ “吵喜”是京师风俗。（第八十五回“那人答道：‘谁叫老爷升了官呢，怎么不叫我们来吵喜呢？别人家盼着吵还不能呢’”处眉批）

由如上批语不难看出，黄小田对京话北语及北国风物是烂熟于心的，对批语所下的语气也十分肯定，而非犹疑不决。如上列第①条批语，黄小田指出凤姐所点《刘二当衣》“当是京师高腔”，高腔即弋阳腔。清李调元《剧话》称：“弋腔始弋阳，即今高腔。”[①] 清李光庭《乡言解颐》卷三《人部》“优伶”条亦载：“时则有若宜庆、翠庆，昆、弋间以乱弹，言府言官（京班半隶王府，谓之官腔，又曰高腔），节奏异乎淫曼。”[②] 可见弋阳腔曾于京师盛行一时，黄小田对此一戏曲剧种是颇为熟悉的。再如小说第二十二回“宝玉不理，回房躺在床上，只是闷啒咄的”，其中“啒咄”一词，“啒”字在现代汉语中读“gǔ”，“咄”即“duō”，但二字搭配连读则如黄小田所言“读平，京语也”即“gū duō”。“闷啒咄”一词源于程甲本，即闷闷地一声不响之义，此一情节讲宝钗生日宴上史湘云同林黛玉因以“戏子”取笑而互相生气，宝玉从中斡旋调和。“闷啒咄”一词，除杨藏本据程乙本抄配作“闷闷的”外，脂抄本一系皆作“瞪瞪的”，“瞪瞪的”即直视，北周卫元嵩《元包经·睽》“妇睐瞪瞪，妾言冉冉”，李江注“直视貌”，该词的运用更符合宝玉的行为举止，互劝两皆难，不劝心难安，神情无助与

① ［清］李调元撰：《剧话》，见中国戏曲研究院编《中国古典戏曲论著集成 八》，中国戏剧出版社 1959 年版，第 46 页。

② ［清］李光庭撰：《乡言解颐》，见《笔记小说大观》33 编第 3 册，台北新兴书局 1983 年版，第 54 页。

内心煎熬兼而有之。而"闷嗗咄"则缺少神韵，"闷闷的"更显无味。黄小田并未细嚼"闷嗗咄"一词于小说人物的形貌心理是否妥洽，而是聚焦于"'嗗咄'二字，读平，京语也"，可见他对京语北音的关注程度。令人讶异的是，黄小田对京语北语的熟稔在其逃难之后所评点的《儒林外史》中亦有出现，如小说第七回"切记先帝弘治十三年，晚生在工部大堂刘大老爷家扶乩"处作批"又确是京师行道人声口"、第三十回"杜慎卿笑道：'长兄，难道人情只有男女么？朋友之情，更胜于男女！'"处作批"京师所谓'小朋友'耳"等。本籍芜湖的黄小田为何会对京语北语及北国风物了若指掌且知之甚夥？自嘉庆十九年（1814）起，黄小田即同母兄等随侍父亲黄钺任上，至道光五年（1825）登拔萃科，陆陆续续有近十二年的居京岁月，自道光六年（1826）朝考取列一等并以七品小京官签掣礼部仪制司行走起，至道光十九年（1839）岁末"以仪郎请假侍养，遂不复出山"（张文虎《黄小田仪部七十寿序》），复有十四年的宦京生涯，则前后有约二十六年的时间在京度过，这几占黄小田人生历程的1/3，故他对《红楼梦》中出现的京语北俗是十分熟悉的，换言之，对居京生活的追忆也应是黄小田评点《红楼梦》的动因之一。《红楼梦》堪称十八世纪社会生活的百科全书，涵括了世情世景的方方面面，更熔铸了作者特有的生活经历、生存感受和生命体验，而对以解读和研究为要务的评点家来说，在评点的过程中，也同样需要融进个人的现实情怀、当下体验及阅历感悟，从而找寻自己的生命折光和心灵投影。

黄小田这种浓浓的京师情结在他杜门不仕后的诗文中也有所体现，如《避弋小草》上卷《花经移接，色屡变，而作花愈大。京师菊多至三百种，皆蒿也，比于田家采得真菊因赋》其二云"可怜一种真香色，却与田家写夕阳（京师菊有白牡丹、白芍药等名）"、《萍轩小草》上卷《夏日闲居》"静极一虫偏聒聒，梦回双蝶正蘧蘧（孙畜鸣虫一，京师谓之聒聒，儿庭前日有双白蝶飞来）"及同卷《齿动十韵》"慢与唇同补（京师有补齿者），终归骨共销"等。可见，二十多年的居京生活已成为黄小田生命的重要组成部分，评点《红楼梦》时所读到的北音北俗，唤醒了他对居京生活的追忆，而于小说的字里行间找寻昔时生活的前尘梦影。

此外，由如上第②、③、④、⑤、⑥、⑦、⑪、⑫等诸条批语也可看出，黄小田同周春一样认为《红楼梦》语言隶属"官话京腔"，但令其不满的是，有些本子因“不知北语而欲妄改”，“反失语妙”。

综上，对《红楼梦》由衷地推崇、捍卫《红楼梦》的经典地位、对居京生活的追忆等三个方面共同构成黄小田评点《红楼梦》的主要动因，而《红楼梦》又以罕有其匹的文学成就和历久弥新的艺术魅力牵惹着他壮年弃冕不问俗尘之心，以致其抚掌而叹：“文章之妙，为自来小说所未有，故不得不批。”

第三节　评点底本及参校本

在小说评点中，评点底本即评点文字所依附的小说版本，参校本则指用来和底本对校的版本。对底本及参校本的遴选既可体现评点者对评点工作的审慎态度，又可间接窥得评点者作批时代的研红概貌。

黄小田评点《红楼梦》始于道光二十四年（1844），终于咸丰二年（1852），这一时间范畴对考其据以评点的工作底本及参校本有着坐标的意义。梳理嘉道咸时期的《红楼梦》各版本，诸本之源实为乾隆五十六年（1791）[①]、乾隆五十七年（1792）[②]萃文书屋木活字本《新镌全部绣像红楼梦》，嘉庆东观阁本[③]，道光十二年（1832）双清仙馆刊本《新评绣像红楼

① ［清］曹雪芹、高鹗著：《程甲本红楼梦》，书目文献出版社1992年版影印本。为减少版本嬗变误差，同时参校乾隆辛亥萃文书屋刊《新镌全部绣像红楼梦》张汝执、菊圃评本，国家图书馆藏。若二本文字无异文，统称“程甲本”；有异文，则以“书目文献版程甲本”与“张汝執评程甲本”分叙之。因张汝執评本仅存前八十回，故八十回后仍以书目文献版程甲本为准。个别条目出现“北师大藏程甲本”字样，系本书所引《红楼梦》原文为北师大87版程甲本校注本的校记。下引不注。

② ［清］曹雪芹著，［清］陈其泰批校：《红楼梦（程乙本）——桐花凤阁批校本》，北京图书馆出版社2001年版影印本。为减少版本嬗变误差，同时参校日本仓石武四郎旧藏《程乙本红楼梦》。若二本文字无异文，统称“程乙本”；有异文，则以“桐花凤阁程乙本”与“仓石程乙本”分叙之。下引不注。

③ 东观阁本《新增批评绣像红楼梦》，北京图书馆出版社2004年版影印本。为减少版本嬗变误差，同时参校东京大学东洋文化研究所藏东观阁嘉庆甲戌白文本《绣像红楼梦》。若二本文字无异文，统称“东观阁本”；有异文，则以“东观阁嘉庆十六年评本”与“东观阁嘉庆十九年白文本”分叙之。下引不注。

梦全传》[①]等。此外，黄小田三千余条批语中有若干条出现了“别本”“一本”“原本”等字样并援引了评点底本中的正文文字，虽然为数不多，但对考镜源流起到了决定性的作用。故本节依据如上目力所及的《红楼梦》各刊本，同黄小田评点底本中的文字进行异文比勘，部分条目也与现存脂本系统诸抄本协同对勘，以深入考察黄小田评点《红楼梦》所用底本及参校本。

一、评点底本文字与评点底本

（一）关于“别本”的批语

① 第二十五回：“宝玉道：‘嗳哟，好头疼’！”

黄小田行间批：别本作“好头疼”。误。

按，此处文字，现存脂本系统诸抄本及程甲本、程乙本、王评本皆作“好头疼”，东观阁本则作“好娘疼”，显系付印时将“头”字的繁体“頭”错看成“娘”，形近致误。而黄小田批语中的“误”显就其评点底本文字亦作“好娘疼”而言。故黄小田评点底本应属东观阁本，“别本”即参校本则为程甲本、程乙本及王评本。

② 第三十五回：“那一个又笑道：‘……见了星星月亮，他便不是长吁短叹的，就是咕咕哝哝的。……’”

黄小田眉批：“星星”，别本作“明星”，京师谓“星”为“星星”，翻刻者不知，改作“明星”，不解此语，何必看此书耶？

按，由批语可知，黄小田评点底本此处文字作“星星”。程甲本、程乙本、东观阁本皆作“星星”，王评本则作“明星”，故黄小田该批语中的“别本”即指王评本。

③ 第三十九回：“贾母笑道：‘凤丫头别拿他取笑儿。他是屯里人，老实，那里搁得住你打趣。’”

---

① 护花主人评《新评绣像红楼梦全传》，道光壬辰岁双清仙馆刊本。为减少版本嬗变误差，同时参校光绪丙子聚珍堂本、光绪丁丑翰苑楼本《新评绣像红楼梦全传》。若三本文字无异文，统称“王评本”；有异文，则以“1832 王评本”“1876 王评本”“1877 王评本”分叙之。下引不注。

黄小田眉批：“屯”，别本作“村”非“屯”，京师语也。

按，由批语可知，黄小田评点底本此处文字作“屯”。程甲本、程乙本、东观阁本皆作“屯”，王评本则作“邨”，“邨”即“村”的异体字，黄小田有友张杏村，其《礼部遗集》中对张杏村的“村”字即“村”“邨”并用，故黄小田该批语中的“别本”即指王评本。此处“屯”“邨”之分，并非始自程本系统，从抄本阶段已然开始：庚辰本[①]、蒙府本[②]、舒序本[③]、列藏本[④]诸本作“乡屯”；戚序本[⑤]及南图本[⑥]作“乡邨”；己卯本[⑦]原为“乡屯”，后于“屯”字旁添“邨”；甲辰本[⑧]作“屯”；杨藏本[⑨]原为“乡里的人”，后“乡”点改为“屯”并删“的”字。

④ 第四十回：“贾母笑道：‘姨太太今儿也过谦起来，想是厌我老了。’”

黄小田眉批：“回了老了”，别本改作“厌我老了”，直是胡说，不知北语而欲妄改，何必翻刻？反失语妙。

按，此处文字，现存脂本系统诸抄本及程甲本、程乙本、王评本皆作“厌我老了”，由黄小田批语“‘回了老了’，别本改作‘厌我老了’”，程甲本、程乙本、王评本显系“别本”即参校本；而东观阁本此处作“回了老了”，则同黄小田评点底本文字，故黄小田评点底本应属东观阁本，这是东观阁本文字不同他本的又一显著区别。

⑤ 第五十四回：“麝月道：‘这两个就好，那不知理的是太不知理。’”

黄小田眉批：别本作“那两个就太不知理了”，非。

按，此处文字，书目文献版程甲本作“那不知理的是太不知礼”，张

---

① ［清］曹雪芹著：《脂砚斋重评石头记》（庚辰本），人民文学出版社 1975 年版影印本。下引不注。

② 《蒙古王府本石头记》，人民文学出版社 1987 年版影印本。下引不注。

③ 《舒元炜序〈红楼梦〉》，中华书局 1988 年版影印本。下引不注。

④ ［清］曹雪芹著，中国艺术研究院红楼梦研究所、苏联科学院东方学研究所列宁格勒分所编定：《石头记》，中华书局 1986 年版影印本。下引不注。

⑤ ［清］曹雪芹著：《戚蓼生序本石头记》，人民文学出版社 1975 年版影印本。下引不注。

⑥ ［清］曹雪芹著：《戚蓼生序本石头记》（南图本），人民文学出版社 2011 年版影印本。下引不注。

⑦ ［清］曹雪芹著：《脂砚斋重评石头记》（己卯本），人民文学出版社 1981 年版影印本。下引不注。

⑧ 《甲辰本红楼梦》，书目文献出版社 1989 年版影印本。下引不注。

⑨ 《乾隆抄本百廿回红楼梦稿》，上海古籍出版社 1984 年版影印本。下引不注。

汝執评程甲本同北师大藏程甲本作“那不知理的是太不知里”，东观阁本、王评本作“那不知理的是太不知理”，程乙本则作“那不知理的是太太知理”。张汝執评程甲本及北师大藏程甲本文字中的“里”字显系误植，程乙本文字中的第二个“太”字则系“不”字形讹，由是而观，诸本文字意思相同，主要纠结于“礼”“理”二字上，但黄小田批语中指出的“那两个就太不知理了”一句却与诸本皆不相同，不知此处异文独出的“别本”是哪个版本，不排除是眼下未知的某一刻本的可能。

为深入考索此处异文独出的“别本”，笔者将版本范围扩至黄小田身后。在光绪七年（1881）湖南卧云山馆所刊孙桐生整理的《绣像石头记红楼梦》妙复轩评本[①]同回文字中，麝月与宝玉对话的后半句即出现“那两个就太不知理了”，此一句与如上黄小田批语所指出的“别本”即参校本文字完全相同。目前虽不知黄小田所指的“别本”是哪一版本，但“那两个就太不知理了”这一独出异文能在卧云山馆刊本上呈现出来，说明黄小田据以对校的眼下未知的这一“别本”与卧云山馆刊本的工作用本存有天然的血脉基因，也证明了该“别本”这一版本的客观存在。此外，黄小田在小说第三十五回批语中提到了“‘星星’，别本作‘明星’”，卧云山馆刊本亦作“明星”，这同样说明黄小田据以对校的眼下未知的这一“别本”与卧云山馆刊本的工作用本有着天然的亲缘关系，由此证明该“别本”是客观存在的。同时，这也表明第三十五回黄小田眉批中所指出的“别本”不单指王评本，还有眼下未知的某一刻本。

通过对如上5条批语的分析，可暂定黄小田评点《红楼梦》据以对校的“别本”即参校本为程甲本、程乙本、王评本和眼下未知的某一刻本；而评点底本则应属东观阁本，第二十五回“好娘疼”、第四十回“回了老了”两处与东观阁本相同的底本文字即可佐证。

（二）关于“一本”的批语

① 第五十五回：“也不知道是谁给谁没脸？幸亏我还明白，但凡糊涂不知礼的，早急了。”

黄小田眉批：一本作“早急死了”。

按，由批语可知，黄小田评点底本此处文字作“早急了”。现存脂本

① 《妙复轩评石头记》，台湾天一出版社1985年版影印本。下引不注。

系统诸抄本及程甲本、程乙本、东观阁本、王评本一无例外此处亦皆作“早急了”，而黄小田所指出的“一本‘早急死了’”可谓异文独出。

② 第六十二回：“宝玉笑道：‘凭他怎么后手不接，也不短了咱们四个人的。’”

黄小田眉批：“四个人”，一本作“两个人”。

按，由批语可知，黄小田评点底本此处文字作“四个人”。程甲本、程乙本、东观阁本、王评本此处亦皆作“四个人”。现存脂本系统中，除蒙府本、杨藏本[①]外则皆作“两个人”，同黄小田批语中所提到的“一本”。由黄小田评点《红楼梦》始于道光二十四年（1844），完成于咸丰二年（1852），知此一阶段正是程刻本占垄断地位的时期，接触到脂抄本的几率不大，故此回批语中所提到的“一本”同第五十五回异文独出的“一本”一样来源奇特。

黄小田似无可能接触到脂抄本，那么在他生活的年代有否可能读到载有相关脂抄本文字的文献资料呢？有的。第七十七回的一条批语给出了答案。在第七十七回“周瑞家的发躁向司棋道：‘你如今不是副小姐了，若不听说，我就打得你了’”处眉批“‘副小姐’三字妙，正是恨他们大样。有撰《痴人说梦》者，谓旧抄本作‘伏侍小姐’，便无味”，在这段批语中，黄小田列出了据以参校的涉红文献——载有“旧抄本”文字的《痴人说梦》，而《痴人说梦》确系一部文本、版本兼具的研红著作。该书为嘉道间浙江乌程人范锴所著，嘉庆二十二年（1817）刊行于世，内含《槐史编年》《胶东馀牒》《鉴中人影》《镌石订疑》四部分。其中，《镌石订疑》最为学人所看重，在该部分，范锴不但指摘了小说文本中的错讹与矛盾之处，还以一部“旧抄本”同百廿回《红楼梦》进行了对校，辑录 42 条校文，凡 1800 字。而范锴所见的这部“旧抄本”，经学界研究取得共识，其确系“乾隆年间众多《红楼梦》抄本中的一种，是真实存在过的佚失文献，现存脂评系统诸抄本即其版本家族的实物孑遗”[②]。那么，黄小田在小说第五十五、六十二回批语中所提到的“一本”有否可能即范锴《痴人说梦》中所提及的这部“旧抄本”呢？对范锴所见“旧抄本”文字公布较早的是一粟所编《古典文学研究资料汇编·红楼梦卷》，翻阅该书，黄小田在小

① 蒙府本作“四个人”；杨藏本文字模糊，似有涂改，“四个人”与“两个人”分辨不清。

② 沈治钧：《黄小田批语和范锴所见旧抄本》，第 125 页。

说第五十五、六十二回两条批语中所提到的独出异文赫然可见："'但凡糊涂不知礼的，早急了。'（五十五回）案旧抄本，'早急了'作'早急死了'"①，"'也不短了咱们四个人的。'（六十二回）案旧抄本，'四'作'两'"。而黄小田针对小说第七十七回"副小姐"一词所作的批语"'副小姐'三字妙，正是恨他们大样。有撰《痴人说梦》者，谓旧抄本作'伏侍小姐'，便无味"与《镌石订疑》所辑"'你如今不是副小姐了。'（七十七回）案旧抄本，'副'作'伏侍'"条亦遥相呼应，可证黄小田在小说第五十五、六十二回评点文字中所提到的"一本"即范锴所见"旧抄本"。

此外，还有一条批语涉及"一本"。第三十五回"此时宝钗早被薛蟠遣人来请出去了"处黄小田眉批"一本作'宝钗叫薛蟠请出去了，薛姨妈又遣了两个'云云"，此处的"一本"是否即范锴所见"旧抄本"？查一粟编《红楼梦卷》，《镌石订疑》部分并无辑录（不排除范锴漏而未校或校而漏收）。此处文字，程甲本、程乙本、东观阁嘉庆十六年（1811）评本、王评本均作"此时宝钗早被薛蟠遣人来请出去了"，东观阁嘉庆十九年（1814）白文本则作"此时宝钗早被薛蟠道人来请出去了"，"道"字显系"遣"字形讹，但句式及句意无误。而黄小田身后卧云山馆刊《绣像石头记红楼梦》妙复轩评本、光绪十二年（1886）刊《增评补图大观琐录》②亦作"此时宝钗早被薛蟠遣人来请出去了"，光绪十四年至光绪十五年（1888—1889）上海石印本《增评补像全图金玉缘》③作"此时宝钗早被薛蟠来请出去了"，虽夺"遣人"二字，句意不变。而此处文字在脂本系统中，己卯本、庚辰本、列藏本及蒙戚三本同样也作"此时宝钗早被薛蟠遣人来请出去了"，甲辰本作"此时宝钗早被薛蟠遣人来请了出去了"，衍一"了"字，句意亦不变。舒序本虽有异文，作"此时宝钗早被薛姨妈遣人来请出

① ［清］范锴撰：《痴人说梦·镌石订疑》，见一粟编《古典文学研究资料汇编·红楼梦卷》，第一〇三－一一一页。凡本书所引范锴《镌石订疑》对校"旧抄本"异文，皆见该书，不另注。

② ［清］曹雪芹著、高鹗续，［清］护花主人评、大某山民加评：《增评补图大观琐录》，东京大学东洋文化研究所藏。下引不注。

③ ［清］曹雪芹、高鹗著，［清］护花主人、大某山民、太平闲人评：《红楼梦》（三家评本）。下引不注。关于《增评补像全图金玉缘》的刊行时间，此处采杜春耕说。详参杜春耕《〈增评补像全图金玉缘〉序》，见［清］曹雪芹、高鹗著《增评补像全图金玉缘》第一卷卷首，北京图书馆出版社 2002 年版，第一－三十页。

去了”，“薛姨妈”易“薛蟠”，但与“宝钗叫薛蟠请出去了，薛姨妈又遣了两个”句意仍相差甚远。可见黄小田此处评点据以对校的这一“一本”异文独出。黄小田所指出的第三十五回收尾处这一异文虽与笔者目力所及的脂、程两大系统版本均不相同，但程刻本苗裔甚众，又兼笔者所见甚寡，黄小田所批当有版本依据，书此以俟机缘。

综上，通过对以上4条批语的分析，黄小田评点《红楼梦》据以对校的参校本除程甲本、程乙本、王评本和眼下未知的某一刻本外，又增加《痴人说梦》范锴所见“旧抄本”及眼下未知的另一版本。

（三）其他含评点底本文字的批语

① 第十七回：“贾政先秉正看门，只见正门五间，上面筒瓦泥鳅脊……”
黄小田眉批：“铜”当作“筒”。

按，由批语可知，黄小田评点底本此处文字作“铜”，与后一字合为“铜瓦”一词。程甲本、东观阁本、王评本皆作“铜瓦”，程乙本作“筩瓦”。在脂本系统中，蒙戚三本及列藏本作“桶瓦”，己卯本、庚辰本、杨藏本则作“捅瓦”，舒序本作“瓻瓦”，甲辰本作“铜瓦”。甲辰本为脂抄本向程刻本的过渡阶段，程甲本作“铜瓦”可谓渊源有自。而程乙本在修订过程中，改程甲本的“铜”作“筩”，哪个更好？应是程乙本，有文献可征，如宋陆游《跋唐昭宗赐钱武肃王铁券文》“铁券实藏卧内，状如筩瓦”、清王士禛《池北偶谈·谈艺二·羽阳宫瓦》“《东观馀论》云：‘长安民献秦穆公羽阳宫瓦十余枚，若今筩瓦然。’”[①]等。另，“筩”为“筒”的异体字，则“筩瓦”可写作“筒瓦”，北师大87版程甲本校注本在小说第十七回之后即有“校记”云：“筒瓦：半圆筒状的屋瓦。也叫‘瓦头’，旧名‘瓦当’。清钱泳《履园丛话》卷二‘秦汉瓦当’：‘瓦当者，宋李好文《长安图志》谓之瓦头，盖屋瓦皆仰，当两仰瓦之际，为半规之瓦以覆之，俗谓筒瓦是也。’”此外，说写作“筒瓦”妥帖，也与其铺设成“泥鳅脊”有关，北师大87版程甲本校注本“校记”另云：“泥鳅脊：指屋面两坡筒瓦瓦垅过脊时，呈一种卷棚式，因其状如泥鳅，故名泥鳅脊。”具体铺设方法为“以板瓦仰面，拱形弧面朝下，从屋檐一块压一块地往上成直行铺设，两行之

① ［清］王士禛撰，靳斯仁点校：《池北偶谈》，中华书局1997年版。

间稍留空隙，然后用筒瓦，圆面朝上，也是一块压一块地覆盖在两行板瓦之间的空隙上。铺设完成后，在屋顶上见到的是一行行由圆形筒瓦组成的瓦垄”[①]，可见屋面两坡铺设筒瓦之所以状若泥鳅，与筒瓦圆筒状的形制是有很大关系的。而“铜瓦”则没有这种特征，铜瓦，顾名思义，即以铜制作的瓦件，其式样如何，无从知晓。那么脂抄本中的“瓬瓦”与“桶瓦”孰对孰错？应是前者正确。清段玉裁《说文解字注》云“瓬之言似筩也”，另云“《玉篇》：瓬，牡瓦也”“屋瓦下载者曰牝……上覆者曰牡”[②]，可见“瓬瓦”即上覆之瓦，与前面所引北师大87版程甲本校文合，亦即筒瓦。筒瓦泥鳅脊是一定爵位的建筑标志，如乾隆二十七年（1762）《钦定大清会典则例》卷一百二十七“府第”云：“（顺治九年）题准……贝勒府制：基高三尺，正门三间，启门一，堂屋五重，各广五间，均用瓬瓦，压脊二狮子、海马，门柱红、青油饰，梁栋贴金彩画花草，余与郡王府同。”[③]黄小田指出评点底本中的“铜瓦泥鳅脊”应作“筒瓦泥鳅脊”，与其十数年的宦京生活是不无关系的，他的这一见解无疑也是十分正确的。

② 第二十三回：“探春住了秋掩书斋……”

黄小田眉批：“掩”当作“爽”。

按，由批语可知，黄小田评点底本此处文字作“秋掩书斋”。程甲本、程乙本、东观阁本、王评本皆作“秋掩书斋”。探春此一居所之名虽在程刻本系统中整齐划一，但在脂抄本一系却存有异文：蒙戚三本作“秋爽斋”，庚辰本作“秋掩斋”，杨藏本、列藏本、舒序本、郑藏本[④]、甲辰本诸本作“秋掩书斋”。从后文出现频率较为密集一致的“秋爽斋”来看，黄小田指出其评点底本中的“秋掩书斋”应作“秋爽斋”是很准确的，这说明黄小田评点更注重整体把握，前后贯通。

③ 第二十八回：“冯紫英笑道：‘你们令姑表弟兄倒都心实。……’”

黄小田眉批：“姑表”当作“姨表”。

按，由批语可知，黄小田评点底本此处文字作“姑表”。程甲本、程乙本、东观阁本、王评本皆作“姑表”，这些刻本连同黄小田评点底本的刊刻者

① 楼庆西著：《砖瓦》，清华大学出版社2016年版。

② ［清］段玉裁撰：《说文解字注》，中华书局2013年版。

③ ［清］允祹纂修：《钦定四库全书·史部·钦定大清会典则例》，清乾隆二十七年刻本。

④ ［清］曹雪芹著：《郑振铎藏残本红楼梦》，北京图书馆出版社1991年版影印本。

均未注意到后文即第四十七回柳湘莲同宝玉谈及薛蟠时曾有言“你那令姨表兄还是那样”，以致讹误谬传。其实，这一“姑表”“姨表”之分在抄本阶段即已存在：杨藏本、列藏本作“表”，不算错；舒序本作“姨表”正确，且关系明朗；余皆作“姑表”，却与事实不符。黄小田在评点过程中指出“姑表”当作“姨表”这一称谓问题，可谓心细如发。

④ 第四十七回：“薛蟠笑道：‘这话有礼。’”

黄小田眉批：少时便休怪无礼，然“礼”当作“理”。

按，由批语可知，黄小田评点底本此处文字作“有礼”。脂本系统中的甲辰本作“有礼”，程甲本、程乙本、东观阁本皆作“有礼”，可见其来有自。此回即“呆霸王调情遭苦打，冷郎君惧祸走他乡”，柳湘莲设计怒打误认其为风月子弟的薛蟠，在薛蟠说“这话有礼”前，柳湘莲“向薛蟠笑道：‘你下来，咱们先设个誓。日后要变了心，告诉人去的，便应誓。’”柳湘莲的这番话说得合乎常情，薛蟠认为说得很有道理，故而“这话有礼”确应写为“这话有理”，除甲辰本外，脂抄本中的庚辰本、列藏本、杨藏本及蒙戚三本即作“有理”，而程本系统中王评本的刊印者也发现了这一舛误，亦改作“有理”。黄小田校勘之缜密于此可窥。

⑤ 第五十四回：“二人自是欢喜，便命人将贾琮贾璜各自送回家去，便邀了贾琏去追欢买笑，不在话下。”

黄小田眉批：“璜”当是讹字，盖璜大奶奶年纪已不小，此两人似是小孩子，故知有误。

按，由批语可知，黄小田评点底本此处文字存有“贾璜”即“贾琮贾璜”。贾琮在《红楼梦》中是一个边缘性人物，着墨不多，每次出场也多与贾兰并称，可见年龄不大。而贾璜则不然，小说第十回有段对他的介绍：“且说他姑妈原给了贾家‘玉’字辈的嫡派，名唤贾璜，但其族人那里皆能象宁荣二府的富势？原不用细说。这贾璜夫妻守着些小小的产业，又时常到宁荣二府里去请安，又会奉承凤姐儿并尤氏，所以凤姐儿尤氏也时常资助资助他，方能如此度日。”可见贾璜业已婚配，其年龄当要长于贾琮。第五十四回此处，贾珍“命人将贾琮贾璜各自送回家去”，的确混淆了二人的实际年岁，而与事实不符。程甲本、程乙本、东观阁本、王评本均未发现此一问题，皆贾琮、贾璜并称。黄小田指出“‘璜’当是讹字”，可见他对小说文本的解读细致而又全面。贾琮、贾璜并称这一问题所带来的思考在脂本系统中也有所体现：庚辰本、甲辰本、杨藏本是“贾琮贾璜”并列；蒙戚三本发现此一问题后，以“等”字易“贾璜”，讹误抹平，文从字顺；列藏本则直接删去了“贾璜”，却又导致“贾琮”同“各自”不相接榫。

⑥ 第六十三回：“李氏摇了一摇，掣出一根来一看，笑道：‘好极。你们瞧瞧，这行子竟有些意思。’”

黄小田眉批：“这行子”者，北语犹云“这东西也”。以“子”字为“字”字之误，谬矣。签语亦妙，切李纨，且切稻香村。

按，由批语可知，黄小田评点底本此处文字作“这行字”。程甲本、程乙本、王评本皆作“这行子”，而东观阁本同黄小田评点底本作“这行字”，故黄小田评点底本应属东观阁本又添一有力证据。这也是东观阁本文字不同他本的又一显例。

⑦ 第七十七回：“周瑞家的发躁向司棋道：‘你如今不是副小姐了，若不听说，我就打得你了。’”

黄小田眉批：“副小姐”三字妙，正是恨他们大样。有撰《痴人说梦》者，谓旧抄本作“伏侍小姐”，便无味。

按，由批语可知，黄小田评点底本此处文字作“副小姐”，同程甲本、程乙本、东观阁本、王评本。

⑧ 第百六回：“混得这么大了，我原想给他说个好女婿，又为他叔叔不在家，我又不便作主。”

黄小田眉批：“妹”作“叔”为是。

按，由批语可知，黄小田评点底本此处文字作“妹妹”。程甲本、东观阁本、王评本皆作“妹妹”，程乙本则作“叔叔”。

同回，“史妹妹这样一个人，又叫他叔叔硬压着配人了，他将来见了我，必是又不理我了”处眉批“‘妹妹’当作‘叔叔’，各本沿讹不改，可笑”，由批语可知黄小田评点底本此处文字作“妹妹”。程甲本、东观阁本皆作“妹妹”，王评本则改易为“婶娘”，程乙本仍作“叔叔”。斟酌黄小田批语“各本沿讹不改”中的“各本”显然不包括程乙本，虽为孤证，但指向明甚，基本可将程乙本排除在参校本之外。此处文字王评本虽作“婶娘”，但前面一句仍作“妹妹”，再兼上面诸条批语对王评本的考量，其仍在参校本范围内。

综上，通过对以上9条批语的分析，黄小田评点《红楼梦》据以对校的参校本应有程甲本、王评本、《痴人说梦》范锴所见“旧抄本”以及眼下未知的两个版本。此外，据上述9条批语不难看出，黄小田评点底本文字均同东观阁本，故黄小田评点底本应为东观阁本。

（四）一条“原本”批语与评点底本

通过如上文字校勘，黄小田评点底本基本可判为东观阁本，但第六十二回一条含“原本”字样的批语却使其遽难定谳。在第六十二回“林之孝家的等人笑回：‘不敢领了。’又站了一回，方退了出来”处有眉批“‘站了一回’，原本云‘又比了一回’”，由批语可知黄小田评点底本此处文字作“（又）站了一回”。程甲本、王评本皆作“又站了一回”，不在参校本范围内的程乙本亦然，独东观阁本作“又比了一回”，且东观阁嘉庆十六年（1811）评本、嘉庆十九年（1814）白文本均为“又比了一回”。这就关涉到一条可以明确裁定黄小田评点底本的批语，即卷首程伟元序后批：“此后尚有高铁岭一序，翻刻者删去，殊属可恨。”这说明黄小田据以评点的底本无高鹗序。查一粟所编《红楼梦书录》，在黄小田评点《红楼梦》的道光二十四年至咸丰二年（1844—1852）间，社会上刊行的无高鹗序的本子主要有藤花榭本、三让堂本及王评本[①]。王评本为参校本，自应出局，则黄小田评点底本应为藤花榭本与三让堂本中的某一种。此外，程甲本卷首二十四幅木刻绣像开启了以图像深度表现《红楼梦》文本故事的先河，沿袭该本插图的翻刻本有本衙藏板本、东观阁本等。作为程甲本另一早期翻刻本的藤花榭本，对程甲本绣像则未予因循，而是减程甲本绣像二十四幅为十五幅，同时画面缺少环境描绘，内容也发生些许变化。黄小田对其评点底本卷首“石头”“宝玉”“探春”“惜春”“秦氏”等图赞也进行了批评，其中对“探春”一幅的批语为“探春乃宝玉之妹，此捧书者如系宝玉，一何短耶？所捧为何书，书中不载也”，显然该幅绣像中绘有两人即探春与捧书者，这与程甲本“探春”绣像是不同的。程甲本“探春”绣像中，中绘三人，探春坐中，旁立使女一人，底下站一捧书者，人物与环境融为一体。而黄小田评点底本“探春”绣像的迥异之处则与藤花榭本“探春”绣像相同，画面无环境衬托，中有两人即探春与捧书者，从装束上判断，捧书者

① 一粟编著：《红楼梦书录》（增订本），上海古籍出版社1981年版，第35–60页。该书所录文字中如出现书名应用书名号而用了单引号等情况，笔者引用时重新作了修正，特此声明。

应为男子[①]，而“三让堂本卷首绣像与藤花榭本完全相同，只是刊刻技术有所差别”[②]，则黄小田评点底本仍不出藤花榭本与三让堂本这两种本子。

卷首有无高鹗序及绣像内容异同是从外部特征来判断黄小田评点底本集中于藤花榭本与三让堂本这两种本子范畴的，而若从内在特征判断，则应依据本子的文字内容。无论是藤花榭本，还是三让堂本，它们的文字内容与东观阁本都有着较近的亲缘关系。对藤花榭本文字与东观阁本的关系，陈力考证认为：“根据 1982 年人民文学出版社版《红楼梦》后四十回所标出的校勘记同东观阁本对照，藤花榭本、王希廉本几乎与东观阁本完全一样，因此我们怀疑藤花榭本、王希廉本的母本也都是东观阁本，至少藤花榭本、王希廉本当初都曾经据东观阁本参校”，“藤花榭本之底本应当是东观阁十六年刻本”[③]。陈力所考不乏实例，如第九十二回“若是那些艳的，王嫱、西子、樊素、小蛮、绛仙等，妒的是秃妾发、怨洛神等类也少，文君、红拂，是女中的……”处，藤花榭本作“女中的豪侠”[④]，同东观阁本及王评本；再如第百六回的两处“妹妹”，藤花榭本与东观阁本一致[⑤]，等等。三让堂本则是据东观阁评本翻刻的，其文字与东观阁评本基本相同，但也有少量的修订。笔者拣拾黄小田评点底本文字若干，以杜春耕藏三让堂刊本《绣像批点红楼梦》[⑥]与扬州大学图书馆藏经元升记刊本《绣像批点红楼梦》[⑦]两种三让堂系统刊本，与东观阁评本互为校勘，可辨清明（如下页表）：

① 笔者感谢杜春耕先生告知藤花榭本“探春”绣像画面内容。

② 李芬兰：《浅析以“程甲本”绣像为代表的〈红楼梦〉卷首木刻绣像》，《郧阳师范高等专科学校学报》2007 年第 4 期，第 36 页。

③ 陈力：《红楼梦东观阁本小议》，《四川大学学报》1993 年第 4 期；陈力：《红楼梦东观阁本再考》，《文献》2003 年第 1 期。

④ 转自陈传坤《论〈红楼梦〉桐花凤阁批本二十回抄文之底本——兼论补拙斋抄本之底本》，《铜仁学院学报》2011 年第 1 期。

⑤ ［清］曹雪芹、高鹗著，中国艺术研究院红楼梦研究所校注：《红楼梦》，人民文学出版社 1982 年版，第 1475 页。

⑥ 笔者感谢著名清史专家张书才先生助力，中国红楼梦学会副秘书长任晓辉先生专赴杜春耕先生处协助校勘三让堂刊本《绣像批点红楼梦》文字。该刊本扉页题为：“绣像批点红楼梦，三让堂藏板”。

⑦ 笔者感谢扬州大学文学院王丹博士协助校勘经元升记刊本《绣像批点红楼梦》文字。关于该本信息，可参看王丹《经元升记刊本〈绣像批点红楼梦〉成书考辨》，《红楼梦学刊》2015 年第 1 辑，第 90–105 页。

黄小田评点底本与东观阁评本、三让堂本、经元升记本异文之校勘

黄小田评点底本文字	“秋掩书斋”（二十三回）	“好娘疼”（二十五回）	“姑表”（二十八回）	“星星”（三十五回）	“屯里”（三十九回）
东观阁评本	秋掩书斋	好娘疼	姑表	星星	屯里
三让堂本	秋掩书斋	好头疼	姑表	明星	邨里
经元升记本	秋爽斋	好头疼	姑表	星星	乡屯里
黄小田评点底本文字	“回了老了”（四十回）	“贾琮贾璜”（五十四回）	“这行字”（六十三回）	“女中的”（九十二回）	“妹妹”（百六回，两处）
东观阁评本	回了老了	贾琮贾璜	这行字	女中的豪侠	妹妹
三让堂本	厌我老了	贾琮贾璜	这行字	女中豪杰	妹妹
经元升记本	回了老了	贾琮贾璜	这行字	女中的	妹妹

由表中可以看出，以黄小田评点底本文字为参照（11 处），三让堂本与东观阁评本相同者 6 处，经元升记本与东观阁评本相同者 7 处。虽因杜藏三让堂本第四十七、六十二、七十七三回残缺无法计入互校，但三让堂本、经元升记本两种三让堂系统刊本的文字大部分与东观阁评本相同，当然，不同之处也有存在，可见三让堂本虽据东观阁评本翻刻，但在个别字词句段的修订上，或一仍其旧，或删削改易。由藤花榭本、三让堂本与东观阁本文字的比勘不难看出，二本与东观阁本血缘关系明甚。而从前面所举第十七、二十三、二十五、二十八、三十五（“星星”与“明星”）、三十九、四十、四十七、五十四（“贾琮贾璜”）、五十五、六十二（“四个人”与“站了一回”两处）、六十三、七十七、百六回（两处“妹妹”）等 16 处文字校勘中 15 处相同来看，黄小田评点底本文字与东观阁本几近相同，更是毋庸置疑的。因此，黄小田评点底本应为藤花榭本及三让堂本中的某一种。

此外，从表中还发现一个重要问题，即第三十五回“星星”与“明星”、第三十九回“屯里”与“邨里”之分，黄小田批语分别提到“‘星星’，别本作‘明星’”“‘屯’，别本作‘村’非‘屯’”，前面通过比对，王评本符合“别本”标准，同时这两处异文还在光绪七年（1881）卧云山馆刊《绣像石头记红楼梦》妙复轩评本中呈现了出来，故此认为“别本”不单指王评本，还有眼下未知的某一刻本，而在上表中又出现一个正文文字既含“明星”又有“郇里”的本子——三让堂本，这个本子亦符合“别本”标准。更重要的是，黄小田关于“别本”的批语凡5条，三让堂本全部符合所指出的“别本”文字，除“明星”“郇里”外，第二十五回“别本作‘好头疼’”，三让堂本作“好头疼”，第四十回“‘回了老了’，别本改作‘厌我老了’”，三让堂本作“厌我老了”，第五十四回“别本作‘那两个就太不知理了’”，三让堂本正作“那两个就太不知理了”，至此，黄小田批语所指出的“别本”浮出水面，该本即三让堂藏板《绣像批点红楼梦》。但随之又产生一个新的问题：假使黄小田评点底本为三让堂本，而其又如何成为“别本”即参校本呢？该疑问不难解决。因为三让堂刊本系统版本甚众，综合一粟《红楼梦书录》、曹立波《红楼梦东观阁本研究》[①]等书籍介绍及杜春耕藏本，目前所知三让堂刊本系统的本子已有二十余种，可见，即使评点底本为三让堂本，黄小田也可用同一版本系统的另一个三让堂本子来作对校，同一系统的本子间存在此同彼异、此异彼同的异文是很常见的情况（如上表中同为三让堂刊本系统的三让堂本与经元升记本）。另，还有三个本子也需要核实是否属于参校本，即王评本、东观阁本及程甲本。笔者以为均不应排除这三个本子属于参校本的可能性。于王评本而言，黄小田对《红楼梦》主题思想的认知以及部分小说文本叙事技巧的概括与王希廉批语颇为相似，承继关系显明，这在下一节中将有详细论述，王评本也应属于黄小田据以评点的参校本之一。从前面所举16处黄小田评点底本文字与东观阁本比勘而15处相同来看，黄小田评点底本与东观阁本保持着高度的一致，同时，第二十五回的异文“好娘疼”是东观阁本不同他本的显著标志之一，黄小田评点底本亦作“好娘疼”，按说这是最不应该出现的误植，两本却出奇地一致，这似乎都在表明东观阁本也属于参校本之一。而对程本系统诸本之源的程甲本，所举16处黄小田评点底本文字与程甲本比勘而13处相同来看，亦不能排除程甲本归属参校本范围。当然，还要考虑到，黄小田批语所指出的评点底本文字仅有只言片语，冰山一角难窥全貌，实际情况如何，相同者凡几，无从知晓，故王评本、东

① 曹立波著：《红楼梦东观阁本研究》，第五六－六五页。

观阁本及程甲本均应保留作为参校本的权利。

综上，黄小田评点底本应为藤花榭本与三让堂刊本系统中的某一种，参校本则为程甲本、东观阁本、王评本、三让堂藏板《绣像批点红楼梦》、《痴人说梦》范锴所见“旧抄本”及眼下未知的一个版本等。

二、另一参校本——“原本”

除“别本”“一本”等参校本外，黄小田批语中还出现了“原本”及其正文文字，这说明其据以对校的参校本中还有“原本”《红楼梦》。“原本”批语凡3条，前面已提到一条，即第六十二回“林之孝家的等人笑回：‘不敢领了。’又站了一回，方退了出来”处眉批“‘站了一回’，原本云‘又比了一回’”，由批语可知黄小田评点底本文字作“（又）站了一回”，程甲本、程乙本、王评本皆作“又站了一回”，东观阁本则同“原本”作“又比了一回”，三让堂刊本系统中的经元升记本亦同“原本”作“又比了一回”（三让堂本因本回残缺不知）。由诸本校勘可知，黄小田提及的这一“原本”兼具东观阁本与三让堂系统刊本的文字特征。其他两条“原本”批语则为：

① 第三十七回：“今因伏几处默，忽思历来古人，处名攻利敌之场，犹置些山滴水之区，远招近揖，投辖攀辕……”

黄小田眉批：“犹置”句，诸本皆误，此本亦同，必有亥豕之讹。原本作“犹置些山滴水之区”。

按，由批语“此本亦同”可知，“此本”即黄小田评点底本，但其文字为何，未予指出。与其互校的“原本”文字作“犹置些山滴水之区”，程甲本、仓石程乙本均同“原本”作“犹置些山滴水之区”，桐花凤阁程乙本作“犹置一些山滴水之区”，王评本作“犹置北山滴水之区”，东观阁本、经元升记本作“犹置比山滴水之区”，三让堂本作“犹置滴水之区”。由诸本校文可知，此回“原本”文字同程甲本及仓石程乙本，但由上一例“原本”的“又比了一回”不同于程甲本及仓石程乙本的“（又）站了一回”即可判断“原本”既非程甲本又非仓石程乙本。

② 第百二十回：“王夫人哭着和薛姨妈道：‘宝玉抛了我，我还恨他呢。’”

黄小田眉批：原本作“我还想他呢”，言不想矣？“恨”字错。

按，由批语可知，黄小田评点底本文字作“恨”。程甲本、程乙本、东观阁本、王评本以及三让堂刊本系统中的三让堂本、经元升记本无一例外皆作“恨”，脂本系统中带有后四十回的蒙府本、杨藏本亦作“恨”，作“想”的“原本”异文独出。

黄小田评点《红楼梦》据以对校的这一“原本”究竟是哪一版本，因批语仅有3条且各自为战，遽难判断。但由第六十二回批语所反映出的“原本”文字兼具东观阁本与三让堂系统刊本的文字特征来看，“原本”这一参校本也应属于东观阁本系统，对此，曹立波指出：“凡是带有‘三让堂’或‘三元堂’字样的《红楼梦》评点本，一般都应归属于东观阁本系统，姑且通称为‘东观阁——三让堂系统评本’。”[①]第六十二回“又比了一回”应是东观阁本系统（或“东观阁——三让堂系统评本”）不同他本的典型文字之一，因为中缝带有“三让堂”“三元堂”字样的佛山连元阁刊本《新增批点绣像红楼梦》[②]亦作“又比了一回”。另，在“东观阁——三让堂系统评本”中，有两个评本的扉页出现“曹雪芹原本”字样，佛山连元阁刊本即为其中之一，那么该本是否即是黄小田据以对校的“原本”呢？通过比对，“原本”第三十七回“犹置些山滴水之区”，佛山连元阁刊本作“犹置滴水之区”，“原本”第百二十回“想”，佛山连元阁刊本作“恨”，佛山连元阁刊本与“原本”另两处文字皆不相同，故佛山连元阁刊本也非“原本”。此外，北大图书馆藏有一部扉页（手抄）题为“东观阁原本”的《绣像红楼梦》，该本即胡适于1927年11月所写《重印乾隆壬子本〈红楼梦〉序》一文中提到的马幼渔收藏的那部程甲本，两年后马幼渔将此书送给了胡适。曹立波经研究后认为，该本即“东观阁书坊翻刻前校订过的工作底本”[③]，艾俊川不同意此一看法，认为“它是据东观阁本翻刻的”[④]，两种观点孰是孰非暂置不论，但两者有一共同之处，即这个“东观阁原本”属于东

① 曹立波著：《红楼梦东观阁本研究》，第五九页。

② 笔者感谢长春林风先生提供佛山连元阁刊本《新增批点绣像红楼梦》文字。下引两回文字，亦见该书，不另注。

③ 曹立波：《“东观阁原本”与程刻本的关系考辨》，《文学遗产》2003年第4期；曹立波著：《红楼梦东观阁本研究》，第三一页。

④ 艾俊川：《张冠李戴的“东观阁原本”〈红楼梦〉》，《金融时报》2010年7月16日。

观阁本系统。而黄小田据以对校的“原本”亦属于东观阁本系统，该“原本”或即“东观阁原本”，不排除黄小田作批时省略“东观阁”三字的可能。因黄小田批语中提到的这部“原本”缺乏有效信息，对它的推考只能止步于此。

综上，黄小田评点《红楼梦》据以对校的参校本又增加一部属于东观阁本系统的“原本”刻本。

三、结论

综上所述，黄小田《红楼梦》评点底本应为藤花榭刊本与三让堂刊本系统中的某一种，参校本则为程甲本、东观阁本、王评本、三让堂藏板《绣像批点红楼梦》、《痴人说梦》范锴所见“旧抄本”、属于东观阁本系统的某一“原本”刻本及眼下未知的一个版本等，可见他对《红楼梦》评点投入了很大的精力。

其中，黄小田对评点底本藤花榭刊本或三让堂刊本的择选，是颇具学术眼光的。藤花榭刊本《绣像红楼梦》作为程甲本的一种早期白文翻刻本，在嘉道年间较有市场，如嘉庆二十三年（1818）、嘉庆二十五年（1820）均有刊行，道光十一年（1831）有凝翠草堂刊本行世等。据曹立波《红楼梦东观阁本研究》一书汇总，目前所见记载的藤花榭刊本约有 6 种，应该说数目不多，但当时未必稀少，至少不会像现在这样少见。而另一底本候选对象——三让堂刊本，所见记载的数目则是相当可观的，“三让堂刊本《绣像批点红楼梦》于嘉庆、道光之际梓行问世之后，各地书坊竞相翻刻者甚夥。据杜春耕先生收藏及《红楼梦书录》等书刊介绍，目前所知三让堂刊本系统的本子已有二十余种。其中，扉页（版权页）完整、确知出版者的有十六种。……目前所知三让堂刊本系统的二十余种刊本，由二十余家书坊相继梓行于嘉庆末年至同治年间，持续半个世纪之久，于此已可概见其刊印数量之多、流传范围之广、社会影响之大，是受到当时读者的怎样欢迎喜爱”①。不仅如此，黄小田还以三让堂刊本系统中的三让堂藏板《绣

① 张书才、杜志军：《影印云罗山人手评〈绣像批点红楼梦〉序》，《红楼梦学刊》2002 年第 2 辑，第 213 页。

像批点红楼梦》作为参校本协同对校，可见他对这一刊本系统的重视程度。对评点底本藤花榭刊本或三让堂刊本的审慎启用，既反映出黄小田对时尚之本的认可，也表明这类时尚之本是有着广大读者群和社会美誉度的。

而在参校本中，程甲本作为程本系统诸刻本之源，其在红学史上的重要地位与独特价值自不消说；作为程甲本早期翻刻本之一的东观阁本，尤其是目前所见较早刊行的《红楼梦》评点本——嘉庆十六年（1811）东观阁评本，在《红楼梦》评点史上无疑具有典范作用，并给予其后诸家评点以深远影响；初刊于道光十二年（1832）的双清仙馆王希廉评本，在《红楼梦》版本史、评点史、传播史上声誉之隆一如吴克岐所言“考《红楼梦》最流行世代，初为程小泉本，继则王雪香评本”[①]，可见黄小田评点《红楼梦》多择精善时本参校比勘，且广征博采，穷究原委，颇符徽州清儒风范。

而对范锴《痴人说梦》中《镌石订疑》部分的参考则彰显了黄小田采铜于山的校勘态度以及专精覃思的治学精神。《痴人说梦》一书于嘉庆末年刊行后，即受时人好评。如道光三年（1823）曹耀宗跋凌承枢《红楼梦百咏词》云：“夫《红楼梦》一书，脍炙人口，读其书而论其事者亦云夥矣。予昔游金陵，适藤花榭板初刊，偶携一册，杂置书丛。今越五载，长夏无事，检取评点之。凡诸家之评论此书者，无不尽读之。如吴批《红楼》，明斋之《偶评》《补评》，以及苕溪渔隐之《痴人说梦》，洵属绘水绘声，写花写影，即起雪芹先生于九原，当亦首肯而许为知音者也。”[②]同治二年（1863）大兴刘铨福在其所收藏《脂砚斋重评石头记》甲戌本上亦题跋赞云：“《红楼梦》纷纷效颦者，无一可取，唯《痴人说梦》一种及二知道人《红楼梦说梦》一种尚可玩。”[③]等等。

此外，我们如今所见黄小田评点，源于现藏南京博物院的松江学人杨葆光过录本，杨葆光将黄小田批语过录到了同治元年（1862）宝文堂刊本《新增批评绣像红楼梦》上。据梁白泉撰文介绍，该刊本为百廿回刻本，分装二十四册；封面上端横题“同治壬戌重镌”，正面双行书题“新增批评绣像红楼梦”（后四字“像红楼梦”另占一行），右端题“东观阁梓行，宝文堂

① 吴克岐辑：《忏玉楼丛书提要》卷一，北京图书馆出版社2002年版影印本，第三二页。

② 见一粟编著《红楼梦书录》（增订本），第313页。

③ ［清］曹雪芹著：《脂砚斋重评石头记》（甲戌本），台北胡适纪念馆1961年版影印本、1975年三版，第245页。

藏板”；正文每面十行，行二十二字，附评语[①]，根据这些版面信息，宝文堂刊本属于东观阁评本无疑。而作为候选底本之一的三让堂刊本诸本亦有一共同的版本特征，即都保存了东观阁评本的圈、点及批评文字；另一候选底本藤花榭本，“藤花榭本之底本应当是东观阁十六年刻本”。这些相同的版面信息表明，杨葆光在进行批语的整理、过录时，尽量采用同黄小田评点底本相近或同出一源的本子，以便对应写入、逐句分疏，最大程度保留原评概貌。从这个层面着眼，杨葆光过录刮摩淬励，其功甚钜。

总之，黄小田将坊间流行的各种本子悉数纳至麾下，凡七八种之多，而在对小说文本进行评点的过程中，亦集合各本进行异文校勘，校勘工作虽琐碎劳神，但对考察《红楼梦》版本流传史及早期各种翻刻本间的嬗变传承却是极富参考价值的。

第四节 诸家治红对黄小田评点的影响

嘉道以降，《红楼梦》批评承脂、畸等评点余绪而呈现出百家争鸣的态势，评点、杂论妙悟纷呈，随笔、杂著笔吐珠玉，题咏、续书意迁妙想，戏文、曲艺齐峰并峙，既构筑了《红楼梦》传播形式的新格局，亦促进了《红楼梦》文本的多元化研究，终清世而不绝。而诸家治红有一个较为突出的特点，即各家之间相互影响、借鉴，彼此吸收、传承。如王希廉、姚梅伯、张新之作为评点派三大家，其颇具价值的思想观点和艺术见解给其他评家学人带来不少有益的启示；以程乙本为批校底本的陈其泰评点，工作用本虽翻印不夥，但高超创见却流传深远，刘履芬[②]及徐伯蕃、徐勉如[③]昆仲等治红均与其有着相当的渊源；道光二十二年（1842），杂评派名家涂瀛养余精舍本《红楼梦论赞》刊行，涂瀛的研红观点促使陈其泰对其“少

① 梁白泉:《杨葆光过录黄小田〈新增批评绣像红楼梦〉评语录后》,第175页；梁白泉:《黄小田〈红楼梦〉批语（一）》“图一”,《东南文化》1985年第一辑。

② 苗怀明:《姚燮、陈其泰、刘履芬〈红楼梦〉批语关系辨》,《红楼梦学刊》1998年第3辑。

③ 详拙文《〈红楼梦〉评批者徐伯蕃、徐勉如考论》。

时看书眼光未到”（第九回总评眉批）处进行及时的修正、补改……事实上，这已然构成一条延伸扩展的评点派赓续链，并由此形成红学史上一道斑斓绚丽的景观。黄小田评点《红楼梦》始于道光二十四年（1844），道光中后期正是《红楼梦》由秘籍珍藏置放案头斋室并走向士人生活、继而渗透到大众阶层的高光阶段，各种文学批评方式与文本阐释、演绎样式齐头并进，空前繁荣，在此一全民读红的文化背景下，黄小田在评点《红楼梦》的过程中，无论是对评家批点，还是对笔记杂评，抑或诗词题咏，均有不同程度的参考、借鉴。本节即论述诸家治红对黄小田评点《红楼梦》的影响，凡东观阁本批语、王希廉批语、陈其泰批语、范锴所见“旧抄本”、《后红楼梦》、黄仁题红诗等六小节。

一、东观阁本批语对黄小田评点的影响

作为程甲本的早期翻刻本之一，东观阁本在《红楼梦》版本史上具有承前启后的重要作用，众多书坊争相翻雕，寒门富室“家置一编”[①]，为《红楼梦》的早期传播做出了应有的贡献。尤其是刊刻于嘉庆十六年（1811）的东观阁评点本，作为目前所知较早付梓印行的评点本，其所加批语或情节慢嚼，或人物细品，或解惑答疑，或摘误查谬，为其后评家观点的沿袭、见解的化用等提供了很好的范本。曹立波在《红楼梦东观阁本研究》一书中专辟一章论述东观阁本批语对嘉道以降评点派典型代表王希廉、姚梅伯、张新之、刘履芬、蝶芗仙史等诸家的广泛影响[②]，而通过梳理旧红学评点派诸家批语关系后不难发现，自独领风骚八十余年的王希廉评本始，诸家批语互为参考、借鉴，的以东观阁本批语为宗。黄小田评点《红楼梦》与东观阁评本亦关联甚重，首先，评点底本的两个候选对象——藤花榭刊本与三让堂刊本，“藤花榭本之底本应当是东观阁十六年刻本”，三让堂刊本则据东观阁评本翻刻，对批语也作了忠实保留；其次，在参校本中，三让堂藏板《绣像批点红楼梦》更是加深了黄小田对东观阁本批语的印象，因为

① ［清］西清撰：《桦叶述闻》，见一粟编《古典文学研究资料汇编·红楼梦卷》，第一三页。

② 曹立波著：《红楼梦东观阁本研究》，第一八七－二二六页。

“凡是带有‘三让堂’或‘三元堂’字样的《红楼梦》评点本，一般都应归属于东观阁本系统，姑且通称为‘东观阁——三让堂系统评本’”，因此，黄小田能读到东观阁本批语是必然的，受其影响也不意外。那么，东观阁本批语对黄小田评点《红楼梦》的影响是多是寡、程度是深是浅呢？下面将论述之。

（一）黄小田并未直接抄录东观阁本批语

学界最早对东观阁本批语与黄小田批语的渊源进行研究的是著名《红楼梦》版本专家曹立波，她通过比对 15 例东观阁本批语与黄小田批语后指出：“黄小田评《红楼梦》的成就较为突出，他的批语有一些直接引用了东观阁评，受东观阁本批语的影响较为直接。”[①] 为论述方便，兹整理原文如次：

① 第七十四回“况且近日闻得多少议论，我若再去，连我也编派”处东观阁本批语：“东府之淫秋，又从惜春暗暗说出。”黄小田批语改“秋”为“乱”，作：“东府之淫乱，又从惜春暗暗说出。”

② 第七十六回“只是过于颓败凄楚，此亦关人之气数而有”处东观阁本批语：“盛衰之理，方外人已参透。”黄小田批语改“理”为“意”，作：“盛衰之意，方外人已参透。”

③ 第七十七回“因见无别人在室，遂唤周瑞家的，问：‘前日园中搜检的事情，可得下落？’”处东观阁本批语：“园中搜检，此乃将败之兆，王夫人何苦留在心中耿耿不忘也？”黄小田批语减字，作：“园中搜检，此乃将败之兆。”

④ 第七十七回“细问晴雯，又不说是为何。今见司棋亦走，不觉如丧魂魄”处东观阁本批语：“他人尚为情，况多情之宝二爷乎？”黄小田批语改“为”为“有”，作：“他人尚有情，况多情之宝二爷乎？”

⑤ 第七十七回“怎么一口死咬定了我是个‘狐狸精’！我今日既担了虚名，况且没了远限，不是我说一句后悔的话，早知如此，我当日……”处东观阁本批语：“袭人早年便与宝玉领警幻仙姑之教，而晴雯乃有后悔之语，然则谁是狐精？”黄小田批语改“与”

① 曹立波著：《红楼梦东观阁本研究》，第二二六页。

为“为”，作：“袭人早年便为宝玉领警幻仙姑之教，而晴雯乃有后悔之语，然则谁是狐精？”

⑥ 第百二回“贾赦没法，只得请道士到园作法事，驱邪逐妖”处东观阁本批语：“夫人去后，道士降妖作法，大观园可复问耶？”黄小田批语减字，作：“道士降妖作法，大观园可复圆耶？”

⑦ 第百四回“只听得外头传进话来，说：‘众亲朋因老爷回家，都要送戏接风’”处东观阁本批语：“且闹热一回，即凄凉满目矣。”黄小田批语直录：“且闹热一回，即凄凉满目矣。”

⑧ 第百八回“贾政先前曾将房产并大观园奏请入官，内廷不收，又无人居住，只好封锁”处东观阁本批语：“大观园凄凉至此，不堪再想。”黄小田批语直录：“大观园凄凉至此，不堪再想。”

⑨ 第百八回“鸳鸯道：‘这是有名的，叫做‘商山四皓’。有年纪的喝一杯。’”处东观阁本批语：“此回行令，亦勉强一景而已。”黄小田批语直录：“此回行令，亦勉强一景而已。”

⑩ 第百九回“宝钗恐宝玉思郁成疾，不如假以词色，使得稍觉亲近，以为‘移花接木’之计”处东观阁本批语：“一对痴男女，宝钗亦不肯假道学也。”黄小田批语改“一对痴”为“付之”，作：“付之男女，宝钗亦不肯假道学也。”

⑪ 第百十一回“欲待发泄出来，这情就不为真情了”处东观阁本批语：“三教同源，俱经蒙之。”黄小田批语加字，作：“一部书写情字，俱是此意。三教同源，俱经蒙之。”

⑫ 第百十五回“真是宝贝！才看见了一会儿就好了。亏的当初没有砸破”处东观阁本批语：“无心之言，情丝尚挂。”黄小田批语直录：“无心之言，情丝尚挂。”

⑬ 第百十六回“想起来‘入我门’三字，大有讲究。佛教的法门最大，只怕二哥哥不能入得去”处东观阁本批语：“惜春独能悟入。”黄小田批语直录：“惜春独能悟入。”

⑭ 第百十七回“姑娘长的比仙女儿还好看。我巴巴儿的细细的写了一封书子给他”处东观阁本批语：“老书信已隔数十回，此处方补出，文章之密如此。”黄小田批语删“老书信”三字，作：“已隔数十回，此处方补出，文章之密如此。”

⑮ 第百十九回“那宝玉走到跟前，深深的作了一个揖”处东观阁本批语：“夫妇之缘，尽此一揖了。”黄小田批语直录：“夫妇之缘，尽此一揖了。”[①]

由以上东观阁本批语与黄小田批语的比对可以发现，确如曹立波所言“黄小田对东观阁本批语多有引用，而且改动不大，许多都是直接照录的”“黄小田对东观阁本批语的抄录，可以反过来帮助后人校读东观阁本批语”，黄小田直接抄录东观阁本批语似乎应无异议，但实际情况并非如此。《红楼梦东观阁本研究》一书对黄小田批语及其他相关信息的援引来自黄山书社1989年版李汉秋、陆林辑校本，在李、陆辑校本出版之前，梁白泉已将黄小田三千余条批语分期发表于《东南文化》杂志上，而将如上曹著所列15条批语同梁白泉整理本逐一进行核实后发现，二者并不合榫，结果大相径庭：

第①处引文，梁白泉整理本眉批为：“议论东府，并惜春在园中亦知之，则外间可想。”

第②处引文，梁白泉整理本无批语。

第③处引文，梁白泉整理本无批语。

第④处引文，梁白泉整理本无批语。

第⑤处引文，梁白泉整理本在“我今日既担了虚名”处眉批：“后文凤姐所见大狗，岂即晴雯耶？”

第⑥处引文，梁白泉整理本无批语。

第⑦处引文，梁白泉整理本无批语。

第⑧处引文，梁白泉整理本无批语。

第⑨处引文，梁白泉整理本无批语。

第⑩处引文，梁白泉整理本在“不如假以词色，使得稍觉亲近”处眉批：“操纵自如，是何本领！”

第 ⑪ 处引文，梁白泉整理本眉批：“一部书写情字，俱是此意。”

第 ⑫ 处引文，梁白泉整理本无批语。

第 ⑬ 处引文，梁白泉整理本无批语。

第 ⑭ 处引文，梁白泉整理本眉批：“至此始将前书说出。”

---

① 以上15条东观阁本批语与黄小田批语的对比，转自曹立波著《红楼梦东观阁本研究》，第二一九－二二一页。

第 ⑮ 处引文，梁白泉整理本无批语。

同一批者所批，后人整理却呈现两种状貌，这委实令人不解。梁白泉《杨葆光过录黄小田〈新增批评绣像红楼梦〉评语录后》一文提到："此书全部评语，是直接从原书过录的，其间得到徐石桥同志的帮助。"[①] 梁先生为文博泰斗、南京博物院院长，徐先生则为副研究员并长期担任国家文物局江苏省文物出境鉴定组责任鉴定员，由两位先生寓目杨葆光过录本，无疑具有较高的可信度。李汉秋、陆林在其合作的辑校本"前言"中亦提及："这个过录本，眉批有二、三人笔迹，较清楚；侧批字极拙劣，胡乱省笔和钞漏不少，对于实在无法辨认的字，我们做□以示存疑。一些漶漫不清处，曾参考了梁白泉同志的部分整理成果。"[②] 可见他们亦曾经眼杨葆光过录本，李汉秋时为中国儒林外史学会会长、著名人文科学学者，陆林则为南京师范大学古代文学研究者，二人联袂整理的可信度亦无可置疑，那么究竟孰是孰非？要之，曹立波所引的这 15 条黄小田抄录东观阁本的批语，并非全部，有署名"太公家书 Jian8min8"的红友在网上上传了一部上下两册的《黄小田评点〈红楼梦〉》（纠错版），该书以黄山书社 1989 年 1 月第 1 版第 1 印李、陆辑校本制作而成，并于小说正文中对混入东观阁本批语的第六十六至八十回、第九十九至百十二回、第百十五至百二十回凡三十五回黄小田批语加以红线标注。笔者参考《红楼梦东观阁本研究》一书附录的东观阁本批语并对照李、陆辑校本进行了粗略统计，包括曹著所引 15 条例证在内的"问题批语"有近 800 条，占约东观阁本批语总数（2387 条）的 1/3，堪为大观。是梁白泉整理本无误，还是李、陆辑校本整理无误？笔者倾向于前者，原因如下：

首先，黄小田批语同双清仙馆王希廉评本、桐花凤阁陈其泰批校本也有关联，但笔者两两比对批语后发现，黄小田对二本的批语多为借鉴、化用，照抄直录者几近没有（下文有述），由黄小田这一极具个性特质的评点风格反窥其直接抄录东观阁本批语的可能性似乎不大。

其次，这近 800 条"问题批语"起自第六十六回，终于第百二十回，而与前六十五回章节毫无关涉，这种齐刷刷地绝缘现象似乎也说明其中应有问题，而其他评家如姚梅伯、张新之等对东观阁本批语的参考、引用则

① 梁白泉：《杨葆光过录黄小田〈新增批评绣像红楼梦〉评语录后》，第 177 页。

② ［清］曹雪芹、高鹗著，［清］黄小田评点，李汉秋、陆林辑校：《红楼梦》"前言"。

是贯穿小说文本前后的。

再次，从批语内部着眼，在同一章回中，黄小田引用的东观阁本批语与其自身所持的观点多有抵牾，兹举几例。如第六十六回尤三姐以鸳剑自刎，东观阁本批曰："侠哉三姐，竟夭天年。"东观阁本以"侠"字赠予尤三姐，可见其对尤三姐宁为玉碎的刚烈性格是颇为欣赏的。黄小田褒扬尤三姐殉情明志的烈女之举，但并不欣赏尤三姐的泼辣性格，他在尤三姐对柳湘莲及贾琏所说"你们也不必出去再议，还你的定礼"处眉批："从容不迫，烈哉烈哉！然而杂霸。"所谓"杂霸"即专横、霸道，"杂霸"前着"然而"一词，否定立场明甚，第九十二回司棋撞墙而死处黄小田有段长批，中亦言"至尤三姐之死，亦不得不谓之烈，然出于污泥，虽云不染，究系杂霸"，可见黄小田是深恶尤三姐这一"杂霸"性格的。黄小田引东观阁本批语先赞尤三姐的节烈与刚烈，旋即又否定其刚烈，这种前后不谐的观点是令人费解的。如第七十三回"小鹊笑向宝玉道：'我来告诉你一个信儿，方才我们奶奶咕咕唧唧，在老爷前不知说了你些个什么，我只听见"宝玉"二字。我来告诉你，仔细明儿老爷向你说话，着实留神。'"处黄小田眉批："赵姨娘咕咕唧唧谗害人，小鹊想见之熟矣，而又关切宝玉，故此听得此二字，遂来通信。仅此一事，写宝玉之多情、丫头之相爱及赵姨娘之诡秘，并引出大观园之奸盗、王夫人之搜检，荣府从此多事矣。"由批语不难看出黄小田对夜找宝玉的赵姨娘的丫鬟小鹊是称赞有加的。此处东观阁本批语却为"丫头股（鼓）舌，往往如此"，"鼓舌"即掉弄口舌、挑拨离间，那么黄小田对小鹊究竟是褒还是贬？再如第七十四回抄检大观园，东观阁本批语对抄检行动带头人王熙凤颇多贬损，而黄小田批语则持论公允。如王熙凤一干人先至怡红院，宝玉因问缘故，在王熙凤答"丢了一件要紧的东西"处东观阁本批曰："王熙凤附和，可恶！"须知王熙凤率众抄检是奉命行事的，何况还有咄咄逼人的王善保家的随行，在那样一种情势下，王熙凤答还是不答，如何答？东观阁本批她"可恶"，显然认为王熙凤有助纣为虐、推波助澜之故。晴雯和王善保家的对峙时，在"凤姐见晴雯说话锋利尖酸，心中甚喜，却碍着邢夫人的脸，忙喝住晴雯"处东观阁本批曰："王熙凤奸甚。"短短五个字仍反映出东观阁本对故事情节缺乏深入思考。王熙凤之所以"忙喝住晴雯"，一是王善保家的系自己的婆婆邢夫人的陪房，"纵有千百样言语，此刻也不敢说"，须要给个台阶下；二是有保护晴雯之意，避免事态的进一步严重化，因为以晴雯的“爆炭”性子，同王善保家的随时都有拼个鱼死网破的可能。对于这次抄检风暴，王熙凤是被动参与的，王夫人询问她意见时，“凤姐只得答应说：‘太太说是，就行罢了。’”王熙凤不情愿明甚，此处黄小田亦有行间批：“是不以为然声口。”“凤姐见晴雯说话锋利尖酸，心中甚喜，却碍着邢夫人的脸”处眉批“可见王家的谗言，凤姐亦不服”复可作一注脚。此外，在抄检过程中，王熙凤对晴雯是有回护之心的，如王夫人问王熙凤谁是晴雯，“凤姐道：‘若论这些丫头们，共总比起来，都没晴雯生得好。论举止言语，他原轻薄些。方才太太说的倒很象她，我也忘了那日的事，不敢乱说。’”晴雯是宝玉最喜欢的丫鬟，作为管家奶奶的王熙凤岂能不知晓？凤姐的一番回答，既有欲息事宁人之意，亦有匡护晴雯之想，故黄小田在“若论这些丫头们，共总比起来，都没晴雯生得好”处眉批：“此亦公论，并非害晴雯。”王熙凤虽欲保护晴雯，但山雨欲来已成必然，最重要的是有邢夫人的耳目王善保家的从中作梗，为此黄小田眉批：“凤姐何难救晴雯？特以此故。”对王熙凤在抄检大观园中的表现，东观阁本批语与黄小田批语显然是两种截然不同的评价论调，前者主观，后者理性。黄小田若赞同东观阁本批语，应引同自己步调一致的观点，而非背道而驰。若仔细查检李、陆辑校本中所谓黄小田引用的这些东观阁本批语，同其自身的评点文字相较，以己之矛攻己之盾之处甚多，不赘。故此，笔者以为李、陆辑校本中出现的东观阁本批语是有问题的。

此外，如曹立波所言“东观阁本批语，是应读者对于评点的需求而产生的。所以，这些批语难免带有推动《红楼梦》传播的商业目的，评点的针对性自然面向读者为主”——“更接近具有一般文化水平的大众读者”①，从曹著摘引所谓黄小田照录的15条东观阁本批语也可看出，其并无胜人之处。而“黄小田评点显示出相当高的鉴赏能力和理论水平，在清代评点派中确属上乘”②，黄小田似乎无由头对这15条东观阁本批语产生浓厚的兴趣并照抄直录。当然，不可否认的是，东观阁本批语是不乏真知灼见的。再，李、陆辑校本中多出的近800条东观阁本批语假若为黄小田所引，那么这种占东观阁本批语总数1/3的大批量的剿袭无论如何也担不起“中国小说

① 曹立波著：《红楼梦东观阁本研究》，第一九二页。

② 张庆善：《一位鲜为人知的〈红楼梦〉评点家——黄小田〈新增批评绣像红楼梦〉评点初探》，第237页。

批评理论的一份宝贵财富”[1] 的崇高评价。此外，东观阁本批语每条都不长，短则两字，多则十余字，多出的这近 800 条“问题批语”字数估约五六千字，黄小田批语约 3.8 万字，3.8 万字与 4.3 ～ 4.4 万字的差别不是很明显，而李、陆辑校本“前言”中说“黄小田的评点包括眉批、侧批和回末总评，总共有三千多条”这一数据显然袭自梁白泉的统计。

综合以上，笔者以为李汉秋、陆林在整理杨葆光过录本时不慎将东观阁本批语混同于黄小田批语，故其辑校本多出了近 800 条“问题批语”，而梁白泉整理本无误。李、陆辑校本自 1989 年 1 月至 1995 年 8 月凡七年间共出两版五印，黄小田批语与东观阁本批语的混淆问题一仍其旧。2011 年，《红楼梦》版本研究者陈传坤在网上以“黄山书社版《红楼梦》黄小田批语，为何混进了东观阁本批语？”[2] 为题发帖，引起网友热议，但李汉秋、陆林及出版方黄山书社均无回应。由此造成的后果就是学界在研究黄小田批语时，翻阅销量甚广的李、陆辑校本，稍有不慎，即将夹杂其中的东观阁本批语误为黄小田批语，除曹立波论著出现这种张冠李戴的问题外，刘继保《红楼梦评点研究》一书亦有出现，乃至直接影响了最后的结论。陆先生已于 2016 年 3 月去世，而对辑校本中多出的近 800 条东观阁本批语，“《外史》《红楼》深解味”（张岱年语）的李汉秋委实应予以解释，包括耄耋之年的梁白泉、黄山书社、南京博物院等诸方贤达亦应发声，因为“黄小田评语是红学史研究中的重要发现，对了解清代人对《红楼梦》的认识及其研究，对全面正确地评价清代《红楼梦》评点派，总结中国古典小说批评，都有着重要价值”[3]。故此，笔者倾向于黄小田并未照抄直录东观阁本批语。

（二）黄小田对东观阁本批语的参考

黄小田抄录东观阁本批语虽尚不能定论，但在评点过程中，参考了东观阁本批语则是毫无疑问的。

---

① 张庆善：《一位鲜为人知的〈红楼梦〉评点家——黄小田〈新增批评绣像红楼梦〉评点初探》，第 237 页。

② 陈传坤：“黄山书社版《红楼梦》黄小田批语，为何混进了东观阁本批语？”http://www.gujiushu.com/703392.html（2017-9）下引不注。

③ 张庆善：《一位鲜为人知的〈红楼梦〉评点家——黄小田〈新增批评绣像红楼梦〉评点初探》，第 220 页。

比如点评小说人物言谈举止时，东观阁本批语多用“声口”[①]（也有“口角”“口气”等说法）一词。如第十回贾珍说及病中的秦可卿“他那方子上有人参，就用前日买的那一斤好的罢”处批曰“句句是世家子弟口气”；第二十六回佳蕙对小红言及袭人“别说他素日殷勤小心，就是不殷勤小心，也拼不得”处批曰“声口宛然小女孩儿”及同回宝玉以《西厢记》戏文要闹黛玉“黛玉登时撂下脸来说道：‘二哥哥你说什么？’”处批曰“竟是莺莺小姐声口”；第四十五回赖嬷嬷训诫即将履职县官的孙子赖尚荣“你看那正根正苗，忍饥挨饿的，要多少？你一个奴才秧子，仔细折了福！”处批曰“声口更肖”；第四十八回宝钗对平儿说香菱随她搬进大观园“虽不是大事，到底告诉一声，就是园里坐更上夜的人，知道添了他两个，也好关门候户的了”处批曰“口角宛肖”；第八十七回湘云与探春谈话“等你明日到南边去的时候，你自然也就知道了”处批曰“问答俱有意，确是闺中声口”，等等。黄小田在评点红楼人物音容笑貌时，也多以“声口”（或“口角”“口气”）概括之。如第四回薛姨妈与薛蟠商量上京居住事宜“你既如此，你自去挑所宅子去住”处眉批“溺爱声口，可笑”；第六回刘姥姥说女婿王狗儿“有了钱就顾头不顾尾，没了钱就瞎生气”处眉批“逼真乡下人声口”及“这‘长安’城中遍地皆是钱，只可惜没人会去拿罢了”处眉批“又逼真积年老寡妇声口”；第二十八回锦香院云儿说酒令“女儿悲，将来终身倚靠谁？”处眉批“是妓女口角”；第七十八回贾兰作林四娘诗“姽婳将军林四娘”处眉批“虽稚子口角，然长言之，亦不出此意，贾兰可爱”；第八十四回“圣人有志于学，幼而已然矣”处眉批“是初开笔口气”；第百十一回邢夫人说自缢的鸳鸯“我不料鸳鸯倒有这样志气！”处眉批“声口大有报仇之意。堂堂诰命，心胸不及一丫头，耻死耻死”，等等。黄小田对“声口”（或“口角”“口气”）一词的使用，据粗略统计，约有26处（其中作“声口”者20条，作“口角”者5条，作“口气”者1条）。黄小田之所以使用频密，除受东观阁本批语影响外，与其籍贯太平府芜湖县也或有关联，因为芜湖属下江官话区，而“声口”一词在下江官话（如扬州）中较为常见，即口气、口吻之意。通过黄小田的提点，细品各色人等的言行，真是姿态神情，活跳纸上。有一个有趣的现象，即黄小田这26

① 东观阁本批语中对“声口”及以下“张本”的使用，多参考曹立波所著《红楼梦东观阁本研究》一书。

处含“声口”（或“口角”“口气”）的批语，前八十回占23处，后四十回续书仅3处，这似可说明前八十回原著对人物的塑造风神如见，而后四十回续书则有所不及。

再如“张本”一词，“张本”即“伏笔”，表示前文为后文埋下线索或上文对下文的提示，以为事情的发展预作安排。东观阁本批语对“张本”颇多使用，如第二回冷子兴对贾雨村说“目今你贵东家林公的夫人，即荣府中赦政二公的胞妹，在家时名字唤贾敏”处批曰“串合一片，为下文携黛玉进京，得入贾府复官张本”；第六回“因狗儿白日间又作些生计，刘氏又操井臼等事，青板姊弟两个，无人照管，狗儿遂将岳母刘老老接来，一处过活”处批曰“刘老老亦是此书眼目，为后来救巧姐张本，故叙次亦详”；第四十回刘姥姥说“怎么得有人也照着这个园子画一张，我带了家去给他们见见，死了也得好处”处批曰“语语是实，为下画大观园张本”；第六十五回写尤三姐“他那一种轻狂豪爽、目中无人的光景，早又把人的一团高兴逼住，不敢动手动脚”处批曰“极写身分，为下节自刎张本”；第六十七回“凤姐儿听到这里，点了点头儿，回头便望丫头们说道：‘你们都听见了？小忘八崽子，头里他还说他不知道呢。’”处批曰“点头时，杀心已动，为他告状张本”；第百十一回“你我在这里也无益，不如大家下海去受用，不好吗？”处批曰“为劫妙玉下海张本”，等等。在黄小田评点文字中，“张本”一词出镜率也颇高，据粗略统计，约有28处，贯穿小说首尾。如第四回回末说薛蟠“因此遂将移居之念，渐渐打灭了”处眉批“不过为宝钗住大观园张本”；第二十二回元宵节贾环作灯谜“大哥有角只八个”处眉批“此不过写贾环庸劣，为后文张本耳”；第四十二回王熙凤笑向出主意使得发热的巧姐终睡安稳的刘姥姥“到底是你们有年纪的经历的多”处眉批“因此信刘老老，为后文张本”；第六十四回描写贾敬出丧场面“是日丧仪焜耀，宾客如云”处眉批“前秦氏之丧已极其详细，此不可重复，故但言其大概，而贾珍之纵侈可见，总为后文张本”；第九十二回巧姐对宝玉说“我妈妈想着要把什么柳家的五儿补上”处眉批“五儿进来只带一笔，不过为后文当作晴雯张本”；第百十三回“兰儿自送殡回来，虽不上学，闻得日夜攻苦”处眉批“为中举张本”，等等。这些关于“张本”的批语，在每段故事的发展过程中或完结前都可找到照应关联，由此可见作者架构作品的会心之处。

当然，必须要明确的是，诸如“声口”“张本”等此类用语，在明清小说评点中也较为常见，如李卓吾、金圣叹等人所评《水浒传》及林顿翁评《姑妄言》中所在多有。黄小田对《水浒传》非常熟悉，在《儒林外史》评点中常以《水浒传》中的情节设计两相对之，如第三十八回“见一棵大树在眼前，郭孝子扒上树去，又心里焦：‘他再来咆哮震动，我可不要吓了下来？’心生一计，将裹脚解了下来，自己缚在树上”处批曰“写郭孝子尽管有武艺，却不与虎斗致落俗套，盖只身断不能斗虎，《水浒传》虽极力写之，实出情理之外”等，故而黄小田在评点《红楼梦》过程中，使用“声口”“张本”等评点词汇，是很自然的事情，而其手头又有三让堂藏板《绣像批点红楼梦》，从东观阁本批语中拈来几笔，亦在情理之中。

此外，何红梅《红楼梦评点理论研究——以脂砚斋等10家评点为中心》一书中提到两处东观阁本批语颇有价值的理论见解——“特写”和“补笔”，这在黄小田批语中也都有所体现，尤其是对“特写”[①]这一叙事手法的总结，师承显明，且有新见。“特写”，即为了突出某一人物形象，着意进行描写，意在加重和强调。何著从东观阁本评点中辑出凡20条批语加以鉴赏，以说明“特写”在人物塑造中的重要作用。据粗略统计，黄小田批语中约有16处言及“特写”，与东观阁本批语旗鼓相当。为便于分析，胪列如次：

① 以后专写宝黛二人相爱之情。然非宝钗来，无可写也，故为黛玉树之敌，而文章乃层出不穷矣。（第五回“如今且说林黛玉自在荣府”处眉批）

② 大书特书袭人之导淫改嫁，非书中第一无耻者哉！（第六回宝玉同袭人初试云雨处眉批）

③ 刘老老虽至微，乃终始全书亲见荣府盛衰者，故特写之，非为宴大观园取悦读者计也。（第六回“这刘老老乃是个久经世代的老寡妇”处眉批）

④ 秦氏为钟情首座，故特特写之。（第十三回秦可卿病逝众人“莫不悲号痛哭”处眉批）

⑤ 以上极力铺张，正极写贾珍奢纵，并可与后文贾敬、贾母之丧对看。（第十三回秦可卿灵前执事等物“亦不及繁记”处眉批）

---

① 何红梅著：《红楼梦评点理论研究——以脂砚斋等10家评点为中心》，第145-149页。下引不注。

⑥ 特写凤姐。（第十三回“独凤姐款款站了起来”处眉批）

⑦ 于宝玉所居，特特写出异样，盖大观园主也。（第十七回贾政率众游园“及至门前，忽见迎面也进来了一起人，与自己的形相一样——却是一架大玻璃镜。转过镜去，一发见门多了”处眉批）

⑧ 此回写宝玉于诸女昼夜亲密，其机危甚。幸黛玉自持、湘云憨浑，宝玉虽意淫，终不忍犯，固可信其非淫乱可比。然袭人之谏，不得不谓之贤也。设易宝玉为贾琏，情事当何如？故特写“救贾琏”一段对看。（第二十一回回末评）

⑨ 特写贾兰其后必贵，故嬉戏亦不忘家教，乃叔痴情，得毋愧否？（第二十六回“贾兰笑道：‘这会子不念书，闲着做什么？所以演习演习骑射’”处眉批）

⑩ 特出袭人。（第四十六回鸳鸯同平儿说贾赦强讨事“二人听了，不觉吃了一惊，忙起身向山后找寻，不是别个，却是袭人，笑着走出来”处眉批）

⑪ 独写探春。（第四十六回“李纨一听见鸳鸯这话，早带了姊妹们出去。探春有心的人”处眉批）

⑫ 特写湘云。（第五十回芦雪亭诸钗联诗“湘云那里肯让人？且别人也不如他敏捷，都看他扬眉挺身的说道”处眉批）

⑬ 宝玉，书中主人也。借其生日，特写此会与夜间一聚，此后竟不再矣。（第六十二回“这些人因贾母王夫人不在家，没了管束，便任意取乐，呼三喝四，喊七叫八”处眉批）

⑭ 特特写穿素，做出大题目来。开卷已描写凤姐之美矣，此复描写，乃尤二姐目中所见也。（第六十八回“至门前，凤姐方下了车进来，二姐一看，只见头上都是素白银器”处眉批）

⑮ 特写探春。（第七十三回“听贾母如此说，都默无所答。独探春出位笑道”处眉批）

⑯ 独写探春解事。（第七十六回“贾母听说，细看了一看，果然都散了，只有探春一人在此”处眉批）

在对人物形象的分析中，东观阁本批语除“特写”外，还有“加一倍写法”（如第三十四回）、“极写”（如第四十四回）、“作者加意处”（第三回）等用语。黄小田批语除直言“特写”外，亦有“特特写”“极写”“专写”“独写”等称谓，比东观阁本批语更为凝缩简练，但含义相同，均指着力描写，聚焦凸显。何著认为作者之所以采用“特写”的手法刻画人物，原因有二，一是这些人物“在《红楼梦》叙事、结构等方面具有重要作用，自应出力一写”，二是能“凸显人物性格”，如上所列黄小田批语也确实围绕这两个方面进行。比如第①条即小说第五回，其开篇不落窠臼，“第四回中既将薛家母子在荣府中寄居等事略已表明，此回则暂不能写矣”，起首一句收束前文，重作轻抹，旋即引入“如今且说林黛玉”，由宝钗转至黛玉，叙事视角发生改变，其原因即如黄小田所言“以后专写宝黛二人相爱之情”，因为宝黛爱情是小说所着意描写的主要内容，其他故事情节均围绕此一核心情节而展开，故而宝玉和黛玉才是作者所精心塑造的男、女主人公，二人的爱情悲剧是全书重中之重。在黄小田看来，由“如今且说林黛玉”领首的一段文字，是作者给予黛玉的一个“特写”，这个“特写”意在表明黛玉地位之贵——上有贾府最高统治者贾母的“万般怜爱”，下有集万千宠爱于一身的翩翩佳公子贾宝玉的“亲密友爱”，因此位列书中第一女主角，而她与宝玉的爱情又在全书的叙事结构中起着重要作用。对黄小田的这一观点，甲戌本眉批与其高度一致：“不叙宝钗，反仍叙黛玉。盖前回只不过欲出宝钗，非实写之文耳，此回若仍续写，则将二玉高搁矣，故急转笔仍归至黛玉，使荣府正文方不至于冷落也。”可见“二玉”即宝玉和黛玉方是“荣府正文”，而第九十二回黄小田亦有眉批称宝黛乃“书中正文”。再如第③条即小说第六回“刘老老一进荣国府”，刘姥姥这位充满喜感的乡村阿婆，在小说的谋篇布局中极为重要：其一进荣国府，府邸炊金馔玉纸醉金迷；二进荣国府，主仆安富尊荣却内囊尽上；三进荣国府，大厦倾颓风雨飘摇，因而刘姥姥是曹雪芹在宝黛爱情悲剧外精心设计的一条辅线，即刘姥姥是贾府盛衰重要的见证人，这是新时期以来学界的共识。但在旧红学时代，研究者对刘姥姥这一人物在《红楼梦》中的功用性识察不周，多认为其或因巧姐而设或作噱头博欢颜，如王希廉《红楼梦总评》称“刘老老为归结巧姐之人，其人在若有若无之间。盖全书既假托村言，必须有村妪贯串其中，故发端结局，皆用此人，所以名刘老老者”[①]，陈其泰言“刘

① 凡本书所引王希廉批语、《红楼梦批序》《红楼梦总评》等，皆见道光壬辰双清仙馆刊本《新评绣像红楼梦全传》，不另注。同时参考光绪丙子聚珍堂本、光绪丁丑翰苑楼本《新评绣像红楼梦全传》，护花主人、大某山民、太平闲人评《红楼梦》（三家评本）等。

老老本是为巧姐而设”“刘老游园，如入迷楼。西洋衣镜，种种奇巧。全为播弄村妇而作，以博一笑耳”等。在对刘姥姥这一形象塑造意图的认识上，黄小田是洞悉作者的良苦用心的，在他看来，小说第六回刘姥姥首次登场时关于她的一段介绍，是作者着意而且有意“特写之”的，因为以其“至微”正可照见贾府“烈火烹油、鲜花着锦之盛”（第十三回），以其“至微”又可目击贾府“落了片白茫茫大地真干净”（第五回），这种盛衰循环、穷通转化借“贫婆子”（贾宝玉语）刘姥姥之眼，不仅点醒世人，更具讽刺意味。在接下来有关刘姥姥活动的故事场景中，经黄小田批语的提醒可以发现，无论是前八十回原著，还是后四十回续书，刘姥姥确以一个与贾府有所瓜葛的局外人的身份“亲见荣府盛衰”。比如第六回刘姥姥进贾府见“满屋中之物都是耀眼争光，使人头悬目眩”而“点头咂嘴念佛而已”处眉批“阅者但以为写刘老老村气，不知其写富贵人家奢侈，借刘老老目中看出耳”；而到了阖府被抄、衰败更速后的第百十三回，刘姥姥复至贾府看望病重的王熙凤时说“这两年姑奶奶还时常给些衣服布疋，在我们村里算过得的了”处眉批“村里过得，而府里反过不得矣。微言令富贵人自思”，贫富对比，发人深省。可见“特写”对人物形象的塑造具有举足轻重的作用。但黄小田对“特写”这一写作技法的认知还远不止此，通过第⑦、⑬两条批语可以发现，黄小田认为“特写”不仅适用于人物塑造，也可用于对事物的描写。如第十七回贾政一行游园至宝玉居所——怡红院，作者有一段千余字的“极精细文字”（己卯本夹批）详加描绘，园庭卉物、集锦花窗、锦笼内室、西洋衣镜等悉纳笔端，“于宝玉所居，特特写出异样”，之所以笔涂墨染、笔笔精到，因宝玉“盖大观园主也”。黄小田的分析是十分准确的，宝玉为元妃胞弟、诸艳之贯，身份尊贵且“其聪俊灵秀之气，则在千万人之上；其乖僻邪谬不近人情之态，又在千万人之下”（第二回），故其酣眠之所自应超凡脱俗，一如小说所言“其中收拾的与别处不同”。借助黄小田“于宝玉所居，特特写出异样”的提点，跟随作者的脚步，其笔触由远及近、自外而内，直如一台摄像机，移步换形，给予怡红院外境内景一次全方位、多角度的展示，因为其后小红思春、黛玉洒泪、晴雯撕扇、平儿理妆、怡红夜宴等经典桥段都要在这里上演，而宝玉作为“绛洞花王”，要在这里看着他所统领下的诸般“异样女子”演绎着自己的人生悲欢，故知怡红院在《红楼梦》的文本叙事中是一处绾合诸多人物命运沉浮的重要所在。再如第 ⑬ 条批语，由“特写此会与夜间一聚”知这条批语其实涵括了第六十二回探春领头凑份子给平儿等人过生日及第六十三回诸钗怡红夜宴等诸多故事。在这两回章节中，大观园群芳悉皆登场，而曹雪芹也集中篇幅，笔酣墨饱，给予这场从白日持续到夜间的祝寿聚会中诸人才艺之多面、内心之跃动以淋漓尽致的展示。从“呼三喝四，喊七叫八”“红飞翠舞，玉动珠摇”等这些描绘性词句中可以看出，曹雪芹将这些素日里压抑着青春激情的女儿们聚集于红香圃、怡红院两处恣情嬉闹之所在，将“镜头”对准她们，聚焦她们丰富的内心世界，捕捉她们蓬勃的生命活力，放大她们人性的高贵与真实。在曹雪芹精心裁剪的这些“特写”片段里，小姐丫鬟，嬉笑玩耍，主子奴才，打成一片，没有地位之别，没有阶级之分，我们看到了一个个鲜活的生命以及这些生命所绽放出的美丽。在这场洋溢着欢乐气氛的青春派对中，每个人都隐藏了矜持，卸去了伪装，纵情地玩笑，忘我地疯狂，而花名签对诸钗命运的暗示则增加些许感伤与不安。曹雪芹极写雅聚之欢，正衬即将到来的离散之悲，而黄小田亦勘破作者文心，作批曰：“欢会无常，彩云易散琉璃脆。”怡红夜宴后还有第七十五、七十六回的中秋赏月，赏月日子里还有黛玉、湘云、妙玉的月夜联吟，但月下“鬼叹”及此前的抄检大观园，已预示了偌大的国公府行将“树倒猢狲散”。第六十二、六十三回这两回文字采用“特写”的方式，记录了红楼女儿们富有尊严的美好，此后便青春散场，繁华不再，可见“特写”这一写作技法对小说叙事结构的起承转合也有着重要的作用。前面提到，东观阁本批语对“特写”这一叙事手法除直呼其名外，尚有“加一倍写法”（如第三十四回“宝玉从梦中惊醒，睁眼一看，不是别人，却是林黛玉”处侧批“先用烘衬，指点出林黛玉，是加一倍写法”）等称谓，这或袭自张竹坡评《金瓶梅》，如“批评第一奇书金瓶梅读法”云：“《金瓶》内，有两个人为特特用意写之，其结果亦皆可观。如春梅与玳安儿是也。于同作丫鬟时，必用几遍笔墨，描写春梅心高志大、气象不同；于众小厮内，必用层层笔墨，描写玳安色色可人”，“文章有加一倍写法，此书则善于加倍写也”①。但无论是张竹坡，还是东观阁本批语，二者所提及的“特写”（或“加倍写”）均针对人物形象塑造而言，而到了黄小田这里，则

① ［清］张竹坡：《批评第一奇书金瓶梅读法》，见［明］兰陵笑笑生著，秦修容整理《金瓶梅会评会校本》，中华书局 1998 年版。

将“特写”的指向范围进一步扩大，由人及物，从而拓展了“特写”的内涵与范畴。这颇类当下影视媒体中的“特写镜头”，摄取人或事物的局部、细部加以突出、强调和放大，从而造成强烈的艺术效果，给人以视觉冲击与审美体验。于中国古典小说批评而言，黄小田对“特写”这一写作技法内涵的拓展是有其积极意义的。

东观阁本批语对《红楼梦》如上叙事手法的总结，于嘉道以降诸评家均有不同程度的影响，而诸家对小说思想内容所发表的见解和看法，同东观阁本批语又颇有渊源。在《红楼梦》评点史上，黄小田和王希廉对小说主题的解读均持“盛衰说”，二人这一观点的形成同东观阁本批语不无关系，因为“对贾府家族命运的盛衰感叹，可以说是东观阁本批语的重要内容”[①]。曹立波亦指出，东观阁本“从第一回到百回以后，评点者于热闹兴旺时，提醒读者‘十分闹热反衬下文之抄没也’；而在萧条破败处，又通过‘一盛一衰，情何以甚（堪）’的警语，点出对前文的照应”，此类批语如“‘高楼一席酒，穷汉半年粮’。一顿螃蟹足够庄稼人一年，可为慨然”（第三十九回刘姥姥听平儿说螃蟹宴）、“极力铺张，以见盛极之必衰也”（第五十三回乌进孝交租）、“逞势逞威，无所不用其毒，贾氏有此妇，其败必矣”（第六十八回王熙凤大闹宁国府）、“母大庆铺序得十分热闹，反映下文钞没也”（第七十一回贾母八旬大寿）、“盛衰之理，方外人已参透”（第七十六回妙玉评黛湘联诗）等。通过如上批语不难看出，东观阁本批语基本体现了“书商导读型”的特点，在评点过程中，对贾府的“盛极必衰”反复皴染，字里行间充满了浓郁的感伤意味。同为“对贾府家族命运的盛衰感叹”，黄小田则是一种冷静的抽离，对贾府“由盛而衰”的感慨重在揭示其衰败之因，此类批语如“只此一句，所费几何？贾珍之纵情奢侈、不守礼度，不待言矣，不亡何待？”（第十四回秦可卿出丧“一时只见宁府大殡浩浩荡荡，压地银山一般从北而至”处眉批）、“此必祖宗旧例，非贾珍意也。贾珍衣租食税，怙侈灭义，以至于败，将来求领这些东西亦不能矣。世禄之家，鲜克由礼，信哉！”（第五十三回贾珍将乌进孝缴租“余者派出等第，一分一分的堆在月台底下”处眉批）、“新丧中，弟兄亟亟以渔色为急务，如此人家不亡何待！”（第六十四回“却说贾琏素日既闻尤氏姐妹之

① 曹立波著：《红楼梦东观阁本研究》，第二〇一页。下引亦见该页内容，不注。

名，恨无缘得见”处眉批）、“一妇人也，倚势横行如此，而家长如在梦里，且亦身干法纪，不亡何待？”（第六十八回王熙凤说与旺儿“你细细说给他：就告我们家谋反也没事的”处眉批）、“此回与下一回似琐碎，无关正文，不知大家之败，多由家无正主，婢仆作弊偷盗，以至不可收拾，而后文六十四回以下，珍琏纵淫，凤姐至欲害人性命，作成查抄之祸何？莫非家主愚暗昏聩使之然耶？”（第五十九回回末评）、“此时不议，何时方议？因循疲玩，以至于亡。大家事势之败，每每如此”（第七十二回贾琏与林之孝议论人员裁减“只是老爷才回家来，多少大事未回，那里议到这个上头”处眉批）、“不善读《红楼梦》者，笑其多写吃饭，此直是胡话。试看其每写吃饭，曾有一处相同否？且无不带叙正文。即如此处，因吃饭带写鸳鸯怀恨、贾母偏心，而因饭及米，便知贾府田庄渐为管庄人作弊消耗，何尝有一句闲文？”（第七十五回“尤氏早捧过一碗来，说是红稻米粥”处眉批）、“防民之口，甚于防川。而贾赦贪纵任性、贾政迂暗糊涂、贾珍一味奢淫、贾琏纵妻好利，以及子侄家奴倚势妄为，自至一败涂地，犹不知祸从何起！息来巨家大族，千古一辙”（第八十三回周瑞家的和王熙凤说贾府富贵传言“那里握的住众人的嘴？”处眉批），等等。仔细分析这些批语，黄小田认为“奢侈促之”（第十六回回末评）、“倚势妄为”（第四十六回眉批）、“家无正主，婢仆作弊偷盗”“因循疲玩，以至于亡”等乃是“贾家致败之由”（第二回眉批），这些见解既尖锐又深刻，也点出历来权门豪族由盛至衰的通弊。“《红楼梦》只是老老实实的描写这一个‘坐吃山空’‘树倒猢狲散’的自然趋势”[①]，胡适所言与黄小田对全书意旨的阐释正相符契。在评点过程中，黄小田冷眼旁观，冷静地评价贾府是如何一步步由泼天富贵而走向败落的，相较东观阁本批语对贾府盛衰的反复咏叹，黄小田这种置身事外的剖析，更为客观，也更一针见血，“观者可为殷鉴”（第五十九回回末评）。此外，和其他评家不同的是，黄小田还注意到贾府之所以由盛而衰，几位男性管理者的妻室也难辞其咎。如第百七回贾母散余资，“贾母素来本不大喜欢贾赦，那边东府贾珍究竟隔了一层，只有邢夫人尤氏痛哭不已”处眉批：“孟子曰：妾妇之道，以顺为正。此两位夫人，俱是顺从丈夫的，而致令丈夫犯此重罪，岂孟子之言不足信耶？抑不能劝谏之过耶？”在批语

① 胡适：《红楼梦考证》（改定稿），见宋广波编校注释《胡适红学研究资料全编》，第166页。

中，黄小田引用《孟子·滕文公下》“以顺为正者，妾妇之道也”说明“柔顺乃妇人美德”，但他并不赞同绝对的柔顺，因为“一味柔顺，便是迎春之类”（第百二十回眉批），即如邢夫人助夫强讨鸳鸯而后致鸳鸯吊死，尤氏对贾珍、贾蓉父子聚麀之乱的迁就容忍，致贾赦“交通外官、恃强凌弱、纵儿聚赌、强占良民妻女不遂逼死”及贾珍“强占良民妻女为妾不从逼死”（第百七回），而这些罪名也成为贾府被抄的导火索。黄小田的这一观点与脂批亦高度一致，庚辰本第七十五回有夹批：“尤氏犯七出之条，不过只是‘过于从夫’四字……◇此为打草惊蛇法，实写邢夫人也。”“岂孟子之言不足信耶？抑不能劝谏之过耶？”显然是后者。汉代《白虎通义》“妻得谏夫者，夫妇一体，荣耻共之”[①]及唐代《女孝经》“夫有诤妻，则不入于非道”、《女论语》“夫有恶事，劝谏谆谆”等女性道德著作，都教导妻室要对丈夫的不端言行予以及时的劝谏。可见黄小田对红楼故事研读之细、思考之全。

（三）小结

东观阁本《红楼梦》是以程甲本为底本进行翻刻的，初刊时为白文本，后于白文本上加刻评点，是为嘉庆十六年（1811）《新增批评绣像红楼梦》，由此引领嘉道以还评点热潮，至民国不歇。东观阁本批语的形式为侧批，且全为侧批，即将批语写于小说正文行间的右侧，又称行间批或旁批。由于要在小说正文文字的字里行间表情达志，因而侧批这种批语形式在一定程度上就限制了评点者的情感诉求与审美实施，评点者的批评思想、艺术见解等也因此无法充分展现，尽管如此，东观阁本批语对小说主旨的解读、人物形象的臧否、故事情节的赏析、叙事手法的概括等，依然显示出妙悟迭见的内涵和深度，这说明东观阁本批语的评点者是具备一定艺术鉴赏力的。

东观阁本批语给予其后诸评家恒久的影响和启示，曹立波所著《红楼梦东观阁本研究》一书论述甚详，不赘。但与姚梅伯等评点家不同的是，黄小田对东观阁本批语的参考、借鉴，并非直接抄录、全盘接收，而是更多地融入个人的体味感悟、审美判断、价值取向，再经思考、熔铸、锻造，

---

① ［清］陈立撰，吴则虞点校：《白虎通疏证》，中华书局1994年版。

从而形成自己特有的点评风格，通过如上与东观阁本批语的相较即有展现，而其妙思纷呈的批语基本体现了文学创作的艺术规律，也显示出自身不俗的艺术判断力与独特的审美鉴赏力。

二、王希廉批语对黄小田评点的影响

谭帆将中国古代小说评点分为三种类型，即“书商型”“文人型”和“综合型”。东观阁本批语属于“书商型”，以商业传播为主，指导阅读意识明显；而“文人型”评点则多独抒性灵，或高标卓识，侧重自娱自赏。“文人型”评点中，刊行较早、影响甚广者当属道光十二年（1832）双清仙馆本《新评绣像红楼梦全传》即王希廉评本。王希廉（1805—1877），原名希棣，字旭升，号雪香、雪芗、护花主人，晚号雪髯老人。江苏苏州府吴县人。监生，浙江候补府经历。清末民初盱眙吴克岐叙录光绪十年（1884）前后所刊王希廉、姚梅伯评《增评补图石头记》时曾言：“考《红楼梦》最流行世代，初为程小泉本，继则王雪香评本，逮此本出而诸本几废矣。山民评无甚精义，惟年月岁时考证綦详，山民殆谱录家也。”[①] 吴氏所说漏掉了东观阁本，但对王希廉批语评价甚高，显示出一定的艺术鉴赏力，同时以王希廉批语与同时代“无甚精义”的姚梅伯批语相较，复见王希廉批语独树一帜，声名更著。严云受亦赞曰：“王希廉是《红楼梦》评点艺术审美鉴赏派代表人物之一，他对《红楼梦》的艺术结构，人物形象和读者阅读接受心理都提出很好的见解，对中国小说理论建设有一定的贡献。”[②]

黄小田批语也属于“文人型”评点，理论深度虽开掘不足，但有“相当高的鉴赏能力和理论水平”。前面《评点底本及参校本》一节曾提及“黄小田对《红楼梦》主题思想的认知以及部分小说文本叙事技巧的概括与王希廉批语颇为相似”，本节则详述王希廉批语对黄小田评点的影响，以示二者“承继关系显明”。

① 吴克岐辑:《忏玉楼丛书提要》卷一，第三二页。

② 严云受:《王希廉〈红楼梦〉评点的理论贡献》,《安徽教育学院学报》1994 年第 1 期，第 64 页。

（一）盛衰主题与爱情主线

王希廉《红楼梦总评》曰：

> 《红楼梦》虽是说贾府盛衰情事，其实专为宝玉、黛玉、宝钗三人而作。若就贾、薛两家而论，贾府为主，薛家为宾。若就宁、荣二府而论，荣府为主，宁府为宾。若就荣国一府而论，宝玉、黛玉、宝钗三人为主，余者皆宾。若就宝玉、黛玉、宝钗三人而论，宝玉为主，钗、黛为宾。若就钗、黛二人而论，则黛玉却是主中主，宝钗却是主中宾。至副册之香菱，是宾中宾；又副册之袭人等，不能入席矣。读者须分别清楚。

对王希廉的这番表述，张庆善指出："王希廉的看法是比较切合实际的，他既指出《红楼梦》是写贾府盛衰事，又指出在描写贾府盛衰过程中，是以宝、黛、钗为主要角色，用今天的话来说，王希廉实际上提出了主题与主线的问题。"① 主题即"说贾府盛衰"，主线即宝黛钗的爱情婚姻悲剧。关于"说贾府盛衰"的主题，王希廉在《红楼梦总评》中有言"《红楼梦》专叙宁、荣二府盛衰情事"，因为在他看来，《红楼梦》乃作者曹雪芹"曩年目击怡红院之繁华，乃十年之后，重游旧地，风景宛然，而物换星移，园非故主，院亦改观，不禁有满目山河之感"（第一回回末评），故而备尝"酸辛泪"著书立传的。此后，在小说正文的回末评中，王希廉始终着眼于"盛衰说"这一主题认知，此类批语如第十七回回末评"第十四、（十）五回，写宁府秦氏丧事之盛；此回同下回，写荣府元妃归省之荣。一凶一吉，皆是反衬后来冷落光景"、第四十回回末评"'两宴大观园''三宣牙牌令'是园中极盛之时，特特将铺设戏玩侈说一番，反衬日后之冷落离散"、第九十四回回末评"花妖兆怪、通灵走失后，从此元妃薨逝，宝玉疯癫，宁府抄没，贾母、凤姐相继病亡。甚至引盗入室，串卖巧姐，种种凶事，接踵而至。此回是贾府盛极而衰一大转关处"，等等。上节《东观阁本批语对黄小田评点的影响》中论及，同王希廉一样，黄小田对《红楼梦》主题的解读亦持"盛衰说"，此处不再赘。此外，黄小田也注意到了宝黛钗三人，尤其是宝黛二人在《红楼梦》中的重要地位，相关批语如次：

> ①"走罢"二字，直应后文宝玉仰天大笑道"走了走了"四字。

① 张庆善：《王希廉〈红楼梦〉评点新议》，《红楼梦学刊》1994年第1辑，第273页。

盖士隐为出家之先声，柳湘莲次之，而直至宝玉之走，始了正文。（第一回“士隐便说一声‘走罢’，将道人肩上的搭裢抢过来背上，竟不回家，同了疯道人飘飘而去”处眉批）

② 以后专写宝黛二人相爱之情。然非宝钗来，无可写也，故为黛玉树之敌，而文章乃层出不穷矣。（第五回“如今且说林黛玉自在荣府”处眉批）

③ 一笔便到宝玉，盖宝玉正文也，即借此了却秦钟打叠。（第十六回“于是宁荣两处上下内外人等，莫不欣喜，独有宝玉置若罔闻”处眉批）

④ 晋封一事，徒写热闹，无关正文，故借秦钟之病了之。（第十六回“虽有元春晋封之事，那解得他的愁闷？”处眉批）

⑤ 一笔又到黛玉，亦正文也。（第十六回“且喜贾琏与黛玉回来”处眉批）

⑥ 急入宝玉。（第十九回“第一个宝玉是极无事最闲暇的”处眉批）

⑦ 故作此语，却不过一两次而止，天下事每每如此，且社社作诗，何关正文耶？（第三十七回“众人都道：‘这个主意最好’”处眉批）

⑧ 百忙中仍不脱黛玉。（第四十九回“黛玉见了，先是欢喜，后想起众人皆有亲眷，独自己孤单无倚，不免又去垂泪”处眉批）

⑨ 宝黛乃戏中生旦也，却故意掉转；而湘云亦戏中大花面也，故以葵官，此作者随手弄笔成趣处。宝钗乃黛玉陪笔，亦戏中小旦也。（第五十八回“（贾母）将正旦芳官指与宝玉，将小旦蕊官送了宝钗，将小生藕官指与了黛玉，将大花面葵官送了湘云……”处眉批）

⑩ 此回与下一回似琐碎，无关正文，不知大家之败，多由家无正主，婢仆作弊偷盗，以至不可收拾，而后文六十四回以下，珍琏纵淫，凤姐至欲害人性命，作成查抄之祸何？莫非家主愚暗昏聩使之然耶？是书写盛衰之际，由细而大，由源而成，观者可为殷鉴。世人不知，徒沾沾于宝黛之情，误矣。（第五十九回回末评）

⑪ 宝玉，书中主人也。借其生日，特写此会与夜间一聚，此后竟不再矣。（第六十二回“这些人因贾母王夫人不在家，没了管束，

便任意取乐，呼三喝四，喊七叫八”处眉批）

⑫ 得空便当急入宝玉，然笔无暇也，故下文急入宝黛。（第六十九回“宝玉一早过来，陪哭一场”处眉批）

⑬ 前金哥之死烈矣，得情之正，若其夫亦投水殉之，则庐江小吏之流，不可为训。至尤三姐之死，亦不得不谓之烈，然出于污泥，虽云不染，究系杂霸。湘莲之遁，亦不过为宝玉之先声耳。今司棋既已失身，虽烈何取，潘又安更无足论。作者写此数人，皆宝黛之衬笔，而不知金哥而外，须首数鸳鸯，以其既贞且烈也。宝黛虽书中正文，我所不取。……（第九十二回“那知道那司棋这东西糊涂，便一头撞在墙上，把脑袋撞破，鲜血直流，竟死了”处眉批）

王希廉言“《红楼梦》虽是说贾府盛衰情事，其实专为宝玉、黛玉、宝钗三人而作”，由是而观上述黄小田批语，第②、⑨条与其同。在王希廉看来，小说“第五回自为一段，是宝玉初次幻梦，将正册十二金钗及副册、又副册二三妾婢点明，全部情事俱以笼罩在内，而宝玉之情窦亦从此而开”，因为“黛玉、宝钗已与宝玉合并一处，入后应细叙居恒情事”。黄小田也表达了同样的看法：“以后专写宝黛二人相爱之情。然非宝钗来，无可写也，故为黛玉树之敌，而文章乃层出不穷矣。”在宝黛“相爱之情”中，因为有“情敌”薛宝钗的加入，宝黛的“木石前盟”与二宝的“金玉良姻”共同构成爱情主线，矛盾冲突更为集中，情节发展也更具张力。——王、黄二人与脂砚斋的观点有同工之妙，在“如今且说林黛玉自在荣府”引起的一段文字中甲戌本有眉批：“先款款叙出二玉，陡然转出宝钗，三人方可鼎立。”即宝黛钗三人以及三人的断肠情事乃《红楼梦》一书叙写的核心，其他故事情节均围绕此而展开。小说行进至第五十八回，贾家小戏班因宫中老太妃薨逝而解散，十二官各有归结，黄小田在“贾母便留下文官自使，将正旦芳官指与宝玉，将小旦蕊官送了宝钗，将小生藕官指与了黛玉，将大花面葵官送了湘云”处眉批“宝黛乃戏中生旦也”“宝钗乃黛玉陪笔，亦戏中小旦也”，再次重申宝黛钗三人在全书中的关系定位。“生”为我国传统戏曲的脚色行当，扮演男性人物，从南戏到明清传奇，生脚多饰青壮年男子，是剧中的主要脚色。“旦”亦为我国传统戏曲的脚色行当，扮演女性人物，有正旦（青衣）、小旦、花旦、武旦、刀马旦、老旦等专行。在旦行中，正旦处于最主要的位置，小旦则处于次要位置。明胡应麟曾云：

“元杂剧旦有数色：所谓装旦，即今正旦也；小旦，即今副旦也。”[1]齐如山在其所撰《戏剧脚色名词考》中介绍“小旦”时说：“这个小字，同小生一样，原来没有岁数小的意思，不过是正旦脚的帮差就是了……现在戏班里头，把闺门旦、花旦等脚，统名之曰小旦了。”[2]可见，正旦与小旦即主演与配演、主角与配角的关系，如黄小田所称“宝钗乃黛玉陪笔，亦戏中小旦也”，这也与王希廉所言“就钗、黛二人而论，则黛玉却是主中主，宝钗却是主中宾”相合。此回王希廉亦有回末评“藕官、芳官、蕊官三人是一气。偏分给宝玉、钗、黛，亦是隐隐相照”，但不如黄小田批语分析得当，直白了亮。

此外，在黄小田的评点文字中，“正文”一词较为常见。所谓“正文”，即小说叙事的核心内容，尽管黄小田与王希廉都认为《红楼梦》“其实专为宝玉、黛玉、宝钗三人而作”，但也都认为“若就钗、黛二人而论，则黛玉却是主中主”，宝黛爱情更是占据突出位置。比如第三回黛玉进贾府至十六回由贾琏陪同从苏州葬父回返的十余个章节中，作者对黛玉着墨并不多，仅第五、七、八、九回偶有出场，对此，脂批解释说：“此回忽遣黛玉去者，正为下回可儿之文也。若不遣去，只写可儿、阿凤等人，却置黛玉于荣府，成何文哉？故必遣去，方好放笔写秦，方不脱节。况黛玉乃书中正人，秦为陪客，岂因陪而失正耶？”（庚辰本第十二回回末评）黄小田也敏锐地感觉到了这一点，故他对“且喜贾琏与黛玉回来”一段文字作批：“一笔又到黛玉，亦正文也。”既点出黛玉在小说中享有“正文”的“特权”，也以此说明有关黛玉及宝黛爱情的故事即将开始，而本回黛玉“掷而不取”宝玉送其北静王所赠鹡鸰香串即是心有所属、情有所托的萌蘖。还有第六十九回“宝玉一早过来，陪哭一场”处眉批：“得空便当急入宝玉，然笔无暇也，故下文急入宝黛。”宝玉“陪哭一场”主要是本回贾琏小妾尤二姐吞金自逝，“下文急入宝黛”指第七十回黛玉、宝玉及诸钗建桃花社、填柳絮词。之所以说“下文急入宝黛”，因为从第六十三回怡红夜宴后至六十九回集中描写的对象为“红楼二尤”，其间只有第六十四回“幽淑女悲题五美吟”、第六十七回“见土仪颦卿思故里”中有些许情节稍涉宝黛，

---

① ［明］胡应麟撰：《少室山房笔丛》卷四一《庄岳委谭下》，上海书店出版社 2001 年版。

② 齐如山：《戏剧脚色名词考》，《戏剧丛刊》1932 年第 1 期。

余者宝黛二人几无同时现身，在黄小田看来，宝黛“正文”被暂时搁置了，故第六十九回尤二姐自杀后，以一句“下文急入宝黛”的批语提醒读者，大观园浪漫世界即将接续，“大观园方是宝玉、宝钗、黛玉等正经文字”（庚辰本第十二回回末评）。黄小田的这种阅读直觉是十分准确的，连续铺陈七个章回的“二尤”故事如飞来峰般横亘于《红楼梦》前八十回的3/4处，在一定程度上影响了小说的叙事脉络，从而造成其他故事情节的不连贯。再如第九十二回关于司棋之死的一段长批中，黄小田更是明言“作者写此数人，皆宝黛之衬笔”，宝黛二人才是“书中正文”。可见，宝黛及其宝黛爱情，在《红楼梦》中牢牢占据着“正文”的拥有权，而与黛玉贵为第一女主角的身份相比，宝钗是要略逊一筹的，综览黄小田批语，没有一条令宝钗独享“正文”的礼遇，因为“宝钗乃黛玉陪笔”，此与王希廉“若就钗、黛二人而论，则黛玉却是主中主，宝钗却是主中宾”的观点相合。而贾宝玉为《红楼梦》中的男主人公则更是毋庸置疑，如上列批语第③、④、⑥、⑪ 条，第六十二回批语中黄小田直呼“宝玉，书中主人也”，一如王希廉所说“若就宝玉、黛玉、宝钗三人而论，宝玉为主，钗、黛为宾”。正因为宝玉乃“书中主人”，自第五回始，至百十九回“宝玉之走，始了正文”，他虽与宝钗成就了“金玉良姻”，但终未负黛玉而礼佛修禅，重践另一种形式的“木石前盟”。

在红学史上，王希廉是第一个对《红楼梦》的“结构层次”作系统分析的评点家，他在《红楼梦总评》中以贾府盛衰为据将全书“一百二十回，分作二十一段看”，而在二十一个大段每大段所包含的数个章回中，始终关注宝黛钗三人的感情生活，因为他们的爱情走向与贾府的盛衰变化是休戚相关的。客观地说，黄小田对这一爱情主线与盛衰主题的揭示是颇为含混的，当然，在旧红学时期是没有主线、主题这样的概念的，但第五十九回回末评仍清晰地显示出黄小田对宝黛钗（尤其是宝黛）爱情主线表现贾府盛衰主题关系的认识：“此回与下一回似琐碎，无关正文，不知大家之败，多由家无正主，婢仆作弊偷盗，以至不可收拾，而后文六十四回以下，珍琏纵淫，凤姐至欲害人性命，作成查抄之祸何？莫非家主愚暗昏聩使之然耶？是书写盛衰之际，由细而大，由源而成，观者可为殷鉴。世人不知，徒沾沾于宝黛之情，误矣。”“此回与下一回似琐碎”，按蒙府本第五十五回回前批“此回接上文，恰似黄钟大吕，后转出羽调商声，别有清凉滋味”，但就贾府盛衰运势而言，“后转出羽调商声”应自第五十八回始，该回因“老太妃已薨，凡诰命等皆入朝随班”致“贾母王夫人天天不在家内”而使得贾府“在在生事，也难备述”，黄小田亦有眉批：“家由此乱矣。”而第五十七回叙完宝黛爱情后，小说即聚焦贾府奴仆，铺叙出第五十九回“柳叶渚边嗔莺叱燕，绛芸轩里召将飞符”、第六十回“茉莉粉替去蔷薇硝，玫瑰露引出茯苓霜”等家反宅乱之事用于推波助澜，以示贾府将衰之兆。因为作者将描写对象转为贾府下人且叙述甚详，故黄小田认为“似琐碎，无关正文”，但黄小田随即否定了“无关正文”的看法，因为正是“婢仆作弊偷盗”及后文“珍琏纵淫，凤姐至欲害人性命”等大小事件积聚成山雨欲来之势，“由细而大，由源而成”，使得贾府逐渐走向没落。而在此期间，宝黛爱情的起起伏伏亦随着贾府的日益衰败而遭受风摧雪压，如贾母所说：“林丫头的乖僻，虽也是他的好处，我的心里不把林丫头配他，也是为这点子。况且林丫头这样虚弱，恐不是有寿的。”（第九十回）“品格端方”“稳重和平”的薛宝钗自然就成了宝玉妻室的最佳人选，再兼其“事事练达，令人可敬可爱而又可畏”（第四十七回黄小田眉批），能肩挑荣府一脉重任。“世人不知，徒沾沾于宝黛之情，误矣”一句，黄小田意在提醒读者不要耽溺于爱情的风花雪月，而应着眼书中所写的“盛衰之际”，因为贾府衰微每况愈下，急需经济驰援以缓解危机，较之黛玉早亡双亲、形影相吊，宝钗无疑最受贾府大家长属意，乃因其母兄俱全，家道殷实。“木石前盟”与“金玉良姻”两段爱情同速向前，并进拓展，但在现实利益面前，前者不敌后者也是无可奈何事。可见，黄小田认为宝黛钗（尤其是宝黛）的爱情同“是书写盛衰之际”关合紧密，这颇可说明《红楼梦》一书通过宝黛钗的爱情主线来表现贾府盛衰的主题。黄小田批语的缺陷在于理论的深发和总结不够，但若综览全部批语，是不难理清爱情主线与盛衰主题这一关系的。

（二）对宝黛爱情：“宝黛虽书中正文，我所不取”

虽然王希廉与黄小田都认为“《红楼梦》虽是说贾府盛衰情事，其实专为宝玉、黛玉、宝钗三人而作”，但对宝黛二人互相钟情笔锋极抑，用黄小田的话来说就是“宝黛虽书中正文，我所不取”。

王希廉的红学观基本上持传统和保守的立场，用儒家伦理道德观念评价小说人物。对天生反感仕途经济的贾宝玉，王希廉斥他为“一不愿读书孩子”（第五回回末评），正因为与正统道路背道而驰，王希廉对贾宝玉种种格格不入的行径大加鞭笞。如对宝玉和秦钟的交往，王希廉批曰：“秦钟与宝玉一见，便彼此胡思乱想，冶容富贵动人如此。纨袴公子，慎之思之。”（第七回回末评）两个纯情少年相见，互相取中对方，依王希廉批语之意，宝玉出身富贵反而成了交往的障碍，但从后文二人情深意笃来看，显然二人交往的基础不在穷达，而在相知。同时，在王希廉看来，贾宝玉既沉湎女色，又不拒男风，如其第九回回末评：“宝玉于女色，自幼亲近，且自秦氏房中一睡，袭人演试一番，已深知其味。而于男色尚未沉溺，又有秦钟同学，从此男、女二色，皆迷入骨髓矣。”在王希廉眼中，贾宝玉成了一个“男女通吃”的浪荡公子哥，直追“皮肤滥淫”的珍琏辈了。对宝黛爱情的男主人公如此，对女主人公林黛玉，王希廉更是百般指责，此类批语如第八回回末评“黛玉开口尖酸，宝钗落落大方，便使黛玉不得不遁辞解说”、第三十四回回末评“宝钗探望送药，堂皇明正。黛玉进房，无人看见，又从后院出去，其钟情固深于宝钗，而行踪诡密，殊有泾渭之分”、第三十六回回末评“宝钗辈时常见机劝导，惟黛玉自幼不劝宝玉立身扬名。作者只用闲笔一写，以省絮烦，而黛玉之一味情痴，不知正道，已显然可见”、第九十一回回末评“宝玉病，黛玉病，宝钗亦当患病，才是一路人。然宝玉之病或因魇压，或因痴呆，或系假装；黛玉之病，本系气体单弱，又因疑多情切：均非正病。惟宝钗因劳所致，病得光明正大。人品不同，病亦各异”，等等。在思想正统的王希廉眼中，贾宝玉是傲世妄荣的，林黛玉是离经叛道的，因而这对特立独行的小儿女的爱情也是有悖礼教的，此类批语如第十八回回末评“宝钗改‘绿玉’为‘绿蜡’，是聪明，不是怜爱。黛玉代做杏帘诗，是怜爱，不是聪明。各有分别”、第十九回回末评“黛玉同宝玉，虽是两个枕头，却是对面同睡。又看见宝玉左腮红点，凑近手抚，用帕揩拭，两人恣意戏谑，若非宝钗走来，恐有不堪问处”、第二十三回回末评“宝玉一见小说传奇，便视同珍宝。黛玉一见《西厢》，便情意缠绵。淫词艳曲，移人如此，可畏，可畏”、第九十七回回末评“贾母因知黛玉心病，疼爱之心顿减，不但道理甚正，且便专办宝钗大事”，等等。由批语不难看出，王希廉认为宝黛二人暗通心曲的行为并不光彩，黛玉最终失宠于贾母“道理甚正”。

黄小田谈钗论黛，亦臧亦否，总的来看，尊宝钗不少，贬黛玉更多，和王希廉均可归为“左黛右钗”。对宝钗，如第二十一回宝钗听袭人说宝玉整日和姊妹们厮混便“留神窥察其言语志量，深可敬爱”处黄小田眉批：“可见宝钗心中早看透矣，故以袭人为可敬。而如此妻妾不能消受，惜哉！”第二十二回“贾母自见宝钗来了，喜他稳重和平”处眉批：“稳重和平，便与使小性儿不同矣。宜其喜也，宜其属意也。”第三十七回宝钗对欲开社作东的湘云说“这个我已经有个主意”处眉批：“深沉人，事事在心，筹备周到。”第四十二回宝钗以“千金小姐”的身份“审问”黛玉不应看《西厢记》《牡丹亭》等杂书而“说的黛玉垂头吃茶，心下暗服，只有答应‘是’的一字”处眉批：“服矣服矣，利害利害。然黛玉几蹈于危，未尝非宝钗救之，所以更利害。”等等。而对黛玉，如第十七回黛玉因误会宝玉而剪荷包“你不用合我好一阵歹一阵的，要恼就撂开手”处眉批：“此时尚是小儿女情景，然黛玉小性儿已见一斑。”第十九回宝玉同黛玉说“香芋”故事而“二人对面方倒下”处眉批：“对面倒下，亦非亦非，可危可危，难言两小无猜。此下文袭人之娇嗔箴宝玉，所以加一‘贤’字也。”第二十六回宝玉戏耍黛玉“‘若共你多情小姐同鸳帐，怎舍得叫你叠被铺床？’林黛玉登时撂下脸来”处眉批：“危哉危哉，大得此一怒。书中写二人多作此等笔者，幸其犹能以礼自持，否则便成庸俗小说中许多无耻小姐矣。”第三十四回黛玉嘲笑被薛蟠气哭的宝钗“姐姐也自己保重些儿，就是哭出两缸泪来，也医不好棒疮！”处眉批：“自己目肿未消，反以此奚落人，作者之写黛玉，非爱之，直丑之耳。”第七十九回宝玉改《芙蓉女儿诔》致“黛玉听了，陡然变色”处眉批：“有何可疑？何云‘变色’？只不过一‘我’字耳，多心多得无理。”第九十八回黛玉临终喊叫“宝玉，宝玉，你好……”处眉批：“必是‘你好负心’四字，作者故作不全语耳。然临死何故呼宝玉，岂非可丑？”等等。对看宝钗评语可以看出，黄小田贬损黛玉主要表现在两个方面，一是其性格特点上的“小性儿”，二是有失千金小姐的体统，关于这两方面的批语据粗略统计，约有 120 条，可以说，黄小田对黛玉的贬抑到了无以复加的程度。黄小田之所以集中火力批判黛玉，原因就在于黛玉不符其时社会对闺阁女性的世俗标准，乖违女范，显然黄小田在用儒家伦理中“礼”的观念要求黛玉应该循规蹈矩，应该“以礼自持”。黄小田是肯定宝黛爱情的，如第八十二回黛玉思虑“深恨父母在时，何不早定了这头婚姻”处眉批：“这段婚姻是姑娘自己小性儿闹掉，被人剪了绺去了，兀自不知。”虽仍不免语带婉讽，但同情宝黛爱情立场鲜明。然因黄小田以“礼”衡量黛玉的言行，故对宝黛爱情也颇多微词，如第九十七回黛玉生命垂危之际对紫鹃哭诉“妹妹你是我最知心的”处眉批：“‘妹妹’二字伤心，合紫鹃无第二人矣，然死得不正，虽可伤心，究不必伤心。”“死得不正”即因黛玉“与宝玉私心，不可谓之千金小姐耳”（第四十五回眉批）。可见黄小田同王希廉一样，对宝黛二人私相爱恋极为反感，认为此一行为背理越规，有违礼法，故“宝黛虽书中正文，我所不取”。“黄小田对林黛玉的批评，同他脑子里封建伦理道德观念有着密切的关系，由于陈腐的封建妇女观的干扰，使得他不能用认识贾宝玉的眼光，来认识林黛玉”[①]，自然黄小田也不喜黛玉的刻薄多疑，殊不知，黛玉出语尖酸、因情多疑，正是其深爱宝玉的表现，而这也是恋爱中心有所属的女孩子的常态。

（三）叙事手法：“两两相形”

孙逊在《明清小说论稿》中指出：“我国古典小说评点派所反复强调的‘特犯不犯’，实际上就是对我国传统的小说创作中的对比手法的一种概括。”[②] 何红梅则进一步认为：“与脂砚斋提出的‘特犯不犯’注重地位、身份相类的人物之间的对比不同，王希廉提出的‘两相形容’不仅包括这种‘对子’人物之间的对比，还包括地位不同、身份各异的人物之间的对比，即不是‘对子’的人物之间的对比。据笔者统计，王希廉评语中意涉此法者不下 30 条。在这些评语中，‘两相形容’是指两两对比，同时出现的‘两相对照’‘两两相形’等语，与‘两相形容’的意思完全相同。”[③] 在黄小田批语中，也出现了若干条以“两两相形”（或“相形”）名之的人物间的对比手法，相关批语如次：

① 此处宝钗“满面堆笑”，下文“黛玉冷笑”，两人孰得人心？而以后钗黛事相形，婚姻定矣。（第七回周瑞家的送宫花，“见他进

---

① 张庆善：《一位鲜为人知的〈红楼梦〉评点家——黄小田〈新增批评绣像红楼梦〉评点初探》，第 233 页。

② 孙逊著：《明清小说论稿》，上海古籍出版社 1986 年版，第 66 页。

③ 何红梅著：《红楼梦评点理论研究——以脂砚斋等 10 家评点为中心》，第 114 页。

里来，宝钗便放下笔，转身来，满面堆笑让：‘周姐姐坐’”处眉批）

② 虽贾环不自量，然相形却是难为情也。（第二十四回宝玉等人去给贾赦夫妇请安，“贾环见宝玉同邢夫人坐在一个坐褥上，邢夫人又百般摸索抚弄他，早已心中不自在了”处眉批）

③ 黛玉与宝钗，处处相形见拙，故作者赞宝钗云“自云守拙”，亦自云而已矣。（第二十七回宝钗扑蝶至滴翠亭偶听小红同佳蕙谈话，“小红道：‘要是宝姑娘听见还罢了。那林姑娘嘴里又爱克薄人，心里又细’”处眉批）

④ 每说宝钗，总两两相形，其人自见。（第三十二回袭人对湘云说宝玉厌烦贾雨村来，“幸而是宝姑娘，那要是林姑娘，不知又闹得怎么样、哭得怎么样呢！”处眉批）

⑤ 相形实是可怜，此泪却不在还债之数。（第五十七回薛姨妈母女“慰痴颦”，“黛玉听说，流泪叹道：‘他偏在这里这样，分明是气我没娘的人，故意来形容我！’”处眉批）

⑥ 相形太势利。（第六十一回迎春房里小丫头莲花儿说柳家的“前日春燕来说，晴雯姐姐要吃芦蒿，你怎么忙得还问肉炒鸡炒？春燕说荤的不好，另叫你炒个面筋儿，少搁油才好，你忙得倒说自己‘发昏’，赶着洗手炒了，‘狗颠屁股儿’似的亲捧了去”处眉批）

⑦ 特提黛玉，不说他人，相形之下，谁得人喜？（第六十七回宝钗送苏州土特给贾环，赵姨娘说“要是那林丫头，他把我们娘儿们正眼也不瞧，那里还肯送我们东西？”处眉批）

通过如上批语可以看出，黄小田以“两两相形”（或“相形”）名之的人物间的对比手法既有同脂砚斋所注重的地位、身份相类的人物之间的对比，又有不是“对子”的人物之间的对比。在7条批语中，有6条是“对子”的人物之间的对比，其中5条是钗黛之间的对比，5条批语中有4条针对黛玉性格作批，这也是黄小田不满黛玉“小性儿”的集中体现，另一条批语则是感慨黛玉双亲亡故、孤苦伶仃的不幸身世，这是黄小田为数不多的对黛玉语气舒缓的批语之一。除5条钗黛之间的对比外，第六十一回则以晴雯和司棋进行对比。首先，晴雯乃宝玉房中的大丫鬟，司棋乃迎春房中的大丫鬟，旗鼓相当，具备可比性。其次，以柳家的送菜给晴雯“‘狗颠屁股儿’似的亲捧了去”对比柳家的说想吃炖鸡蛋的司棋“你说给他，改日吃罢”，确如黄小田所言“相形太势利”，柳家的之所以奉承晴雯，不仅仅宝玉是正经主子，更想借助宝玉房中的芳官将自己的女儿五儿送进怡红院当差，通过这样一番对比描写，个人心事，如闻亲见。7条批语中的另一条属于非“对子”的人物之间的对比，即第二十四回宝玉和贾环间的对比。表面看起来这对兄弟同出一父，都为主子，应属于“对子”人物，实则不然，二人地位是有所不同的，不同之处即宝玉是嫡子，而贾环是庶子，古代最重嫡庶有别。而第二十四回通过邢夫人喜宝玉、远贾环的描写，复现这种尊卑之分，宝玉因系贾政正妻王夫人调教而“神彩飘逸，秀色夺人”，贾环为贾政侍妾赵姨娘所生而“人物猥琐，举止粗糙”（第二十三回），于“欺负我不是太太养的”的贾环来说，“却是难为情”。这种“两两相形”（或“相形”）间的对比描写，对凸显人物个性特征、深入理解文意不无裨益。

在叙事手法方面，诸如“伏笔”“补笔”“文章脱卸法”等，黄小田同王希廉均有相近之处，但这些手法的运用在其他明清小说及评家批点中也较为常见，故以“两两相形”（或“相形”）这种叙事技巧承继关系明甚。

（四）小结

在红学史上，王希廉是旧红学时期与姚梅伯、张新之齐名的评点派三大家之一，其于道光十二年（1832）刊刻的双清仙馆本《新评绣像红楼梦全传》标志着红学评点派全盛时代的开启。惜双清仙馆本印行后，未再予重刊，但由王希廉评点文字辑录而成的《石头记评赞》却有出版，《石头记评赞》同治十三年（1874）金陵重刻本张盛藻跋云：“道光壬寅、癸卯间锓板行世，人争购之，咸丰间毁于兵燹，见者遂罕。”[①] 由“道光壬寅、癸卯间锓板行世，人争购之”可窥其时《石头记评赞》刊印后风行宇内的盛况，而“道光壬寅、癸卯间锓板行世”即道光二十二年至道光二十三年（1842—1843），黄小田评点《红楼梦》始于道光二十四年（1844），因而他是能读到王希廉批语的。即使黄小田据以评点的参校本中没有双清仙馆原刊本，他也是完全能看到王希廉评点的。

虽然王希廉评点《红楼梦》持传统和保守的立场，但他对小说结构独出心裁的划分、对小说叙事“各样笔法，无所不备”（《红楼梦总评》）的

① ［清］张盛藻：《石头记评赞跋》，见一粟编著《红楼梦书录》（增订本），第165-166页。

具体归纳、对小说情节精细周详的赏析，不仅符合审美鉴赏规律，读来亦烟霞满纸，也令人钦服《红楼梦》作者笔墨生花。时人有诗赞王希廉评点曰："曹家公子真风流，《红楼梦》比《逍遥游》。竖儒咋舌不愿读，翻以理障兴戈矛。洞庭王郎好才调，异书到眼勤雠校。奇缘参透死生关，妙悟凿开混沌窍。"[①]虽不免语多夸饰，但从如上黄小田对王希廉批语的参考、借鉴，是可窥一斑的。

三、陈其泰批语对黄小田评点的影响

由道光三十年（1850）张新之《妙复轩评石头记》所附铭东屏致函"《红楼梦》批点，向来不下数十家"可知，嘉道间是《红楼梦》评点较为繁盛的时期。与王希廉、姚梅伯、张新之等评点派三大家同时的浙江嘉兴府海盐县文士陈其泰（1800—1864，字静卿，号琴斋，别署桐花凤阁主人），亦是一位识见超卓的评点大家，其对《红楼梦》主旨"写情说"（第百十二回总评"《红楼梦》，情书也"）、贾宝玉用情的"泛爱""爱博"（第二十九回眉批"不嫌于泛爱，与俗情自是不同"、第百九回总评"凡人爱博，则情不专，独宝玉不然"）、"前八后四"的评价"后四十回集腋成裘，故多败笔，必须大加删改，方与前八十回相称。但前八十回中，亦多失检点应修饰之处"（《红楼梦引言》处总评）等观点的提出，显示出较高的鉴赏水平和超强的艺术感知力。

陈其泰不仅是一位独具只眼的《红楼梦》评点家，对刻印书籍亦颇具行家眼光，本书第一章《黄小田生平与著述》一节中提到的"百美诗社"联吟诗集《宫闺百咏》初刊本即由陈其泰于道光二十五年（1845）主持编校、刻印。近代词人况周颐（沈蕙风）《眉庐丛话》称："作诗而至试帖，可云甚无谓矣。比余得海盐陈氏桐花凤阁所刻《宫闺百咏》，道光时，当涂黄小田、乐平汪小泉、阳湖汪衡甫、汉军蒋紫玖、太谷温笛楼、上海李小瀛六君之作，诗仿试帖体，以宫闱雅故为题，如皇娥夜织、湘妃竹泪、伏女传经、班昭续史之类，计百题，存诗一百七十首，莫不藻思绮合，清

① ［清］剑舞山中人：《石头记评赞题词》，见一粟编著《红楼梦书录》（增订本），第165页。

丽芊绵。目录悉列卷端，自各有注。甄彩华缛，可当奁史，诚试帖之别开生面者。袖珍精锲，楮洁装雅。姬人西河，极喜诵之，宝爱甚至，宜乎其宝爱也。”[①]黄小田为《宫闺百咏》的六位作者之一，陈其泰则为《宫闺百咏》初印本的主持者，由此引出的问题是，生活于同一时期的两位评点家有否因之结识？继而在《红楼梦》批评上有所影响、渗透或启发？本节试作考述。

（一）陈其泰、黄小田与《宫闺百咏》

黄小田所著《礼部遗集》系其殁后由其子黄安谨搜罗遗墨汇集而成，生前密友张文虎协同校对并刻于金陵。由于该诗集属断简残编，故存在诗词阙漏情况，如不见引以为傲的《宫闺百咏》之片语。所幸黄小田好友、《宫闺百咏》另一位作者李小瀛的存世著作《舒啸楼词稿》及《宫闺百咏》李小瀛、陈其泰两序中保留了关于《宫闺百咏》刊印的信息，并为陈其泰、黄小田可能结识提供了佐证。

李小瀛（1810—约1891），名曾裕，字玉之，号筱瀛、小瀛，江苏松江府上海县法华镇人。贵州思恩府知府李钟瀚子。监生，积保官至浙江候补知府，加三品衔花翎以道员用，官湖州。道光二十五年（1845）乞归。诗近袁枚，主性情，善书画。著有《枝安山房词草》《舒啸楼诗稿》《舒啸楼词稿》，与人续修四卷本《东明县志》等。《宫闺百咏》李小瀛原序云：

> 予昔随侍修门，获交世丈黄小田仪部。癸巳春，寄居甥馆温篴楼寓，距小田居益近，日相过从，遂识衡甫、小泉两汪君，皆工诗善谈，年各相若。小泉翩翩若太原公子，下笔亦娟秀有态；衡甫细腻熨贴，诗如其人；小田多豪侠气，铁板铜琶，唱大江东去者。予无能，窃欣慕之。衡甫创意，作“百美诗社”，上下千古，撷芳采艳，阄韵分题。夜分辄集小田寓斋，各出所成，互为月旦，累月若狂，旋以岁暮中止。次年小泉归应江右省试，衡甫亦乞假出都，风流顿歇。丙申小泉以孝廉来试春官，然已抱沉疴，不复能谈韵事，及其卒后，所作大半散佚，予于断简中拾得一二纸，怆然不忍卒读。是编不成，则故人吉光片羽，仍归零落耳，因相与续成之，故集中独小泉诗最

① 况周颐著：《眉庐丛话》，见沈云龙主编《近代中国史料丛刊续编》第六十四辑，第67-68页。

> 尠。甫成，小田归芜湖，旋奉讳读礼家居。壬寅春，篴楼与蒋君紫玖怂恿付梓，刊未竟，而予于是冬改官武林。今年奉檄吴兴，卧病两月，病中偶捡旧箧，怃然有今昔之感。十年间诗辄作辄止，即社中人离而合、合而离者亦屡矣。小泉墓木已拱；小田服阕，犹滞乡里；予八踬京兆，为五斗粟走风尘，轻去长安；独衡甫入直枢密，指顾卿贰，然亦无复曩时清兴。眷念前事，如梦如昨，九原不可作。欲与在乡、在朝两君子更剪烛作竟夕谭，而燕树江云，一别千里，握卷若晤，良觌几时。人琴之思，梁月之感，能自已乎？因手写一帙，并志颠末，愿诗卷之长留，冀此情之不沫云尔。道光甲辰中秋后五日小瀛李曾裕书于菰城之试莲轩。[①]

由序文知，“癸巳春”即道光十三年（1833）春，李小瀛与在京的黄小田、温篴楼、汪衡甫、蒋紫玖、汪小泉等人起“百美诗社”，“阄韵分题”，后由李小瀛整理待刊，“壬寅春”即道光二十二年（1842）春李小瀛始着手刊刻，同年冬因“改官武林”（武林即杭州旧称）而被迫中止，“道光甲辰”即道光二十四年（1844）由武林改官吴兴（湖州别称，古称菰城）的李小瀛养病闲余拈瘦笔忆往昔。再由陈其泰为《宫闺百咏》所作序云“今春仍客武林，苕上俞君补华手《宫闺百咏》见示，盖李小瀛鹾尹在京邸时与友人拈题各赋，汇订成编者也。读之心脾沁艳，齿颊流芬。奇情灿夺乎金荃，正轨远宗乎湘瑟。十荡十决，信旗鼓之分张；一字一缣，宜缥缃之共宝。因为校订数过，付剞劂氏传之。……道光乙巳三月初吉海盐陈其泰识于西湖诂经精舍之第一楼”[②]，知李小瀛官湖州期间结识了当地文士俞补华（《宫闺百咏》“目录”下注“海盐陈其泰琴斋编辑，归安俞絜补华参校”，归安属浙江湖州府），并以《宫闺百咏》见示；“道光乙巳”即道光二十五年（1845）春，俞补华携《宫闺百咏》见示于职任杭州西湖诂经精舍的陈其泰，由此开启一段刊刻之缘。

陈其泰通过俞补华得窥《宫闺百咏》后并未随即付之梨枣，而是“校订数过，付剞劂氏传之”，并送至杭州著名书坊“爱日轩”（《宫闺百咏》卷四末镌“武林爱日轩朱兆熊刊”），延请名工刻手以方体字刻印，从周作

① 见［清］陈其泰编辑、俞絜参校《宫闺百咏》卷首。

② 见［清］陈其泰编辑、俞絜参校《宫闺百咏》卷首。笔者感谢李晨、于鹏二先生代查此一资料。

人《消寒新咏》言“陈其泰编《宫闺百咏》，诧为试帖中珍品”[①]、黄永年《古籍版本学》称“杭州陆贞一爱日轩，所刻多在道光时，方体字刻汪氏振绮堂本《咸淳临安志》及仿宋字刻《宫闺百咏》为其代表作”[②]及《古籍刻工名录》谓《宫闺百咏》朱兆熊刻“刻工精美”[③]等后世评价来看，陈其泰协助刊印《宫闺百咏》之严谨、负责的态度可见一斑。而在“校订数过”期间，陈其泰或会与《宫闺百咏》诸作者有所沟通。比如李小瀛，这在其《舒啸楼词稿》之《贺新凉·题兰陵金惠生（汝梅）诗集后》下阕“退食分题联社久，赢得金荃小谱（时与诸君订交最密，结社联吟，得《宫闺百咏》一集）。怅劫后、爪痕何处（改官之江，后陈琴斋孝廉见而赏之，刊其稿，盛传一时，兵后悉毁。今集中诸君子只予独存，欲续刊而不果者屡矣）”[④]中也得到了证实，俞补华作为李小瀛与陈其泰各自的好友，当会积极促成双方的互动交游。比如黄小田，道光二十五年（1845）三月服阕后，金华知府崇厚庵以书约，遂有浙东之游，黄小田《誓墓馀稿》有《西湖一绝》《杭州访衡甫京兆，酒间话旧，赋四律留别（时摄方伯篆）》《自杭往金华舟行杂诗》《偕厚庵返杭舟中戏赠》等诗记游历过程，黄小田游踪曾至杭州并特意拜访《宫闺百咏》另一位作者汪衡甫，此际正是《宫闺百咏》刊印前后，黄、汪二人有否拜望协助编校事务的陈其泰？惜黄小田《礼部遗集》诗词阙漏，陈、汪二人又无相关诗文存世，但这种可能性应是存在的。李小瀛《舒啸楼诗稿》卷四收录了三首作于同治五年（1866）的黄小田和作，即透露了黄小田闻知陈其泰的讯息，其一云：“百尺楼头复纵谈，清言似茗味回甘。重圆月好春刚半，不速人来客正三（适邂逅钱、李二君）。饮量已微安敢痛（放翁诗‘小饮未敢痛’），名心至老笑犹贪（与君谋重刊《宫闺百咏》）。卜邻最喜过从便，不怕三叉路未谙。”[⑤]由该诗颈联小注“与

① 周作人：《消寒新咏》，《古今》第30期，1943年9月。

② 黄永年著：《古籍版本学》，江苏教育出版社2009年版，第155页。彭喜双、陈东辉《清代杭州爱日轩刻书考——兼补〈中国古籍总目〉之失》一文认为“《宫闺百咏》与《咸淳临安志》同为方体字刻本，黄先生此处可能记忆失误”，见《中国典籍与文化》2015年第3期，第133页注释⑦。

③ 张振铎编著：《古籍刻工名录》，上海书店出版社1996年版，第246页。

④ ［清］李小瀛撰：《舒啸楼词稿》（不分卷），同治十二年刻本，见《清代诗文集汇编》第637册，上海古籍出版社2010年版。

⑤ ［清］李小瀛撰：《舒啸楼诗稿》（四卷），同治年间刻本，见《清代诗文集汇编》第637册，上海古籍出版社2010年版。

君谋重刊《宫闺百咏》”知，晚年的黄小田同老友李小瀛一样，都有“重刊《宫闺百咏》”的“致青春”之举。既欲“重刊”，当知初刊，初刊即道光二十五年（1845）陈其泰刻印本，可见，黄小田对陈其泰当年“见而赏之，刊其稿，盛传一时”是镌刻在记忆深处的，二人因之结识也是完全有可能的。

洎道光二十二年至道光二十五年（1842—1845）间，除任精舍监课、抚院记室、云和训导等职并刻书治学外，陈其泰还对付诸毕生心血的《红楼梦》评点进行了一番文字方面的修订工作。道光二十二年（1842），涂瀛《红楼梦论赞》养余精舍刊本印行，涂瀛的研红观点给予陈其泰诸多有益的启示，促其对“少时看书眼光未到”（第九回总评眉批）之处进行及时的修正补改。而道光二十四年，（1844）黄小田始评点《红楼梦》。因此，由《宫闺百咏》所引出的这段文字因缘，或会使得两位酷嗜《红楼梦》的评点家互通书信、交流心得，并进而在《红楼梦》评点上有所影响和启发，这可称作红学史上的一段佳话。

（二）陈其泰、黄小田《红楼梦》批语关系考析

应当说明的是，迄今为止，尚未发现陈其泰与黄小田直接交往的文献，然即便退一步，凭《宫闺百咏》的刊刻之缘，陈其泰与黄小田因此结识并尺素往还也是非常有可能的。考析两人的《红楼梦》批语关系，当要以批语作为研究本体才具说服力。事实上，二人批语也确有渊源，观点相近或见解相似者颇多，兹胪列较为典型者，并作简要分析。

第三回，在贾政帮妹婿林如海推荐的贾雨村“题奏之日，谋了一个复职，不上二月，便选了金陵应天府”处陈其泰眉批：“复职只是知县，不应选府。”黄小田眉批：“知县复职，不应选应天府知府，盖应天府属之知县耳。”陈其泰与黄小田皆指出小说此处细节处理不妥，对黄小田“盖应天府属之知县耳”一句，陈其泰至第四回“彼时雨村即拘原告之人来审”处复有眉批“此却是知县之事，然则雨村系应天府属县也”补之以应。

针对第九回“恋风流情友入家塾，起嫌疑顽童闹学堂”一节，陈其泰回后批直言“此回乃败笔也”，黄小田则回末总评：“此回绝不关系全书，何必如此细写？乃《红楼梦》之累笔。”

第十一回，在“贾瑞道：‘也是合该我与嫂子有缘。我方才偷出了席，在这里清净地方略散一散，不想就遇见嫂子’。这不是有缘么？”处陈其泰眉批：“凤姐果无瑕，贾瑞如何敢冒昧调戏耶。有挟而来，凤姐安得不含笑相问。”黄小田则在“凤姐是个聪明人，见他这个光景，如何不猜八九分呢，因向贾瑞假意含笑道”处眉批：“不特不生气，反诱之，盖贾瑞必有见闻，方敢生心，而凤姐亦知其必有所挟而来，故不以正言拒之也。”陈其泰与黄小田皆认为贾瑞胆敢调戏王熙凤系其“有挟而来”。

第十六回，在“谁知爱势贪财之父母，都养了一个知义多情的女儿”处陈其泰眉批：“此二人可谓得情之正矣。”黄小田则在“那守备之子闻知金哥自缢，他也是个情种，遂投河而死”处眉批：“书中写宝玉情种矣，皆不若此得情之正。”陈、黄二人为守备之子与张金哥所下的赞语“情之正”完全相同。二批与脂批也高度一致：“幼儿小女之死，得情之正气。”（甲戌本回前批）

第二十回，在“（凤姐）一面说，一面拉着走，又叫：‘丰儿，替你李奶奶拿着拐棍子，擦眼泪的手帕子。’”处陈其泰眉批：“宝玉才十三四岁，何至奶妈一老至此，此书中欠细致处。论年纪至多不过四十左右方合。”黄小田则在“宝玉忙欲赶过去，宝钗一把拉住道：‘你别和你妈妈吵才是呢！他是老糊涂了，倒要让他一步儿为是’”处眉批：“宝玉才十三四岁，其奶妈要不过三四十岁耳，何至如此之老？须知此书中年岁不符者甚多。”陈、黄二人批语几近相同，连宝玉及李嬷嬷年纪的估算都毫无二致，不过是句子顺序有所颠倒。

第二十六回，在“佳蕙道：‘我想起来了，林姑娘生的弱，时常吃药，你就和他要些来吃，也是一样。’”处陈其泰眉批：“同病何妨同药，涉笔成趣。”黄小田则在“佳蕙道：‘我想起来了，林姑娘生的弱，时常吃药，你就和他要些来吃，也是一样。小红道：‘胡说！’”处眉批：“并非胡说，病同药亦当同耳。”很明显，“病同药亦当同”等同于“同病何妨同药”。

第三十九回，在“平儿笑道：‘……只他这体己利钱，一年不到，上千的银子呢。’”处陈其泰眉批：“为抄家张本。”同处，黄小田眉批：“查抄张本。”

第四十九回，在“只见老婆子们拿了铁炉、铁叉、铁丝蒙来”处陈其泰眉批："李婶娘南方人，故不知此吃法也。"黄小田则在"（李婶娘）因问李纨道：'……说的我只不信，肉也生吃得的？'"处眉批："是南边人初到京。"

第五十七回，在"一时李嬷嬷来了，看了半天"处陈其泰眉批："欲写李嬷冒失，张大其事。宜作伊有别事来看望宝玉。适逢其会，方合情理。不然，袭人与李嬷不合，岂肯叫他来看。"黄小田则在"李嬷嬷只说了一声：'可了不得了！''呀'的一声，便搂头放声大哭起来"处眉批："绝倒。然袭人不请别人看，独请李妈，亦不近情理，亦是作者败笔。"

第八十回，在"那一股清香，比是花都好闻呢"处陈其泰眉批："香菱自是清才，宜其工诗。"黄小田眉批："非诗人不能道。"

第八十五回，"见了黛玉正在那里拿着一本书看"处陈其泰眉批："黛玉如此大病，何以起来看书之前，不详叙其病愈之情节耶。"同处，黄小田眉批："黛玉何时病好，亦未写宝玉来看，其中必有脱简。"

第百八回，在"凤姐不大懂得，还说：'二兄弟快说了，再找下家儿是谁。'宝玉明知难说"处，陈其泰眉批与黄小田行间批全同："有何难说。"

第百十七回，在"包勇又跟了他们老爷去了"与"姨太太住得房子，薛二爷已搬到自己的房子内住了"处陈其泰各有两条眉批："随手结包勇"，"补薛家搬回去"。黄小田则在"姨太太住得房子，薛二爷已搬到自己的房子内住了"处眉批合评："了包勇，带补薛姨妈搬家。"

此外，二人尚有部分极富特色的批语，若将其前后排布，读起来则如前悬疑，后释解，应当引起注意，如：

第二十五回，在"（马道婆）又向贾母道：'老祖宗，老菩萨，那里知道那佛经上说的厉害'"处陈其泰眉批："安得有如此之佛经。"黄小田则在稍后几句"大凡王公卿相家的子弟，只一生长下来，暗里便有许多促狭鬼跟着他"处眉批："'促侠（狭）鬼'原来佛经上有的，我遍翻不得，不知何故？"

第三十七回，在"皇上见他人品端方，风声清肃，虽非科第出身，却是书香世代，因特将他点了学差"处陈其泰眉批："何以必做学差，事属破格，反费笔墨。"黄小田则眉批："贾政点学差，未必有是事，作者取其三年即返，可以不携家眷，且为宝玉嬉游不读书地耳。"

第三十八回，在"史湘云陪着吃了一个，便下座来让人，又出至外头，命人盛两盘子与赵姨娘送去”处陈其泰行间批：“何以又无周姨娘。”黄小田眉批：“当有周姨娘在内，此湘云粗心，若宝钗必不然。”

第五十三回，借宝琴之目叙写贾府祭祠大典，陈其泰有2条回末总评：“宝琴非贾门之亲戚，何得入祠与祭，与贾氏各房男子见面乎？虽是子虚乌有之人，而说来殊无情理”，“意者王夫人认了干女儿，即齿之于探春之列，亦算一女耶。然祭祠大礼，从一无关紧要之小女子眼中看出，总不入情”。黄小田则在“且说宝琴是初次进贾祠观看”处有眉批作解：“宝琴不应入贾氏宗祠，或以义女之故，故借初次入祠，以便写所见景象。”

第八十七回，在“不是别人，却是那栊翠庵的‘槛外人’妙玉”处陈其泰眉批：“只消‘却是妙玉’四字足矣，何必多赘八字。”历来评家对妙玉多有微词，独陈其泰盛赞之。同处，黄小田则眉批：“特加‘槛外人’三字，观后文盖讥之。”

以上几例前悬疑后释解的批语从语气上推敲，黄小田顺承陈其泰话题或答复辩疑或阐发推求，其批语明显后出。陈其泰评点《红楼梦》至少有两次，一次是在其“少时”，一次即道光二十二年（1842）后，而黄小田评点《红楼梦》则始于道光二十四年（1844），黄小田批红晚于陈其泰明甚。按桐花凤阁批校本陈其泰跋语云：“余评此书，亲友借阅，几无虚日。辗转传观，失去一套，遍索不得。”[①] 陈氏此言不妄，陈评见诸后世记载者如光绪十三年（1887）红藕花盦刊解庵居士《悟石轩石头记集评》卷下：“海宁陈琴斋学博其泰，号桐花凤阁主人，有评全书抄本。谓金锁为宝钗伪造，自诩独具只眼。……”吴克岐《忏玉楼丛书提要》卷二“桐花凤阁红楼梦评十二卷”条云：“海宁陈其泰著。……酷嗜《红楼梦》，谓金锁为宝钗伪造，本此意以评全书，未及付梓而殁。民国二年赣宁乱定，棣孙族叔返江宁，于旧书肆中购得籐花榭本，有墨禄斋主人手钞斯评。爰借录一通，分为十二卷，题曰《桐花凤阁红楼梦评》。……”[②] 可见，陈其泰评点虽以手批本形式传播，却流布弥远，黄小田或是受众之一。

而通过如上陈其泰和黄小田研红批语的比对可以发现，后者化用前者

① ［清］陈其泰评，刘操南辑：《桐花凤阁评〈红楼梦〉辑录》，第375页。

② 解庵居士《悟石轩石头记集评》所记文字见《桐花凤阁评〈红楼梦〉辑录》，第10页。吴克岐所记文字见《忏玉楼丛书提要》，第一七五页。

之痕迹宛然，但也只能说前者对后者有所影响和启发，而不能说后者承继了前者，陈其泰想到的，黄小田未必就没考虑到，因为黄小田也是一位具有较高鉴赏能力和超众认识水平的评点家，其见解之不俗、观点之卓出并不逊色于陈其泰。

此外，有一个问题需要明确，本章《评点底本及参校本》一节中曾以第百六回 2 条应为“叔（叔）”却作“妹（妹）”的批语，将程乙本排除在黄小田据以评点的参校本之外，而陈其泰恰将其评点文字写于程乙本上，如此岂非矛盾？上文提及，“由《宫闺百咏》所引出的这段文字因缘，或会使得两位酷嗜《红楼梦》的评点家互通书信、交流心得，并进而在《红楼梦》评点上有所影响和启发”，至于陈、黄二位如何“互通书信、交流心得”，黄小田又如何借阅与披读陈其泰批本，历史的云烟已然消散，历史的现场难以复原，对此，我们无法苛求每一处细节，故只能止步于此。

（三）小结

张庆善在《桐花凤阁主人陈其泰〈红楼梦〉评点浅谈》一文中曾高度评价陈其泰评点：“陈其泰的《红楼梦》人物论、艺术分析及对后四十回的评价，都极为精彩，显示出非同一般的鉴赏和理论水平，毫无疑问，陈其泰在清代《红楼梦》评点派中是出类拔萃的。”[①] 而综览黄小田批语，颇为琐碎散漫，没有构建成应有的理论规模，开掘力度明显不如陈其泰。此外，陈其泰高擎“写情说”，独标傲世，黄小田步武其后，这在当时“淫书说”“性理说”等雾瘴环伺的氛围下难能可贵，但黄小田倡导“一部书写情字”（第百十一回眉批）是以符合传统伦理道德为前提的，这和陈其泰便有了本质上的区别。尽管存在一些不尽如意之处，但通过如上比对可发现，无论是对故事情节的透辟考量，还是对人物形象的独到分析，黄小田批语与陈其泰批语如春兰秋菊，各具其美。黄小田的一些观点甚至胜过陈其泰，也高出同时期的评点派三大家，这说明黄小田是经过深思体悟之后进行点评的，绝非草率下笔，体现出一位评点家博学慎思、明辨笃行的治学态度。

---

① 张庆善：《桐花凤阁主人陈其泰〈红楼梦〉评点浅谈》，《红楼梦学刊》1991 年第 3 辑，第 232 页。

四、范锴所见“旧抄本”对黄小田评点的影响

本章《评点底本及参校本》一节中曾言及范锴《痴人说梦》所见“旧抄本”为黄小田评点《红楼梦》据以对校的参校本之一。范锴（1765—1844），初名音，字声山，号白舫，又号苕溪渔隐、苕溪老渔、首溪涌隐、苕溪渔叟等，浙江乌程人。有文名，著有《浔溪渔唱》《苕溪渔隐诗稿》《苕溪渔隐词》《痴人说梦》等。《痴人说梦》一书初印本为嘉庆二十二年（1817）愢红楼刊本，一卷，由《槐史编年》《胶东馀牒》《鉴中人影》《镌石订疑》四部分构成，首仙掌峰樵者序，次观闲居士小引，次止止道人题词，次范氏自题，末附“总图”“宁国府、贾府宗祠、会芳园、贾赦宅”“大观园、梨香院、薛宅”及“荣国府”等数帧绘图。其中，《槐史编年》采用回目系年的方式叙说红楼文本，以“己酉”年黛玉抛父进京都始，至“丙辰”岁宝玉逃禅归大荒结，凡八年人事；《胶东馀牒》以谱牒形式展现贾府人物宗族关系，其间略记各子女名讳、生辰、嫁娶等情况；《鉴中人影》则以家谱方式记录小说主要人物的名号、生卒年及事略；《镌石订疑》则主要指摘文本未洽之处，同时以一部脂本系统的“旧抄本”同百廿回《红楼梦》进行对校，辑录凡42条校文。《痴人说梦》一书无论是对小说人物及其事略的谱录式勾勒，还是对贾府建筑细致精微的定位描摹，都独具创造性，尤其是勘误脂、程二系，为脂抄本大家庭再添新丁，对此，美籍学者周策纵给予极高的评价：“至于范锴，他应该是裕瑞、周春以后，王希廉、张新之、姚燮以前最优秀的《红楼梦》研究者，也许可能是第一个真正的‘红学家’。他的书最先为《红楼梦》编年，最先为大观园制图，最先为《红楼梦》做校勘记，为《红楼梦》版本研究之始祖。”①

黄小田在批校《红楼梦》过程中，以范锴所见“旧抄本”作参照校勘异文，虽为数不多，却弥足珍贵。故而本节论述范锴所见“旧抄本”对黄小田评点的影响，其中有部分内容偏离“影响”范围，但事关《痴人说梦》及黄小田评点的真伪，故一并计入其内。

---

① ［美］周策纵：《论一部被忽视了的〈红楼梦〉旧抄本——〈痴人说梦〉所记抄本考辨》，《红楼梦学刊》1993年第1辑，第39页。

（一）黄小田对范锴所见“旧抄本”文字的分析

在《评点底本及参校本》一节中，提及黄小田征引范锴所见“旧抄本”文字者凡三例，现分叙如下。

①第五十五回：“也不知道是谁给谁没脸？幸亏我还明白，但凡糊涂不知礼的，早急了。”黄小田眉批：“一本作‘早急死了’。”该“一本”即范锴所见“旧抄本”，查《痴人说梦·镌石订疑》：“案旧抄本，‘早急了’作‘早急死了’。”

这段对话源自第五十五回“辱亲女愚妾争闲气，欺幼主刁奴蓄险心”，即李纨、探春、宝钗“三驾马车”管理大观园，吴新登家的来回赵姨娘的弟弟赵国基去世的赏银裁夺，探春按祖宗旧例赏银二十两，因袭人之母去世赏银四十两，赵姨娘不忿，来找当家的女儿探春，故此有了母女间一番针尖对麦芒的言语冲突。在探春说“早急了”前有一段神态及语言描写：“探春没听完，已气得脸白气噎，抽抽咽咽的一面哭一面问道：‘谁是我舅舅？我舅舅年下才升了九省检点，那里又跑出一个舅舅来？我倒素昔按礼尊敬，越发敬出这些亲戚来了。既这么说，每日环儿出去，为什么赵国基又站起来，又跟他上学？为什么不拿出舅舅的款来？何苦来！谁不知道我是姨娘养的，必要过两三个月寻出由头来，彻底来翻腾一阵，怕人不知道，故意表白表白。也不知道是谁给谁没脸……’”可见，探春对赵姨娘“必要过两三个月寻出由头来，彻底来翻腾一阵，怕人不知道，故意表白表白”自己系三小姐探春之生母的行径已经习以为常、见怪不怪了，因此，赵姨娘此番借自己的兄弟过世来和探春闹，探春只是“气得脸白气噎”而着急，远达不到“急死了”的程度。对五十五回该处文字，脂本系统中的庚辰本、列藏本、甲辰本、杨藏本诸本及蒙戚三本皆作“早急了”，程甲本、程乙本、东观阁本、王评本亦取“早急了”，独范锴所见“旧抄本”作“早急死了”。黄小田列出评点底本文字“早急了”与范锴所见“旧抄本”文字“早急死了”，显然也是出于探春被气轻重方面的考量。

②第六十二回：“宝玉笑道：‘凭他怎么后手不接，也不短了咱们四个人的。’”黄小田眉批：“‘四个人’，一本作‘两个人’。”该“一本”也即范锴所见“旧抄本”，查《痴人说梦·镌石订疑》：“案旧抄本，‘四’作‘两’。”

对六十二回此处文字，评点家多有疑窦。东观阁本侧批：“四个人，袭人与紫鹃也。”姚梅伯眉批：“旧本评云四人者，袭人与紫鹃也。”侧批：“两个人不短，自然即四个人不短。”张新之则评曰：“四个人说得蹊跷，旧有批本云为袭人、紫鹃，似是矣。然细按此书，绝无着实呆指处，姑阙疑也可。总之宝、黛一无主意，且任谗贼交攻，懵然谓其事必成也，何其呆。”① 姚、张二批同时指出“旧本评云”“旧有批本云”，可以肯定，该“旧本”即东观阁评本，黄小田评点的工作用本中即有东观阁评本及翻刻自东观阁评本的三让堂藏板《绣像批点红楼梦》，其留意到东观阁本批语是无疑的。从批语“‘四个人’，一本作‘两个人’”来思忖，显然黄小田对此处宝玉缘何说成“不短了咱们四个人的”也是充满疑惑的，但他并不认同东观阁本批语的说法，而更倾向于“一本”即范锴所见“旧抄本”的文字。从实际情况来看，黄小田通过列举范锴所见“旧抄本”文字而做出的判断也是正确的，脂抄本中除蒙府本、杨藏本外存有该回的己卯本、庚辰本、戚序本、列藏本、甲辰本诸本皆作“两个人”②，可见雪芹原笔即为“两个人”。此外，陈其泰桐花凤阁批校本在该处先有眉批：“四字当是两字之误，无疑也。”后行间批：“四个人自然是自已、黛玉、袭人、紫鹃，但何故无晴雯。”究竟是“两个人”还是“四个人”亦举棋不定。陈其泰批语对黄小田是有影响的，黄小田从中受到启发并举《痴人说梦》为例也不无可能。

③第七十七回：“周瑞家的发躁向司棋道：‘你如今不是副小姐了，若不听说，我就打得你了。’”黄小田眉批：“‘副小姐’三字妙，正是恨他们大样。有撰《痴人说梦》者，谓旧抄本作‘伏侍小姐’，便无味。”查《痴人说梦·镌石订疑》：“案旧抄本，‘副’作‘伏侍’。”

黄小田此条批语既列出范锴所见“旧抄本”异文，又点明范氏书名《痴人说梦》，可见范锴所著《痴人说梦》这一红学文献的客观存在，该批语的重要性不言而喻。“副小姐”与“伏侍小姐”孰优孰劣？当然是前者。抄检大观园前夕王善保家的向王夫人进谗言时就曾说过服侍小姐们的大丫

---

① ［清］曹雪芹、高鹗著，［清］护花主人、大某山民、太平闲人评：《红楼梦》（三家评本），第一〇二〇页。凡本书所引张新之批语，皆见该书，不另注。同时参考台湾天一出版社1985年版影印本《妙复轩评石头记》。

② 此处程本系统作“四个人”。但也有例外，日本伊藤漱平藏程甲本即作“两个人”，但这种情况的发生，应为“买家或读者发现错误后加以订正，这些修订往往造成各本独特的版本面貌”，见杨莹莹《四种程甲本异文考辨》，《曹雪芹研究》2018年第4期，第76页。

鬟“一个个倒象受了诰封似的，他们就成了千金小姐了。闹下天来，谁敢哼一声儿。不然，就调唆姑娘们，说欺负了姑娘们了，谁还耽得起”，远的不说，王善保家的外孙女司棋曾率领迎春房中的小丫鬟们打砸小厨房即为显例，但对这种情况，荣府当家人王夫人并不感到奇怪，因为“这也有的常情，跟姑娘们的丫头比别的姣贵些”。周瑞家的以“副小姐”称呼司棋，与其率众打砸小厨房的“暴力”形象是颇为相符的，打砸事件中，“司棋便喝命小丫头子动手：‘凡箱柜所有的菜蔬，只管扔出去喂狗，大家赚不成！’小丫头子们巴不得一声，七手八脚抢上去，一顿乱翻乱掷”，不议其他，大丫鬟的身份与做派确然不同凡响。而“伏侍小姐”一词则无力得多，司棋棱角鲜明的个性不仅缺乏必要的衬托，周瑞家的幸灾乐祸的一面也难以表现出来。此外，脂抄本中，甲辰本、列藏本作“副小姐”，庚辰本原作“副小姐”，后“副”字另笔点改为“二号”，蒙戚三本及杨藏本作“伏侍小姐”，程本系统则皆取中“副小姐”，甲辰本是脂评本向程刻本过渡的桥梁，程甲本作“副小姐”应据甲辰本而来。

除以上 3 处文字外，还有一处异文校勘，同范锴所见“旧抄本”也或有关联，即第五十一回“凤姐笑道：‘这三件衣裳都是老太太的，赏了你，倒是好的；但这褂子太素了些，如今穿着也冷，你该穿一件大毛的。’”处黄小田眉批：“‘老太太’应是‘太太’，至此始将赏的衣服写出。”之所以说该处黄小田批语也或与范锴所见“旧抄本”有关，查《痴人说梦・镌石订疑》：“案旧抄本，无‘老’字。”凤姐所说“这三件衣裳都是老太太的”显然有误，因为接下去袭人回说“太太就给了这灰鼠的，还有一件银鼠的。说赶年下再给大毛的呢”，可见袭人所穿乃王夫人的赏赐，同贾母无干。贾母曾将自己的衣服送给过刘姥姥，即刘姥姥二进荣国府行将返回时，“鸳鸯指炕上一个包袱说道：‘这是老太太的几件衣裳，都是往年间生日节下众人孝敬的。老太太从不穿人家做的，收着也可惜，却是一次也没穿过的，昨日叫我拿出两套儿送你带去，或送人，或自己家里穿罢……’”，贾母送衣服给刘姥姥，也是年岁相仿的缘故，而其若送衣服给袭人穿，虽是无上的光耀，款式造型也不合适，精明心细的贾母果有此意，也断不会做出这等鲁莽之事。推黄小田批语着重指出“‘老太太’应是‘太太’”，显然也有这方面的思虑，同时手头又有《痴人说梦》，范锴所见“旧抄本”即为“太太”，这更加印证了判断不误。此处批语，黄小田并未提及“一本”或

“有撰《痴人说梦》者”云云，不排除其据上下文理校的可能，但也不能说没有翻阅《痴人说梦》。此外，对“老太太”与“太太”的异文，庚辰本、列藏本及蒙戚三本皆作“太太”，甲辰本、杨藏本则作“老太太”，程甲本、程乙本、东观阁本、王评本皆取“老太太”，显然渊源有自。

综合以上 4 例异文不难看出，范锴所见“旧抄本”符合脂本系统诸抄本共同的文字特征，即字词句段俱存差别，此同彼异，彼优此劣。对范锴所见“旧抄本”不如评点底本的文字，如“早急死了”与“早急了”、“伏侍小姐”与“副小姐”，黄小田并未因“旧抄本”年代久远而盲目信从。对范锴所见“旧抄本”胜过评点底本的文字，如“两个人”与“四个人”、“太太”与“老太太”，黄小田勤于思考并指摘纰缪，这种勇于质疑、校正舛讹的治学精神贯穿整个评点过程，诸如《红楼梦》一书中的疏漏、错误、脱简、方言、错简、音释、败笔、诗病等也都有所揭示或注解，一如张庆善所说：“作为一个严肃认真的评点家，黄小田既高度评价了《红楼梦》的成就，同时又指出《红楼梦》中存在的一些问题，这对我们今天的研究者也是很有启发的。”①

（二）《痴人说梦》研究及其引起的纷争

在评点派诸家中，征引范锴所见“旧抄本”文字用以比勘异文者，非仅黄小田，与其同时的德清徐传经及之后的蝶芗仙史等评家均有引用。徐传经在其评本第六十七回回目“见土仪颦卿思故里，闻秘事凤姐讯家童”旁有墨笔侧批：“按旧抄本作‘置外舍贾琏匿新宠，泄机关熙凤定阴谋’，目存书缺，坊本盖后人所补。”② 蝶芗仙史评本则“引用了苕溪渔隐在《痴人说梦》（镌石订疑）中所言‘旧抄本’的一些批语，这在第四、十二、二十五、三十、五十、五十一、五十二、五十三、五十七、七十一、七十四、七十六等回都有引用的例证，第八十六、八十八等回也有苕溪渔隐‘案’语中的订疑文字”③。在旧红学时代，范锴《痴人说梦》即引起学人注意，进入新红学时期，自然也获得了各方瞩目，尤其是范氏所见那部

① 张庆善：《一位鲜为人知的〈红楼梦〉评点家——黄小田〈新增批评绣像红楼梦〉评点初探》，第 236 页。

② 转自胡文彬编著《红楼梦叙录》，第 39 页。

③ 曹立波著：《红楼梦东观阁本研究》，第二一四页。

珍贵绝伦的乾隆“旧抄本”。

周汝昌《红楼梦新证》、俞平伯《读〈红楼梦〉随笔》等均曾言及蝶芗仙史评本校引过范锴所见“旧抄本”文字。《红楼梦新证》第五章《雪芹生卒与红楼年表》之“红楼年表”第十年引第十二回文字“贾瑞病倒，各种症候‘不上一年，都添全了。’”后有按语：“【按：此处‘一年’，当依旧钞本改为‘一月’。蝶芗仙史评本所引之‘旧钞本’，与现存脂本皆合，为极可靠之原本。此处注云：‘案旧钞本“年”作“月”’，诸本盖嫌‘一月’之内诸症添全，似乎过快，故改‘一年’，不思雪芹原书皆有贯串也。】”第六章《史料编年》中也有两处言及范锴所见“旧抄本”，一为“‘蝶芗仙史评订’《金玉缘》本内所屡见校引之‘旧钞本’”，一为“蝶芗仙史评订本，其人不详。俗亦名《金玉缘》本。但实与太平闲人本非一，除尽载前三本之附文外，又多‘评论’一则。书文评语不多，亦平庸无精警处。但每引‘旧钞本’之文以补缺漏，或校异同，皆大致与今传脂本合，足资考订。惜其未曾全部细校，仅有十余条，偶然见录，其去取亦漫无标准可言耳”。[①]1954年，俞平伯发表读《红楼梦》随笔三十八篇（后结集为《读〈红楼梦〉随笔》），其中第十八篇《贾瑞之病与秦可卿之病》则对周著所言贾瑞病症时间提出不同的看法，文章说：“‘倏又腊尽春回’承上‘腊月天气’而言；‘又’者又是一个腊月也。其说贾瑞病了一年原很明白的，也向来不成问题。即近来发见脂砚斋己卯本庚辰本等亦并作‘不上一年’。近有人据不知名的晚近本子（据说是蝶芗仙史评本），妄改为‘不止一月’。”[②]周、俞二老应是较早对范锴所见“旧抄本”文字有所提及的学者，但对蝶芗仙史评本所引“旧抄本”之本源似乎不甚明了。1963年，一粟（周绍良、朱南铣）编著的《古典文学研究资料汇编·红楼梦卷》率先公布了《痴人说梦》中《镌石订疑》部分以“旧抄本”同百廿回《红楼梦》对校的42条校文，读者终得窥其貌，但相关研究并未及时跟进。1981年1月，文化艺术出版社出版了由顾平旦所编的《大观园》[③]一书，该书在“清刻大观园示意图”中收录了《痴人说梦》卷末所绘大观园图。同年7月，上海古籍出版社出版

① 周汝昌著:《红楼梦新证》,所引第五章文字见138页,所引第六章文字见332、334–335页。

② 俞平伯:《读〈红楼梦〉随笔》,香港《大公报》“新野”副刊,1954年1月1日—4月23日。又可见俞平伯著《俞平伯论红楼梦》，上海古籍出版社1988年版，第六八三－六八五页。

③ 顾平旦编:《大观园》，文化艺术出版社1981年版。

了一粟辑录的《红楼梦书录》，“图书谱录”一章中收录了《痴人说梦》卷首仙掌峰樵者序、观闲居士小引、止止道人《摸鱼子》题词及苕溪渔隐自题等四篇文字[①]。同年10月，天津人民出版社出版了由刘操南发现并整理的《桐花凤阁评〈红楼梦〉辑录》，书前代序《清代陈其泰〈桐花凤阁评红楼梦〉初探》中曾对范锴《痴人说梦》有所涉及，并注释称：“范评有嘉庆二十二年忆红楼刊本。关于范评，另详拙稿《清代范锴苕溪渔隐评〈红楼梦〉叙录》。”[②]由此推刘操南对《痴人说梦》的研究应在七十年代末八十年代初，惜刘文未见。1982年，陈毓罴撰《红楼梦说书考》一文，其中摘录范锴题咏《红楼梦》的四首诗词[③]。此际前后，周绍良写有《苕溪渔隐〈痴人说梦〉跋》[④]一文，该文确定了苕溪渔隐即乌程范锴。1987年，因撰写《红楼梦大辞典》部分词条，任少东、赵金铭对范锴生平著述及其所见“旧抄本”进行了细致考论，后撰《苕溪渔隐所见〈石头记〉旧抄本初探》一文发表于《社会科学辑刊》。该文是目前可见较早系统论述范锴所见“旧抄本”的论文，文章认为，范锴所见“旧抄本”将“有助于澄清和解决红学研究史上曾长期困扰着人们难下定论的一些疑难问题”如“贾瑞从生病到死去的时间间隔问题”“确定宝玉及一大批人物年龄、排定《红楼梦》年谱”“第六十七回为何早期抄本均付缺，较晚的抄本该回究竟是原作还是补作问题”“《红楼梦》和曹雪芹有无‘排满’思想的问题”等，故而“苕溪渔隐范锴在推动红学研究的深入和扩展上，做出了巨大的贡献。他和他的《痴人说梦》在红学史上的地位也理应予以重新估量，并给予应有的评价”[⑤]。1993年，周策纵发声继之，他在《论一部被忽视了的〈红楼梦〉旧抄本——〈痴人说梦〉所记抄本考辨》[⑥]一文中认为《痴人说梦》“在红学方面至少有三件开创之功”即“最早编制《红楼梦》所述事情的纪年”“绘制并且刊印大观园图”“首创红学的校雠工作”，同时，周文还比对了若

---

① 一粟编著：《红楼梦书录》（增订本），第249–250页。

② ［清］陈其泰评，刘操南辑：《桐花凤阁评〈红楼梦〉辑录》，第9–10页。

③ 陈毓罴：《红楼梦说书考》，《红楼梦研究集刊》第八辑，第222–230页。

④ 周绍良著：《红楼梦研究论集》，山西人民出版社1983年版，第298页。

⑤ 任少东、赵金铭：《苕溪渔隐所见〈石头记〉旧抄本初探》，《社会科学辑刊》1991年第1期，第143–151页。

⑥ ［美］周策纵：《论一部被忽视了的〈红楼梦〉旧抄本——〈痴人说梦〉所记抄本考辨》，第15–41页。

干“旧抄本”与脂本相同、不同及独有的文字。任、赵、周二文均注意到范锴所见“旧抄本”独特的版本价值，但相关研究仍停滞不前。十年后的2003年，郑庆山在其《脂本汇校石头记》的校记与正文中提及并采纳了若干范锴所见“旧抄本”的文字[①]。2004年，邓庆佑在扬州国际红楼梦学术研讨会上提交《苕溪渔隐和他的〈痴人说梦〉》一文，该文复对范锴生平著述进行了考证，也摘引了几则范锴涉红资料，同时对《槐史编年》《胶东馀牒》《鉴中人影》《镌石订疑》等内容进行了更为详细的介绍，文章最后说：“我热诚地期望红学界同仁，尤其是搞版本研究的红学同仁，能对范锴透露出的这些材料，进行仔细探考，努力探索出这个旧抄本的真面目，使脂本系统的研究，又添一份更有价值的新材料。”[②]

以上即是二十世纪五十年代至二十一世纪初学界对范锴《痴人说梦》研究的简单回顾，虽然诸多学者发文呼吁要重视对范锴《痴人说梦》及其所见“旧抄本”的深入考察，但应者无几，始终未引起学界足够的重视。而获学人广泛注意的则是黄小田批语与《痴人说梦》的相勾连。2011年，沈治钧先后发表《黄小田批语和范锴所见旧抄本》《范锴〈痴人说梦〉补谈》二文，前者言及黄小田评本第七十七回眉批中提到范锴《痴人说梦》及“旧抄本”文字，该批即“‘副小姐’三字妙，正是恨他们大样。有撰《痴人说梦》者，谓旧抄本作‘伏侍小姐’，便无味”，故而“黄批证明了范著的历史真实性，范著又证明了脂评本的历史真实性，它们三者构成了一条证据链”[③]；后者则是对前文的补充，对范锴生年、《痴人说梦》的成书年代及刊刻年代等进行了纵深考证，其中“《痴人说梦》的成书年代”一节以黄小田卒年及杨葆光第二次过录黄小田批语的起讫时间为据佐证范著的成书年代不晚于嘉庆二十二年（1817），同时重申“黄小田批语在相关论题中的特殊价值在于，它不仅点出了《痴人说梦》这个书名，还提到了《痴人说梦》所记的那部‘旧抄本’，还引用了范锴校出的异文‘伏侍小姐’——梦稿、蒙府、戚序、南图本均同。这份参照材料是个客观存在，

① 郑庆山校：《脂本汇校石头记》，作家出版社2003年版。

② 邓庆佑：《苕溪渔隐和他的〈痴人说梦〉》，见中国红楼梦学会秘书处编《纪念曹雪芹逝世240周年：2004扬州国际红楼梦学术研讨会论文集》，文化艺术出版社2004年版，第387–409页。后收入作者氏著《红学人物志》，文化艺术出版社2011年版，第124–147页。

③ 沈治钧：《黄小田批语和范锴所见旧抄本》，第125页。

当无可置疑”[①]。2012 年，沈治钧发表《范锴所见程甲本与旧抄本》[②] 一文，文章考论范锴用以同“旧抄本”对校的《红楼梦》通行“坊本”为东观阁初刊白文本的可能性最大，同时援引曹耀宗跋《红楼梦百咏词》证明《痴人说梦》确实刊于嘉庆末年。可以说，沈氏三文着实推进了范著深入而又全面的研究。2014 年，沈治钧针对“脂本造假说”再谈《痴人说梦》，其《阅读〈痴人说梦〉札记》一文通过对范锴所见“旧抄本”同脂本系统诸抄本及程甲本的异文比对，证明“现存的《红楼梦》早期抄本都不是近人根据程甲本抄录伪造的假古董，而是弥足珍贵的清代古籍文献”[③]。同年，“程前脂后”说拥趸欧阳健发表《〈痴人说梦〉所记“旧抄本”还原》一文，文章认为“《痴人说梦》来源不明，内容悖谬，绝没有用作证言的资格”，同时提到：

> 最有趣的是，沈治钧先生文章最后说：
>
> 或问：黄小田批语固然可以证明范锴所见旧抄本的历史真实性，但谁来证明黄小田批语的历史真实性？答曰：红豆词人杨葆光——他是黄小田批语的过录者，清朝人。或又问：谁来证明杨葆光过录本的历史真实性？答曰：史树青、姚迁、胡文彬、梁白泉、李汉秋、陆林、张庆善等学者，以及当时许许多多的读者——他们鉴定、抄藏、著录、公布、整理、刊印、评论、阅读杨葆光过录《红楼梦》黄小田评本，都在上世纪 90 年代初“脂本造假说”甚嚣尘上之前，那时候不可能有人事先特意伪造一条“伏侍小姐”的批语，以便迎合或推翻未来红学领域中的某种说法。
>
> 一连串的中间环节，一连串的闻人名单，偏偏没有说到对黄小田批语原件的鉴定，没有说到对杨葆光过录本的鉴定，而当代的证人中的头一名——“文物鉴定专家”史树青，又最是不值得信任的。……[④]

欧阳此处言外之意不点即明，即“《还原》无非想说，杨葆光过录《红

① 沈治钧:《范锴〈痴人说梦〉补谈》，第 113–118 页。

② 沈治钧:《范锴所见程甲本与旧抄本》,《红楼梦研究辑刊》2012 年第四辑，第 91–114 页。

③ 沈治钧:《阅读〈痴人说梦〉札记》,《红楼梦学刊》2014 年第 5 辑，第 110–126 页。

④ 欧阳健:《〈痴人说梦〉所记“旧抄本”还原》，第 52–59 页。

楼梦》黄小田评本之真伪也须打上问号"[①]。2016年，沈治钧发表《苕溪渔隐〈痴人说梦〉真伪平议》一文，对欧阳健的质疑进行了驳议，文章指出："该书所记'旧抄本'作为客观独立、切实有力的学术旁证，能够简明确证今存早期脂本不伪。"[②]2018年，于鹏根据友人购自四川的"忏绮盦主人珍藏"《痴人说梦》初印本（复印件）与国家图书馆所收周绍良旧藏《痴人说梦》进行比对，撰《苕溪渔隐〈痴人说梦〉三题》[③]一文，文章指出："《痴人说梦》第四部分'镌石订疑'记述了一种'旧抄本'，作者苕溪渔隐将其文字与程高本文字进行了对比，将异文一一列出。研究者发现，'旧抄本'异文多与今天能见到的早期脂评抄本相同，可见，'旧抄本'亦属脂本的一种。"可补证沈氏观点。

由欧阳健《〈痴人说梦〉所记"旧抄本"还原》一文的诘难不难看出，黄小田批语之真伪，既是判断范锴《痴人说梦》客观存在的旁证之一，也关涉早期脂抄本的历史真实性，更关系到本书《红楼梦黄小田评点研究》立论之根本，兹事体大，故考订黄小田批语的真伪必须而且必要。

（三）黄小田批语的真实性无可置疑

对黄小田批语的真实性提出质疑的，欧阳健不是第一个，李汉秋、陆林辑校的黄山书社1989年版《红楼梦》黄小田评点本被学者发现混进东观阁本批语时，即有红友怀疑"黄山的这套黄评《红楼梦》，就是现代意义的伪造书"，本一小节则从外证、内证双向证明黄小田批语不伪，其真实性无可置疑。

首先，我们需要明确一个前提问题，即黄小田是否读过《红楼梦》？现藏安徽省博物馆的同治八年（1869）苏州群玉斋活字本《儒林外史》总目后有署名"小田氏又识"之序云："予最服膺者三书，《聊斋志异》《儒林外史》《石头记》也。《聊斋》直是古文，《石头记》为从来未（有）之小说……"该过录本闲斋老人序后另有署名"当涂黄富民序"，知二序作者为一人，即黄小田，由其评"《石头记》为从来未（有）之小说"，可见是读过《红楼梦》的。另，《儒林外史》第二十九回"吃到月上时分，照

① 沈治钧：《苕溪渔隐〈痴人说梦〉真伪平议》，第117页。

② 沈治钧：《苕溪渔隐〈痴人说梦〉真伪平议》，第104页。

③ 于鹏：《苕溪渔隐〈痴人说梦〉三题》，《曹雪芹研究》2018年第2期，第131–140页。

耀得牡丹花色越发精神，又有一树大绣球，好像一堆白雪。三个人不觉的手舞足蹈起来”处黄小田有批曰：“解得药否，《石头记》中所谓百兽率舞耳。”“《石头记》中所谓百兽率舞耳”指《红楼梦》第四十一回刘姥姥二进荣国府时，贾母携她在大观园游逛，十二官等在藕香榭奏乐演曲以助雅兴，“当下刘老老听见这般音乐，且又有了酒，越发喜的手舞足蹈起来。宝玉因下席过来，向黛玉笑道：‘你瞧刘老老的样子。’黛玉笑道：‘当日圣乐一奏，百兽率舞，如今才一牛耳。’”萧金铉、鲍廷玺、杜慎卿三人因月色可爱，牡丹新妍，“不觉的手舞足蹈起来”；刘姥姥因酒意微醺，乐音入耳，“喜的手舞足蹈起来”，皆颓然醉矣，两幕情景有同工之妙，亦见黄小田对红楼故事烂熟于心、信手拈来，其是否读过《红楼梦》，无须多言，无可异议。

黄小田读过《红楼梦》，那么他评点《红楼梦》则从以下三方面来论证：

第一，以杨葆光过录本上的题记对看《订顽日程》所载，两相印证。杨葆光过录本第百二十回回末有2条题记，其一为：

> 曩尝从先生假手批本，录未竟，先生文孙索去。乙亥冬，自杭郡归，复从夬斋妇兄假录出本续成之，韩子扬生、张子心庵亦与焉，既毕并识于后。丙子春红豆词人。（杨葆光印）

杨葆光这则题记对其第二次过录黄小田批语的历程记述甚详，这一过录时事在其日记《订顽日程》中也可找到对应依据。查《订顽日程》光绪元年乙亥（1875）十一月十一日“人事”条“午后出武林门，到新码头上船”[①]、十九日“人事”条“早抵秀南桥，过小快船，开至干山，合家相见”，知十一月间杨葆光自武林（杭州）返乡，该年十月十一日立冬，下一年正月初十日立春，则十月十一日至下一年正月初九日这一阶段皆在冬季，杨葆光十一月中旬返乡，正在“乙亥冬”。另，杨葆光过录本自第五十五回始有过录记载，该回回末题记为“光绪乙亥中冬雨窗山夜覆校”，“中冬”即农历十一月，“雨窗山夜”表明夜雨时分覆校。查《订顽日程》，该年十一月二十四日“人事”条“取还扬生《石头记》，借伊卿十五本”，这表明杨葆光自十一月十九日返乡后确实已着手黄小田批语的过录工作；再查《订顽日程》该年十一月二十日至三十日的气象情况，除二十九日为“天

① ［清］杨葆光著，严文儒校点：《订顽日程》，上海古籍出版社2010年版。凡本书所引杨葆光日记文字，皆见该书，不另注。

时 晴 夜风 雨”，余皆“天时 晴”（二十一日为“天时 晴 大风”），故可知杨葆光录毕第五十五回批语为十一月二十九日夜，其时有雨。再如第百十一回回末题记“丙子月正五日到郡覆校”，知光绪二年丙子（1876）正月初五日过录时，杨葆光已身在松江府首县——华亭，查《订顽日程》该日“人事”条“随母，挈思儿、兆儿，买舟至松，傍晚始至”，与题记合。由《订顽日程》光绪二年（1876）正月十三日“自修”条“校黄校《石头记》毕”，知过录完成。可见，自光绪元年（1875）十一月十九日返乡后开始黄小田批语的第二次过录，至光绪二年（1876）正月十三日录毕，前后历时近两月。而杨葆光过录本上的数回题记，与其日记《订顽日程》所载时、事、人，严丝合缝，无一不符，如沈治钧所言：“杨葆光自己便能证明该过录本的历史真实性。这是因为，一方面杨葆光在该过录本上留下过多条题记，另一方面他还遗有《订顽日程》一书。……《还原》占用大量篇幅闲扯天，却无一语谈及《订顽日程》，令人费解，莫名其妙。”[①]《订顽日程》稿本现藏松江博物馆，2010 年上海古籍出版社出版了由华东师范大学著名历史学家严文儒主持的校点本，证据确凿，绝无作伪之可能，“欲否定脂评本，须先否定《痴人说梦》；欲否定《痴人说梦》，须先否定黄小田批语；欲否定黄批，须先否定杨氏过录本；欲否定杨本，须先否定《订顽日程》，一环也不可或缺，一节也不可偷懒，一点也不能打马虎眼”[②]。此为《红楼梦》黄小田评点不伪的力证之一。

第二，黄小田是目前所知中国文学批评史上唯一评点过《红楼梦》和《儒林外史》的旧红学评点家，其评点《红楼梦》的时间为道光二十四年至咸丰二年（1844—1852），评点《儒林外史》的时间约为咸丰三年（1853）至同治二年（1863）五月[③]，两书评点前后接档，时间相近，故而在批语的用词频率、句式特征、作批语气等方面，相差不会很大。试举例如下：

①《东观阁本批语对黄小田评点的影响》一节中曾有言及，黄小田对“声口”（或“口角”“口气”等）一词使用颇多，约有 26 处。这一评点术语在《儒林外史》评点中亦有呈现，如第一回“其母如此声口，闻锣声避

① 沈治钧：《苕溪渔隐〈痴人说梦〉真伪平议》，第 131 页。

② 沈治钧：《苕溪渔隐〈痴人说梦〉真伪平议》，第 131 页。

③ 黄小田完成《儒林外史》评点的时间可见本书“附录”部分《黄小田年谱简编》。

去可知”、第二回“声口又与三相迥别”、第七回“又确是京师行道人声口”、第十回“山人声口逼肖”、第二十二回“又是严大老官口声”“又是匡超人声口”、第二十四回“逼真无赖声口”、第二十六回“戏子口角逼真”、第四十五回“得四哥口声，才敢说要穷。究竟土是何味，为何要穷？惜主人不追问也”、第五十四回“是老太口声”“坐下加‘罢了’二字，声口便不好”等。

对着意描写的红楼人物进行分析时，黄小田借鉴东观阁本批语多用“特写”或“特特写”“加一倍写法”“极写”等写作技法称谓，凡约 16 处。而这些评点术语在《儒林外史》评点中同样有所现身，如第十一回“加倍写鲁编修之俗”、第十六回“加倍写火，急杀急杀”、第二十四回“特写鲍文卿，所以愧士大夫也”“加倍写出，是小说家数”、第三十三回“狂态与慎卿不同，此作者特写作两样，以见文笔一毫不可犯复也”、第五十三回“特写此时体面，以衬后文一人闲撞”等。

《王希廉批语对黄小田评点的影响》一节中曾经提到，“正文”一词在黄小田评点文字中较为常见，“正文”即小说叙事的核心内容，待其评点《儒林外史》，“书中正文”“无关正文”等批红用语更是频繁出现。如第一回“此影正文之征辟”、第十回“紧接蘧公孙，不可再缓。以后文须由公孙递到马二，乃书中正文也”“赞小姐之美，还他小说俗套者，以无关正文，若细写便是浪费笔墨”、第十一回“说得大方，此正文中一陪衬也，阅者须知”、第十二回“贬二娄，只从家人口中一点，正文仍不说明，此书之妙如是”、第四十一回“寻常小说必将诗写出，无关正文而且小家气”等。应当说明的是，《儒林外史》“如集诸碎锦，合为帖子”[①]，故黄小田以上所云“正文”乃指不同故事的核心内容。

②《红楼梦》第三回黛玉进贾府，迎春等三姊妹出场时，曹雪芹巧妙的转换叙事视角，“从黛玉眼中写三人”（甲戌本眉批），这一借他人眼中或口中叙出另一人或一事的写作手法被脂砚斋概括为“避难法”（甲戌本第十六回侧批），被陈其泰呼为“化板为活之法”（第二回眉批），这样写作的好处是“便省却多少赘疣笔墨”（甲戌本第十六回侧批）。他如第一回借冷子兴与贾雨村谈闲天对贾府重要人物及其错综复杂关系的预先介绍、

① 鲁迅：《清之讽刺小说》，见鲁迅撰、郭豫适导读《中国小说史略》，第 156 页。

第十六回借“琏、凤夫妻二人一问一答，上用赵妪讨情作引，下文蓉、蔷来说事”而将大观园“奉旨起造”“分派众人”等“几千样细事”（甲戌本第十六回回前总批）一笔带过等即如此用。黄小田则将这一写作手法称为“文章省事法”“省笔墨”“文章省笔墨法”，直接点出这一称谓的批语如“士隐欲周济雨村，却借娇杏意中写出，此文章省事法”（第一回眉批）、“顺便带出凤姐住屋，省事之法”（第三回眉批）、“不写湘云谈诗，却用宝钗说出，巧于省笔墨也，而湘云神情愈见”（第四十九回眉批）、“补笔好。盖宝钗搬出，宝玉未有不留者，借此减去笔墨”（第七十八回眉批）、“非必定要宝玉百日后出门，盖借此将薛蟠娶亲、迎春出嫁消纳过去，乃文章省笔墨之法”（第七十九回眉批）等。黄小田在《儒林外史》评点中对这一写作技法也多概括为“省笔墨法”，此类批语如第四回“补出，省笔墨”、第五回“大老官为人又借二老官口中描摹一番，却不觉得自己悭吝亦说出，此省笔墨法”、第十二回“即将丈量事，销纳家书中，省笔墨也”“伏后文。且先将权勿用从不知姓名人口中一描写，亦省笔墨之法”、第三十三回“一笔撇却慎卿，此笔墨简省之法，人却易忽”等。其中，若以《红楼梦》第七十九回批语“将薛蟠娶亲、迎春出嫁消纳过去，乃文章省笔墨之法”与《儒林外史》第十二回批语“即将丈量事，销[①]纳家书中，省笔墨也”相较，两条批语的句式特征完全相同。

③《红楼梦》第六回，刘姥姥带着板儿一进荣国府，作者在描写祖孙二人拜见凤姐时，插入一段贾蓉来借玻璃炕屏的文字，贾蓉说完事后，重又接续刘姥姥打秋风，这一叙事手法被脂批称为“横云断岭法”（甲戌本第四回侧批）或“横云断山法”（甲戌本第六回侧批）。该文法最早由金圣叹提出：“如两打祝家庄后，忽插出解珍、解宝争虎越狱事；又正打大名城时，忽插出截江鬼、油里鳅谋财倾命事等是也。只为文字太长了，便恐累赘，故从半腰间暂时闪出，以间隔之。”[②]《红楼梦》第六回此处，黄小田眉批：“一直说下去，文章太直率矣。”即意同横云断岭法，“直率”指为文平铺直叙，冗长平乏，而叙事之中插叙另一件事，则能“使文境亦纡而不直”（《红楼梦》第十七回黄小田眉批），正所谓“文似看山不喜平”也。再如第十七回元春省亲，命宝玉等赋诗题匾，在黛玉代宝玉作“杏帘在望”一

---

① “销”字古同“消”。天目山樵评本此处即写为“消纳家书中”。

② 陈曦钟、侯忠义、鲁玉川辑校：《水浒传会评本》，北京大学出版社1981年版。

律处黄小田眉批："面试仍有枪手，俗间小说必写诸人如何敏捷，首首皆佳，此偏不然，且必须有此小小迟延，方不直率。"确如黄小田所言，若宝玉与群芳皆文思泉涌、下笔有神，故事情节就显得平淡无奇、索然无味，而加进宝玉"今见乃姐何反迟钝，未免怯才"（甲辰本夹批）及黛玉代劳的一段描写，则如奇峰陡起，于"一段忙中闲文"既"写黛卿之情思"又见"阿颦之心臆才情原与人别"（己卯本夹批），可谓张弛跌宕，错落有致。而"方不直率"一语在黄小田评点《儒林外史》时亦有所见。第三回，履职广东学道的周进看范进的卷子，在"从头至尾又看了一遍，觉得有些意思。正要再看看，却有一个童生来交卷"处黄小田批曰："有此一顿，方不直率。"周进第一次看范进卷子"心里不喜，道：'这样的文字，都说的是些甚么话！怪不得不进学。'丢过一边不看了"，之后插进童生交卷、问答、赶出，"周学道虽然赶他出去，却也把卷子取来看。那童生叫做魏好古，文字也还清通"，正因如此，待他再看范进卷子时便多了几分感同身受，"'这样文字，连我看一两遍也不能解，直到三遍之后，才晓得是天地间之至文，真乃一字一珠！可见世上糊涂试官不知屈煞了多少英才！'忙取笔细细圈点，卷面上加了三圈，即填了第一名"，在两事交叉叙写中，周进斥魏好古"诗词歌赋都会"时的迂腐、奖掖范进时推己及人的个性不仅有所体现，亦使行文尺水兴波，"文笔纡徐入妙"（《儒林外史》第九回黄小田批语）。他如第九回"不平处正要做尽曲折，且借此出鲁编修，语气小小一顿。盖一直写访杨执中，似觉拖沓累赘，得此一顿，大妙！"等即如此用。《红楼梦》批语中的"有此小小迟延，方不直率"与《儒林外史》批语中的"有此一顿，方不直率"相较，二者如出一辙。

④ 曹雪芹在《红楼梦》中塑造了众多个性鲜明、形神兼备的人物形象，比如给高墙深院的贵族生活带来一股清新泥土味的刘姥姥，其充满原野气息的一颦一笑不仅迷倒了大观园一众男女，也让黄小田击节赞赏作者对世俗生活的细腻观察："我不知作者何以能形容体帖至此！"（第六回眉批）第六回是刘姥姥第一次出场，作者不仅给予了浓笔厚墨的描写，黄小田对其言谈举止间所展现出来的"乡下人"的淳朴之风也给予了集中评批，如"逼真乡下人声口"（刘姥姥说狗儿"有了钱就顾头不顾尾，没了钱就瞎生气"处眉批）、"又逼真积年老寡妇声口"（刘姥姥说狗儿"这'长安'城中，遍地皆是钱，只可惜没人会去拿罢了"处眉批）、"不用让，自

己便坐下了，逼真乡下人行径”（“刘老老已在炕沿上坐下了”处眉批），此外，还有第四十回“贾母一问，刘老老如何回答？看他如此回言，逼真乡下老妇口角”（刘姥姥答贾母“我们乡下人，到了年下，都上城来买画儿贴。时常闲了，大家都说：‘怎么得也到画儿上逛逛！’想着那个画儿也不过是假的，那里有这个真地方？谁知我今儿进这园里一瞧，竟比那画儿还强十倍！”处眉批）、第四十一回“乡下人不惯吃油腻情事逼真”（“那刘老老因喝了些酒，他的脾气和黄酒不相宜，且吃了许多油腻饮食发渴”处眉批）等。“逼真……（声口、行径等）”（或倒装为“……（声口、行径等）逼真”）这一批语句式在《儒林外史》批语中亦有出现，如第十三回“逼真丫头见识”“又逼真差人见识”、第二十四回“逼真无赖声口”、第二十六回“戏子口角逼真”等。

⑤ 除以上四个方面的比较外，尚有一些评点片语在句式特征上有着较高的相似度，如：

《红楼梦》第六回“那凤姐只管慢慢地吃茶，出了半日神，方笑道：‘罢了，你且去罢。晚饭后你来再说罢。这会子有人，我也没精神了’”处眉批：“传神至此，我不复能赞之，惟死心佩服而已。”《儒林外史》第十一回“小姐道：‘母亲，自古及今，几曾看见不会中进士的人可以叫做个名士的？’”处黄小田批曰：“绝倒文笔，深刻如是，我不复能赞之矣。”二者相较，“我不复能赞之”，用语完全相同。

《红楼梦》第七回回末评：“东府之污秽，不可明写，却借一焦大托之于醉，尽情骂出，痛快非常，从来小说有此妙笔否？”《儒林外史》第二十七回“鲍廷玺忙走上前，那人一把拉住道：‘你便是我六兄弟了！’鲍廷玺道：‘你便是我大哥哥！’两人抱头大哭”处黄小田批曰：“好文章，能令阅者不能不感动堕泪，而前文又能令人笑得断肠，从来小说有此否？”第四十二回“二爷道：‘他家可有内眷？我也一同去走走。’”处黄小田批曰：“兄外也，弟内也，书中写公子者五：二娄、二杜、二汤、二胡、二徐也，然无一笔相同，却又故意弟兄并写，愈见其难。二娄性情相合，二杜一豪一腻，二汤同是戏场之花公子，二胡则一吝一乱，二徐则纯是贵公子：举止不与诸人相犯。试问从来小说有如此本领否？”两相较之，“从来小说有此（……）否？”句式相同。

《红楼梦》第八回“这就是大荒山中青埂峰下的那块顽石幻相。后人曾有诗嘲云”处眉批：“不赞而嘲，亦大异寻常小说。”第十八回元春省亲谓父贾政一段眉批：“此一段词令极妥善，岂世俗小说所能！”《儒林外史》第三十八回“遇着有个邻居往陕西去，他就把这寻父亲的话，细细写了一封书，带与海月禅林的老和尚”处黄小田批曰：“顺手复递到老和尚，其实是借老和尚递到萧云仙，却又不用‘按下慢表’‘且说老和尚’云云俗套。故笔墨雅饬，大异寻常小说，俗目何尝得知。”第四十一回“在杜少卿河房前，见那河里灯火阑珊，笙歌渐歇，耳边忽听得玉箫一声”处黄小田批曰：“雅韵，非世俗小说可比。”二者相较，“大异寻常小说”用语完全相同，“岂世俗小说所能”则与“非世俗小说可比”句式也基本相同。

《红楼梦》第二十六回“那小丫头在窗外只说得一声：‘是绮大姐姐的。’抬起脚来，‘咕咚咕咚’又跑了”处眉批：“随手写来，无不逼肖。”《儒林外史》第三十三回“韦四太爷两手抹着胡子，哈哈大笑，说道：‘我当是谁？原来是少卿！’”处黄小田批曰：“如闻其声，如见其人，随意写来，无不入妙。”“随手写来，无不逼肖”与“随意写来，无不入妙”二句相仿。

《红楼梦》第六十一回“（林之孝家的）一并拿了，带了五儿来回李纨与探春”处眉批：“天下似此冤狱正复不少。”《儒林外史》第二十回“匡超人道：‘二位先生，这话我不该说，因是知己面前不妨。潘三哥所做的这些事，便是我做地方官，我也是要访拿他的。’”处黄小田批曰：“丧心昧良一至于此！虽小说所托皆亡是公，然天下此等人正复不少，阅之不禁气涌如山，恨不取匡二杀之割之！”二者对之，“天下……正复不少”句式相同。

《红楼梦》第九十八回“那人冷笑道：‘那“阴司”说有便有，说无就无。皆为世俗溺于生死之说，设言以警世’”处眉批：“此不过警戒人耳，借以写宝玉之痛，若在俗笔，必写成死过去、如何救醒矣。”《儒林外史》第六回回末卧评“如谓此时大老胸中已算定要白占二奶奶家产，不惟世上无此事，亦无此情”处黄小田作批：“在俗笔必如此做矣。”“在俗笔必……”，二者句式相同。

《红楼梦》第百十二回“那知那个人把刀插在背后，腾出手来，将妙玉轻轻的抱起”处眉批：“写得浑，不杀甚于杀矣。”《儒林外史》第四十二回“葛来官叫那大脚三把螃蟹壳同果碟都收了去，揩了桌子，拿出一把紫砂壶，烹了一壶梅片茶。两人正吃到好处”处黄小田批曰：“‘好处’二字写得浑，确被下文周先生道破，令人失笑。”“写得浑”用语完全相同。

通过如上批语比较可以发现，《红楼梦》与《儒林外史》二书在批语用词、句式特征以及对评点术语的集中使用等方面高度一致，原因不难解释，每个评点家都有自己与众不同的批评特点与语言特色，短时期内很难改变。尽管黄小田评点《红楼梦》是在承平岁月，而评点《儒林外史》是在逃难时期，综览两书批语，这种人生的遭际与命运的反转并未致其批书风格发生变化，一以贯之亦健亦秀，鞭辟入里，因而，他在评点《儒林外史》的过程中，袭用评点《红楼梦》时的语气论调，甚而某些手法的概括、句式的借鉴、遣词的参考，都是很自然的事情。因此，以黄小田《儒林外史》评点反窥其《红楼梦》评点，二者具有可比性。

第三，以上两点均是从外证论述黄小田评红不伪，事实上，在相关批语中，黄小田也无意间透露出一些关乎自己家世生平、仕宦经历方面的信息，这些批语均有文献可查，可证不伪。此类批语如：

① 第五十三回：“又有小洋漆茶盘放着旧窑十锦小茶杯，又有紫檀雕嵌的大纱透绣花草诗字的缨络。”

黄小田眉批：缨络是一物，予家向曾蒙赐，南人无之。

这条批语颇可注意的是批者透出其家世讯息——“予家向曾蒙赐”，既言“蒙赐”，出自宫廷，物非凡品；又曰“向曾”，圣眷优渥，数获恩赏。道光六年（1826）黄小田入京应朝考，初为礼部七品小京官；道光九年（1829），因黄钺八十寿辰，加恩为礼部候补主事；道光十七年（1837），补授礼部精膳司主事，正六品；道光十八年（1838），升授礼部祠祭司员外郎，从五品；道光十九年（1839），升授礼部仪制司郎中，正五品。从黄小田的为官履历来看，虽仕途顺畅，但品级均不高，即使乞归前官居正五品，但也只处于九品十八级官制的第九级，其《礼部遗集》中也无荣誉加身的诗文。但黄小田父黄钺乃军机大臣，道光六年（1826）告归前为太子少保、户部尚书，从一品，仕职内廷二十七年，恩宠有加，《黄勤敏公年谱》中即有其屡蒙御赐的记载：

嘉庆二十四年己卯，七十岁。十月十五日，仁宗遣户部左侍郎禧公（恩）颁到御制“养福增寿”扁额一面、西藏铜佛一躯、玉如意一柄、珍玩九事、大缎官绸各九端，赐大人七十生日。……

道光九年己丑，八十岁。六月初一日，上以今年八月臣父八十生辰，特颁御书扁联及诸珍物赐寿，命军机大臣饬富民前往枢廷祗领。……

道光十九年己亥，九十岁。上知是年八月臣父九十生日，颁赐御书扁联、大缎江绸、伽楠朝珠、铜佛、玉玩等件，如前赐寿。……

“《红楼梦》中所说的，是在雕镂的紫檀架上悬挂的丝绣缨络，一般似应写作‘纟’字旁，而不作‘玉’字旁。是摆在几案上的类似小插屏的装饰工艺品。按，朱启钤《丝绣笔记》所引清代《东朝崇养录》载乾隆时宫中部分绣品，有刺绣花灯、围屏、插册、插屏、屏、绣墩、坐褥、袍褂等等，而无缨络、荷包等。载有‘紫垣拱瑞紫檀绣花卉宝座一张、璇极顺和紫檀绣花卉宝座一张’，以上二样，或者是类似的东西，或者是一物二名。现在参观故宫博物院，这种紫檀架璎珞实物，还能见到”[①]，如邓云乡所说，贾府这种“紫檀雕嵌的大纱透绣花草诗字的缨络”确然于宫廷常见。则黄小田批语“缨络是一物，予家向曾蒙赐”所言不妄，而这也是匹配其显宦门第与锦衣身份的，一如张文虎《黄小田仪部七十寿序》所云：“父子入仕，沃承天宠”，“君以贵公子为京朝官，名公钜卿，多其故旧，交手推誉，声名文采，振耀四方，建牙持节，车前八驺，旦暮可待”。身处这样一个优越的家境，诸如缨络等和璧隋珠一类珍玩，黄小田自不会陌生，所以当他看到贾府元宵家宴陈设有华贵缨络时，便情不自禁地写下“缨络是一物，予家向曾蒙赐”的批语。

② 第四十一回：“刘老老细嚼了半日，笑道：‘虽有一点茄子香，只是还不象是茄子。告诉我是个什么法子弄的，我也弄着吃去。’”

黄小田眉批：筵席间所谓吃“素菜”者，皆此类。

刘姥姥所言的这道以茄子为主要食材的菜肴即著名的“茄鲞”。王熙凤详说了这道菜肴的做法，但仍难倒了后世无数的名厨。但观黄小田批语“筵席间所谓吃‘素菜’者，皆此类”，语气肯定，且轻描淡写，显然这和他曾官礼部精膳司主事的经历有关，而精膳司即掌宴会、牲豆、酒膳等事。此外，黄小田在批语中提到茄鲞属于素菜类，这也是有文献可寻的，胡文彬在乾隆时人丁宜曾所撰《农圃便览》中便找到民间对茄鲞的制作方法：

立秋茄鲞：将茄煮半熟，使板压扁，微拌盐，腌二日，取晒干，

① 邓云乡著：《红楼风俗谭》，中华书局1987年版，第23–24页。

放好葱酱上面，露一宿，瓷器收。[①]

从丁氏记载的这道立秋茄鲞的食材来看，其确乎是道纯纯正正的素菜。一般认为，中国素菜有“三大流派”与“两大方向”：“三大流派”即宫廷素菜、寺院素菜和民间素菜，“两大方向”即“全素”和“以荤托素”。“全素”主要以寺院素菜为代表，戒葱、蒜、韭等“五荤”和蛋类；“以荤托素”则主要以宫廷素菜、民间素菜为代表，不忌“五荤”和蛋类，也可使用海鲜、动物油脂和肉汤等。从贾府茄鲞的做法“把才下来的茄子，把皮刨了，只要净肉，切成碎钉子，用鸡油炸了，再用鸡肉脯子合香菌、新笋、蘑菇、五香豆腐干子、各色干果子，都切成钉儿，拿鸡汤煨干了，拿香油一收，外加糟油一拌，盛在磁罐子里，封严；要吃时拿出来，用炒的鸡瓜子一拌，就是了”来看，显然属于“以荤托素”，黄小田说“筵席间所谓吃‘素菜’者，皆此类”无疑是正确的。《红楼梦》中的茄鲞虽然是一道文学化的菜，但曹雪芹在创写时必然是有生活依据的，黄小田评点也非随意漫说，因其曾任精膳司主事而对皇宫大内各色佳肴见闻广博，对“茄鲞”这道“筵席间所谓吃‘素菜’者”自不生疏。

③　第八十六回：“宝玉道：‘我不信，从没有听见你会抚琴。我们书房里挂着好几张，前年来了一个清客先生，叫做什么嵇好古，老爷烦他抚了一曲。他取下琴来，说都使不得，还说：“老先生若高兴，改日携琴来请教。”想是我们老爷也不懂，他便不来了。怎么你有本事藏着？’”

黄小田眉批：愈俗愈要挂琴，我见之多矣。

宝玉说“我们书房里挂着好几张（琴）”，在小说文本里确有反映，如第十七回贾政一行游园至怡红院房内，“且满墙皆是随依古董玩器之形抠成的槽子，如琴、剑、悬瓶之类，俱悬于壁，却都是与壁相平的”，第四十一回借醉卧怡红院的刘姥姥之眼再次进行了叙写：“（刘姥姥）抬头一看，只见四面墙壁，玲珑剔透，琴剑瓶炉，皆贴在墙上，锦笼纱罩，金彩珠光。”可见宝玉房中确实有琴悬挂，但未见宝玉抚之，盖作装饰之用。黄小田说“愈俗愈要挂琴，我见之多矣”，这是符合其实际情况的，其本

---

①　胡文彬：《佳肴奇名有出处——〈红楼梦〉中的“茄鲞”》，《中国食品》1996年第7期，第34页。胡先生相关文章还有《红楼“茄鲞”说微》（见《红楼长短论》，北京图书馆出版社2004年版）、《食养佳蔬添美味——〈红楼梦〉中的茄鲞》（见《红楼梦与北京》，陕西人民出版社2008年版）等。

人即懂琴理、能抚琴。《萍轩小草》下卷有《沈郎中（维裕）以师琴友酒图属题》诗云：

> 我少习琴声，三分琵琶七分筝。弃之五十载，勾剔吟猱都不解。惟余饮酒成酒狂，与我莫逆者杜康。软红尘里卅年住，此老交情金石固。至今白首尚如新，恋恋故人不忍去。沈郎年少温如玉，美酒一杯琴一曲。风流令我意逐逐，谬托心交来不速。惟惭知味不知音，琴德愔愔酒趣深。我爱浊醪有妙理，君言清听能祛淫。君之指妙惟在手，我病肠枯但指口。古人有好皆不朽，伯牙之琴伯伦酒。焦桐三尺酿一斗，风月平分其许否。松风可和月可邀，君自得诗我得友。

该诗作于同治元年（1862），由“弃之五十载”，知黄小田于嘉庆十八年（1813）十九岁前后曾习琴。而在此题诗中，琴技术语频现毫端：“勾剔吟猱都不解”中的“勾”“剔”属于左手指法，“吟”“猱”则属于右手指法中的滑音；晋嵇康《琴赋》“众器之中，琴德最优”，即各种乐器中，古琴具有最优异的品德，宜作君子修养之具，此所谓题诗中的“琴德愔愔”；“松风可和月可邀”，又与黛玉所说“若要抚琴，必择静室高斋，或在层楼的上头，在林石的里面，或是山巅上，或是水涯上。再遇着那天地清和的时候，风清月朗，焚香静坐，心不外想，气血和平，才能与神合灵，与道合妙。所以古人说：‘知音难遇。’若无知音，宁可独对着那清风明月，苍松怪石，野猿老鹤，抚弄一番，以寄兴趣，方为不负了这琴”相合，可见黄小田深谙古琴之学。黄小田说“愈俗愈要挂琴”，显然来自经验之谈。琴棋书画历来被视为文人雅士修身养性之四艺，将琴束之高阁就失其导养神气、吟咏肆志的功用，而《红楼梦》小说中也确未见宝玉有操琴之好；再，“挂琴不宜著壁，有土气。惟纸糊格及漆格上当风处为妙，然须无人往来，小儿、妇女、猫犬所不到处”[①]，宝玉房中壁悬古琴，显然也有违古琴之道。在怡红院，古琴失去了它所应有的琴书自娱、感发心志之用，而沦为摆设之物，故而黄小田毫不留情地写下“愈俗愈要挂琴，我见之多矣”的批语。

④ 本章《评点动因》第三部分“对居京生活的追忆”中，曾列出 13 条关于京师北语、习俗风物等方面的批语，这说明批书者对帝都的纷繁人事、花鸟虫鱼均了如指掌，可见是有着长期在京生活经历的。旧红学评点

① 转自黄雯越《〈洞天清禄集〉校勘及相关问题》，中国美术学院 2014 年学位论文，第 26 页。

派诸家中，王希廉是以文字自娱的未仕文人，姚梅伯著作等身但科举失意，张新之乃居无定所的幕游清客，陈其泰虽是举子却于江浙做些微末小官，哈斯宝为蒙古族作家而居于喀喇沁、土默特一带，刘履芬京试不中而后代理嘉定知县，云罗山人以不凡画技“工火画”……这些评点家或仕宦不进，或老困场屋，皆无京居生活经历。黄小田则不同，“自嘉庆十九年（1814）起，黄小田即同母兄等随侍父亲黄钺任上，至道光五年（1825）登拔萃科，陆陆续续有近十二年的居京岁月，自道光六年（1826）朝考取列一等并以七品小京官签掣礼部仪制司行走起，至道光十九年（1839）岁末‘以仪郎请假侍养，遂不复出山’（张文虎《黄小田仪部七十寿序》），复有十四年的宦京生涯，则前后有约二十六年的时间在京度过”①，这是其他任何一位评点家都无法相比的，故而黄小田对《红楼梦》中出现的帝都习俗、京师名物是十分谙熟的。比如他对第五十三回贾府元宵家宴看戏“打赏”这一风气注解甚详：“去绳，预备撒钱，也谓之‘打彩’。今京师久无此风，不过用小桌放钱放赏而已。”再如第四十九回“探春笑道：‘你们闻闻，香气这里都闻见了，我也吃去’”处眉批：“不入京师亲见亲尝，不知此句之妙。”此即脂粉香娃烤鹿肉一节。烤鹿肉是十八世纪中叶京都的饮食时尚，得硕亭《草珠一串》云：“关东货始到京城，各处全开狍鹿棚。鹿尾鳇鱼风味别，发祥水土想陪京。”②嘉庆八年（1803）黄钺亦有《冬庖八咏次云楣夫子韵·鹿尾》诗云：“浓浇春雁绮筵逢，为想酣眠绿草茸。自倚上珍因我贵，何能不掉但人从。醍醐空费千巡灌，刀匕惟教一箸供。日食万钱曾不惜，半鸡犹庋笑茅容。”（《壹斋集》卷十八）“不入京师亲见亲尝，不知此句之妙”一句透露出批书者不仅“亲见”并熟悉京师烧烤的喧哗场景，亦曾“亲尝”香气四溢的烤鹿肉。二十六年的居京生活约占黄小田人生历程的1/3，他对《红楼梦》中出现的烤鹿肉情节自然再熟悉不过。其他诸批亦然。

从仕途履历来看，自道光六年至道光十九年（1826—1839），黄小田始终在礼部任职，未有外调情况，所以他对天子之地的一切是熟之于心的。这一经历，舍其之外，其他评家皆不合适，故由京师批语，可证黄小田评点《红楼梦》不伪。

---

① 见本章第二节《评点动因》“三、对居京生活的追忆”。

② ［清］得硕亭撰：《草珠一串》，见路工编选《清代北京竹枝词》（十三种），北京古籍出版社1962年版。

（四）小结

综上，黄小田在评点《红楼梦》过程中，以范锴《痴人说梦》所记“旧抄本”文字同评点底本文字比对、校勘，既体现了细读文本、窥探内质的治学原则，也彰显了繁称博引、宏阔宽广的阅读视界。同时，黄小田评点《红楼梦》对范锴《痴人说梦》亦有“影响”：杨葆光过录黄小田评点所注题记与其《订顽日程》所写日记合榫，可证明黄小田评点《红楼梦》不伪；黄小田评红所体现出的批评风格、句式用语，在其《儒林外史》评点中皆可找到相同之处、近似之点，可证明黄小田评点《红楼梦》不伪；黄小田批红所透露出的家世生平、仕宦履历等讯息，信史可查，明文可征，可证明黄小田评点《红楼梦》不伪。外证、内证双向证明，环环相扣，榫卯贯连，黄小田评点《红楼梦》的真实性无可置疑。黄小田评点《红楼梦》不伪，则其所记《痴人说梦》不伪，《痴人说梦》不伪，则“该书所记‘旧抄本’作为客观独立、切实有力的学术旁证，能够简明确证今存早期脂本不伪”。

附带一笔。沈治钧在《苕溪渔隐〈痴人说梦〉真伪平议》一文中为证《痴人说梦》不伪，曾提到“太过重要、太过醒目、太难否定”的“一则史料”：

> 夫《红楼梦》一书，脍炙人口，读其书而论其事者亦云夥矣。予昔游金陵，适藤花榭板初刊，偶携一册，杂置书丛。今越五载，长夏无事，检取评点之。凡诸家之评论此书者，无不尽读之。如吴批《红楼》，明斋之《偶评》《补评》，以及苕溪渔隐之《痴人说梦》，洵属绘水绘声，写花写影，即起雪芹先生于九原，当亦首肯而许为知音者也。……因不揣谫陋，妄评于上，沧洲其许为知音乎？亦略存夫一二语也可。时癸未孟冬海上兰谷曹耀宗谨跋于七十二鸳鸯仙馆。

曹耀宗这篇写于道光三年癸未（1823）的跋文是为题咏派大家海上凌承枢（沧洲）《红楼梦百咏词》而作，除曹跋外，尚有叶恭、刘枢、萧承萼、郁松年、范莲、康懋、范蕙、陆我春、黄睿、徐梦云、夏世堂、张嘉仁、周樽元、陈日新、曹耀淳及曹耀宗等十六人题词，其中，题下“不独新诗赋百篇，晚风更唱柳屯田。题花我亦严觞政，此话于今二十年（曾戏作《红楼梦》酒筹，同人亦有题句）”[①]一诗的刘枢颇可留意。刘枢（1787—1862），字星旋，号鸿甫，江苏松江府上海县人。嘉庆十八年（1813）举人，考取咸安宫官学教习。道光十三年（1833）官福建安溪知县，道光二十年（1840）选授福安知县，道光二十七年（1847）议叙知州衔并加级。道光二十三年（1843）、道光二十四年（1844）、道光二十六年（1846）三充福建乡试同考官。引疾归。诗画双工，著有《西涧旧庐诗稿》等。刘枢嗜读《红楼梦》，除为凌承枢《红楼梦百咏词》题词外，也曾为改琦《红楼梦图咏》题词（凡探春、紫鹃、碧痕、薛蝌四题），并撰《红楼酒谱二十四咏》[②]。刘枢不仅是黄小田好友李小瀛的姑丈（李小瀛《舒啸楼诗稿》卷二有《感怀诗·姑丈刘鸿甫明府（枢）》），同黄小田亦有私交。咸丰三年（1853）黄小田携家避难金山后，于咸丰七年（1857）春移居至松江城西菜花泾水关桥，三月初九日，叶桐君招黄小田、刘枢等游醉白池，刘枢《西涧旧庐诗稿》[③]卷三《归云草》有《上巳后六日桐君招饮醉白池赋谢》诗记之，黄小田《萍轩小草》下卷《题刘鸿甫明府（枢）遗稿》亦有“陶令爱题黄菊句（曾为题明人九日诗卷），习池高会白莲开（谓醉白池）”句相应；闰五月初五日后，小田携父黄钺所遗明人九日诗卷拜访避难松江城西秀野桥东的刘枢，请其题词，刘枢欣然命笔作《题黄小田礼部（富民）明人九日诗卷即和卷中吴匏庵续潘邠老原韵》（《西涧旧庐诗稿》卷三《归云草》）。同治六年（1867）夏秋季，刘枢文孙刘至喜携先祖遗稿《西涧旧庐诗稿》请黄小田题辞，黄小田作《题刘鸿甫明府（枢）遗稿》，有“当时亲见奚囊富，此日空闻邻笛哀”句，可见二人之情。更可留意的是，刘枢《上巳后六日桐君招饮醉白池赋谢》一诗有“浊世翩翩公子豪，入洛声名重江夏。修门一别三十霜，鬓鬓相看各惊诧（谓黄小田礼部）”句，知道光八年（1828）前后刘枢同黄小田曾有往来，刘枢时任咸安宫官学教习，黄小田时任礼部七品小京官，二人交往有着便利条件，直至道光十三年（1833）刘枢署福

① 见一粟编著《红楼梦书录》（增订本），第254–255页。刘枢题诗有二，此为其二，其一为“绛树倚声红豆曲，才人慧业本如斯。羡君小令姜张擅，黄绢多成幼妇词”，见吴克岐辑《忏玉楼丛书提要》卷三，第二七七－二七八页。

② 潘继安：《关于刘枢的〈红楼酒谱〉》，《红楼梦研究集刊》第七辑，第465–470页。

③ ［清］刘枢撰：《西涧旧庐诗稿》，见《清代诗文集汇编》第556册，上海古籍出版社2010年版。凡本书所引刘枢诗文，如无特别说明，皆见该书，不另注。

建安溪知县，二人在京有五六年的交谊。而道光四年（1824）左右凌承枢《红楼梦百咏词》自序、十六家题词、曹耀宗序等皆已齐备，书自成型，黄小田或可通过刘枢拜读凌词，换言之，黄小田在道光二十四年（1844）始评点《红楼梦》而备范锴《痴人说梦》作参校本，其获知渠道或源于《红楼梦百咏词》上曹耀宗跋对范锴《痴人说梦》赞誉有加的提示。

五、《后红楼梦》对黄小田评点的影响

随着乾隆五十六年（1791）萃文书屋木活字本百廿回《新镌全部绣像红楼梦》（即“程甲本”）的刊印行世，《红楼梦》真正意义上的大规模普及揭开帷幕，围绕小说文本而衍生的各种演绎艺术与文学创作迎来空前的繁荣。至迟到嘉庆元年（1796），社会上便有逍遥子（一说白云外史）托名曹雪芹所撰章回体小说《后红楼梦》的出现，开启嘉道以降《红楼梦》续书创作的潮流。《后红楼梦》凡三十回，全题《全像后红楼梦》。全书接自《红楼梦》第百二十回毗陵驿贾政、宝玉父子相见，宝玉迷途知返，黛玉有炼容金鱼护体而回阳，因看透世态炎凉，拒见宝玉。黛玉有堂兄良玉，乡试中榜，家道日兴。贾家提亲林家，数度方允，婚后黛玉主持府务，成效日显。后宝玉科考得授侍读学士，惜春入宫封以仲妃，贾政官至工部尚书，每有政事，多听黛玉意见。宝黛钗隔阂化解，贾府兴盛如前。在这部“人鬼情未了”的续作中，前书《红楼梦》的作者曹雪芹多次现身，并饰演多重角色，甚而还能影响某些重大事件的最终走向。作为程刻本行世后的第一部红楼续书，《后红楼梦》变幻莫测的“神仙法术”、荒诞不经的“还魂模式”、令人“几挥老拳”[①]的“褒黛抑钗”等挑战读者阅读底线的情节设计促其甫一刊行，即被推到社会舆论的风口浪尖。相关评论如潘德舆《读红楼梦题后》其二言：“若续之后又有续，且屡续不一，其书吾皆见之，殆至愚极薄之人所为。”[②]姚梅伯《读红楼梦纲领》认为：“无端添出林良玉

① ［清］邹弢撰：《三借庐笔谈》，见一粟编《古典文学研究资料汇编·红楼梦卷》，第三九〇页。

② ［清］潘德舆：《金壶浪墨·读红楼梦题后》，见一粟编《古典文学研究资料汇编·红楼梦卷》，第八二－八三页。

为黛玉之兄，殊觉蛇足。”[①]解盦居士《悟石轩石头记集评》则指斥：“其最荒谬者，《后红楼梦》言蘂卿有炼容金鱼，入水能游，作者真中金蛊毒矣。”[②]平步青《小栖霞说稗》批其：“还魂之妄，说鬼謰謱，已觉无谓。”[③]吴克岐更是连用两个“岂有此理”指出其情节设置上的败笔：“余按是书，泥定前书，代黛玉作不平之鸣，笔意枯寂，若无生发，其口吻绝不相肖，且多不近人情处。如黛玉回生，不妨沿小说旧例，借力于补恨仙人，无取乎炼容金鱼也。政夫妇为子求妇，事黛玉如父母，岂有此理！黛玉仍骄傲不从，岂有此理！添一姜景星，毫无关系，直赘瘤耳。甄宝玉闹事，黛断无不派人打听遽行服毒之理。至于狗尾续貂，诬及雪老，更自忘其丑矣。”[④]可谓众毁沓至。

在黄小田评点《红楼梦》批语中，也有几条提到了《后红楼梦》，同诸多文人赏鉴式评述一样，黄小田对《后红楼梦》也持否定态度。但粗读《后红楼梦》后发现，该书的创作理念、审美旨趣等甚至影响了黄小田对《红楼梦》的评点，这实是一种令人玩味的现象，也是一个值得探究的话题。故本节对此试作论述。

（一）黄小田对《后红楼梦》的三点评价

黄小田对《后红楼梦》的评价仅有三条，全部集中于人物形象塑造方面，虽为数不多，但却关涉续作者对前书《红楼梦》情感承袭、审美感知、艺术建构等方面的均衡把握。

①第二十二回：“一语未了，只见宝玉跑至围屏灯前，指手画脚，信口批评，这个这一句不好，那个破的不恰当，如同开了锁的猴子一般。”

黄小田眉批：是小儿情景。有作《后红楼梦》者，仍以此情景写之，竟忘宝玉年纪，可笑可恨如是。

“如同开了锁的猴子一般”，活画出少年宝玉的可爱、机灵。“猴（儿）”

---

① 见一粟编著《红楼梦书录》（增订本），第 90 页。

② 见一粟编著《红楼梦书录》（增订本），第 90 页。

③ ［清］平步青撰：《霞外捃屑》第九卷，上海古籍出版社 1982 年版，第六七六页。又可见一粟编《古典文学研究资料汇编·红楼梦卷》，第三九五页。

④ 见一粟编著《红楼梦书录》（增订本），第90–91页。又可见吴克岐辑《忏玉楼丛书提要》卷一，第五八 – 五九页。

一词在《红楼梦》中多见，主要用于贾宝玉和王熙凤的形象塑造。以“猴（儿）”形容凤姐，主要刻画其随机应变、言谈爽利，如第二十二回“贾母亦笑道：‘你们听听这嘴，我也算会说的了！怎么说不过这猴儿？’”以“猴（儿）”形容宝玉，则侧重肢体，借以展现其活泼、调皮，如第十四回“宝玉听说，便猴向凤姐身上立刻要牌”等。在《后红楼梦》中，也有多处以“猴（儿）”摹写人物神情姿态，但多偏重“猴急”一词的使用，如第十三回“探春道：‘宝哥哥还正正经经猴急的很，叫我们学着这样回，太太准准的依定了’”[①]、第十八回“宝玉笑道：‘林妹妹又猴急了，大家爱看这个花，所以这样’”等。而仅有第十五回“宝玉一进来，看见紫鹃在那边就走进去，紫鹃倒也不防着他。晴雯使一个眼色，宝玉就走过来猴住在紫鹃身上”一句以动作形态为主，所以黄小田指出《后红楼梦》“仍以此情景写之”所指即第十五回“玉版蟾蜍郎承错爱，金笼蟋蟀女占雄鸣”中潇湘馆宝黛完婚，紫鹃、晴雯升为侧室，宝玉戏闹紫鹃这一情节。

黄小田说《后红楼梦》仿雪芹笔意“仍以此情景写之，竟忘宝玉年纪，可笑可恨如是”，并非言过其实，这涉及《后红楼梦》接续点的问题。《后红楼梦》接自程刻本《红楼梦》第百二十回宝玉毗陵驿雪地拜别父亲贾政，而其时宝玉年龄如同回贾政所言：“岂知宝玉是下凡历劫的，竟哄了老太太十九年！”黄小田于此处有眉批：“书中写宝玉，自十三岁始，至此七年矣。”可见，《后红楼梦》既接续前书末卷，宝玉年龄也应保持一致，将及弱冠，已然成年，而用“小儿情景”再次描绘成年宝玉，则殊不相类。其实，在《后红楼梦》开篇，宝玉即呈现出一副长不大的态势，如第二回宝玉被救随父返家，“当下王夫人一径将宝玉送到碧纱橱小炕上，还像小孩子一般，替他拉了靴，脱了马褂，松了带，又将他通灵玉摸一摸，着他睡下，盖一条小被”等。综观《后红楼梦》全书，宝玉形象与前书《红楼梦》还是比较一致的，即只善在内闱厮混，疯玩嬉闹。《后红楼梦》之所以这样塑造宝玉形象，应是一种有意的创写策略，即托举红楼裙钗的考虑，以宝玉的一团孩气、颓废不振反衬以黛玉为首的闺阁女性的杀伐决断、励精

---

① ［清］白云外史散花居士撰，黎戈点校：《后红楼梦》，北京大学出版社 1988 年版，第 168 页。下引小说第十八、十五、二、十九、二十二、二十三、三十回原文，分见该书第 224、191、22、251、289、301、396、408 页，《〈后红楼梦〉摘叙前〈红楼梦〉简明事略》见该书卷首第 8 页，不另注。

图治。应该说，这体现了续作者与原作者一致的创作理念以及对女性地位的思考。《后红楼梦》对宝玉年龄、思想等所作的这番“弱化”处理，比《红楼圆梦》等续书把贾府爷们塑造成平贼灭匪的忠臣良将的形象要高明得多。

《红楼梦》中的岁时节序与人物年龄，向为研红者所关注，黄小田也注意到了人物年岁不符与“时光倒流”的现象。如第二十回眉批宝玉奶娘李嬷嬷：“宝玉才十三四岁，其奶妈要不过三四十岁耳，何至如此之老？”第三十八回“迎春又独在花阴下，拿着花针儿穿茉莉花”处眉批：“菊花时不应有茉莉。”第百一回眉批“骤缩骤长”的巧姐：“巧姐前已识字读书矣，今又要拍着睡，似是两三岁孩子矣。大谬，大谬。”等等。前书《红楼梦》中的人物年龄与时间矛盾已频繁出现榫枘不合的问题，而对于接续之作，当要理清这些芜杂的头绪，应该说，正是这样的一种阅读期待，使得黄小田看到《后红楼梦》沿袭前书摹写宝玉而不得不批下“可笑可恨如是”的评语。黄小田是一位严肃认真的评点家，深谙小说偏重客观生活的描述，所以他这条批语指出《后红楼梦》在人物塑造上的疏失是十分中肯的。

值得一提的是，面对岁月年纪不符等诸多疑难问题，黄小田除提出“盖此书系两人手笔，又复撒乱不合，经后人接续补缀”（第三回眉批）这种已然触碰成书过程的看法外，还表达了另外一种阅读心得：“须知此书中年岁不符者甚多，托之于梦，不必深求可耳。”（第二十回眉批）“托之于梦，不必深求”，言外之意即既是小说家言，于文本矛盾无可厚非，“无足怪也”（第三回眉批）。这与近人陈蜕《忆梦楼石头记泛论》所云较为一致：“斤斤稽其年月，则矛盾舛错处多矣。……至编年纪事，史乘体例，此书处处以小说自居，偶然失检处，皆当谅之。”[①] 黄小田只把《红楼梦》当作小说来读，这在当时“索隐派”“性理说”等迷雾日炽的氛围下尤为可贵，即便对于今之研究者也有一定的诫示意义，因为将小说历史化，只能遗忘其文学性。

②第三十四回：“袭人忙回道：‘太太别多心，并没有这话。这不过是我的小见识：如今二爷也大了，里头姑娘们也大了，况且林姑娘宝姑娘又

① 见一粟编《古典文学研究资料汇编·红楼梦卷》，第二八一页。

是两姨姑表姊妹，虽说是姊妹们，到底是男女之分……’”

黄小田眉批：宝钗、黛玉并提，并不专指黛玉也。乃有续此书者，谓袭人谗害黛玉，不过为黛玉起见，并不细阅此书前后文。试观袭人一番议论，是耶，非耶？夫贾政母子、夫妻见不及者，袭人能言之，是袭人之忠也。反加以谗人之名，续书者之心胸何如哉？则亦淫乱之人而已矣。

袭人是《红楼梦》中备受争议的人物之一，尤其是程刻本的歪曲嘲弄，使她在大多红楼续书里的际遇都相当不济。黄小田此批言“乃有续此书者，谓袭人谗害黛玉”虽未明点是哪部续红之作，但我们仍可通晓专指《后红楼梦》，该书《〈后红楼梦〉摘叙前〈红楼梦〉简明事略》中“袭人于王夫人前谮晴雯及似晴雯之五儿，并及黛玉”云云可为明证。

《后红楼梦》认为袭人阴险告密而于书中黛前钗后褒晴贬袭，黄小田对袭人是否谣言中伤黛玉则投否定一票，孰是孰非，迄无定论，这是一个各有所持的问题，兹不枝蔓。此处只探讨这条批语所折射出来的黄小田作为一个评点家所具有的评批态度。同王希廉一样，黄小田的红学观基本上持传统和保守的立场，用传统伦理道德标准来衡量人物，所以，他对袭人导淫在前、再醮其后的行为尤多批判，称袭人为“贪生忘耻，无情无义，乃书中第一不足取之人”（第百二十回眉批），但是，黄小田对袭人谏言宝玉却颇多赞誉，如第十九回袭人箴规宝玉，黄小田有眉批“用意极深极正，此时实属可敬”“明知真读书劝不来，却想出此语，令其易从，真是苦心，真是忠言”等。当然，黄小田的正统观念与袭人的劝谏行为是相合的。虽如此，黄小田批语仍能给予我们有益的启示：评点文学作品中的人物形象要从实际出发，不过度拔高，也不刻意贬抑——撇开批语中应予注意的礼教思想姑置不论，黄小田对《红楼梦》人物形象褒贬两见的批评思维，与嘉道以降一些评点家“一棍子打死式”的人物评点就有很大的不同，这也正是黄小田批语的特色之所在。

其实，黄小田这种公允评析小说人物的原则与态度，已触及雪芹著书塑造人物的内核，即如聂绀弩所说：“作者对于他所创造的人物，不但从那个人物所担任的角色方面着想，而且惯于从相反的方面着想，对于宝钗，袭人，想到她们的好处；对于宝玉、黛玉、晴雯等人，忘不了他们的缺点。这是《红楼梦》对人物塑造的特点。这并非为了造成什么里一套外一套的春秋笔法，皮里阳秋，而是老老实实地有什么说什么，怎样说就可怎样领会的。”[①] 客观阐释作品内涵，还原形象本真之貌——正是基于这样一个评价绳墨，黄小田批语才未陷入作品阐释的片面性和人物解读的绝对化。明白了这一点，也就不难理解黄小田直斥《后红楼梦》“续书者之心胸何如哉？则亦淫乱之人而已矣”的这番愤激之词了。

③第八十二回：“且说宝玉上学之后，怡红院中甚觉清净闲暇，袭人倒可做些活计，拿着针线要绣个槟榔包儿。想着如今宝玉有了工课，丫头们可也没有饥荒了。早要如此，晴雯何至弄到没有结果？兔死狐悲，不觉滴下泪来。”

黄小田眉批：观袭人如此想，又滴下泪来，岂是害晴雯者？何作《后红楼梦》者，派定水蛇腰、花红柳绿等语，是袭人谗言，不知袭人之错岂在此耶？

欲做足“大可为黛玉、晴雯吐气”[②] 翻案文章的《后红楼梦》一书反复皴染“袭人于王夫人前谮晴雯”这一创作缘起，据粗略统计，“水蛇腰、花红柳绿等语”在小说中出现有四五次之多。《后红楼梦》一书所持的观点实际上也代表了嘉道以降大多数研红者的看法，如涂瀛、陈其泰、哈斯宝、姚梅伯、青山山农等，几乎都一边倒地认为袭人是黛玉晴雯夭亡、芳官四儿被逐的罪魁祸首。但黄小田力排众议、独抒己见，认为晴雯之死祸源自取。如第二十七回怡红院诸使女排挤小红，黄小田眉批：“果然出了园子，爬到高枝上去了，此晴雯之徒结怨也。”这与同回甲戌本侧批“管家之女，而晴卿辈挤之，招祸之媒也”的论断如出一辙。第五十二回晴雯、麝月等撵坠儿，黄小田眉批：“宝玉丫头真能言，真难缠，而晴雯尤遭忌，宜其招祸独惨。”此回蒙戚三本回前批直言晴雯“傲性”。第五十九回春燕娘打骂春燕，黄小田在“晴雯道：理他呢！打发他去了正经。那里那么大工夫和他去对嘴对舌的”处批曰：“晴雯种恨结仇。”等等。第七十四回抄检大观园，王善保家的在王夫人面前说“这些女孩子们，一个个倒象受了诰封似的，他们就成了千金小姐了。闹下天来，谁敢哼一声儿”“头一个是宝玉屋里的晴雯那丫头，仗着他生的模样儿比别人标致些，又生了一张巧嘴，

① 聂绀弩：《略谈〈红楼梦〉的几个人物》，见古耜选编《中国作家别解古典小说·悟读红楼》，京华出版社 2008 年版，第 33–34 页。

② ［清］仲振奎：《红楼梦传奇自序》，见一粟编《古典文学研究资料汇编·红楼梦卷》，第五六页。

天天打扮的象个西施样子，在人跟前能说惯道，抓尖要强。一句话不投机，他就立起两只眼睛来骂人”，也并非全为故意捏造事实。正是晴雯的牙尖嘴利、口无遮拦，招致了自身的毁灭。晴雯之死是一出性格悲剧。黄小田卓出的审美能力于此可窥。

（二）《后红楼梦》对黄小田评点《红楼梦》的影响

黄小田一生历乾嘉道咸同五朝，其于道光二十四年（1844）评点《红楼梦》时，续写红楼之风蔚为大观，“嘉庆初年，《后梦》《续梦》《补梦》《重梦》《复梦》五种接踵而出。……道光中又有《梦补》《圆梦》《幻梦》三种”①，因此，前辈时贤的思想观点、艺术见解、价值观念、审美倾向等予其以渗透是必然的。《后红楼梦》对黄小田评点《红楼梦》的影响主要体现在以下两方面：

1. 关于“道学”

黄小田的红学观基本上持传统和保守的立场，其批语中酸腐的礼教思想与正统意识是非常多的。但《红楼梦》第三十七回的一处批语则显示出与此前及之后截然不同的论调，可以说，完全颠覆了黄小田本人的评判标准。第三十七回，蘅芜苑宝钗、湘云夜话海棠社设东拟题，黄小田在宝钗所说“究竟这也算不得什么，还是纺绩针黹是你我的本等。一时闲了，倒是于你我深有益的书看几章是正经”处眉批：“又是道学。”由批语来看，作为礼教道德维护者的黄小田似乎站到了宝钗的对立面来批评宝钗的道学气，这种以己之矛攻己之盾的思想颇可玩味。笔者以为，黄小田这种前后不谐的矛盾思想恰恰缘于《后红楼梦》的影响。

自明季以还，程朱理学经最高统治者的提倡与推行成为官方正统思想。但程朱理学的独尊专制，导致了思想僵化，阻碍了社会意识的更新和创造。明中叶，王阳明在陆九渊、陈献章一系的基础上发展“心本”论思想，提出以“致良知”为核心的“心学”思想体系，强调个体意识的重要，积极追求个性解放，成为与程朱理学分庭抗礼的另一儒学门派而绵延至清。可以说，《后红楼梦》作者的头脑中就并存共生着这两种分庭对垒的儒学思想，他既接受理学正统观念，对其僵化的教条又持否定与怀疑的态度，这

① ［清］平步青撰：《霞外捃屑》第九卷，第六七六页。又可见一粟编《古典文学研究资料汇编·红楼梦卷》，第三九五页。

在他塑造黛玉形象时体现得最为典型。《后红楼梦》伤黛玉之薄命的具象化表现就是不仅让黛玉花再红人重生，更让黛玉成为贾府的中兴者，处处显示黛玉的理家之才。第十九回“林黛玉重兴荣国府”中，黛玉制定十四条理家之规，其中第一条曰：“两府里的奴才，子孙便做官，自己不许换名字受诰封，违了朝廷的制度；家常也不许违僭服色，进府来主子赏坐，只许拿着垫子坐在地上，也要叩过头谢了坐才坐。”由这条规定不难看出，《后红楼梦》一书极力把黛玉形象向正统观念靠拢，前书《红楼梦》中那个追求个性自由的散发着原生态气息的黛玉成了道德规范的忠实信徒。但是到了小说的后半部，黛玉的形象又来了一个彻底的转变，她又恢复了反传统、反礼教的叛逆个性，她直呼宝钗为“道学人儿”“道学先生”，言语中透露讥讽，如第二十二回“黛玉也笑一笑道：‘好个宝丫头，连太太的话统驳回了。你原是个尊重的道学人儿，不会玩，不过尊重的很，又添出一位尊重的小哥儿……’”、第二十三回“黛玉笑道：‘宝姐姐，你是个道学先生，动不动要说孔圣人的……’”、第三十回“黛玉道：‘你也太多虑了，连宝姐姐这么个道学人儿也就为头为脑的高兴，谁还不愿意的？”等。《后红楼梦》塑造黛玉形象的前后反差，正是其时社会上理学正统观念与心学肯定自我纷纭杂陈的社会思潮的具体表现。而黄小田批驳《红楼梦》第三十七回宝钗的“道学”应直接取自《后红楼梦》中黛玉对宝钗道学家一面的辛辣讽刺。黄小田既是道德规范的卫道者，是否也有和《后红楼梦》作者一样强调个性化发展、反对旧道学禁锢的价值观呢？这种可能性微乎其微。因为黄小田评点《红楼梦》的道咸时期，程朱理学一度“中兴”，所以，宗法正统思想及传统道德观念贯穿了其百廿回评点。黄小田全部三千余条批语中仅此一例讨檄道学，其来源既奇特，又偶然。

2. 关于“大团圆”

黄小田批语的自我矛盾不仅体现在人物评判标准上，还体现在对《红楼梦》创作厥旨的认知上。同王希廉一样，黄小田也持“盛衰说”并将《红楼梦》同时俗小说对比：“盖此书由盛而衰，不比寻常小说由衰而盛，所以点醒世人。”（第二回眉批）自批书起，黄小田始终着眼于“盛衰说”这一作书缘起，开卷第一回即有眉批：“此亦作者经历盛衰，所求不得，感慨著书之实境也。”并在其后的评批中反复提点贾府的“由盛而衰”。但是行进至小说结尾，黄小田却自行推翻了所坚持的“盛衰说”，第百十九回

"荣国世职，仍是老爷袭了，俟丁忧服满，仍升工部郎中。所抄家产，全行赏还"处眉批："是书先盛后衰，本异寻常小说。然至此中举复职，赦罪还产，亦未尝不算团圆。"此类批语还有同回"宁荣两府复了官，赏还抄的家产，如今府里又要起来了"处眉批："此句是聊慰阅者之心。"第百二十回"适闻老仙翁说'兰桂齐芳'，又道'宝玉高魁贵子'，莫非他有遗腹之子，可以飞黄腾达的么？"处眉批："此即小说中之团圆也，却不明说，最妙。"等等。由后两条批语，第一条是从读者接受心理角度着眼的，即如胡适所说"无论是小说，是戏剧，总是一个美满的团圆。现今戏园里唱完戏时总有一男一女出来一拜，叫做'团圆'，这便是中国人的'团圆迷信'的绝妙代表"[①]；第二条，则是从为文技巧切入。但无论如何，黄小田前后抵牾的观点是令人费解的，梁白泉即指出："（黄小田）不具备彻底反对'团圆说'的立场。"[②]笔者以为，这固然有后四十回续书安接的"兰桂齐芳，家道复初"这条光明尾巴的干扰，但也不能否认受到了《后红楼梦》"大团圆"写作模式的影响。

因不满才子佳人深深无望的爱情与"落了片白茫茫大地真干净"（第五回）的凄恻结局，嘉道以降的众多红楼续书大都否定并改变了《红楼梦》的悲剧性设计，使得宝黛缔结良缘，贾府重振家声，"大率承高鹗续书而更补其缺陷，结以'团圆'"[③]。而这其中当以《后红楼梦》"大团圆"模式影响最广，之后的续书几乎未脱其窠臼。《后红楼梦》这种"大团圆"收束固然迎合和满足了广大读者喜欢团圆的文化审美心理，但也不能忽视续书所折射出的续作者们对美满幸福人生的热望与向往。人生是有缺憾的，充满了许多的未知，亘古及今，千古一理，也正因此，芸芸众生在对现实人生的无从把握中，积极追求人生的周全圆满。这种世俗化的审美倾向同样也会鼓荡黄小田的心灵，在他批书的道光末期咸丰初年，边疆矛盾、民族纠纷、毒品泛滥、经济危机、西方压迫等诸多问题，使得道光朝左支右绌，咸丰元年（1851）又爆发了太平军战事，庐井零落，满目荒凉。这种惨淡的社会现实当会激起黄小田敏感的神经，祈求民安乐业、阖家顺意就成了

① 胡适：《文学进化观念与戏剧改良》（节录），见宋广波编校注释《胡适红学研究资料全编》，第9页。

② 梁白泉：《杨葆光过录黄小田〈新增批评绣像红楼梦〉评语录后》，第177页。

③ 鲁迅：《清之人情小说》，见鲁迅撰、郭豫适导读《中国小说史略》，第171页。

乱世里最大的奢望，所以，当他看到《红楼梦》第百二十回末卷贾府“又要起来”的昌盛之兆与《后红楼梦》第三十回大结局曹雪芹联诗“盛衰转眼衰还盛，玉返珠还两相映”旨意相合时，便一改批书初起时的论调，转而认同这种“大团圆”的设计模式。作者著书会将社会情境并一己之志熔铸锻造，评家批书则会融合时代气息并自家怀抱付诸笔端，这应是黄小田论红识见与《后红楼梦》续写理念相契合的缘由。

（三）小结

作为程刻本行世后的首部红楼续书，《后红楼梦》自然会受到各方红楼痴人的期许与瞩目，也必然要承受随之而来的褒贬与毁誉，从文人墨客恶评如潮的反响来看，《后红楼梦》无论是思想，还是艺术，均乏善可陈，其在创始阶段，就已经注定了不成功。从黄小田这里，自然也没讨到一星半点的肯定，一水儿的贬斥性评语。当然，《后红楼梦》也并非一无是处，裕瑞在《枣窗闲笔·后红楼梦书后》中以一千三百字的篇幅指出其劣处外，也有一番公允之论：“其佳处亦指而论之：第一佳处，无诸续编写闺人上阵当场出丑之恶习。其次佳处，每回将终，必另引一事相衬，悠然有余音，颇肖雪芹笔意。其三佳处，写大家人家，尊卑上下，各有难言心事，不便率然吐出，忍耐心头，郁郁不畅，又有儿女之情，含蓄难舒，化作闷悉之趣，亦似前书。其四佳处，写园亭水榭、春风秋月之景趣，亦足学步邯郸。惟写食品，处处不遗燕窝，未免俗气。总之，此书除欲乱真断说不去外，其笔意尚可观也。”[①] 不仅如此，嘉道间女选家恽珠《红香馆诗草》中的《分和大观园兰社诗四首》，系和《后红楼梦》第二十八回“林潇湘邀玩春兰月”中宝玉同诸钗赋咏兰花之作[②]。而由以上，黄小田对《后红楼梦》虽然也是贬抑，但其评点《红楼梦》的一些观点也受到了《后红楼梦》的影响，凸显出《后红楼梦》在经典之外独立存在的价值。

在《红楼梦》众多续书中，程、高二人联袂整理的后四十回固流传甚广、影响甚钜，然“细考其用意不佳，多杀风景之处”（裕瑞《后红楼梦书后》），遑论其他后续诸作。但由仲振奎“更得《后红楼梦》而读之，大

① ［清］爱新觉罗·裕瑞撰：《枣窗闲笔》，上海古籍出版社1984年版。凡本书所引《枣窗闲笔》文字，皆见该书，不另注。

② 见一粟编著《红楼梦书录》（增订本），第90页。

可为黛玉、晴雯吐气”的欣赏、恽珠吟诗对《后红楼梦》的接受、裕瑞称《后红楼梦》“笔意尚可观也”，以及对黄小田评点《红楼梦》的影响等来看，《后红楼梦》在经典名著的强光之外，仍是有微末之光熠耀闪烁的。张云一直呼吁学界应理性看待红楼续书，她在《〈红楼梦〉续书研究述评》一文中的一段话很有代表性，恰可作本一小节的结尾：“在小说生态园中，真正的经典毕竟少之又少，就总量而言，读者平日所见绝大多数还是非经典之作，所以无视它们是办不到的，除非取消小说阅读。既然绝对的大多数是一般作品，我们便得正视它们。以这种平心静气的态度对待红楼续书，是读者更是研究者当持的态度，哪怕某些续作只勉强达到望经典项背的创作水准。我以为，对待续书的态度，最可取的，当是，用对待经典的态度对待它，而不用对待经典的要求去衡量它。如此包容之下，在看到续书效颦之丑陋的同时，亦能从中发现一些妩媚动人之处了。”①

六、黄仁题红诗对黄小田评点的影响

在黄小田的师友中，颇有几位与《红楼梦》情缘深重，如与《红楼梦》后四十回续书整理者高鹗的及门弟子觉罗增龄有诗词唱酬的山东滋阳知县冯云鹓、义妹为红楼续书《红楼梦影》作者顾太清的咸丰间吏部尚书许乃普、曾为凌承枢《红楼梦百咏词》题词并自撰《红楼酒谱二十四咏》的福安知县刘枢、《红楼梦》本事“明珠家事说”的拥趸张祥河、写有《红楼梦杂咏》七绝八十首及《读红楼梦图记（赋）》的平湖学者黄金台，等等。当然，这些师友，或云山相阻，或时间宕后，与黄小田批红交集不多。但还有一位与《红楼梦》福缘甚深且对黄小田评点《红楼梦》有所影响者，他就是黄小田的受业恩师黄仁。

黄仁喜读《红楼梦》，曾为改琦《红楼梦图咏》题词。而以诗、词、曲、赋、赞等形式吟咏《红楼梦》则为《红楼梦》批评除评点、杂评外的另一种文学批评样式——题咏。同评点、杂评等一样，题咏一派侧重于对小说人物、情节的咏哦讴吟，或轻松明快，或寄慨遥深，或长文摛藻，或短章

① 张云：《〈红楼梦〉续书研究述评》，《红楼梦学刊》2013 年第 1 辑，第 187 页。

偶书，或流丽婉转，或隽永雅饬，不一而足，表达与抒发了题咏者的个性见解与阅读心曲。题咏作品中著名者，如永忠《因墨香得观红楼梦小说吊雪芹三绝句（姓曹）》，已成为曹雪芹著作权之巍巍铁证；富察明义《题红楼梦》七绝二十首，引发版本讨论聚讼至今；睿亲王淳颖及其母佟佳氏母子二人同有题红诗流传，的为佳话。他如潘德舆《红楼梦题词十二绝》、凌承枢《红楼梦百咏词》、潘炤《鸾坡居士红楼梦词》七律三十二首、沈谦《红楼梦赋》……从脂抄本，历程刻本，上至宗室公侯，下及布衣寒素，更有闺阁把玩，流风余韵，终清相延，洋洋洒洒，蔚为大观。黄仁题咏作品（以“题红诗”概称）凡三阕，其中，《调倚金缕曲》咏尤三姐，《洞仙歌》咏麝月，《探花信》咏贾芸，悉为人物题咏，本节则对黄仁这三首题词进行评析，以试述其对黄小田评点的影响。

（一）黄仁和黄小田的师生情

松江自古即是江南重镇，风物清美，人烟阜盛。咸丰三年（1853），太平军攻占芜湖、九江、安庆、金陵等地，大批流民因避战乱而涌入绅商士庶丛集的松江府。因此，光绪十年（1884）刊印的《松江府续志》卷二十七特开列“寓贤传”：“凡寓居郡境及与郡之贤达有交、时时往来者，乃载兹，仍其例。而书院山长之住院者亦同载焉。若游踪偶至，未久即去，不及备列。”这其中即有黄小田小传，小传云：

> 黄富民，字小田，当涂勤敏钺第五子，世居芜湖。由拔贡生历官礼部郎中，丁父艰，不复出。咸丰三年，避粤贼乱至金山，迁居郡城，后又由南汇至上海，病卒。富民直谅，敦友谊，豪于诗。尝师事娄县黄仁，又与姚椿、顾夔诸人友善。有《礼部集》九卷（参华亭卷）。[①]

小传将黄小田的家世、情性、宦况、避乱行踪及师友交游等悉数备列，但“又与姚椿、顾夔诸人友善”不确。姚椿即桐城派大家，其卒年按徐世昌《清儒学案》卷八十九《惜抱学案下》“姚先生椿”条：“姚椿字春木，娄县人。……咸丰二年卒，年七十七。……（参沈日富撰行状、史传）。”[②]咸丰二年（1852）黄小田尚居芜湖，与其无交集。顾夔，按张祥河所撰墓

① ［清］博润等修、［清］姚光发等纂：《松江府续志》，光绪十年刻本，见《上海府县旧志丛书·松江府卷》，上海古籍出版社2011年版。

② 徐世昌撰：《清儒学案》第二册，中国书店2013年版。

志铭“君生于乾隆五十五年正月十九日，殁于道光三十年九月十九日，年六十有一”，知其卒年为道光三十年（1850），此际黄小田亦居芜湖，与其无交集。但“尝师事娄县黄仁”正确，这在黄小田《礼部遗集》中也得到了证实。黄仁（1773—1858），号研北[①]，江苏松江府娄县修竹乡人。乾隆五十七年（1792）举人，官山西稷山知县。引疾归，主讲金山柘湖、大观书院。道光间，与华亭张鸿卓、雷葆廉、张鸣珂等于娄县结嬉春词社，又与张祥河、顾夔等于莲花寺举莲花社课词，相与唱和者甚夥，词秉浙派余音。有《姑射山房词》《茸城近课诗词钞》《考卷萃华新编》《小题金绣集》等。

黄仁、黄小田这对师生的交往多集中于咸丰三年（1853）四月后。《避弋小草》上卷第三首诗即为黄小田作于咸丰三年（1853）七月的《松江重谒家研北师》，其一云：“真成辛苦贼中来，得见先生亦幸哉。泖水依然前度绿，家山都付劫余灰。任胠荩箧心无恋，为惜楹书首重回（家遭贼劫一空，幸遗书万卷尚存，不能载出）。不道兵戈丛里出，经帷又对一尊开（七夕招饮）。”黄小田求学本自黄仁门下，因太平军战事，师生二人重又聚首松江，自是悲欣交织。为排遣黄小田羁旅心绪，已是耄耋之年的黄仁陪他乐游竟夕、相与酬唱，如《萍轩词草》卷《忆旧游（松风堂赏牡丹，次研北师韵）》词云：“叹看花眼眊，觅句肠枯，酒病年年。蓦地佳招到，喜追陪杖履，又结新缘（初识主人昆季）。伯兮叔兮文采，玉树皎风前。更贵彩浓姿，嫣红柔绿，赚取人怜。　　华筵鱼羹凫臛，最便衰齿，饱饫芳鲜。为羡家居乐，仅松风卧听，平地神仙。怊怅天涯羁客，何日整归鞭。愿一舸从师，天风海水同泛船。”心思缜密的黄仁还不忘黄小田的生日，并寄词以贺，如《避弋小草》下卷《再叠前韵寄子枢》云：“怕闻世事到愁边，强借赓吟日耸肩。晚岁甘为淡交水，当年同是出山泉。辞荣不乐飞双乌，好客犹思割半毡（约往郡，下榻君家）。多谢诸公饰枯木，剪红偏为祝残年（昨与研师寄词祝予生日）。”“子枢”即姚椿之弟姚楗（字建木，一字子枢）。洎咸丰三年（1853）起，莼鲈之思、悯时之痛便成为黄小田诗文咏怀的主题，而在满目疮痍的动乱年代，能得到受业恩师的悉心照拂与真挚关爱，诚所谓人生之幸。

① 也作“砚北”，“研”通“砚”。

由《避弋小草》下卷《研北师次予赠子枢诗韵叠韵赋呈》其一“当年腹笥仰窥边，此日吾墙仍及肩。荒却陆庄辜化雨，清留绛水有廉泉（师宰稷山多惠政）。已知句满奚囊锦，依旧寒生客座毡。白发回头冬学闹，光阴四十六流年（嘉庆己巳执经于先生）”，知嘉庆十四年己巳（1809）十五岁的黄小田始受业于黄仁。而由《黄勤敏公年谱》嘉庆二十一年（1816）“富民补县学生”（即秀才）及道光元年（1821）黄仁职守稷山，则黄仁和黄小田的师生之谊近十年之久。战乱无情，人间有爱。黄仁和黄小田虽备受漂泊之苦，但于世事流转中暮年续前缘，温寻前尘事，这对白发师生之至情亦动人肺腑。

（二）改琦《红楼梦图咏》和黄仁题红诗

叶德辉《书林清话》引徐康《前尘梦影录》云：“吾谓古人以图书并称，凡书必有图。”[①] 乾隆五十六年（1791）付梓行世的《新镌全部绣像红楼梦》（即“程甲本”）不仅为读者大众提供了第一部完整的百廿回小说文本，其卷首二十四幅木刻绣像亦开启了以图像阐释红楼故事的滥觞，其后，有清一代的写生手们纷纷从《红楼梦》中汲取灵感、捕捉会心，以小说情节为核心母题配图插画，促进了中国仕女画的进一步发展。以“画册”形式绘制红楼人物且艺术成就颇高者，首推画苑丹手改琦。改琦（1773—1828），字伯韫，号香白，又号七芗（亦作七香）、玉壶山人、玉壶外史、玉壶仙叟等，江苏松江府华亭县人，先世西域人，回族。尤擅仕女，多以女性闺怨为题材，创清后期仕女画典型风貌，时人誉为“改派”，亦能山水、花鸟，“天姿英敏，诗词书画并臻绝诣”[②]。传世代表作除《红楼梦图咏》[③]外，尚有《玄机诗意图》等。《红楼梦图咏》凡直幅白描五十幅，除开卷第一幅为通灵宝石与绛珠仙草合幅外，余者咸为人物，其中女性三十七幅，男性十二幅，大多为一人一图，少数几人一幅。包括改琦生前及身后，共得社会名流如张问陶、吴荣光、徐渭仁、王希廉、钱叔美、刘枢、瞿应绍等凡七十五咏，这其中，即有饮誉乡邦的松江词人黄仁。题咏一派虽追求

① 叶德辉著，李庆西标校：《书林清话》，复旦大学出版社2008年版。

② ［清］淮浦居士：《红楼梦图咏序》，见一粟编著《红楼梦书录》（增订本），第238页。

③ 改琦所绘《红楼梦》画像初无册名，直至淮浦居士购得并于光绪五年（1879）刊刻时，始颜曰“红楼梦图咏”，此一情况可参一粟编著《红楼梦书录》（增订本），第237-239页。

音律和谐，讲究字句的含蓄性和凝练性，但从中也颇可管觇作者的读红心得。黄仁三阕题词如下：

①《调倚金缕曲》咏尤三姐：

镜影天边月，侭迟迟此身未嫁，此心如铁。漫说逢场浑作戏，刚把三生髣髴。恰一缕红丝同结。铸就鸳鸯双剑在，逼寒芒凛凛光飞雪。携手赠，志真决。

床头挂却轻尘拂，怕推排，同心姊妹，转增呜咽。弹铗归来同白首，佳话千秋一瞥。认帐里，梅花清绝。争奈郎情非妾意，误蝇声碧尽年年血。虹气射，冷云截。[①]

改琦所绘尤三姐虽取自尤三姐自刎前“连忙摘下剑来，将一股雌锋隐在肘内”这一情节，但黄仁该词无疑可作为尤三姐的一篇小传来读，其将《红楼梦》连续七个多章回的“二尤”故事中关涉尤三姐的精彩篇章悉纳词中，百十字概括了尤三姐令人感喟不置的短暂人生。改琦对《红楼梦图咏》中人物外貌的处理均为鹅蛋脸、黛眉、凤眼、葱鼻、樱桃口，无间男女，因而人物的面部特征与表现力就稍显不足。尽管改琦借助方墙方砖等室内环境及半出鞘之定情剑等道具映衬尤三姐的刚烈情性，但人物的面部表现力仍差强人意，而黄仁该词恰恰弥补了这种缺陷。黄词对尤三姐寄食贾府的弹铗苦楚、守身如玉的坚贞情怀、望穿秋水的柔肠百结、虹气干云的英风傲骨都抒写得极为传神，可谓图文并茂、相得益彰。此外，由该词下阕“梅花清绝”一句，以梅花幽独超逸喻尤三姐玉润冰清，可见黄仁所阅《红楼梦》为程刻本，因为程本系统中的尤三姐形象是个贞娴自持的“贞洁女”，这从“漫说逢场浑作戏”一句也可判断出来。

②《洞仙歌》咏麝月：

花来镜里，逗春风消息。迢递三星又今夕。妆慵堕马髻，绾灵蛇含睇，笑一缕情痕难觅。

回头看，鬓影离合，神光瞥见，双飞彩鸾翼低语。小窗楞浴试华清，凭辗转，我心匪席。问香泽，罗襦更谁亲。又纤手惊回，暗

① ［清］改琦绘、［清］张问陶等题，张立华点校：《中国历代绘刻本名著新编：红楼梦图咏》，安徽人民出版社 2013 年版，第 59 页。下引麝月、贾芸题咏分见该书第 75、119 页，不另注。因点校文字中个别字词稍有不妥，故维持原词概貌。尤三姐、麝月、贾芸三图亦见该书。

改琦所绘尤三姐

窥帘隙。

作为怡红院里与袭人、晴雯、秋纹齐名的四大丫鬟之一，麝月虽出场不多，却是一个不可或缺的角色，人物塑造也较为丰满。提起麝月，人们首先想到的便是《红楼梦》第二十回那段表现小儿女之情的温馨故事——宝玉为她卸钗篦头。改琦却并未原样搬演这一情节，而是描绘了她揽镜自照的神情身段，其创作灵感当源于第二十三回宝玉所作《夏夜即事》诗"窗明麝月开宫镜"一句，故而黄仁词中有"花来镜里，逗春风消息。迢递三星又今夕。妆慵堕马髻，绾灵蛇含睇"的闲逸之语。但令人遗憾的是，由黄词下阕"小窗楞浴试华清"一句，推黄仁将伺候宝玉洗澡的碧痕误认为是麝月了，进而更在误解的基础上作了个人的主观发挥，借小说第三十一回晴雯笑说宝玉"还记得碧痕打发你洗澡，足有两三个时辰，也不知道作什么呢；我们也不好进去的"而发挥了大胆的想象——"问香泽，罗襦更谁亲"，颇有些"艳情"色彩，幸而伺候宝玉的丫鬟有着清醒的头脑——"纤手惊回，暗窥帘隙"。

③《探花信》咏贾芸：

探芳圃。正草种宜男，花栽娇女。个人门外愁，绝几延伫，小红偷谱霓裳艳，一霎羞眉妩。拂鸾笺，媚态幽情，都传毫素。

明月澹窗户。叹春雨飘萧，秋风来暮。仙子蓬莱，何日启琼宇？哀蝉落叶回心曲，泄露防鹦鹉。断愁肠、逗起幽闺诗句。

在《红楼梦图咏》全部五十图中，男性人物画有十二幅，包括宝玉在内的大多数人物的描绘显得过于柔弱和缺少个性，贾芸是个例外。贾芸一幅取自小说第二十五回遗帕牵惹相思的小红"便走向潇湘馆去，到翠烟桥，抬头一望，只见山坡高处都拦着帏幙，方想起今日有匠役在此种树。原来远远的一簇人在那里掘土，贾芸正坐在山子石上监工"这一情节，改琦将文本叙述中"正坐在山子石上"的贾芸画为站立且与捧花的小厮对话，突出了贾芸"金盆虽破分两在"（庚辰本第二十四回侧批）的身份与地位，同时，改琦在人物周遭布以杂花生树的蓬勃之景，借此暗示春情萌动之灵机。而黄仁该词则密切配合改琦绘图，上阕着眼于画外人小红摇曳的春心，下阕则描摹画中人贾芸鼓荡的心潮，两相交映，一对情思缠绵的痴儿女的形象呼之欲出。此外，"哀蝉落叶回心曲"化用汉武帝思李夫人而赋《落叶哀蝉曲》的故典以及一句"仙子蓬莱，何日启琼宇？"的探问，更是将

改琦所绘麝月

改琦所绘贾芸

这种绵绵不尽的痴情推向了极致。《红楼梦》小说对贾芸思及小红的直接的心理描写不多，黄仁该词的认真揣摩与精当摹写无疑是个很好的补充，由此也可看出他对贾芸与小红这对寒素儿女爱情的嘉许。

通过如上对改琦绘图与黄仁题词的分析可以看出，虽然黄仁对红楼人物的解读偶有不确之处，但大体上符合作者对人物性格、身份、行止、命运的刻画，也符合一般读者的阅读心理与审美标准。

（三）黄仁题红诗对黄小田评点《红楼梦》的影响

《红楼梦图咏》凡七十五咏，题咏最早者应为卒于嘉庆十九年（1814）的张问陶，最晚者为道光二十五年（1845）的顾顼波。那么，黄仁题词是在改琦生前还是身后呢？黄仁题词未具时间，笔者推为改琦生前，因为改琦与黄仁素有往来。改琦《玉壶山房词选》[①]有《买陂塘·松江蟹舍为砚北作图赋此》《濡雪拾残梅数点，缄寄砚北，旧欢已坠，昔梦重寻，触事愁春，戏拈此解》二词寄示黄仁。《泖东诗课》有《摸鱼儿·松江蟹舍图为砚北题》[②]一词，绘图复题诗，贵在真感情。《玉壶笺寄》有作于嘉庆十三年（1808）《招春畲饮（八月初四日）》诗，其一有“香南问落花，研北思芳草”句；有作于嘉庆十六年（1811）《意犹未尽，和研北韵再题一首，行人待发，走笔草草》诗，可见二人交情匪浅。故改琦绘毕《红楼梦》图册后，作为老友的黄仁当不会待十余年后改琦辞世再题咏追怀。而黄小田对恩师黄仁与“改派”仕女画创始人改琦的这段问红之缘当不会陌生，事实上，也确系如此。改琦《玉壶笺寄》中有作于嘉庆十六年（1811）《寄题黄在轩清泛园第二图（有序）》一诗，诗题中的“黄在轩”即黄小田长兄黄初民，黄初民生平可见本书第一章《黄小田生平与著述》一节。嘉庆十六年（1811）黄初民等人于清泛园雅集之事在清代律赋四大家之一的陈沆的诗文中也得到了证实，陈沆有《题黄在轩清泛园雅集第二图》诗，诗中小注

① ［清］改琦撰：《玉壶山房词选》（稿本），见《清代诗文集汇编》第512册，上海古籍出版社2010年版。下引《泖东诗课》《玉壶笺寄》二稿本诗文，皆见《清代诗文集汇编》第512册，不另注。

② 改琦好友冯承辉《古铁斋词钞》卷三有《摸鱼儿·题黄研北明府（仁）松江蟹舍图即用卷中七香原韵》词亦可互证，转自胡艺撰《改琦年谱》，见《朵云》第八集，上海书画出版社1985年版，第200页。

"九月八日同人集饮陶然亭，在轩即席作《江亭雅集图》"[①]。黄初民、陈沆等不仅有曲水流觞事，次日重阳节亦登高访胜，黄钺《壹斋集》卷二十三即有同年诗《九日儿辈同人陶然亭登高，分韵赋诗，竞以长篇角胜，作此示之》复可印证。由《寄题黄在轩清泛园第二图（有序）》可知，黄初民、陈沆等于陶然亭集饮时，改琦并未与会，但由京沪之遥、千里寄题，可见黄、改二人亦有交谊。此际，正是黄小田从师黄仁的第三年，改琦与黄仁系交心挚友，黄小田又为黄仁执经弟子，改琦与黄初民私交甚笃，黄小田又为黄初民五弟，由这环环相扣的重重因缘，黄小田对改琦自然不会陌生，改琦《红楼梦》图册与黄仁题红诗可以说是黄小田最早的红学启蒙。而黄仁题红诗对黄小田批红也确然有所影响。

比如黄仁题咏麝月。黄仁虽然在词中误碧痕为麝月伺候宝玉洗澡，并敷演出一段"小窗楞浴试华清"的情景，但这并不妨碍我们对麝月这一人物形象的解读。宝玉有爱红之癖，比如爱吃女孩嘴上涂抹的胭脂，丫鬟伺候他洗澡，当然也免不了有"问香泽，罗襦更谁亲"这样的玩闹之事，关键的是丫鬟的反应——"纤手惊回，暗窥帘隙"，其态度是躲避的、远离的、紧张的，显然，这与上阕"一缕情痕难觅"是前后呼应、声气相通的。尤其是"凭辗转，我心匪席"一句，该句从《诗经》中《齐风·南山》"我心匪石，不可转也。我心匪席，不可卷也"化出，取心志坚定之义，以此形容"一缕情痕难觅"的麝月差堪比拟。所以，尽管黄仁错敷出"问香泽，罗襦更谁亲"的"香艳"一幕，但这表现的仅是小儿女间的天真无邪，并不损害麝月形象的美学价值。探究黄仁"笑"麝月"一缕情痕难觅"，这也与麝月呈示给人的一贯印象有关：前八十回原著，雪芹为我们呈现的麝月形象除了尽心尽责做好本职工作外，就是伶牙俐齿、能说会道；后四十回续书则基本按前八十回人物个性的发展逻辑进行，跃入读者眼帘的依然是位赤胆忠心服侍主人的丫鬟形象。麝月的感情世界如何，不得而知，但可以肯定的是，她没有袭人那样公然以宝玉准姨娘身份自居，也没有晴雯、碧痕辈骨子里的拈酸，她只是一如既往地履行着自己的职责，因此，就给人以"情痕难觅"的感觉。第二十回己卯本有夹批："袭人出嫁之后，宝玉、宝钗身边还有一人，虽不及袭人周到，亦可免微嫌小弊等患，方不负宝钗之为人也。故袭人出嫁后云'好歹留着麝月'一语，宝玉便依从此话。"

① 转自刘飙《清代诗赋家陈沆简谱》，《中国韵文学刊》2015 年第 2 期，第 56 页。

宝玉房中诸使女，只有麝月从一而终，那么她的这种“情痕难觅”实际上“道是无情却有情”。黄小田对麝月情感流露的评价则是“宝玉诸婢，麝月不甚有情，至后文求去则‘花事了’矣，故云送春”（第六十三回眉批），黄仁误碧痕为麝月伺候宝玉洗澡，而到了黄小田这里，麝月则成了“至后文求去”的玉钏儿的替罪羊（第百十七回“玉钏儿见宝玉疯癫更甚，早和他娘说了，要求着出去”），师徒二人步调一致，都犯了张冠李戴的错误。虽然黄小田据怡红夜宴花签谶语并在张冠李戴的基础上草判“麝月不甚有情”，但这一看法应受了袭人这一人物形象的影响，且对麝月形象的解读存有一个误解与消弭的过程。黄小田对袭人失身与别嫁尤为深恶，称袭人为“贪生忘耻，无情无义，乃书中第一不足取之人”（第百二十回眉批），而在小说第二十回“宝玉听了这话，公然又是一个袭人”处眉批麝月：“须知麝月不仅说话效袭人，观后晴雯‘你们那瞒神弄鬼的’一语可见。”由此可知黄小田是把袭人与麝月绑成一对姐妹花进行解读的。但随着红楼故事的深入展开，黄小田对麝月的态度有所改变。如在小说第五十一回宝玉将“闹夜”的晴雯渥在被窝处眉批：“写宝玉于诸婢女，只袭人明写其事，他人则仅见于此。然观晴雯临危所言，似犹自保，而不为袭人之所为。”可见黄小田认为除袭人外，诸如麝月、秋纹等大丫头虽与宝玉“那几年也都有些顽顽皮皮的”（第百十八回袭人语），但也如同晴雯于宝玉之情，不杂以私情密意。而到了第八十九回，麝月的形象在黄小田的心中愈发高大起来，在“宝玉笑了一笑，向麝月袭人道：‘我心里闷得狠，自己吃只怕又吃不下去，不如你们两个同我一块儿吃，或者吃的香甜，我也多吃些。’麝月笑道：‘这是二爷的高兴，我们可不敢。’袭人道：‘其实也使得……’”处眉批：“同牢之兆也，是好的。”“同牢”即“共牢”，指新婚夫妇共食一牲，这条批语意在表明无论是袭人，还是麝月，二人都有资格与宝玉共坐同食。袭人早获王夫人恩准而升为准姨娘，只是未过明路；而第六十三回怡红夜宴中麝月所掣花签旧诗为“开到荼蘼花事了”，意即只有她陪着宝玉走完红楼一梦，以“同牢之兆”观之，她的结局也是成为宝玉的侍妾，即“后来代任”（庚辰本第二十回侧批）袭人之职。可见，对麝月形象的解读由最初疑惑她说话行事“公然又是一个袭人”，到之后明了她的清白之身，黄小田对麝月的言行先否定再褒扬，尤其是预想她以侍妾身份服侍宝玉尽职尽责，有始有终，这样一个与人无争、有情有义的女子，岂能是“不甚有情”？从“宝玉丫头真能言，真难缠”（第五十二回麝月说坠儿娘）、“麝月实是能矣”（第五十八回麝月训芳官干妈）等批语来看，黄小田对麝月形象的着眼点始终聚焦于她能言善辩，这并非黄氏有意而为之，小说相关章节对麝月的描写也始终在这方面用力，对麝月的个人情感丝毫不涉，因此，黄小田判麝月“不甚有情”也有这方面的指向。从这个层面来说，黄小田对麝月的这一看法与黄仁对麝月于宝玉之情的评价还有一致的地方。

而黄仁、黄小田对贾芸与小红的褒扬，也可见前者对后者的影响。按脂批，贾芸与小红在贾府大厦倾颓之际是有一番大作为的，但后四十回续书并未按此设计人物命运的结局，贾芸写坏了，小红写没了。纵然如此，也并不妨碍他们在前八十回上演的精彩戏文，尤其是对命运的自我掌控与对爱情的不懈追求，收获了后世读者满满的祝福。从《探花信》词是可以看出黄仁对贾芸、小红这双痴儿女的真诚祝愿的，“小红偷谱霓裳艳，一霎羞眉妩”的娇羞之态，贾芸“仙子蓬莱，何日启琼宇？”的大胆探问，将热恋中少女怀春、少男钟情摹写得惟妙惟肖，“暖雨晴风初破冻，已觉春心动”的旖旎情思跃然纸上，可见词人是饱蘸深情的笔墨吟哦的，这种深情是炽热的、纯粹的、真挚的。而黄小田在批语中也对小红另眼相待，不但为她身居怡红院“奈蔽贤者多，遂致沉沦下位”（第二十五回眉批）衔屈，还希望她“但愿一识韩荆州”，因为“奈阶前尺地不能见容”（第二十四回眉批），同时在她替凤姐办事而遭晴雯讥讽“有本事从今儿出了这园子，长长远远的在高枝儿上才算得”处眉批：“果然出了园子，爬到高枝上去了。”（第二十七回）言辞中快意十足，可见黄小田对小红这个人物是抱以同情的。此外，由“写贾芸、小红，全是寻常小说之情，然传神之妙，岂寻常小说所能写出？”（第八十八回眉批）也可推得黄小田对贾芸与小红的情事是心无成见的，无可訾议的。

（四）小结

综上，黄仁与黄小田这对师生均爱红读红，故而在论红上是有共同语言的。黄仁不仅给黄小田带来如沐春风般的师长之爱，也为他评点《红楼梦》带来一定的影响。

道光二十四年（1844）始评点《红楼梦》时，黄小田一定不会忘记与自己家族颇有往来的仕女画大家改琦所绘的《红楼梦》图册以及恩师黄仁所作三阕题红诗。而咸丰三年（1853）的太平军战事虽久断其还乡之梦，但能与恩师松江再聚首，乱世说红楼，居无定所的流寓生活也因此有了暖色。可以说，一部《红楼梦》，温暖了黄小田的一生。

由“诸家治红对黄小田评点的影响”凡六小节的内容来看，尽管诸家治红对黄小田各有影响，但黄小田并非照抄全搬，而是在诸家文学观、批评观和鉴赏观的基础上，有选择性地参考、吸取、借鉴各家观点，并融入自己的认识与判断、对话与沟通、思考与评析、感受与体会，从而揭示作品精髓与艺术规律。包括黄小田在内的七家治红，无论采取哪种研究方式，均展现了独有的文心探访与审美表达，感性中寓有理性，机趣里纳含颖悟，为红学史增添了亮丽的色彩。

第五节　黄小田争议性批语简析

综览黄小田批语研究文章，或三言两语浅尝辄止，或泛泛而谈轻描淡写，单篇为文且洞中肯綮者屈指可数。不仅如此，撰文者也因通读不周或思考不及等各种主客观因素而致结论千差万别，比如有学者认为黄小田对宝黛爱情持肯定态度，有学者则认为黄小田否定宝黛爱情，等等，因而在黄小田批语研究中，也出现了为数不少的争议，亟待商榷互讨。另外，与王希廉、张新之、陈其泰、哈斯宝等同时期评家资料鲜见不同，黄小田有诗集镌版传世，其父黄钺又是嘉道间著名书画鉴藏家且《清史稿》留名，黄氏父子之史料不可谓不繁富，但也正因史料繁富，其中于《红楼梦》颇有参考价值的线索也最容易被忽视。故本节结合黄小田《礼部遗集》及《儒林外史》评点、黄钺《壹斋集》及《黄勤敏公年谱》、杨葆光《订顽日程》等文献资料，对黄小田《红楼梦》评点中存有争议的批语作一解析，凡“黄小田‘写情说’散论”“简论黄小田批语中的‘时政评点’”“几则关于高鹗的批语析误”“曹寅、黄钺与《莫斫铜雀砚图》”等四小节。

一、“是书言情，无所不备”
——黄小田“写情说”散论

曹雪芹以高超弘丽的文学才能在《红楼梦》中写尽了世间万象，也蕴蓄了一个时代的容量，因而作品本身具有复杂性，作品所表现的主题也呈现出多重性、多义性的特点，如张锦池所说：“姑且不说‘五四’以前的旧红学是如何‘你方唱罢我登场’。经学家谓其看见《易》。道学家谓其看见淫。才子谓其看见缠绵，革命家谓其看见排满。流言家谓其看见宫闱秘事。就拿‘五四’以降的红坛来说吧，便先有新红学家们的‘坐吃山空’说与‘色空观念’说的斗艳、继有时贤们的‘爱情的颂歌’说与‘四大家族衰亡史’说的争芳，至于树帜其间，聊备一说者，那就更数不胜数。”[①]同王希廉一样，黄小田也认为《红楼梦》的主旨为“演盛衰”，而盛衰主题又是通过宝黛钗爱情婚姻的主线来表现的，当然，除了贾宝玉与林黛玉没有婚姻的爱情以及与薛宝钗没有爱情的婚姻外，《红楼梦》一书还囊括了亲情之爱、友情之欢、主仆之谊、断袖之癖等世情百态，对此，黄小田一言以蔽之：“是书言情，无所不备。”（第七十八回眉批）而“是书言情”多半是通过贾宝玉目之所见、耳之所闻、心之所念、身之所感等来展现的，故本一小节围绕黄小田批语中所提到的“言情”的种类、贾宝玉“无处不用情”（第二十五回眉批）的原因、对宝黛爱情及二宝婚姻的态度等问题试作论述，以探讨黄小田笔下这些俗世人情的深层内涵。

（一）“宝玉痴情，无所不至”

《红楼梦》开篇即言“大旨不过谈情”（第一回），而作为“书中主人”（第六十二回黄小田眉批）的贾宝玉，更是将“情”作为生命存在的终极价值和意义追寻。此一方面论文浩繁，不赘。贾宝玉对“情”的追求是在彻底否定男权社会的基础上义无反顾、挺身独进的，在他眼里，“情”之一字洪川普润，无视等级，无分尊卑，无存厚薄。与黄小田同时且对其

① 张锦池：《庭院深深深几许——论〈红楼梦〉悲剧主题的多层次性》，《红楼梦研究集刊》第十四辑，第39页。

批红有所影响的陈其泰，认为宝玉用情具有“爱博”（桐花凤阁批校本第百九回总评）的独特个性，黄小田则概括为“宝玉痴情，无所不至”（第十九回眉批）。此类批语如第二十一回宝玉早上到黛玉房中见黛玉和湘云“姊妹两个尚卧在衾内。那黛玉严严密密裹着一幅杏子红绫被，安稳合目而睡。那史湘云却一把青丝，拖于枕畔，一幅桃红绸被只齐胸盖着，衬着那一弯雪白的膀子，撂在被外，又戴着两个金镯子”处黄小田眉批：“‘严严密密裹着被’是黛玉，‘被只齐胸’是湘云，作者不过写此数语，并无他词，阅者或于此有疑焉，是不知黛玉、湘云，即不知作者之用意也。”考黄小田所言“作者之用意”之一应为此段描写凸显了黛、湘二人的性格特征，黛玉心思绵密，故睡觉亦谨小慎微，而湘云英豪爽概，故睡觉也不拘小节。而另一层用意即该回回末评：“此回写宝玉于诸女昼夜亲密，其机危甚。幸黛玉自持、湘云憨浑，宝玉虽意淫，终不忍犯，固可信其非淫乱可比。然袭人之谏，不得不谓之贤也。设易宝玉为贾琏，情事当何如？故特写‘救贾琏’一段对看。”撇开保守的道德说教姑置不论，黄小田能正确认识到“宝玉虽意淫，终不忍犯，固可信其非淫乱可比”是值得肯定的。试想，宝玉正处于少男钟情的青春韶华，但他对熟睡中的两位妙龄少女并无非分之想，亦无越轨之举，而是“见了叹道：‘睡觉还是不老实！回来风吹了，又嚷肩膀疼了。’一面说，一面轻轻的替他盖上”，警幻仙子赠其“意淫”二字可谓得其所哉，这与“皮肤滥淫”“好色即淫”的珍琏辈何啻霄壤，“则宝玉非世俗淫乱公子可知”（第八十回黄小田眉批）宜乎正解。对温婉可人的侯门闺秀真情以示，对作风泼辣的河东悍妇亦复如此。如第八十回宝玉听闻薛蟠之妻夏金桂既悍且妒，遂于天齐庙还愿之际寻医王一贴，王一贴给了个“疗妒汤”的法子，此处黄小田眉批：“疗妒羹古有之矣，然妒乃妇人先天骨髓之病，即仙丹亦不能疗也，惟除死方休耳。此虽游戏之笔，亦写宝玉之情，盖见金桂与姊妹们不差上下，不宜一妒如此，无可奈何，思以药救之耳。岂真宝玉一呆至此。”夏金桂将“自己尊若菩萨，他人秽如粪土；外具花柳之资，内秉风雷之性”（第七十九回），人人皆躲而避之，避而远之，独宝玉对其以情待之，问药改之，宝玉其心之诚、其情之真，自是世间鲜见。再如对“平生遭际实堪伤”（第五回）的薄命香菱，第六十二回宝玉帮香菱把玩过的夫妻蕙、并蒂莲连同落花一起挖坑掩埋，在“香菱拉他的手笑道：‘这又叫做什么？怪道人人说你惯会鬼鬼祟祟使人肉麻呢。你瞧瞧，你这手弄得泥污苔滑的，还不快洗去！'”及“宝玉不知有何说话，扎煞着两只泥手，笑嘻嘻的转来，问：‘作什么？’香菱红了脸，只管笑，嘴里却要说什么，又说不出口来”处黄小田连下两条眉批：“拉手有意乎？无意乎？谓之有意不可，谓之无意似非无意，妙妙，传神至此，千古所无”，“传情传神，笔妙如是，不谓之呆不可，谓之呆我又不甚信，总之宝二爷不好”。从这两条紧相毗邻的批语既可看出黄小田对作者塑造人物手法“千古所无”的盛誉，又令人思考其话外之意，果真“宝二爷不好”么？当然不是。这是正话反说，正是因为宝玉以己之心体察香菱之心，并触碰到香菱最为隐秘的女儿心事——对薛蟠的望穿秋水，同时，宝玉以赤诚之心、真挚之情急香菱之所急，想香菱之所想，令香菱感动、感佩，故情难自已，方有拉手、嘱咐之举，“香菱之呆，宝玉之痴，皆非淫亵可比，而不善读者，必以两人为有意，便难与论《红楼梦》一书”——黄小田的这条眉批恰可答其自问。第七十九回香菱同宝玉说速盼夏金桂娶进门，在“宝玉笑道：‘这有什么不懂的，只怕再有个人来，薛大哥就不肯疼你了。’香菱听了，不觉红了脸，正色道：‘这是怎么说！素日咱们都是厮抬厮敬，今日忽然提起这些事来。怪不得人人都说你是个亲近不得的人。’一面说，一面转身走了”处黄小田有眉批：“宝玉此言，不知者以为有意，其实不过虑其失爱耳，即香菱亦误认有心也。”从夏金桂进入薛家之后闹得鸡飞狗跳来看，宝玉替香菱担心虑后显然是有先见之明的，夏金桂不仅夺香菱自以为终生有靠的薛蟠之爱，按芹笔香菱最终也被夏金桂揉搓致死，此即判词所谓“自从两地生孤木，致使香魂返故乡”（第五回）。在批语中，黄小田以“香菱亦误认有心也”一句为宝玉鸣不平，可见宝玉对香菱将失所爱是真心实意抱以同情的，这种情不夹杂任何的私心杂念。

对主子一流真情罄露，对那些美丽的女奴们，宝玉同样倾抱写诚，平等视之。第二十六回佳蕙同小红谈话，当她听小红说“‘千里搭长棚，没有个不散的筵席。’谁守一辈子呢？不过三年五载，各人干各人的去了，那时谁还管谁呢？”后感慨道：“你这话说的是。昨儿宝玉还说，明儿怎么样收拾房子，怎么样做衣裳。倒象有几百年熬煎。”此处黄小田眉批：“带写宝玉。而‘熬煎’二字，似深知宝玉者，何耶？盖宝玉之痴，其心真不啻熬煎也。”宝玉之心“熬煎”为何？从小说第二回冷子兴转述宝玉那番“女儿是水做的骨肉”“我见了女儿便清爽”的惊世骇俗之论不难知晓，宝玉是这样说的，也是这样做的，他的喜怒哀乐皆以女儿为中心，充分尊重女儿们的个性，心甘情愿为女儿们“作小服低，赔身下气”（第九回），在大观园这方人间净土给予女儿们适心随性的畅意生活，并以一腔真情、满腹热忱，善待、珍惜、爱怜、呵护女儿们。虽然大观园这座人间乐园能给女儿们提供自由驰骋的美好空间，但外界世俗的污浊之气仍不可避免地会侵入其中，至情至纯的世界，也有欲念恶臭的滋生，对于主子姑娘而言，这种侵扰所造成的影响相对不很大，而对于身份低微的女奴们来说，则迥然不同。这些卑微的女奴，都处于被奴役、被践踏、被损害的社会的最底层，而贾府犹如一个难以挣脱的牢笼，束缚住了她们的身体与自由，捆锁住了她们的青春与梦想，一件无关痛痒的小事或会将她们卷入不幸的漩涡，主子的一个眼神或小人的一句谗言或会招致她们命运的沉浮，这种“遍被华林”的“悲凉之雾”，“呼吸领会之，唯宝玉而已”[①]。这些境遇悲惨的女奴们若能拥有自由自在、无拘无束的生活，拥有属于自己独立的意志和支配感情的权利，于宝玉而言，乃是“得心为乐”（桐花凤阁批校本第六十二回回末评）的美事，第六十回春燕对其母转述宝玉的话“宝玉常说，这屋里的人，无论家里外头的，一应我们这些人，他都要回太太全放出去”，当是宝玉“熬煎”症结化解之所在。

宝玉虽言“男子是泥做的骨肉”“见了男子便觉浊臭逼人”（第二回），但黄小田认为宝玉并不排斥他所青眼的男子，比如秦钟、柳湘莲、蒋玉函[②]等。从第七回宝、秦二人晤面时宝玉见秦钟“眉清目秀，粉面朱唇，身材俊俏，举止风流，似在宝玉之上”后所思“天下竟有这等的人物！如今看了，我竟成了泥猪癞狗了”，至第九回“二人同来同往，同起同坐，愈加亲密”，秦钟以其不同凡俗的人品入了宝玉的法眼，宝玉“天生成惯能作小服低，赔身下气，性情体贴，话语缠绵”（第九回），而秦钟（甲戌本第七回夹批“设云情种”）又为宝玉同性之爱的启蒙者，二人相交，用情自是与常情不同。秦钟早逝后，宝玉还不忘托柳湘莲代为扫墓，黄小田有眉批：“写宝玉与秦钟余情。”（第四十七回）余情久而不绝，可证二人交接亲厚。秦钟虽身为“浊臭逼人”的男子，但因与宝玉情投意合，颇获

① 鲁迅：《清之人情小说》，见鲁迅撰、郭豫适导读《中国小说史略》，第165页。

② 蒋玉函，脂本作“蒋玉菡”，因本书所引小说原文以北师大87版程甲本校注本为主，故依校本。

宝玉真情。他如被黄小田称为“和宝玉合的来岂是无情义者”（第六十六回眉批）的世家子弟柳湘莲、“二爷赏识，断无无情者”（第九十三回眉批）的优伶蒋玉函等，因与宝玉气味相投，均得宝玉掬诚相示，真情相待。这些在宝玉看来有情有义者，都有一个共同的特征——品貌阴柔，如秦钟“怯怯羞羞有女儿之态”（第七回）、北静王“面如美玉，目似明星，真好秀丽人物”（第十五回）、柳湘莲“年纪又轻，生得又美”（第四十七回）、蒋玉函“妩媚温柔”（第二十八回），而这些男儿之躯所散发出的女儿风神，也正是宝玉所向往与追求的，因为他们同女儿一样，都是美丽、雅洁和高卓的化身。曹雪芹誉称宝玉“千古情人独我痴”（脂本第五回回末联语），而其用情深广，不惟虑及河东狮吼的夏金桂，即使是人人见之“便觉浊臭逼人”的贾环，黄小田也认为宝玉给予了手足之爱。第二十回正月里贾环和宝钗丫鬟莺儿等一起玩掷骰子，贾环耍赖，惹莺儿不满，二人闹将起来，被宝玉看见，宝玉说了一顿贾环，此处黄小田眉批：“阿兄之用情亦犹是耳，恐令弟未必见听。”宝玉对贾环所言的这番话与其说是哥哥“训斥”弟弟，不如说是恪守礼让，因为薛家母子暂居贾府为客，作为主家的宝玉、贾环兄弟当要尽待客之道，“这才是受过调教的公子行事”（第六十三回林之孝家的语），从这个层面说，宝玉对贾环是呵护，不是呵斥。

通过以上诸例可以看出，贾宝玉以满腔的热忱追求真、善、美，并以“情”作为自己的人生观、价值观、世界观，也以积极构建有情天地作为一生努力的事业（如第三十四回“我便为这些人死了，也是情愿的”）。无论是对清净女儿，还是对青眼有加的“须眉浊物”，宝玉用情不是激光一点转瞬即逝，而是阳光普照岁深日久，即使经年累月，也能摇曳出爱的诗意情的芬芳。而对宝玉用情为何葆有与其所处时代格格不入的“女儿”情结、“爱博”情结，黄小田在批语中也进行了分析：

小说第一回，女娲炼石补天余下一块未用，该弃石“因见众石俱得补天，独自己无才，不得入选，遂自怨自愧，日夜悲哀”，此处黄小田眉批：“吴儿石人木肠，今翻用之，言石亦有情也。”“吴儿石人木肠”典出《晋书·隐逸传·夏统》：“夏统，字仲御，会稽永兴人也”，太尉贾充“欲使之仕”，统“俯而不答”，充以“鼓吹乱作，胡葭长鸣，车乘纷错，纵横驰道，又使妓女之徒服袿襹，炫金翠，绕其船三匝。统危坐如故，若无所闻。充等各散曰：‘此吴儿是木人石心也。’”后以“木人石心”（或“石人木肠”“木石心肠”等）喻意志坚定，不受外物所惑，不为情感所动。以夏统不慕荣华喻宝玉不拘功名差可比拟，以夏统木人石心言石本无情却不尽恰切，但黄小田提到“石亦有情”则启人思考。这块来自青埂峰下的补天弃石，“自经煅炼之后，灵性已通”（第一回），且其源于自然，根植自然，沐日月辉光，受万物照拂，其石性之本真与灵性之生发因自然的庇佑而得以蓄积贮存不曾外泄，故降生为贾府宝玉后石性不改，“行为偏僻性乖张”（第三回）。而一旦其精神特质与大自然相契合，“潦倒不通庶务，愚顽怕读文章”（第三回）的贾宝玉便会被迅速激活，与自然之本性进行无缝对接并生龙活虎。第十七回“大观园试才题对额”就稻香村矫揉造作而向贾政发问“老爷教训的固是，但古人常云‘天然’，此二字不知何意？”表明宝玉崇尚自然、热爱自然。“天地灵淑之气，只钟于女子，男儿们不过是些渣滓浊沫而已”（第二十回）、“老天，老天！你有多少精华灵秀，生出这些人上之人来！”（第四十九回）等惊人之语亦表明自然的“精华灵秀”在宝玉心中的分量。把大观园群芳看成是空明澄澈的大自然诞育的宁馨儿，是因为这些天真烂漫的清净女儿深居闺室，涉世甚寡，绝难接触到男人世界的乌烟瘴气、污水烂泥，故而天性纯真、心灵圣洁、活力清涌、见解脱俗，葆有着未被世俗污染同化的自然之本真、生命之本初。而宝玉给予这些洋溢着人性美的女儿们的真情、纯情、柔情以及对她们抱以的同情、钟情、痴情，皆缘于其不曾泯灭的前身即补天灵石的自然之本性、石性之属性。另，黛玉本为三生石畔的绛珠仙草，“既受天地精华，复得甘露滋养”（第一回），草胎木质的前世必会使得她在今生与大自然保持着骨子里的血脉相承。正因为与自然的先天牵连，黛玉才会对落花含情，对流水有意，在“一年三百六十日，风刀霜剑严相逼”（第二十七回）的窒息环境下，将宝玉的爱和不能酬劳这份爱的断肠情事寄托于“愿奴肋下生双翼，随花飞到天尽头”（第二十七回）的美好夙愿中，而这种愿景也即对自然本真之境的呼唤，对复归生命本源的呐喊。黛玉草胎木质，宝玉石性不泯，曹雪芹这份苦心孤诣的戛戛独造，令人叹为观止。——“宝玉有生以来，此身此心为诸女儿应酬不暇”（庚辰本第二十二回夹批），对以林黛玉为代表的红楼女儿，黄小田言“石亦有情”，宜作此解。而这也正是贾宝玉“女儿”情结的深层内蕴。

“石亦有情”是从贾宝玉前身为补天灵石角度着眼他的“无处不用情”

（第二十五回黄小田眉批）的，而待补天灵石临凡并托生为贾宝玉后，后天的杂学旁收更是令其“爱博而心劳”[①]。黄小田认为小说第八十四回“试文字宝玉始提亲”中的一处细节即揭示出宝玉“爱博”的思想根源，该回贾政检查宝玉上学情况，在看到贾代儒为宝玉出的八股文试题“第三艺是‘则归墨’”处黄小田眉批：“墨子兼爱，亦切宝玉，非泛写作文。”这闲闲一笔，确有深意存焉，“实际上是一针见血地指出贾宝玉的病根——墨家思想的‘异端’倾向”[②]，这“异端倾向”即墨家学说的核心——“兼爱”思想。“兼爱”是先秦显学墨家学派最为独特的核心价值观，是在孔子“仁爱观”的基础上发展而来的，有着自成体系的鲜明特色。《墨子・兼爱上》认为：“若使天下兼相爱，人若爱其身，恶施不孝？犹有不慈者乎？视子弟与臣若其身，恶施不慈？不孝亡有。犹有盗贼乎？故视人之室若其室，谁窃？视人身若其身，谁贼？故盗贼亡有。犹有大夫之相乱家、诸侯之相攻国者乎？视人家若其家，谁乱？视人国若其国，谁攻？故大夫之相乱家、诸侯之相攻国者亡有。若使天下兼相爱，国与国不相攻，家与家不相乱，盗贼无有，君臣父子皆能孝慈，若此，则天下治。”[③]《墨子・兼爱中》又言：“子墨子言：‘视人之国若视其国，视人之家若视其家，视人之身若视其身。’是故诸侯相爱则不野战，家主相爱则不相篡，人与人相爱则不相贼，君臣相爱则惠忠，父子相爱则慈孝，兄弟相爱则和调。天下之人皆相爱，强不执弱，富不侮贫，贵不敖贱，诈不欺愚。凡天下祸篡怨恨可使毋起者，以相爱生也。”可见，墨子所倡导的这种“兼爱观”的内涵是“爱无差等”（《孟子・滕文公上》）的，即弭除贵贱之别，不存亲疏之分，这已然颠覆了宗法等级观念。从贾宝玉对府中一众使女的无限怜爱与超乎寻常的珍惜体贴来看，他的身上确然散发着“兼爱”的光芒，庚辰本第二十一回夹批“宝玉之心，凡女子前不论贵贱，皆亲密之至”即是最好的注解。此外，《墨子・小取》曰：“爱人，待周爱人，而后为爱人。不爱人，不待周不爱人，不失周爱，因为不爱人矣。”意即必须普遍地爱助所有的人，才是真正的爱人，宝玉也基本按此施情与人。不唯大观园诸艳，他对只有一面之缘的乡村女孩二丫头亦情不

① 鲁迅：《清之人情小说》，见鲁迅撰、郭豫适导读《中国小说史略》，第 163 页。

② 张乘健：《〈红楼梦〉：墨家理想的追求》，《红楼梦学刊》2002 年第 4 辑，第 55 页。

③ ［清］毕沅校注，吴旭民标点：《墨子》第四卷，上海古籍出版社 2014 年版，第 59 页。下引文字分见该书第 60–61、64 页。《小取》文字则见该书第十一卷，第 215 页。

自禁（第十五回黄小田眉批“警幻所谓‘意淫’，此亦是也”）；他也真诚对待男仆小厮，“有一遭见了我们，喜欢时，没上没下，大家乱玩一阵；不喜欢，各自走了，他也不理人。我们坐着卧着，见了他也不理他，他也不责备。因此，没人怕他，只管随便，都过的去”（第六十五回），兴儿对“二尤”所说的这番话虽多调侃意味，却也道尽了实情。但令宝玉懊恼与伤心的是，他以“兼爱”准则普施众人之举却被不解者视为“成天家疯疯癫癫的，说话人也不懂，干的事人也不知。外头人人看着好清俊模样儿，心里自然是聪明的，谁知里头更糊涂”（第六十五回），当他拼尽一生的力量书写有情篇章而蓦然回首时，才发觉自己才是那位孤独的现场观众，于是在“知心爱人”林黛玉泪尽而亡、真爱已逝后决然隐退。此外，《墨子·兼爱中》云：“是故子墨子言曰：‘今天下之君子，忠实欲天下之富而恶其贫，欲天下之治而恶其乱，当兼相爱、交相利，此圣王之法，天下之治道也，不可不务为也。’”此虽讲为治之道，却也强调了一个本质的问题——“兼相爱、交相利”，即人们之间的相爱是相互的，利益也是相互的。可见，“兼爱”实际上是一种义利并举之爱，这与贾宝玉全身心投入并付诸行动的超功利之爱是截然不同的，这是必须要明确的。考量黄小田批语“墨子兼爱，亦切宝玉”，其或仅着眼于“兼爱”与“爱博”的相通之点，而对二者相异之处缺乏思考，但对小说第八十四回“第三艺是‘则归墨’”这处细节，评点派诸家几无留意，有的只批些无关宏旨的闲谈碎语，黄小田能予关注并一语中的，这是很了不起的创见。

（二）“是书言情，无所不有”

宝玉用情之广，用黄小田的话概括就是“宝玉痴情，无所不至”，而“是书言情，无所不有”（第六十一回眉批），则针对全书写情之广而言。那么，除了亲情、爱情、友情等司空见惯的俗世常情外，《红楼梦》一书还写了哪些与众不同的情感呢？对此，黄小田饶有兴致地拈出几种并进行了分析，兹概括如下。

①“空中之情”。

此类批语有：

非必有此事，不过言宝玉痴情，无所不至耳。（第十九回“宝玉见一个人没有，因想：‘素日这里有个小书房内曾挂着一轴美人，

极画的得神。今日这般热闹，想那里自然无人，那美人也自然是寂寞的，须得我去望慰他一回’”处眉批）

前写画上美人，此写未见面之傅秋芳，并后文刘老老胡诌之若玉小姐，言宝玉无处不钟情至于此极。（第三十五回“只因那宝玉闻得傅试有个妹子，名唤傅秋芳，也是个琼闺秀玉，传说才貌俱全，虽自未亲睹，然遐思遥爱之心，十分诚敬”处眉批）

空中之情。（第三十九回“宝玉且忙问刘老老：‘那女孩儿大雪地里做什么抽柴草？倘或冻出病来呢？’”处眉批）

由以上3条批语，黄小田称宝玉“无处不钟情至于此极”是非常恰切的：画上美人，无生命无情状，宝玉仍不忘要去望候以慰寂寥；因“恐薄了”素未谋面的傅试之妹傅秋芳，“素昔最厌勇男蠢妇的”（第三十五回）宝玉忙命见傅家来请安的两个婆子；死后成精的若玉小姐，虽乃刘姥姥信口胡编，仍牵惹宝玉怜悯不舍的情思。宝玉对这三个貌美聪慧的女孩的执着倾慕，可谓是跨越了时空，纵贯了思维，突破了想象，用“空中之情”概括是恰如其分的，这也凸显了宝玉用情之深，事事皆以“情”为依归。

②“不近人情之情”。

此一情感类型的代表为王夫人的丫鬟彩云。第六十一回，“玫瑰露”一事结案，为免事情闹大波及无辜，宝玉将偷窃之事揽到自己身上并对彩云说“彩云姐姐果然是个正经人。如今也不用你应，我只说我悄悄的偷的吓你们玩，如今闹出事来”，此处黄小田眉批：“是书言情，无所不有，此又一种不近人情之情。”批语批在“如今闹出事来”，所谓“闹出事”即贾母、王夫人等因宫中老太妃薨逝而入朝随祭，彩云受赵姨娘鼓动偷出玫瑰露送与交好的贾环，后事情败露，彩云嫁祸玉钏儿，“两个人‘窝里炮’，先吵得合府皆知”，而“少不得要查的”，误打误撞指向大观园小厨房主管柳家的的女儿五儿，最终平儿出面审查，弄清原由，因赵姨娘、贾环之故，恐探春脸面无光，由宝玉揽下盗窃之名而终至平息。黄小田言“不近人情”，当指彩云栽赃之举。彩云之所以这样做，有议论认为她嫉妒玉钏儿的月钱，王夫人因害玉钏儿姐姐金钏儿跳井而心内不安，将金钏儿生前的月钱补给玉钏儿而让她吃双份子——二两，二两月银是姨娘的标准，此可聊备一说。此外，由彩云自曝实情“伤体面，偷东西，原是赵姨奶奶央及我再三，我拿了些与环哥儿是情真”，彩云偷露事起赵姨娘，赵姨娘不忿女儿探春与她生疏而亲近王夫人，不忿儿子贾环因庶出身份而低宝玉一等，从“赵姨娘正因彩云私赠了许多东西，被玉钏儿吵出，生恐查问出来，每日捏着一把汗，偷偷的打听信儿”（第六十二回）来看，彩云移祸玉钏儿，或受赵姨娘的耳旁风，而这种种的背后实则牵系着更大的事情——嫡庶之争，从赵姨娘“吵一出子，大家别心净”（第六十回）的愤激之词可推知，正面争不过，时不时来个“偷袭”添添堵也是能让人烦不胜烦的。彩云与玉钏儿侍候同一主母，按说应是有姐妹情意的，委实不应反诬他人，盖其又与赵姨娘交厚，“近墨者黑”罢。

③“意外之情”。

此一情感类型的代表为薛蝌之妻邢岫烟。她本因家道艰难随父母来投奔姑母邢夫人而住进大观园，大观园这座世外桃源为她带来了幸运与幸福，一为与栊翠庵妙玉再续前缘，一为嫁与薛蝌，琴瑟在御。第六十三回，邢岫烟向宝玉述及她与妙玉的相识之缘：“我和他做过十年的邻居，只一墙之隔。他在蟠香寺修炼，我家原来寒素，赁房居，就赁了他庙里的房子，住了十年，无事到他庙里去作伴。我所认得的字，都是承他所授。我和他又是贫贱之交，又有半师之分。因我们投亲去了，闻得他因不合时宜，权势不容，竟投到这里来。如今又两缘凑合，我们得遇，旧情竟未改易，承他青目，更胜当日。”正是因为这段奇特因缘，邢岫烟帮宝玉解决了一个令其“半天仍没主意”的棘手问题，即怡红夜宴庆生的次日收到署有“槛外人妙玉恭肃遥叩芳辰”的粉红小笺，宝玉素来敬重妙玉，不知如何复答，是故去问黛玉而碰巧遇到邢岫烟，并意外获知邢岫烟与妙玉的这段师生之缘，黄小田因此有眉批：“宝玉与岫烟又是一种意外之情。”这段“意外之情”实际上绾合了宝玉、妙玉、邢岫烟三个人的情感：妙玉独于宝玉庆生日投笺问候，可见她对宝玉清妙不群人品的倾心爱慕，这是一种引为知己的惺惺相惜；宝玉赞邢岫烟“举止言谈，超然如野鹤闲云”，原来她与妙玉既为贫贱之交，又有半师之情，“原本有来历”；岫烟承妙玉言传身教，而佛家最贵平常之心、随遇而安，这使得岫烟在薛家败后犹能与薛蝌“浓淡由他冰雪中”（第五十回《咏红梅花（得“红”字）》）。宝玉与邢岫烟的这段“意外之情”也让我们看到两个清净女儿的人性之美：妙玉肯教赁家之女研墨习字，说明“为人孤癖，不合时宜，万人不入他的目”的她也是有着似水柔情的；邢岫烟赁屋蟠香寺，蒙妙玉传授知识，二人重会大观园，岫烟复得妙玉讲经修禅，这就使得邢岫烟有别大观园高墙深院里的一众女儿而更似一股清流，置身事外，安然自若。这种别具一格的真率之情也正是宝玉所迷恋的。

④“决绝之情”。

此一情感类型的代表为尤三姐、鸳鸯与司棋。这三位女儿皆为性烈刚毅之人，以“决绝”二字冠予其情名副其实。第七十二回“且说司棋因从小儿和他姑表兄弟一处玩笑，起初时小儿戏言，便都订下将来不娶不嫁”处黄小田眉批：“园中婢女，大半钟情宝玉，司棋独不然，又一种情也。”其实，非仅“司棋独不然”，鸳鸯也并不因宝玉荣府嫡孙的尊贵身份而有所希图，她在“抗婚”一节曾义正辞严地说：“我这一辈子，别说是宝玉，就是‘宝金’‘宝银’‘宝天王’‘宝皇帝’，横竖不嫁人就完了！就是老太太逼着我，一刀子抹死了，也不能从命！”（第四十六回）尤三姐亦然。第六十五回描写尤三姐“及至到他跟前，他那一种轻狂豪爽、目中无人的光景，早又把人的一团高兴逼住，不敢动手动脚”处黄小田眉批：“再写足一笔，与大观园中人绝不相犯，然其情则与鸳鸯、司棋同一决绝。”尤三姐之所以令珍琏辈“不敢动手动脚”，一是她心中“别有合意者在前”（第六十六回黄小田眉批）即柳湘莲，二是她对尤二姐所说“咱们金玉一般的人，白叫这两个现世宝沾污了去，也算无能”即珍护自己的身体与感情，不容轻侮，对淫徒色鬼的作践给予强烈回击。在三位女儿中，司棋与尤三姐是颇具反抗精神的，敢于冲破伦理道德的束缚，大胆追求自己属意的爱情，虽最终各以撞墙与饮剑的惨烈方式宣告失败，但也都赢得各自的爱情，潘又安追随司棋而去，柳湘莲削发遁入空门，或可说是另一种形式上的进攻与圆满。相对而言，鸳鸯的爱情观颇为隐晦，戚序本第四十六回有回末总评：“鸳鸯女从热闹中别具一副肠胃，‘不轻许人’一事，是宦途中药石仙方。”“不轻许人”即不愿委屈自己的爱情而将终身随便托付他人。季新则解释说：“于《红楼梦》得深于情之人二焉：一曰紫鹃，一曰鸳鸯。……以余之见，则鸳鸯者存爱情而死者也，为自重其爱情而死者也。鸳鸯不云乎：‘谁收在屋里？谁去配小子？’此意如见矣。盖鸳鸯者，深自重其爱情，而不欲草草以授诸人。然而为丫头者，舍是二者，无他结局。彼不忍受其爱情之如是狼籍也，宁一死以葆之。彼之重视其爱情，十倍于生命，故宁捐生命以葆爱情，而不愿辱爱情以全生命也。”[1] 鸳鸯为爱情之鸟，曹雪芹以此命名贾母最喜爱的丫鬟，当有深意存焉，鸳鸯鸟也象征忠贞的爱情，则鸳鸯自有一番真情埋于心房——重情甚于生命。季新评语通透明白，的为至评。

尽管尤三姐、鸳鸯与司棋三位青春女性重情重义，但黄小田对她们的定评是有高下之分的，第九十二回司棋撞墙而死后黄小田有眉批：“至尤三姐之死，亦不得不谓之烈，然出于污泥，虽云不染，究系杂霸。湘莲之遁，亦不过为宝玉之先声耳。今司棋既已失身，虽烈何取，潘又安更无足论。作者写此数人，皆宝黛之衬笔，而不知金哥而外，须首数鸳鸯，以其既贞且烈也。”显然，黄小田是戴着礼教的有色眼镜，以“饿死事小，失节事大”“以顺为正者，妾妇之道也”（《孟子·滕文公下》）等戒律清规去品评诸人及其爱情的，自然无从管窥雪芹的笔意文心。不唯尤三姐、鸳鸯、司棋三人，黄小田对《红楼梦》一书中凡涉情较为显明者，皆以礼教观念为圭臬，划为“情之正（者）”与“情之至下者”两大类：

①“情之正（者）”。

归属此一类情感者，有双双殉情的张金哥与守备之子、以身殉主葆其真情的鸳鸯等。张金哥与守备之子在《红楼梦》中出场寥寥，但他们的短命爱情却引起了黄小田的注意。第十六回“那守备之子闻知金哥自缢，他也是个情种，遂投河而死”处有眉批：“书中写宝玉情种矣，皆不若此得情之正。”第九十二回亦有眉批：“前金哥之死烈矣，得情之正，若其夫亦投水殉之，则庐江小吏之流，不可为训。”合观二批，前批肯定守备之子殉情，后批则以《玉台新咏·古诗为焦仲卿妻所作》中与妻子刘兰芝约定“黄泉下相见”而自缢的焦仲卿为例否定守备之子殉情，前后相扞格。揣摩语意，黄小田对张金哥与守备之子忠于爱情、生死相随是表示同情的，但不赞成守备之子以身赴死，盖基于儒家孝文化中男子要传宗接代、延续香火（《孝经·圣治章》“父母生之，续莫大焉”）方面的考量，从第百二十回王夫人说宝玉“刚刚儿的娶了亲，中了举人，又知道媳妇作了胎”处眉批“即前所谓‘妙合而凝’也，表明宝玉有子，且中举辞别父母而去，可告无罪”即可看出黄小田的这种思想倾向。黄小田此一思想倾向实际上也代表了大

① 季新：《红楼梦新评》，见一粟编《古典文学研究资料汇编·红楼梦卷》，第三一四－三一六页。

多数人的看法，黄钺《壹斋集》卷十三《过庐江感焦仲卿事作》即云："子甚宜其妻，父母不悦去。奈何焦仲卿，以死殉厥妇。阿兰有小姑，阿母无稚孺。不孝无后大，小吏何足数。万古惟姜庞，珍羞托邻妪。久之姑感惭，呼还复如故。仰事俯蓄间，诗也诚无负。寄语后来人，勿为诗人误。""不孝无后大，小吏何足数"，父子两代观点一致。鸳鸯则"以其既贞且烈"深获黄小田赞誉，此类批语如"情之正无过于此，在此书中乃第一人"（第百十一回眉批）、"若鸳鸯之殉主，其忠烈更不必说"（第百二十回眉批）等。

此外，第七十九回，迎春出嫁后，宝玉天天到紫菱洲一带徘徊，思忆姐弟之情，在"再看那岸上的蓼花苇叶，也都觉摇摇落落，似有追忆故人之态，迥非素常逞妍斗色可比"处黄小田眉批："物本无情，有情者视之如此耳，写宝玉之情，无所不至，此尤得情之正。"黄小田该批换作脂批的话，就是警幻情榜上宝玉的考语"情不情"，即"凡世间之无知无识，彼俱有一痴情去体贴"(甲戌本第八回眉批)。在宝玉看来，天下万物皆有情，故对一切有情者用情，对一切不情者用情，对一切无情者用情，其用情之广，施情之深，"是作者在'儿女真情'的境界中具有时代意义的新开掘"，"具有初步民主主义人道精神的新内容，吹拂着人性觉醒的青春气息"[①]，确然"尤得情之正"。前面所说的对常常心怀不轨的亲弟贾环、对将薛家闹得鸡犬不宁的夏金桂以及慰藉美人画、遥慕傅秋芳、寻踪若玉小姐等，均为宝玉"情不情"的体现。

②"情之至下者"。

黛玉与袭人是黄小田批判最为猛烈的两位妙龄女儿，可称冠亚双姝。本章《王希廉批语对黄小田评点的影响》一节曾有提及，黄小田用儒家伦理中"礼"的观念衡量黛玉的为人处事，而积极追求个性解放、张扬个人自主精神的黛玉，每每挣脱礼教桎梏，打破道德枷锁，既越礼，又越规，所以，从出场到退场，黄小田对黛玉贬多于褒或只贬不褒。如第八十九回黛玉闻听紫鹃和雪雁闲聊宝玉说亲事后伤心欲绝，在"原来黛玉立定主意，自此以后，有意遭塌身子，茶饭无心，每日渐减下来"处黄小田眉批："痴得可笑，并不可怜，以非情之正也。"因为黄小田以伦理道德观评价黛玉，故"不能用认识贾宝玉的眼光，来认识林黛玉。他没有看到黛玉之情与宝

---

① 李希凡:《说"情"——浅析贾宝玉的"情不情"与明清启蒙思潮》,见《红楼梦艺术世界》，文化艺术出版社 1997 年版，第 300、306 页。

玉之情一样，也是‘非世俗儿女之情可比’的”[①]。他如第九十七回眉批黛玉垂危“死得不正，虽可伤心，究不必伤心”亦作如是观。连带着，“宝黛虽书中正文，我所不取”（第九十二回眉批），对宝黛爱情持肯定态度，但反对二人“驰欲背理”（第九十八回张新之夹批）。袭人则因失节再嫁成为黄小田另一重点批判的对象。大观园群芳流散之际，小说第七十八回插入了一段贾政命宝玉、贾环、贾兰等作姽婳将军诗的闲雅文字，黄小田认为作者之所以这样设置情节，是借“恒王多情，林四娘即以多情殉主，死得其正，正以重后文袭人不死之罪”，即以恒王战死林四娘殒身于国，反衬宝玉出家后袭人苟活于世。宝玉应试完毕跟了和尚去后，最难处者莫过于袭人，“我究竟没有在老爷太太跟前回明，就算了你的屋里人。若是老爷太太打发我出去，我若死守着，又叫人笑话；若是我出去，心想宝玉待我的情分，实在不忍”“倒不如死了干净”（第百二十回），而袭人最终也没有自尽，经王夫人、薛姨妈等一番苦劝后，嫁给了蒋玉函。这在黄小田看来，简直是重逆无道，故斥袭人“何失身于前，又居然改适于后，贪生忘耻，无情无义，乃书中第一不足取之人”（第百二十回眉批）。自然，既失节破身又琵琶别抱的袭人当归入“非情之正”一流。另，“情之至下者”一语见于第七十一回，鸳鸯传贾母的话后由大观园回返，在园门口山石后无意惊散“鸳鸯”——幽期密约的司棋和潘又安，在“鸳鸯忙要回身，司棋拉住苦求，哭道：‘我们的性命都在姐姐身上，只求姐姐超生我们罢！’”处黄小田眉批：“司棋与金钏同一死于情，皆不足取。盖是书无情不备，此即情之至下者。”从“（鸳鸯）刚转至石后，只听一阵衣衫响，吓了一惊不小。定睛一看，只见是两个人在那里，见他来了，便想往树丛石后藏躲”知司棋失身于潘又安，这与袭人同宝玉偷试云雨性质相同，而小说第三十回金钏儿和宝玉相互调情，又与黛玉和宝玉私相爱恋性质相同，故而黛玉、袭人、司棋和金钏儿，在黄小田看来，皆为“情之至下者”。

此外，第百十一回鸳鸯殉主自缢时，警幻仙子之妹可卿前来接引，招鸳鸯掌管“痴情司”，在“鸳鸯的魂道：‘我是个最无情的，怎么算我是个有情的人呢？’那人道：‘你还不知道呢。世人都把那淫欲之事当作“情”字，所以作出伤风败化的事来，还自谓风月多情，无关紧要。不知“情”

① 张庆善：《一位鲜为人知的〈红楼梦〉评点家——黄小田〈新增批评绣像红楼梦〉评点初探》，第 233 页。

之一字，喜怒哀乐未发之时，便是个性；喜怒哀乐已发，便是情了。至于你我这个情，正是未发之情，就如那花的含苞一样。欲待发泄出来，这情就不为真情了。’”处黄小田眉批：“一部书写情字，俱是此意。”该批意在表明黄小田是从这个层面认为《红楼梦》一书乃写情之作的。参照这一标准，宝黛二人在互证情义至两情相悦时，黛玉对宝玉的猜忌、疑虑、多思、试探、拌嘴、吵闹、饮泣等诸多表现，无疑是“喜怒哀乐已发，便是情了”；而从第三十回“（宝玉）便自己向身边荷包里带的香雪润津丹掏了一丸出来，向金钏儿嘴里一送，金钏儿并不睁眼，只管噙了”“金钏儿睁开眼，将宝玉一推，笑道：“你忙什么？‘金簪儿掉在井里头，有你的只是有你的。’”等这些充满挑逗意味的文字来看，金钏儿同宝玉公然在王夫人眼皮底下调情，无疑也是“喜怒哀乐已发，便是情了”；失身的司棋与袭人，同黛玉、金钏儿相比有过之而无不及，自然也是“喜怒哀乐已发，便是情了”，——用第百二十回甄士隐的话来说就是“大凡古今女子，那‘淫’字固不可犯，只这‘情’字，也是沾染不得的。……凡是情思缠绵，合那结局就不可问了”，显然，无论是黄小田的评判，还是后四十回续书的立意，和曹雪芹皆不可同日而语。于黄小田而言，不能正确认识和评价人物及其感情；于程伟元、高鹗整理的续书而言，“细审后四十回，断非与前一色笔墨者”（裕瑞《枣窗闲笔·程伟元续红楼梦自九十回至百二十回书后》）。

（三）“宝玉之痴，自较魏武更甚”

黄小田明言“宝黛虽书中正文，我所不取”，给人的感觉似乎他对宝黛爱情是持否定态度的，有学者即认为：“从‘礼’的角度衡量‘情’，否定林黛玉对贾宝玉的感情，认为这种感情并非情之正，以张新之和黄小田为代表”，“否定贾宝玉和林黛玉的爱情，认为他们的情感‘驰欲背理’，有违礼法，非‘情之正’，也因此他们的爱情最终未能开花结果，实属正常”。[①] 实则不然。黄小田对宝黛爱情不仅不否定，相反是同情与肯定，甚而给予积极支持，这可从第五十七回中的部分批语反映出来：

> ① 宝玉之于黛玉，紫鹃知之深矣。何必试之，且云黛玉决意回去，打点还东西，宝玉如何肯骤信？（“前日夜里姑娘和我说了，

① 薛红娟：《清代评点家视野下的〈红楼梦〉后四十回》，第93页。

叫我告诉你，将从前小时玩的东西，有他送你的，叫你都打点出来还他；他也将你送他的打点在那里呢”处眉批）

② 即使与黛玉如愿，而欲为化灰烟之人尚多，又何以处之？（“我只愿这会子立刻我死了，把心迸出来，你们瞧见了，然后连皮带骨，一概都化成一股灰，再化成一股烟，一阵大风，吹的四面八方，都登时散了，这才好！”处眉批）

③ 直是说明要随黛玉嫁宝玉了，试问黛玉能如愿否？宝玉能自主否？（“偏把我给了林姑娘使，偏生他又和我极好，比他苏州带来的还好十倍，一时一刻，我们两个离不开。我如今心里却愁他倘或要去了，我必要跟了他去的”处眉批）

④ 如果两人能自立，试之可也，明知不能，即使两人将心事说明，能为之撮合耶？（“夜间人静后，紫鹃已宽衣卧下之时，悄向黛玉笑道：‘宝玉的心倒实，听见咱们去，就那样起来’”处眉批）

⑤ 他早拿定主意了，岂知老太太现活着，亦不能依他主意，奈何。（“娘家有人有势的，还好些；若姑娘这样的人，有老太太一日还好，一日若没了老太太，也只是凭人去欺负罢了。所以说，拿主意要紧”处眉批）

⑥ 此段为钗黛终身作影，红丝已在眼前，但未之见耳。可怜红丝所不能拴者，苦矣。（“管姻缘的有一位月下老人，预先注定，暗里只用一根红丝，把这两个人的脚绊住，……若是月下老人不用红线拴的，再不能到一处”处眉批）

第五十七回“慧紫鹃情辞试莽玉”为紫鹃的重头戏，雪芹赠其“慧”字，乃因宝黛二人在一次又一次的情感冲突中猜疑告白、互明心迹，至三十一回“诉肺腑”终云开月明、心意相通，感情趋于平静与稳定，但其后展缓延宕，并无实质性进展，黛玉的贴身丫鬟紫鹃为试探宝玉对黛玉的真心，故意设谎欺骗宝玉，使得宝玉为爱而病并袒露真情。在该回，黄小田共批下 38 条批语，其中有 5 条直言“紫鹃之笨”，其原因即如“这并不是什么大病，老太太和姨太太只管万安，吃一两剂药就好了”处眉批：“薛姨妈一番话，因不知宝黛心事，作者亦借写贾母、王夫人不疑之故耳，否则何一病如此，大家皆不诧异耶？然凤姐、宝钗等未尝不窥见二人之隐矣。”换句话说，紫鹃之“笨”在于将宝黛隐秘的心事闹得阖府皆知，宝玉的婚配问题显然会提上贾府大家长的议事程，而这对宝黛爱情的走向是有利还是不利，不得而知，但无疑是一次冒险的行为。黄小田批紫鹃的行为愈频、愈狠，表明他对宝黛关注与关心的程度愈重、愈深，结合如上6例批语，黄小田支持并理解宝黛爱情是毋庸置疑的，他对“可怜红丝所不能拴者，苦矣”的宝黛悲剧也表示了深深地叹惋与担忧。此外，细嚼如上6例批语中的第2—5条，批语的世俗性明显增强，聚焦俗世常情，并联系到了现实生活中宝黛能否成就美满姻缘以及二人成婚后能否和谐相处等问题，艺术本来源于生活，此处则从艺术走向生活。那么，在黄小田看来，造成宝黛爱情悲剧的原因是什么呢？围绕如上批语，并结合黛玉逝前诸批语，宝黛有情人难成眷属的原因主要有以下几点：

① 如上批语第5条提到黛玉“早拿定主意了”，即非宝玉不嫁，但残酷的现实情况是“岂知老太太现活着，亦不能依他主意”。贾母偏爱黛玉是众所周知的，黛玉初到贾府，“贾母万般怜爱，寝食起居，一如宝玉，而迎春、探春、惜春三个孙女儿倒且靠后”（第五回），继至第二十五回凤姐打趣黛玉“你既吃了我们家的茶，怎么还不给我们家作媳妇？”并指着宝玉说：“你瞧瞧，人物儿配不上？门第配不上？根基儿家私配不上？那一点玷辱了你？”由荣府大管家王熙凤说出这样的话显然不是空穴来风，贾母若无这方面意见的流露，想来王熙凤也不会红嘴白牙拉郎配。而第二十八回元春赐端阳节礼中宝玉“同宝姑娘的一样。林姑娘和二姑娘、三姑娘、四姑娘只单有扇子和数珠儿，别的都没有”无疑会让贾母有所触动，贾母显然也不会置元春的暗示于不顾。第三十五回，贾母当众人的面说“提起姊妹，不是我当着姨太太的面奉承，千真万确，从我们家里四个女孩儿算起，都不如宝丫头”，可见，贾母对钗黛二人的态度已发生微妙的变化，黄小田亦有眉批：“并不提黛玉，危矣，而宝钗得矣。”第四十回贾母一行陪刘姥姥游览大观园，在“贾母因见岸上的清厦旷朗，便问：‘这是薛姑娘的屋子不是？’众人道：‘是。’贾母忙命拢岸，顺着云步石梯上去，一同进了蘅芜院”处黄小田眉批：“特周旋宝钗，亦有意哉。”应该说，黄小田的看法还是比较有道理的。前面提到，黛玉是黄小田批判最为厉害的两位女儿之一，他主要不喜黛玉两点，一是不符“男女授受不亲”等礼教道义，一是爱耍小性而惹人不满、出语尖酸而不得人心。观照宝钗，与黛玉正好相反，相关批语如“稳重和平，便与使小性儿不同矣”（第二十二回眉批）、

“能忍辱于大怒，岂黛玉所能学？”（第三十回眉批）、“善于立言，我亦喜之”（第三十二回眉批）、“不肯得罪人，是宝钗一生妙用”（第三十七回眉批）、“宝钗事事练达，令人可敬可爱而又可畏”（第四十七回眉批）、“宝钗事事老到结实，实是利害”（第四十八回眉批）、“宝钗无事不存心，无事不结实，实是可敬可畏”（第五十九回眉批）、“留神小心是宝钗一生本领”（第六十二回眉批）、“宝钗为上下人等所喜，而老练处似乎无情”（第六十三回眉批）等，而这些正是未来宝二奶奶打理偌大一个荣国府所必须具备的处事心胸与管理之道。同时，黄小田还认为，宝钗理家更胜王熙凤一筹，原因如第五十六回眉批：“圆全周到，是宝钗议论。凤姐所行者霸道，宝钗所行者王道。”该回即“敏探春兴利除宿弊，贤宝钗小惠全大体”，相较王熙凤的铁腕式管理，大观园承包责任制倡行时的宝钗则深谙世故，体察人情，更得府中人等的服膺。他如第百十回眉批：“凤姐之卖才，天下之呆人也；宝钗之不卖才，天下之乖人也，以是知宝钗利害而凤姐不利害。”王熙凤治家靠的是逞威弄权、滥施刑罚，而终致自叹“我如今也是‘骑上老虎’了”（第五十五回），宝钗则是察言观色、中庸圆通，更受阖府上下拥护。宝钗理家的这些优点，器量褊狭的黛玉皆不具备，可见，由宝钗肩挑贾府重担无疑是能胜任其职的。另，从黛玉“从会吃饭时便吃药，到如今了，经过多少名医，总未见效”（第三回）的“怯弱不胜”至第九十回贾母说向众人“林丫头这样虚弱，恐不是有寿的。只有宝丫头最妥”；从“须看种种世态炎凉，世俗嫁娶未有不重财者。黛玉父母早丧，孑然一身，宝钗母兄俱存，家赀尚厚”[①]至婚薛“合二姓之好”，既可接续香火、传承血脉，又可成就互惠共赢的家族利益，这都会使得贾母艰难地放弃最初的选择——弃钗取黛，而转为取钗舍黛。

贾母乃贾府的宝塔尖儿，有着至高无上的权威，但在宝玉的婚事上也不能独专而行，因为“当事体关系到整个家族的利益和命运时，个人的好恶必将退到幕后，取而代之的是对整体利益的权衡与取舍”[②]，“贾母是有情还是无情？或许她对黛玉乃至宝玉都是无情的，但她对贾氏家族的血脉、

① ［清］周春撰：《阅红楼梦随笔》，见一粟编《古典文学研究资料汇编·红楼梦卷》，第七六页。

② 孙伟科：《宝黛爱情悲剧的一次预演——〈红楼梦〉第五十七回的分析》，《红楼梦学刊》2001年第1辑，第79页。

家业的延续则是有情的。古人云：‘忠孝不能两全。’在家族利益高于一切的封建时代，情又何能两全呢？这一点，如果按照学术观念和道德标准去认识或是评论，那将是永远无法解读贾母决定的真正原因，枉费了曹雪芹的创作意图”[①]。

② 如上批语第3、4两条，黄小田有“如果两人能自立，试之可也”“黛玉能如愿否？宝玉能自主否？”的发问，回答当然是否定的，黛玉不能如愿恰因宝玉在婚姻上不能自主、自立。尽管宝玉极度厌烦峨冠礼服的仕途经济，鄙视功名利禄；厌烦“学而优则仕”的人生道路，只爱在女儿堆中厮混；厌烦出于“父母之命，媒妁之言”的包办婚姻，追求自由独立的爱情，但当这一切降临的时候，他只能被动接受，无条件服从，因为儒家伦理的孝悌观念起着主导作用，“他是跪着造反”[②]。由《孝经·圣治章》“父子之道，天性也”、《论语·为政》“孟懿子问孝，子曰：‘无违’。”以及《孟子·离娄》“不得乎亲，不可以为人；不顺乎亲，不可以为子”等典章可知，子女之孝，以顺从父母、尊敬长辈为要。《红楼梦》第二十四回“宝玉同邢夫人坐在一个坐褥上，邢夫人又百般摸索抚弄他”、第二十五回“不多时，宝玉也来了，见了王夫人，也规规矩矩说了几句话，便命人除去了抹额，脱了袍服，拉了靴子，就一头滚在王夫人怀里；王夫人便用手摩挲抚弄他，宝玉也扳着王夫人的脖子说长说短”、第三十七回秋纹说“提起这瓶来，我又想起笑话来了。我们宝二爷说声孝心一动，也孝敬到二十分。那日见园里桂花，折了两枝，原是自己要插瓶的，忽然想起来，说：‘这是自己园里才开的新鲜花儿，不敢自己先玩。’巴巴儿的把那对瓶拿下来，亲自灌水插好了，叫个人拿着，亲自送一瓶进老太太，又进一瓶与太太。谁知他孝心一动，连跟的人都得了福了。可巧那日是我拿去的，老太太见了这样，喜的无可不可，见人就说：‘到底是宝玉孝顺我，连一枝花儿也想的到。别人还只抱怨我疼他。’”等充满温情的场景，无不体现着宝玉作为晚辈对父母、长辈的孝道，那是一种出自天性的亲昵和敬爱。宝玉同贾政的父子对立关系被贾母形容为“见了他老子就象个‘避猫鼠儿’一样”

① 胡文彬：《红楼梦与中国家族文化》，见《世纪回眸：当代红学的记忆》，北京时代华文书局2016年版，第31页。

② 张锦池：《贾宝玉叛逆思想的历史限度》，见《红楼梦考论》，黑龙江教育出版社2009年版，第292页。

（第二十五回），尽管如此，从第十七回“大观园试才题对额”一节中贾政“近来闻得塾师称赞他专能对对，虽不喜读书，却有些歪才，所以此时便命他跟入园中，意欲试他一试。宝玉未知何意，只得随往”、第三十二回“有人来回说：‘兴隆街的大爷来了，老爷叫二爷出去会。’宝玉听了，便知贾雨村来了，心中好不自在。袭人忙去拿衣服。宝玉一面登着靴子，一面抱怨”、第三十三回宝玉挨打前“那宝玉听见贾政吩咐他‘不许动’，早知凶多吉少；那里知道贾环又添了许多的话？正在厅上旋转，怎得个人往里头捎信，偏生没个人来，连焙茗也不知在那里”及“宝玉急的手脚正没抓寻处，只见贾政的小厮走来，逼着他出去了”、第五十二回“宝玉在马上笑道：‘周哥，钱哥，咱们打这角门走罢，省了到老爷的书房门口，又下来。’周瑞侧身笑造：‘老爷不在书房里，天天锁着，爷可以不用下来罢了。’宝玉笑道：‘虽锁着，也要下来的。’”等情节可以看出，宝玉对父亲是恭恭敬敬的，举凡贾政的呵命，宝玉皆唯命是从，无半点违抗，此即宗法社会“父为子纲”的体现，为子者必须要服从于父。第二十八回黛玉因元春赏赐端午节礼宝玉和宝钗相同而心下猜疑，“宝玉道：‘我心里的事也难对你说，日后自然明白。除了老太太、老爷、太太这三个人，第四个就是妹妹了。有第五个人，我也起个誓。’”“老太太、老爷、太太这三个人”排于黛玉之前，也见宝玉是严格遵守“长幼有序，尊卑有别”这一森严的宗法等级秩序的。宝玉是在疯傻的状态下、在“掉包计”的蒙骗中同宝钗成亲的，但即使精神正常、意识清醒，面对父母安排的合乎家族利益的婚姻，也只能以牺牲个人的意志来成全家长至上的孝道之义。第五十六回贾母对前来请安的甄家四个女人说“不知你我这样人家的孩子，凭他们有什么刁钻古怪的毛病，见了外人，必是要还出正经礼数来的。若他不还正经礼数，也断不容他刁钻去了。就是大人溺爱的，也因为他一则生的得人意儿；二则见人礼数，竟比大人行出来的更不错，使人见了可爱可怜，背地里所以才纵得一点子。若一味他只管没里没外，不与大人争光，凭他生的怎样，也是该打死的”，在这种“礼出大家”（第四十回刘姥姥语）的规矩氛围下成长起来的世家子弟，其种种言行虽与社会规范、家族期望背道而驰，但孝悌伦理则是铭记五内的。事实上，宝玉也是这样做的。宝玉和宝钗成亲后，虽遁入空门，但一来乡试中式光宗耀祖，二来传延宗祧贾府有后，可与抛弃天伦之罪责相抵，一如黄小田所说“宝玉有子，且中举辞别父母而去，可告无罪”（第百二十回眉批）。“宝玉到后四十回，所以能深深动人，就是因为他已不似前八十回专说呆话吃口红而已。他读八股，取功名，是专为报答父母养育之恩，尽了人子之道，才遁入空门。这时宝玉年纪较大了，人品也较成熟了，……宝玉聪明，处此难关，求得两全之计，……这是曹雪芹最高明的手笔，也是曹雪芹所以寄其悲愤哀痛于宝玉身上”[①]，林语堂如是说。

③ 第九十六回，黛玉从傻大姐处无意中听到宝玉待娶宝钗的事后去找宝玉，在“黛玉说道：‘宝玉，你为什么病了？’宝玉笑道：‘我为林姑娘病了。’”处黄小田眉批：“当日园中误以袭人为黛玉，即此语也。今日才得当面说出，然黛玉仍如不闻，两人之心，依然莫得，至此时，丑态固贾母、贾政、王夫人酿成，黛玉亦死有余愧也。”“当日园中误以袭人为黛玉，即此语也”指第三十二回“诉肺腑心迷活宝玉”中宝玉把来送扇子的袭人误作是黛玉时的大胆表白：“好妹妹，我的这心事，从来也不敢说，今日我胆大说出来，死了也甘心！我为你也弄了一身的病，在这里又不敢告诉人，只好捱着。等你的病好了，只怕我的病才得好呢。睡里梦里也忘不了你！”这番真情坦露，表明宝玉对黛玉的爱已达到了炽热的程度，此后经“旧帕题诗”（第三十四回）、“情悟梨香院”（第三十六回），宝黛爱情日益稳固成熟，二人尽情享受着爱情的甜蜜芬芳，但大观园内外此消彼长的矛盾交错和明争暗斗的利益较量也在无形中阻碍了二人爱情的发展，小的摩擦虽然常有，但大的争吵已日渐稀少，二人往来也多是厮抬厮敬，故而黄小田认为宝黛二人虽被贾母、贾政、王夫人等人使用“掉包计”棒打鸳鸯，但心意渐远也是二人未能走到一起的主要原因。黄小田的这一看法与脂批相同，第二十一回，宝钗来看宝玉，宝玉去了黛玉房中，宝钗便和袭人说话，在“一时宝玉来了，宝钗方出去”处庚辰本有夹批：

> 奇文！写得钗、玉二人形景较诸人皆近。何也？宝玉之心，凡女子前不论贵贱，皆亲密之至，岂于宝钗前反生远心哉？盖宝钗之行止端肃恭严，不可轻犯，宝玉欲近之，而恐一时有渎，故不敢狎犯也。宝钗待下愚尚且和平亲密，何反于兄弟前有远心哉？盖宝玉之形景已泥于闺阁，近之则恐不逊，反成远离之端也。故二人之远，实相近之至也。至颦儿于宝玉实近之至矣，却远之至也。不然，后

① 林语堂：《平心论高鹗》，见《林语堂文集》第十卷，作家出版社1996年版，第480页。

文如何反较胜角口诸事皆出于颦哉？以及宝玉砸玉，颦儿之泪枯，种种孽障，种种忧忿，皆情之所陷，更何辩哉？◇此一回将宝玉、袭人、钗、颦、云等行止大概一描，已启后大观园中文字也。今详批于此，后久不忘矣。◇钗与玉远中近，颦与玉近中远，是要紧两大股，不可粗心看过。

脂批言“钗与玉远中近，颦与玉近中远”，即宝黛最终未能实现“木石前盟”的原因：二人虽近，实则相远，尤其是“宝玉砸玉，颦儿之泪枯，种种孽障，种种忧忿”以及后文“较胜角口诸事”更是加重二人心意的疏远，不复往日柔情。平心而论，脂批有难以自洽之处，其不知后文“较胜角口诸事皆出于颦”乃是恋爱中的女孩子的常态，脾气捉摸不定，性格多疑焦虑，第二十一回后黛玉的确常见哭闹，宝玉也的确常存苦恼，但种种情事，如第二十三回“牡丹亭艳曲警芳心”、第二十六回“潇湘馆春困发幽情”、第二十九回“多情女情重愈斟情”、第三十二回“诉肺腑心迷活宝玉”、第三十四回“情中情因情感妹妹”、第三十六回“识分定情悟梨香院”、第五十七回“慧紫鹃情辞试莽玉”等也将两颗孤寂的心渐逐贴近，情感日益加深。“较胜角口诸事”其实是一种青春的觉醒和美好爱情降临时的常有之态，这种常有之态会使得有情儿女心有灵犀、情投意合，而少有情义两心知上的阻隔与疏离。因此，脂批“钗与玉远中近，颦与玉近中远”及黄小田认为宝黛二人“两人之心，依然莫得”的观点是欠妥的。

以上三点即黄小田所认为的宝黛爱情悲剧产生的主要原因，其中又以“岂知老太太现活着，亦不能依他主意”即“家族利益高于一切”为决定性因素。

此外，如前所列 6 条批语中，第 2 条“即使与黛玉如愿，而欲为化灰烟之人尚多，又何以处之？”意即设若宝黛成婚后，面对宝玉的“无处不用情”（第二十五回眉批），敏感多疑的黛玉如何与之相处？这句批语表达了黄小田假想宝黛作成姻缘后深深的焦虑，充满了一蔬一饭的烟火气，实际上，黄小田言及了宝玉“泛情”与“专情”的问题。宝玉“天生一段痴情，所谓‘情不情’也”（蒙府本第十九回侧批），其情情于一切，尤其是他在大观园所构建的多情王国里，调动全部的激情，释放全部的活力，用真心呵护每一位如花似玉的清净女儿，用真情抚慰每一颗遭受钳制的娇弱心灵。宝玉以“护花使者”的身份对清净女儿们的种种暖心之举充满了他丰富的情感世界，但在他心底最柔软的地方，有一个位置只为一人而留，这个人就是黛玉，他对黛玉之情与对清净女儿之情是截然不同的，他深情地爱着黛玉，爱得超拔绝俗，黛玉也深情地爱着他，爱得纤尘不染。因为，宝黛爱情是建立在长期接触、共同信任的基础上的，一路走来磕磕碰碰、兜兜转转，两颗心也在感情的纷纷扰扰中冲破阴霾，契合无间，“你既为我之知己，自然我亦可为你的知己”（第三十二回）。此外，宝玉取中黛玉，很重要的一点即二人志趣相投，有共同的理想追求与人生信念，如第三十二回宝玉啐“也该常会会这些为官作宦的，谈讲谈讲那些仕途经济”的史湘云、第三十六回又批薛宝钗“好好的一个清净洁白女子，也学的钓名沽誉，入了国贼禄鬼之流”等，“独有林黛玉自幼儿不曾劝他去立身扬名，所以深敬黛玉”，故而引黛玉为知己，黛玉也以其特立独行的人生观、价值观呼应着宝玉。假若宝黛缔结姻缘，宝玉会以体贴关怀之痴情掬予清净女儿，而把至善至美之爱情奉献给黛玉。恋爱中的宝玉是这样做的，即使在“掉包计”的蒙骗下违心地娶了宝钗，他也未迅速地投入男欢女爱中，而与宝钗刻意地保持距离。如第百一回秋纹说“我叫小丫头问了焙茗，说是‘二爷忘了一句话，二爷叫我回来告诉二奶奶，若是去呢，快些来罢；若不去呢，别在风地里站着”处黄小田眉批：“初写二人恩爱，然尚未同衾共枕也，是宝玉之情，非比他人恩爱。”第百九回“宝玉听了，反不好意思，只得起来，搭讪着往里间走来，说：‘我原要进来的，不觉得一个盹儿就打着了。’宝钗道：‘你进来不进来，与我什么相干？’”处眉批：“观后文，知此时两人尚未同衾，盖宝玉不忍负黛玉，而宝钗又不肯就宝玉也。”“宝玉不忍负黛玉”，正说明黛玉虽卒，但在宝玉心中依然鲜活如初。其后，宝玉同宝钗渐有夫妻之事，对宝玉的这种转变，小说第五十八回芳官向宝玉说藕官烧纸事可聊作解释——“他是小生，药官是小旦，往常时，他们扮作两口儿，每日唱戏的时候都装着那么亲热，一来二去，两个人就装糊涂了，倒象真的一样儿。后来两个竟是你疼我，我爱你。药官儿一死，他就哭的死去活来的，到如今不忘，所以每节烧纸。后来补了蕊官，我们见他也是那样，就问他：‘为什么得了新的就把旧的忘了？’他说：‘不是忘了。比如人家男人死了女人，也有再娶的，只是不把死的丢过不提就是有情分了。’你说他是傻不是呢？宝玉听了这呆话，独合了他的呆性，不觉又喜又悲，又称奇道绝”，此处黄小田有眉批：“写宝玉用情无所不呆矣，然犹分男女也，至两女之呆如此，则宝玉之所不及，安得不称奇道绝，要知皆写宝玉，非写二女。宝玉合了呆意，正影后文，与宝钗亦复情密也。”黄小田认为宝玉久疏宝钗后，之所以渐渐情移宝钗，因为心里有“人家男人死了女人，也有再娶的，只是不把死的丢过不提就是有情分了”这样一个想头，而从黛玉卒后宝玉的各种表现来看，黛玉在他心中的位置确乎无人可代，即使与其已有肌肤之亲的宝钗亦不能。黄小田的这一分析还是有道理的，“芳官‘他不是忘了’云云，预为黛玉死后之宝玉分辨”，陈其泰亦有同感。除了这一点，宝玉或应还有一层意思，既然矢志出家，出家之前则要对家族和家人有所交代，故同宝钗“二五之精，妙合而凝”（第百九回）以留“遗腹之子”，一如黄小田所言“宝玉有子，且中举辞别父母而去，可告无罪”。这方为一个享有“绝代情痴”（庚辰本第十九回双行夹批）盛誉的有情有义的美好形象。

“都道是金玉良缘，俺只念木石前盟。空对着，山中高士晶莹雪；终不忘，世外仙姝寂寞林”，第五回宝玉神游太虚幻境所听的这支《红楼梦曲·终身误》道出了其婚配宝钗后，对魂归天界的黛玉无限的思念与怅惘之情，最终，宝玉怀着无言的感伤与顿悟，出家为僧。对宝玉最终放弃世俗之爱归彼大荒，黄小田有着一个逐渐认识并给予理解的过程。第二十一回，宝钗来看宝玉，宝玉因找黛玉而恰巧不在，宝钗便和袭人说话，在“袭人又叹道：‘姊妹们和气，也有个分寸礼节，也没个黑家白日闹的！凭人怎么劝，都是耳旁风。’宝钗听了，心中暗忖道：‘倒别看错了这个丫头，听他说话，倒有些识见。’宝钗便在炕上坐了，慢慢的闲言中，套问他年纪家乡等语，留神窥察其言语志量，深可敬爱”处黄小田眉批：“可见宝钗心中，早看透矣，故以袭人为可敬，而如此妻妾不能消受，惜哉！”“如此妻妾”当指宝钗和袭人，宝钗为未来的宝二奶奶，“袭人自知系贾母将与了宝玉的，今便如此，亦不为越理”（第六回），在宝玉“也没个黑家白日闹的”扎在女儿堆里的问题上，二人步调一致，可谓“袭乃钗副”（甲戌本第八回夹批）。该回回末评中黄小田曾言“宝玉于诸女昼夜亲密，其机危甚”，可见他对宝玉这一喜在内帏厮混的行为也充满了忧虑，当然，这与黄小田持传统和保守的立场有关，但在他看来，钗、袭二人有箴规之实，不负妻妾谏言之德，这样一对恪守女仪女诫的娇妻美妾宝玉无福消受，实在可惜。第三十五回，宝玉边看宝钗的丫鬟莺儿打络边和莺儿闲聊，在“宝玉道：‘宝姐姐也就算疼你了。明儿宝姐姐出嫁，少不得是你跟去了。’莺儿抿嘴一笑。宝玉笑道：‘我常常和袭人说，明儿也不知那一个有福的消受你们主儿两个呢。’”处黄小田眉批：“果有此人，但无福消受，奈何。”“果有此人”指宝玉，“但无福消受”指宝玉与宝钗成婚后，最终抛弃天伦，绝尘而去，留得中馈空闺寂寞。但至第八十一回，黄小田不再有“妻妾不能消受”之语云云，而是对宝玉弃家为僧有了一个全新的认识，既表现出他对宝玉于黛玉之情须臾不忘的肯定，也表明他对《红楼梦》一书是反复阅读并品析寻绎的。第八十一回，宝玉午休醒来，随手拿起书来看，在“谁知宝玉拿的那本书却是《古乐府》，随手翻来，正看见曹孟德‘对酒当歌，人生几何’一首，不觉刺心。因放下这一本，又拿一本看时，却是晋文”处黄小田眉批：“孟德为此语可谓达矣，然卖履分香者何人？宝玉之痴，自较魏武更甚，而终有感于‘放浪形骸’一语，岂魏武之痴所能及哉？”黄小田该批值得分析。“对酒当歌，人生几何”为曹操《短歌行》其一首句，面对着美酒高声放歌，人生的岁月能有几何，从字面义表达一种人生短促、日月如梭之感，这是宝玉所不喜的，因为他想和女儿们永远在一起，所以感觉“刺心”。“卖履分香”典出曹操《遗令》：“吾婢妾与伎人皆勤苦，使著铜雀台，善待之。于台堂上安六尺床，施繐帐，朝晡上脯糒之属，月旦十五日，自朝至午，辄向帐中作伎乐。汝等时时登铜雀台，望吾西陵墓田。余香可分与诸夫人，不命祭。诸舍中无所为，可学作组履卖也。”旧喻人临死仍不忘妻儿。“放浪形骸之外”语出晋王羲之《兰亭集序》：“夫人之相与，俯仰一世，或取诸怀抱，悟言一室之内；或因寄所托，放浪形骸之外。”形容不受世俗礼法束缚。黄小田该批所要表达的意思即曹操告别人世之际，仍念念不忘妻妾儿女，而宝玉却能挣脱世俗羁绊，抛却亲长妻儿，弃绝尘世人生，这份对黛玉的痴情比曹操还要重。用脂批表达就是“宝玉有情极之毒，亦世人莫忍为者”（庚辰本第二十一回夹批），而黄小田也有“情极语”（第七十一回眉批）的概括。从该回“（宝玉）因放下这一本，又拿一本看时，却是晋文，翻了几页，忽然把书掩上，托着腮，只管痴痴的坐着……忽见宝玉站起来，嘴里咕咕哝哝的说道：‘好一个“放浪形骸之外！”’”等的心理触动来看，后四十回续书对宝玉浏览曹诗晋文这一情节的设计，是洞悉雪芹心理且得前八十回原著之旨的，同时也为后文宝玉“悬崖撒手”（甲戌本第二十五回眉批）作了预设。对宝玉缘何在成婚后毅然皈依佛门，黄小田在第八十一回也作了相关探讨：

> 它（他）人亦可有此呆想，然知必不能行也，宝玉想了一夜，竟以为得计，岂真呆耶？盖痴到极处，并不暇思及断不可行之故，此方是情之至，方能大悟。（“咱们索性回明了老太太，把二姐姐接回来，还叫他紫菱洲住着，仍旧我们姐妹弟兄们一块儿吃，一块儿玩，省得受孙家那混账行子的气。等他来接，咱们硬不叫他去。由他接一百回，咱们留一百回。只说是老太太的主意，这个岂不好呢？王夫人听了，又好笑，又好恼，说道：‘你又发了呆气了’”处眉批）
>
> 此真情到无可转处，非此不能真悟，不能大悟，而黛玉且以为发了疯，他人又何知焉？（“宝玉道：‘我只想着，咱们大家越早些死的越好，活着真真没有趣儿’”处眉批）

“书中七十回后开始写贫穷，第七十二、七十四、七十五回都有荣府捉襟见肘的事。第七十一回贾母做寿，提起甄家的寿礼，庚本批注内有：‘盖真事欲显，假事将尽。’第四十四回批凤姐生日：‘……一部书中，若一个一个只管写过生日，复成何文哉？故起用宝钗，盛用阿凤，终用贾母。’宝钗生日在第二十二回。可见第七十一回是个分水岭，此后盛筵难再了”[①]，贾府衰败已至，而大观园亦不复曩时之盛，傻大姐拾得一枚绣春囊，引发第七十四回“抄检大观园”，抄检的结果是大观园内一众清净女儿风流云散，司棋、四儿、入画被逐，晴雯衔屈夭亡，宝钗借故搬出，芳官出家水月庵，蕊官、藕官听禅地藏庵，黛玉因宝玉改《芙蓉女儿诔》“茜纱窗下，我本无缘；黄土陇中，卿何薄命！”而“陡然变色”（第七十九回），香菱因薛蟠、夏金桂、宝蟾等“以气怒伤肝，内外折挫不堪，竟酿成干血之症”（第八十回），迎春婚后受虐而有“还得在园里住得三五天，死也甘心了。不知下次来还可得住不得住了”（第八十回）的不祥语，等等，“大故迭起，破败死亡相继”[②]。大观园是宝玉向女儿们普施真情的有情天地，也是宝玉不以俗世事功为要务的精神家园和心灵港湾，平地而起的“抄检”风暴无情地摧毁了这座人间乐园，也摧残甚或毁灭掉一个个葆有赤子之心的清净女儿，宝玉从与诸芳安身立命的大观园的毁灭中看到了自己积极构

① 张爱玲著：《红楼梦魇·三详红楼梦》，北京出版社出版集团北京十月文艺出版社2010年版，第171页。

② 鲁迅：《清之人情小说》，见鲁迅撰、郭豫适导读《中国小说史略》，第166页。

建的有情天地不能见容于世道，也从有着花样年华的女儿们的人生悲剧中看到了“千红一窟（哭）”与“万艳同杯（悲）”，尤其是黛玉因为爱情的早卒，更是令他对个体生命的悲剧性有了痛切的体认——精神的故乡没了，自由的土壤没了，裙钗的有情天地没了，有着美丽情感的清净女儿一个个的离去或离尘，生命存在的价值和意义也就变得可有可无，“痴到极处……方能大悟”“真情到无可转处，非此不能真悟，不能大悟”，从宝玉伤迎春“误嫁中山狼”（第七十九—八十一回）的种种惨况，黄小田触摸到了宝玉心底泛起的绝望，只手难抵现实的残酷，尘世人生的种种已无足留恋，便只有弃绝俗缘，遁入空门，在青灯古卷中寻求精神的解脱与灵魂的安放。

此外，黄小田还对“宝玉出家”这一情节的设计意图进行了分析，该批即小说第五回回末评：

> 是篇虽迷离恍惚，然其用意是人能解。盖人生过此一关，为圣为狂，全在自己。迷津虽深万丈，亘千里，不必木居士、灰侍者始能渡也。宝玉既为夜叉海鬼拖将下去，宜其受无边苦恼，而终得彼岸回头，亦勇矣哉。是书之传，盖传其勇耳。目为淫书，其人必堕入迷津而不返。

第五回回目为“贾宝玉神游太虚境，警幻仙曲演红楼梦”，即宝玉在秦氏香闺入梦，梦中得警幻仙子引领，游历情天恨海，并与警幻之妹云雨，云雨次日玩至迷津，宝玉被迷津内的夜叉海鬼拖将下去，是以惊醒。“迷津”为佛教用语，佛家谓“三界”（欲界、色界、无色界）、“六道”（地狱、恶鬼、畜生、阿修罗、人、天）皆为迷误虚妄之界，故称“迷津”，而世间众生，都沉溺于“迷津”之中，须仰佛家教义解脱，以达“涅槃”，后以“迷津”喻人沉溺于迷途之中。黄小田批语提到“宝玉既为夜叉海鬼拖将下去，宜其受无边苦恼”，象征宝玉陷溺于贪嗔痴恨与情色爱欲交织的尘网之中，即“粉渍脂痕污宝光，房栊日夜困鸳鸯”（第二十五回）；“而终得彼岸回头，亦勇矣哉”，但宝玉最终以莫大的决心了悟情缘，遁迹太虚；“是书之传，盖传其勇耳”则道出“宝玉出家”的设计意图乃为传扬宝玉这种决然斩断尘缘的勇气，当然，不是宣扬佛家教义，教人脱离红尘。同曹操临死前仍不忘妻妾相比，宝玉弃父母、抛妻子、舍家业，确然需要一种由失望而至绝望的内心挣扎、由痛苦而至痛切的自我反思、由割舍而至弃舍的灵魂拷问，若无大勇气、大决心、大慧悟、大解脱，断不会跳出“迷津”，“悬崖撒手”，正可谓“宝玉之痴，自较魏武更甚”。《三国志·魏志·臧洪传》有“义不背亲，忠不违君”之语，在旧红学评点派中，如张子梁“只管自己悟道，却苦了为父母的”[①]（第百十五回夹批）、东观阁本侧批及姚梅伯眉批“太君死后，家运益衰，宝玉且做和尚，负祖宗期望之心”（第百十回）、张新之“何尝尚知有父母哉？”（第百二十回夹批）、陈其泰“绝人逃世，伤父母之心”（第百十九回回末评）等皆从儒家伦理中的孝悌之义批判宝玉“弃而为僧”（庚辰本第二十一回夹批）乃属“背亲”之举。黄小田独不然，“宝玉有子，且中举辞别父母而去，可告无罪”，同时，因情之所动、心之所念，宝玉“终得彼岸回头”，勇气可嘉（“亦勇矣哉”）。黄小田的这些看法是比较独特的，也是自有其价值的。

（四）小结

汪大可《泪珠缘书后》曾言：“《红楼》以前无情书，《红楼》以后无情书，旷观古今，《红楼》其矫矫独立矣。”[②]仅从黄小田肯定《红楼梦》“是书言情，无所不备”的诸多批语来看，即可知汪氏所言不假。

脂批评宝玉“说不得贤，说不得愚，说不得不肖，说不得善，说不得恶，说不得正大光明，说不得混账恶赖，说不得聪明才俊，说不得庸俗平凡，说不得好色好淫，说不得情痴情种”（己卯本第十九回夹批），既体现贾宝玉这一“今古未见之人”性格的多重性，也说明贾宝玉是作者精心塑造的文学典型，或可说是中国文学史上仅见的典型。黑格尔说“艺术可以表现神圣的理想”，“理想”即人类的审美理想，“典型”则是根据审美理想的范型创造的艺术至境形态，贾宝玉这一典型形象更集中、更鲜明地体现了作者的审美理想，其中之一便是对人情之真的张扬、对人性之美的追求，即如李希凡所说：“而我又以为宝玉‘情不情’，却更是作者在‘儿女真情’的境界中具有时代意义的新开掘，也是贾宝玉这一典型形象内蕴的最富有魅力的个性特征。”[③]通过如上对黄小田“是书言情，无所不有”的综合分析不难看出，其虽奉传统伦理道德为标尺而将“情”之一字判为“情之正

① 转自薛红娟《清代评点家视野下的〈红楼梦〉后四十回》，第57页。

② ［清］汪大可：《泪珠缘书后》，见一粟编《古典文学研究资料汇编·红楼梦卷》，第六三页。

③ 李希凡：《说“情”——浅析贾宝玉的“情不情”与明清启蒙思潮》，见《红楼梦艺术世界》，第300页。

（者）”与“情之至下者”，显示出思想的局限性，但除亲情、爱情、友情外，他还总结出“空中之情”“不近人情之情”“意外之情”“决绝之情”等别具特色的情感类型，并提出“则宝玉非世俗淫乱公子可知”、宝玉之情“非世俗儿女之情可比”（第八十一回眉批）、“墨子兼爱，亦切宝玉”“宝玉之痴，自较魏武更甚”等独得之见，合乎宝玉“千古情人独我痴”的艺术形象，这些观点即使在今天看来也是智光闪烁的。

二、简论黄小田批语中的“时政评点”

张庆善在《一位鲜为人知的〈红楼梦〉评点家——黄小田〈新增批评绣像红楼梦〉评点初探》一文中说：“黄小田评点中有相当部分是针砭时世的内容，也很值得注意。这里需要特别指出的是，黄小田家庭的败落同太平军有直接关系。1853年太平军占领芜湖，黄小田离家避难，先是金山，尔后又跑到松江、南汇、上海，直到病死他乡。黄小田评点大约是他避难南汇、松江、上海时写下的，因而对盛衰感触很深。虽然如此，黄小田评点很少攻击太平军，相反却对世俗官场大加笔伐，真是意味深长。身为名公巨卿的后裔，又身在官场十余年，黄小田对世道、对官场似乎看得很透，评点中每每有愤世嫉俗的感叹。”[①]黄小田评点《红楼梦》的起讫时间为道光二十四年至咸丰二年（1844—1852），稍早于芜湖沦陷，所以其中无只言片语涉及太平军。但张先生也指出黄小田评点的内容之一即“对世俗官场大加笔伐”，据粗略统计，这些揭露并抨击官僚制度及官场黑暗的批语有十余条。解读这些关乎时事政治与仕途百态的批评文字，不仅能深入体会《红楼梦》强烈批判现实的锋芒，对探究黄小田辞官及其《儒林外史》评点亦不无助益。

（一）时政评点及其分类

1. 直面官场，讥切时弊

《红楼梦》中作者着力塑造的官僚形象，以贾雨村最为典型。小说第

① 张庆善:《一位鲜为人知的〈红楼梦〉评点家——黄小田〈新增批评绣像红楼梦〉评点初探》，第235页。

四回，得林如海引荐而在贾政周旋下补授应天府的贾雨村，面对上任第一案——薛蟠与冯渊争买香菱，他本欲“发签差公人立刻将凶犯家属拿来拷问”,而促其徇情枉法的则源于门子提供的一张小小的“护官符”。“护官符”系曹雪芹的戛戛独造，形象地勾画出官官相护、利益结盟的官场风气，而黄小田有着十余年的为官经历，对这种“上司多为瞻徇，同官互相营私”[①]的官场危象更为谙熟，所以他在贾雨村问门子“何为‘护官符’？”处眉批：“‘护官符’三字，今日亦复如是，但不敢公然立此名目耳。”“护官符”是曹雪芹对其所处时代腐败透顶的官僚制度的绝佳概括，不难体会他对皇权专制社会政治腐朽的深广忧愤；而从黄小田一针见血的批语中，也能感受到他对吏治黑暗有着强烈的不满。黄小田以敏锐的目光审视《红楼梦》所反映的国朝历史并观照社会现实大胆作批，应该说，这比姚梅伯“护官有符，普天下为知县者奉为圭臬矣”之类的批语更有力度和深度，也更尖锐得多。

宝钗、湘云等都曾规劝宝玉要学些仕途经济，在宝玉斥宝钗“好好的一个清净洁白女子，也学的钓名沽誉，入了国贼禄鬼之流”（第三十六回）处黄小田眉批：“四字（‘国贼禄鬼’）骂得新奇，然又不奇，盖墨吏贪赃与贼何异？拥禄保位，终登鬼箓，此等须眉浊物，世上何穷，效之何益耶！”在批语中，黄小田把批判的矛头指向“墨吏”即贪官污吏，并称其与贼无异，大得包拯“贪者，民之贼也”的意蕴。“此等须眉浊物，世上何穷”则与道咸时期官无不贪吏无不恶的社会现状相合，一如张际亮所说：“为大府者，见黄金则喜；为县令者，严刑非法以搜刮邑之钱米，易金贿大府，以博其一喜。至于大饥人几相食之后，犹借口征粮，借名采买，驱迫妇女逃窜山谷，数日夜不敢归里门，胥差又至矣，门丁又至矣，必罄尽其家产而后已。”[②]身当乱世的文人士子，饱受儒家思想的浸染，把修齐治平、致君济民作为人生的最高理想，而这种理想一旦与社会现实相抵牾，他们则会攘臂疾呼、拯颓救弊。故而曹雪芹在《红楼梦》创作中身披“言情”的外衣“谈政”，黄小田则于《红楼梦》评点中笔作刀枪、斥奸指佞，二人皆言辞犀利、无所顾忌，颇具斗争精神。

---

① 见《清文宗实录》卷4第40册，中华书局1986年版，第99页。

② ［清］张际亮：《答黄树斋鸿胪书》，见中国科学院近代史研究所近代史资料编辑组编辑《鸦片战争时期思想史资料选辑》，中华书局1963年版，第16–17页。

值得一提的是，对国势日非充满强烈忧患意识的黄小田在评点中不仅触及了统治阶层最为敏感的社会政治问题，还公然抨击最高统治者，如第十六回“赵嬷嬷道：‘告诉奶奶一句话，也不过拿着皇帝家的银子往皇帝身上使罢了！谁家有那些钱买这个虚热闹去？’”处眉批：“一句道破，然皇上家钱从何而来？”“借省亲事写南巡，出脱心中多少忆昔感今”（甲戌本第十六回回前批），曹雪芹当然不会忘记，正是天子南巡令其家族元气大伤并迅速败落，赵嬷嬷的戏谑之语正是机锋所向；黄小田则深悉小说意旨，将曹雪芹临文之际的无限感慨提升到一个新的高度，言所未言，发所未发，这种勇气着实令人叹服。张庆善对此亦大赞：“好一个大胆的反问，这何止仅仅是对当今皇上的不敬呢！”[①]“皇上家钱从何而来？”当然是层层盘剥的民脂民膏，黄小田批语指出了清王朝统治危机的根源所在。

2. *反思明季，以史为鉴*

关于《红楼梦》中贾宝玉反对“文死谏、武死战”的看法，向为研红者所关注，不同的人读出了不同的论调。这也引起了黄小田的警觉和注意，他在第三十六回宝玉说“可知那些死的，都是沽名，并不知大义”处有眉批：“似为明末诸公下一针砭。”此际黄小田虽已远离庙堂优游林下，却并未与政治彻底绝缘，他对明代文臣党争犯颜直谏与武将征剿以死报国的思索依然充溢于心，可见，国家的盛衰荣辱仍然鼓荡着他的心灵。其他如“此虽偏论，实是正论”（“那些个须眉浊物，只知道‘文死谏’‘武死战’这二死是大丈夫死名死节。究竟何如不死的好！”处眉批）、“反说非正死，是极是极”（“必定有昏君他方谏，只顾他邀名，猛拼一死，将来置君于何地！必定有刀兵，他方战，猛拼一死，他只顾图汗马之名，将来弃国于何地！所以这皆非正死”处眉批）等批语，都饱含着黄小田对有明一代兴亡的深沉思考。

黄小田对明季隆替的反思，实则也有直面现实的极度忧虑。他评点《红楼梦》的道光末期咸丰初年，内乱纷起，外强入侵，正是清王朝急速衰落的时期，“处江湖之远，则忧其君”，所以，以笔代口、寄寓感慨是十分正常的。对贾宝玉反对“文死谏、武死战”，与黄小田同时的评点家们只写下一些无关痛痒的批语，如东观阁本夹批“绝大议论”、姚梅伯眉批“极大议论”、

① 张庆善：《一位鲜为人知的〈红楼梦〉评点家——黄小田〈新增批评绣像红楼梦〉评点初探》，第236页。

王希廉回末评“宝玉议论忠臣良将皆非正死，又说到自己即死于此时，一派呆话”等，而黄小田曾身居官位，其认识显然更为深刻。

3. 联系类比，痛陈丑恶

作为一位具有“相当高的鉴赏能力和理论水平”的评点家，黄小田批书常有会心之见，比如他将《红楼梦》中的故事情节与现实之种种联系类比，进而揭露丑恶，抒发己志。第七十二回，鸳鸯来看望养病的王熙凤，正好贾琏回家，在贾琏向鸳鸯说“巧得很。我才要找姐姐去，因为穿着这袍子热，先来换了夹袍子，再过去找姐姐去，不想老天爷可怜，省我走这一趟”处眉批：“贾琏夫妇结交鸳鸯，亦如朝中权倖必结交亲近内侍，始得希旨固宠。”小说行进至第七十二回，贾府已是入不敷出，贾母八十大寿在即，却出现捉襟见肘的窘况，因为鸳鸯是贾母最得意的丫鬟且掌管着贾母的小金库，于是贾琏便想出向鸳鸯支用贾母查不着的金银家伙暂以应对的主意，鸳鸯最终帮了这个忙。贾琏夫妇交好鸳鸯，顺利渡过了财政难关，而这恰如俗谚所云：“朝中有人好做官。”毫无疑问，黄小田的这种比附是恰切的，同时对攀附植党的不正之风进行了嘲讽。还有第六十一回黄小田为“玫瑰露”一案中蒙屈的柳五儿鸣不平，他在“（林之孝家的）一面说，一面进入厨房。莲花儿带着，取出露瓶。恐还偷有别物，又细细搜了一遍，又得了一包茯苓霜，一并拿了，带了五儿来回李纨与探春”处眉批：“天下似此冤狱正复不少。”五儿是这场风波的受害者，虽然最终赏还清白，欲进大观园的心却被击得支离破碎，“只是五儿那夜受了委屈烦恼，回去又气病了”（第六十三回），而黄小田认为天下似小说中因蒙受不白之冤而无处申诉的事情正有不少。“小说艺术的生命力就在于它真实的反映社会生活的情状”[①]，黄小田指出的阿谀权贵与覆盆之冤这两种情况在现实生活中是真真切切存在的，所以他将小说情节与社会生活相联系并借题发挥，巧妙地传达出自己的政治观，鞭挞意味甚浓。

综上，黄小田对官场黑暗与吏治腐败口诛笔伐的批语虽仅有十余条，却写尽“大抵为官长者，廉耻都丧，货利是趋”[②]的无耻嘴脸与丑恶行径，其辨析之深刻、爱憎之分明、态度之决绝、情感之强烈，在旧红学评点派中是不多见的。

---

① 叶朗著：《中国小说美学》，北京大学出版社 1982 年版，第 23 页。

② 见《朝鲜李朝实录中的中国史料》第 11 册，中华书局 1980 年版，第 4810 页。

（二）时政评点的价值

对官僚制度的揭露与批判是《红楼梦》创作的重要内容之一，黄小田在《红楼梦》评点中敢于指斥当朝吏治、抨击官场黑暗的精神也令人钦敬，而这些时政评点的价值则主要表现在以下三个方面：

1. 证明了《红楼梦》对皇权专制社会吏治危机的预见性

《红楼梦》是一部展现社会生活和人情世态的小说，曹雪芹虽有意模糊时空界限——“无朝代年纪可考”（第一回），但选取康雍乾三朝作为故事发生的时代背景却是无须置疑的，“作者生活的时代与处境，又决定了他对许多事情是不能明言的，于是唯有采取这‘无朝代年纪可考’之一法”①。曹雪芹所处的乾隆时期，并康雍二朝有“康乾盛世”之称，但这“盛世”之下的吏治是腐败不堪的，胡文彬曾撰文指出：

> 清初，满洲统治者鉴于明朝官吏腐败误国的教训，十分注意吏治的整顿，以防重蹈明亡的覆辙。清顺治皇帝曾说：“明季诸臣，窃名誉，贪货利，树党羽，肆排挤，以欺罔为因然，以奸佞为得计。”但是，入关后的八旗官员从落后的东北来到了物质文明高度发展的中原后，大开眼界，仿效汉族地主的生活方式，竞相奢侈。他们“不念从前积累之维艰，不顾向后日用之难继，任意糜费，取快眼前，彼此效尤，其害莫甚”。……康雍乾三朝，史称“盛世”尚且如此，嘉道以后九朝的情景如何，也就不难想象了。②

确如胡文所言，曹雪芹所处的时代，史家虽有“康乾盛世”之谓，但实际上已届末世，“康乾盛世”也不过是回光返照而已。曹雪芹以历史和时代的前瞻性，在《红楼梦》中频频点出“末世”字眼，如十二钗判词谓王熙凤“凡鸟偏从末世来”、谓贾探春“生于末世运偏消”等，脂批亦以“记清此句。可知书中之荣府已是末世了”（甲戌本第二回侧批）、“作者之意原只写末世，此已是贾府之末世了”（甲戌本第二回侧批）等反复呼应，指出剧中人所生活的社会已是“运终数尽，不可挽回”（第五回）。“康

---

① 段启明：《程本三题》，见北京曹雪芹学会编《红楼梦程甲本探究》，当代中国出版社2012年版，第79页。

② 胡文彬：《〈红楼梦〉对封建官僚的揭露和批判》，《贵州大学学报》（社会科学版）1985年第4期，第28-29页。

雍乾三朝，史称‘盛世’尚且如此，嘉道以后九朝的情景如何，也就不难想象了”，嘉道以降各级官吏贪纵营私、中饱私囊之风比之前朝有过之而无不及，黄小田批语已如实反映了这一社会现状，恰如左宗棠所说：“嘉道以来，天下切要之政莫如讲求吏治。”[①] 吏治腐败是历代王朝的一大痼疾，若将《红楼梦》与黄小田批语前后衔接，基本可展现清王朝由盛而衰过程中的吏治概况。吏治的好坏，关系到统治机制能否正常运行，而黄小田借《红楼梦》评点对自己所处时代腐朽吏治的批判，也验证了曹雪芹关于吏治危机必将导致皇权专制社会走向崩溃的预见。

2. 为探究黄小田壮岁解缨提供参考

黄小田《誓墓馀稿》有《自杭往金华舟行杂诗》，其二有“家居又七载，郁郁徒自苦”句，该组诗作于道光二十五年（1845），则黄小田家居的时间为道光十九年（1839），而该年“十一月，富民以省亲乞假归”（《黄勤敏公年谱》），由张文虎“以仪郎请假侍养，遂不复出山”（《黄小田仪部七十寿序》）及“请省亲回籍，及勤敏公薨，遂不复出山”（《礼部遗集跋》）可知，名为“以省亲乞假归”，实则为乞养归，而稍早的“八月，富民升授仪制司郎中”，升官三月即有弃冕之志，可谓去意决绝。青少年时期的黄小田刻苦读书、积极应举，用世激情倍为高涨，《黄勤敏公年谱》中的若干记载可以证明，自道光六年（1826）考授七品小京官始，则正式步入仕途。黄小田步入仕途后，渴望建功立业、匡世济民，故勤劳王事，夙兴夜寐，从礼部仪制司行走到候补主事、精膳司主事，再到祠祭司员外郎、仪制司郎中，可谓青云直上，而就在道光十九年（1839）十一月乞假归芜前所作《过庭小稿·请假将归，晏秋水孝廉（宗望）以诗赠别次韵》一诗中，黄小田流露出戢鳞委翼之意，这次乞归也成为他与仕宦生涯最后的诀别。那么，是什么原因促使黄小田在仕途风顺时急流勇退呢？应系以下两个方面：

首先是时代环境制约。道光在位三十年，正逢清朝多事之秋，吏治腐败、贪墨成风，权臣执政、结党营私，再加上鸦片成灾、经济衰退、社会动荡等诸多问题，使得国运衰微、危机四伏，道光虽有力行节俭、倡行开矿等图治之举，亦不能挽积弊丛生的老大帝国于既倒。而对从政者熏染尤烈的是，“封建官场处于恶性运转时期，整个社会也是处于走下坡路时期，

① 《林文忠公政书叙》，见《左宗棠全集》“诗文·家书”，岳麓书社 1987 年版，第 274 页。

一天不如一天了。在这种社会氛围中，入仕士人由好变坏、由清变贪的原因，源于客观方面者多，也就是说，官场的运行机制、官员的黜陟标准、官场的整个风气等客观方面起着主导作用，往往可以左右士人的道德修养、人格建构等主观方面的诸多因素”[①]，为官而心有廉泉者，远离官场不失为最好的选择，黄小田即选择了清芬自吐这条路。对黄小田的抽身退步，张文虎《黄小田仪部七十寿序》一文分析得最为到位：“或者以谓君以贵公子为京朝官，名公钜卿，多其故旧，交手推誉，声名文采，振耀四方，建牙持节，车前八驺，旦暮可待，乃抽簪归里，绝意进取，岂其有高士之志欤？何其不能与勤敏公后先辉映哉？……然使当是时，仕为高官，权不全属，或且从而掣肘，进退维谷，将何以自处？乃叹君之不复出山，其度己者明，而量时者审也。其不能与勤敏公接踵媲美者，时为之，势为之也。”

其次是个人性格所致。黄小田虽出身显赫，但天性纯良，关心民生疾苦。比如他透过看坟人清苦的生活反观自己并发出“几载仕宦心，热念从中删”（《过庭小稿·十月四日，偕大兄、三兄（少民）出郡东门，至杨家庄谒先祖光禄公墓，遂游武神山藏云寺而归》）的无限感慨。再如他评点《儒林外史》称：“予最喜与朴诚野老闲谈，其无知处，可笑；其无知而似有知处，则又可敬。盖野老无功名之念，无富贵之想，多收十斗麦则泰然自足矣。且朴诚者机械多直率，尚有古风。与其与世俗人谈，无宁与野老谈。”（第九回回末评）可见，对底层民众及其生活的深切同情也是黄小田止步官场的原因之一。此外，黄小田弃绝官场颇具乃父遗风，方濬师《蕉轩随录》卷七记“黄勤敏公”云：“公之品节，以不入故相和珅门为最著。初公之为诸生也，即有名。乾隆癸巳，高宗五巡江、浙，公献赋行在，列二等，文誉日起。和珅思罗致之，公不应。迨庚戌成进士，未殿试，和又使人招之，公笑而不答。和衔甚，遂未与馆选。公试卷实前十本云。官部曹，未几即假归，主讲书院，课徒自给。家无储粟，晏如也。曾有句云：‘藏身人海日憧憧，沈谢何刘亦难记。驰驱九陌逐下风，不肯轻投一人刺。’其孤标如此。”[②]《清史稿》也有相关记载。黄钺这种不趋权相的性格基因遗传给了黄小田，使之成为他誓墓不出、不入俗世的精神力量。黄小田是一

① 关四平：《〈红楼梦〉与唐代小说入仕士人形象塑造比较谈——以贾雨村与卢藏用的比较为中心》，《红楼梦研究辑刊》2014 年第八辑，第 210 页。

② ［清］方濬师撰，盛冬铃点校：《蕉轩随录 续录》，中华书局 1995 年版，第二八〇页。

个“为人坦率，敦友谊。有过辄面责之，及其迁改，则欢然忘旧恶”[①]且“待人无城府，喜怒无所饰”（《黄小田仪部七十寿序》）的性情中人，以其率真性情面对官场黑暗无疑会如鲠在喉不吐不快，解决这种果敢与踟蹰、抗争与无奈最好的办法就是杜门不仕。

道光二十五年（1845），黄小田在次好友张杏村诗中有“已绝公卿交，那复姓名录（比京师人至云春浦尚书屡向问讯）。人生苦干求，何者可满欲？”（《誓墓馀稿·杏村见示和章，叠韵再答，前篇追述交游，兹篇聊述鄙怀也》）句，知时任户部尚书兼经筵讲官的故友祁寯藻屡次托人问询近况，劝其复出，但黄小田均婉拒盛情，绝意仕进，这也与张文虎《礼部遗集跋》“有劝以之官者，笑而不答”合。“人生苦干求，何者可满欲？”一句道出黄小田退志归畔的原因即置身官场荣华之外，不受名缰利锁羁绊。而当我们将黄小田科考入仕、父死拒仕、辞官不仕的人生脉络梳理清晰后，就不难理解他为何在《红楼梦》评点中“对世俗官场大加笔伐”了。

3. 对研析《儒林外史》评点“功名富贵”主题论有辅助作用

黄小田是目前已知唯一一位评点了《红楼梦》与《儒林外史》两部小说的旧红学评点家，而两部名著皆“言政”，不同的是，“《红楼梦》不只批判功名富贵和八股科举制，而且否定了封建宗法的思想和制度本身的合理性，认为八股科举制及其价值观念固然不好，封建宗法的思想和制度本身也不好；《儒林外史》虽反对功名富贵和八股科举制，却拥护封建宗法的思想和制度本身，认为封建宗法的思想和制度本身是好的，把社会弄糟了的是八股科举制及其价值观念”[②]，两书虽批判对象略异，但都否定功名富贵与八股科举制，黄小田即注意到了这一相似之点。

在《儒林外史》评点中，黄小田主要围绕“富贵功名之害人”（第二十二回批）展开批驳。如第三回科场郁郁的周进借同姐夫金有余进省城进货之际游览贡院而触景生情，痛哭流涕，在“只管伏着号板哭个不住。一号哭过，又哭到二号、三号，满地打滚，哭了又哭，哭的众人心里都凄惨起来。金有余见不是事，同行主人一左一右架着他的膀子。他那里肯起

① ［清］杨开第修、［清］姚光发等纂：光绪《重修华亭县志》卷十七“人物·黄小田”，光绪四年－五年刊。

② 张锦池：《究竟是回归，还是叛逆——〈红楼梦〉与〈儒林外史〉社会观念的比较研究》，《红楼梦学刊》1996 年第 2 辑，第 21 页。

来！哭了一阵，又是一阵，直哭到口里吐出鲜血来”处黄小田批曰：“入手写功名富贵之毒中人如是，以后千奇百怪不出此矣。”同回，在范进因“高中广东乡试第七名亚元”而“看过一遍，又念一遍，自己把两手拍了一下，笑了一声道：‘噫！好了！我中了！’说着，往后一交跌倒，牙关咬紧，不醒人事”处黄小田有批：“其师衣钵。”“其师”即客人捐监并进士及第的周进。黄小田以周进号哭撞板与范进中举发疯相对比，揭示出功名富贵对士人身心的诱惑与毒害。如第十一回赘婿入府的鲁小姐发现蘧公孙“进门来十多日，香房里满架都是文章，公孙却全不在意”，便为蘧公孙“取红纸一条，写下一行题目，是‘身修而后家齐’”，此处黄小田有批：“‘身修’想是中进士，‘家齐’想是小姐做夫人耳。”蘧公孙认为举业是俗事，不愿做，在鲁小姐向养娘痛诉“我只道他举业已成，不日就是举人、进士。谁想如此光景，岂不误我终身？”处黄小田亦有批：“不中举人、进士者听之，切勿误人终身。”鲁小姐对官的迷恋说明人人以做官为荣并寄希望于“一人得道，鸡犬升天”，黄小田深刻揭露了这一“富贵功名之害人”的丑恶现象。如第十六回作者以匡大对待父母较之匡二（匡超人），黄小田批曰：“人皆谓写匡大之不孝正形匡二之孝，非也。匡大不过无知村农，不知所以为孝耳，其蠢乃其本质。匡二本质似美矣，而一入势利场，遂全失本来面目，反不如其兄蠢然无知得保本质。然则功名富贵非贼人之物哉！”匡超人本是乐清县一个普通的农家少年，因事亲孝顺被知县李本瑛选为秀才，此后匡超人的人生发生转折，并一步步走向堕落，变成一个虚伪无情、心如蛇蝎的狡诈之徒。“一入势利场，遂全失本来面目”，匡超人在追求功名富贵的道路上越走越远，迷失了方向，也迷失了自我，不复当年那个淳朴善良的农村娃，黄小田笔锋所指，正是“富贵功名之害人”。聘娘乃来宾楼的妓女，“那聘娘虽是个门户人家，心里最喜欢相与官”（第五十三回），聘娘自遇上国公府徐九公子的姑表兄陈木南后，想成为官太太的愿望日益膨胀，做梦都梦见自己成为杭州府官太太。聘娘“最喜欢相与官”的本意虽是想官可以使自己从良、做太太，但把官看成是助力赎身的唯一途径，也说明“富贵功名之害人”，故黄小田批曰：“写聘娘聊备一种人，欢喜相与官，想做太太，不出功名富贵四字。”（第五十四回回末评）“官”之一物有着神奇的魔力，在吴敬梓的笔下，士子个个醉心制艺，人人热衷功名利禄。

而《红楼梦》中“富贵功名之害人”，以贾雨村为典型代表。贾雨村第二次进入官场时，已栽过跟头的他显然懂得官场规矩，对荐拔恩公林如海“一面打恭，谢不释口”（第三回），此处黄小田眉批：“前甄士隐赠银、衣，不过略谢，并不介意；此则打恭，谢不释口，因时制宜，老奸作用。”贾雨村依附黛玉之船至京后去拜望贾政，“先整了衣冠，带着小童，拿了‘宗侄’的名帖，至荣府门上投了”（第三回），此处黄小田眉批：“不论辈行、年齿，即称‘宗侄’，此势利场中通套也。”贾雨村第一次进官场凭的是真才实学，但不到一年便因“未免贪酷，且恃才侮上”被革职，为了保住这来之不易的再入官场的机会，他对林如海既打恭又感谢，拜见贾政又自称“宗侄”，小说这些细节揭示出官僚体制对入仕者人格和灵魂的扭曲，而黄小田“因时制宜，老奸作用”“势利场中通套”等语也点出时风如此、世风如此，这莫不是“富贵功名之害人”所造成的结果。另，黄小田的母亲邵太夫人卒于道光元年（1821）六月，由《黄勤敏公年谱》知该年“（五月）二十四日，邵夫人七十生日。时先妣病已半载，服药无效，然犹能起坐。初民等捧觞上寿，冀博欢颜，而先妣不语，神伤之久，盖自知疾不可为。足民等又以应试南归未返，但不忍说耳”，待黄小田再见母亲时已是一具冰冷的棺木，这件事给予黄小田以深重的打击。因此，当他看到《红楼梦》第一百回王夫人因探春远嫁劝贾母说“孩子们大了，少不得总要给人家的。就是本乡本土的人，除非不做官还使得；若是做官的，谁保的住总在一处？”时写下眉批：“官之为物，令人不忠不孝、不友不悌、不慈不爱、不得为人，岂非天下第一不祥之物哉？”将“官”呼为“天下第一不祥之物”，是有亲身感受寄寓其中的，且无须置疑的是，这也是“富贵功名之害人”所导致的畸形现象。

学界普遍认为，黄小田对《儒林外史》的评点，继承了卧闲草堂评本“功名富贵”主题论，陈美林即指出：“大体说来，黄评基本上接受了卧本‘功名富贵’说。如在第一回中，针对‘功名富贵无凭据’词句，即批道‘一篇主意’，其后也多处批评‘功名富贵’。不过，较之卧本一般性地提及功名富贵更有具体发挥，即将功名富贵集中到一‘官’字，如第二十二回针对卜诚卜信说‘有官来拜’批道：‘虽诚信人，亦以官为喜，总无非写富贵之害人耳。’第五十三回批语‘喜欢相与官，方是《儒林外史》中人’。黄小田将‘功名富贵’落实在‘官’身，表明他是同意卧本‘功名富贵'之说但又有所发展的。"[①] 而通过如上对黄小田时政批语的分析可以发现，他"将功名富贵集中到一'官'字"，在评点《红楼梦》阶段即有萌蘖，可谓渊源有自。

（三）小结

揭露官场黑暗、抨击官僚制度是我国古典文学的优良传统，《红楼梦》更以眼光之锐、笔墨之劲把对吏治腐败的批判推向了一个新的高度。旧红学时代的评点家们，或仕宦连蹇，或棘闱屡困，对《红楼梦》中关于官僚制度及官场乱象的描写或批评力度不够，或未能深入腠理，批语之义与小说旨奥难于合拍。黄小田则不然，其有十余年的为官经历，能近距离观照官场的原生态，如上对时政批语的分析，足以表明他是有着深切体会与深刻认识的。而这些时政批语对深入解读《红楼梦》批判现实主义文风、探讨黄小田的入仕与辞官以及研究其《儒林外史》评点等都有重要作用。

黄小田虽于仕途顺意时挂冠而归，但在《礼部遗集》中找不到任何表露宿命、遭劫在数的诗文，可见，他的退隐是遵从了内心意愿的。这种明智的退，其实是一种超脱的智慧，而这种智慧成就了他在小说评点史上的辉煌。

三、几则关于高鹗的批语析误

小说是一种文学性的存在，深谙其中真味的评点家，包括黄小田，其视线始终未曾远离文本的和艺术的畛域，其批语也努力揭示《红楼梦》作为小说的贡献之所在。除此外，黄小田还对《红楼梦》一书的作者、续作者等进行了考论，2 条相关批语分列于卷首程伟元序后与第百二十回卷末天头位置：

> 此后尚有高铁岭一序，翻刻者删去，殊属可恨，不知铁岭乃续成全书之人，曹雪芹乃其寓名也。书中语句不接及年纪不符处，皆续书者疏忽之故，托之于梦，固不必深求可耳。（卷首程伟元序后）

---

① 陈美林:《20世纪〈儒林外史〉主题探讨之回顾——纪念吴敬梓诞辰300周年》,《中华文化论坛》2001 年第 3 期，第 75 页。

此书原本不知何人所作，仅四十回，乃不全之书，奉天高铁岭鹗为补八十回，遂成全璧。结处所谓曹雪芹者，曹与高、雪与铁皆同韵，芹与岭亦相近为双声，故曰曹雪芹云云。高本铁岭旗人，乾隆庚戌进士，不知终于何官，见张船山太守诗集，皆先君同年也。（第百二十回卷末眉批）

由以上2条批语，可总结出黄小田如下观点：

①“曹雪芹”乃高鹗“寓名也”；

②《红楼梦》“原本”“仅四十回”，“奉天高铁岭鹗为补八十回”；

③ 高鹗、张问陶（号船山）、黄钺皆“同年”即“乾隆庚戌进士”。

黄小田的这些观点在今天看来，无一符合文献实际，虽如此，在其时全民阅读且深耕文本、细研情节的社会氛围下，能有意识地对小说的著者进行生平履历方面的考证，是颇为难得的。尤其是其中关涉的诸如对张问陶《赠高兰墅（鹗）同年》一诗及诗题小注、高鹗是程刻本《红楼梦》后四十回的补作者还是整理者等至今仍无定论的焦点问题等，引起了当下研究者的注意并于各自论文中有所评述。笔者复对如上观点试作解读，并对部分条目提出自己的看法，以补研红同道未及之处。

（一）对黄小田三则观点的解析

1.“曹雪芹”乃高鹗“寓名也”

对“‘曹雪芹’乃高鹗‘寓名也’”这一观点，黄小田在批语中表述为“结处所谓曹雪芹者，曹与高、雪与铁皆同韵，芹与岭亦相近为双声，故曰曹雪芹云云”，因此，“曹雪芹乃其寓名也”。“寓名”即托名、借名。针对黄小田的这一说法，薛红娟分析说：“高鹗祖籍铁岭，古人有按照地名（包括出生地、居住地及任官职所在地等）称呼人的习惯，如韩愈被称为韩昌黎，苏辙被称为苏栾城等均是以地名为称呼，故高鹗在清代也被称为‘高铁岭’。黄小田分析，‘曹雪芹’与‘高铁岭’，曹与高，雪与铁皆同韵，芹与岭音近为双声，因此，曹雪芹是高鹗的寓名。”[①] 梁白泉认为：“他主张《红楼梦》是自传说，他反对‘淫书’说，赞成‘情书’说。但

---

① 薛红娟：《清代评点家视野下的〈红楼梦〉后四十回》，第24页。另，薛文言“高鹗祖籍铁岭”，误，按高鹗会试履历“始祖可仕，世居沈阳三台子”，知其祖籍沈阳三台子，见顾廷龙主编《清代硃卷集成》第4册“高鹗”，台北成文出版社1992年版。

对高鹗与此书的关系却不甚了了，他出生那年，正值高鹗成进士，高续书他是知道的，却傅会高铁岭就是曹雪芹，表现出对社会上研究情况存在着相当的朦胧性。”[①] 那么，黄小田何以得出这样的结论呢？应系以下几方面的原因：

第一，缘于程伟元序的误导。程序有“《红楼梦》小说本名《石头记》，作者相传不一，究未知出自何人，惟书内记雪芹曹先生删改数过。好事者每传抄一部，置庙市中，昂其值得数金，不胫而走者矣”云云，显然，“作者相传不一，究未知出自何人”一句直接否定了曹雪芹的著作权，再加上小说第百二十回“那空空道人听了，仰天大笑，掷下抄本，飘然而去。一面走着，口中说道：‘果然敷衍荒唐！不但作者不知，抄者不知，并阅者也不知。不过游戏笔墨，陶情适性而已！’”中的“不但作者不知”，更令读者判小说作者为谁束手无策。书里书外，真真假假，令人无所适从，黄小田也发出“此书原本不知何人所作”的喟叹。

第二，受《红楼梦》开篇“雪芹曹先生删改数过”等文字所惑。小说第一回有“后因曹雪芹于悼红轩中，披阅十载，增删五次，纂成目录，分出章回”云云，此即给人“雪芹曹先生删改数过”的印象，而第百二十回收尾处又有“空空道人忙问何人，那人道：‘你须待某年，某月，某日，某时，到一个悼红轩中，有个曹雪芹先生。只说贾雨村言，托他如此如此。’说毕，仍旧睡下了。那空空道人牢牢记着此言，又不知过了几世几劫，果然有个悼红轩，见那曹雪芹先生正在那里翻阅历来的古史”云云与开篇遥相呼应，即“结处所谓曹雪芹者”，更令人坐实“雪芹曹先生删改数过”之语，因此，黄小田将曹雪芹定位为“删改数过”的删改者身份。因“铁岭乃续成全书之人”且“书中语句不接及年纪不符处，皆续书者疏忽之故”，此与“曹雪芹于悼红轩中，披阅十载，增删五次，纂成目录，分出章回”的“删改数过”的工作性质相同，故黄小田猜测“结处所谓曹雪芹者，曹与高、雪与铁皆同韵，芹与岭亦相近为双声，故曰曹雪芹云云”即“曹雪芹乃其（高鹗）寓名也”。

第三，《儒林外史》第三十三回“杜少卿夫妇游山”一节，小说云“又过了几日，娘子因初到南京，要到外面去看看景致。杜少卿道：‘这个使

① 梁白泉：《杨葆光过录黄小田〈新增批评绣像红楼梦〉评语录后》，第177页。

得。’当下叫了几乘轿子，约姚奶奶做陪客，两三个家人婆娘都坐了轿子跟着。厨子挑了酒席，借清凉山一个姚园”，此处黄小田批曰：“大约是后来之随园。”据此批，推黄小田对袁枚及其《随园诗话》应较熟稔，因为袁枚乃乾嘉时期的文坛巨擘，袁氏所著《随园诗话》又为清代影响最大的论诗之作，备受各方推崇，如宗室诗人裕瑞《寄随园主人书》“录窗稿数篇，寄求雅正”并言“倘蒙不弃，肯加郢削，使得附于所刻《同人集》《诗话》等书之列，则瑞幸因先生而传。一经品题，便成佳士，诚平生之大愿也”[①]、何春巢《读随园诗话》有“瓣香好下随园拜，安得黄金铸此人”[②]句表崇敬之情、韩廷秀《题刘霞裳两粤游草》以“随园弟子半天下，提笔人人讲性情”[③]句赞袁枚所主“性灵说”不同凡响等，以致吴沃尧于《二十年目睹之怪现状》第二十五回借述农之口称“《随园诗话》是人人都看见过的”[④]，足见袁枚、袁枚“随园”别墅及袁枚撰著《随园诗话》影响甚钜。而《随园诗话》中有条涉红史料提及了《红楼梦》著作权归属曹雪芹，即：“康熙间，曹练亭为江宁织造，……其子雪芹撰《红楼梦》一部，备记风月繁华之盛。中有所谓文观园者，即余之随园也。……”[⑤]黄小田对此或有留意，但社会上对袁枚“大观园即随园”的说法并不完全认可，如周春即认为：“袁简斋云：‘大观园即余之随园。’此老善于欺人，愚未深信。”[⑥]昭梿也称：“随园先生天姿超迈，笔法精粹，古文尤为卓作，予深佩之。惟考订实非所长，其《诗话》《随笔》中，错误不一而足。……其尤纰缪者，如《诗话》载舒文襄公奏庆云语。按文襄舅氏，以谏阻征缅谪贬伊犁，庚寅岁朝，谪居

① ［清］袁枚著，王英中、廖可斌校点：《续同人集》，见王英志主编《袁枚全集》（陆），江苏古籍出版社 1993 年版，第二五九页。

② 转自王英志《袁枚〈随园诗话〉述评》，《井冈山师范学院学报》（哲学社会科学版）2000 年第 21 卷第 3 期，第 15 页。

③ 转自王英志《袁枚〈随园诗话〉述评》，第 15 页。

④ ［清］吴趼人著，张友鹤校注：《二十年目睹之怪现状》，人民文学出版社 2000 年版，第 212 页。

⑤ 转自黄一农著《二重奏：红学与清史的对话》第八章《袁枚〈随园诗话〉中的涉红记事》“二《诗话》的涉红记事与胡适的‘新红学’”，“国立”清华大学出版社 2014 版，第 328 页。

⑥ ［清］周春撰：《阅红楼梦随笔》，见一粟编《古典文学研究资料汇编·红楼梦卷》，第七一页。

绝域，焉能敷陈殿廷。记同时人之事，乃舛错至此，何也？”[①] 观黄小田批清凉山姚园“大约是后来之随园”的揣测口吻，料他对袁枚《随园诗话》所言“雪芹撰《红楼梦》一部，备记风月繁华之盛”也是抱着将信将疑的态度而遽难定论，同时受程伟元序“作者相传不一，究未知出自何人”云云的影响，对《红楼梦》作者的查核很难投入热望与努力。

公允地说，程伟元在序中称《红楼梦》“作者相传不一，究未知出自何人”是欠妥的。按程乙本卷首《引言》第五条“创始刷印，卷帙较多，工力浩繁，故未加评点”[②]，显然程伟元和高鹗在摆印程甲、程乙二本时所见的“坊间缮本及诸家所藏秘稿”应是带有脂批的“各原本”，冯其庸在《论〈红楼梦〉的脂本、程本及其他》一文中即举出5条脂批混入小说正文而为程甲本沿用的例子，说明“程甲本的前八十回采用的本子是脂评本”“原有的脂评文字是木活字排印时删掉的”[③]。而在小说第一回“又正值中秋，（贾雨村）不免对月有怀，因而口占五言一律云”处甲戌本、甲辰本有相同的夹批“这是第一首诗。后文香奁闺情皆不落空。余谓雪芹撰此书，中亦有传诗之意”，明言“雪芹撰此书”，即曹雪芹是《红楼梦》的作者，甲辰本是脂评本向程刻本过渡的桥梁，正文经大量修改后，被程刻本所袭用，程、高二人对甲辰本该批不会陌生，然仍曰“作者相传不一，究未知出自何人”，盖被“狡猾之甚”的“作者用画家烟云模糊处”“瞒蔽了去”（甲戌本第一回眉批）。“引言”中“用笔吞吐、虚实掩映之妙，识者当自得之”一句，既是对《红楼梦》一书鬼斧神工、文笔高妙的赞誉，又或为对作者究难定论的一种心理反映。程伟元说《红楼梦》“作者相传不一，究未知出自何人”，在一定程度上也给读者对作者的探求造成了不小的障碍，以致认为《红楼梦》全书为高鹗所撰者大有人在，如周世滋《淡永山窗诗集》卷五《答人询石头记故事》“高鹗编书百廿回，回回堪破有情痴。绛珠死后蘅芜寡，正是神瑛出门时”[④]、铁珊《增订太上感应篇图说》子册

① ［清］昭梿撰：《啸亭续录》卷四，中华书局1980年版，第494页。

② ［清］程伟元、高鹗：《红楼梦引言》，见一粟编《古典文学研究资料汇编·红楼梦卷》，第三二页。

③ 冯其庸：《论〈红楼梦〉的脂本、程本及其他——为马来西亚国际汉学会议而作》，《红楼梦学刊》1994年第2辑，第15–21页。

④ ［清］周世滋撰：《淡永山窗诗集》，同治间刻本，国家图书馆藏。

篇首“高兰墅撰《红楼》，终身困厄”①、震钧《天咫偶闻》卷三“世行小说《红楼梦》一书，即兰野（墅）所为。余尝见其书诗册，有印曰‘红楼外史’，则其人必放宕之士矣”②等，此三则传闻虽出自同光年间的刊本，但也说明这种认识由来已久。黄小田根据“张船山太守诗集”而将“续书者”的身份冠以高鹗，还不算是“误入歧途”，但他“把高铁岭说成是曹雪芹的谐音，明显是猜测失误的”③。

2.《红楼梦》“原本”“仅四十回”，“奉天高铁岭鹗为补八十回”

《红楼梦》第百二十回卷末，黄小田有眉批说“此书原本不知何人所作，仅四十回，乃不全之书，奉天高铁岭鹗为补八十回，遂成全璧”，意即小说原著仅四十回，后八十回为高鹗所补，这一说法可以说彻底颠覆了二百多年红学史自清及今的不易之论——原著八十回、后四十回为续书。对此，刘继保解释说：“究竟黄小田是听当时的传说，还是亲眼所看，我们不得而知，……我怀疑他说作者所作的仅四十回，后八十回是高鹗补叙是笔误，本应写为‘作者仅写前八十回，后四十回为高鹗续的’，因为就他所举的张船山太守的诗集，就可以断定是笔误，因为张问陶的诗注明明说‘传奇《红楼梦》八十回以后俱兰墅所补’，所以，既然黄小田见过张问陶的诗集，是不应该把‘前八后四’说成是‘前四后八’的，这种说法应该是笔误所致。”④薛红娟从刘说⑤。笔者亦赞同刘先生的这一分析，但以为发生此一笔误者，不一定就是黄小田，或有他人。梁白泉在《杨葆光过录黄小田〈新增批评绣像红楼梦〉评语录后》一文中指出：“杨葆光过录时，有两个人的笔迹，全用墨笔，其中有4条（2733、2738、2753、2850）末尾注‘朱字’。想系原来为硃笔。”⑥李汉秋、陆林辑校本“前言”中也提及杨葆光过录本的“眉批有二、三人笔迹，较清楚”⑦。黄小田这条“前四

① ［清］铁珊撰：《增订太上感应篇图说》，见一粟编《古典文学研究资料汇编·红楼梦卷》，第二三－二四页。

② ［清］震钧撰：《天咫偶闻》，见一粟编《古典文学研究资料汇编·红楼梦卷》，第二四页。

③ 刘继保著：《红楼梦评点研究》，第294页。

④ 刘继保著：《红楼梦评点研究》，第294页。

⑤ 薛红娟：《清代评点家视野下的〈红楼梦〉后四十回》，第25页注释①。

⑥ 梁白泉：《杨葆光过录黄小田〈新增批评绣像红楼梦〉评语录后》，第175页。

⑦ ［清］曹雪芹、高鹗著，［清］黄小田评点，李汉秋、陆林辑校：《红楼梦》“前言”。

后八”的批语恰位于天头位置，那么，除杨葆光之外，还有谁参与了批语的过录呢？第百二十回回末有题记云：

> 曩尝从先生假手批本，录未竟，先生文孙索去。乙亥冬，自杭郡归，复从夬斋妇兄假录出本续成之，韩子扬生、张子心庵亦与焉，既毕并识于后。丙子春红豆词人。（杨葆光印）

由跋语可知，除“夬斋妇兄”借与“录出本”供杨葆光过录外，韩扬生、张心庵也参与了过录事宜。那么，发生“前四后八”这一笔误者极可能就是杨葆光、“夬斋妇兄”、韩扬生、张心庵四人中的某一位。相对来说，杨葆光发生笔误的概率要小一些，因为在“乙亥冬”即光绪元年（1875）十一月下浣第二次过录前，他曾购买过张问陶诗集。如《订顽日程》同治十一年（1872）六月初五日“人事”条“订书人装《聊斋》《船山诗》《类腋》”，《船山诗》即《船山诗草》，其中即收有那首著名诗篇《赠高兰墅（鹗）同年》，诗题有小注：“传奇《红楼梦》八十回以后，俱兰墅所补。”白纸黑字，足资证明。当然，这也仅是一种推测。杨、韩、张等人的书法题字在网络发达的今天不难找寻，以此同杨葆光过录本第百二十回卷末眉批“此书原本不知何人所作，仅四十回，乃不全之书，奉天高铁岭鹗为补八十回，遂成全璧”进行比对，当有斩获。

3. 高鹗、张问陶、黄钺皆“同年”即“乾隆庚戌进士”

因“此书原本不知何人所作”且“铁岭乃续成全书之人”，黄小田对高鹗格外看重，并对他的仕宦履历进行了探考：

> 高本铁岭旗人，乾隆庚戌进士，不知终于何官，见张船山太守诗集，皆先君同年也。

在这段话中，开头一句“高本铁岭旗人”，黄小田是如何知晓高鹗“旗人”身份的呢？应是据高鹗序款署“时乾隆辛亥冬至后五日铁岭高鹗叙并书”中的“铁岭高鹗”。由高鹗会试硃卷“高鹗，字云士，号秋甫，别号兰墅。行一，戊寅年十月十七日寅时生。镶黄旗满洲都统、内府汉军延庆佐领下廪膳生，民籍。始祖可仕，世居沈阳三台子。……”[①]知高鹗祖籍沈阳三台子而非铁岭，既然不是铁岭，为什么高鹗又署为铁岭呢？对此，邱华东有较为明晰的释解：

> 从“旗籍”来说，高鹗家族是“满洲”之“镶黄旗”，铁岭高氏

① 顾廷龙主编：《清代硃卷集成》第4册“高鹗”。

家族是“汉军”之“镶白旗”后抬入“汉军镶黄旗”。从身份来说，高鹗家族是“皇室包衣（家奴、家臣）”，而铁岭高家则是“正牌”的“汉军”旗人。高鹗前六世，无论是嫡系旁支皆无人做官，全部是“白丁”，高鹗只做了“小京官”，而且“家贫官冷，两袖清风”。而铁岭高家，从高尚义始即为“驻防协领”，并授有“轻车都尉世职”的爵位；其子高天爵“袭爵”、“荫官”至建昌知府；其孙高其位官至两江总督、文渊阁大学士、礼部尚书、太子少傅；高其佩官至都统、大学士，即著名的“指画”画家；高其倬官至云贵等地总督、大学士、工部尚书、太子太保。其曾孙高起也官至汉军都统、兵部尚书。可谓“一门显赫”。高鹗显然不是“铁岭高氏”一族，其祖籍也只能是“沈阳”。

那么，高鹗明明是“沈阳三台子”人，为什么要署名郡望为“铁岭”呢？这正是因为“铁岭高氏”的“一门显赫”，高鹗借以沾光而已。古人常有“李氏皆归陇右，刘姓皆归下邳”之说，这在古代讲究“门阀”的时代几乎为一种风气，并不是什么稀罕事。比如著名的“文起八代之衰”的“唐宋八大家”之首的韩愈，自己署名郡望常常为“昌黎”，后人也以“韩昌黎”称之。实则他的真实祖籍为“河南汝阳”，和“河北昌黎”之“韩氏”并非一族。这也是因为“昌黎韩氏”家族在唐代出了好几位宰相，系“显赫豪门”，而“汝阳”韩愈这一支则是“不彰显”的“冷籍寒门”。[①]

原来高鹗之所以称郡望为“铁岭”，是为了借显宦之家铁岭高氏的盛名以提高自己的族望，料黄小田看到“铁岭高鹗”后，亦想高鹗应为汉军镶黄旗铁岭高氏一族，故考高鹗为“旗人”。康熙三年（1664），清政府设开原、铁岭二县，隶奉天府，所以黄小田又呼高鹗为“奉天高铁岭鹗”。1921年4月4日，顾颉刚在回复胡适所查高鹗的信函中说“又可见先生藏的程排本《红楼梦》上高鹗名字上模糊的一字，是‘岭’字，铁岭是奉天府的属县，或泛称奉天”[②]，与黄小田此一推考路数相同。

黄小田对高鹗仕宦经历的考证，则主要见于“张船山太守诗集”。“张

① 邱华东：《高鹗其人二三事》，见《邱华东文集——红学辩证与历史研究》，江苏文艺出版社2011年版，第233–234页。

② 顾颉刚1921年4月4日答书（节录），见宋广波编校注释《胡适红学研究资料全编》，第46页。

船山太守诗集”即《船山诗草》，其中卷十六“辛癸集”有《赠高兰墅（鹗）同年（传奇〈红楼梦〉八十回以后，俱兰墅所补）》一诗，云：

无花无酒耐深秋，洒扫云房且唱酬。
侠气君能空紫塞，艳情人自说《红楼》。
逶迟把臂如今雨，得失关心此旧游。
弹指十三年已去，朱衣帘外亦回头。①

该诗前一首为《辛酉九日闱中作（是科以甚雨之后修葺试院，且重开宗室考试例，故主司、房考皆以九月三日入闱，初四、五等日考宗室）》②，“辛酉九日”即嘉庆六年辛酉（1801）九月初九日，则张问陶赠诗也写于九月间。按《清述秘闻续》卷十三“同考官类一·嘉庆六年辛酉科顺天乡试”载“检讨张问陶字船山，四川遂宁人，庚戌进士……内阁中书高鹗字兰墅，汉军镶黄旗人，乙卯进士”③，知该年张问陶与高鹗同充顺天乡试同考官，张问陶写给高鹗的这首赠诗即记二人秋闱闲余酬答乐事，并誉扬高鹗“重订《红楼梦》小说”④之功。由《清述秘闻续》也可知，张问陶系乾隆五十五年庚戌科（1790）进士，高鹗系乾隆六十年乙卯科（1795）进士，二人并非“同年”，这就要从赠诗尾联“弹指十三年已去”一句溯源。《船山诗草》卷三“戊巳集·戊申”有《重阳京兆榜发志喜》诗云：“重阳风雨竟无声，秋榜传来乍有情。自笑登科逢故实，和凝衣钵十三名。”⑤“戊申”即乾隆五十三年戊申（1788），知张问陶于该年顺天乡试中第十三名举人。而由嘉庆元年（1796）《钦定八旗通志》“选举志·八旗科第题名三·历科举人二”所载“乾隆五十三年戊申科：满洲，高鹗（巴宁阿佐领）……（以上镶黄旗四名）”⑥并《大清会典事例》“礼部·八旗学额”所述“满洲蒙古汉军子弟，归顺天府考试”⑦，知高鹗亦于乾隆五十三年戊申科（1788）顺

① ［清］张问陶撰：《船山诗草》，中华书局 1986 年版，第四五七－四五八页。笔者复对该校点本所涉相关诗文题目添加了标点，特此说明。

② ［清］张问陶撰：《船山诗草》，第四五七页。

③ ［清］法式善等撰，张伟点校：《清述秘闻三种》，中华书局 1982 年版，第八一九页。

④ ［清］高鹗：《重订〈红楼梦〉小说既竣题》，见尚达翔编注《高鹗诗词笺注》，中州书画社 1983 年版，第 62–63 页。

⑤ ［清］张问陶撰：《船山诗草》，第四四页。

⑥ ［清］福康安等续修：《钦定八旗通志》三百五十六卷，卷 106。

⑦ 光绪《大清会典事例》卷370《礼部·八旗学额》：“满洲蒙古汉军子弟，归顺天府考试。”

天乡试中举，则他与张问陶确系“同年”。从乾隆五十三年（1788）同中顺天乡试至嘉庆六年（1801）同充顺天乡试同考官，前后相隔十四年，正所谓“弹指十三年已去”。而黄小田父黄钺则与张问陶同为乾隆五十五年庚戌科（1790）进士，查《黄勤敏公年谱》乾隆五十五年（1790）“会试中式第二十一名，殿试二甲第六名进士。朝考入选，授主事，签分户部云南司行走。座主为东阁大学士王文端公（杰）、吏部右侍郎朱文正公（珪）、工部左侍郎邹公奕孝，房师则编修吴縠人先生（锡麒）”。通过分析可发现，黄小田对张问陶缘何称高鹗为“同年”是不明就里的，而其父黄钺与张问陶为会试同年，所以推得张、高二人与其父“同年”并皆为“乾隆庚戌进士”。

黄小田推父黄钺与张问陶、高鹗同为“乾隆庚戌进士”虽不确，但三人又确系“同年”。张问陶与高鹗同为乾隆五十三年戊申科（1788）顺天乡试举人，查《黄勤敏公年谱》乾隆五十三年（1788）“九月，中试，本省乡试第一百十四名举人。座主为吏侍胡文恪公（高望）、编修谢芗泉先生（振定），房师徐秋山先生（双桂），时官天长县知县”，知黄钺亦于该年江南乡试考中，显然，黄钺与张问陶、高鹗为同年异地登科桂榜，这也可称“同年”。明冯梦龙《醒世恒言》第二十卷《张廷秀逃生救父》中说“你我虽则隔省同年，今日天涯相聚，便如骨肉一般”即如此类。

此外，张问陶与黄钺既为乡试同年，又为会试同年，那么二人有否结识呢？有的。黄钺《壹斋集》卷十一有作于嘉庆元年（1796）《题陈肖生（嵩）背面风芍药》《和胡城东乡味八咏》等诗；张问陶《船山诗草补遗》卷五有作于同年《题黄左田（钺）同年为吴子华仿石田翁全庆堂玩月卷子，左田与城东、肖生、子华用石田元韵联句题后亦步元韵》[①]诗，诗题中的“城东、肖生”即黄钺诗题中的胡城东、陈肖生，这说明张问陶是熟知黄钺的，且亲切地称他为“黄左田（钺）同年”。查《黄勤敏公年谱》乾隆六十年（1795）“十二月，入京销假”与嘉庆元年（1796）“九月，仍乞假归芜湖”，知黄钺居京八个月，时张问陶任翰林院检讨，二人相识占尽天时地利。另，张问陶《船山诗草》卷十五“己庚集”有作于嘉庆五年（1800）七律《驿柳》四首，其三云：

一声羌管起斜阳，马上人人说故乡。

① ［清］张问陶撰：《船山诗草》，第六六六页。

官渡春浓千树雨，店门秋老万枝霜。

征愁散漫凭诗卷，闺梦缠绵接战场。

比似章台更憔悴，长条无语自成行。[①]

黄钺《壹斋集》卷十五该年亦有七律《次韵驿柳四首》，其三云：

灞桥回首隔残阳，万树迷离失故乡。

向夕频惊边堠火，未秋已陨塞门霜。

搴条歌送新婚别，系马人来古战场。

枝叶可怜髡欲尽，翠颦雨泪不成行。

与张、黄皆有往来的蒙古族馆阁文臣法式善亦有《驿柳诗四首次张船山检讨韵》[②]，其三云：

濯从秋雨晒秋阳，那辨他乡是故乡。

身世百年多过客，关河千里况飞霜。

小桥流水思前渡，明岁春风是后场。

草长莺飞感兴废，烟丝露叶一行行。

三诗相较，韵脚同，主旨同，其他各诗亦然。法式善诗题中明点“次张船山检讨韵”，则黄钺诗亦次张问陶，因此，张、黄二人有交无可置疑。由此可知，在这次以“驿柳”为吟咏对象的雅集上，张问陶领首作元韵，法式善、黄钺等朋辈次韵唱和。该年正月黄钺“奉旨以户部额外主事在懋勤殿学习行走”（《黄勤敏公年谱》），张问陶则仍任翰林院检讨，二人同官京师，诗酒唱和本为常情。而到嘉庆六年（1801）九月，张问陶再以翰林院检讨之职分校顺天乡试，于闱中得遇乡试同年高鹗，写下《赠高兰墅（鹗）同年（传奇〈红楼梦〉八十回以后，俱兰墅所补）》一诗并成为红学史上珍贵绝伦的文献史料；该年黄钺以户部额外主事在懋勤殿学习行走，“十月，以三年学习期满，户部奏请留部当差”（《黄勤敏公年谱》），虽与时任内阁中书的高鹗同朝为官，但却无缘晤面结识。

（二）另一则误读高鹗的文字

除以上两则关于高鹗的批语外，还有另一则误读高鹗的文字，非黄小

① ［清］张问陶撰：《船山诗草》，第四二八页。

② ［清］法式善撰：《存素堂诗初集录存》卷九，见《续修四库全书》编纂委员会编《续修四库全书·一四七六·集部·别集类》，上海古籍出版社2002年版，第五三八页。

田批语，但事涉高鹗，事涉黄小田，暂归一处，方便讨论。这则文字即梁白泉在《杨葆光过录黄小田〈新增批评绣像红楼梦〉评语录后》一文中对高鹗及黄小田的误读：

> 八十九回，宝玉约袭人、麝月一起吃饭，麝月不敢，袭人却说“其实也使得”，评语说：“同牢之兆也”（2333）。据二十七回，甲辰本脂批有“狱神庙回内方见”，庚辰本畸笏批有“此系未见抄没、狱神庙诸事”的话，是暗示宝玉后来入狱，红玉和茜雪去探监。此为八十回以后续书，丫头另为袭人、麝月两人，是否高鹗、黄小田另有所见？[①]

关于“同牢之兆”的批语，《黄仁题红诗对黄小田评点的影响》一节已有涉及。“同牢”即“共牢”，为古代婚礼中最重要的仪式，《礼记·昏义》：“妇至，婿揖妇以入，共牢而食，合卺而酳，所以合体、同尊卑，以亲之也。”“牢”即牲，“共牢而食”即新婚夫妇同食一牲，“合卺而酳”即新婚夫妇共饮杯酒，寓夫妻互相亲爱，从此合为一体。如《汉书·王莽传》“进所征天下淑女杜陵史氏女为皇后，莽亲迎于前殿两阶间，成同牢之礼于上西堂”、唐杨衡《夷陵郡内叙别》“礼娶嗣明德，同牢夙所钦”等。而袭人与麝月二婢确有“同牢之兆”。袭人早已成为宝玉侍妾的不二人选，第三十六回王夫人吩咐王熙凤：“把我每月的月例二十两银子里，拿出二两银子一吊钱来，给袭人去。以后凡事有赵姨娘周姨娘的，也有袭人的，只是袭人的这一分，都从我的分例上匀出来，不必动官中的就是了。”——二两月银是姨娘的标准。王夫人并对薛姨妈、王熙凤等含泪说道：“你们那里知道袭人那孩子的好处？比我的宝玉还强十倍呢！宝玉果然是有造化的，能够得他长长远远的伏侍一辈子，也就罢了。”可见袭人多受主母王夫人的器重，因而她有资格与宝玉同食一牲。而麝月有资格与宝玉同食一牲么？对麝月的结局，后四十回续书未予明示。第二十回宝玉为麝月篦头时，曾被晴雯讥为“交杯盏还没吃，倒上头了”，此或为日后麝月成为宝玉侍妾之谶，同回脂批亦逗露相关讯息：“闲闲一段儿女口舌，却写麝月一人。袭人出嫁之后，宝玉、宝钗身边还有一人，虽不及袭人周到，亦可免微嫌小弊等患，方不负宝钗之为人也。故袭人出嫁后云‘好歹留着麝月’一语，宝玉便依从此话……”（己卯本夹批），以此来看，麝月成为宝玉的姨

① 梁白泉：《杨葆光过录黄小田〈新增批评绣像红楼梦〉评语录后》，第177页。

娘应乃芹意。黄小田是依据第六十三回怡红夜宴中麝月所掣花签旧诗“开到荼蘼花事了”推麝月的结局也是成为宝玉的姨娘，这是很有眼光的识见。自然，麝月也有资格与宝玉同食一牲。但在上引文字中，梁白泉把“同牢之兆”中的“同牢”理解成了牢狱之灾，因而将脂批透露的“宝玉后来入狱，红玉和茜雪去探监”换成了袭人和麝月有此美意善举。此外，“据二十七回，甲辰本脂批有‘狱神庙回内方见’”中的“甲辰本”应为甲戌本。

（三）由高鹗批语析误管窥黄小田对高鹗及其“续作”的认识

通过如上对卷首程伟元序后及第百二十回卷末凡2条批语的分析可以看出，黄小田对小说的作者曹雪芹、续作者高鹗的考证皆误。虽如此，从这些异辞不确的推论中，仍可管窥黄小田对高鹗及其“续作”的一些认识。

第一，黄小田对《红楼梦》作者及续作者的考证，乃“知人论世”这一传统文学批评方法的体现。

“知人论世”语出《孟子·万章下》：“颂其诗，读其书，不知其人，可乎？是以论其世也。”乾嘉学者章学诚《文史通义·文德》复曰：“不知古人之世，不可妄论古人之辞也。知其世矣，不知古人之身处，亦不可遽论其文也。”即鉴赏和评论作品，既要了解作者所处的时代背景，又要明晓作者的际遇遭逢，这样才能把握作品主题，感知作品内涵。黄小田对《红楼梦》前八十回评点的溢美之词明显胜过后四十回续书，其中对作者高超创写的褒扬不绝于口，并且从前八十回的逼真情境中也隐约感到作者绝非出自普通之家。此类批语如第三回描写王夫人居室陈设“临窗大炕上铺着猩红洋毯，正面设着大红金钱蟒引枕，秋香色金钱蟒大条褥；……其余陈设，不必细说”处眉批：“以上写居室冠冕堂皇，岂寒俭人所能着笔。”第十八回元春省亲时“忽见两个太监骑马缓缓而来，至西街门下了马，将马赶出围幙之外，便面西站立”处眉批：“又缓缓而行，前后俱写得好，试问时俗小说能否？”第七十一回贾母八十大寿期间，在“一个捧了戏单至阶下，先递与回事的媳妇；这媳妇接了，才递与林之孝家的；林之孝家的用小茶盘托上，挨身入帘来，递与尤氏的侍妾佩凤；佩凤接了，才奉与尤氏；尤氏托着，走至上席，南安太妃谦让了一回，点了一出吉庆戏文，然后又让北静王妃，也点了一出；众人又让了一回，命随便拣好的唱罢”处眉批：“此等排场，写得大方简洁，非眼见不能如此下笔。”等等。这些镶金嵌银、巨细靡遗的描写确非一般小说家所能为，这也符合曹雪芹家族的实际情况。曹家三代四人袭任江宁织造近一个甲子，曹寅二女又皆为身份尊贵的王妃，曹雪芹生活在这样一个养尊处优的巨宦之家，对富贵生活自是烂熟于心，而“（黄小田）认为细节描写的真实，要有生活的基础，像《红楼梦》那样‘写居室冠冕堂皇’，写排场‘大方简洁’，作者‘非眼见不能如此下笔’，认为没有这种生活经历的‘寒俭人’是写不出来的。黄小田这个见解无疑是正确的，这实际上已经涉及艺术与生活的关系问题”[①]。黄小田自然没有“艺术真实”“生活真实”这类理论概念，但他从小说描写中获得的直观感受是恰切的，艺术感觉也是到位的，正是这种身临其境的阅读体验，使他在小说开篇即对作者有所考析，此类批语如“‘作者’，即作者也。细读全书，宝玉亦作者也，然不可考矣”（“此书开卷第一回也。作者自云”处眉批）、“观此数语，即作者自道无疑”（“背父兄教育之恩，负师友规训之德”处眉批）、“此亦作者经历盛衰，所求不得，感慨著书之实境也”（“虽我不学无文，又何妨用假语村言，敷演出来”处眉批）、“此下一段，又作者之自命也”（“莫如我这石头所记，不借此套，只按自己的事体情理，反倒新鲜别致”处眉批）、“此四句是宝玉赞语，情僧即宝玉，亦即作者自号”（“因空见色，由色生情，传情入色，自色悟空”处眉批）等。“细读全书，宝玉亦作者也，然不可考矣”，直言小说作者“不可考矣”，显然是受程伟元序“作者相传不一，究未知出自何人”的影响而作出的判断，故而黄小田在同回“后因曹雪芹于悼红轩中，披阅十载，增删五次，纂成目录，分出章回”处未留批语，或有看袁枚《随园诗话》，也未将其中言及的“雪芹撰《红楼梦》一部”与小说正文中言及的“悼红轩中”的“曹雪芹”有效勾连，从而错失考证良机。此外，黄小田屡言“情僧即宝玉”“宝玉亦作者”等，这表明他认为《红楼梦》系作者——这个非“寒俭人”，所亲身经历的事情，此与王希廉“《石头记》者，缘宁、荣二府在石头城内也。悼红轩，似即是怡红院故址。当是曹雪芹先生曩年目击怡红院之繁华，乃十年之后，重游旧地，风景宛然，而物换星移，园非故主，院亦改观，不禁有满目山河之感。故题其轩曰悼红，以见鸟啼花落，无非可悼，此一把辛酸泪，不由人不落也”（第一回回末评）、陈其泰“曹雪芹明明即是贾宝玉

① 张庆善：《一位鲜为人知的〈红楼梦〉评点家——黄小田〈新增批评绣像红楼梦〉评点初探》，第226页。

也”（第一回眉批）等观点一致，也与胡适“《红楼梦》这部书是曹雪芹的自叙传”[①]的观点相合，开“自传说”先声。

相对而言，对百廿回《红楼梦》的续作者高鹗的考证，黄小田依张问陶《赠高兰墅（鹗）同年（传奇〈红楼梦〉八十回以后，俱兰墅所补）》一诗并《红楼梦》卷首高鹗序，而未偏离轨道太多，尽管也有主观猜测，但比对小说“原本”作者的考证要明朗不少。因有据可查，且“续成全书”的高鹗系“铁岭旗人”，所以黄小田对小说所反映的东北风物、旗人习俗也格外关注。如第三回黛玉进贾府，在贾母处用晚饭，在“贾珠之妻李氏捧杯，熙凤安箸，王夫人进羹。贾母正面榻上独坐，两旁四张空椅，熙凤忙拉黛玉在左边第一张椅子上坐下，黛玉十分推让。……贾母命王夫人也坐了。迎春姊妹三个告了坐方上来”处眉批：“贾府规矩，妇姑不同席，不敢坐，王夫人之坐，以年长夫贵也，故李、凤二人代姑之劳。汉人全无此礼，可叹也。”“汉人全无此礼”，可见黄小田认为《红楼梦》所写为国朝之事，这在其他批语中也有出现，如卷首绣像“宝玉”图赞页眉批“盖所叙乃本朝之事，作者既不敢明言，图画服饰更难着笔”、第一回“原来是无才补天、幻形入世、被那茫茫大士渺渺真人携入红尘、引登彼岸的一块顽石”处眉批“本朝事也，托之渺茫，以浑其迹，故曰‘茫茫大士’‘渺渺真人’”等。而贾府用饭规矩也确是旗人风俗，《清稗类钞》“风俗类”之“旗俗重小姑”条云：“旗俗，家庭之间礼节最繁重，而未字之小姑，其尊亚于姑。宴居会食，翁姑上坐，小姑侧坐，媳妇则侍立于旁，进盘匜、奉巾栉惟谨，如仆媪焉。”[②]再如第百一回“只见袭人端过茶来，只得搭讪着，自己递了一袋烟。凤姐儿笑着站起来接了”处眉批：“此书从不写吃烟，此处仅一见。”对于吸烟，黄小田最有发言权，其本人即嗜烟茹酒，如《萍轩小草》上卷《止酒四十余日，偶尔思饮戏作》：“百嗜何如天禄美，能令爱之入骨髓。世人但说淡巴菰，更有相思如此水（淡巴菰一名相思草）。我虽屡病坐此因，须知大患在有身。携锄荷锸恋朽骨，不达无如刘伯伦。”“淡巴菰”即烟草。《萍轩小草》下卷《嗽疾》亦有“问胡婴此疾，其故不待云。纵饮五十年，计酒逾万斤。助以淡巴菰，乐其气芳芬。性复嗜脓厚，食必罗膻荤”

---

① 胡适：《红楼梦考证》（改定稿），见宋广波编校注释《胡适红学研究资料全编》，第157页。

② 徐珂编撰：《清稗类钞》，第2212页。

云云。对凤姐吸烟这处细节描写，评家几乎都有关注，较有新见者，如张新之夹批“递烟乃北人新妇礼，‘烟’字于书中止此一处”、张子梁夹批“前后一百二十回，说吃烟止此一次，盖不欲明提本朝，又恐人不知像本朝也”[①]等。有着十余年京官生涯的黄小田，对东北或北方这一女子吸烟的习俗自不会陌生，即如段启明所说：“多年来，我们绝大多数读者都接受了后40回之续作者为‘铁岭高鹗’的观点。如果说我们至今还不宜轻易放弃这一观点的话，那么，作为东北人的续作者写下宝钗给凤姐‘递了一袋烟’，也似乎是可以理解的。有民谚云：东北有三怪，窗户纸糊在外，大姑娘叼烟袋，养个孩子吊起来。由此可见，年轻女子抽烟，在东北地区是相当普遍的现象。‘铁岭高鹗’在有意无意之中，写下他所熟悉的普遍存在的生活习俗，也是很自然的事。”[②]可见，黄小田对高鹗生平的推考也属于“知人论世”的范畴。

第二，黄小田对百廿回《红楼梦》“续作”的认识不及陈其泰。

刘继保在《红楼梦评点研究》一书中说：“在清代后期，能够发现《红楼梦》是两个人所写的，已经很不容易了，除了黄小田，还有一位就是陈其泰，这也说明这两位评点家心细如发，又有很高的鉴赏力。”[③]确然如此。在旧红学评点派中，指出百廿回《红楼梦》“原书”及“续作”的评点家不多，陈其泰与黄小田是其中较为突出的两位，但仔细揣摩黄小田批语，他对《红楼梦》续作的认识是明显不及陈其泰的。

陈其泰对《红楼梦》前八十回与后四十回的比较批评，源于其“闻乾隆年间，都中有钞本红楼梦一百回后，与此本不同。薛宝钗与宝玉成婚不久即死，而湘云嫁夫早寡。宝玉娶为继室。其时贾氏中落，萧索万状，宝玉湘云有除夕唱和诗一百韵，俯仰盛衰，流连今昔。其诗极佳，及付梓时，削去后四十回，另撰此书后四十回以易之，而标题有未改正处”（第三十一回回末评）。因此，从第八十一回开始，陈其泰秉承一个评点态度即“自此回以后，系另一人续成之，多与前八十回矛盾处”，频频指出各回的不足，如“自八十一回起，看去总多与前文不合处。言谈口角，亦都不似其人。甚矣续貂之难也”（第八十三回回末评）、“种种皆未合情节，

① 转自薛红娟《清代评点家视野下的〈红楼梦〉后四十回》，第44页。

② 段启明：《程本三题》，见北京曹雪芹学会编《红楼梦程甲本探究》，第79–80页。

③ 刘继保著：《红楼梦评点研究》，第294页。

不及前八十回远矣”（第八十八回回末评）、“八十回后诸回，属稿者不甚体会，前书之旨，每多舛谬”（第百四回回末评）、“作后四十回书者，其见解总未能免俗”（第百九回回末评）、“若出自原书作手，必不如是疏忽。总由续书者不知照应前半部，率笔为之，致阅者索然意尽耳”（第百十回回末评）等，但也承认续作中个别篇章是很精彩的，“看后四十回书，只可节取其大段佳处，不必求其尽合也”（第百一回回末评）。总体来看，陈其泰对后四十回贬多于褒。

黄小田则不然。他对后四十回的评点态度极其温和，好感多于批评。赞誉者如“睡不着，人醒到天明，始如此景，写得逼真”（第八十二回眉批）、“神情绝似，何以笔妙如是”（第八十四回眉批）、“妙来不可思议，盖芸儿之事，无人可说，惟黛玉可以告知，而忘其为断不可告诉之人，人到心事深时，每有此种情景，最难写出也”（第八十五回眉批）、“一样姊妹谈心，觉与热闹时倍形萧瑟，盛衰冷热，都在作者笔端，神乎技矣”（第八十七回眉批）、“顺手带出史湘云放定，一部大书不如此带叙带补，岂不累煞？故知作者之才之大”（第九十七回眉批）、“此不过警戒人耳，借以写宝玉之痛，若在俗笔，必写成死过去、如何救醒矣”（第九十八回眉批）、“如此引入，文法不骤”（第百九回眉批）、“忙中偏有闲暇写周姨娘”（第百十三回眉批）、“贾赦一生，全无足取，惟有纵性，自罹法纲而已，故即以赦字名之，趣甚”（第百十六回眉批）、“宝玉若回来，便是蛇足，便是寻常小说，毫无意味矣”（第百十九回眉批）、“此即小说中之团圆也，却不明说，最妙”（第百二十回眉批），等等，涵盖人情事理、摹景状物、用笔技巧等多个方面。批评者如“黛玉丫头，以后只有紫鹃、雪雁，并不闻鹦哥改名。盖此书系两人手笔，又复撒乱不合，经后人接续补缀，故岁月年纪往往不符，无足怪也”（第三回眉批）、“竟做应天府，则此书为后人补缀，错误不少”（第四回眉批）、“前文与贾环有私，乃彩云也。此云彩霞，自是补此书者笔误，且依‘小霞’二字，当本名彩霞为是”（第七十二回眉批）、“紫鹃可谓忠于黛玉矣，然俱是笨劝，不但不能宽愁，反钩起黛玉多少恨来。此时奶娘及老妈妈们何在？只有两个丫头耶？此则作者之谬”（第八十二回眉批）、“巧姐儿年纪不可为训，似乎大起来太快耳”（第九十二回眉批）、“巧姐前已识字读书矣，今又要拍着睡，似是两三岁孩子矣。大谬，大谬”（第百一回眉批）、“诸婢皆无指望，故各寻头路，惟彩云未与旺儿作媳妇，自是补书者之错”（第百十七回眉批）等寥寥可数的几条，且主要集中于人物形象塑造方面。

通过如上批语可以看出，对后四十回续作，陈其泰贬多于褒，黄小田褒多于贬。陈其泰有很高的艺术感悟力，他对后四十回的立意构思、作者思想、人物刻画、情节演进、叙事文法等都进行了周详而又细致的评点，如指出后四十回“小家子气”“人物口吻不似其人”“续书者不熟悉举业”“前八十回与后四十回打扮装束不同”“细节不同”①，等等，创见尤夥，令人信服。而黄小田则远没有陈其泰这样旗帜鲜明、判若鸿沟，“必须大加删改，方与前八十回相称”（桐花凤阁批校本《红楼梦引言》处总评），他虽以张问陶《赠高兰墅（鹗）同年（传奇〈红楼梦〉八十回以后，俱兰墅所补）》一诗为据区分开《红楼梦》“原本”与“续作”，但在他眼里，“后四”同“前八”平稳过渡、完美对接。显然，黄小田虽征引了张问陶赠诗，但并没有在“原本”与“续作”的文本比较上投入精力，对“后四”接续“前八”所带来的如陈其泰指出的作者思想落差明显、人物形象迥然有异、情节设置背离原旨、为文技巧了无新意等持全盘接收的态度，所以他对后四十回基本持只褒不贬的评点标准。可见，就对后四十回的认识程度、研读视阈和思考格局，陈其泰是明显胜过黄小田的。

（四）小结

《船山诗草》自初刻本于嘉庆二十年（1815）行世后，关涉《红楼梦》后四十回续作的《赠高兰墅（鹗）同年（传奇〈红楼梦〉八十回以后，俱兰墅所补）》一诗便引起研红者的注意。但在评点派这一领域，应者无几，因为在许多评点家的眼里，百廿回《红楼梦》是一部完整的小说，与黄小田同时的王希廉、姚梅伯、张新之、哈斯宝等评家皆如此看。张新之《红楼梦读法》更云：

> 有谓此书止八十回，其余四十回乃出另手，吾不能知。但观其中结构，如常山蛇，首尾相应，安根伏线，有牵一发浑身动摇之妙，且词句笔气，前后略无差别，则所增之四十回，从中后增入耶？抑参差夹杂入耶？觉其难有甚于作书百倍者。虽重以父兄命，万金赐，

① 张庆善：《桐花凤阁主人陈其泰〈红楼梦〉评点浅谈》，第242–247页。

使闲人增半回，不能也。何以耳为目，随声附和者之多！①

可见，在张新之等评家看来，《红楼梦》前八十回与后四十回不存在罅隙与脱节，洋洋洒洒，浑然一体。

而黄小田则是旧红学评点派中较早关注《赠高兰墅（鹗）同年（传奇〈红楼梦〉八十回以后，俱兰墅所补）》一诗的评点家，并以此为据，指出"原本"与"续作"。推黄小田援引该诗，很大程度上缘于其父黄钺与张问陶同官朝堂，时相往访，"黄小田用张问陶的《船山诗草》证明，高鹗与张问陶、自己的父亲黄钺是'同年'，这样不仅拉近了黄小田与高鹗的距离，同时，表面上也增加了他此说法的可靠性"②。虽用乾嘉考据学的治学方法对高鹗进行考证并考证失实，但这对进一步了解黄小田其人及深入理解其批语是颇有助益的，即如鲁迅所说："倘要论文，最好顾及全篇，并且顾及作者的全人，以及他所处的社会状态，这才较为确凿，要不然，是很容易近乎说梦的。"③

四、曹寅、黄钺与《莫斫铜雀砚图》

黄钺与张问陶既有同年之谊，又同宦京师，故诗酒高会，惺惺相惜。因为这段文字之交，黄小田评点《红楼梦》完结之际，写下"高本铁岭旗人，乾隆庚戌进士，不知终于何官，见张船山太守诗集，皆先君同年也"的批语，使得其父黄钺也走进红学研究的视野。事实上，黄钺确与红学因缘甚深，这一问红之缘源于一幅画作——《莫斫铜雀砚图》。而雪芹祖父曹寅《楝亭诗钞》卷五即收有一首《题启南先生莫斫铜雀砚图》诗，云：

未央宫中一尺瓦，不知遗恨漳河下。
锡花雷布谁作模，鸳鸯离合无真假。
阿瞒心雄天厌足，平生只欠西陵哭。
飞来铜雀亦辜恩，可怜难覆如花肉。

① ［清］张新之：《红楼梦读法》，见一粟编《古典文学研究资料汇编 · 红楼梦卷》，第一五七页。

② 薛红娟：《清代评点家视野下的〈红楼梦〉后四十回》，第 24 页。

③ 鲁迅著：《且介亭杂文二集》"题未定"草（七），人民文学出版社 2006 年版。

与奸作瓦罪莫辞，与人作砚遭磷淄。
粉身何惜鹿卢碎，渴笔恐辱屠沽儿。
隐君正史先救砚，麟经独炳丹青传。
君不见，琼林宝藏无不收，王莽之头斩蛇剑。[①]

“启南先生”即明代杰出画家沈周。沈周（1427—1509），字启南，号石田、白石翁、玉田生、有竹居主人，与文徵明、唐寅、仇英并称“明四家”。沈周为吴门画派创始人，其作品后人仿之甚众。曹寅诗题中提到的《莫斫铜雀砚图》，见诸介绍者便有多幅，如今藏美国普林斯顿大学图书馆的清石涛摹本（据民国吴梅《霜厓读画录》“大涤子《莫斫铜雀砚图》”[②]条，石涛仿作见文末附图）、陶樑光绪八年刻本《红豆树馆书画记》著录绢本（见文末附图）[③]、天津艺术博物馆藏《临沈周铜爵砚图轴》[④]、庄申二十世纪六十年代所见香港纸本[⑤]、北京中汉拍卖有限公司 2010 年所拍绢本（见文末附图）[⑥]以及曹寅所见图等。除石涛摹本及天津艺术博物馆摹本外，其他藏本孰为沈周真迹？庄申著文认为其所见香港纸本为沈周原作[⑦]；樊志宾认为陶樑著录绢本即中汉拍卖图乃沈周真迹，也即曹寅所见图[⑧]；高树伟据曹寅友人杨中讷《莫斫铜雀研歌（有序）》诗认为“曹寅似未曾购藏此画，其所见图之真赝也遽难定论”[⑨]。《莫斫铜雀砚图》的真伪本与红学无涉，但因曹寅也曾目见该图并于题诗中对曹操呼之以“奸”（“与奸作瓦罪莫辞”），这与他在所制传奇《续琵琶》中一反传统戏曲舞台上曹操“白

① ［清］曹寅著，胡绍棠笺注：《楝亭集笺注》，北京图书馆出版社 2007 年版，第 229 页。

② 吴梅撰：《霜厓读画录》，见《丛书集成续编》子部第 85 册，上海书店出版社 1994 年版，第 855 页。

③ ［清］陶樑撰：《红豆树馆书画记》卷八，光绪八年潘氏刻本，第十七—十九页。

④ 林树中、王崇人主编：《美术辞林 · 中国绘画卷》（上），陕西人民美术出版社 1995 年版。

⑤ 庄申：《明沈周〈莫斫铜雀砚歌图〉考》，《明报月刊》1968 年 3 月 1 日。

⑥ 北京中汉拍卖有限公司 2010 春季拍卖会，见雅昌艺术品拍卖网 auction.artron.net（2017-12-10）

⑦ 庄申著：《中国画史研究续集》，台湾正中书局 1972 版，第四三三页。

⑧ 樊志宾：《关于曹寅题启南先生〈莫斫铜雀砚图〉及相关问题》，《红楼梦学刊》2012 年第 6 辑，第 18-36 页。

⑨ 高树伟：《曹寅四题题画诗小考》，《红楼梦研究辑刊》2013 年第六辑，第 100-118 页。

脸奸雄”的形象而代之以“外扮孟德，不涂粉墨”[①] 的英略之君的形象相悖，此一问题遂引起学界关注。黄钺《壹斋集》中恰有诗作谈及《莫斫铜雀砚图》，或可为该图真伪、是否为曹寅所见及递藏源流等提供新的线索。

（一）对《莫斫铜雀砚图》真伪讨论的分析

1. 香港纸本真伪

庄申《明沈周〈莫斫铜雀砚歌图〉考》一文分析认为：其所见香港纸本有“沈氏启南”“桂坡安国赏鉴”“清净瑜趣馆”“永安沈氏藏书画印”等四方钤印，其中“桂坡安国”籍籍无名，造伪者不可能选择这样一个名不经见的收藏家。第二，陶樑著录绢本有“项氏子京”“□□真赏”两方钤印，项子京乃明代收藏家，其确有一方“平生真赏”印，然而不能确定陶樑著录绢本“□□真赏”中的“□□”即“平生”二字，此外，“在为项子京所藏的书画上面，就没有任何一件，是单独的钤着一方‘项氏子京’的别名章”。所以，“纸本沈画比绢本同名的画，可靠性更大”。

庄申为原台北故宫博物院副院长庄严长子，于中国绘画史研究颇有建树，但对《莫斫铜雀砚图》真伪的探考中仍不免失于武断。“桂坡安国赏鉴”实乃明代藏书家安国之印。安国（1481—1534），本姓黄，洪武初年，改姓安氏，字民泰，无锡安镇人，因居所遍植丛桂，自号“桂坡”。安国乃东南巨富，富收藏，明代五部尚书秦金称其“又嗜左书名画，商彝周鼎，一见辄辨真赝”，其所藏书籍字画均钤有“大明锡山桂坡安国民泰氏书画印”“安”“桂坡安国赏鉴”“锡山安氏西林秘玩”等章。叶昌炽《藏书记事诗》赞曰：“胶山楼观甲天下，曲桥华薄荡为烟。徒闻海内珍遗椠，得一珠船价廿千。”嘉靖二年（1523）始，安国用铜活字印刷大量书籍，在中国印刷史和出版史上占有重要地位。这样一位名满天下的风雅之士，怎能说是名不见经传呢？而明代收藏大家项元汴（子京）也确有“项氏子京”这样一方别名章，北京故宫博物院所藏米芾《行草书盛制帖》上有项氏钤章十五枚，其中“平生真赏”“项氏子京”“神”“品”四印分别盖于“盛”“藏”“感”三字之上[②]。可见，陶樑著录绢本文字可靠。庄申所见香港纸本与陶樑著录绢本孰真孰伪应暂时存疑。

---

① ［清］刘廷玑撰：《在园杂志》卷三，见周汝昌著《红楼梦新证》，第 203–204 页。

② 钟银兰、凌利中：《〈功甫帖〉辨伪新证》，《东方早报》2014 年 3 月 26 日 B5、B6 版“艺术评论 · 专稿”。

2. 陶樑著录绢本与中汉拍卖图的关系

无论是画面构图、风格，还是沈周原题、款识，陶樑著录绢本与中汉拍卖图都极为相似，以致于樊志宾认为陶樑著录绢本即中汉拍卖图。所钤印章上，前者有“钦训堂珍藏印”“项氏子京”“□□珍赏”“素菊主人之章”等鉴藏印，后者有“钦训堂珍藏印”“□□鉴赏书画之章”“素菊主人之章”“飞卿过眼”“素菊居士鉴赏图书”“陶梁”“凫乡鉴定”“翰墨于吾有宿缘”“葆虞书屋”等鉴藏印。可见，两图除高度相似外，钤印也多有重合，但不同的是，两图于钤印上存在此有彼无的情况。陶樑著录绢本有“项氏子京”钤印，而中汉拍卖图没有；中汉拍卖图有“素菊居士鉴赏图书”钤印，而陶樑著录绢本没有。要之，“素菊居士鉴赏图书”“素菊主人之章”“钦训堂珍藏印”三枚钤印的主人实为一人，即清宗室、辅国公爱新觉罗・永瑺（1716—1787）。震钧《天咫偶闻》载：“内城旧藏书家，初推曹楝亭通政（寅），后其书归昌堇斋学士（龄）。又宗室素菊主人钦训堂藏书最有名。”[①]李放《八旗画录》也载：“（永瑺）封辅国公，字文玉，号益斋，别号素菊道人，理密亲王允礽孙。工书善画，以飞白法淡墨写兰石。尤精鉴别，收藏名迹甚富。今世流传书画，其上有钦（《雅颂集》作‘清’，误）训堂藏印者，皆经其品定者。著有《益斋集》。”[②]陶樑著录绢本与中汉拍卖图若为一图，“项氏子京”钤印应在中汉拍卖图上出现，“素菊居士鉴赏图书”钤印亦应在陶樑著录绢本上出现，但事实并非如此，可见两图并非一图。此外，樊志宾在文章中提到石涛摹本题诗与沈周原图（作者指中汉拍卖图）题诗有几字之差：中汉拍卖图题为“莫斫铜爵砚歌　斫”，石涛摹本改“爵”为“雀”，并省“斫”字；中汉拍卖图“碎于瞒莫轻重”句漏一“斫”字，而石涛摹本有此“斫”字。其实，若细察中汉拍卖图，樊君判断失误。首先，“爵”与“雀”古义相通，中汉拍卖图“草窗刘先生尝赋铜雀砚歌”一句中的“雀”与“莫斫铜爵砚歌”的“爵”即同时出现。其次，再看中汉拍卖图题诗前两句“拔剑斫瓦直儿弄碎于瞒莫轻重”，“弄”与“碎”间少了一个字，只好把丢掉的“斫”字补于两字中间位置，而这一位置又恰好与题目同行，但细看“斫”字明显瘦小——这应是仿者出错后的一种补改，而这一舛错极可能证明中汉拍卖图系伪作。

① ［清］震钧撰：《天咫偶闻》，北京古籍出版社 1982 年版。

② 李放撰：《八旗画录》，见杨寿枬辑《云在山房丛书》，民国十七年铅印本。

综上，陶樑著录绢本乃沈周真迹应可定谳，但黄钺《壹斋集》中收有一首同沈周该图密切相关的诗作（见文末附图），使得陶樑著录绢本乃沈周真迹尚不能定论。

（二）黄钺所见《莫斫铜雀砚图》内府藏本

黄钺《壹斋集》卷二十有《和圃前辈有山谷铜雀瓦砚，名其斋曰“古瓦山房”。嘉庆丙寅正月四日，重华宫茶宴联句，蒙赐沈周评砚图，上方沈有莫斫铜雀砚歌为刘草窗作。刘尝赋铜雀砚诗，有云：“呼儿开匣取长剑，碎斫慎勿留其踪。”沈反其意为此。和圃喜与藏瓦事适相合，赋诗属题，因次石翁韵》诗，云：

画图新获瓦昔弄，巧与山房事增重。
记昨重华拜赐归，夏正初开建寅统。
属我题诗序已秋，斫砚者刘救者周。
回看古瓦色深墨，顽然蒙此千年羞。
投鼠忌器重抚砚，为有山谷铭其面。
五方之土亦何辜，污以曹瞒不敢怨。
先生史笔配素臣，不知帝魏尔何人。
若为计较平生罪，画卷长留瓦可碎。

由该诗诗题对照石涛摹本、中汉拍卖图及著录甚详的陶樑所见绢本，黄钺虽未详及画作的品相样貌，但确系《莫斫铜雀砚图》无疑。诗题中的“和圃前辈”即道光帝师万承风（1752—1812），百廿回《红楼梦》整理者之一的程伟元于辽阳文博馆镇馆之宝王尔烈寿屏第九十五幅上绘有“双松并茂图”，万承风则于第四十一幅绘有“水墨竹石图”[①]。黄钺该诗回忆“嘉庆丙寅正月四日，重华宫茶宴联句”，嘉庆丙寅即嘉庆十一年（1806），此前的嘉庆九年（1804）黄钺已著南书房行走。重华宫为乾隆藩邸旧居，乾隆帝即位后频加修葺，自乾隆八年（1743）始，每岁新正召集内廷大学士、翰林等人在此赐茶宴联句。此后嘉庆帝将重华宫茶宴联句作为家法，于每年正月初二至初十日举行，道光年间时有赓吟，咸丰后止。从诗题“蒙赐沈周评砚图”及“画图新获”“记昨重华拜赐归”诸句可知，在嘉庆十一年（1806）正月初四日这天的重华宫茶宴联句上，

① 邹宝库：《清嘉庆元年王尔烈寿屏》，《文物》1986年第10期。

嘉庆帝将沈周《莫斫铜雀砚图》赐予黄钺，以昭恩宠。该图由黄钺得于重华宫，很可能就来自重华宫，因为重华宫、静寄山庄、御书房、乾清宫、学诗堂等都是清宫书画珍品庋藏阜胜之处。皇宫大内所藏书画典籍虽不乏赝品，然黄钺乃嘉道间著名书画鉴藏家，“内府名迹，均经其鉴定”①，由其掌眼《莫斫铜雀砚图》并写下“画卷长留瓦可碎”句，则该图为沈周真迹的可能性较大。

可以肯定的是，黄钺所获内府藏本有别于陶樑著录绢本、香港纸本及中汉拍卖图。该图来自皇宫内苑，应被《秘殿珠林》《石渠宝笈》所著录，理应钤有帝王之印，如乾隆“宜子孙”“乾隆御览之宝”“烟云无画藏”“三希堂精鉴”及嘉庆“嘉庆御览之宝”“嘉庆御赏之宝”等。被黄钺收藏后，黄钺或亦钤印于上，如“小井西道人”“太平一老”“吴波亭长”“蕉林居士”“壹斋”等。但陶樑著录绢本、香港纸本及中汉拍卖图均无如上钤印，可见三图一直辗转递藏于民间。

（三）黄钺所获《莫斫铜雀砚图》或乃曹寅所见图

除石涛摹本、天津艺术博物馆藏《临沈周铜爵砚图轴》属后人摹作外，曹寅所见图、陶樑著录绢本、香港纸本及中汉拍卖图等因绍介不详而无法断定何系摹本孰为真品。笔者推测，黄钺所获内府藏本或乃曹寅所见图，也即沈周《莫斫铜雀砚图》真迹。

有清一代，自顺治到乾隆，历朝帝王对书画艺术的浓厚兴趣和身体力行，形成了康雍乾三朝书画从私家收藏逐渐转到内府收藏的局面，通过出资购买、官员进献、抄家罚没以及承接明代皇宫遗物等各种途径，使得清廷书画收藏蔚为大观。从这一世风着眼，我们可对黄钺所获《莫斫铜雀砚图》内府藏本的来源与曹寅所见图的关系作一合理性推测：

黄钺所获内府藏本或源于曹寅进上珍物。杨中讷作于康熙四十五年（1706）《莫斫铜雀研歌（有序）》小序云：“贾有持示荔轩通政沈石田《莫斫同雀研图》尺幅小画，上有石田老人自题长歌一篇，荔轩因邀余同和，要之各抒所见。其言贵于情性，不徒传会翻案如诗家者流而已。”②时曹寅

① ［清］李元度撰：《国朝先正事略》卷四一“文苑・黄勤敏公钺”，第479页。

② ［清］杨中讷撰：《芜城校理集》卷下，上海图书馆藏，第四页。又可见樊志宾《曹寅与杨中讷的交游——以杨中讷的〈芜城校理集〉中的涉曹诗为中心》，《曹雪芹研究》2013年第一辑，第71页。

在江宁织造任并于正月二十八日赴扬进行《全唐诗》刊刻事，曹寅与书局诸文士皆眼光不俗且精于鉴赏，故判该图系沈周真迹而出资购下。次年即“康熙四十六年丁亥春二月甲申朔，丙申，御舟泊滕县新庄桥地方，江宁将军诸满……江宁织造曹寅、苏州织造李煦、杭州织造孙文成……来朝。三月甲寅朔，己未上驻江宁府城内。甲子上自江宁登舟启行”①，很可能就是在这次康熙南巡驻跸江宁织造府时，曹寅将所购《莫斫铜雀砚图》进上，以博主子欢心，从而该图进入内廷。

另一种可能即源于曹寅家族抄没。康熙四十五年（1706）曹寅购下《莫斫铜雀砚图》后，爱如拱璧，珍藏家中，传经曹颙、曹頫。雍正五年（1727）十二月十五日，时任江宁织造曹頫因“骚扰驿站”案获罪，上谕“江宁织造曹頫审案未结，著绥赫德以内务府职衔管理织造事务”②，十二月二十四日，上谕江南总督范时绎查封曹頫家产；雍正六年（1728）正月，家产籍没。很可能就在曹家遭受灭顶之灾时，《莫斫铜雀砚图》连同其他古玩珍宝一同被抄，从而进入皇宫成为帝王赏鉴之物。曹頫虽不胜织造之职，但“好古嗜学”③，雅好书画，如曾为织造府老画师陶柳村所绘《拟元人海棠十种》画册题“秋边”二字以助风雅④。因此，曹寅购下沈周《莫斫铜雀砚图》后，是可能传至曹頫之手的。

从道光十二年（1832）黄钺所撰《两朝恩赉记》“御赐前人书画”所载“王维捕鱼图一轴、宋徽宗白头双栖图一轴、唐寅桐阴高士一轴、陆包山送行图一轴、王穀祥花卉一轴、尤求十六应真卷、董其昌行书一轴”⑤等赐物来看，其中并无沈周《莫斫铜雀砚图》，当然，如《两朝恩赉记》开篇所言“笔不胜载，概从略焉”。另外，从咸丰三年（1853）四月黄小田携家逃难带出的黄钺遗珍如部分朝廷赐书、明人九日诗卷、百年竹笔筒、

① 转自周汝昌著《红楼梦新证》，第 270 页。

② 故宫博物院明清档案部编：《关于江宁织造曹家档案史料》，中华书局 1975 年版，第 184 页。

③ 《上元县志》卷十六《曹玺传》，康熙六十年刊本。

④ 周汝昌：《曹頫题陶柳村画海棠册初考》，见中国曹雪芹研究会编《曹学论丛》，群众出版社 1986 年版，第 265–271 页。或详拙文《陶柳村小考》，《曹雪芹研究》2016 年第 1 期，第 72–82 页；《陶柳村绘〈拟元人海棠十种〉续谈》，《曹雪芹研究》2017 年第 3 期，第 47–62 页。

⑤ ［清］黄钺撰，陈育德、凤文学校点：《壹斋集》，第八七六页。下引“开篇所言”文字见第八六九页。

罗两峰梅花大横卷、道光御赐砚台等来看，其中也未言及《莫斫铜雀砚图》，但黄钺诗作明点"嘉庆丙寅正月四日，重华宫茶宴联句，蒙赐沈周评砚图"，白纸黑字，时、事俱全，其所见沈图铁证如山。很可能就在咸丰三年（1853）太平军攻克芜湖之际，《莫斫铜雀砚图》连同黄氏家刻诸书板片及赐书五千余卷等付之一炬，而与曹寅有交的石涛参照曹寅所见图摹绘的《莫斫铜雀砚图》反倒可能是当世再现沈周原图风貌神韵最好的作品。

（四）小结

黄钺蒙赐沈周《莫斫铜雀砚图》或为《红楼梦》作者曹雪芹祖父曹寅所见图，且其又与写下《赠高兰墅（鹗）同年（传奇〈红楼梦〉八十回以后，俱兰墅所补）》一诗的著名诗人张问陶素有交谊；黄小田则于辞官退隐后，对《红楼梦》进行了热情洋溢的批评。父子两代，俱与红学结缘，可谓红学史上一段留芳美谈。

其实不唯《莫斫铜雀砚图》及与张问陶的丹青翰墨之缘，黄钺与同时代和曹雪芹及《红楼梦》有着不解之缘的文臣雅士均有不同程度的往来：

如朱筠（1729—1781）①、朱珪（1731—1807）② 昆仲，二人对黄钺皆有提携举荐之恩。其中，朱筠之婿龚怡（紫树）及其兄龚协（荇庄）与曹雪芹及其密友敦诚交好。敦诚《荇庄过草堂命酒联句，即检案头闻笛集为题，是集乃余追念故人录辑其遗笔而作也》有"懒过嵇中散（荇庄。谓寅圃），狂于阮步兵（亦谓芹圃）"句，可见敦诚、龚协与芹圃曹雪芹皆为故友。敦诚又有《祭龚紫树文》③ 以寄哀思。

---

① 朱筠对黄钺的提携可见《黄勤敏公年谱》乾隆三十八年（1773）"十月，随督学使者翰林院侍读学士大兴朱竹君先生（筠）入京。先生岁试太平，得大人卷，以为奇才异能，所莅郡县称道不置，以故大人声名鹊起。公寻缘事镌级，遂挈大人入京应试"、乾隆三十九年（1774）"在京应试不第，挑取四库全书馆誊录"等，并可参黄钺《壹斋集》中相关诗篇。

② 朱珪对黄钺的提携可见《黄勤敏公年谱》乾隆五十五年（1790）"会试中式第二十一名，殿试二甲第六名进士。朝考入选，授主事，签分户部云南司行走。座主为东阁大学士王文端公（杰）、吏部右侍郎朱文正公（珪）、工部左侍郎邹公奕孝，房师则编修吴縠人先生（锡麒）"、嘉庆四年（1799）"十一月，以朱文正公荐，奉旨命来京"等，并可参黄钺《壹斋集》中相关诗篇。

③ ［清］敦诚撰：《四松堂集》，（北京）文学古籍刊行社1955年影印本。下引敦诚其他诗文亦见该书。

如于书画造诣上与黄钺并称“董黄”的董诰（1740—1818），二人相交甚重。《石渠宝笈三编》著录的《长城岭春晴揽胜图》手卷，即黄钺设色手绘、嘉庆御笔题诗、董诰引首题字，作品萃黄氏绘画与董氏书法为一卷，正应“董黄”之谓。黄钺《壹斋集》卷二十四有题董诰之父、书画大家董邦达（1696—1769）的诗作《题董文恪公山水小卷》，有“先生健笔真后劲，一代倪黄在宫禁。不须谱史后来传，领取当前自论定”句云云。更重要的是，董诰乃龚协登江南乡试的座师，董邦达又传为真伪尚无定论的敦敏《瓶湖懋斋记盛》[①]残文中与曹雪芹把晤畅叙的“董公孚存”。

如受人之托以“乾隆壬子闰四月中浣山左后学刘大观”[②]序敦诚《四松堂集》并于《题觉罗善观察怡莽柳阴垂钓图》一诗中言及程伟元“此图出自小泉手，我与小泉亦吟友”[③]的山西布政使刘大观（1753—1834），与黄钺多有唱和。黄钺《壹斋集》卷二十一有《戊辰夏四月既望，自绛至解，道经运城，刘观察大观招观盐池，憩于野狐泉，听许山人弹琴，钺为写图，并纪以诗》、卷二十二有《再过晋祠，简刘观察大观》等诗，刘大观《玉磬山房诗集》卷六则有《左田先生寄示蒲州近诗奉答》《题左田诗后》《和答黄左田督学游晋祠之作》[④]等诗酬答。

如于善怡莽所藏程伟元绘《柳阴垂钓图》上题有跋文的筠圃张映汉（1753—1830）[⑤]，同黄钺亦私交甚笃。黄钺《壹斋集》卷二十三有《忆昨行，寄张映汉方伯太原》诗，由“倾城冠盖出迎我，故人喜见金与张（金君应琦时官藩司，君官臬司）”“筠庄（金君字）同年复同里，君昔民部同为郎”等句可知二人因同官户部（即民部），故而相识有年，这也与其各自的仕

① 吴恩裕:《曹雪芹佚著浅探》第十二篇《曹雪芹佚著及其传记材料的发现》(附录一)，天津人民出版社 1979 年版，第 248–257 页。

② 转自胡文彬著《历史的光影——程伟元与〈红楼梦〉》，时代作家出版社 2011 年版，第 110 页。

③ ［清］刘大观撰，邵福亮点校:《玉磬山房诗集》卷九《怀州二集》，花山文艺出版社 2017 年版，第 364 页。笔者感谢邵福亮先生提供诗文书影并告知刘大观乃受人之托为敦诚《四松堂集》作序。

④ ［清］刘大观撰，邵福亮点校:《玉磬山房诗集》卷六《鹾城集》，第 230–231、231–232、250–251 页。

⑤ 胡文彬:《今对此图心已醉——张映汉生平述略》，见《历史的光影——程伟元与〈红楼梦〉》，第 115–116 页。吴修安：《程伟元〈柳荫垂钓图〉中“筠圃”并非“玉栋”》，http://blog.sina.com.cn/qlwb315（2017–12–10）

宦履历相合。

如为刘大观撰写《皇清诰授中宪大夫山西分守河东兵备道兼管盐法事刘使君墓志铭》的生死交吴云（1746—1837），曾为石韫玉（花韵庵主人）所制十折《红楼梦传奇》作序，其与黄钺亦有交。黄钺《壹斋集》卷二十七有《次韵吴太守云同年见赠》诗，诗题中称吴云为“同年”，乃因二人同为乾隆五十五年庚戌（1790）万寿恩科进士。

翻检黄钺《壹斋集》，除以上师友外，尚有部分戚友门生与《红楼梦》，《红楼梦》作者曹雪芹的朋友圈，程甲本与程乙本《红楼梦》的整理刊刻者程伟元、高鹗等，都有直接或间接的交集叠合，从而绾结成错综交织的人脉关系链，借助此一优势，黄钺闻知曹雪芹及其家世以及程伟元、高鹗概况是完全有可能的。当然，因小说在古代向被视为“末流小技”，难登大雅之堂，难入时人耳目，相当一部分人的诗文集中难觅红楼影踪。但由《莫斫铜雀砚图》所绾合的黄钺与曹寅这一红、曹之缘，也让我们有理由相信，旧红学评点派在赏析情节、臧否人物、探讨文法等之外，对评点家的家世生平研究，是有很大的挖掘空间的。

附：《莫斫铜雀砚图》资料及绘画

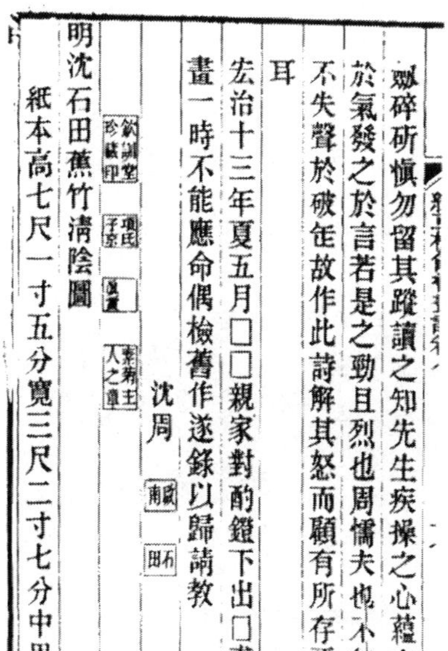
劚碎研愼勿留其蹤讀之知先生疾操之心蘊之
於氣發之於言若是之勁且烈也周懦夫也不能
不失聲於破缶故作此詩解其怒而願有所存焉
耳
宏治十三年夏五月□□親家對酌鐙下出□求
畫一時不能應命偶檢舊作遂錄以歸請教
沈周
明沈石田蕉竹清陰圖
紙本高七尺一寸五分寬三尺二寸七分中用

陶樑《红豆树馆书画记》著录绢本

和圃前輩有山谷銅雀瓦硯名其齋曰古瓦山房嘉慶
丙寅正月四日 重華宮茶宴聯句蒙 賜沈周評硯
圖上方沈有莫斫銅雀硯歌爲劉艸窗作劉嘗賦銅雀
硯詩有云呼兒開匣取長劍碎斫愼勿留其蹤沈反其
意爲此和圃喜與藏瓦事適相合賦詩屬題因次石翁
韻
畫圖新獲瓦昔弄巧與山房事增重記昨 重華拜 賜歸夏
壹齋集卷二十　六
正初開建實統屬我題詩序已秋研硯者劉救者周回看古瓦
色潑墨頑然蒙此千年羞投鼠忌器重撫硯爲有山谷銘其面
五方之土亦何辜汗以曹瞞不敢怨先生史筆配素臣不知帝
魏爾何人若爲計較平生罪書卷長留瓦可碎

黄钺《壹斋集》所录《莫斫铜雀砚图》

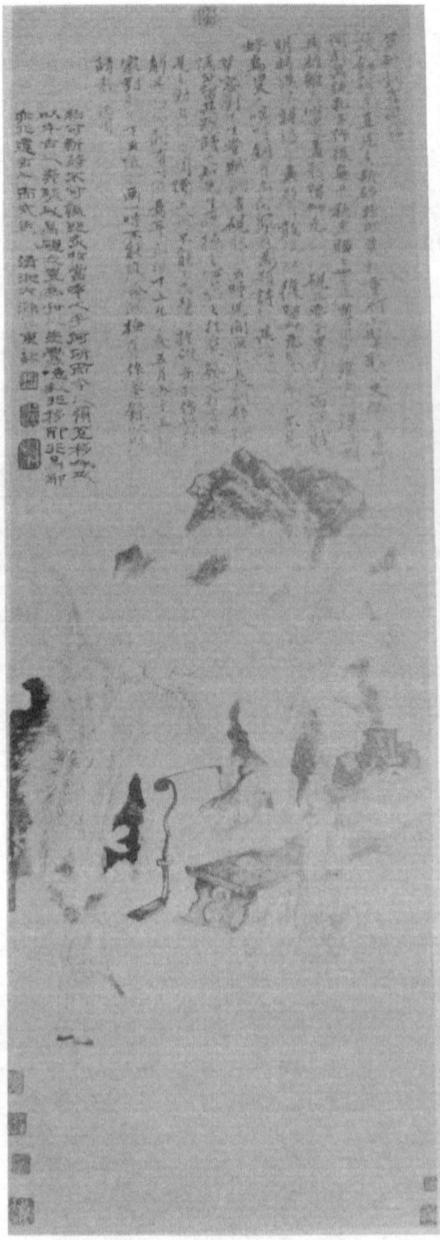

石涛摹本《莫斫铜雀砚图》

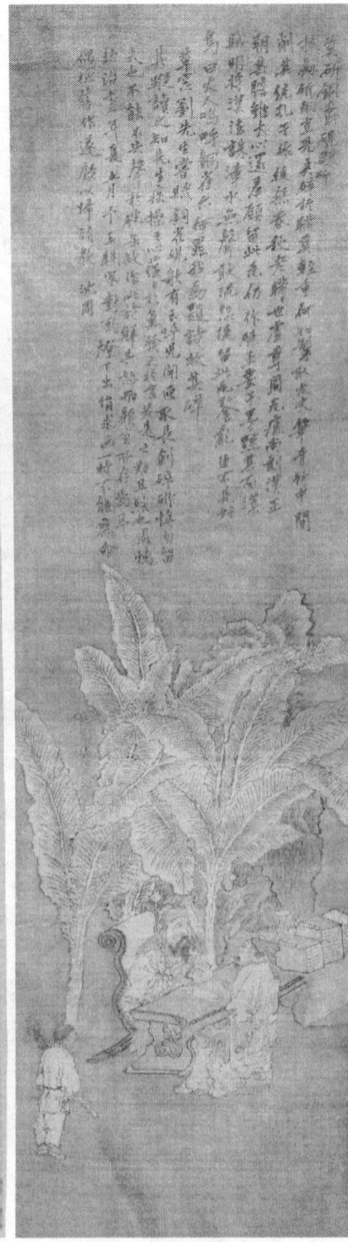

中汉拍卖2010年所拍绢本《莫斫铜爵砚图》

第三章　杨葆光、张尔耆与黄小田评点

第二章对黄小田评点《红楼梦》的概况及其个人红学观的形成进行了分析与研究，黄小田评点能流传至今，有两人功不可没，即杨葆光及其“夬斋妇兄”。关于杨葆光及其“夬斋妇兄”与黄小田批语的渊源，主要源于杨葆光过录本第百二十回回末2条题记：

> 此书为黄小田先生所评。书中前后呼应起伏关键，悉为批出，阅者颇易醒目。惟所谓贾政矫枉、宝钗利害及黛玉之死为贾母所害，则持论未免太苛，我所不取。此夬斋语。
>
> 曩尝从先生假手批本，录未竟，先生文孙索去。乙亥冬，自杭郡归，复从夬斋妇兄假录出本续成之，韩子扬生、张子心庵亦与焉，既毕并识于后。丙子春红豆词人。（杨葆光印）

而关于杨葆光及其“夬斋妇兄”对黄小田批语过录情况的考论，查检相关文献，也仅薛红娟《杨葆光过录黄小田〈红楼梦〉批语的几个问题》及拙文《杨葆光首次过录黄小田〈红楼梦〉批语的时间问题》《〈红楼梦〉杨葆光批语散论》等几篇文章。但因资料所限，诸文皆存在识察不周、推论有误等纰缪，再如“夬斋妇兄”何时过录的“录出本”、“张子心庵”的真实身份等尚无所解。故本章在旧稿基础上，参阅黄小田《礼部遗集》、杨葆光《苏盦集》[①]《订顽日程》等文献并结合所发现的新史料，对杨葆光过录黄小田批语的相关问题、“夬斋妇兄”过录黄小田批语的相关问题等重为考订，以期还原杨、张郎舅二人过录黄小田批语的历程。凡“杨葆光

---

① ［清］杨葆光撰：《苏盦集》，见沈云龙主编《近代中国史料丛刊续编第二辑》第19册，台湾文海出版社1974年版。《苏盦集》十六卷，计《苏盦文录》二卷、《苏盦骈文录》五卷、《苏盦诗录》八卷、《苏盦词录》一卷。凡本书所引杨葆光诗文，若无特别说明，皆见《苏盦集》，不另注。

对黄小田评点的过录”“张尔耆对黄小田评点的过录”等两节内容。

第一节 杨葆光对黄小田评点的过录

2012年，薛红娟发表《杨葆光过录黄小田〈红楼梦〉批语的几个问题》一文，对杨葆光与黄小田的酬唱交游及过录黄小田批语始末进行了周详考证。薛文第二部分“杨葆光过录黄小田批语的经过”主要依据杨葆光过录本第百二十回回末题记“曩尝从先生假手批本，录未竟，先生文孙索去。乙亥冬，自杭郡归，复从夬斋妇兄假录出本续成之，韩子扬生、张子心庵亦与焉，既毕并识于后。丙子春红豆词人”认为：“杨葆光的过录本分两次完成。第一次是他向黄小田本人所借，应当是咸丰末年至同治初年二人同在上海时，言谈间提及黄小田对《红楼梦》的批点，杨葆光很感兴趣，遂向其借阅、抄录。未抄录完而被黄小田的孙子要回”，“从光绪元年（1875）十一月二十四日后，二十八日之前开始，到光绪二年（1876）正月十三日，经一个半月的时间，杨葆光完成了对黄小田批语的第二次过录”。薛文对杨葆光第二次过录的推论是正确的，因为杨葆光过录本从第五十五回起陆续有过录时间及地点的明确标记，但对杨葆光首次过录的起讫年限则笼统概之。2013年，笔者发表《杨葆光首次过录黄小田〈红楼梦〉批语的时间问题》一文，对杨葆光首次过录黄小田批语的完成年限、过录历程等进行了初步考辨，但因部分观点如杨葆光首次过录黄小田批语的起始年限因循薛文，亦存在语焉不详之处，也有错判之处。故此，本节对杨葆光过录黄小田批语的因由、杨葆光首次过录黄小田批语的起讫年限及过录历程、杨葆光第二次过录黄小田批语的起讫年限及过录历程等若干问题进行重新爬梳与考察，以裨补阙漏、拾遗纠谬。

一、杨葆光其人及过录黄小田批语的因由

中国古代小说历来被斥为“末技小流，不足为观”，明清时期为话本

小说创作的繁盛期，即使如此，小说仍被视为小道末技，为正统文人所不屑。黄小田能对《红楼梦》进行热情洋溢的批评，显示出迥异常流的胸襟，而杨葆光肯过录黄小田批语，亦显示出不从流俗的眼光。

按，杨葆光（1830—1912），字古酝（又作古蕴），号苏盦，晚号红豆词人，江苏松江府娄县人，世居华亭华阳桥。以岁贡生入江苏镇江府溧阳、丹阳诸县学署等地做事。筮仕浙江，丁母忧，服阕，补浙江黄岩县丞，迁知县。光绪二十六年（1900）调龙游知县，继调宣平、新昌知县等，有政声，后罢官。杨葆光工书善画，擅长山水，后隐居上海，卖画自给。曾职豫园书画善会会长，又任丽则吟社社长。著有《苏盦集》《订顽日程》并编有《合江李公紫璈年谱》《龙游县志》等。除过录《红楼梦》黄小田评点外，还过录了《儒林外史》天目山樵评点[①]，同时评点了传奇《玉台秋》[②]《吴吴山三妇合评牡丹亭还魂记》[③]等。近代学者张锡恭撰有《杨苏盦大令家传》[④]可参看。

在中国古代文学传统观念中，小说、戏曲等俗文学是无法与诗词、文赋等向为正宗的雅文学相提并论的。既过录《儒林外史》批语，又评点古代戏曲“情剧双璧”之一的《牡丹亭》，复批校评点派大家陈其泰好友黄燮清《倚晴楼七种曲》外同负盛名的传奇《玉台秋》，则酷嗜小说、戏曲，是杨葆光过录《红楼梦》黄小田批语的首要因素。杨葆光记录生活起居、酬酢人事甚详的《订顽日程》即展现了他既嗜读稗官野史又雅好曲艺的文士形象，相关片段如：

同治六年（1867）：六月初四日“人事”条“吴六借《品花》

---

① 由《订顽日程》光绪五年（1879）三月初十日“人事”条“借啸老批《外史》”及七月初一日“自修”条“校《儒林外史》毕”知杨葆光历时四个月过录了《儒林外史》张文虎（字啸山）批语。光绪十一年（1885）上海宝文阁刊《儒林外史评》卷末天目山樵（张文虎）识语“己卯夏杨古酝大令借此本过录一通”可证，“己卯”即光绪五年（1879）。

② 由《苏盦文录》卷一《吴康甫大令刻玉台秋序》并《订顽日程》光绪六年（1880）十一月十八日“人事”条“康父约往批《玉台秋》”始至光绪七年（1881）五月初一日“自修”条“重校《玉台秋》”及同年八月二十五日“人事”条“校《玉台秋》，连底本交去”等可知杨葆光评点了著名戏曲家黄燮清所制传奇《玉台秋》。

③ 见赵山林《杨葆光及其〈牡丹亭〉手批本》，《江西大学学报》（社会科学版）1983年第3期。

④ ［清］张锡恭：《杨苏盦大令家传》，见《清代诗文集汇编》第786册《茹荼轩续集》卷六，上海古籍出版社2010年版。

四本”，七月初六日“人事”条“借程守愚《荡寇志》二十四本”。

同治七年（1868）：三月十五日“人事”条“还听之《冷庐杂识》、汝贞《三国志》，借与《品花》十本，留吃点心”，八月二十二日“出纳”条“支买《三国志》……《来生福》”，十一月二十七日“人事”条“还聚玉《十种曲》”。

同治九年（1870）：三月二十一日“人事”条“抄竹孙所藏乃翁《西厢酒筹》”。

同治十年（1871）：正月十九日“人事”条“以本洋托又乐买《儒林外史》”，七月十七日“人事”条“还鸿遇书，仍取《乐邦》《心镜录》，交还《西游补》”。

同治十一年（1872）：六月初五日“人事”条“订书人装《聊斋》《船山诗》《类腋》”。

光绪十四年（1888）：八月十九日“人事”条“买得《西游》《三国》《聊斋》《九朝东华录》《文料大成》”，十一月十六日“自修”条“校《双连笔》毕”，十二月初二日“人事”条“小荣椿新编《三侠五义》，新奇可喜”。

光绪十七年（1891）：正月十七日“人事”条“惠卿还《小五义》”，十一月十五日“自修”条“阅《续小五义》”。

光绪二十年（1894）：十二月十六日“人事”条“琴轩还《女侠传》四”。

光绪二十二年（1896）：六月初二日“人事”条“买《七侠五义》六本”。

《订顽日程》起自同治六年（1867），终于光绪二十七年（1901），从如上所记生活信息来看，杨葆光确然喜看小说、戏曲及弹词等曲艺，三十年来乐此不疲。小说者，有《三国演义》《西游记》《儒林外史》《聊斋志异》等文学名著，有明末清初董说所撰《西游记》续书《西游补》，有俞万春接续金圣叹评本七十回《水浒传》的《荡寇志》，有陈森所著叙写余桃断袖式爱恋而开近代狭邪小说先河的《品花宝鉴》，有古典侠义公案小说《小五义》及其续书《续小五义》以及俞樾所订《三侠五义》改编本《绣像七侠五义》，有约成书于光绪二十年（1894）的古典侠义小说《女侠传》（疑为文康所著《儿女英雄传》续书《续儿女英雄传》）等；戏曲、曲艺者，有无锡寄畅园后人、“中兴园主”秦德藻之子秦松龄创作的《来生福弹词》，有清初著名戏曲家李渔创作的喜剧戏曲集《笠翁十种曲》，有虚构北宋女将刘金定与户部尚书之子有情人终成眷属的戏曲《绣像双连笔》，有著名京剧武生演员杨隆寿联合梨园同道组建的小荣椿科班演绎的新编剧目《三侠五义》等。由这些书目、曲目，可确证杨葆光读书广博，涉猎广泛，在他眼里，没有雅、俗文学之分。除以上所列戏曲、曲艺外，既阅雅文学如张问陶《船山诗》（即《船山诗草》），亦读《三国志》《九朝东华录》《文料大成》等史书典籍，并翻阅乾隆时人姚培谦所辑类书《类腋》及道光举人陆以湉所编笔记漫录《冷庐杂识》，又借《心镜录》修禅宗观心法，可谓包罗万象，杂学旁收。因此，杨葆光倾心服膺说部翘楚《红楼梦》自在意料之中，能过录黄小田批语也在情理之中。

其次，杨葆光及其家族皆对《红楼梦》情有独钟。

乾隆五十六年（1791）萃文书屋木活字本百廿回《新镌全部绣像红楼梦》（即“程甲本”）刊行后，社会上便掀起一轮复又一轮的读红热潮，如时人所言：“曹雪芹《红楼梦》一书，久已脍炙人口，每购抄本一部，须数十金。自铁岭高君梓成，一时风行，几于家置一集。”[①]《红楼梦》收获各方称誉的同时，负面评价也委实不少，及至杨葆光过录黄小田批语时，如嘉庆二十四年（1820）刊石韫玉《红楼梦传奇》吴云序“《红楼梦》一书，稗史之妖也”[②]、同治五年（1866）刊梁恭辰《北东园笔录（四编）》“《红楼梦》一书，诲淫之甚者也。乾隆五十年以后，其书始出。相传为演说故相明珠家事，以宝玉隐明珠之名，以甄（真）宝玉、贾（假）宝玉乱其绪，以开卷之秦氏为入情之始，以卷终之小青为点睛之笔。摹写柔情，婉娈万状，启人淫窦，导人邪机。……此书全部中无一人是真的，惟属笔之曹雪芹实有其人。然以老贡生槁死牖下，徒抱伯道之嗟，身后萧条，更无人稍为矜恤，则未必非编造淫书之显报矣”[③]、同治十一年（1872）刊汪堃《寄蜗残赘》

---

① ［清］逍遥子：《后红楼梦序》，见清白云外史散花居士撰，黎戈点校《后红楼梦》，第1页。又可见一粟编《古典文学研究资料汇编·红楼梦卷》，第四二页。

② ［清］吴云：《红楼梦传奇序》，见一粟编《古典文学研究资料汇编·红楼梦卷》，第五八页。下引不注。

③ ［清］梁恭辰撰：《北东园笔录（四编）》，见一粟编《古典文学研究资料汇编·红楼梦卷》，第三六六－三六七页。下引不注。

“《红楼梦》一书，始于乾隆年间……相传其书出于汉军曹雪芹之手。嘉庆年间，逆犯曹纶，即其孙也。灭族之祸，实基于此”[①]、同治十三年（1874）刊陈其元《庸闲斋笔记》“淫书以《红楼梦》为最，盖描摹痴男女情性，其字面绝不露一淫字，令人目想神游，而意为之移，所谓大盗不操干矛也。……此书乃康熙年间江宁织造曹练亭之子雪芹所撰。练亭在官有贤声，与江宁知府陈鹏年素不相得，及陈被陷，乃密疏荐之，人尤以为贤。至嘉庆年间，其曾孙曹勋，以贫故，入林清天理教。林为逆，勋被诛，覆其宗。世以为撰是书之果报焉”[②]，等等。此类负面之辞以捕风捉影为能事，不惜造谣中伤曹雪芹及其家族，尽管如此，杨葆光及其戚友对《红楼梦》依然葆有无限的热忱与喜爱。

缘于对《红楼梦》推崇备至，杨葆光在过录黄小田批语的同时，也走进小说文本语境，写下12条批语，由此兼具过录者与评点者的双重身份。过录是件枯燥劳神的事情，若无对《红楼梦》的真心喜爱以及《红楼梦》对内心的触动，杨葆光断不会在身心疲惫之余再去行批点之事，那无疑是自寻繁役、自讨苦吃。此外，杨葆光将黄小田批语过录于同治元年（1862）宝文堂刊《新增批评绣像红楼梦》上，该刊本凡二十四册，有此一套大书并书中东观阁本评点、黄小田评点作阅读指南足矣，但据《订顽日程》光绪二十三年（1897）十一月十九日“人事”条“买得《石头记》”及“出纳”条“支书洋二元”，知杨葆光购藏《红楼梦》兴趣不减，生活本不富裕，仍以买《红楼梦》为乐事，委实一个红楼痴人。不仅如此，杨葆光也热衷追求《红楼梦》的衍生物，如《订顽日程》光绪元年（1875）二月初八日“人事”条“乐民交《红楼图》，当以画扇为酬”。因资料阙如，此一《红楼图》不知是否以《红楼梦》故事入画，但查阅相关文献，是有摹绘红楼素材而冠名“红楼图”的，如近代金石学家吴士鉴所编《清宫词》中即有首《红楼图》：“石头旧记寓言奇，传言传疑想象之。绘得大观园一幅，征题先进侍臣诗（瑾、珍二贵妃令画苑绘《红楼梦》大观园图，交内廷臣工

① ［清］汪堃撰：《寄蜗残赘》，见一粟编《古典文学研究资料汇编·红楼梦卷》，第三八一页。下引不注。

② ［清］陈其元撰：《庸闲斋笔记》，见一粟编《古典文学研究资料汇编·红楼梦卷》，第三八二页。下引不注。

题诗）。”[①] 由此可推，杨葆光日记中提及的《红楼图》也极有可能是以《红楼梦》为题材的。再如《订顽日程》所记光绪五年（1879）九月二十四日“人事”条“偕扬生至徐棣寓，见所刻七芗《红楼梦图咏》册四本，极佳”，九月二十八日“人事”条“徐尔权卖《红楼图》为石史族侄”及“出纳”条“支《红楼图》四元”。杨葆光所寓目的这套“七芗《红楼梦图咏》册四本”应为《红楼梦图咏》的初刊本，即由淮浦居士于光绪三年（1877）购得并于光绪五年（1879）出版的版画集，杨葆光因熟读《红楼梦》并精通画艺，故评其“极佳”，而淮浦居士序中亦称《红楼梦图咏》为改琦“生平杰作，其人物之工丽，布景之精雅，可与六如、章侯抗行”[②]。同年九月二十八日日记中亦出现《红楼图》字样，但因其与九月二十四日“偕扬生至徐棣寓”相隔仅有三四天，疑杨葆光以四元所购的《红楼图》应为《红楼梦图咏》，且疑徐棣与徐尔权应为同一人，“石史”则为“志学之年，即喜读《儒林外史》”[③] 的《儒林外史》从好斋辑校本刊刻者徐允临，此处《红楼图》虽较难判断所绘内容，但推其也或与《红楼梦》有所关联。借此种种，颇可窥得杨葆光对《红楼梦》的痴迷。

杨葆光对《红楼梦》的喜爱也影响到了他的家人，如《订顽日程》光绪元年（1875）十一月二十五日“人事”条“八弟借《石头记》九本、《俞时文》一本”。按该月十一日“人事”条“午后出武林门，到新码头上船”、十九日“人事”条“早抵秀南桥，过小快船，开至干山，合家相见”、二十四日“人事”条“取还扬生《石头记》，借伊卿十五本”，知杨葆光由杭州回返松江不久，稍事调整即投入对黄小田批语的过录，而其八弟正是借此契机，向兄长借阅《红楼梦》，杨葆光八弟或为黄小田批语较早的读者之一，眼福不浅。当然，必须要明确的是，杨葆光及其戚友皆对《红楼梦》情有独钟，也缘于社会上读红论红风气的浸淫与熏陶。杨葆光第二次过录黄小田批语的光绪元年至光绪二年（1875—1876）间，沪城浦滨亦是《红楼梦》大放其彩之地，如光绪元年（1875）元月《申报》刊发仓山

① 刘潞选注：《清宫词选》，紫禁城出版社 1985 年版，第 103 页。又可见一粟编著《红楼梦书录》（增订本），第 248 页。

② ［清］淮浦居士：《红楼梦图咏序》，见一粟编著《红楼梦书录》（增订本），第 238 页。

③ ［清］吴敬梓著，李汉秋辑校：《儒林外史汇校汇评》，第六九九页。又见李汉秋编《儒林外史研究资料》，第 141 页。

旧主袁祖志为海上名妓薛宝琴所拟联对“我为黄浦江头客，卿是红楼梦里人”[①]、光绪二年（1876）申报馆出版《红楼梦》续书《红楼梦补》《红楼复梦》及六月吴兴纫秋居士于《申报》刊载青楼花榜并称“前见免痴道人摘《红雪词》题《二十四女花品图》，因仿其例用《红楼梦》人名借美分题，并系以诗，非敢品花，亦逢场作戏之笔……”[②]等。《申报》为近代报界魁首，其目光所注、焦点所聚，自是社会时尚的风向标，故会引得海上骚客聚焦红楼、消遣红楼，虽不免多有品花访艳、载酒冶游的风月韵事，但也足见《红楼梦》在春申江畔的传播度与影响力，正所谓“闲谈不说《红楼梦》，读尽诗书是枉然”[③]。

总之，对《红楼梦》青眼有加的杨葆光在过录黄小田批语时，其内心一定是欢愉的、雀跃的、丰盈的，且是全身心投入的。

最后，杨葆光与黄小田互为婚娅关系。

杨葆光历两次艰辛，接续完成黄小田批语始成完璧，这也与他同黄小田互为婚娅有关。《订顽日程》所附《戚友姓编》“韩”姓下有条目载：“道光朝 载阳，号扬生，渌卿子。以赀为郎。张宜人之甥婿。刻成遗书，能述父志。子德麟，号子玉，茂才。”[④]（注：“号扬生”误，应为“字扬生”）韩扬生即协助杨葆光过录黄小田批语的“韩子扬生”，其为“张宜人之甥婿”即外甥女婿，“张宜人”即杨葆光的第一任妻子张纫芝，则杨葆光为韩扬生的姨丈。另外，黄小田之子黄安谨为金山刻书世家代表人物之一钱鼎卿（熙甫）婿，而韩扬生之父韩应陛（号绿卿，又作渌卿）也为钱鼎卿婿，《清代硃卷集成》载其道光二十四年（1844）中举硃卷履历云“娶钱氏，金山县学廪贡生、芜湖县学教谕名熙甫公长女”可为证[⑤]（如下页图），由此知黄安谨与韩应陛互为娅婿，杨葆光为韩扬生的姨丈，黄安谨也为韩扬生的姨丈，则黄小田为杨葆光有婚娅关系的长辈，又为韩扬生的表外祖。

① ［清］忏情人：《北里新联》，《申报》1875年1月2日。

② 见《申报》1876年6月26日。

③ ［清］得舆撰：《京都竹枝词》，见一粟编《古典文学研究资料汇编·红楼梦卷》，第三五四页。

④ ［清］杨葆光著，严文儒校点：《订顽日程》附《戚友姓编》，第三〇七二－三〇七三页。

⑤ 顾廷龙主编：《清代硃卷集成》第138册“韩应陛”，第295页。

综观黄小田《礼部遗集》与杨葆光《苏龛集》，二人交往不多。《礼部遗集》中关涉杨葆光的诗篇主要有《萍轩小草》下卷《寄杨古酝（葆光）》二首、《次韵杨古蕴冬柳》四首。《苏龛集》中关涉黄小田的诗篇主要有《苏龛诗录》卷一《守风吴淞口和黄小田仪部丈（富民）秋感次韵》十三首、卷二《酬小田丈辛酉年见怀原韵》、卷四《岁莫感旧·当涂黄小田仪部丈（富民）》、卷七《题蒋卓如小园还旧图次小田丈韵》，《苏龛诗录》卷二《冬日濑阳归櫂，诸故交举消寒第三集，裙屐之盛，劫后所未有，临别留赠》其二“无限凋零思老辈（闻小田先生噩耗），幸存骨鲠挽颓波（壮之、孟缄、香远诸君劲气犹昔）”句，《苏龛词录》之《金缕曲·开卷伤怀抱》词前小序“光初婚时，研北丈为词以贺，紫眉丈尝为光模印，桐君、鸿甫、小田、朗如诸老皆屡同觞咏，芝房、贯甫又同时睥睨者”。此外，《订顽日程》中尚有若干条关涉黄小田的只言片语。相较而言，杨葆光诗文日记中关涉黄小田稍多，但与黄小田直接唱酬者并不多，这应缘于杨葆光辗转各地为稻粱谋，故与黄小田聚少离多。尽管如此，也并不妨碍杨葆光对黄小田《红楼梦》评点的过录，换句话说，正因为他是黄小田有婚娅关系的晚辈，故而不辞辛劳、不遗余力过录《红楼梦》批语。

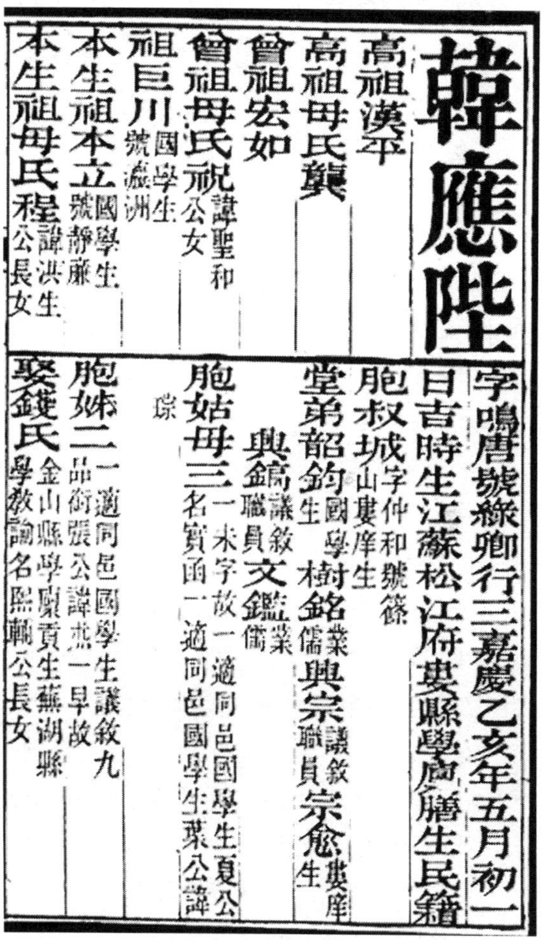
韓應陛
高祖漢平
高祖母氏龔
曾祖宏如
曾祖母氏祝 諱聖和公女
祖巨川 國學生 號瀛洲
本生祖本立 國學生 號靜廉
本生祖母氏程 諱洪生公長女
字鳴唐號綠卿行三嘉慶乙亥年五月初一日吉時生江蘇松江府婁縣學廪膳生民籍
胞叔城 字仲和號篠山婁庠生
堂弟韶鈞 國學生 樹銘 業儒 興宗 議敘職員 宗愈 婁庠生
興鎬 議敘職員 文鑑 業儒
胞姑母三 一未字故 一適同邑國學生夏公琮 一適同邑國學生蔡公諱名賓函
胞姊二 一適同邑國學生議敘九品銜張公諱燕 一早故
娶錢氏 金山縣學廪貢生蕪湖縣學教諭名熙輔公長女

韩扬生之父韩应陛中举硃卷（部分）

二、杨葆光首次过录黄小田批语的历程

“杨葆光的过录本分两次完成。第一次是他向黄小田本人所借，应当是咸丰末年至同治初年二人同在上海时，言谈间提及黄小田对《红楼梦》的批点，杨葆光很感兴趣，遂向其借阅、抄录。未抄录完而被黄小田的孙子要回”，薛红娟文章如此说，原也不错，但杨葆光向黄小田“假手批本”究竟在哪一年？开始过录起自哪一年？“录未竟，先生文孙索去”又为哪一年？这些过录历程中的关键纪年是务要辨明的。

（一）杨葆光首次过录黄小田批语的起始年限

由杨葆光《苏盦文录》卷二《与乔鹤侪河帅书》“葆光以咸丰己庚间在浙参孙公军事，从至省，省陷，全家遇贼，几不免，既免，以孙公力得还江南”，知咸丰九年己未至咸丰十年庚申（1859—1860）间，杨葆光以浙江候补县丞身份（黄小田《寄杨古酝（葆光）》其二“时平看著作，盾鼻不须夸（君以县丞参孙观察军，自号磨盾记室）”）参军，咸丰十年（1860）二月武林沦陷，得孙观察（孙省斋）襄助而还松江。由《苏盦文录》卷一《题蒋卓如梦归图记》“予之初见卓如也，在金山之张泾堰。时浙省初复，粤贼连陷苏州、嘉兴诸郡。金山方用兵，卓如之遇予于戎幄间”，知咸丰十年（1860）四月，苏州、嘉兴等地被难，危及金山，杨葆光旋于金山一带参与兵事。再由《苏盦诗录》卷一《忆得（并序）》小序“《忆得》四首向在宁国军寄内之作，乱后诗文稿失，不复记忆。辛酉春日，在朱泾防次复成四律句却寄，离情犹是而风景悬殊矣”，“辛酉春日”即咸丰十一年（1861）春，朱泾即浦南重镇金山朱泾，知此际杨葆光复于金山等地布防征战。查黄小田《礼部遗集》，最早出现杨葆光之名的诗篇为《萍轩小草》下卷作于咸丰十一年（1861）春《寄杨古酝（葆光）》五律二首；查杨葆光《苏盦集》中直接与黄小田对话的诗篇则有《苏盦诗录》卷一作于同治元年（1862）春《守风吴淞口和黄小田仪部丈（富民）秋感次韵》十三首、卷二作于同治二年（1863）冬《酬小田丈辛酉年见怀原韵》一首并赋《冬柳和丁紫巢鹾守（廷鸾）韵》寄示黄小田（由《萍轩小草》下卷

作于同治二年（1863）冬《次韵杨古蕴冬柳》知该年冬杨葆光寄诗不久，黄小田即酬之），而由《酬小田丈辛酉年见怀原韵》及诗之韵脚，知所次乃黄小田《寄杨古酝（葆光）》五律其一，则咸丰十一年（1861）春，二人首次晤面，一如杨葆光于《酬小田丈辛酉年见怀原韵》中所言“乱日逢高士，江滨此结庐”，时黄小田避居姻亲钱鼎卿三弟钱熙泰古松楼。此外，杨葆光《苏盦诗录》卷一有《守风吴淞口和黄小田仪部丈（富民）秋感次韵》十三首，查黄小田《萍轩小草》下卷确有作于咸丰十一年（1861）秋《秋感二十首》，这说明咸丰十一年（1861）秋避居南汇召稼楼的黄小田曾写下《秋感二十首》并寄示杨葆光，而近半年后的同治元年（1862）春杨葆光方依韵酬之，这表明其间二人似无晤面。另，咸丰十一年（1861）春黄小田写下《寄杨古酝（葆光）》五律二首后，直到同治二年（1863）冬杨葆光方以《酬小田丈辛酉年见怀原韵》和之，这也表明自咸丰十一年（1861）春二人晤面后就再也未曾有过聚首。据此推考，杨葆光向黄小田借阅其《红楼梦》手批本的时间应为二人首次晤面的咸丰十一年（1861）春，“言谈间提及黄小田对《红楼梦》的批点，杨葆光很感兴趣，遂向其借阅、抄录”，且黄小田在首次晤面寄给杨葆光的诗中勖勉他“计拙须安命，时危要读书”“时平看著作，盾鼻不须夸”（《寄杨古酝（葆光）》其一、其二）。

咸丰十一年（1861）春的这次宝贵的晤面，开启了杨葆光过录黄小田批语的历程。杨葆光在借阅到黄小田《红楼梦》手批本后，是否马上付诸行动予以过录呢？否。因为杨葆光阅览黄小田批语后将其过录到了同治元年（1862）所刊的《新增批评绣像红楼梦》上，所以杨葆光开始过录的时间当在同治元年（1862）后，笔者推为同治三年（1864），理由如次：

同治元年（1862）正月，杨葆光先是随军戍守吴淞口（如《守风吴淞口和黄小田仪部丈（富民）秋感次韵》）。二月起，则于江苏扬州府一带（如《苏盦诗录》卷一《花朝后二日张介三舅氏招游狼山感赋》《海门与韩杨生部郎（载阳）别》《通州喜晤邹公辅同学（凌汉）》《泰州旅邸与罗仲云（庆熙）话旧》《吴陵装池见题画诗甚佳，知为康伯山明经（发祥）作有赠》《将之通州，留别乔鹤侪方伯（松年）》《中秋夜沪城舟中对月》《过狼山》《雉皋舟中即事》《京口除夕》等诗）做事。由《苏盦文录》卷二《与乔鹤侪河帅书》“苏松之乱，渡江至海陵，贫不能自存，以文字干公，公煦妪之”，知此际杨葆光谋职于时任两淮盐运使（盐运使司驻扬州）兼办江北粮台的乔松年麾下，公务杂冗繁忙，连中秋、春节等都难与家人团圆，因此说杨葆光此一时期过录黄小田批语，证据稍嫌不足。

而由《苏盦诗录》卷四《癸酉初春将游京师，留别曲阿诸同好（癸酉）》其一诗间小注“予自同治纪元客润州，三年游濑水，八年至曲阿，迄今十一年矣”，知同治三年（1864）杨葆光始赴濑水（即溧阳），同治八年（1869）做事于曲阿（丹阳古称），直至同治十二年癸酉（1873）“初春将游京师”。这与张文虎《舒艺室日记》同治四年（1865）四月十七日“接杨古酝溧阳来信”、同治五年（1866）十一月三十日“莲舫，江苏候补同知，在溧阳厘卡，携杨古酝信来”、同治六年（1867）四月十六日“接杨古酝溧阳来信，即草复交原人带去”、同治九年（1870）闰十月初三日“接杨古酝信，知丹阳令易赵霞峰，其署江宁府”、同治十年（1871）九月初九日“接杨古酝丹阳信”、同治十一年（1872）正月二十七日“接杨古酝丹阳信”[①]等所载相一致。自同治三年（1864）二月（《苏盦诗录》卷二《伊卿花朝之会以将游濑豁未赴，诗以留别》，“花朝之会”即在二月）起，杨葆光先后谋职溧阳、丹阳等地学署（由《订顽日程》同治六年（1867）三月初七日“出纳”条“取学署崇明布两个”及《苏盦诗录》卷二《重午后溧阳署斋病起》知谋职于学署），检书修牍，监学课业，“十余年来，卖文养母”（《与乔鹤侪河帅书》），生活相对较为安稳，不再有同治初年间的案牍劳形、疲于奔命。虽仍不免有“频年旅食太匆匆，几度清明在客中”（《苏盦诗录》卷二《清明坐雨（丁卯）》）的嗟叹，但衣食不周的境况已有改善，其后诗篇中也颇多风雅谦集，如《苏盦诗录》卷二作于同治七年（1868）《冬日濑阳归櫂，诸故交举消寒第三集，裙屐之盛，劫后所未有，临别留赠》诗，作于同治八年（1869）《荷花生日，同人为予预祝生辰，荡舟练湖，采莲归而醵觞称庆，即席成四律句征和，别为之序》《严子秋封翁（沛）与少竹连招看菊》二诗，《苏盦诗录》卷三作于同治十年（1871）《奉母挈儿登北固山，复凌金山绝顶》《和莲舫白菊花次韵》《十一月朔阻风小金山，母妻儿女登眺竟日》三诗，作于同治十一年（1872）《春暮奉母登茅山，归途放歌》诗，等等。可以说，同治三年（1864）赴溧阳，是杨葆光人生的一个转折点，家人共相患难，生活趋于安适，事业稍有起色，此一时期在职责之外是有足够的时间与精力过录黄小田批语的，因此，判杨葆光首

① 陈大康整理：《张文虎日记》，第35、72、88、237、260、269页。

次过录黄小田批语的起始时间约为同治三年（1864）是可说得通的。

（二）杨葆光首次过录黄小田批语的截止年限

杨葆光首次过录黄小田批语的起始时间约为同治三年（1864），那么他是何时停止首次过录的呢？须据“曩尝从先生假手批本，录未竟，先生文孙索去”，以黄小田的“文孙”为基准，通过他索书时的年岁来作观照。查黄小田《礼部遗集》，从《避弋小草》下卷起，诗集中陆续出现孙辈情况，以下按序转录并作简要分析：

《避弋小草》下卷有《九月二十四日得孙感赋兼呈鼎卿》诗，有“我年已六十，但有两女孙。……翻愁贺客至，无物供壶飧。那得汤饼筵，惟有村醪浑。吾哀迫桑榆，岂敢夸兰荪。欢欣得一足，慰我望眼昏。惟期易长大，不暇忧愚芚。好共两女兄，亲爱等弟昆”句云云。按，黄小田生于乾隆六十年（1795），诗中称“我年已六十”，则其时为咸丰四年（1854），也即黄小田携家避难投奔姻亲钱鼎卿的第二年；再由“好共两女兄，亲爱等弟昆”句知该年九月二十四日所生之孙乃黄小田长孙，此前黄小田已有两个孙女。

《萍轩小草》上卷有《端五前二日第二孙生感赋》七绝二首，其一云：“又闻啼声耳畔呱，门阑悬艾更桑弧。谁知六载饥禽聚，却向天涯得两雏。”其二云：“喜极无端涕泪俱，佛言生灭总须臾。可怜造物浑儿戏，作（去）弄悲欢试老夫（有感次孙女也）。”按，黄小田于咸丰三年（1853）挈眷逃难，由“谁知六载饥禽聚”句知作诗时为咸丰八年（1858），该年五月初三日黄小田次孙生。

《萍轩小草》上卷有长诗《次孙女蘋生七龄矣，爱之特甚，八日而痘殇，悼惜悲愤，哭之以诗》，有“天涯涕泪余，抚汝七载劳。祖爱父亦怜，时觅饼与糕。我贫身寄食，长物无纤毫。向我索新衣，无钱心忉忉。天吴与紫凤，改为多敝袍。欣然著之喜，对镜面自膏。迩来渐长成，解捧花前醪。心性最柔善，软语吴音操。姊长知让枣，弟幼能分桃。薄怒辄先知，俯首未敢嘈”句云云，知黄小田次孙女蘋七岁时患天花夭折。

《萍轩小草》上卷有《次孙敦行三岁病夭，哭之以诗》五律二首，其一云：“见时坚索抱，走避即娇啼。汝是何因果，吾深苦执迷。生偏同姊貌（次孙女殇两月余而孙生，貌极相类，予心为之动），肩未及兄齐。一病无由起，琼枝瘗土泥。”其二云：“生时未断乳，死去向谁啼。平地行犹怯，重泉路定迷。恩情悲永绝，夭寿孰能齐。老泪将何制，朝朝醉似泥。”由这两首诗可获知如下信息：①生于咸丰八年（1858）五月初三日的黄小田次孙名叫敦行，三岁病夭，故黄小田作诗时为咸丰十年（1860）；②黄敦行生于咸丰八年（1858）五月，而黄小田次孙女蘋则于当年三月痘殇，上一首诗“姊长知让枣，弟幼能分桃”中的“弟”当指黄小田长孙，时年五岁；③黄小田作该诗时，次孙女、次孙皆先后夭亡，承欢膝下的仅遗长孙与长孙女。

《萍轩小草》下卷有《孙敦宜识字戏作》诗，知黄小田长孙名叫黄敦宜。本卷还有一诗提到了黄敦宜，即《嘉庆壬戌，先兄在轩仿姒颐真画钟馗野溷，一豪猪即之，妹子持杖赶逐，作癸亥岁朝图。盖取岁名岁阳，声意适有关合耳。先勤敏公为补景，题诗其上。明年又值癸亥，六十年矣。追忆为图时，富方九岁。今齿落岁暮，流寓僧庐，因命鼎侄复仿作一图，题五绝句以志感》，其五云：“呼孙看画话从前，尔祖当时正尔年（宜孙恰九龄）。岁岁岁朝珍重挂，传家莫失旧青毡。”按诗间小注“宜孙恰九龄”，黄敦宜生于咸丰四年（1854），故黄小田作诗时为同治元年（1862），“明年又值癸亥”恰系同治二年癸亥（1863）。

通过以上诗篇的探究，杨葆光过录本第百二十回回末题记中提到的黄小田的“文孙”便有了答案，当是黄敦宜无疑。此外，《萍轩小草》下卷中尚有几首诗提到黄小田的孙辈，如作于同治二年（1863）《荒庵毒暑，长日如年。渡浦以来，残编尽失，偶借得西堂老人集，有岁莫杂诗用僻韵三十首，创格也，效之，聊用销夏。成非一日，有感辄吟，故无复伦次，寄啸山安庆》其四诗间小注“今年自课宜孙”、作于同治三年（1864）《秋日携孙过一粟庵》、作于同治五年（1866）《岁莫啸山寄诗见怀次答》诗末小注“常携孙观剧”等，除此外，《萍轩词草》《律赋剩稿》《试帖剩稿》中再无天赐麟孙、庭投玉燕的诗篇，三首诗中的“孙”当指黄小田长孙或长孙女。“第一次是他（杨葆光）向黄小田本人所借，应当是咸丰末年至同治初年二人同在上海时，言谈间提及黄小田对《红楼梦》的批点，杨葆光很感兴趣，遂向其借阅、抄录。未抄录完而被黄小田的孙子要回”，细思薛红娟这番话，因纪年不明确，她错判黄小田文孙索回《红楼梦》手批本也在同治初年间了，但这就产生了疑问：若同治初年间黄敦宜索回祖父

《红楼梦》手批本，其不过十岁左右，尚为一懵懂顽童，岂非笑话？黄小田于同治六年（1867）去世后，其子黄安谨是否还有儿女生育，因资料所限，不得而知，但可以肯定的是，黄小田去世当年即使有孙辈诞育，到杨葆光第二次过录的光绪元年（1875）之前也仅有七八岁，不具备向杨葆光索书的条件。

薛文对杨葆光题记“曩尝从先生假手批本，录未竟，先生文孙索去”并未作深入研究，这句话从语句结构上分析看似一体，弥缝无间，实则“曩尝从先生假手批本”与“先生文孙索去”两个时间段相差十数年，能与此相符契的只有黄小田的文孙——生于咸丰四年（1854）的黄敦宜，而其因索书致杨葆光过录截止的年限约为同治十二年（1873），理由如次：

杨葆光《苏盦诗录》卷四有《癸酉初春将游京师，留别曲阿诸同好（癸酉）》一诗，“癸酉”即同治十二年（1873），杨葆光“将游京师”前曾回返松江故里小住时日，由《订顽日程》同治十二年（1873）二月二十五日“人事”条“发行李上船”、二十六日“人事”条“别太夫人，以次上船”及三月初六日“人事”条“晡时始抵郡城”，知该年二月二十五日杨葆光自丹阳买舟，三月初六日抵达松江。而由《订顽日程》该年四月十八日（薛文误为“四月十二日”）“人事”条“交扬生《石头记》二”，知杨葆光在返松前夕，对黄小田批语的过录已在进行中，杨葆光第二次过录黄小田批语的起始时间为光绪元年（1875）十一月，此前的过录无疑归属首次过录。又，按《订顽日程》同治十二年（1873）四月二十日“人事”条“午后上轮船，船名‘山东’”、“酬酢”条“郭诵民、沈子馨、浦锡卿、子美来送……星桥、扬生、仪廷送至船，即回松”，知此际杨葆光自松江欢聚两月后始赴京师，其行程路线为松江→上海→天津→京师，《苏盦诗录》卷四《自上海附轮船达天津途中书所历叠前韵》其二“百货填舟纵复横，自崖送我已三更（顾香远、浦锡卿、朱子美、郭诵民、沈子馨皆到船送别，夜分始去）”句可资证明，由四月二十三日“著作”条“自上海附轮至津沽”知三日后抵达天津。而杨葆光由松江至上海，按《订顽日程》该年四月初六日“人事”条“午前抵沪，寓新北门外同茂栈”及四月二十日“人事”条“午后上轮船，船名‘山东’”，知杨葆光在沪停留两周，其中某一天，他邂逅了黄小田文孙黄敦宜，《订顽日程》失载此事，但《苏盦集》有所记录。《苏盦诗录》卷四《岁莫感旧·当涂黄小田仪部丈（富民）》一诗云：“楚咻市虎愁羁迹，吴语醯鸡妙解颐。独愧沈诗任笔旨，不堪沪上读遗诗（先生辟地时与予书有云，寄居海角，吴语聚醯鸡，楚咻成市虎。又云，足下沈诗任笔，独出冠时。先生后没于沪上，张君啸山校其遗诗，刻于金陵。昨年予附轮北上，经先生寓庐，邂逅文孙，出遗集为赠云）。”该诗作于同治十三年（1874），则诗末小注“昨年”为同治十二年（1873），“予附轮北上”与《订顽日程》同治十二年（1873）四月二十日“人事”条“午后上轮船，船名‘山东’”、二十三日“著作”条“自上海附轮至津沽”及《苏龛诗录》卷四《自上海附轮船达天津途中书所历叠前韵》等诗文日记正相映照。“经先生寓庐，邂逅文孙，出遗集为赠云”，正是杨葆光经过黄氏寓庐的这一天，他邂逅了黄敦宜，黄敦宜既向杨葆光赠送了祖父诗集《礼部遗集》，也应向其谈起遵照祖父遗念索回《红楼梦》手批本的事情，故此杨葆光原物奉还，完其遗愿。黄敦宜生于咸丰四年（1854），时年甫弱冠，此际向杨葆光索回祖父《红楼梦》手批本，于情于理皆合。这大概就是杨葆光所言“曩尝从先生假手批本，录未竟，先生文孙索去”的整个过程。杨葆光游京师期间又手批了《吴吴山三妇合评牡丹亭还魂记》，这或可看作是他对黄小田《红楼梦》手批本被索回后寻求情感寄托的一种心理反映。

综上，杨葆光向黄小田借阅《红楼梦》手批本的时间为咸丰十一年（1861）春，开始过录的起始时间约为同治三年（1864）二月赴溧阳后，因黄小田文孙黄敦宜索回祖父《红楼梦》手批本而致杨葆光约于同治十二年（1873）四月间停止过录。

（三）杨葆光首次过录黄小田批语的章回

由咸丰十一年（1861）春杨葆光向黄小田借阅《红楼梦》手批本并约于同治三年（1864）开始首次过录，至同治十二年（1873）返还黄氏后人，其间历十年；而杨葆光过录本自第五十五回始有题记，至第百二十回凡19条，第五十五回回末题记曰“光绪乙亥中冬雨窗山夜覆校”，“光绪乙亥”即光绪元年（1875），“中冬”即十一月，这表明自光绪元年（1875）十一月间杨葆光开始了黄小田批语的第二次过录，则首次过录的十年间不过过录了四五十回左右，尚不及《红楼梦》百廿回大书的一半，相较“经一个半月的时间，杨葆光完成了对黄小田批语的第二次过录”，令人疑惑亦复惊诧。且开始过录的同治三年（1864），风起云涌的太平天国运动（1851—1864）已近尾声，时局基本平稳，过录工作不会因兵燹连年、疮痍呻吟而时断时续。那么这十年间，杨葆光因为什么致使过录的工作效率如此之低呢？因《苏盦集》及《订顽日程》均鲜见提及首次过录，对此，我们作一合乎情理的推测：

首先，广集版本，精审过录。

本书第二章《评点底本及参校本》一节曾有提及，黄小田批语中出现了为数不少的“别本”“一本”“原本”“诸本”等字样及相关正文文字并多处评点底本不同其他版本的文字，经比对，黄小田评点《红楼梦》所用版本繁多，计有七八种，几乎囊括了当时坊间流行的各种本子如程甲本、东观阁本、双清仙馆本、三让堂刊本等。杨葆光绝非为了过录而过录，过录者与评点者的双重身份促使他以同治元年（1862）宝文堂刊本为底本过录黄小田批语时，如同我们今天通过此同彼异的小说正文文字来判断黄小田手批本所属版本系统一样，也要尽量凑齐黄小田评点所用的各种本子，并对参差互见的文字进行异文校勘，由此甄别出黄小田评点所用的各种版本，力求复原黄小田评点境况的本真面貌。而这不是一时半刻就能汇集齐全的，细碎劳神的校勘工作也不是一蹴而就的。有两例颇可说明杨葆光对黄小田批语是广集诸本、精审过录的：

一是《订顽日程》同治十二年（1873）四月十八日“人事”条“交扬生《石头记》二”。按理杨葆光已购得过录底本即同治元年（1862）宝文堂刊本《新增批评绣像红楼梦》，直接参照黄小田手批本过录批语即可，没必要再向韩扬生借阅《红楼梦》，原因无他，其借阅的是《红楼梦》的不同刊本，以便用于校勘异文。因为韩扬生之父韩应陛乃著名藏书家，藏书之富，称誉松郡，张文虎《怀旧杂记》称其“生平收藏图籍古器甚富”①，故有书籍博览的优势。

二是杨葆光在过录本上写下的一条批语。第八十一回“到了午后，宝玉睡了中觉起来，甚觉无聊，随手拿了一本书看。袭人见他看书，忙去泡茶伺候”处杨葆光批曰：“沏茶，京话也，改作泡，谬极。”“沏茶，京话也”，这固然有杨葆光的经验之谈，但也不能排除另一种可能即杨葆光过录黄小

① ［清］张文虎撰：《怀旧杂记》卷三，见《清代诗文集汇编》第630册《覆瓿集续刻》。下引不注。

田批语时手头绝非仅有一套宝文堂刊本《新增批评绣像红楼梦》，还应有其他刊本，如程甲本此处文字即作“沏茶”，程乙本亦然。

杨葆光对黄小田批语的过录是极为认真的，其过录本中有4条标注“朱字”的批语，分见第百九回“薛蝌成亲，此时略露，至后宝钗口中始补出。朱字”及“两人说话，的是夜深人静光景。朱字”、第百十回“只开场一句，已逼肖老年人临终之语。朱字”、第百十四回“薛蝌成亲于此补出。朱字”。显然，这4条批语表明黄小田是以朱笔书写的。此4条批语已属第五十五回后的第二次过录，所参过录本为“夬斋妇兄”录出本，且杨葆光第二次过录有韩扬生、张心庵等协助，可见“夬斋妇兄”、韩扬生、张心庵等同杨葆光一样，对黄小田批语的过录一丝不苟，原貌呈现。因此，杨葆光等广集版本、精审过录，势必会放慢过录进程，过录速度减缓也在情理之中了。

其次，谋食异地，公务琐细。

由前缕析可知，自同治三年（1864）二月始赴溧阳，同治八年（1869）辗转丹阳，至同治十二年（1873）二月回返松江，杨葆光于溧阳、丹阳两地学署等处供职历十年。虽较此前于两淮盐运使兼办江北粮台的乔松年麾下任职工作较为轻松，不再有奔波忙碌之苦，但公务琐细、耗力伤神也是无法避免的。学署为管理地方教育的行政之处，也是朝廷培养生员、造就文化人才的学府，除了有对社会伦理纲常的引导、训导和教授，还要组织生员的教学、课考和日常管理等事务。[①] 供职学署，虽非官非吏、无品无位，但实有整饬士风、教育地方之责，事无巨细，马虎不得。参看《订顽日程》，杨葆光任职学署期间颇多阅卷、课考等方面的记载，可见公务烦琐，事必躬亲。

此外，杨葆光虽于学署等处担任微末小职，但学署毕竟隶属官办机构，同仁间的贺吊往还、婚丧嫁娶、宴饮游乐、酬和赠答，皆要瞻顾，也是人情之礼，这些不得不有而又不得不做的日常琐事既费时又耗力。因而，公务闲暇再行黄小田批语的过录事宜有时就难免顾此失彼。另，同治三年（1864）赴溧阳的前一年春夏间杨葆光曾赋《乱后》诗，有“一钱羞涩压空囊，贫病经年历劫长。安命已判捐靓服，持家尤苦厄黄杨”（《苏盦诗录》卷一《乱后》）等家道艰难之语，家计本已艰难，又“自念年过四十，百无

① 杨洪友：《从清代的儒学大院到今天的文庙小学：长春明伦堂和儒学衙署的百年兴衰》，《长春日报》2017年2月14日第07版“晚情·文史”。

一就，为乡党笑”（《苏盦文录》卷二《与乔鹤侪河帅书》），生活拮据可见，心情郁郁可想。谋职溧阳、丹阳两地，虽工作较为安适，但薪俸低廉，且奖叙提职无望，老幼养赡无力。在这种生活重压下，杨葆光过录黄小田批语拖沓延时也就显得合乎情理了。

再次，露水姻缘，寝食难安。

杨葆光是个多情的种子，《订顽日程》中记其情思旖旎者所在多有，如同治八年（1869）五月十五日“自修”条“看迎城隍会，比于杜牧之湖州大阅，然无一佳者。最后见一女郎，脂粉不施，天然姿媚，屡承青盼，卓识可见”、同治十二年（1873）四月初八日“人事”条“同扬生进新北门看墨耘堂碑帖。一女子能装裱，甚雅淡，且有顾盼之意”、光绪二年（1876）五月十四日“人事”条“往九圣庙看庙会，倾城仕女来观，一车中人甚美，垂盼有情，其惘然也”，等等。

正因痴情如许，游历溧阳、丹阳的十年间，杨葆光同一位芳名酉君的女子有着一段刻骨铭心的恋情。《订顽日程》同治七年（1868）十二月二十六日“人事”条“借扬生洋镜，并照相片，内一纸神似酉君，爱不能释也”，此为酉君之名首次出现，该年十月初四日“自修”条“多情最苦，行自悔也”或为这段感情之伊始。自同治七年（1868）岁末，至同治十年（1871）岁首，杨葆光与酉君保持了三四年的暧昧关系。其中，同治八年至同治九年（1869—1870）间二人感情最为浓深，日日相思，夜夜私会，《订顽日程》中也颇多幽期密约、眠思遐想的记载，如“思酉君，至终夜不安枕”“访夜来，坐久始出，惆怅甚。古人谓以眼泪洗面，乃身试之，伤哉！”“两访夜来，相约毋相弃也”“信誓旦旦”“订生死之约”“夜久，甚念知心人，愿天作合也”“夜睡不安，殊想凝切”“客舍见墙下荼蘼，思我酉君，甚有所感”“别酉君三月许矣，远道相思，乌能已已”等。由同治八年（1869）六月二十一日“自修”条“夜饮至醉，回忆华堂醉卧，别样温存，今天各一方，痴人谁惜，不禁神魂飞越矣”、八月二十九日“人事”条“□□酒后荒谬绝伦”及“自修”条“醉后痛悔，自此戒酒，不过三杯。结匙绳”等，知杨葆光与酉君似已有肌肤之亲、床笫之欢。由同治八年（1869）二月十二日“自修”条“生人之累，一至于此，迷途者当知返矣”，或可猜得这段感情使得杨葆光情难自已，因二月初六日“自修”条云“思酉君，不能安枕”，正值壮年的杨葆光全然忘却了妻室子女，而陷入这段情投意合的爱恋不能自拔。与酉君花前月下、如胶似漆，则欢然赋诗“将身化作同心缕，遍系青天碧海情”（同治八年（1869）二月十八日“自修”条）；与酉君夜访不见或短暂别离，则惆怅减膳、夜不能寐，乃至“食不下咽”（同治八年（1869）四月十一日“自修”条）并作诗“已拚一世相思苦，无分甘从舌底回”（同治八年（1869）三月初一日“自修”条）；为保酉君身康体健，杨葆光请人“为算先天易数命，后福甚备”（同治八年（1869）三月初五日“自修”条）；为佑两人凤凰于飞，杨葆光坚持每日诵《大悲咒》并赋《感事》云“缘来千里相逢易，缘尽当前一语难。痴绝离人惟佞佛，种缘无量到团圞”（同治八年（1869）九月十八日“著作”条）。自同治十年（1871）正月初三日“人事”条“韵梅画《曲终奏雅图》，为我意中人作也”稍提及酉君外，此后酉君便淡出杨葆光的视野，《订顽日程》中也再未出现酉君之名，或因“谣诼”（同治八年（1869）九月初一日“自修”条“叙别，黯然伤心，谣诼”）影响，二人相会被人议论，面对舆论压力，这段感情最终以有情人难成眷属而告终。此际已至同治十年（1871），距同治十二年（1873）返还黄小田《红楼梦》手批本仅有两三年的时间，且对这段与酉君的真挚感情，杨葆光可谓琴心有属、呵护备至，这也使得他魂不守舍、寝食难安，生活、工作原本固有的节奏被彻底打乱，无心过录黄小田批语也不难想见。

在与酉君这段相思难捱的恋情中，杨葆光应是看过黄小田批语的，其日记对“情”之一字的看法与黄小田批语颇为相似。《订顽日程》同治八年（1869）正月二十五日“自修”条“人生惟‘情’字一关最难堪破，过此以往，即大圣大贤，亦非难造，古酝勉乎哉！”同年五月二十一日至二十八日“自修”条“‘情’之一字最为累人，稍一粘着，眠食起居都无是处，跳出此关，超凡入圣成佛做祖皆易之耳”。而黄小田于小说第五回对宝玉在红楼梦中堕入“迷津”有批“是篇虽迷离恍惚，然其用意是人能解。盖人生过此一关，为圣为狂，全在自己”，宝玉堕入“迷津”即象征宝玉陷于贪嗔痴恨与情色爱欲交织的尘网之中，投射人世则是溺于诸钗尤其是钗黛之间的爱恨纠葛，而宝玉最终悬崖撒手，影敲玉磬。黄小田此一批语与杨葆光两条日记文字相较，如出一辙。因此，在与酉君这场山盟海誓的爱恋中，《红楼梦》或成为杨葆光纾缓离愁别绪、寄寓似水柔情的寄托与媒介，因为在其时大多人看来，《红楼梦》正是一部叙写爱情凋残的小说，是一部“情书”，宝黛钗间的柔情蜜意与为爱痴狂攫取了太多有情男女的心。由《订顽日程》同治八年（1869）十月二十二日“自修”条“意不适，阅《镜花缘传奇》排闷”或可反窥杨葆光对《红楼梦》更多的是阅读而懒于过录黄小田批语，因为在他看来，阅读小说乃排遣“别绪填膺恨未共”（同治八年（1869）十月二十日“著作”条“《灯花连接如意诗》”）的最好的方式之一。

最后，夫妻不睦，无暇其他。

杨葆光的婚姻颇为不幸，前两任妻子皆因病早逝，而由《苏盦词录·征部乐和份士除夜柬内子韵却寄细君》及《苏盦诗录》卷四作于同治十二年（1873）五月间的《厂肆得香粉、小镜匣，刻诗其上，寄细君》，知其第三任妻子叫细君。从《订顽日程》所记日记来看，杨葆光对细君颇多微词，尤其是他与酉君热恋期间，对细君的不满更是无以复加。由《订顽日程》同治七年（1868）十一月初七日“人事”条“夫人醋意可畏”，或可推知杨葆光有迎娶酉君之念，但遭细君极力反对，致使夫妻反目。从同治九年（1870）二月二十日“自修”条“大动唇舌，益知生人之累”、五月初三日“自修”条“家中唇舌，无聊之至”，同治十年（1871）十月二十二日“人事”条“夫人患齿龈胀，面肿，晚间盛气登舟。妄人是日稍敛迹”、十二月十四日“人事”条“家事杂乱，可恨！一人操劳，三鼓未睡，殊自苦也”等日记可以推想，杨葆光与细君之所以琴瑟难谐，很大程度上应是杨葆光与酉君这段感情横亘在他们之间。盖杨葆光受明清“刻个稿，讨个小”的世风影响，欲纳酉君为妾，不料妻子不悦，也致他心中不快，唇枪舌剑、家事纷扰也就在所难免了。而从同治十一年（1872）后，杨葆光同细君之间剑拔弩张的夫妻关系才趋于缓和，如该年三月初十日“人事”条“发行李登舟。母、夫人欣然倚篷，问叙家事”，同治十二年（1873）三月初七日“函牍”条“奉母谕，知夫人病，闷极”、三月十二日“酬酢”条“晚出城，招顾香远、何醒吾、吴梅心、李幹甫、姚松泉、席仪庭、黄仁甫、阆峰、碧泉在永兴馆点菜，吃面，尽醉极欢。是日为夫人生日，故有此举”，等等，而其与酉君当年的风花雪月早已是尘年梦影不复存在了。不难推想，杨葆光与酉君之间你情我愿、卿卿我我，被两情相悦的爱恋冲昏了头脑；而其与细君之间旷日持久的争吵拉锯战，以冷冰冰的现实惊醒了温柔乡里人。在这一喜一悲、一热一冷的境遇中，杨葆光无暇顾及其他，遑论有闲情逸致去过录黄小田批语了，而到了与酉君缘分已尽、与细君重归于好之际，也迫近“录未竟，先生文孙索去”之时了。

在拥有黄小田《红楼梦》手批本的十年间，首次过录不过过录了四五十回，以上四个方面的推测应可说明杨葆光过录进程缓慢的原因。

三、杨葆光第二次过录黄小田批语的历程

由杨葆光《与乔鹤侪河帅书》，知其同治十二年（1873）四月下旬渡轮“至京师求应京兆试，礼部谓：‘格于例，不许求食。’郎吏间又几乏绝”，时孙省斋开藩直隶，“孙公闻而恻之，寓书招之来，授之粲，衣之裘。佳日出游，流连古莲花池上，得识黄子寿太史、再同茂才乔梓”并“以太史见契，言于节相，留校《畿辅通志》”，因“母夫人年高且将之官浙中”（《苏盦诗录》卷首刘树敏序），光绪元年（1875）四月下澣航海南还。由《订顽日程》光绪元年（1875）十一月十一日“人事”条“午后出武林门，到新码头上船”、十九日“人事”条“早抵秀南桥，过小快船，开至干山，合家相见”，知“乙亥冬，自杭郡归”，十一月下旬起“复从夬斋妇兄假录出本”至“丙子春”即光绪二年（1876）春“续成之”，由此完成对黄小田批语的第二次过录并成完璧。杨葆光第二次过录黄小田批语的起讫年限是十分明晰的，其过录本第百二十回回末题记所言时、事、人，不仅与《订顽日程》所记一一吻合，同时，过录本起自第五十五回回末、终至第百二十回回末的题记所言时、事、人，与《订顽日程》所记亦无一不合，三者若合符节。

杨葆光过录本回末题记自第五十五回始出现，并第六十回、六十四回、六十八回、七十一回、七十六回、八十回、八十五回、九十回、九十九回、百回、百五回、百六回、百九回、百十一回、百十三回、百十六回，至百二十回毕，凡19条（第百二十回2条）。下面以各回回末题记，对照《订顽日程》，细查具体过录时间与过录章回，还原杨葆光第二次过录的历程。

① 第五十五回回末题记：“光绪乙亥中冬雨窗山夜覆校。”

“光绪乙亥”即光绪元年（1875），“中冬”即农历十一月。由《订顽日程》该年十一月十一日“人事”条“午后出武林门，到新码头上船”、十九日“人事”条“早抵秀南桥，过小快船，开至干山，合家相见”，知该年十一月十九日后，即自二十日始，杨葆光着手黄小田批语的第二

次过录，由十一月二十四日“人事”条“取还扬生《石头记》，借伊卿十五本”知此际杨葆光确实在过录黄小田批语。“雨窗”则表明录毕第五十五回时晚间有雨，查《订顽日程》，该年十一月二十日至三十日间，除二十九日外皆为“天时　晴”（二十一日为“天时　晴　大风”），二十九日则为“天时　晴　夜风　雨”，故此可知杨葆光录毕第五十五回为十一月二十九日夜。“山”则指干山，即天马山，位于佘山西南十公里，距松江区十一公里，传说春秋吴国干将铸剑于此，旧时为佛教胜地，香客旺盛，又称“烧香山”。

② 第六十回回末题记：“乙亥季冬三日灯窗覆校。”

“乙亥”即光绪元年（1875），“季冬”即农历十二月，“季冬三日灯窗”即光绪元年（1875）十二月初三日夜间。故可知自十一月三十日起至十二月初三日的四天时间里，杨葆光过录了第五十六至六十回凡五回黄小田批语。

③ 第六十四回回末题记：“乙亥季冬覆校于干山。”

“乙亥季冬”即光绪元年（1875）十二月，此一题记标注“干山”，表明杨葆光仍是在干山寓宅进行的过录，则过录第五十六至六十回共五回黄小田批语亦在干山寓宅。本次过录始于十二月初四日，过录第六十一至六十四回凡四回黄小田批语。

④ 第六十八回回末题记：“乙亥季冬灯窗覆校，红豆词人。”

“乙亥季冬灯窗”即光绪元年（1875）十二月某夜，“红豆词人”为杨葆光别署。本次过录第六十五至六十八回凡四回黄小田批语，过录起讫时间不详。

⑤ 第七十一回回末题记：“乙亥季冬雪夜覆校，红豆词人。”

“乙亥季冬”即光绪元年（1875）十二月，“红豆词人”即杨葆光。“雪夜”，查《订顽日程》，该年十二月初八日“天时　阴　午后雪”，则可知该条题记写于十二月初八日夜。本次过录第六十九至七十一回凡三回黄小田批语。联系第六十四、六十八回回末题记，则自十二月初四日始，至初八日毕，在五天时间里，杨葆光共完成第六十一至七十一回凡十一回黄小田批语的过录。

⑥ 第七十六回回末题记：“乙亥季冬九日夜窗重校。”

“乙亥季冬九日”即光绪元年（1875）十二月初九日，“夜窗”则可知该条题记写于初九日夜。十二月初九日这一天，杨葆光过录第七十二至七十六回凡五回黄小田批语。

⑦ 第八十回回末题记："乙亥季冬雨窗覆校，红豆词人。"

"乙亥季冬"即光绪元年（1875）十二月，"红豆词人"即杨葆光。"雨窗"，则知写该条题记时正值下雨天。本次过录自十二月初十日始，过录第七十七至八十回凡四回黄小田批语。

⑧ 第八十五回回末题记："乙亥季冬雨窗复校，红豆词人。"

"乙亥季冬"即光绪元年（1875）十二月，"红豆词人"即杨葆光。本次过录第八十一至八十五回凡五回黄小田批语。本条题记"雨窗"并第八十回回末题记"雨窗"，查《订顽日程》，十二月初十日"天时　雨"、十一日"天时　雨竟日"、十二日"天时　晴　夜雨"、十三日"天时　雨"、十四日"天时　晴"、十五日"天时　晴"、十六日"天时　晴　风"、十七日"天时　阴"、十八日"天时　晴"、十九日"天时　晴"、二十日"天时　晴"、二十一日"天时　晴"、二十二日"天时　雨"、二十三日"天时　晴"、二十四日"天时　阴晴半"、二十五日"天时　雪"、二十六日"天时　晴"、二十七日"天时　阴晴半"、二十八日"天时　阴　微雨　夜雨"、二十九日"天时　阴　大风　微雨"，除二十八日小除夕及二十九日除夕（第九十九、百回回末题记皆云"乙亥小除夕山居覆校"），余下出现"雨窗"的则为初十日至十三日及二十二日，故可知自十二月初十日始，至二十二日毕，在十三天时间里，杨葆光过录第七十七至八十五回凡九回黄小田批语。

⑨ 第九十回回末题记："乙亥季冬自珠溪返棹，夜窗重校，红豆词人。"

"乙亥季冬"即光绪元年（1875）十二月，"珠溪"在青浦朱家角镇东首，"夜窗"则知该条题记写于十二月某晚，"红豆词人"即杨葆光。由"珠溪返棹"，知此际杨葆光有外出之行，查《订顽日程》，十二月间，杨葆光曾有两次外出：第一次为十二月十六日至二十日赴郡城即松江府首县华亭（十六日"人事"条"早起挈儿与四弟同舟至郡"、十七日"人事"条"午后抵北岸"、十八日"人事"条"饭后回郡"及"酬酢"条"到温河泾姚宅"（温河泾在金山）、二十日"人事"条"傍晚抵山"），第二次为十二月二十三日至二十五日赴市上购物（二十三日"人事"条"市上买物"、二十四日"人事"条"托来宾雇船"、二十五日"人事"条"午前开行，一觉抵山"）。两次外出中，皆须经青浦珠溪，则第九十回回末题记所写时间有二十日晚与二十五日晚两个选择，联系上两条题记即十二月初十日至二十二日间杨葆光过录第七十七至八十五回凡九回批语，则可知第九十回回末题记应写于二十五日晚，因二十三日、二十四日两日离家，则自珠溪返棹的二十五日当天，杨葆光过录了第八十六至九十回凡五回黄小田批语。

⑩ 第九十九回回末题记：“乙亥小除夕山居覆校，红豆词人。”

“乙亥”即光绪元年（1875），“红豆词人”即杨葆光。“小除夕”，按清顾禄《清嘉录·小年夜大年夜》：“或有用除夕前一夕者，谓之小年夜，又曰小除夕。”徐珂《北京指南·礼俗》：“先除夕一日，则谓小除夕，家置酒宴，往来招邀，曰别岁，又曰辞岁。”查《订顽日程》，光绪元年（1875）十二月至二十九日止，则二十八日为小除夕。本次过录则自二十六日始，过录第九十一至九十九回凡九回黄小田批语。

⑪ 第百回回末题记：“乙亥小除夕山居覆校，红豆词人。”

“乙亥”即光绪元年（1875），“红豆词人”即杨葆光。“小除夕”即十二月二十八日，联缀第九十九回回末题记，则自二十六日始，至二十八日小除夕，杨葆光过录第九十一至百回凡十回黄小田批语。该日“天时”为“阴 微雨 夜雨”，冷雨敲窗，正是校书良时。

由第五十五回回末题记“光绪乙亥中冬雨窗山夜覆校”至百回回末该条题记，知自光绪元年（1875）十一月下旬始，至十二月二十八日，杨葆光一直在干山之麓的寓宅过录黄小田批语。

⑫ 第百五回回末题记：“丙子月正二日雪夜覆校，红豆词人。”

“丙子”即光绪二年（1876），“红豆词人”即杨葆光。“月正”即正月，《书·舜典》：“月正元日，舜格于文祖。”孔颖达疏：“正训长也，月正言月之最长，正月长于诸月，月正还是正月也。”“月正二日”即正月初二日。“雪夜”，查《订顽日程》，光绪二年（1876）正月初一日“天时 瑞雪”，初二日“天时 晴 大风”，则该回题记中的“雪夜”不能解为下雪，而是有雪的夜晚。本次过录第百一至百五回凡五回黄小田批语。

⑬ 第百六回回末题记：“丙子元旦次日雪夜覆校，红豆词人。”

“丙子”即光绪二年（1876），“红豆词人”即杨葆光。“元旦次日”即正月初二日，同上条第百五回题记所言“月正二日”。则至正月初二日毕，杨葆光过录第百一至百六回凡六回黄小田批语。

⑭ 第百九回回末题记：“丙子新春四日夜窗覆校，红豆词人。”

“丙子”即光绪二年（1876），“新春四日”即正月初四日，“红豆词人”即杨葆光。本次过录自正月初三日始，至正月初四日毕，过录第百七至百九回凡三回黄小田批语。

⑮ 第百十一回回末题记：“丙子月正五日到郡覆校，红豆词人。”

“丙子”即光绪二年（1876），“红豆词人”即杨葆光。“月正五日”即正月初五日，“到郡”即赴松江府华亭县，查《订顽日程》，光绪二年（1876）正月初五日“人事”条“随母，挈思儿、兆儿，买舟至松，傍晚始至”，时、事、人皆合。本次过录第百十至百十一回凡两回黄小田批语，由“买舟至松，傍晚始至”并“酬酢”条“到伊卿、扬生处，在伊卿处饭宿，扬生家大放花炮”，则知杨葆光录毕批语时已是夜深。

由本条题记也可知，此前杨葆光对黄小田批语的过录，皆在干山寓宅。

⑯ 第百十三回回末题记：“丙子六日在郡覆校，红豆词人。”

“丙子”即光绪二年（1876），“六日”即正月初六日，“红豆词人”即杨葆光。本次过录第百十二至百十三回凡两回黄小田批语，在华亭。

⑰ 第百十六回回末题记：“丙子新春郡城覆校，红豆词人。”

“丙子”即光绪二年（1876），“红豆词人”即杨葆光。本次过录自正月初七日始，过录第百十四至百十六回凡三回黄小田批语，在华亭。

⑱ 第百二十回回末题记凡2条（可参本章开篇所列题记文字），其中一条标注为“此夬斋语”，转述杨葆光妻兄“夬斋”之语，对杨葆光过录黄小田批语章回、时间的界定，无参考价值，此处略。另一条则为杨葆光所叙其两番过录的历程，款署为“丙子春”，知过录仍在正月间，本次过录第百十七至百二十回凡四回黄小田批语。查《订顽日程》，光绪二年（1876）正月十三日“人事”条“校黄校《石头记》毕”，知第百二十回回末2条题记均应写于正月十三日；再联系第百十六回回末题记，则知自正月初七日始，至正月十三日毕，杨葆光过录第百十四至百二十回凡七回黄小田批语。由正月十二日“酬酢”条“伊卿给兆儿莲子、蜜枣。扬生送风雨梅、橘子、蛋糕”、十五日“人事”条“还伊卿《石头记》讫”及“酬酢”条“到扬生处拜阴寿。……扬生处晚饭”等，知杨葆光录毕黄小田批语并成完璧，仍在华亭。

以上即杨葆光第二次过录黄小田《红楼梦》批语的历程，其起自光绪元年（1875）十一月二十日，至光绪二年（1876）正月十三日毕，前后历时近两月。而由过录时间与过录章回的比例，如光绪元年（1875）十一月三十日至十二月初三日四天过录凡五回批语、光绪元年（1875）十二月初四日至初八日五天过录凡十一回批语、光绪元年（1875）十二月初十日至二十二日十三天过录凡九回批语、光绪二年（1876）正月初七日至十三日七天过录凡七回批语等，基本约一天过录一回。当然，受各种主客观因素的影响，也有如光绪元年（1875）十二月初九日一天过录凡五回批语等情况，以此个案反观第二次过录初始即光绪元年（1875）十一月二十日至二十九日十天录至第五十五回毕，假若一天过录五回，十天则过录五十回，这在道理上是说不通的，因为还要考虑约自同治三年（1864）始至同治十二年（1873）四月毕历十年时间的第一次过录。假若按一天约过录一回的基本规律，十天过录十回，则第二次过录约起自第四十六回是可说得通的，历十年之久的第一次过录因诸事纷扰分身乏术而录至约第四十五回也基本符合常情，所以，界定杨葆光第二次过录黄小田批语，推为自第四十六回始。

为使杨葆光对黄小田批语的两番过录一目了然，历程明晰，绘表如下：

过录历程	过录时间	过录批语章回
第一次过录	同治三年（1864）至同治十二年（1873）四月	程伟元序后批语至约第四十五回
第二次过录	光绪元年（1875）十一月二十日至二十九日	第四十六至五十五回
	光绪元年（1875）十一月三十日至十二月初三日	第五十六至六十回
	光绪元年（1875）十二月初四日至初八日	第六十一至七十一回
	光绪元年（1875）十二月初九日	第七十二至七十六回
	光绪元年（1875）十二月初十日至二十二日	第七十七至八十五回
	光绪元年（1875）十二月二十五日	第八十六至九十回
	光绪元年（1875）十二月二十六日至二十八日	第九十一至百回
	光绪二年（1876）正月初二日	第百一至百六回
	光绪二年（1876）正月初三日至初四日	第百七至百九回
	光绪二年（1876）正月初五日	第百十至百十一回
	光绪二年（1876）正月初六日	第百十二至百十三回
	光绪二年（1876）正月初七日至十三日	第百十四至百二十回

由上表不难看出，杨葆光第二次过录由光绪元年（1875）十二月末向

光绪二年（1876）正月初过渡时，光绪元年（1875）最后一天即十二月二十九日与光绪二年（1876）第一天即正月初一日均未出现于回末题记中，须考虑这两天正是普天同庆、阖家团圆的传统节日——除夕与春节，拜神、祭祖、守岁、焚香、拜年、贺岁、吃酒、赴宴等，诸事芜杂，故杨葆光搁笔未录。

此外，由第百二十回回末题记“乙亥冬，自杭郡归，复从夬斋妇兄假录出本续成之，韩子扬生、张子心庵亦与焉”，知杨葆光过录黄小田批语能顺利完成，与韩扬生、张心庵二人的协助是分不开的。而对韩、张二人的协助，尚有一个问题需要明确，薛红娟《杨葆光过录黄小田〈红楼梦〉批语的几个问题》一文第三部分“夬斋、韩子、张子与黄小田评点的《红楼梦》”中，有如下一段文字：

> ……第三，是韩载阳，《订顽日程》同治十二年（1873）四月十二日“人事”条提到他“交扬生《石头记》二”，光绪元年（1875）十一月二十四日“人事”条“取还扬生《石头记》，借伊卿十五本，借扬生王册”。需要指出的是，此处的“王册”或为“五册”之讹？……

并在尾后注 ㉒ 中言及：“杨葆光日记中的字迹很难辨认，严文儒的点校整理本不免会有误认之处……按古人的书写习惯，‘王’与‘五’字极为相像，所以此处很有可能是‘五册’。”

薛文这段话及注释，有两个问题需要纠正：

第一处，“同治十二年（1873）四月十二日”，薛红娟浏览《订顽日程》有误，“四月十二日”应为“四月十八日”。

第二处，“借扬生王册”中的“王册”非“五册”之讹，《订顽日程》中常见有此称谓，猜其应为杨葆光对某一作者所著的书籍、某一画者所绘的画册或某一藏者所收诗书画册等的简称。同治八年（1869）正月初六日“酬酢”条“秋士、扬生至，小兰、仪庭继至，夜饮狂醉。交去王册”中的“王册”、同治十二年（1873）四月初三日“人事”条“以租簿、单契及王、钱两画卷交扬生处，收棕箱内”中的“王、钱两画卷”、光绪二年（1876）十二月初八日“人事”条“还扬生黄册”中的“黄册”、光绪十七年（1891）三月十九日“人事”条“交六桥蒋册”中的“蒋册”、光绪二十年（1894）正月二十四日“人事”条“寄六桥徐稿”中的“徐稿”等即如此用。所以，“借扬生王册”与《红楼梦》无干，“王册”更非“五册”之讹，薛文显未通研全书而生断章取义之嫌。

而对韩扬生、张心庵与杨葆光的交往以及二人何以协助杨葆光联袂过录黄小田批语，则于下一节详述。

第二节　张尔耆对黄小田评点的过录

《红楼梦》黄小田评点能保存至今并嘉惠学林，杨葆光其功甚钜，但我们更要感谢其“夬斋妇兄”，若无他先杨葆光辑校黄小田批语为“录出本”，杨葆光第二次过录便无从谈起，遑论百廿回完璧流传世间。那么，“夬斋妇兄”姓甚为谁？他是何时完成对黄小田批语过录的？杨葆光第二次过录时，“韩子扬生、张子心庵亦与焉”的实际所指是什么？第一节已略知韩扬生生平，知杨葆光为其姨丈，黄小田为其表外祖，三人间沾亲带故。而张心庵又系何人？他与杨葆光、黄小田是什么关系？这将是本节所要详细论证的问题。

一、“夬斋”其人及与杨葆光的郎舅关系

杨葆光过录本中出现“夬斋”字样者凡两处，即第百二十回回末的2条题记，第一条结尾文字为“此夬斋语也”，为过录者抄自“夬斋”过录本的识语，第二条则直言“复从夬斋妇兄假录出本续成之”，由此知“夬斋”为杨葆光妻兄，二人为郎舅关系。杨葆光有过三段婚姻，第一任妻子叫张纫芝，即《订顽日程》所附《戚友姓编》“韩扬生”条标其为“张宜人之甥婿”中的“张宜人”；第二任妻子叫吴经顺，即杨葆光《苏盦文录》卷二所撰《继室吴宜人事略》《继室吴宜人墓碣》等文中的“吴宜人”；第三任妻子即为上一节中所提及的细君（名姓不详），那么，“夬斋”为杨葆光哪任妻子的兄长呢？由杨葆光过录本第百二十回回末的2条题记，知在

黄小田批语的过录中，与《红楼梦》有所关涉者，除杨葆光外，余为为其过录提供特别支持的“夬斋”、韩扬生、张心庵三人；而在杨葆光进行黄小田批语第二次过录的光绪元年（1875）十一月二十日至光绪二年（1876）正月十三日间，于《订顽日程》中频现影踪的除韩扬生、张心庵[①]外，还有一个陌生名字跃入人们的眼帘并与《红楼梦》结有因缘，此人即“伊卿”，如光绪元年（1875）十一月二十四日“人事”条“取还扬生《石头记》，借伊卿十五本”、光绪二年（1876）正月十五日“人事”条“还伊卿《石头记》讫”等。若以第百二十回回末题记所载“夬斋”、韩、张三人与杨葆光《订顽日程》所记“伊卿”、韩、张三人对号入座，则“夬斋”与“伊卿”当为一人。而《订顽日程》所附《戚友姓编》中即出现“伊卿”之名，“张”姓下有条目云“乾隆朝：……尔耆，号伊卿，行五。张宜人之兄”[②]；《订顽日程》中亦出现“伊卿”，如同治六年（1867）三月初三日“函牍”条“写与外舅及吴叔卿师、张伊卿内兄信”、同治十二年（1873）三月初六日“酬酢”条“访张伊卿妇兄（尔耆）、韩扬生部郎（载阳）……俱出见”等，可见，“伊卿”即杨葆光第一任妻子张纫芝的兄长张尔耆。张尔耆又是否“夬斋”呢？民国《华娄续志残稿》有载：

> 张尔耆，字伊卿，自号夬斋，允垂子，诸生。闭户读书，手校经史，丹黄烂然。年十三，即按日记所行事，终身无间。置义田，以成父志。乱后费绌，规制几坏，尔耆助以己资，卒复其旧。诗文高淡，著有《夬斋集》行世。卒年七十五。[③]

由此条目知“夬斋”即张尔耆，至此《订顽日程》中出现的“伊卿”浮出水面，亦知杨葆光第二次过录黄小田批语期间所记“借伊卿十五本”“还伊卿《石头记》讫”等片语中的《石头记》乃张尔耆抄录黄小田

---

① 如光绪元年（1875）十二月十八日“酬酢”条“扬生邀，同朱星夫、马秩材、雷柳夫、黄啸园、张心庵、黄鹤舲轰饮至二鼓，星夫大哭”、十九日“酬酢”条“偕黄啸园到扬生处吃饭。会者渐集，姚壮之、马秩材、黄鹤舲、张心庵、席仪庭、雷柳夫、啸园、张半帆、韩扬生、太仙、子玉及儿子侍”，光绪二年（1876）正月初十日“酬酢”条“鹤舲招，同子馨、丙章、让木、香远、友翘、元咸、心庵、扬生、张锦川、半帆及予父子、恂丈，及次君、鹤汀应，自午至戌始散”等。

② ［清］杨葆光著，严文儒校点：《订顽日程》附《戚友姓编》，第三〇七五页。

③ 松江县地方史志编纂委员会点校：民国《华娄续志残稿》卷八“人物志·张尔耆”，上海市新闻出版局 1994 年版。

批语的过录本，张尔耆同杨葆光一样眼福奇绝，能寓目黄小田手批本。关于张尔耆生平履历，张文虎《怀旧杂记》亦有载：

> 张柳泉先生允垂，居南埭，嘉庆辛酉拔贡，官杭州府知府、护理盐运使。置田赡族，藏书甚富。子伊卿（尔耆），附贡生，姚春木先生弟子，闭户读书，至老不倦。孙闻远（锡恭），诸生，少年嗜学，后来之俊。①

这段资料对张尔耆及其家世情况介绍甚详，其中，“南埭”在松江府西门外，而据《柳泉张君（允垂）墓志铭》称其先世“自湖州双林镇迁松江府娄县”②，故张尔耆籍贯江苏松江府娄县。张尔耆为“姚春木先生弟子”，姚春木即桐城派大家姚椿（1776—1852，字春木，一字子寿，号樗寮生、蹇道人、廊下人、樗寮病叟、东畲老民等），姚椿《通艺阁诗三录》卷第四即有作于道光十八年（1838）正月《春雪席间示张伊卿、席冠甫二子》诗：“落灯风后兴阑珊，骤觉严威意外干。一盏醇醪才子劝，漫天春雪老夫寒（谚云‘老健春寒秋后热’，友人多以予为强，故有此戏）。泛江萍梗呼谁共，过厄梅花待客看（小园手植梅数十株，癸未水灾后仅存其九，因呼九梅园）。莫怪尊前吟思苦，可知清气得来难。”③张尔耆子呼“闻远（锡恭）”，张锡恭即如张文虎所言乃“后来之俊”，其所著《丧服郑氏学》《丧礼郑氏学》被奉为清代礼学集大成之作，张尔耆家族可谓满门风雅。此外，有一个细节问题需要明确，《戚友姓编》言张尔耆“号伊卿”，民国《华娄续志残稿》则言“字伊卿”，孰是孰非？后者正确。张文虎《怀旧杂记》中对“子伊卿（尔耆）”与“孙闻远（锡恭）”是按“字前名后”相称的，曹元弼撰《纯儒张闻远徵君传》有言“君讳锡恭，字闻远，一字殷南，姓张氏”④可为佐证，另言“父尔耆，庠生，闭户著书，修身立德，世称夬斋先生”，也可证张尔耆即“夬斋”。平心而论，杨葆光对《戚友姓编》的辑录整理仓促而粗糙，纰缪尤多。如按《纯儒张闻远徵君传》“己

① ［清］张文虎撰：《怀旧杂记》卷三，见《清代诗文集汇编》第630册《覆瓿集续刻》。

② 松博：《南埭张氏宅》，见上海侨务网 http://qwb.sh.gov.cn/（2018-1-7）

③ ［清］姚椿撰：《通艺阁诗三录》，见《清代诗文集汇编》第522册，上海古籍出版社2010年版。

④ ［清］曹元弼：《纯儒张闻远徵君传》，见《清代诗文集汇编》第786册《茹荼轩续集》卷首。

丑年丈夬斋先生没”（“己丑”即光绪十五年（1889），《订顽日程》该年八月初十日“著作”条“挽伊卿联”可证）并民国《华娄续志残稿》“卒年七十五”，知张尔耆生于嘉庆二十年（1815），《戚友姓编》却将其归入“乾隆朝”。再如“黄”姓条下“嘉庆朝：富民，号小田，当涂人，勤敏公子。以荫起家，官礼部郎中”①，黄小田虽生于乾隆六十年（1795），但因是乾隆末年，归入嘉庆朝也不能算错，但将“字小田”误为“号小田”则有些难以理解了，对近亲戚友尚且如此，遑论其他人等，因而若以《戚友姓编》作为文献征引，务须慎用。

此外，华亭文士顾莲《素心簃集》卷三《张夬斋先生墓志铭》②对张尔耆事迹介绍更详，可参看。

综合以上张尔耆生平履历并参阅《桐城文学渊源撰述考》③，撮其要而成小传如下：

> 张尔耆（1815—1889），字伊卿，号符瑞，一号夬斋，江苏松江府娄县人，杭州府知府、护理盐运使张允垂子。附贡生。师事姚椿，受古文法，为文宗法欧曾，诗学韦孟诸家。有《夬斋诗集》《夬斋杂著》《校书记》《遗珠录》《呻吟录》《夬斋日记》《省我居日记》等，并编有《国朝文录小传》《清河族谱二编》《二十四史纪传目录》等。

由杨葆光《苏盦文录》卷二《内子张孺人事略》，知张尔耆幼妹张纫芝于咸丰四年（1854）来归，咸丰七年（1857）病故，存年二十八岁，杨葆光虽与张氏仅作了四年夫妻，但鹣鲽情深。不仅如此，张氏卒后，杨葆光同张氏之兄张尔耆等亦相处甚得，《苏盦集》中每多诗文唱和，《订顽日程》中更多往来记载。杨葆光与张尔耆郎舅间情深意笃，应缘于以下原因：

第一，同乡之情。有研究者认为杨葆光系“华亭人，世居华阳桥，又作娄县人”④，实为误判，其乃娄县人，《苏盦集》各卷诗文开篇即写为“娄杨葆光 古酝”，盖其所居华阳桥在华亭境内，故称之为华亭人。《内子张孺人事略》亦云“孺人姓张氏，名纫芝，字皓仙，同县人”，而张尔耆家

① ［清］杨葆光著，严文儒校点：《订顽日程》附《戚友姓编》，第三〇八四页。

② ［清］顾莲撰：《素心簃集》卷三，民国寒隐草堂刻本。

③ 刘声木撰，徐天祥点校：《桐城文学渊源撰述考》卷六，黄山书社1989年版，第二三〇页。

④ 徐侠著：《清代松江府文学世家述考》，上海三联书店2013年版，第305页。

族籍贯松江府娄县，故杨葆光为娄县人无疑。正因同乡，《订顽日程》所载杨葆光返乡必至张家，且于张家餐饮眠卧，同张尔耆欢谈甚永，感情相当之好。相较而言，继室吴宜人及第三任妻子细君家族诸人则远逊不及。

第二，世交之谊。《内子张孺人事略》言："孺人姓张氏，名纫芝，字皓仙，同县人。曾祖友竹公，乾隆中以书画闻于时，与葆光高大父退谷老人订文字交，甚笃，世所称甘白山人者也。"由此知张、杨两家上代即有交情，乃世交至谊，有通家之好。而至张尔耆、杨葆光这一代，又喜结秦晋，两姓之好自不待言。

第三，人琴之怆。张纫芝适杨葆光后，鸾凤和鸣，相伴意长。"大父尝语葆光曰：'尔得此妇，乃吾家宗祀之福也。'"（《内子张孺人事略》）可见杨家长辈对张纫芝的满意程度。咸丰七年（1857）张纫芝病逝当年冬，杨葆光睹妻子遗物感而赋诗《冬夜雨窗，检得张伊卿妇兄（尔耆）乞巧日过访兼订舍妹归家诗，怅然久之，次韵却寄》，其一云："苦雨不肯霁，镫前夜已阑。光阴客里过，世事静中观。孤负刀环忆，微闻禁柝寒。九回肠正断，更见旧罗纨（昨以内子残针黹见寄）。"（《苏盦诗录》卷一）既可见人琴俱亡带给杨葆光的感情创伤，又可见杨葆光与张纫芝伉俪挚情。而张尔耆对妹婿杨葆光更是别有好感，曾《次韵酬杨古酝》曰："瑶华拂拭一开襟，洗我心中鄙吝深。秋水蒹葭欣倚玉（幼妹许字君），春风桃李怆披金（君屡欲登樗寮先生之门，因事辄阻，今先生已归道山，能无增慨？）。酒逢阮籍施青眼，诗许陶潜结素心。待取琼箫吹凤下，好从空谷听跫音。"[①]（《夬斋近稿》）此外，张纫芝曾诞育湘、思两女，且在生下次女后不幸离世，而离世缘于"自女湘生，父母望抱孙心甚切。予今年归，孺人谓予曰：'倘复得女，恐非堂上心。'言已泣下。既至八月，果生女，复病，九月遂死，死目不瞑"（《内子张孺人事略》），杨葆光因之格外疼爱湘、思二女，视若掌珠，同妇兄张尔耆亦格外亲切，无话不谈，盖有内疚之感在焉。

光绪十五年（1889）七月张尔耆卒，杨葆光亲拟挽联曰"结契卅余年，兄事而兼师事，远游乍返，幸存握手之缘，痛夙愿未偿，竟使沉疴妨永岁；系怀数大事，族全始得□全，补救多方，犹以疚心为恨，□后人学步，善

① ［清］张尔耆撰：《夬斋诗集》，民国三年刻本。《夬斋诗集》凡七卷，计《省愚诗草》《味道轩诗钞》《夬斋近稿》《藤寮初稿》《藤寮续草》《浮家小草》《悲秋集》各一卷。凡本书所引张尔耆诗文，若无特别说明，皆见《夬斋诗集》，不另注。

承先直慰生天”（《订顽日程》该年八月初十日“著作”条），下笔沉痛，言辞恳切，可窥二人之情，又复见杨葆光对张尔耆敬重有加。而正是这对郎舅携手戮力，珠联璧合，才使得《红楼梦》黄小田批语存世流传，惠泽红坛。

二、张尔耆过录黄小田批语的历程

拙文《杨葆光首次过录黄小田〈红楼梦〉批语的时间问题》对张尔耆过录黄小田批语的过程曾做过这样的推测：

> 杨葆光光绪元年乙亥（1875）十一月下旬第二次过录黄小田《红楼梦》批语借用的是内兄张尔耆的过录本，结合本文第二部分所考杨葆光自咸丰末年同治初年（1861—1862）借阅、抄录黄小田《红楼梦》手批本批语，至同治十二年癸酉（1873）四月方归还黄家，这说明张尔耆进行过录的时间似应在咸丰十一年辛酉（1861）之前，即约在咸丰三年癸丑至咸丰十年庚申（1853—1860）这一时间范围，而这段时期正是黄小田全家避难松江期间。黄小田《礼部遗集》之《萍轩小草》上卷《闻鸲鹆学语偶赋》诗有“我羁松江六寒暑，十客相逢九吴语”之句。惜《礼部遗集》中没有黄小田与张尔耆交游酬唱的诗篇，俟相关史料发掘再证。

由杨葆光过录本第百二十回回末题记“乙亥冬，自杭郡归，复从夬斋妇兄假录出本续成之”，说张尔耆似先杨葆光结识黄小田并过录其《红楼梦》批语确然存在这种可能性。查检咸丰三年（1853）夏黄小田携家避难金山始至咸丰十一年（1861）春与杨葆光晤面前这一时期黄、张二人各自的诗文集《礼部遗集》与《夬斋诗集》，发现诗文标题中直接标示各自名姓的没有，这表明二人之间似无交集，各行其道，但同时也发现，二人都有共同的朋友——姚楗，姚楗即姚椿之弟，在姚楗病卒的咸丰四年（1854）秋前二人皆与其有诗词赠答，而就是在次韵往还中，二人或可通过姚楗而有缘相识。姚楗（1786—1854），字建木，一字子枢，江苏松江府娄县人。四川布政使姚令仪次子。由廪生为宝应训导，任满，道光十四年（1834）擢河南陕州卢氏县令，道光十六年（1836）丁母忧，辞官归乡。与兄姚椿杜门讲学，时称“二姚”。素精楷法，有《归云堂诗稿》《双红豆馆词草》

等。张尔耆师事姚椿，其《味道轩诗钞》中即有《呈樗寮先生》《樗寮先生惠秋兰一枝，率赋二绝》《素心兰呈樗寮先生》等诗篇。姚子枢为姚椿亲弟，则张尔耆与姚子枢相识亦在情理之中，其《夬斋近稿》中即有《和子枢叔东佘唱和诗追忆先师樗寮先生即依原用昌黎寒食日出游诗韵》《题子枢叔卢氏誓神文后仍依前韵》等诗篇。张尔耆同姚子枢二子明之、壮之亦交好，并常于和诗中提及“尊甫子枢先生”。黄小田与姚子枢亦是旧相识。黄小田《避弋小草》上卷《赠姚子枢明府（楗）》其二云“醉乡浮拍乐忘死，词采联翩笔欲飞（癸巳在京，与君酬唱极夥。君尝与雷竹泉同年醉后过访，索酒不得，作搜酒词，今十九年矣）”，知道光十三年癸巳（1833）黄、姚二人即有交。咸丰三年（1853）夏黄小田避难金山后，与世居娄县的姚子枢再结前缘，此一时期的诗词如《避弋小草》上卷《赠姚子枢明府（楗）》《过饮齿痛，子枢日遣人问讯并贻方药赋谢》，《避弋小草》下卷《研北师次予赠子枢诗韵叠韵赋呈》《再叠前韵寄子枢》，《萍轩词草》中《金缕曲・哭姚子枢》等。而就在咸丰四年（1854）春，姚子枢的一次赏梅之约透露出黄小田与张尔耆结识的讯息。黄小田《避弋小草》下卷《再叠前韵寄子枢》其二云：“我已无家何处归，人民城郭想都非。会辜春雨梅花约（邀往青浦慧日看梅，而入春阴雨，几无晴日），身作浮云柳絮飞。愁信潮痕随夜长，故交星影向晨稀。凭谁一吐牢骚气，须待能诗张紫微（张诗舲中丞由陕入觐，闻将告归）。”颔联小注提及姚子枢邀黄小田青浦看梅，由“会辜春雨梅花约”知雨阻未赴。张尔耆《夬斋近稿》则有《和子枢叔戊戌春仲慧日寺探梅原韵，时有重游之约，因雨不果》七绝二首，其二云：“古寺寻梅兴欲狂，壁留题句吐光芒。小池昨夜添新绿，负却青山劝引觞。”由诗题知姚子枢与张尔耆也有看梅之约，赏梅之地即为青浦慧日寺[①]，黄诗或手民之误，夺一“寺”字，由张诗方知为古寺之称，也因雨未赴。黄、张二诗相互印证，知其所述应为同一件事。不仅如此，由《再叠前韵寄子枢》其一“辞荣不乐飞双乌，好客犹思割半毡（约往郡，下榻君家）”句知姚子枢还邀黄小田住到其家，则黄小田同张尔耆无疑可零距离接触。黄、张各自诗文集中虽未出现对方之名，但并不代表二人就不认识或无交往，如咸丰四年（1854）秋写有《红楼梦杂咏》及《读红楼梦图记（赋）》的

① 关于慧日寺，顾莲《素心簃诗集》卷上也有《慧日寺探梅》《慧日寺观梅图为张稚鹤题》等诗篇提及，可见慧日寺乃松江赏梅胜地。顾莲诗集见民国寒隐草堂刻本。

平湖文士黄金台携《扁舟访友图》请黄小田题跋，黄小田赋《黄鹤楼（金台）扁舟访友图（黄，平湖人）》诗记之，有“雅度吾宗老才子，香名西浙旧词人。千秋论断谈微中，六代文章笔斩新（君著《左国闲吟》二百余首，木鸡集骈体文凡四编）”句，而黄金台“木鸡书屋”系列诗文集失载，但二人有交则是毋庸置疑的，因而黄、张有交也是有可能的。此外，黄小田与张尔耆相识除共同的友人姚子枢外，还有黄诗《再叠前韵寄子枢》中提到的“张诗舲中丞”，张诗舲即张祥河。在黄小田一方，张祥河为黄小田父黄钺门生，黄钺《壹斋集》中颇多唱酬，黄小田《过庭小稿》则有《庚寅闰夏朔大人蒙赐诗一章，有“萦怀江上思儒雅，烟雨招吟逸兴迢”句，诗舲农部绘图赋诗，邮寄芜湖，大人次韵和之，命富民同作》等诗；在张尔耆一方，张祥河乃张尔耆族叔，由张尔耆《夬斋近稿·和子枢叔东佘唱和诗追忆先师樗寮先生即依原用昌黎寒食日出游诗韵》“终南山馆真本出，关中人士交相庆（先师所辑《国朝文录》，族叔诗舲中丞锓版陕西）”句可知；而在姚子枢一方，其为张祥河妹婿，由张祥河《诗舲诗录》卷四《幼弟循斋偕姚子枢妹婿来晤石门舟次》[①]可知。另外，如前所知，黄小田为韩扬生的表外祖，韩扬生又为张尔耆的甥婿，则黄小田同张尔耆亦有亲戚关系，张尔耆乃黄小田的表侄辈。黄小田—姚子枢—张祥河—张尔耆，四人间皆连络有亲，如此来看，黄小田同张尔耆因时际会、因缘际会，并因之交往有最大可能，继而也就会有张尔耆借阅黄小田《红楼梦》手批本并予过录之事。推张尔耆过录黄小田批语的时间似应在咸丰三年至咸丰四年（1853—1854）间，也即黄小田避难金山初期。此一时期虽也有战事，如咸丰三年（1853）秋香山人刘丽川、青浦人周立春等领导的上海小刀会起义致宝山、嘉定、青浦、南汇、川沙等五城连陷（黄小田《避弋小草》上卷有《土贼骤发，遂据嘉定、上海、青浦、南汇四邑，闻官兵收复三城，惟上海尚梗化耳，喟然有作》《纪青浦攻城事》《不见》等诗），但尚未危及金山与娄县。黄小田与张尔耆各自诗文集中也多有徜徉山水、品题游赏等闲适之作，如黄小田《避弋小草》上卷有《九月十二日，偕鼎卿、啸山、朱午楼（锡光）游钵池庵，庵仅数椽，不足游也，归饮廉让居持螯取醉》《梦夜游空山，松影满地，残月在山，忽疏钟一声，得“残月半楼钟”句，醒

① ［清］张祥河撰：《小重山房诗词全集》，见《清代诗文集汇编》第551册，上海古籍出版社2010年版。凡本书所引张祥河诗文如无特别说明，皆见该诗词集，不另注。

后足成之》《花经移接，色屡变，而作花愈大。京师菊多至三百种，皆蒿也，比于田家采得真菊因赋》以及《萍轩词草》之《忆旧游·松风堂赏牡丹，次研北师韵》等；张尔耆《味道轩诗钞》则有《和姚明之消夏八咏》《题顾小野母夫人寿册》《题李少白钓鱼小照》，《夬斋近稿》有《对雪》《和子枢叔东佘唱和诗追忆先师樗寮先生即依原用昌黎寒食日出游诗韵》《和顾丈韦人花朝日过饮小斋口占见赠原韵》《钟庾山、姚明之同以七月十八日诞生，今岁适合百龄，同人集南埭草堂，即席用明之赠诗原韵》《四时仕女图》《次韵答韦人丈贺生子》等。而咸丰四年（1854）秋姚子枢故去不久，张尔耆即避乱至“松郡九峰”的小昆山，如《藤寮初稿》有《粤贼连陷江宁、镇江、扬州，下流告警，避居小昆山丙舍有作》，此后经年，复因战乱频仍往返家宅与山居之间，如《藤寮续草》有《上海寇警》《再徙昆山宗祠》，《浮家小草》有《寇警日近，移居小昆山》《返棹昆山途中感作》等诗，在惶惶不可终日有如惊弓之鸟的避难日子里，恐无安逸拜读并过录黄小田批语。因而，生活相对较为平静的咸丰三年至咸丰四年（1853—1854），乃张尔耆与黄小田相往还并借阅、过录其《红楼梦》评点的适宜时期。

当然，必须要指出的是，截止到目前尚未发现黄小田与张尔耆直接交往的线索，那么这就不排除另一种情况，即杨葆光借阅黄小田手批本后，因事暂存张尔耆等戚友处，张尔耆得以先期过录。由本章第一节可知，咸丰十一年（1861）至同治元年（1862）正月，杨葆光在松江府金山、上海诸县参军征战，马蹄声碎，争锋寰宇；而因“击碎唾壶缘底事，年过三十未封侯”（《苏盦诗录》卷一《京口除夕》其一），同治元年（1862）二月杨葆光于两淮盐运使兼办江北粮台的乔松年麾下任职，直至同治三年（1864）二月游幕溧阳。在扬谋职期间，杨葆光勤于公务，行程匆匆，仅中秋节匆返松郡与家人团聚，连除夕都在镇江度过。“一钱羞涩压空囊，贫病经年历劫长。安命已判捐靓服，持家尤苦厄黄杨。米盐半是伤心物，葠术都非却疾方。乱后光阴皆琐计，累君转尽九回肠”（《苏盦诗录》卷一《乱后》），这首写给内子的诗篇既道出妻室持家的辛苦，也倾诉了自己因生计维艰而疲于奔命的无奈心境。因而，咸丰十一年（1861）春杨葆光向黄小田借阅《红楼梦》手批本后至同治元年（1862）宝文堂刊本《新增批评绣像红楼梦》出版，应无闲暇阅读并过录，而不排除将黄评本暂放戚友处，从而促成张尔耆过录为“录出本”。从《订顽日程》所记文字来看，或携带不便或珍爱青睐，杨葆光常将诗书画册等暂存韩扬生处，如同治七年（1868）十二月二十六日“人事”条“略取扬生处前存书画碑帖”，同治十二年（1873）三月初七日“人事”条“发行李到扬生南埭草堂新宅，地板一间可以关锁，甚好”、四月初三日“人事”条“以租簿、单契及王、钱两画卷交扬生处，收棕箱内”等，韩扬生家族为松郡闻名遐迩的藏书世家，有读有用书斋等藏书之所，杨葆光将寄存之物置放于此为合适之选。而韩扬生与张尔耆同居娄县且韩扬生又为张尔耆甥婿，张尔耆借此校阅黄小田批语毫不意外。那么，在同治三年（1864）二月赴溧阳之前，杨葆光有否自张尔耆处取回黄评本的可能性呢？杨葆光《苏盦文录》卷一《题蒋卓如梦归图记》云“癸亥之秋，归自吴陵，与卓如别一年矣”，可见同治二年癸亥（1863）秋，杨葆光曾于扬州府返归松江，这在张尔耆《夬斋日记》[①]中也得到了印证。《夬斋日记》同治二年（1863）“八月二十七日，晴。蓼洲来现寓菜花泾何子美焚余之屋”、“八月二十八日，阴晴。……夜饭后，古酝自浦东回来晤，知近在江北粮台，现奉差赴沪，顺到郡城一看……”其后，八月三十日、九月初一日等俱有杨葆光在张氏寓所用饭会友的记载，知同治二年（1863）八九月间杨葆光借“奉差赴沪”之机与妇兄张尔耆多有往来，故从张尔耆处取回黄评本的可能性也是存在的。

综上，因“夬斋妇兄”张尔耆与黄小田评点的关系除杨葆光过录本第百二十回回末遗有2条相关题记外，再无其他文字，故而对张尔耆过录黄小田批语的历程只能作一番合理性推测：一为咸丰三年至咸丰四年（1853—1854）间，张尔耆与黄小田通过共同的朋友姚子枢而结识，其后张尔耆向黄小田借阅《红楼梦》手批本并过录为“录出本”；一为咸丰十一年（1861）春杨葆光向黄小田借阅《红楼梦》手批本后因辗转异地为稻粱谋而无暇过录，故暂放于张尔耆、韩扬生等戚友处，至同治三年（1864）二月赴溧阳前夕，张尔耆抄为完整的百廿回“录出本”，并为光绪元年（1875）十一月下旬杨葆光第二次过录提供物力支持。在两种可能中，笔者更倾向于第一种[②]，但因缺乏更为翔实具体的文献，

① ［清］张尔耆撰：《夬斋日记》，上海图书馆藏抄本。笔者感谢董义德先生代查此一资料。

② 下面各章节及“附录”《黄小田年谱简编》中关涉张尔耆过录黄小田评点的文字，亦采第一种可能性。

只能止步于此。

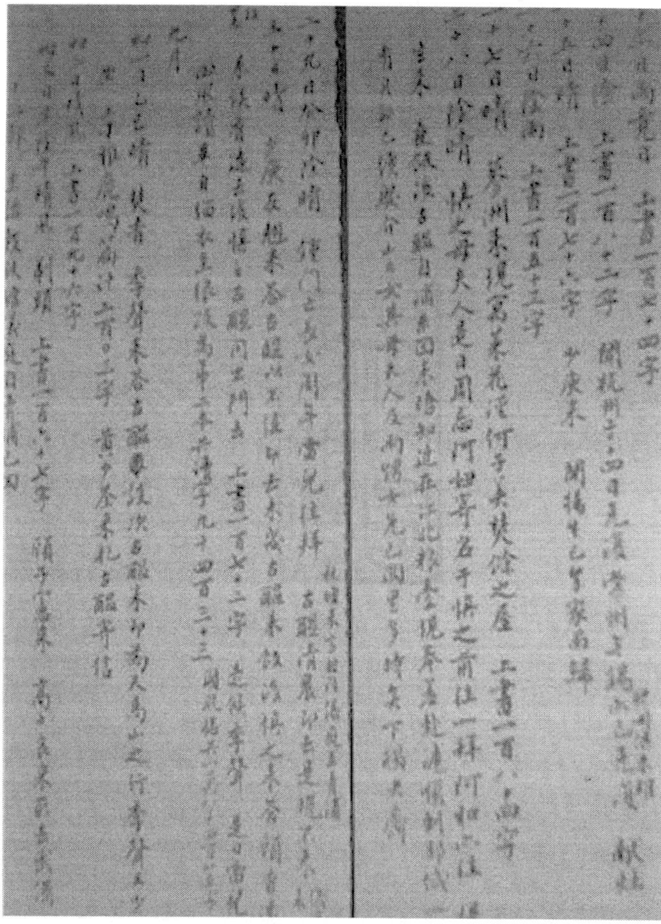

张尔耆《夬斋日记》书影

三、“韩子扬生、张子心庵”及其“亦与焉”的实际所指

在《杨葆光首次过录黄小田〈红楼梦〉批语的时间问题》一文中，笔者指出：

薛文言：“从杨葆光的识语‘韩子扬生、张子心庵亦与焉’看，此句当是承接前句‘复从夬斋妇兄假录出本续成之’，指韩载阳和张心庵也将所藏的有关黄小田批语的《红楼梦》借给杨葆光。且《订顽日程》中也提到杨葆光曾向韩载阳借过《石头记》。故‘与’当指‘给’，而非‘参与’，不是指他们‘协助’杨葆光完成了过录的工作，而是他们将自己所藏的《石头记》借给了杨葆光。”——说韩载阳和张心庵也藏有黄小田批语的《红楼梦》，在无确凿文献资料佐证的情况下，本文认为不能妄下断言。

实际情况确然如此。在杨葆光过录本第百二十回回末题记及其《订顽日程》所载向张尔耆、韩扬生等取还《红楼梦》的文字中，杨葆光能予确认的只有“夬斋妇兄”张尔耆藏有黄评本的录出本，因为杨葆光过录本第百二十回回末题记中特别提到了“复从夬斋妇兄假录出本续成之”，但并未明确提及韩扬生、张心庵“也将所藏的有关黄小田批语的《红楼梦》借给杨葆光”。本部分将对韩扬生、张心庵二人的生平进行详考，以探二人“亦与焉”的实际所指。

（一）关于韩扬生

关于韩扬生的生平，本章第一节已有简单介绍，主要源于杨葆光《订顽日程》所附《戚友姓编》“韩”姓条目“道光朝：载阳，号扬生，渌卿子。以赀为郎。张宜人之甥婿。刻成遗书，能述父志”。而民国《华娄续志残稿》“韩应陛（父璜、子载扬、孙德麟）”条对韩扬生家世生平介绍更详：

> 韩应陛，字绿卿，娄县人，改归华亭籍[①]。父璜，字瘦山，端谨慈惠，乐善不倦，司普济堂义仓事。佐修城，建古山水桥。岁饥，两赈灾，捐田创助葬局。自奉甚俭。鉴藏古名人书画尤精。卒年七十二。应陛，道光二十四年举人，笃志好学，为文古质简奥，工历算术，与金山顾观光校刊《几何原本》十五卷，复手校重学、气学、光学、声学诸书。善画梅。著有《读有用书斋杂著》。子载扬，字阳生，端谨有父风，入资为户部郎中。孙德麟，字子玉，英才好学，惜早卒。（据《府续志》并今采）[②]

① 张文虎《舒艺室诗存》卷五《感逝二十首》其四“读必有用书，吾党韩子夏”一诗为怀韩应陛而作，诗后注云“娄县韩绿卿中翰讳应陛”，言韩应陛为娄县人，则本书采张说。

② 松江县地方史志编纂委员会点校：民国《华娄续志残稿》卷九“人物志补遗（明）”。

因属志书，其中人物字号往往混淆不清，如韩应陛“字绿卿”，实为字鸣唐，“号绿卿”。但对韩扬生的介绍，基本无误，“载扬”亦作“载阳”，“扬生”亦作“阳生”。另据姚椿《皇清敕授修职郎候选县丞晋文林郎韩瘦山翁墓志铭》“……子一，应陛，道光甲辰科举人，守君之教维谨。孙一人，伯阳”[①]，知韩扬生原名伯阳。光绪二十四年（1898），杨葆光于《订顽日程》闰二月十五日“人事”条写下“知韩扬生凶耗，伤哉！非为贫也”，并于二十三日“著作”条记下“挽韩扬生联，云：长君十二年，溯总角论交，世上心交能有几；滞予五百里，怅归期屡误，寝门恸哭竟无从”，杨葆光生于道光十年（1830），“长君十二年”，则韩扬生应生于道光二十一年（1841），卒年五十八岁。韩扬生家族为藏书之家，关于其门五世藏书、护书的事迹，李军撰有《松江读有用书斋韩氏家世考》[②]一文可参看。

综合以上韩扬生生平履历，撮其要而成小传如下：

> 韩载阳（1841—1898），又作载扬，原名伯阳，字阳生，一作扬生，江苏松江府娄县人，内阁中书、藏书名家韩应陛子。以赀为户部郎中。洪杨之乱，力保家族藏书。同治九年（1870）刊乃父遗著《读有用书斋杂著》二卷（附顾翼之《安素堂诗谜集》）。

此外，由杨葆光《戚友姓编》知韩扬生为“张宜人之甥婿”，也即张尔耆甥婿，则张尔耆为其舅氏，杨葆光为其姨丈。另由张尔耆子张锡恭《韩君子玉墓志铭》“予与君同出于席，君母于先妣为侄”[③]，知张尔耆室席氏为韩扬生室席氏的姑母，则张尔耆亦为韩扬生姑丈。既为舅父，又为姑丈，张尔耆与韩扬生可谓亲上加亲。

由民国《华娄续志残稿》称韩扬生祖父韩璜“鉴藏古名人书画尤精”，知韩应陛成为藏书大家也是渊源有自的，其广搜秘籍，时人多有称誉，如张文虎《怀旧杂记》卷三称韩应陛“生平收藏图籍古器甚富”、张尔耆《浮家小草·韩绿卿中翰挽诗》言韩应陛“君尤好奇广罗致，宋元善本蒐郧曹”、杨葆光《苏盦诗录》卷四《岁莫感旧·同邑韩绿卿中翰（应陛）》诗云“好

---

① ［清］姚椿撰：《晚学斋文集》卷九，见《清代诗文集汇编》第522册。

② 李军：《松江读有用书斋韩氏家世考》，《中国典籍与文化》2012年第4期，第62-70页。

③ ［清］张锡恭：《韩君子玉墓志铭》，见《清代诗文集汇编》第786册《茹荼轩续集》卷六。

古探奇足品题，铜香供养目应迷。不图文字艰深甚，绝学搜求到泰西（君笃嗜金石，颜其室曰铜香供养，精算学及西法、重学、光学，皆心知其意，手订成书）”、缪荃孙《华亭韩氏藏书记》述韩应陛“当乾嘉盛时，苏州黄荛圃士礼居藏书甲天下，晚年于玄妙观前开滂喜园书铺，生前已分与友人，殁后书尽出。先生与常熟之瞿，金山之钱，上海之徐、郁同时收书，玉轴牙签，名钞旧刻，所积约十余万卷”[①]，等等。顾莲《素心簃集》卷三《户部广东司额外郎中韩君墓志铭》[②]对韩应陛亦言甚详明。这样一个珍秘庋置、典籍阜盛的藏书之家，收有几套《红楼梦》是毫不奇怪的。也正是受此书香飘漾、诗情摇曳的熏陶与影响，韩扬生在承守世学外，能对时尚说部《红楼梦》萌生雅趣并心生好感也在情理之中。杨葆光《苏盦诗录》卷七有《七月之杪将赴杭州，置酒与诸友戚为别，会者凡二十六人，各赠一诗，又次雁荡、天台杂咏二十六韵·韩扬生部郎又韵》一诗：“与子天真契，如登说法台。里门翻似客，襆被几番来。校字书频借，深谈漏尽催。独怜豪兴减，莲社淡宗雷（曩时壮之、孟则与君皆豪饮，今亦衰退矣）。”诗篇虽言韩扬生为校字而向杨葆光借书，但以韩氏藏书之富名驰江南，杨葆光为过录黄小田批语而向韩扬生借其所藏《红楼梦》也是意料中事。因此，《订顽日程》同治十二年（1873）四月十八日“人事”条“交扬生《石头记》二”、光绪元年（1875）十一月二十四日“人事”条“取还扬生《石头记》”等所记杨葆光向韩扬生借阅《红楼梦》应为《红楼梦》的不同刊本。此外，韩扬生出身于藏书世家并克绍家风、浸淫其中，识见自然不俗，且具有较强的文化保护意识，同时，在“开口不谈《红楼梦》，此公缺典定糊涂”[③]的时代热潮中，在文人墨客评点吟哦各展才智的谈红氛围下，对读红之论、批红之作自是眼光独具，又兼黄小田与自己有亲戚关系，使其遗作流传霄壤，既聊表晚辈寸心，又不负后学所钦，故而在校书闲余，承姨丈杨葆光之约，共襄斯役。从同光年间张尔耆录出本与杨葆光过录本双峰并峙，到如今杨葆光过录本一枝独留，韩扬生“亦与焉”之心力显未空付。

---

① 缪荃孙：《华亭韩氏藏书记》，见《艺风堂文漫存·癸甲稿》卷三，民国刻本。

② ［清］顾莲撰：《素心簃集》卷三，民国寒隐草堂刻本。

③ ［清］梦痴学人撰：《梦痴说梦》，见一粟编《古典文学研究资料汇编·红楼梦卷》，第二一九页。

（二）关于张心庵

在协助杨葆光过录黄小田批语的三人中，张尔耆与韩扬生的史料并不鲜见，独张心庵的身份一时成谜。薛红娟《杨葆光过录黄小田〈红楼梦〉批语的几个问题》一文根据杨葆光《苏盦文录》卷一《张心庵深山补读图记》、《苏盦诗录》卷七《七月之杪将赴杭州，置酒与诸友戚为别，会者凡二十六人，各赠一诗，又次雁荡、天台杂咏二十六韵·张心庵同学（锡让）石梁韵》及《订顽日程》等资料，认为“心庵当为其字或号”“张心庵即为张锡让”“张心庵也是娄县人”及杨葆光于“《订顽日程》中多次提到他与张心庵的交往”。拙文《〈红楼梦〉杨葆光批语散论》则增补一条来自《申报》光绪六年（1880）8月12日所刊《松江扬仁社书画捐赈》中的资料：“张心庵，娄县（今松江）人，擅画芦雁，参加松江扬仁书画社。光绪六年（1880）畿辅水灾，绘芦雁画义卖赈灾。”但因文献阙如，拙文亦作出“他和同样是松江藏书大家的韩载阳共同襄助杨葆光完成了《红楼梦》黄小田批语的过录工作，而他借给杨葆光的当是嘉道以降盛行于坊间的《红楼梦》的不同刊本”的误判。

此外，拙文同时还提供了另外两则材料。一为孔夫子旧书网上署为“云间张心庵藏本，钱塘许庚身题签”的白纸线装“光绪丙戌冬日上海积山书局石印”《冷吉臣白描画册》，画册后有识语：“江友人怂余石印，与《万寿盛典图》并传，余不敢思秘也，书数语以付之。时光绪柔兆阉茂中秋后一日古娄张锡让心庵甫识于申江寓斋。”（如下页图）识语款署“古娄张锡让心庵”，与《松江扬仁社书画捐赈》所载“张心庵，娄县（今松江）人”及杨葆光《张心庵同学（锡让）石梁韵》的有效信息均相叠合。第二则材料为王珏《石印本〈复古编〉非北宋张有撰考辨》一文中介绍的光绪十三年（1887）上海积山书局所刊石印版《复古编》，该书牌记为：“光绪丁亥六月上海积山书局石印云间张心庵藏。”而张心庵所藏《冷吉臣白描画册》及《复古编》在杨葆光《订顽日程》中皆得到证实，《订顽日程》光绪十四年（1888）六月初五日“人事”条“心庵以《复古编》十部、《历朝纪事本末》托销”，同日“酬酢”条“心庵来，送吉臣画谱、江集六本、《三异笔谈》二本”。张心庵曾托杨葆光售其所藏《复古编》，而从今见于《北京图书馆普通古籍总目》中的“云间张心庵藏”《复古编》，知该书被杨葆光成功售卖。《订顽日程》所载张心庵送与杨葆光的“吉臣画谱”为上海积山书局石印《冷吉臣白描画册》无疑，画册识语款署中的“柔兆阉茂”即丙戌年，“光绪柔兆阉茂中秋后一日”即光绪十二年丙戌（1886）八月十六日，该年冬上海积山书局石印，所以才有两年后即光绪十四年（1888）六月初五日张心庵赠书事。故两则资料可确证张心庵即张锡让，娄县人，与杨葆光交好。张心庵与杨葆光、张尔耆、韩扬生皆为娄县同乡，那么，除同乡之谊外，他与此三人间有否更为亲近的关系呢？张尔耆子张锡恭一语点破。

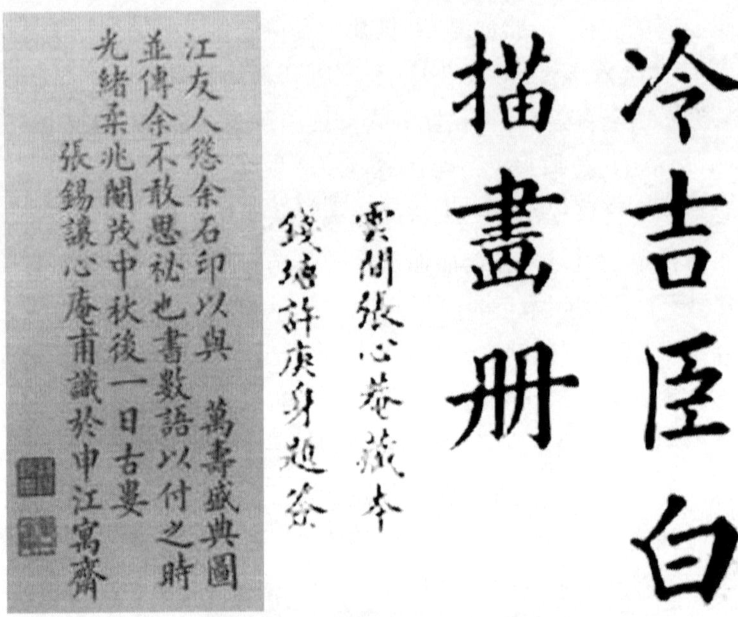

上海积山书局石印张心庵藏本《冷吉臣白描画册》书影

张锡恭《先嫂王孺人行述》云：

光绪三年十有二月六日，先嫂王孺人卒。越二十一日，其叔锡恭以平日受教之深知其所以处长幼侪辈间者，有合乎孝悌慈之道而可为家范用，就见闻所及，敬纂次之。

嫂系出琅琊王氏，父讳庆森，华亭附贡生。有女三人，嫂其次也。嫂性严而和，情专以挚。……年二十有八嫔伯兄锡让，兄固从祖叔父丱卿公次子，嗣为大人后，素患肝厥，遇不如意事辄疾作，自后偶有小忿，嫂随时以孝悌之谊陈之，必使心气和平而后已。……

……

鸣呼！嫂今没矣，嘉言懿行不可得而闻见矣。窃敢以平时所稔悉者敬为志其颠末，以示族人。庶几观于此者，孝悌慈之心或亦油然而生尔，至于勒之箴铭，传之《列女》，著为闺范，敢以俟当代之立言不朽者。①

由《行述》"年二十有八嫔伯兄锡让，兄固从祖叔父丱卿公次子，嗣为大人后"，知张锡让本为张尔耆从弟的次子，后嗣为张尔耆子。原来张心庵为张尔耆嗣子，其真实身份始水落石出。顾莲《素心簃集》卷三《张夬斋先生墓志铭》"初先生以从弟某某次子锡让为嗣"②也可为证。张尔耆《夬斋近稿·古酝集吾家故事作书画见贻赋谢》其二云："谷阳门外水东流，四目张仙石像留。底事读书真种子，眉山犹待露香求（时余无子，故及之）。"张尔耆生于嘉庆二十年（1815），作诗时为咸丰四年（1854），年四十仍无子，故有过继张心庵为嗣子事。由曹元弼《纯儒张闻远徵君传》"甲子七月，君以积病后避难封八图，没于衡甫家，年六十有七"，知张锡恭卒于民国十三年甲子（1924），生于咸丰八年（1858），其呼张心庵为"伯兄"，亦证张心庵年长，其或生于道光末期咸丰初年。另，现藏松江博物馆的杨葆光《订顽日程》自光绪二十二年至光绪二十七年（1896—1901）每年所记皆有散佚，光绪二十六年（1900）、光绪二十七年（1901）更是全年散佚，关于张心庵的行踪止于光绪二十二年（1896），该年正月初七日"酬酢"条"扬生伉俪俱出送。闻远、心庵、稼轩俱到船……"故推其卒年或为光绪末期民国初年。

综合以上所考张心庵家世生平，撮其要而成小传如下：

张心庵，名锡让，江苏松江府娄县人，夬斋先生张尔耆嗣子，近代著名礼学家张锡恭兄。擅绘芦雁，曾入松江扬仁书画社。

张心庵为张尔耆嗣子，则其与杨葆光、韩扬生、黄小田等皆有婚娅关系。由杨葆光《苏盦诗录》卷七《七月之杪将赴杭州，置酒与诸友戚

① ［清］张锡恭：《先嫂王孺人行述》，见《清代诗文集汇编》第786册《茹荼轩续集》卷五。引文原文未分段，这里分段录示。

② ［清］顾莲撰：《素心簃集》卷三，民国寒隐草堂刻本。

为别，会者凡二十六人，各赠一诗，又次雁荡、天台杂咏二十六韵·张闻远茂才（锡恭）右军墨池韵》“杭州遗泽在，待尔起池龙（外父杭州公为茂才本生祖）”句，知杨葆光岳丈为张锡恭祖父，张锡恭呼杨葆光为姑丈，则杨葆光亦为张心庵姑丈。韩扬生为张尔耆甥婿，则其与张心庵为同侪表亲。黄小田为韩扬生表外祖，亦为张心庵表外祖辈。正因彼此间连络有亲，杨葆光第二次过录黄小田批语时，张尔耆、韩扬生、张心庵等倾力支持，提供便利。

《订顽日程》中述及黄小田批语过录时有一令人感到奇怪的问题，杨葆光频向张尔耆、韩扬生等借阅、归还《红楼梦》，如同治十二年（1873）四月十八日“人事”条“交扬生《石头记》二”、光绪元年（1875）十一月二十四日“人事”条“取还扬生《石头记》，借伊卿十五本”、光绪二年（1876）正月十五日“人事”条“还伊卿《石头记》讫”等，唯独没有向张心庵取还《红楼梦》的记载。考出张心庵为张尔耆嗣子，此一疑惑方得以解开，自己的父亲本有黄评本的录出本，又何来自己“也将所藏的有关黄小田批语的《红楼梦》借给杨葆光”呢？故此，杨葆光过录本第百二十回回末题记中的“张子心庵亦与焉”也就有了答案。结合梁白泉《杨葆光过录黄小田〈新增批评绣像红楼梦〉评语录后》一文指出的“杨葆光过录时，有两个人的笔迹，全用墨笔”及李汉秋、陆林辑校本“前言”提及的杨葆光过录本“眉批有二、三人笔迹”，则张心庵“亦与焉”乃指其协助杨葆光过录黄小田批语，抄录过程中，张心庵也或起到中转传递的作用，他从张尔耆处取来各册录出本，并送抵杨葆光宅供其过录，待杨葆光过录完毕，再由他送还乃父。而韩扬生除借与杨葆光坊间不同刊本的《红楼梦》外，亦或同张心庵一道襄助杨葆光抄录黄小田批语。这才是“韩子扬生、张子心庵亦与焉”的实际所指、真正所指。

黄小田《红楼梦》评点自道咸间写成，并流传至今，杨葆光积极过录厥功至伟，赖其存世诗文日记及由此关合的各种文献资料，我们方考得其迻录过程中提供鼎力支持的张尔耆、韩扬生、张心庵等有功之人的真实身份。由《订顽日程》光绪九年（1883）十二月二十九日“人事”条“刻苏盦文、骈文、诗词成”，知杨葆光所著《苏盦集》十六卷刻于该年，而其卒于中华民国元年（1912），其间凡三十年之生活、宦况、交游等信息，或以碎片化形式呈现于世间某一隅，或散落于戚友诗文之中，《订顽日程》

虽有接续，但也仅下讫光绪二十七年（1901），而终难拼接完整的记忆，复原畴昔的场景，令人满可遗憾。故而本章对杨葆光、张尔耆过录黄小田批语历程的考论中，如杨葆光究竟是哪一年开始过录黄小田批语、张尔耆是先杨葆光抄录黄小田批语为“录出本”还是杨葆光借阅黄评本后暂放张尔耆等戚友处而促成张尔耆抄为“录出本”等，目前还停留在推考阶段，心庵是张锡让的字还是号及其生卒年等也因文献阙如而暂时搁置，对以上诸问题，笔者心欲突破而力不逮，只能留待新史料的发现并寄希望于研红同道。

第四章　黄小田评点的影响

张庆善在《一位鲜为人知的〈红楼梦〉评点家——黄小田〈新增批评绣像红楼梦〉评点初探》一文开篇曾说："在过去很长的一段时间里，一说到《红楼梦》评点，似乎只有护花主人王希廉、太平闲人张新之和大某山民姚燮，即人们通常所说的三大评点家。"确如张先生所言，"三家评在清代有着广泛的影响"[①]，王希廉、张新之两家评点不仅各曾以单行本刊印，至光绪年间，还出现了二人或三人的合评本，如《增评补图石头记》王姚评本，《增评补像全图金玉缘》王张姚评本等，"三大家"评点确乎名驰宇内。而谈及黄小田评点，却声名甚微，甚而自其约于咸丰二年（1852）完成评点后的一百多年间始终不为外界所知，只于戚友小范围内流传，故而谈及其评点对时人的影响，是颇为不振的。杨葆光、张尔耆郎舅在过录黄小田评点时曾写下相关文字，这些文字无疑是他们研读《红楼梦》文本和黄小田批语的心得与感受；黄小田避难松江期间，同著名校勘学家南汇张文虎交契最深，而张文虎亦有涉红点滴存世，其受黄小田影响无疑；杨葆光学识淹博，交游甚广，其中不乏谈红之士，这些人或是黄小田批语的受众之一。本章即简论黄小田评点的影响，凡"黄小田评点对杨葆光的影响""黄小田评点对张尔耆的影响""黄小田评点对张文虎的影响""黄小田评点对朱昌鼎的影响"等四节内容。

① 张庆善:《一位鲜为人知的〈红楼梦〉评点家——黄小田〈新增批评绣像红楼梦〉评点初探》，第 219 页。

第一节　黄小田评点对杨葆光的影响

虽然张尔耆先杨葆光过录黄小田批语为百廿回完璧，但保存不善，如今渺然不知所踪，而杨葆光抄录虽晚，显然保存更为得力，其过录本直至被南京博物院购藏，不仅如此，其间夹杂的十余条自己有感而发的批语亦为学界所知。解读杨葆光这十余条研红批语，颇可觇视其读红研红的思想观点和艺术见解，同时，这些批语是在过录黄小田批语的间隙写下的，对拓展黄小田批语研究不无裨益。

一、黄小田批语中夹杂的12条杨葆光批语

按梁白泉《杨葆光过录黄小田〈新增批评绣像红楼梦〉评语录后》一文统计，杨葆光批语凡13条[①]。笔者进行了仔细梳理，梁先生所认为的杨葆光13条批语包含了第百二十回回末题记中“曩尝从先生假手批本，录未竟，先生文孙索去……”一条，实则这条题记算不得批语，其乃记述过录历程的跋语，故而杨葆光批语实际应为12条，为便于下文解读，兹录示如下：

① 葆光于此有悟，为加墨圈。（第八回“白骨如山忘姓氏，无非公子与红妆”处）

② 彩云此事及不理宝玉一节，皆可节取，不得因环儿之故而鄙薄之。红豆词人。（第六十一回“彩云道：‘我干的事，为什么叫你应，死活我该去受。’”处）

③ 好，连门上舅舅的谎都圆过来了。红豆词人。（第六十一回平儿说“那茯苓霜也是宝玉外头得了的，也曾赏过许多人。不独园内人有，连妈妈们讨了出去给亲戚们吃，又转送人。袭人也曾给过

① 梁白泉：《杨葆光过录黄小田〈新增批评绣像红楼梦〉评语录后》，第175页。

芳官一流的人。他们私情，各自来往，也是常事”处）

④ 即此便非佳兆。红豆词人。（第六十六回“（尤三姐）说着将头上一根玉簪拔下来，磕作两段，说：‘一句不真，就合这簪子一样！’”处）

⑤ 其实此物之到王夫人手里，以为定是凤姐之物，亦邢夫人之有以导之也。红豆词人。（第七十四回“凤姐听得，也更了颜色，忙问：‘太太怎么知道是我的？’”处）

⑥ 沏茶，京话也，改作泡，谬极。红豆词人。（第八十一回“到了午后，宝玉睡了中觉起来，甚觉无聊，随手拿了一本书看。袭人见他看书，忙去泡茶伺候”处）

⑦ 贾政既知宝玉干妈，何以不知为赵氏所使？政老非特至愚，且亦惑溺。红豆词人。（第八十一回“王夫人道：‘才刚老爷进来，说起宝玉的干妈竟是个混账东西，邪魔外道的。’”处）

⑧ 宝玉与黛玉说芸儿事，真是妙想妙文，不可思议。红豆词人又评。（第八十五回回末评）

⑨ 袭人说使得便使得，说使不得便使不得，可见袭人是罪魁祸首。红豆词人。（第八十九回“麝月笑道：‘这是二爷的高兴，我们可不敢。’袭人道：‘其实也使得，我们一处喝酒，也不止今日。只是偶然替你解闷儿，还使得；若认真这样，还有什么规矩体统呢。’”处）

⑩ 要没有我便没有我矣，然尚早。要没有我，《红楼梦》亦做不成矣，呵呵。红豆词人。（第九十一回“只见宝玉把眉一皱，把脚一跺，道：‘我想这个人，生他做什么！天地间没有了我，倒也干净！’”处）

⑪ 据此批，则旁添“豪杰”字非，且二字亦不切。红豆词人。（第九十二回“若是那些艳的，王嫱、西子、樊素、小蛮、绛仙等，妒的是秃妾发、怨洛神等类也不少，文君、红拂，是女中的……”处）

⑫ 此改恐误。红豆词人。[①]（第百十七回贾琏说“如今妙玉不知那里去了，所有的根基，他的当家女尼不敢自己作主，要求府里一个人管理管理”处）

---

① 李汉秋、陆林辑校本漏掉此条批语。

以上即杨葆光过录黄小田评点时随手写下的12条批语。可以发现，杨葆光在自己的批语后面皆具“红豆词人”款署（或在批语中直点自己名字），以示与黄小田批语的区分，无哗众取宠之嫌，可见，他对待过录事宜是持谨慎而又认真的工作态度的。

二、对杨葆光批语的校读

黄小田批语凡三千多条，于杨葆光而言，工程量浩大，誊录应是最主要的工作，而他在繁重的过录之余，还能拈笔作批，足见对《红楼梦》一书的喜爱之情。杨葆光批语虽仅有12条，但涵盖了人物形象分析、故事情节鉴赏、版本异文校勘等诸多方面，值得详加探讨。

（一）关于人物形象分析的批语

以上12条批语中的第②、③、⑤、⑦、⑨等5条批语，属于人物形象分析。

黄小田曾言《红楼梦》“是书言情，无所不有”（第六十一回眉批），而他将王夫人的丫鬟彩云定位为“不近人情之情”（第六十一回眉批）。何为“不近人情”？主要指小说第六十与六十一回中闹得沸反盈天的“玫瑰露”事件。彩云趁贾母、王夫人等入朝随祭老太妃之机偷出王夫人房中的玫瑰露给贾环，后玉钏儿发现“正房内失落了东西，几个丫头对赖，没主儿”，阴差阳错中拿大观园小厨房内柳家的女儿柳五儿来顶缸，后平儿明察暗访，宝玉主动担下此事，“就说是我吓他们玩的，悄悄的偷太太的来了”。为防止“他们以后越发偷的偷不管的不管了”，平儿在怡红院当着众人的面对玉钏儿与彩云称“不用慌，贼已有了”并说明宝玉揽下的原因，之后小说中有这样一段对话描写：

> 彩云听了，不觉红了脸，一时羞恶之心感发，便说道：“姐姐放心。也不用冤屈了好人，我说了罢，伤体面，偷东西，原是赵姨奶奶央告我再三，我拿了些与环哥儿是情真。连太太在家我们还拿过，各人去送人，也是常有的。我原说嚷过两天就罢了；如今既冤屈了好人，我心也不忍。姐姐竟带了我回奶奶去，我一概应了完事。”
>
> 众人听了这话，一个个都咤异他竟这样有肝胆。宝玉忙笑道：

> “彩云姐姐果然是个正经人。如今也不用你应，我只说是我悄悄的偷的吓你们玩，如今闹出事来，我原该承认。我只求姐姐们以后省些事，大家就好了。”彩云道：“我干的事，为什么叫你应，死活我该去受。”平儿袭人忙道：“不是这样说，你一应了，未免又叨登出赵姨奶奶来，那时三姑娘听了，岂不又生气。竟不如宝二爷应了，大家无事；且除这几个人，皆不得知道，这样何等的干净！但只以后千万大家小心些就是了。要拿什么，好歹等太太到家，那怕连这房子给了人，我们就没干系了。”彩云听了，低头想了想，方依允。

黄小田说彩云“不近人情”及杨葆光批语“不理宝玉一节”，则指宝玉主动揽责而“彩云道：‘我干的事，为什么叫你应，死活我该去受。’”显然，彩云在说出事情的来龙去脉后，并未考虑到由窝主赵姨娘会伤及探春颜面这一层，直到听了平儿、袭人的一番解释，才“低头想了想，方依允”。应该说，在这次“玫瑰露”事件中，彩云的确扮演了一个不甚光彩的角色，别的在其次，委实不应栽赃嫁祸，“可恨彩云不但不应，他还挤玉钏儿，说他偷了去了”，结果导致“两个人‘窝里炮’”而“吵得合府皆知”。彩云偷拿玫瑰露，系送给与之交好的贾环，而贾环无论是在书内还是在书外都是一个不讨巧的角色，后四十回续书更是放大了其人性中恶的部分，将其塑造成“宿娼滥赌，无所不为”（第百十七回）且串卖巧姐的恶少形象，彩云这样一个青春女儿，与贾环这样一个浪荡公子交好，从心理接受角度而言，这是读者所不愿也不希望看到的。显然，杨葆光对大多数读者看待彩云、贾环相恋所持的态度了然于胸，故而在“彩云道：‘我干的事，为什么叫你应，死活我该去受。’”处批曰：“彩云此事及不理宝玉一节，皆可节取，不得因环儿之故而鄙薄之。”批语意在提醒读者评判人物，心中应有一个公允的衡量标准。何为公允？杨葆光提到了“节取”一词。《左传·僖公三十三年》：“《诗》曰：‘采葑采菲，无以下体。’君取节焉可也。”杜预注曰：“葑菲之菜，上善下恶，食之者不以其恶而弃其善，言可取其善节。”后以“节取”指取其善节即好的部分。那么，在这次沸沸扬扬的“玫瑰露”事件中，扮演了不甚光彩角色的彩云又有何“光彩”之事而言呢？按杨葆光批语“彩云此事及不理宝玉一节，皆可节取”，包括以下两方面：

首先，彩云偷露，其情可悯。彩云与贾环交好，在贾府年轻公子哥与女奴间是尽人皆知的事情，第三十回宝玉同金钏儿调情，金钏儿说“我告诉你个巧方儿，你往东小院子里头拿环哥儿和彩云去”即为明证。对彩云交好贾环，涂瀛骂其“淫且贱也”[①]，二知道人（蔡家琬）则认为“彩云置宝玉于度外，独恋恋于贾环，非无目者也，非不辨妍媸也，与其妍而争，不若媸而独”[②]，言辞较为平和，立场也较客观。尽管贾环形容猥琐、行为可厌，但他与彩云也是一对痴情小儿女，二人之间也有浓情涌动、蜜意波澜，比如与这次“玫瑰露”事件同时发生的“茉莉粉”事件。小说第六十回，贾环同贾琮去问候宝玉时，看到蕊官送与芳官擦春癣用的蔷薇硝而向宝玉索要，因系赠送之品，芳官欲送自己平常使用之物，恰奁盒无存，便拿了一包茉莉粉，“贾环见了，喜的就伸手来接，芳官便忙向炕上一掷。贾环见了，也只得向炕上拾了，揣在怀内，方作辞而去”，此时贾环的心情是高兴而又雀跃的，即使芳官以“向炕上一掷”而公然欺侮，贾环也未在意，其迫见彩云之心活跳纸上。当他听彩云说“这是他们哄你这乡老儿呢。这不是硝，这是茉莉粉”，也未面露不悦，而是笑答“这是好的，硝粉一样，留着擦罢，横竖比外头买的高就好”，为了心上人而委曲求全，为了心上人而不计羞辱，贾环其情可赞。正是对彩云怀着满腔情愫，当“玫瑰露”事件以宝玉揽责而了结后，贾环“便起了疑心，将彩云凡私赠之物都拿出来了，照着彩云脸上摔了下来，说：‘你这“两面三刀”的东西！我不稀罕。你不和宝玉好，他怎么肯替你应？你既有担当给了我，原该不与一个人知道；如今你既然告诉了他，我再要这个，也没趣儿。’”贾环虽误解了彩云，但此一误解过程中所表现出来的敏感与多疑，凸显出十足的醋意及其对彩云的一片真情。贾环喜欢着彩云，彩云也同样报之以情，以此观照彩云偷拿玫瑰露给贾环，虽有赵姨娘在旁鼓动聒噪，但那也是一种爱的表现，若无痴情与痴恋，彩云也断不会顶着“贼名儿”（第六十一回袭人语）去行偷盗之事。爱情是多样的，每个人都有爱的权利和能力，大观园中滋生的爱情不只属于锦心绣腹的宝黛钗，庶出顽劣的贾环与身份卑微的彩云，也会拥有一段互相珍惜的情感。

① ［清］涂瀛撰：《红楼梦论赞》，见一粟编《古典文学研究资料汇编·红楼梦卷》，第一三九页。

② ［清］二知道人撰：《红楼梦说梦》，见一粟编《古典文学研究资料汇编·红楼梦卷》，第九八页。

其次，对彩云“不理宝玉”，评家观点不一。陈其泰在“姐姐竟带了我回奶奶去，我一概应了完事”处眉批“要知不是彩云有肝胆，是平儿一席话，使他有不得不招认之势”及“我干的事，为什么叫你应”处行间批“所谓强颜耳，非真彩云有此骨气也”，陈其泰的话也有道理。但还要考虑到，“玫瑰露”事件的起因在赵姨娘，“原是赵姨奶奶央告我再三，我拿了些与环哥儿是情真”，而事情败露后，“赵姨娘正因彩云私赠了许多东西，被玉钏儿吵出，生恐查问出来，每日捏着一把汗，偷偷的打听信儿。忽见彩云来告诉说：‘都是宝玉应了，从此无事。’赵姨娘方把心放下来”（第六十二回）。对比主仆二人东窗事发后的表现，彩云是敢作敢为、勇于担当的，如刘履芬评说：“彩云犹有气骨，胜其主多许，何弗倒上以为下。”[①]黄小田也有“彩云则有肺肠，自别有肝胆”的批语。杨葆光虽未指出彩云“不理宝玉”“可节取”之处，想来也应是对彩云这种“挺身认罪”（王希廉评本第六十一回回末评）精神的肯定。杨葆光对小说文本的解读还是比较全面的。

此外，“玫瑰露”事件中还夹杂着“茯苓霜”事件。芳官向宝玉要了些玫瑰露送与交好的柳五儿，五儿为酬赠予之情，将舅舅门上该班时分到的茯苓霜拿了些去怡红院送给芳官，正遇上林之孝家的，因司棋要吃鸡蛋羹而和柳家的吵了架的莲花儿趁机添了些话，林之孝家的听说王夫人房内被盗，故而怀疑五儿所为，五儿被审，“玫瑰露”事件与“茯苓霜”事件齐发。平儿出面访查，查清事情原委，为息事宁人，宝玉包揽全部责任，故平儿“判冤决狱”时明言“那茯苓霜也是宝玉外头得了的，也曾赏过许多人。不独园内人有，连妈妈子们讨了出去给亲戚们吃，又转送人。袭人也曾给过芳官一流的人。他们私情，各自来往，也是常事。前日那两篓还摆在议事厅上，好好的原封没动，怎么就混赖起人来”（第六十一回）平息了风波。对平儿这番风语不透、无懈可击的言辞，杨葆光为她叫好：“好，连门上舅舅的谎都圆过来了。”在这溪云初起、山雨欲来的一连串事件爆发之前，平儿和宝玉是扭转乾坤的关键人物，若无平儿留心私访，事情不会水落石出，若无宝玉主动揽责，事情不会圆满解决。在平儿一方，如其所言“‘大事化为小事，小事化为没事’，方是兴旺之家。若是一点子小事

① 王卫民辑：《〈红楼梦〉刘履芬批语辑录》，书目文献出版社1987年版，第51页。

便扬铃打鼓，乱折腾起来，不成道理”且劝凤姐“‘得放手时须放手’，什么大不了的事，乐得施恩呢……没的结些小人仇恨，使人含恨抱怨”（第六十一回），深谋高见，渊图远算，不愧凤姐打理荣府的得力助手，为此深得黄小田赞赏：“辅之以正，导之以善，而又不以庄言劝之，即眼前事，动其天良，自无不从。平儿真可爱可敬。”（第六十一回眉批）在宝玉一方，虽如凤姐所说“宝玉为人，不管青红皂白，爱兜揽事情。别人再求求他去，他又搁不住人两句好话，给他个炭篓子带上，什么事他不应承”（第六十一回），但能为女孩子们尽心尽力，保护她们免受伤害，免遭皮肉之苦，却是他最为心安意满的乐事，宝玉“无处不用情”（第二十五回黄小田眉批）且博爱之广于此可窥一斑，故而东观阁本和姚梅伯于“什么事他不应承”处侧批：“却是知己。”

由“玫瑰露”与“茯苓霜”引发的这场事件，表面上看是丫鬟间的口舌之争，实则错综复杂，事件的内里夹杂着派系之争、嫡庶之争、掌权之争等各种纷争，直如黄小田所称：“小小大观园亦有党人，家国一理也。”（第六十一回眉批）而种种盘根错节的矛盾，终于在第七十四回彻底爆发，此即“惑奸谗抄检大观园”。“抄检大观园”起因系贾母的粗使丫鬟傻大姐在园子里捡到一枚绘有男欢女爱的十锦春意袋，被邢夫人发现，送给了王夫人，由此引发王熙凤在邢夫人心腹王善保家的陪同下率众查抄大观园。在第七十四回王夫人审问王熙凤而“凤姐听得，也更了颜色，忙问：‘太太怎么知道是我的？’”处杨葆光有批：“其实此物之到王夫人手里，以为定是凤姐之物，亦邢夫人之有以导之也。”杨葆光的判断是很到位的。邢夫人与王熙凤这对婆媳本就不和，如第六十四回兴儿对尤二姐说王熙凤“如今连他正经婆婆太太都嫌了，说他‘雀儿拣着旺处飞’，‘黑母鸡一窝儿’，自家的事不管，倒替人家去瞎张罗。要不是老太太在头里，早叫过他去了”，府里下人都如此看，可见婆媳关系不睦了。而邢夫人最恨王熙凤的当是儿子儿媳协助王夫人执掌荣府管理大权，她则只能靠边站，封上绣春囊给王夫人，自是对王夫人、王熙凤当权派的嘲讽、打击和挑战，也杂有幸灾乐祸。

此外，“玫瑰露”与“茯苓霜”事件中，打击最深的无疑是柳五儿，其欲入怡红院之心不仅大灰，而且“那夜受了委屈烦恼，回去又气病了”（第六十三回）。而事件的肇始者赵姨娘依旧肆无忌惮，随心所欲，原因无他，其乃荣府实际掌权者贾政的侍妾。第八十一回王夫人同贾母等人摸牌，转述贾政的话说宝玉的寄名干妈马道婆“竟是个混账东西，邪魔外道的”，害人事发，被锦衣府捉拿入狱。杨葆光在王夫人转述贾政话处留有批语，其中“贾政既知宝玉干妈，何以不知为赵氏所使？”一句似难理解，贾政虽知赵姨娘和马道婆时相往来，但如何能获知二人密谋之事？贾政将荣府管理大权放心地交与贾琏夫妇后，便不再过问，一如第百六回贾府被抄后对贾琏所说“我因官事在身，不大理家，故叫你们夫妇总理家事”，因此，他对赵姨娘声名狼藉以及与其臭味相投者留意不多。当然，贾政对赵姨娘的平日行径也或有所耳闻，如第二十五回宝玉、凤姐遭魇时气若游丝，赵姨娘说“老太太也不必过于悲痛。哥儿已是不中用了，不如把哥儿的衣服穿好，让他早些回去，也免些苦；只管舍不得他，这口气不断，他在那里，也受罪不安”，被贾母大骂“你愿意他死了，有什么好处？”从“贾政在旁听见这些话，心里越发难过，忙喝退了赵姨娘”的表现看，贾政是深知赵姨娘的意图的，但也仅“喝退了赵姨娘”，若追根寻底，事情的元凶是不难查出的，从最后不了了之似可看出贾政对赵姨娘还是很维护的，故杨葆光批语最后一句指出“政老非特至愚，且亦惑溺”，贾政不但非常愚昧，而且还沉迷其中，沉迷什么？盖指贾政沉迷于与赵姨娘的欢悦之中，也即赵姨娘独得贾政之宠，凡事贾政睁只眼闭只眼。杨葆光此一观点或受黄小田影响，黄小田即认为贾政专宠赵姨娘，如第七十二回贾政在赵姨娘房内留宿处眉批：“赵姨娘，人所不齿也，而贾政似犹宠之，是背地为其愚弄可知。此亦暗写贾政之聋聩也。”认为赵姨娘很受贾政之宠且恃宠而骄，这是非常独到的见解。赵姨娘虽为老不尊，“倒三不着两”，却能在贾府兴风作浪，确和贾政宠爱有很大的关系，其主要原因就是生了贾环承继贾府香火，母以子贵，功在上上，就连对赵姨娘与马道婆魇魔一事猜得八九不离十的贾母也以“罢了，过去的事，凤哥儿也不必提了”来止戈宁人。

在正室王夫人及赵、周二妾中，贾政独宠赵姨娘；而在众多服侍丫鬟中，宝玉倍为宠爱袭人也是众所周知的。正因袭人得专房之宠，素日举止行为也颇为自负。如上杨葆光批语的第⑨条，也即第八十九回宝玉招呼袭人、麝月陪他一起用餐，麝月因守规矩不敢，袭人则认为“偶然替你解闷儿，还使得”，此处杨葆光有批“袭人说使得便使得，说使不得便使不得”，可以看出，杨葆光对袭人在怡红院里擅作主张且多僭越之举是颇为不满的，呼之以“罪魁祸首”，更见他对袭人这一人物形象鲜明的爱憎态度。而黄小田对袭人亦是贬损挖苦，斥其为“贪生忘耻，无情无义，乃书中第一不足取之人”（第百二十回眉批），主要原因则在于袭人先失身宝玉，后再醮蒋玉函。

（二）关于故事情节鉴赏的批语

我们读《红楼梦》最直接的感受就是人物形象栩栩如生，故事情节引人入胜，而故事情节之所以引人入胜，主要是作者对众多事件的剪裁“总不重犯，写一次有一次的新样文法”（甲戌本第七回侧批），即事件写作规避雷同，富于变化。但脂批也指出小说情节设计上的另一种处理方式，即“行文故犯，反觉别致”。如第二十一回贾琏趁巧姐得天花搬出去住，便与多姑娘鬼混，后被平儿从枕套中发现一绺女人的头发，之后便是贾琏将平儿按在炕上欲夺回，恰在此时凤姐进屋，贾琏、平儿恢复常态，至此头发一事暂告段落；孰料凤姐见了贾琏，便又嘱咐平儿仔细搜查贾琏铺盖，因为“这半个月难保干净，或者有相厚的丢下的东西戒指、汗巾等物，亦未可定”，头发一事隐隐待发，本已平缓的局面陡然紧张起来——“一席话，说的贾琏脸都黄了”，而在其后一张一弛的叙事中凤姐的狠、平儿的精、贾琏的怕皆得以淋漓尽致地呈现，故而蒙府本有夹批：“行文故犯，反觉别致。”黄小田及杨葆光也注意到了这一叙事手法的运用，此即杨葆光批语第④条。杨葆光在第六十六回“（尤三姐）说着将头上一根玉簪拔下来，磕作两段，说：‘一句不真，就合这簪子一样！’”处批曰：“即此便非佳兆。”该批紧承其前黄小田眉批而作，黄小田眉批曰：“此与宝玉断钗何如？”第六十二回众人射覆时宝玉曾言“敲断玉钗红烛冷”，但那是旧诗本有而非宝玉所为，所以，“宝玉断钗”系黄小田误记，实则应为“宝玉断簪”。“宝玉断簪”即第二十一回“贤袭人娇嗔箴宝玉”，袭人因宝玉“姊妹们和气，也有个分寸礼节，也没个黑家白日闹的！凭人怎么劝，都是耳旁风”而不理宝玉，宝玉“便向枕边拿起一根玉簪来，一跌两段，说道：‘我再不听你说，就同这簪一样’”。“宝玉断簪”与“三姐断簪”，用词相仿，情节雷同，但令人“反觉别致”的是：宝玉虽断簪起誓不再与姊妹们瞎闹，但从其后的表现看，尤其是第二十三回元春省亲后传下口谕令宝玉随宝钗等入大观园读书，更为宝玉同众女儿经营有情天地提供了绝佳的平台并同黛玉情定三生；尤三姐则断簪起誓为柳湘莲守身如玉，“等来了，嫁了他去；若一百年不来，我自己修行去了”，直如杨葆光批语所云“即此便非佳兆”，最终，尤三姐的满怀期冀不仅成空，自己也香消玉殒。二者相较，宝玉断簪充满喜剧效果，三姐断簪则令人唏嘘叹惋，虽皆为至情，但一喜一悲，发人深省。黄小田批语虽未明示“行文故犯”，但从“宝玉断簪”与“三姐断簪”比较来看，显有此意，杨葆光批语顺承黄小田批语而作，也说明他对黄小田观点的认可。

关于情节鉴赏方面的批语还有一条，即第⑧条。第八十五回，贾政升为工部郎中，宝玉去贾母房中道喜，见病愈的黛玉，二人客客气气地互道问候，“凤姐在地下站着，笑道：‘你两个那里象天天在一处的，倒象是客一般，有这些套话，可是人说的“相敬如宾”了。’说的大家一笑。黛玉满脸飞红，又不好说，又不好不说，迟了一会儿，才说道：‘你懂得什么！’众人越发笑了。……只见宝玉忽然向黛玉道：‘林妹妹，你瞧芸儿这种冒失鬼……’说了这一句，方想起来，便不言语了”，针对此一情节，杨葆光有回末评：“宝玉与黛玉说芸儿事，真是妙想妙文，不可思议。”而杨葆光该批明显受黄小田的影响，黄小田有眉批：“妙来不可思议，盖芸儿之事，无人可说，惟黛玉可以告知，而忘其为断不可告诉之人，人到心事深时，每有此种情景，最难写出也。”那么，“芸儿之事”是什么事呢？在本回袭人拿贾芸留帖给宝玉处黄小田有眉批：“前书写出，此书不写出，前书无关紧要，此则宝玉一生心病，直至‘恶子独承家’一回，贾芸方说出，真妙笔也。”“恶子独承家”即第百十七回“欣聚党恶子独承家”，该回中贾芸曾向贾蔷提及“那一年我给他（宝玉）说了一门子绝好的亲，父亲在外头做税官，家里开几个当铺，姑娘长的比仙女儿还好看。我巴巴儿的细细的写了一封书子给他，谁知他没造化”，此即“芸儿之事”。杨葆光誉称“宝玉与黛玉说芸儿事”乃“妙想妙文”，可从两个方面分析这一情节的构思之妙：

贾芸显然不懂宝玉心理，不懂“宝玉一生心病”只为黛玉一人，故而为其说亲写信，宝玉看过便“撕作几断”并说“可笑芸儿这孩子，竟这样的混账！”而宝玉到贾母房中又经凤姐以“相敬如宾”笑谑他与黛玉，“亦自欣喜过望”（桐花凤阁批校本行间批），情不自禁地想把贾芸书信内容告诉给黛玉以明心迹，话到嘴边方想起黛玉“皆因多是不放心的原故，才弄了一身的病”（第三十二回），故忙止住转作他语。这一情节将宝玉“满腔心事凭谁诉，情到深处人孤独”的寂寞而又矛盾的心理刻画得惟妙惟肖，其神情举止合目如见。除黄、杨二批外，其他评家也多称扬，如东观阁本侧批“心中有事，将要言又不好言”、张新之夹批“两玉心情形容微至”等。更重要的是，“宝玉与黛玉说芸儿事”这一情节设置于贾母诸人瞒着宝玉给他说亲的前夕，尤其是凤姐一番“相敬如宾”的谑语，在很多人看来，宝黛二人应可结为美满夫妻，孰料贾母、王夫人等是向薛姨妈提亲，富有张力的情节，层层铺垫的渲染，皆为后文“蛇影杯弓颦卿绝粒”（第八十九回）蓄势，以“反照黛玉之姻事不谐”（王希廉评本第八十五回回末评）。

其次，就叙事技巧而言，“只见宝玉忽然向黛玉道：‘林妹妹，你瞧芸儿这种冒失鬼……’说了这一句，方想起来，便不言语了”，贾芸说了什么事？欲言而止，行文设疑，既使得情节曲折多变，又逗引读者不得不读、不读不快的好奇心，收到较好的艺术效果。

可见，“宝玉与黛玉说芸儿事”，确如杨葆光所说：“真是妙想妙文，不可思议。”

（三）关于版本异文校勘的批语

杨葆光 12 条批语中还有 3 条涉及版本异文，即第⑥、⑪、⑫条，这对研究黄小田手批本及杨葆光过录本多有助益。

第⑥条即第八十一回，“到了午后，宝玉睡了中觉起来，甚觉无聊，随手拿了一本书看。袭人见他看书，忙去泡茶伺候”处有批：“沏茶，京话也，改作泡，谬极。”由该批可知杨葆光过录底本即同治元年（1862）宝文堂刊本此处作“泡茶”。其他版本中，作“沏茶”者，如程甲本、程乙本；作“泡茶”者，如东观阁本、王评本、藤花榭本，稍晚者如卧云山馆刊《绣像石头记红楼梦》妙复轩评本、《增评补图大观琐录》、《增评补像全图金玉缘》（即三家评本）等。那么是用“沏茶”较优还是“泡茶”更好？张美兰指出，表“用开水冲泡”这一意义，“沏”“泡”是一对同义词，从产生时间上来看，二者几乎同时见于清初的《红楼梦》；从使用地域而言，在清代表现为北方官话用“沏”，南方官话用“泡”。[①] 由张美兰研究，知杨葆光所言“沏茶，京话也”确乎不假，此乃具有浓郁地方特色的北京方言，当

① 转自刘宝霞《程高本〈红楼梦异文与词汇研究〉》，《红楼梦学刊》2012 年第 3 辑，第 128 页。又可参李光杰《清末民初北京话口语词中的方言词语考——以张美兰〈明治期间日本汉语教科书中的北京话口语词〉为例》，《佳木斯大学社会科学学报》2015 年第 4 期，第 123–124 页。

然，若改作“泡茶”也并非“谬极”，杨葆光之所以反对用“泡茶”，这仍然是受黄小田批语的影响。黄小田有二十六年的居京生活，其《红楼梦》评点中有13处提及京话北语及帝都名物，既可见他对京语北俗的烂熟于心，又表明他认为《红楼梦》语言乃属“官话京腔”，而杨葆光该批可算得上是对黄小田观点的补充，二人皆认为《红楼梦》中的语言是道地的京片子。而在第八十一回此处，黄小田并未作批，或未加注意，或如张美兰所指出的“表‘用开水冲泡’这一意义，‘沏’‘泡’是一对同义词”罢。

第⑪条版本异文即第九十二回，“若是那些艳的，王嫱、西子、樊素、小蛮、绛仙等，妒的是秃妾发、怨洛神等类也不少，文君、红拂，是女中的……”处批曰：“据此批，则旁添‘豪杰’字非，且二字亦不切。”杨葆光所说的“此批”即此处黄小田眉批“‘女中的’当是未说完，贾母嫌太多耳，故止住云云”，由此也可知黄小田评点底本“女中的”后无多余文字。再由杨葆光批语“则旁添‘豪杰’字非”，则指其过录底本即同治元年（1862）宝文堂刊本，该本于“女中的”处旁添“豪杰”二字，而宝文堂刊本属于东观阁本系统，查东观阁本，“女中的”三字右侧确有旁添文字，乍看如同侧批，但东观阁本旁添文字为“豪侠”，同藤花榭本、王评本。第二章《评点底本及参校本》一节判黄小田《红楼梦》评点底本应为藤花榭刊本或三让堂刊本系统中的某一种，而由第九十二回此处黄小田批语“‘女中的’当是未说完，贾母嫌太多耳，故止住云云”并藤花榭本“女中的”处旁添“豪侠”二字，黄小田工作底本或更接近三让堂刊本系统。

第⑫条版本异文即第百十七回，贾琏对王夫人说“如今妙玉不知那里去了，所有的根基，他的当家女尼不敢自己作主，要求府里一个人管理管理”处有批：“此改恐误。”杨葆光指出的“改”字是就“所有的”后的文字而言的。梁白泉整理本小说正文录为“所有的根基（跟随）”，这说明此处文字有“根基”与“跟随”之分，查程甲本、程乙本、东观阁本作“根基”，王评本及稍晚的卧云山馆刊《绣像石头记红楼梦》妙复轩评本、《增评补图大观琐录》、《增评补像全图金玉缘》（即三家评本）等则作“跟随”。“根基”与“跟随”哪一个更符合文本语境？由第十七回“又有林之孝来回：‘采访聘买得十二个小尼姑、小道姑，都到了。’”并服侍妙玉的“两个老嬷嬷、一个小丫头”，这都可算作妙玉的“跟随”，妙玉被劫后，其当家女尼是满可暂管这些人的。当然，要“府里一个人管理管理”也不是不可以，毕竟都属于贾府，贾府有权支配役使，但若和“根基”相较，“跟随”受重视的程度显然较轻。因为“根基”一词，可喻指家底，在小说语境中即妙玉的私人财产，妙玉珍爱之物在小说第四十一回“品茶栊翠庵”一节有所展示，其所用茶器杯盏如成窑五彩小盖钟、绿玉斗、𤬪瓟斝、点犀䀉、九曲十环一百二十节蟠虬整雕竹根大盏等，件件罕见，价值连城，毋说其他古玩奇珍了，因而妙玉被劫后，这些私有财产该如何处置，确然需要“府里一个人管理管理”，因而用“根基”或更符合小说语境，而由杨葆光批语“此改恐误”，其过录底本或应作“跟随”。推杨葆光认为其过录底本文字“恐误”的原因，一应为他比较“根基”与“跟随”后，再联系小说文本，继而做出了合乎语境的论断；第二，杨葆光过录底本若作“跟随”，那么“根基”异文从何而来？其一或来自张尔耆“录出本”，张氏“录出本”信息不明，有作“根基”的可能性，其二或来自韩扬生借与本，韩借本亦信息不明，也不排除有作“根基”的可能性，因有异文参照与版本依据，故而杨葆光认为其过录底本文字“此改恐误”。此外，推韩扬生所借本亦或作“根基”，似可证明他借给杨葆光的乃坊间不同刊本的《红楼梦》。

三、《红楼梦》及黄小田批语对杨葆光评点《牡丹亭》的影响

《西厢记》与《牡丹亭》被奉为古代戏曲“情剧双璧”，二者与《红楼梦》渊源甚深。曹雪芹将两剧嵌入小说回目，此即第二十三回“西厢记妙词通戏语，牡丹亭艳曲警芳心”，其重要性不言而喻，而第二十三回也是宝黛爱情中最富诗情画意的篇章，它预示着宝黛二人青梅竹马生活的结束与美好爱情的正式降临。从第二十三回宝黛二人于沁芳闸桥桃花林下共读《西厢记》及回末黛玉于梨香院外闻听十二官演习《牡丹亭》，并第二十六回“潇湘馆春困发幽情”中宝玉以《西厢记》“若共你多情小姐同鸳帐，怎舍得叫你叠被铺床？”试探黛玉“每日家，情思睡昏昏”，再至第三十六回“识分定情悟梨香院”中宝玉央求染病的龄官清唱《牡丹亭》之［惊梦·袅晴丝］，《西厢记》与《牡丹亭》二剧既开启了宝黛蛰伏欲动的爱情灵机，也在二人感情的发展中起着启迪、催化、推动的重要作用。而杨葆光除评点了黄燮清传奇《玉台秋》外，还评点了同治九年（1870）重刊清

芬阁藏版《吴吴山三妇合评牡丹亭还魂记》[①]，那么，《红楼梦》一书及黄小田评点中关于《牡丹亭》的批语，对杨葆光评点《牡丹亭》有否影响呢？这是本小节主要论述的问题。

同王希廉一样，黄小田的红学观基本上持传统和保守的立场，以儒家传统的伦理道德观念看待与评价小说中的人和事，自然他不会正确认识到曹雪芹借《牡丹亭》与《西厢记》触发宝黛青春觉醒、启蒙宝黛爱情滋生的戛戛匠心了。此类批语如第二十三回“林黛玉把花具放下，接书（《西厢记》）来瞧，从头看去，越看越爱，不顿饭时，将十六出俱已看完”处眉批：“此方是真正淫书，小命儿送了也。”同回，“（林黛玉）虽未留心去听，偶然两句吹到耳内，明明白白一字不落道：‘原来是姹紫嫣红开遍，似这般，都付与断井颓垣’”处眉批：“《会真记》已不可看，况加《还魂记》耶？作者正自言此书非两种可比耳。”第五十四回贾母趁女先儿说新书《凤求鸾》之机批才子佳人私订终身的故事，“别说那书上那些世宦书礼大家，如今眼下拿着咱们这中等人家说起，也没那样的事，别说是那些大家子。别叫他诌掉了下巴膪了罢。所以我们从不许说这些书，连丫头们也不懂这些话”处行间批：“可知有人看《西厢记》《牡丹亭》？”等等。由这些批语不难看出，黄小田对《牡丹亭》（即《还魂记》）与《西厢记》（即《会真记》）是极其排斥的，甚而称两部传奇为“淫书”，显示出思想的局限性，这已从曹雪芹层面垂直下滑了，故而他对林黛玉、司棋、尤三姐等勇于追求爱情、具有反抗意识的人物的评点便出现走偏趋势。

在第二十三回、五十四回这几则黄小田关于《牡丹亭》与《西厢记》的批语处，杨葆光未作任何评点，直至同治十二年（1873）四月下旬渡轮赴京师求应京兆试期间于《吴吴山三妇合评牡丹亭还魂记》上写下 112 条批语，这可看作对黄小田观点的一种回应。曹雪芹苦心孤诣林黛玉读书听曲的精巧构思是对《牡丹亭》与《西厢记》这对情剧双子星的高度认可，而黄小田直斥二传奇为“淫书”则给予杨葆光心灵上的冲击，这让他不吐不快而终付笔墨。杨葆光首先认为《牡丹亭》为写情之作，如［标目·蝶恋花］“忙处抛人闲处住。百计思量，没个为欢处。白日消磨肠断句，世

---

① 赵山林：《杨葆光及其〈牡丹亭〉手批本》，第 75–78 页。本节所引《牡丹亭》卷首“作者题词”后七律、杨葆光批语及赵先生文论等，皆见该文，不另注。《牡丹亭》原文引自明汤显祖著《牡丹亭》，见《中国古典名著全集》，远方出版社 2001 年版，不另注。

间只有情难诉”处批曰：“今世人个个皆忙，谁与忙里偷闲，写出有情，使同心人齐声一哭。”在其后剧情的开展中，“杜丽娘性格上最突出、也是最有光辉的一点，就是生生死死，紧紧咬住一个‘情’字不放”，此类批语如［惊梦·尾声］“困春心，游赏倦，也不索香薰绣被眠。天呵，有心情，那梦儿还去不远”上批曰“宜其终身不醒也”、［寻梦·月儿高］“几曲屏山展，残眉黛深浅。为甚衾儿里不住的柔肠转？”上批曰“‘情’之一字缠绵固结而不可解，若可解，即不足言情矣”、［寻梦·二犯幺令］“这梅树依依可人，我杜丽娘若死后得葬于此，幸矣”上批曰“情至极处必想到死，盖不至死不得了也”、［寻梦·川拨棹］“听，听这不如归春暮天，难道我再，难道我再到这亭园，则争的个长眠和短眠！”上批曰“情至极处，唯有一死”、［悼殇·玉莺儿］“这后园中一株梅树，儿心所爱，但葬我梅树之下可矣”上批曰“生死不忘，情之至也”、［冥判·油葫芦］“天台有路难逢我，地狱无情却恨谁？”上批曰“此情乃天地之所不能灭”、［魂游·醉归迟］“生和死，孤寒命。有情人叫不出情人应”上批曰“多情最苦”等等，通过杨葆光对各出曲牌戏文的评点，烘托出一个思春而有情、缘情而感梦、惊梦因情死、寻梦为情生的至情女子杜丽娘的形象。“杨氏的这些批语虽然每一则话并不多”，但杜丽娘对“情”热烈而又不屈的追求以及“情”可以超越生死的力量，在杨葆光批语中仍得到细致的诠释。当然，“杨批也有个别宣扬佛教观点的地方，少数陈腐的地方，不过，象这些不符合原著精神的地方是不多的”。可见，杨葆光对《牡丹亭》中杜丽娘与柳梦梅生生死死的爱情是赞赏有加的，而汤显祖曾言“天下女子有情，宁有如杜丽娘者乎！”（卷首“作者题词”）其后果有能与杜丽娘相媲美者，此即《红楼梦》中同样因情而生、为情而亡的林黛玉，借此反觇杨葆光对《红楼梦》中林黛玉与贾宝玉睥睨千古的爱情亦或持同情与支持的态度。黄小田对宝黛爱情也是理解与肯定并重的，但他更多的是以传统的伦理道德标准衡量恋爱中的情侣，而杨葆光肯手批被黄小田目为“淫书”的《牡丹亭》，从思想观念上看，二人有着本质上的区别。

赵山林文章另言杨葆光批语“大致可分为两部分，一部分是关于《牡丹亭》思想和艺术的评价，一部分是结合自己身世所发的感想”，并解释后一部分说：“批语的第二部分是杨葆光本人读《牡丹亭》时的感想。杨氏在科举道路上极不顺利，另外在爱情生活上看来也有一段痛苦的经历

（他自号‘红豆词人’，可能也有这种意思）。所以在阅读《牡丹亭》的时候，这两方面的感慨经常表现出来。”对杨葆光“这两方面的感慨”，以下分叙之：

关于科场蹭蹬的批语，如卷首“作者题词”后透露功名蹉跎的七律前两联“无数离愁罥客星，挑灯闲看《牡丹亭》。长安唯有知心月，来照凄凉两鬓青”、[怅眺·锁寒窗] 柳梦梅唱“则俺连篇累牍无人见”上批语“有才齐下泪”等，这与其时杨葆光的境况是吻合的。由所赋七律款署“同治癸酉闰夏既望月夜题此，时游京师，红豆词人古酝记”知作诗时乃同治十二年（1873）闰六月十六日，该年四月下旬杨葆光自上海渡轮“至京师求应京兆试，礼部谓：‘格于例，不许求食。’郎吏间又几乏绝”（《苏盦文录》卷二《与乔鹤侪河帅书》），这与赵文所言“《牡丹亭》批语中亦有‘入都求应京兆试’，‘格于部例，未得就沽’”合。再由杨葆光《苏盦诗录》卷首刘树敏序“癸酉秋，应合肥相国之招，襄子寿黄先生修《畿辅通志》。甫卸装，则遇君保阳市上，时君为方伯孙公留幕中”，知杨葆光最早于六月末七月初（本年闰六月十五日立秋）或稍晚七八月间入孙省斋幕，可见，杨葆光评点《牡丹亭》之时、事，与诗文集所载均合。

而对《牡丹亭》中“生生死死为情多”（[魂游·添字昭君怨]）的杜柳之爱自观己身感慨系之的批语，如卷首“作者题词”后所赋七律后两联“人世浮沤原是梦，独成好梦亦前因。流年美眷殷勤惜，都是先生笔底春”，虽誉称汤显祖笔下生花，但由“浮沤”一词常喻人生短促或世事无定，诗句亦隐作者悲声。其他批语则有 [玩真·簇御林]“待小生狠狠叫他几声：‘美人，美人！姐姐，姐姐！’向真真啼血你知么？叫的你喷嚏似天花唾”上批曰“小生亦曾狠叫美人千万，真真尽成啼血。读至此，始知古人已有痴如我者”、[惊梦·隔尾]“春呵，得和你两留连，春去如何遣？”上批曰“人生不能有聚无散，读此两言，为之掩卷三叹”、[寻梦·江儿水]“这般花花草草由人恋，生生死死随人愿，便酸酸楚楚无人怨”上批曰“生生死死固属不免，然‘随人愿’三字亦复谈何容易”、[回生·莺啼序]“只那个是柳郎？”上批曰“生死不忘，夫妇之情于此观止”等等。杨葆光这些慨叹生命短暂及鸳鸯半飞的批语，实则在过录黄小田《红楼梦》评点而随手写下的批语中即有展露，此即 12 条批语中的第①条。《红楼梦》第八回“白骨如山忘姓氏，无非公子与红妆”处杨葆光有批：“葆光于此有悟，为加墨圈。”此情节叙宝玉和宝钗互看对方佩戴的金锁和通灵玉，“宝钗托在掌上，只见大如雀卵，灿若明霞，莹润如酥，五色花纹缠护。看官们须知道，这就是大荒山中青埂峰下的那块顽石幻相，后人有诗嘲云：女娲炼石已荒唐，又向荒唐演大荒。失去幽灵真境界，幻来新就臭皮囊。好知运败金无彩，堪叹时乖玉不光。白骨如山忘姓氏，无非公子与红妆”，杨葆光特加墨圈者为这首七律的尾联。圈点符号为明清小说批评中较为常见的评点形式，就《红楼梦》评点而言，甲戌本第二十七回黛玉《葬花吟》处侧批“有客曰：‘先生身非宝玉，何能下笔？即字字双圈，批词通仙，料难遂颦儿之意。俟看过玉兄之后文再批。’”中即出现“双圈”；嘉道以降评点诸家，如东观阁本批语中多“、”和“〇”，张新之《妙复轩评石头记》抄本中“本文但加单圈，评注但加单点”[①]，《增评补图石头记》王姚评本中则“、、”和“〇”共用等，圈点符号的功能即如曹立波所概括的有断句作用、强调内容、点明佳句、分清主次等[②]。杨葆光于“白骨如山忘姓氏，无非公子与红妆”处加批“葆光于此有悟”，显然该句引发其无限枨触，“为加墨圈”兼具强调与佳妙的作用。那么，“白骨如山忘姓氏，无非公子与红妆”何以致杨葆光“于此有悟”呢？该句表面义不难理解，世事纷纭，世间众生都将走向死亡，若干年后不过是名姓湮没的白骨一堆，人们所能记住他们的无非皆为凡尘男女而已，——诗句既然点出了白骨，提示了死生，显然这应和杨葆光颇为不幸的婚姻有关，之所以说不幸，因为其两任妻子均华年早逝。杨葆光在和第三任妻子细君结合前有过两段短命的婚姻，第一任妻子即张尔耆幼妹张纫芝（1830—1857），第二任妻子吴经顺（1835—1861），从她们的生卒年看，一位卒时二十八岁，一位卒时二十七岁，皆为青春丽人作了北邙乡女，令人扼腕。杨葆光《苏盦文录》卷二《内子张孺人事略》对张氏事迹介绍甚详：

> ……年二十五而归于予，侍重闱，应接戚懿，必以礼。是时家已中落，常脱簪珰，鬻嫁衣，以助不给。乙卯秋，予病濒危，孺人朝夕祷于天，请以身代，既而生女湘，犹力疾主张汤药，体素羸弱，至是乃益困。予病既已，窃念家业日已落，恐先世遗泽一旦坠地，

① ［清］张新之：《红楼梦读法》，见一粟编《古典文学研究资料汇编·红楼梦卷》，第一五九页。

② 曹立波著：《红楼梦东观阁本研究》，第九五－九八页。

贻乡里羞，遂橐笔走浙中为自刻苦计，孺人心虽不乐之，而以大父期望厚冀昌厥宗不阻也。余既出游，孺人修妇职，抚幼女，劳劳内事，吊贺馈问之节无所缺。岁时还家，则以安贫待时之言相劝勉，无寻常儿女子状。大父尝语葆光曰："尔得此妇，乃吾家宗祀之福也。"……方孺人之病，有欲使来告者，不应，既自知不起，乃朝夕望予，比予归，而盖棺已数日矣。呜呼痛哉！孺人性明慧，能读书作小楷，而谨自敛藏间作花卉小幅，然不肯竟学，曰："我不敢以此废妇功也。"……

张纫芝卒于咸丰七年（1857）九月，杨葆光这篇情真意切的《事略》则作于十月，而由《事略》知张氏于咸丰四年（1854）适杨葆光后，相夫教子，勤俭持家，可谓德容言功，无不具足。这样一个坚忍贤淑的女子，惜年寿不永，杨葆光更曾作《悼亡诗三十首》以寄哀思，其二曰："山程水驿梦迢迢，错记琴弦尚可调。何事班生犹弄笔，莫随秦女去吹箫。游魂已逐迎秋雁，恶耗偏迟叫夜鸮。转瞬绕坟秋草长，春归空自忆裙腰。"（《苏盦诗录》卷一）全诗寓情于景，哀婉凄恻。《苏盦文录》卷二《继室吴宜人墓碣》则对第二任妻子吴经顺有简明介绍：

宜人姓吴，名经顺，字曰绮仙，家杭州，身居福地。性明慧，避寇乃泛云间舟。年二十四始许字，其冬结褵。和唱酬，妇道足继前妇美。夫官于浙，能相猷，贤声日积。境日困，天不佑德难淹留。生以道光乙未岁，咸丰辛酉严霜道，屡遭丧乱，病益剧，死葬祖墓。……

吴氏不仅"妇道足继前妇美"，且与张纫芝情同姊妹，《苏盦文录》卷二《继室吴宜人事略》有云"咸丰三年，金陵之陷，江浙省会皆震动，友芝公移家至云间。六年，赁予家旧居之半，比屋而居，始通庆吊。予方橐笔游苕霅间，还家日少，宜人与予前妇相得甚欢，姊视之"，后吴氏因"同室之中，死亡相继，不乐居松郡，遂侍母还杭州"，会杨葆光为张纫芝持服满，"先大父以宗嗣责葆光，又以需次于杭，年少寡助，吴氏尝同居，故稔知宜人贤，遂命葆光委禽焉"，婚后，吴氏"柔顺温恭，克继前妇，予挈长女湘在杭，宜人爱之如己出，予始稍解前妇之悲"。由《墓碣》《事略》二文，知吴氏于咸丰八年（1858）嫁杨葆光后，恪守妇德，且将张纫芝所生湘、思二女视若己出，更以谋略襄助杨葆光于宦途赢得政声。这样一个知书识礼、才智兼备的女子，天夺其魂，委实令人痛惜。张纫芝与吴经顺均生于得风气之先的江浙之地，故张氏“能读书，作小楷”，吴氏可“和唱酬”，皆为扫眉才子，杨葆光与两任妻子的婚后生活自然少不了对月把酒、红袖添香等诸般书斋韵事，而正所谓情深不寿、慧极必伤，自咸丰四年至咸丰十一年（1854—1861）的八年时间里，张、吴二氏先后病卒，杨葆光两遭离丧，其心情之郁郁、精神之痛苦不言而喻。由《继室吴宜人事略》知吴经顺以咸丰十一年（1861）“十一月二十一日溘逝”，而该年春二三月间杨葆光曾借随军之机拜访黄小田并向其借阅了《红楼梦》手批本，则小说第八回“白骨如山忘姓氏，无非公子与红妆”处的这条批语显然批于同治元年（1862）后，故推杨葆光约于同治三年（1864）开始过录黄小田批语是说得通的。那么，杨葆光从“白骨如山忘姓氏，无非公子与红妆”这两句诗中“悟”到了什么呢？这两句诗与《红楼梦》第一回甄士隐《好了歌注》“说甚么脂正浓、粉正香，如何两鬓又成霜？昨日黄土陇头送白骨，今宵红绡帐底卧鸳鸯”是意义相通的，同在一个屋檐下患难与共的亲人，最终都会故去，都会化作累累白骨，所谓世事乖舛，天命无常。——这不由得让人想起《红楼梦》第一回僧、道二仙所说“那红尘中有却有些乐事，但不能永远依恃，况又有‘美中不足，好事多魔’八个字紧相连属，瞬息间则又乐极悲生、人非物换，究竟是到头一梦、万境归空”，假若这番话不被程刻本删去，它给杨葆光带来的心灵冲击一定会是镌心铭骨的。所以说，“嘲顽石幻相”这首七律是一个情感的媒介，并以尾联“白骨如山忘姓氏，无非公子与红妆”一语点醒梦中人，使得杨葆光研泪为墨，饱蘸深情，“于此有悟”。而杨葆光对两任亡妻无尽的怀念，在同治十二年（1873）手批《牡丹亭》时持续如故，杜丽娘与柳梦梅生生死死的爱情触动了他心底最柔软的部分，感情闸门訇然中开，“人生不能有聚无散，读此两言，为之掩卷三叹”“生生死死固属不免，然‘随人愿’三字亦复谈何容易”“生死不忘，夫妇之情于此观止”等批语与其曾身遭离丧的心境是十分契合的。时间的流逝，世事的变幻，终会抚平感情的伤口，而由光绪元年（1875）岁末杨葆光过录黄小田批语时于第九十一回“只见宝玉把眉一皱，把脚一跺，道：‘我想这个人，生他做什么！天地间没有了我，倒也干净！’”处留有戏谑式批语“要没有我便没有我矣，然尚早。要没有我，《红楼梦》亦做不成矣，呵呵”，可见其心情已大为好转。

此外，《红楼梦》中尚有一处情节，可证作者于“情”之一字的构思及黄小田的透辟阐释对杨葆光评点《牡丹亭》的影响。《牡丹亭·玩真》叙柳梦梅养病梅花观，仲春时节得石道姑指引闲游后花园并于假山石下拾得杜丽娘画像，每日焚香膜拜，倾诉衷肠。其中，［集贤宾］“望关山梅岭天一抹，怎知俺柳梦梅过？得傍蟾宫知怎么？待喜呵，端详停和，俺姓名儿直么费嫦娥定夺？打么诃，敢则是梦魂中真个。好不回盼小生！”与［簇御林］“他能绰斡，会写作。秀入江山人唱和。待小生狠狠叫他几声：‘美人，美人！姐姐，姐姐！’向真真啼血，你知么？叫的你喷嚏似天花唾”两支曲子道出柳梦梅的一片痴情，非痴情人不能有此举，而此一情节与《红楼梦》第十九回“宝玉见一个人没有，因想：‘素日这里有个小书房内曾挂着一轴美人，极画的得神。今日这般热闹，想那里自然无人，那美人也自然是寂寞的，须得我去望慰他一回。’想着，便往那厢来”颇有同工之妙，说“宝玉望慰画中人”脱胎于《牡丹亭·玩真》未为不可。曹雪芹构思此一情节是对小说末卷警幻情榜宝玉评语“情不情”的典型诠释，对此，黄小田眉批：“非必有此事，不过言宝玉痴情，无所不至耳。”概括得当，深得要旨。而对柳梦梅的一番披图、叫画，杨葆光于［集贤宾］“好不回盼小生！”上批曰“奇谈。然天下至情皆从‘痴’字得来”，与黄小田眉批颇相类。杨葆光于同治十二年（1873）闰夏评点《牡丹亭》，而在此前其已过录黄小田《红楼梦》批语约至第四十五回，因而他在浏览［玩真·集贤宾］与［玩真·簇御林］时或自黄小田眉批“宝玉望慰画中人”这一情节中受到启发，从而写下“天下至情皆从‘痴’字得来”的批语。

四、小结

综上，通过对如上12条评红批语的解读可以看出，杨葆光对《红楼梦》中人物形象的分析、故事情节的鉴赏、行文用词的比较等做了很多的功课，释解之确，细究之准，绝非草率下笔。同时，黄小田《红楼梦》评点中关于《牡丹亭》的批语，又对杨葆光评点《牡丹亭》产生一定的影响，从其将《牡丹亭》定位于“有情”之作与黄小田揞斥为“淫书”不难知悉，二人的思想观念有着本质的不同。

杨葆光是个多情的人，他在《牡丹亭》评点中亦曾坦露内心之真，如［玩真·簇御林］“待小生狠狠叫他几声：‘美人，美人！姐姐，姐姐！’向真真啼血，你知么？叫的你喷嚏似天花唾”上有批曰：“小生亦曾狠叫美人千万，真真尽成啼血。读至此，始知古人已有痴如我者。”设若杨葆光批下百廿回全本《红楼梦》，当有颖悟之思、会心之见，惜其宦途坎坷、屈居微贱而更多的为稻粱谋，未能对《红楼梦》进行更为透彻精当的批评，仅于过录黄小田批语时随意拈上几笔，令人不免嗟叹。

第二节　黄小田评点对张尔耆的影响

杨葆光与张尔耆是黄小田评点最主要的两位过录者。杨葆光除完成黄小田批语的誊录外，不仅留下 12 条读红心得，还于小说回末标注出 19 条题记，更于日记《订顽日程》中透露些许过录片语，为研究其读红观点及过录概况提供了极为难得的资料。相较妹婿而言，张尔耆则是一个更为低调的过录者，除为杨葆光第二次过录提供一部完整的黄小田批语“录出本”外，仅留下一则关涉黄小田批红的题记，数量虽不多，片鳞只甲，亦足珍贵，因为它是我们管窥张尔耆研红见解的唯一突破口。

一、张尔耆62字谈红题记

张尔耆谈红题记见于杨葆光过录本第百二十回回末，由杨葆光等过录者转录，云：

> 此书为黄小田先生所评。书中前后呼应起伏关键，悉为批出，阅者颇易醒目。惟所谓贾政矫枉、宝钗利害及黛玉之死为贾母所害，则持论未免太苛，我所不取。此夬斋语。

通读这则题记，其乃张尔耆录毕黄小田百廿回评点后的一个总括性评价。虽仅有短短的 62 个字，却言简义丰，包含以下四个方面的内容：

① 开头一句“此书为黄小田先生所评”，为黄小田评点《红楼梦》所有权提供巍巍铁证。本书第二章曾提及黄山书社1989年版黄小田《红楼梦》评本因辑校者工作不慎混进东观阁本批语而被质疑者判为“现代意义的伪造书”，又因黄小田批语最早由文物鉴定专家史树青发现，而史树青曾于谢根荣“金缕玉衣”骗贷案中鉴赝为真，故而欧阳健认为由其经眼鉴定的黄小田批语亦不可靠，对此笔者已有回应文字证明“黄小田评点《红楼梦》的真实性无可置疑”。而张尔耆题记中的“此书为黄小田先生所评”则为黄小田评点《红楼梦》的真实性再添确证，实证如山，岿然难撼。

②“书中前后呼应起伏关键，悉为批出，阅者颇易醒目”一句，是张尔耆对黄小田评点的赞誉。由“书中前后呼应起伏关键，悉为批出”可以看出，张尔耆主要侧重黄小田对小说叙事手法上的评点，黄小田在这方面成就较为突出，批注显豁，一目了然，“阅者颇易醒目”。

③“惟所谓贾政矫枉、宝钗利害及黛玉之死为贾母所害，则持论未免太苛，我所不取”一句，是张尔耆对黄小田批语中关于人物形象评点方面的评价，显然，张尔耆和黄小田所论贾政、宝钗及贾母等的观点不尽一致，“我所不取”。“贾政矫枉”聚焦于贾政与贾宝玉这对父子间的关系，“宝钗利害”则偏于薛宝钗为人处世的人生哲学，“黛玉之死为贾母所害”令人思考究竟是谁造成了宝黛爱情的悲剧并致“苦绛珠魂归离恨天”（第九十八回）：这三个问题无论是在彼时还是在当下，皆是关注度较高的话题，这说明张尔耆是颇有眼力的。

④ 最后一句“此夬斋语”，显然为转录者所注，故不计入谈红题记中。“此夬斋语”一句虽仅4个字，却也不容忽视，它不仅证明起首“此书为黄小田先生所评”一句并非随意妄言，而且也表明“夬斋”过录黄小田评点的事实。张尔耆号“夬斋”，“夬”，音 guài，乃《易经》中六十四卦之一，缘何以此字入号，《上姚樗寮夫子书》有所释义：“尔耆于读书一事不敢自暇，然窃有病焉，多信而少疑，泛学而不切思。每读一文似解不解，至神妙处亦知击节称赏，而一究其何为神妙，则又嗫嚅而不能出。至于考古今之得失，溯道学之源流，更未能融会贯通，以归于一致。故当一堂聚论，硕师益友，触类引伸，而卒不能举疑谊以相质问，于文日益疏，于道日益昧，大抵读书不多、识见不真所致耳。尔耆自知此病，故以夬名斋，诚欲审择

而笃行之也。”[①] 可见张尔耆以夬名斋，取夬斋为号，是有深意蕴含其间的。《夬斋近稿》中亦有《夬斋铭》以抒情志。若黄小田评本不可靠，伪造者恐不会单单拎出“夬斋”这样一个艰深晦涩而又寓寄遥深的字词作为人的名号。

二、对张尔耆谈红题记的解读

张尔耆 62 字谈红题记中，除起首一句佐证黄小田评点《红楼梦》的真实性与收尾一句由转录者点明题记者的名号外，中间部分则为张尔耆对黄小田评点的整体性评价，这种评价是恰如其分的，黄小田评点给予张尔耆的影响也是较为深刻的。题记文字虽短，但涵盖了评点者对小说叙事手法与文本赏析两方面的评点，而这两个方面，诸评家关注最多，评述也最为集中。

（一）“书中前后呼应起伏关键，悉为批出”

张尔耆称黄小田评点将《红楼梦》“书中前后呼应起伏关键，悉为批出”，是基于小说叙事结构而言的。小说第五十回“芦雪亭争联即景诗，暖香坞雅制春灯谜”戚序本有回末评云：“最爱他中幅惜春作画一段，似与本文无涉，而前后文之景色人物，莫不筋动脉摇，而前后文之起伏照应，莫不穿插映带。文字之奇，难以言状。”“惜春作画一段”即该回宝玉同诸钗于芦雪亭联吟之际贾母也来凑热闹，逛至暖香坞而催惜春“不管冷暖，你只画去；赶到年下，十分不能，便罢了。第一要紧把昨日琴儿和丫头、梅花，照样一笔别错快快添上”，贾母向惜春索画索得急，看来事出有因，而前因即第四十回刘姥姥二进荣国府时羡慕大观园比年画还好看，“怎么得有人也照着这个园子画一张，我带了家去给他们见见，死了也得好处。贾母听说，指着惜春笑道：‘你瞧我这个小孙女儿，他就会画；等明儿叫他画一张如何？’”，原来贾母急向惜春索画为的是兑现她对刘姥姥的承诺。贾母索画一事，就叙事手法而言，显然是第四十回为后文（第五十回）

① ［清］张尔耆：《上姚樗寮夫子书》，见《夬斋杂著》卷下，民国七年刻本。

埋伏，第五十回乃追验前文（第四十回），前因后果，彼此相伏，使得“前后文之起伏照应”而不见接续之痕，此一技法即众所周知的“伏笔”。伏笔这一概念有多种表述，如“伏线”“伏脉”“草蛇灰线”“张本”“一线穿”等。张尔耆指出黄小田评点“悉为批出”《红楼梦》“书中前后呼应起伏关键”，实际上也是就伏笔这一文法技巧而言的。

《红楼梦》一书如脂批所言“处处是随笔埋伏”（蒙府本第四十三回侧批），据何红梅统计，“脂砚斋批出伏（应）笔凡百余处，80 回书有近 50 回中用到伏（应）笔，形成《红楼梦》结构的一个非常显著的特点。这些伏笔主要分布在第 1 回至第 50 回，有 110 处；第 60 回至第 80 回较少，有 10 处”[①]，八十回脂抄本有 120 处伏笔，数量之多，蔚为大观。本书第二章《东观阁本批语对黄小田评点的影响》一节中曾述及黄小田批语中有 28 处提到“张本”，除此外，粗略统计提到伏（应）笔者有 55 处（有 4 处未直接言及，有 8 处与伏笔相呼应的“应笔”），凡 83 处用到伏（应）笔（前八十回 63 处，后四十回 20 处），数量也不少。在《红楼梦》评点过程中，黄小田也总结了为数颇众的行文技法，如“文章脱卸法”（第一回）、“省事之法”（第三回）、“波澜”（第六回）、“累笔”（第九回）、“补笔”（第十六回）、“逼出”（第十九回）、“陪笔”（第二十三回）、“两两相形”（第三十二回）、“陪衬”（第三十六回）、“闲笔”（第四十一回）、“反笔”（第五十一回）、“带写”（第五十四回）、“得空便当急入”（第六十九回）、“特写”（第七十三回）、“隔断”（第七十七回）、“正笔”（第九十二回）、“每到急处，必有一缓”（第九十七回）、“忙中偏有闲暇”（第百十三回），等等，其中出现频率仅次于伏笔的为补笔（或补写、补出、补明），凡 34 处，尚不及伏笔的一半，这说明，伏笔的大量运用确是《红楼梦》叙事结构上一个鲜明的特色。脂砚斋与黄小田两代学人均注意到了伏笔这一表现手法对于文学叙事的重要性，它不仅可使小说结构严谨细密、圆合完整，而且也令前后叙事衔接连贯、过渡自然。兹撷取黄小田伏笔批语二三，略作赏析，以凸显其有裨于“前后文之起伏照应”：

① 第七回，王熙凤欲见秦钟，贾蓉说他“生得腼腆，没见过大阵仗儿，婶子见了，没得生气”而遭啐“他是‘哪吒’，我也要见一见。别放你娘

① 何红梅著：《红楼梦评点理论研究——以脂砚斋等 10 家评点为中心》，第 251 页。

的屁了。再不带来，给你一顿好嘴巴子！”处黄小田眉批：“‘嘴巴子’亦伏后文。”此处甲戌本也有眉批：“此等处写阿凤之放纵，是为后回伏线。”脂批指向较为含混，“为后回伏线”中的“后回”不单指某一回，作为深讨贾母喜欢又蒙王夫人信任的荣府管家奶奶，几乎每回都有“阿凤之放纵”的描写，“为后回伏线”是统摄全书的。而黄小田批语的指向则较为明确，所“伏后文”中贾蓉确然就挨了凤姐“一顿好嘴巴子”，这就是第六十八回“苦尤娘赚入大观园，酸凤姐大闹宁国府”，“凤姐一面骂着，扬手就打”，唬得贾蓉忙磕头说“实在婶娘气不平，何用婶娘打，让我自己打，婶娘只别生气。说着，就自己举手，左右开弓，自己打了一顿嘴巴子”。黄小田揭出的第七回王熙凤笑骂贾蓉“给你一顿好嘴巴子”伏第六十八回贾蓉代王熙凤“自己打了一顿嘴巴子”的确令人称赏，因为在读者看来，王熙凤和贾蓉本叔侄关系，婶子打骂侄子亦无不可，从第六回贾蓉借玻璃炕屏时王熙凤的一番暧昧神情及第六十八回王熙凤闹过之后“又指着贾蓉道：‘今日我才知道你了。’说着，把脸却一红，眼圈儿也红了，似有多少委屈的光景”也可发现二人之间非同寻常的关系，王熙凤怎么舍得打贾蓉呢？第七回叔侄对话这一情节是极容易草草读过的，孰料后文贾蓉果真就结结实实地挨了“一顿好嘴巴子”，而且还是代人打自己，正所谓“远远生根，闲闲下着，到后来忽然照应，何等自然”[①]。而王熙凤的这顿“嘴巴子”，也是全书叙事的一个大过节、大关键，这一打，不仅打碎了尤二姐与贾琏的婚姻，也逼得尤二姐吞金而亡，这一连串的事件在后四十回续书中又成为贾府被抄的导火索之一（第百七回），恰如林纾所说：“且伏笔苟使人知，亦不称妙。无意阅过，当是闲笔，后经点眼，才知是有用者。”[②]。

② 从第七回王熙凤笑骂贾蓉“给你一顿好嘴巴子”，到第六十八回贾蓉代王熙凤打了自己“一顿嘴巴子”，其间隔了六十回的篇幅，此一伏笔用黄小田的话来说就是“遥伏”（第七回眉批），明清小说评点中则形象地称之为“草蛇灰线”，也即“千里伏线”（庚辰本第四十一回夹批），而所伏“后文”距离伏笔较近者亦多常见。如第二十三回，贾政奉元春口谕令宝玉同诸钗进大观园读书写字，宝玉蹭到王夫人房外，“金钏一把拉着宝玉，悄悄的笑道：‘我这嘴上是才擦的香渍的胭脂，你这会子可吃不吃了？’”

① 陈曦钟、侯忠义、鲁玉川辑校：《水浒传会评本》。

② 林纾著，范先渊校点：《春觉斋论文》，人民文学出版社 1959 年版，第一一八页。

处黄小田眉批："善戏而谑，已伏后文。"后文即第三十回宝玉调戏金钏儿致金钏儿被王夫人撵出并含羞投井，金钏儿的"善戏而谑"也导致了自戕。仔细分析，金钏儿拉宝玉吃胭脂这一情节有"一伏"与"二伏"之妙：宝玉素有爱吃胭脂的毛病，从金钏儿戏谑可知宝玉吃金钏儿唇间脸上的胭脂也不止一次，正因此，"宝玉见了他，就有些恋恋不舍的"，此为后文"调戏"埋下伏根，是为"一伏"；而第三十回"调戏"一节中，金钏儿对宝玉所说的那句戏谑语"金簪掉在井里头"又果真"俗语巧合便成谶语"（第三十回黄小田眉批），第三十二回就传出金钏儿跳井而亡的消息，是为"二伏"，一伏再伏，隐隐显显，推动着小说情节有条不紊地向前行进。由金钏儿跳井发酵而成的"逼淫母婢"事件还成为第三十三回宝玉挨打的原因之一，而金钏儿赌气自尽更令宝玉心魂难安，这便有了第四十三回王熙凤生日那天前往水仙庵井台拈香的私祭之举。从第七回金钏儿出场，到第四十三回宝玉余情未了，"前后文之起伏照应，莫不穿插映带。文字之奇，难以言状"。

③ 小说第二回，"雨村欢喜，自不必言，又封百金赠与封肃，又送甄家娘子许多礼物，令其且自过活，以待访寻女儿下落"，此处甲戌本有侧批："找前伏后。""伏后"即伏第四回"薄命女偏逢薄命郎，葫芦僧判断葫芦案"中薛蟠与冯渊争买被拐的英莲（香菱），"找前"即第一回甄士隐家仆霍启元宵节抱英莲去看花灯而不慎将英莲弄丢，而第二回贾雨村以物事谢士隐之妻这一情节，则是"补前文之未到，伏后文之线脉"（己卯本第十九回夹批）。这一叙事手法在黄小田批语中也有出现，如第八十七回"雪雁走去，将一包小毛衣服抱来，打开毡包，给黛玉自拣。只见内中夹着个绢包儿。黛玉伸手拿起，打开看时，却是宝玉病时送来的旧手帕，自己题的诗，上面泪痕犹在"处眉批："先写诗帕尚在，为后文伏笔。""先写诗帕尚在"，诗帕何来？此一句遥指第三十四回，宝玉挨打后恐黛玉担心，特遣晴雯将自己所用的两条"半新不旧"的手帕去送给黛玉，黛玉揣得其意，遂于帕上题诗以抒情思；"为后文伏笔"，则伏第九十七回"林黛玉焚稿断痴情"，黛玉从傻大姐处得知二宝即将成婚的消息后，怨恨宝玉辜负爱情誓言，遂拖着病体撕帕、烧帕。第三十四回两块手帕的出现，预示着宝黛二人在一次又一次的情感冲突中互明心迹、云开月明；第八十七回再次出现手帕，既是黛玉"触物伤情，感怀旧事"——年岁渐大，婚事无人做主，也是"为

后文伏笔”。黛玉旧帕题诗，标志着她和宝玉爱情关系的确立，而黛玉撕帕、烧帕，表明她与宝玉爱情已逝，哀莫大于心死。两方小小的手帕，见证了宝黛爱情的萌生与殒灭，“及至细寻，其中便有一条线索，拽之通体俱动”[①]，而前后文如串珠玉，回环呼应。

脂批云《红楼梦》“处处是随笔埋伏”，可见作者文心之细、构思之巧，而张尔耆指出黄小田批语将《红楼梦》“书中前后呼应起伏关键，悉为批出”，则可见其阅读之深、评价之准。

（二）“贾政矫枉、宝钗利害及黛玉之死为贾母所害，则持论未免太苛”

于小说批评而言，鉴赏情节、臧否人物是评点的主体内容。张尔耆认为黄小田在评点“贾政矫枉、宝钗利害及黛玉之死为贾母所害”等方面“持论未免太苛”，难以接受，所以对其观点“我所不取”。但除“持论未免太苛”外，张尔耆也并未表达有可参考的实质性意见，其所思所想如何，不好妄加揣测，故以下只列出黄小田评论贾政、宝钗和贾母等三人的批语，并稍加研析。

1. 关于“贾政矫枉”

黄小田言及“贾政矫枉”，主要就贾政对贾宝玉的教育而言的。相关批语如下：

> ① 十三岁儿子能有如此捷才，喜之不胜矣。乃无往而不以威劫之，矫枉不止于谬，直谓之妄可耳。（第十七回“宝玉道：‘这太板了。莫若“有凤来仪”四字。’众人都哄然叫妙。贾政点头道：‘畜生，畜生！可谓“管窥蠡测”矣’”处眉批）
>
> ② 矫枉过正，无意中露出，未免可笑否？（第二十二回“贾政又看到：‘南面而坐，北面而朝；象忧亦忧，象喜亦喜。——打一物。’贾政道：‘好，好！如猜镜子，妙极！’宝玉笑回道：‘是’”处眉批）
>
> ③ 假也假也，无非矫枉耳。（第二十三回“（贾政）再看看王夫人只有这一个亲生的儿子，素爱如珍；自己的胡须将已苍白，因

① 陈曦钟、侯忠义、鲁玉川辑校：《水浒传会评本》。

这几件上，把平日嫌恶宝玉之心，不觉减了八九分”处眉批）

④ 何必何必，矫枉矫枉。（第二十三回“贾政道：‘其实也无妨碍，不用改。只可见宝玉不务正，专在这些浓词艳诗上做工夫’”处眉批）

⑤ 一面之词，遂欲置其子于死地，轻信偏听，矫枉糊涂，安得不败。（第三十三回“（贾政）一面说，一面便往书房去，喝命：‘今日再有人来劝我，我把这冠带家私一应就交与他与宝玉过去’”处眉批）

⑥ 阿翁未尝不佩服，却不肯说出，而阿郎偏要追问，不得不以威慑之矣。矫枉过正，令人笑断肚肠。（第七十八回“宝玉听了，垂头想了一想，说了一句道：‘不系明珠系宝刀’。忙问：‘这一句可还使得?’众人拍案叫绝。贾政写了,看着笑道:‘且放着,再续’”处眉批）

⑦ 不觉得意，不觉向人自炫，可见平日是矫枉。且前数年早早逼着认真读书，宝玉早能作文矣，至此始认真，岂不可笑？（第八十四回“却说贾政试了宝玉一番，心里却也喜欢，走向外面和那些门客闲谈，说起方才的话来”处眉批）

⑧ 然则当日何必痛打？此作者自叙之词，非谓贾政矫枉迂谬，忽通达如此也。（第百二十回“贾政道：‘你们那里知道，大凡天上星宿，山中老僧，洞里的精灵，他自具一种性情。你看宝玉何尝肯念书？他若略一经心，无有不能的’”处眉批）

黄小田批语中，据粗略统计凡11条直接标注“矫枉”字样，全是针对贾政而下的考语，其中有8条涉及宝玉的教育问题，即如以上所列者。“矫枉”，矫正弯曲，喻纠正偏邪，“矫枉过正”即纠正错误超过了应有的限度而导致了其他的错误。黄小田认为贾政在教育宝玉方面有矫枉过正之嫌，概括起来有以下两点：

①“无往而不以威劫之”，致宝玉“牛心”。作为荣国府的大家长，贾政的每次出场，都是冷漠威严、不苟言笑的，尤其是对待肩负光宗耀祖的嫡子贾宝玉，更是一副严父的形象。严父也有温情，但在贾政身上，温情似乎与他绝缘，无论是他事召见，还是询问书业，贾政对宝玉皆是“无往而不以威劫之”，而宝玉每次听到贾政叫他，皆是“死也不敢去”（第

二十三回，此回脂本文字为“好似打了个焦雷”，较程本更胜），以致贾母说“见了他老子就象个‘避猫鼠’一样”（第二十五回）。事做得好，赢得上下欢喜；诗做得佳，众人交口称赞，这俗世常情中的点点滴滴，在贾政眼里一无是处，他所给予宝玉的就是“以威慑之”。比如第十七回贾政率众游大观园，命宝玉随侍题额，宝玉的不凡才情在同府里清客们的文字交锋中得到了淋漓尽致的呈现，贾政的一系列态度却是“他未曾做，先要议论人家的好歹，可见就是个轻薄人”“畜生，畜生！”“无知的业障！”“无知的蠢物”“扠出去！”“再题一联，若不通，一并打嘴！”“更是胡说”“贾政喝到：‘谁问你来？’”“你这畜生，也竟有不能之时了。也罢，限你一日，明日题不来，定不饶你”“你还不去，看老太太惦记你。难道还逛不足么？”等等，从贾政的这些言辞中，可见他对宝玉时时不忘“以威慑之”，“无往而不以威劫之”。“不当过奖他。他年小的人，不过以一知充十用，取笑罢了”，“你能知道几个古人，能记得几首旧诗，也敢在老先生前卖弄！方才那些胡说，也不过试你的清浊，取笑而已，你就认真了！”——平心而论，在同作为长辈的清客相公们共拟联额时，贾政希望宝玉谦恭礼让、虚己以听，这是值得肯定的，因为“这才是受过调教的公子行事”（第六十三回林之孝家的语），但一味地粗暴待之、威吓吼之、冷眼嘲之，就会在无形中加重宝玉的挫败感，打击其进取心、自信心，而宝玉的性格也会愈发执拗，结果导致“旁逸斜出”，适得其反。对第十七回题额一事，黄小田即认为贾政的做法欠妥：“风雅事也，骂之不已，又复叉出，风乎雅乎？后文贾母曾云，贾政少时不近人情，如此看来，宝玉牛心，得非肖子！”陈其泰也认为：“贾政未必能如此渊博，何苦严声厉色耶？”

②“有如此捷才，喜之不胜”，“然则当日何必痛打？”第二十三回，宝玉奉命入住大观园后曾作“四时即事诗”，从“且说这几首诗，当时有一等势利人，见是荣国府十二三岁的公子做的，抄录出来，各处称颂；再有等轻薄子弟，爱上那风流妖艳之句，也写在扇头壁上，不时吟哦赏赞。因此上竟有人来寻诗觅字，倩画求题”等描写来看，宝玉确然天赋异禀，第十七回“大观园试才题对额”则是其踔绝之能的集中展现。宝玉“有如此捷才”，作为父亲的贾政当“喜之不胜”，但其后贾政隐身了，宝玉则融入大观园的女儿世界，“每日只和姊妹丫鬟们一处，或读书，或写字，或弹琴下棋，作画吟诗，以至描鸾刺凤，斗草簪花，低吟悄唱，拆字猜枚，

无所不至，倒也十分快意”（第二十三回），直至第三十三回宝玉“挨打”，“挨打”的理由是“在外流荡优伶，表赠私物，在家荒疏学业，淫辱母婢等”。在宝玉挨打原因处，黄小田眉批：“平日失教，谁之过欤？”批语意在表明，这和贾政未能进行正确的引导有关，“子不教，父之过”。第十七回宝玉展现出过人才学时，贾政理应善加诱导、勤加问讯，“他若略一经心，无有不能的”；而当宝玉成为“问题少年”后，亦应循循善诱、规诫劝勉，使其悬崖勒马，但贾政采取的措施却是一番拳脚相加的“痛打”，令他始料不及的是，这番“痛打”非但未能打醒宝玉，“我便是为这些人死了，也是情愿的！”（第三十四回）宝玉这句斩钉截铁的话，宣告了贾政作为父亲的失败，也宣告了贾政教育的失败。为提升宝玉形象的复杂性以及为“中举”“出家”等情节蓄势，后四十回续书中的贾政对宝玉的态度有所缓和，也开始留意儿子的读书上进了，但也恰如黄小田所说：“前数年早早逼着认真读书，宝玉早能作文矣，至此始认真，岂不可笑？”

贾政的呵斥教育、棍棒教育、暴力教育，是宝玉叛逆性格形成的主要原因之一，这也加重了宝玉对贾政所安身立命的道德文章、仕途经济的反感与不屑，宝玉最终也“悬崖撒手”，绝尘而去。而黄小田指出的贾政在宝玉教育问题上的行为偏激与关爱缺失，即使放到今天也不过时，这同黄钺对黄小田兄弟的教育或不无关系。如黄钺《壹斋集》卷八《鸣儿留郡试，书以示之》有“昔赴童子试，僦居仅容趾。是冬寒气甚，庭树枯欲死。栖乌雪满巢，终夜叫不已。往往聒噪寐，拥被吹灯起。……汝今随两仆，出入足驱使。房缗费万钱，宽可布筵几。米茗给于家，相送六十里……”句云云，黄钺以自己当年赴试的艰苦环境与鸣儿（黄初民）当下的宽裕条件相对比，勉励大儿“譬如万里行，须从足下始”。再如《壹斋集》卷十一《以诗代书，寄初民、中民、少民三儿子，用昌黎示儿诗韵》有“汝曹各努力，毋舍车儿徒。经书当熟读，邪妄当自祛。慎勿至我年，身已衰病俱。龊龊忧饥寒，甘为小人儒。作诗付五民，勉哉少中初”句云云，以自己虚度光阴、老大无成勖勉黄小田五兄弟要珍取少年时。两首诗中，黄钺皆以自己的亲身经历劝勉诸子要勤奋读书，娓娓道来，侃侃而谈，更像是朋友间的对话，而非严父训子，冷若冰霜，后黄小田兄弟五人或登仕版或以画名。张尔耆认为黄小田“谓贾政矫枉”“持论未免太苛，我所不取”，推其或在教育观念、教育方式等方面有相左的意见。

2. 关于“宝钗利害”

黛玉和宝钗是《红楼梦》中当仁不让的两大女主角，从黄小田批语的数量也可看出这一点，据粗略统计，关涉黛玉的批语有近 130 条，关涉宝钗的有 84 条。而在 84 条宝钗批语中，有 34 条言及其“利害”(即“厉害”)，概括起来，有以下几点：

①“圆全周到，是宝钗议论”。

“难为宝姑娘这么年轻的人，想的这么周到，真是大户人家的姑娘，又展样，又大方，怎么叫人不敬服呢？”——这是小说第六十七回赵姨娘收到宝钗赠送薛蟠从苏州带来的土特名物后特向王夫人献好时所说的话，借用黄小田眉批“能令赵姨娘也说好，利害不利害？”宝钗确实是个心细如发的人，凡事思及周全，方方面面考虑熨帖，既维护自己的形象，又顾及他人的颜面。诸如第二十二回贾母出资给宝钗过生日而宝钗“深知贾母年老人，喜热闹戏文，爱吃甜烂之物，便总依贾母往日素喜者说了一遍，贾母更加喜欢”；第三十七回和哥哥薛蟠要几篓肥蟹解了史湘云设东的尴尬而令湘云感动地说“我若不把姐姐当亲姐姐一样看，上回那些家常烦难事，也不肯尽情告诉你了”；第五十六回李纨、探春、宝钗“三驾马车”管理大观园实行“承包责任制”时“贤宝钗小惠全大体”，等等，宝钗无不以其善体人情、做事周密而赢得贾府上下人等的一致好评，是故黄小田赞她：“事事在心，筹备周到”（第三十七回眉批），“圆全周到，是宝钗议论”（第五十六回眉批）。

②“宝钗事事练达，令人可敬可爱而又可畏”。

宝钗做事稳重和平除天性使然外，还有另一个原因，即“自父亲死后，见哥哥不能安慰母心，他便不以书字为念，只留心针黹家计等事，好为母亲分忧代劳”（第四回），这使得她从灿烂花季提前进入了成年，因而做起事来有着与年龄极不相称的成熟与深沉。如第七十九回嫁到薛家的“河东狮”夏金桂，意欲挟制薛家上下，“先前不过挟制薛蟠，后来倚姣作媚，将及薛姨妈，又将至薛宝钗。宝钗久察其不轨之心，每每随机应变，暗以言语弹压其志；金桂知其不可犯，便欲寻隙，苦得无隙可乘，倒只好曲意附就”，此处黄小田眉批：“能令此等人屈意俯就，是何本领？利害不利害？”确如黄小田所言，“独怪宝钗，以一柔弱女子，能制一泼悍妇人，是操何术耶？”“请阅者通前后细观宝钗之为人，则制一金桂而有余矣，实无足怪”（第七十九回回末评）。他认为，首先宝钗“善于立言”（第三十二回眉批），即能言善辩；其次“能忍辱于大怒”（第三十回眉批），有度量；最后“事事老到结实，实是利害”（第四十八回眉批），故使得“颇步熙凤的后尘”的夏金桂都要败下阵来。所以黄小田称她：“事事练达，令人可敬可爱而又可畏。”（第四十七回眉批）

③“冷眼深心，岂黛玉所能解耶？”

因为过早的成熟，且在待人接物方面有着超乎年龄的练达与果敢，这就使得宝钗多了几分世故与老道，所以小说中一些看似褒赞之语，在黄小田看来是有异样色彩的。如第二十七回芒种节诸钗游园而宝钗去找黛玉时“忽然抬头见宝玉进去了，宝钗便站住，低头想了一想：‘宝玉和林黛玉是从小儿一处长大，他兄妹间多有不避嫌疑之处，嘲笑不忌，喜怒无常；况且黛玉素昔猜忌，好弄小性儿的，此刻自己也跟了进去，一则宝玉不便，二则黛玉嫌疑。罢了，倒是回来的妙’”处眉批：“冷眼深心，岂黛玉所能解耶？”第二十九回清虚观打醮时宝钗回贾母说湘云有一个同观上所奉贺物中一样的金麒麟，在“探春笑道：‘宝姐姐有心，不管什么他都记得。’林黛玉冷笑道：‘他在别的上头心还有限，惟有这些人带的东西上，越发留心。’宝钗听说，便回头装没听见”处连有 2 条眉批：“宝钗之深，又被探春看出”“又用一‘装’字，人谓其厚，吾谓其深”。第三十二回湘云劝宝玉多会会为官作宰的朋友而遭到宝玉斥责，袭人言“提起这些话来，宝姑娘叫人敬重，自己过了一会子去了。我倒过不去，只当他恼了。谁知过后还是照旧一样，真真是有涵养，心地宽大的”处眉批：“涵养宽大，美词耳，其实是深。”等等。由以上几条“宝钗之深”的批语不难看出，黄小田认为宝钗心机深沉，换句话说，就是城府颇深。可见黄小田对宝钗的处事态度也是爱憎兼有的。

④“金玉之说，未尝不存于胸中也”。

第八十二回黛玉思虑“深恨父母在时，何不早定了这头婚姻”处，黄小田眉批：“这段婚姻是姑娘自己小性儿闹掉，被人剪了绺去了，兀自不知。”“剪绺”即盗取之义，如《醒世姻缘传》第九十三回：“原来这人是剃头的待诏，又兼剪绺为生，专在渡船上，乘着人众拥挤之间，在人那腰间袖内遍行摸索。”[①]黄小田以“剪绺”呼之二宝婚姻，其态度很明朗：宝钗并非光明正大地嫁与宝玉，而是以不择手段谋取到了宝二奶奶的位置。第九十八回苏醒的宝玉问袭人“我记得老爷给我娶了林妹妹过来，怎么叫宝姐姐赶了去了？他为什么霸占住在这里？”处眉批“‘赶了去’‘霸占住’，虽系宝玉疯话，却是作者微词”，亦能佐证黄小田这一观点。那么，在黄小田看来，宝钗除了以其“为上下人等所喜”（第六十三回眉批）的宽厚性格为“贾母、王夫人属意久矣”（第八十四回眉批）外，她还采取了什么样的伎俩和手段成为宝二奶奶的呢？主要表现在：第一，宝钗对宝玉是否有情因“罕言寡语，人谓藏愚，安分随时，自云‘守拙’”（第八回）而难以知悉，但宝钗也是位青春妙龄女儿，也有对爱情的向往与渴慕。最重要的是，“宝钗冷眼，故发此冷语，岂无心者耶！金玉之说，未尝不存于胸中也”（第二十五回宝玉、王熙凤遭魇苏醒后，黛玉先念了一声佛，“宝钗笑道：‘我笑如来佛比人还忙：又要度化众生；又要保佑人家病痛，都叫他速好；又要管人家的姻缘，叫他成就’”处眉批）。令人感到奇怪的是，“金玉之论令兄亦在心耶，奇矣”（第三十四回薛蟠对宝钗言“从先妈妈和我说，你这金要拣有玉的才可配”处眉批）。可见黄小田认为“金玉”之说遍及贾府，薛家母子有散布之嫌，这对促成二宝婚姻起到了重要作用。第二，因有“金玉”之论鼓动心潮，“宝钗亦未必不在外窃听两人（宝玉和黛玉）言语，但绝不露出，此冷香丸之胜于香芋也”（第十九回宝玉同黛玉说耗子精偷香芋时“一语未了，只见宝钗走来”处眉批）。“凡宝钗行动，黛玉无不留心，而不知宝钗亦如是也，特装愚处多耳，偶发一语，便令黛玉无以自容，利害利害”（第二十五回回末评），“黛玉于宝钗，无处不留心，宝钗于黛玉亦然，然二人巧拙不同，故黛玉常在其包容中不自知也”（第二十八回“探春惜春都笑道：‘二哥哥，你成日家忙些什么？吃饭吃茶也是这么忙碌碌的。’宝钗笑道：‘你叫他快吃了瞧黛玉妹妹去罢，叫他在这里胡闹些什么’”处眉批）。第三，因对黛玉时刻留心，故而宝钗对宝黛之情也更为留心。如第五十四回“至黛玉前，偏他不饮，拿起杯来，放在宝玉唇边，宝玉一气饮干”处黄小田眉批：“此与妙玉茶杯同一忌情，凤姐见之，宝钗未有不见者，而未闻一言，则以孟光新接了梁鸿案也。”

---

① ［明末清初］西周生辑著：《醒世姻缘传》，人民出版社 2015 年版。

第五十七回“慧紫鹃情辞试莽玉”中薛姨妈对贾母说“这并不是什么大病，老太太和姨太太只管万安，吃一两剂药就好了”处眉批：“薛姨妈一番话，因不知宝黛心事，作者亦借写贾母、王夫人不疑之故耳，否则何一病如此，大家皆不诧异耶？然凤姐、宝钗等未尝不窥见二人之隐矣。”等等。第四，母亲和哥哥皆说“金要拣有玉的才可配”，这无不牵惹着宝钗隐藏于沉默外表下飘漾的女儿心，是以她要让黛玉消除对她的敌意，这便有了第四十二回“蘅芜君兰言解疑癖”，黄小田有眉批云：“服矣服矣，利害利害。然黛玉几蹈于危，未尝非宝钗救之，所以更利害。”而为了让黛玉彻底放松对她的戒心，“宝钗自服黛玉后，便处处拢络黛玉，使入其牢笼而不觉，谓之利害非刻也”（第四十九回“（宝玉）今见湘云如此说了，宝钗又如此答，再审度黛玉声色，亦不似往日，果然与宝钗之说相符，心中甚是不解。因想：‘他两个素日不是这样的；如今看来，竟更比他人好了十倍’”处眉批）。正因如此，宝钗“见得到，拿得定，必有此术，然后可以嫁宝玉，利害利害”（第九十八回眉批）。历经如此一番爱情角力后，黛玉魂归离恨天，宝钗如愿成为宝二奶奶，而其婚后“至闻黛玉之死，不过落下泪来，更不痛哭。盖久已知其必死矣，利害利害”（第九十八回贾母对新婚的宝钗说黛玉之死，“宝钗把脸飞红了，想到黛玉之死，又不免落下泪来”处眉批）。

在如上黄小田所认为的“宝钗利害”中，第一点、第二点皆誉宝钗性格之好，虑无不周，面面俱圆；而第三点云宝钗城府深重，第四点言宝钗费尽心机击败黛玉而谋得宝二奶奶的位置，则是《红楼梦》诞生以来聚讼至今、迄无定论的话题，实际上也即宝钗是个好姑娘还是个坏姑娘的问题。推张尔耆认为黄小田论“宝钗利害”“持论未免太苛，我所不取”，应是就第三点、第四点而言的，是“尊薛抑林”还是“扬林贬薛”，此一话题可谓源远流长，甚而出现“一言不合，遂相龃龉，几挥老拳”[①]的论红趣话。

3. 关于“黛玉之死为贾母所害”

黄小田认为“黛玉之死为贾母所害”的批语凡8条，“所害”原因概括起来主要有以下两方面：

① ［清］邹弢撰：《三借庐笔谈》，见一粟编《古典文学研究资料汇编·红楼梦卷》，第三九〇页。

①“必欲其往，送却小命”。

小说第三回“那女学生原不忍弃父而去，无奈他外祖母必欲其往，且兼如海说：‘汝父年已半百，再无续室之意，且汝多病，年又极小，上无亲母教养，下无姊妹扶持，今去依傍外祖母及舅氏姊妹，正好减我内顾之忧，如何不去？’黛玉听了，方洒泪拜别”处眉批：“必欲其往，送却小命矣。”可见黄小田认为“黛玉之死为贾母所害”的原因之一是贾母将她从扬州接来，且命人必须接来，到得贾府后，黛玉与宝玉开启了一场痴心爱恋并殒身于这场断肠情事中。此外，第九十回黛玉听紫鹃和雪雁说宝玉定亲事后立意绝粒，又听侍书和紫鹃等提及宝玉定亲议而未成，病势遂退，黛玉得病奇怪，引起贾母的注意，在贾母同王夫人等说“林丫头的乖僻，虽也是他的好处，我的心里不把林丫头配他，也是为这点子”处黄小田眉批：“可见黛玉自送性命。”第九十六回贾母同凤姐商议宝玉娶亲，王夫人听袭人提及宝玉当日对黛玉所说“睡里梦里也忘不了你！”的一腔心事并告知贾母，在“只见贾母叹道：‘别的事都好说。林丫头倒没有什么。若宝玉真是这样，这可叫人作了难了！’”处眉批：“言‘没有什么’者，不管他死活之意。然则当日又何苦接他来？”——这两处情节及2条批语，均可佐证黄小田的看法：贾母将黛玉接来，待黛玉长大而渐知男女之事后，又不遂愿她与宝玉的相爱，而终致“黛玉自送性命”。

②“为何大了仍不分开？是谁之过欤？”

虽然黄小田一再强调贾母将黛玉接至贾府后，致其红消香断，但若仅着眼于此，他的观点是站不住脚的，因为如果黛玉不孤身远赴京都，借杨葆光的一句批语，“《红楼梦》亦做不成矣”（第九十一回），所以黄小田认为“黛玉之死为贾母所害”的首要原因是“为何大了仍不分开？是谁之过欤？”（第九十七回眉批）对此解释较为详细的是第九十七回，在贾母同王熙凤说病重的黛玉“我方才看他却还不至糊涂。这个理我就不明白了。咱们这种人家，别的事自然没有的，这心病也是断断有不得的。林丫头若不是这个病呢，我凭着花多少钱都使得：若是这个病，不但治不好，我也没心肠了”处黄小田眉批：“你们这种人家正有此事，心病犹非显焉者耳，大家已有死之之心矣。特怪贾母以亲生女儿之女，必欲接来，不加教导，却使之男女无别，至成心病，今日久爱驰，遂有死之之心，何其忍耶？”黄小田的这番分析，其核心要点倍为明朗：贾母将黛玉接来，不加教导，且与宝玉"一个桌子吃饭，一个床儿上睡觉"（第二十八回），造成二人彼此好感、互生爱慕，而终"成心病"。显然，黄小田在以传统的伦理道德来规范宝黛，特别是黛玉的日常言行，所谓"男女有别，授受不亲"，这是不足取的，正如张庆善所说："'礼'成了衡量林黛玉行为的标尺。在黄小田看来，千金小姐应该有千金小姐的样子，应该以礼相持，不能忘情，更不能越规。黄小田酸腐的封建伦理说教是显而易见的。不过这也没有什么可奇怪的，作为一个那个时代的封建文人，在妇女问题上坚持封建的伦理道德观念是不足为奇的。"[①] 同时，由黄小田批语也可看出，他认为贾母是造成宝黛爱情悲剧并致黛玉含恨而死的罪魁祸首，持此一观点者还有与黄小田同时的哈斯宝，其《新译红楼梦》第十二回有批："一展卷，第三回中就有老夫人接来外孙女，这岂无用意？至今宝黛两人都已省得人事，还令他们挤在一处，手接足触，难道不知雏大将鸣、花开送香的道理？这个罪过不归老夫人还能归谁？有人说，老夫人原打算让宝黛二人联结终身，才这样。我说，果真如此，则使宝黛二人先通私情，后才正娶，罪过就更重了。亏得颦卿之志如松子之坚，否则一旦失足，又该如何？老猴子何等可鄙！"哈斯宝以"老猴子"称呼贾母，可见对其反感与厌恶的程度。

张尔耆认为黄小田评"黛玉之死为贾母所害""持论未免太苛，我所不取"，那么，究竟是谁扼杀了宝黛爱情？是"冷眼深心"的薛宝钗，是想出"掉包计"的王熙凤，还是赐予宝玉、宝钗相同端午节礼的贾元春？张尔耆所取中者，或在三人之内。

三、小结

黄小田对红楼人物的品评采取的是褒贬两见、亦臧亦否的评判标准，比如如上对宝钗的评价。他如贾政，虽在子女教育问题上黄小田对其贬多于褒，但也承认贾政在做官上"立心未尝不正"（第九十九回眉批），只是"不达世情，忠厚糊涂"（第九十九回回末评）。再如贾母，虽被黄小田列为宝黛爱情悲剧的元凶，但这位出身金陵世家的老夫人的文学艺术修养

① 张庆善:《一位鲜为人知的〈红楼梦〉评点家——黄小田〈新增批评绣像红楼梦〉评点初探》，第 232 页。

也令黄小田赞不绝口："竟是雅人深致而且在行。"（第七十六回贾府中秋家宴"贾母因见月至中天，比先越发精彩可爱，因说：'如此好月，不可不闻笛'"处眉批）张尔耆指出黄小田"谓贾政矫枉、宝钗利害及黛玉之死为贾母所害，则持论未免太苛，我所不取"，正是基于作者对小说人物形象塑造的丰富性、复杂性、鲜明性而言的。此外，张尔耆指出黄小田将"书中前后呼应起伏关键，悉为批出，阅者颇易醒目"，是在统观全书的基础上而做的论断并一语中的，这说明张尔耆在过录黄小田批语时亦不乏对《红楼梦》一书的深入思考。

除了杨葆光过录本上转录的这则 62 字读红题记外，张尔耆是否还有涉红资料？从《夬斋诗集》《夬斋杂著》等其存世著作来看，尚未发现，但这 62 字读红题记所包孕的信息量已足够丰富，值得我们珍视。

第三节　黄小田评点对张文虎的影响

咸丰三年（1853）是黄小田个人及其家族一个重要的转折点，这年的四月，太平军攻占芜湖，黄小田自此开始了长达十余年携家挈眷的逃难征程。人生的至喜与至哀总是相伴而行，于黄小田而言，至哀者，被姻亲钱鼎卿接至金山避难起，至死也未能再返故土；至喜者，颠沛流离的岁月里，重逢与结识了诸多旧雨新知，如"青眼穷途情倍切"（《避弋小草》上卷《松江重谒家研北师》其二）的受业恩师黄仁、"晚岁甘为淡交水"（《避弋小草》下卷《再叠前韵寄子枢》）的姚子枢、"不改故人青眼旧"（《避弋小草》下卷《叶桐君广文（珪）自郡来访，赠诗次韵答之》其一）的叶桐君等，其中堪称至交契友者，乃著名校勘学家张文虎。

缘于对《红楼梦》的真心喜爱，离乡背井之际，黄小田将其厚厚的《红楼梦》评点携带而出，直至咸丰十一年（1861）春被杨葆光借阅，那么，与黄小田吟诗晤访、过从甚密的张文虎有否受黄小田影响而关注《红楼梦》呢？这是本节所要论述的核心问题。

一、张文虎其人及与黄小田的交谊

张文虎乃晚清江浙名宿，其前半生坐馆雠订，学问精进，后半生泛莲幕府，名满天下，故其生平交游不难获知，撮其要概括如下：

张文虎（1808—1885），字孟彪，一字啸山，号天目山樵、华谷里民，江苏松江府南汇县周浦人。由诸生保举训导。馆于金山钱氏，协助钱熙祚辑《守山阁丛书》，并为钱熙辅及钱培名校《续艺海珠尘》《千癸集》《小万卷楼丛书》等，时称善本。同治二年（1863）入曾国藩幕，校刊《王船山遗书》；次年受李鸿章之聘管理江南官书局，并委以金陵书局雠校主事。光绪九年（1883）受江苏学政黄体芳之请，出任南菁书院首任院长。晚年参与纂修《华亭县志》《奉贤县志》《南汇县志》等。著有《覆瓿集》[①]《覆瓿集续刻》[②]《舒艺室随笔》《舒艺室续笔》《舒艺室馀笔》《校刊史记（集解、索隐、正义）札记》《舒艺室日记》等，并评点了《儒林外史》。缪荃孙《州判衔候选训导张先生墓志铭》[③]及闵萃祥《州判衔候选训导张先生行状》[④]对张文虎事迹记述甚详，可参看。

张文虎能受曾国藩器重并延揽入幕，缘于其坐馆金山而成为东南鸿儒硕学。金山钱氏即黄小田姻亲钱鼎卿家族，张文虎《怀旧杂记》卷二云："张堰西不三里为秦山，又西南六里，则钱氏所聚族也，谓之钱圩，亦曰秦阳。道光癸巳，予始馆钱圩，钱雪枝通守（熙祚）方辑《守山阁丛书》。"[⑤]钱熙祚即钱鼎卿大弟，由"道光癸巳，予始馆钱圩"知道光十三年癸巳（1833）张文虎始馆于钱氏，至同治二年（1863）应曾国藩之邀赴皖安庆书局（《舒

① 计《舒乙室杂著甲编》《舒乙室杂著乙编》《舒乙室杂著剩稿》《舒乙室诗存》《索笑词》等。

② 计《鼠壤馀蔬》《舒乙室诗续存》《舒乙室尺牍偶存》《湖楼校书记》《湖楼校书馀记》《西泠续记》《莲龛寻梦记》《梦因录》《怀旧杂记》《舒乙室杂存》等。

③［清］缪荃孙：《州判衔候选训导张先生墓志铭》，见《艺风堂文续集》卷一，清宣统二年刻、民国二年印本。

④［清］闵萃祥：《州判衔候选训导张先生行状》，见《清代诗文集汇编》第630册《舒乙室杂存》。

⑤［清］张文虎撰：《怀旧杂记》卷二，见《清代诗文集汇编》第630册《覆瓿集续刻》。

乙室诗存》卷五《次韵酬陆日爱》“乱后龙蛇乘釁起，春余鸿雁好音来（时曾节相命壬叔以书见招）”），则张文虎坐馆钱氏三十年。咸丰三年（1853）黄小田携家避难至钱鼎卿处，故能与张文虎相识并引为知己，张文虎《黄小田仪部七十寿序》言“其避难金山也，依其婚钱氏，文虎亦馆于钱，一见即推诚相与，日以诗酒相过从”可资证明。自咸丰三年（1853）识于金山，至同治六年（1867）黄小田卒，张文虎与黄小田“订交十五年”[①]（张文虎《舒乙室日记》同治六年（1867）十月三十日条），气谊相投，亲密无间，一如张文虎赋诗曰：“君家皖南我海滨，谁与作合由黄巾。云龙参逐一十载，性情所契惟一真。”（《舒乙室诗存》卷五作于同治二年（1863）《长歌酬小田》）张文虎与黄小田间缔结的这段高情厚谊可细分为四个阶段：

咸丰三年至咸丰六年（1853—1856）为二人相识相交时期。张文虎《怀旧杂记》卷三言：“黄小田仪部（富民），勤敏公幼子也，当涂人，居芜湖。……咸丰癸丑，避乱至金山，一见如故，触目时事，以诗唱和，殆无虚日。”[②]二人甫一见面，即同故旧，诗酒征逐，相得甚欢。《避弋小草》下卷黄小田作于咸丰六年（1856）《访啸山留宿因赠》其二“谁道天涯少知己，三年博得性情谙”亦可为证。此际太平军战火尚未完全波及金山，虽有咸丰三年（1853）秋上海小刀会起义，宝山、嘉定、青浦、南汇、川沙五城沦陷，但旋遭清政府镇压、收复，金山尚为太平之地，故此一时期黄小田所作诗词多发思乡情切、亲朋难晤、老境堪怜、流民离散之语，张文虎则殷殷酬答，频寄问候。

咸丰七年至同治元年（1857—1862）为二人相知相惜时期。黄小田携家累寄居姻亲钱鼎卿处四五载，因孙辈诞育生齿日繁且“一室鸠居巢强占，五年蜗寄壁空涎”（《避弋小草》下卷《丁巳元日书怀》），便有移居之意，并于咸丰七年（1857）二月（《萍轩小草》上卷作于咸丰八年（1858）《啸山见和移居六言次韵再寄》其一“忽忽光阴流水，年年乡瓣随风（去岁仲春移居郡城，又一年矣）”）赁屋至松江城西菜花泾，至同治元年（1862），凡十一次辗转迁移。生活上虽颠沛流离，居无定所，但黄小田同张文虎间鱼雁常通，互诉衷肠，如张文虎诗曰：“海鸥相聚两无猜，二老风流自往

① 陈大康整理：《张文虎日记》，第 111 页。

② ［清］张文虎撰：《怀旧杂记》卷三，见《清代诗文集汇编》第630册《覆瓿集续刻》。

来（郡城中时相聚者惟小田一人）。”（《舒乙室诗存》卷四《课花轩杂感》其八）尤其是咸丰十年（1860）黄小田自松郡再移金山张堰（《萍轩小草》上卷《自村居移寓钱氏古松楼》）及咸丰十一年（1861）三月迁至南汇召稼楼（《萍轩小草》下卷《贼破乍浦，居人迁徙殆尽，因携家累移避南汇之召稼楼舟中有作》），同时张文虎亦移居至南汇周浦（《萍轩小草》下卷《周浦访啸山，时乍浦贼突至张堰，周浦，君祖居也，故迁避至此》），二人所处益近，守望相助，感情愈发醇厚，如张文虎诗云：“远无三月不聚首，近无三日不握手。中更寇难亦相随，往往偷闲把尊酒。”（《舒乙室诗存》卷五《长歌酬小田》）黄小田更赋诗云：“隔仅一山山万里，别才十日日千思。”（《萍轩小草》上卷《与啸山约重九相见，因雨不果，以诗寄之》）患难之情，松柏之茂，莫过于此。

同治二年至同治六年（1863—1867）为二人相离相慰时期。同治二年（1863）五月，张文虎应曾国藩之邀适皖，翌年九月应李鸿章之请赴南京，由安庆书局至金陵书局，直至黄小田逝世，一直于书局校勘经史。张文虎受聘书局，黄小田心绪惘然，如《萍轩小草》下卷《送啸山赴安庆曾节相幕》其三云：“闻道帆张不可收，从今谁与话羁愁。年衰那不重离别，世乱直教轻远游。在昔才人多幕府，谁令垂老客诸侯。我羁君里君吾里，振触乡心热泪流。”张文虎则以“荏苒五弦望，路长音信迟。十年无此别，千里各相思”（《舒乙室诗存》卷五《寄小田》其一）以慰离情。虽天各一方，关山迢遥，但二人情愫非淡更浓，黄小田将家事之虑、身老之叹、烽烟之靖、桑梓之念、亲朋之思、秋水之望等付诸诗文，张文虎则将书局校勘乐事及同仁谳集与黄小田分享，以纾缓其五内之郁郁，故而张文虎“同治丙寅春旋沪”（张文虎《舒乙室杂著乙编卷下・伏敔堂诗录跋》）时同黄小田虽“四年离别苦相思”却道“相见还如未别时”（《舒乙室诗存》卷六《屡与小田游宴而无诗，别后却寄》其一）。二人遥相暌隔，鱼传尺素，“书问无虚月”（张文虎《礼部遗集跋》），甚而同治六年（1867）十月黄小田“卒之前三日犹作书”（张文虎《礼部遗集跋》）写寄张文虎。二人至情，于此可窥。

同治七年至同治十年（1868—1871）则为张文虎于黄小田之相悼相泣时期。张文虎《舒乙室日记》同治六年（1867）十月三十日条“接雨楼信，言小田于初九日病故，正我辈朴园宴集日也，诵‘焉知宴歌日，非君撤瑟辰’，悲从中来，不能制泪。订交十五年，去夏一聚，竟成千古，真不堪回首”，因对老友遽归道山深怀哀痛，同治七年（1868）“子昚既奉君归葬，乃谋梓君集，属任校订”（张文虎《礼部遗集跋》），至同治十年（1871）夏刊成《礼部遗集》，整理、发抄、辑校、刊印，前后历四载，不负故友厚意，复慰在天之灵。光绪七年（1881）黄安谨重刊黄钺《壹斋集》并黄小田《礼部遗集》，张文虎及奉贤阚知县慷慨捐资（何鸿舫《还如阁诗存·黄小田（富民）礼部集，令子子慎（安谨）见赠》“翻刻诚非易，还偿见亦稀。高情分馆俸（谓张啸老、阚大令），急计典裳衣”），终完黄小田生前夙愿（何鸿舫《还如阁诗存·题黄勤敏公诗集》“乱后逢萍叟，家藏叹失传。最伤勤敏集，重刻待何年”）。张、黄二人虽阴阳两隔，情却难以割舍。

黄小田因评点《红楼梦》与《儒林外史》两部名著而于小说评点史上素享盛名，张文虎在小说评点史上亦成就斐然，其所评《儒林外史》向为学界推许。而张文虎《儒林外史》评点是在黄小田评点的渗透、启发下进行的（光绪十一年（1885）上海宝文阁刊《儒林外史评》卷末张文虎识语“昔黄小田农部示余所批《外史》，谓此书系全椒吴檠所撰，见之近人诗稿。……农部所批颇得作者本意，而似有未尽，因别有所增减”[①]），这说明二人在小说鉴赏方面有着共同语言，并相切磋，加之二人“订交十五年”的云天高谊，意气相倾，以此反窥黄小田评点《红楼梦》对张文虎当有影响。换言之，在咸丰十一年（1861）春杨葆光借阅前，张文虎应曾寓目黄小田《红楼梦》手批本或同黄小田有过关于《红楼梦》方面的问题探讨。事实上，张文虎也确然存有涉红文字。

二、张文虎涉红碎墨考析

张文虎涉红资料凡 3 条，其中，《舒乙室日记》中 1 条，《儒林外史》评点中 2 条。若以时间为序排置，则《舒乙室日记》所记最早，《儒林外史》所涉略晚。

① ［清］吴敬梓著，李汉秋辑校：《儒林外史汇校汇评》，第六九六页。又可见李汉秋编《儒林外史研究资料》，第 137 页。

（一）《舒乙室日记》中的涉红资料

《舒乙室日记》始于同治三年（1864）九月十五日，讫于同治十一年（1872）十二月三十日，其中同治八年（1869）十二月岁除“校《读书杂志》《史记》补刻卷页。杨朴庵来。夜招戴子高、刘叔俛、张子刚小饮”后抄有笔记杂录四种，第二种“桐荫清话（临桂倪鸿云癯撰，共八卷，咸丰戊午刊）”第 17 条即为涉红资料：

> 《樗散轩丛谈》载，《红楼梦》或言是康熙间京师某府西宾常州某孝廉手笔，巨家间有之，然皆抄录，无刊本。乾隆某年，苏大司寇家因是书被鼠伤，付琉璃厂书坊装订，坊中人抄出，刊板渔利。其书原止八十回，余所目击，后四十回不知何人所续云云。按：八十回后皆高兰墅（鹗）所补，见船山诗注。[①]

张文虎所摘文字其实同倪鸿《桐荫（阴）清话》稍有不同，倪著原文为：

> 《樗散轩丛谈》载，《红楼梦》实才子书也。或言是康熙间京师某府西宾常州某孝廉手笔，巨家间有之，然皆抄录，无刊本。乾隆某年，苏大司寇家因是书被鼠伤，付琉璃厂书坊装订，坊中人借以抄出，刊板刷印渔利。其书一百二十回，第原书仅止八十回，余所目击，后四十回不知何人所续云云。按：《红楼梦》八十回以后皆高兰墅（鹗）所补，见船山诗注。[②]

而倪鸿明示摘引源自嘉庆间陈镛的《樗散轩丛谈》：

> 《牡丹亭》杜丽娘死于梦，《疗妒羹》小青死于妒，二者不外乎情，然皆切己之事也。昨晤江宁桂愚泉，力劝勿看《红楼梦》。余询其故。因述常州臧镛堂言，邑有士人贪看《红楼梦》，每到入情处，必掩卷瞑想，或发声长叹，或挥泪悲啼，寝食并废，匝月间连看七遍，遂致神思恍惚，心血耗尽而死。又言，某姓一女子亦看《红楼梦》，呕血而死。余曰：此可云隔靴搔痒，替人担忧者也。然《红楼梦》实才子书也。初不知作者谁何，或言是康熙间京师某府西宾常州某孝廉手笔。巨家间有之，然皆抄录，无刊本，曩时见者绝少。乾隆五十四年春，苏大司寇家因是书被鼠伤，付琉璃厂书坊抽换装

① 陈大康整理：《张文虎日记》，第 205-206 页。

② 转自王璇《〈桐阴清话〉校注》，广西大学 2003 年硕士学位论文。下引不注。

订，坊中人借以抄出，刊版刷印渔利，今天下俱知有《红楼梦》矣。《红楼梦》一百二十回，第原书仅止八十回，余所目击。后四十回乃刊刻时好事者补续，远逊本来，一无足观。近闻更有《续红楼梦》，虽未寓目，亦想当然矣。[①]

由以上三段文字可以看出，倪鸿摘引陈著删改较多，张文虎摘录倪著也有删改，虽有删削，但大意不变。倪著所摘与陈著最大的不同是，倪著明确判定《红楼梦》后四十回续书的作者为高鹗并点明以张问陶《赠高兰墅（鹗）同年（传奇〈红楼梦〉八十回以后，俱兰墅所补）》一诗为据，这一看法也为张文虎所接受。

倪鸿《桐阴清话》凡八卷，计 422 条资料，资料不分类，无标题，内容为诗文辞赋、名人逸事、风俗趣闻等。张文虎摘录了其中 21 条资料，第 17 条涉红资料在《桐阴清话》一书中被编为卷七最后一条，除这条资料外，该书中尚有其他涉红资料，分别是卷三“吴川林带南殿撰（召棠）有《红楼梦》百咏一首”、卷四“尝于珠江画舫中见一女郎手持湘妃淡金面折叠扇一柄，蝇头细书《红楼梦》人名，下合《西厢记》曲一句”及卷八“蒲田吴氏，粤之盐商也。大开诗社，以《红楼梦》事分得四题，各以七律咏之，卷以万计”，这就令人心生疑问，为何张文虎不摘卷三、卷四、卷八的 3 条涉红资料而对卷七的这条资料情有独钟呢？究其原因，或如以下：

第一，治学思想的体现。缪荃孙评张文虎“先生之学，博大宏达，既以经学、小学、历算、乐律立其本，泛滥以及其他，莫不洞悉源流，烛见幽隐，实事求是，由博返约”[②]，该评语指出了张文虎学养精深的原因，即在治学过程中对源流异同、是非错讹等的厘清纠正皆能做到穷究原委、追本溯源。而张文虎所摘《桐阴清话》卷七的这条涉红资料，则关注到了《红楼梦》原著、作者及续书、续作者，这正是阅览一部书籍著作的前提条件，所谓“知人论世”是也。

第二，受黄小田评点《红楼梦》的影响。黄小田评点中也有批语述及了《红楼梦》原著、作者及续书、续作者，即第百二十回卷末眉批：

此书原本不知何人所作，仅四十回，乃不全之书，奉天高铁岭

---

① ［清］陈镛撰：《樗散轩丛谈》，见一粟编《古典文学研究资料汇编·红楼梦卷》，第三四九－三五〇页。

② ［清］缪荃孙：《州判衔候选训导张先生墓志铭》，见《艺风堂文续集》卷一。

鹗为补八十回，遂成全璧。结处所谓曹雪芹者，曹与高、雪与铁皆同韵，芹与岭亦相近为双声，故曰曹雪芹云云。高本铁岭旗人，乾隆庚戌进士，不知终于何官，见张船山太守诗集，皆先君同年也。

本书第二章《几则关于高鹗的批语析误》一节已对如上这条批语进行了解读，其所批点的范围亦涉及《红楼梦》"原本""何人所作""不全之书"及"续书者"，这与张文虎所摘涉红资料几无二致，同时，两则信息都提及高鹗为续书者的依据乃自张问陶《赠高兰墅（鹗）同年（传奇〈红楼梦〉八十回以后，俱兰墅所补）》一诗。两则资料虽内容有异，但所论相同，如出一辙。因而说张文虎受黄小田评点影响是说得通的。

此处附带一笔。《桐阴清话》卷八涉红资料主要收录的是"番禺女史张兰士"四首题红诗计《黛玉葬花》《宝钗扑蝶》《湘云卧茵》《晴雯补裘》，文末署云"女史名秀端，南山师之女也。著有《碧梧楼诗钞》"，由此知张兰士乃粤东名士张维屏（1780—1859，号南山）之女，倪鸿则为张维屏入室弟子。而张维屏也是有涉红资料传世的，如他所辑《国朝诗人征略二编》卷九"性德"条即收有其所编《听松庐诗话》及《松轩随笔》中的两条论红信息，《听松庐诗钞》卷十六《溪山访梦图为陈厚甫观察钟麟题》一诗还提及了陈钟麟得享盛名的八十出昆曲剧本《红楼梦传奇》[①]。张维屏、张兰士父女两代皆爱红论红，张维屏、倪云癯师徒二人又均言红品红，这可称为红学史上的一段佳事。

（二）《儒林外史》评点中的涉红资料

黄小田评点《红楼梦》在先，《儒林外史》评点在后，故在评点后者时对前者的故事情节有所羼入。如《儒林外史》第二十九回"吃到月上时分，照耀得牡丹花色越发精神，又有一树大绣球，好像一堆白雪。三个人不觉的手舞足蹈起来"处有批："解得药否，《石头记》中所谓百兽率舞耳。""《石头记》中所谓百兽率舞耳"指《红楼梦》第四十一回贾母携刘姥姥吃酒听戏而刘姥姥"越发喜的手舞足蹈起来"，黛玉笑她"当日圣乐一奏，百兽率舞，如今才一牛耳"。而张文虎在《儒林外史》评点中对关涉《红楼梦》的人事亦有言及。第三十三回"杜少卿夫妇游山"中，在"又

---

① 详拙文《粤东名士张维屏涉红史料漫谈》，《红楼梦学刊》2015年第6辑，第183-193页。

过了几日，娘子因初到南京，要到外面去看看景致。杜少卿道：‘这个使得。’当下叫了几乘轿子，约姚奶奶做陪客，两三个家人婆娘都坐了轿子跟着。厨子挑了酒席，借清凉山一个姚园”处张文虎批曰：“此即后来随园也。园亦不甚大，而称极大，盖借景于园外，简斋固已自言之。然《诗话》中又冒称即《红楼梦》之大观园，则又严贡生、匡超人、牛浦郎辈笔意也。”[①] 依批语“《诗话》中又冒称即《红楼梦》之大观园”“简斋固已自言之”，则张文虎所见应为袁枚《随园诗话》正编卷二文字：

> 康熙间，曹练亭为江宁织造，每出拥八驺，必携书一本，观玩不辍。人问：“公何好学？”曰：“非也。我非地方官，而百姓见我必起立，我心不安，故借此遮目耳。”素与江宁太守陈鹏年不相中，及陈获罪，乃密疏荐陈，人以此重之。其子雪芹撰《红楼梦》一部，备记风月繁华之盛。中有所谓文观园者，即余之随园也。当时红楼中有女校书某尤艳，雪芹赠云：“病容憔悴胜桃花，午汗潮回热转加。犹恐意中人看出，强言今日较差些。”“威仪棣棣若山河，应把风流夺绮罗。不似小家拘束态，笑时偏少默时多。”[②]

这段文字在今天看来有诸多失实之处，如“曹练亭”应为“曹楝亭”，“其子雪芹”应为“其孙雪芹”，“其子雪芹撰《红楼梦》一部，备记风月繁华之盛。中有所谓文观园者，即余之随园也。当时红楼中有女校书某尤艳，雪芹赠云”在另一较晚小仓山房藏版《随园诗话》中改为“其子雪芹撰《红楼梦》一部，备记风月繁华之盛。明我斋读而羡之。当时红楼中有某校书尤艳，我斋题云”[③] 等。“文观园”虽应为“大观园”，但由成书于乾隆六十年（1795）的周春《阅红楼梦随笔》“袁简斋云：‘大观园即余之随园’”不难窥得程刻本已风靡天下而读者径将“文观园”指认为“大观园”。

对这样一则已然关涉雪芹家世及《红楼梦》成书的珍贵史料，张文虎认为袁枚所言系“严贡生、匡超人、牛浦郎辈笔意也”，严贡生、匡超人、

---

① 此处所引批语为天二评，天一评为“此即后来随园”。

② 转自黄一农著《二重奏：红学与清史的对话》第八章《袁枚〈随园诗话〉中的涉红记事》“二 《诗话》的涉红记事与胡适的‘新红学’”，第 328 页。

③ 转自黄一农著《二重奏：红学与清史的对话》第八章《袁枚〈随园诗话〉中的涉红记事》“二 《诗话》的涉红记事与胡适的‘新红学’”，第 328 页。

牛浦郎为《儒林外史》中的反面人物典型，这三人有一共同特征即信口开河，以撒谎吹嘘为能事。其中，牛浦郎为“最彻底的说谎者”[①]，因为他放弃了自己而以另外一个人的身份生存于世；闲斋老人评严贡生说“严老大一生所说之话大概皆谎也”（第六回）；匡超人则以“所谓‘先儒’者，乃先生之谓也”（第二十回）露出麒麟皮下的马脚：故张文虎以此三人谎话连篇与袁枚说“随园即大观园”相较，明点其说不足信。张文虎的这一质疑也确然代表了社会上一部分人的看法，如周春称“袁简斋云：‘大观园即余之随园。’此老善于欺人，愚未深信”、诸联《红楼评梦》云“袁子才《诗话》谓纪随园事，言难征信，无厘毫似处。不过珍爱备至，而硬拉之，弗顾旁人齿冷矣”[②]、裕瑞《后红楼梦书后》言“闻袁简斋家随园，前属隋家者，隋家前即曹家故址也，约在康熙年间。书中所称大观园，盖假托此园耳”等。就连袁枚“随园即大观园”说的源头——“曹子雪芹出所撰《红楼梦》一部，备记风月繁华之盛。盖其先人为江宁织府，其所谓大观园者，即今之随园故址。惜其书未传，世鲜知者，余见其钞本焉”[③]（《题红楼梦》绝句二十首小序）的作者富察明义在乾隆六十年（1795）袁枚八十寿辰所作《和韵十首》中对自己曾经说过的话也有了改变：“随园旧址即红楼，粉腻脂香梦未休。定有禽鱼知主客，岂无花木记春秋？西园雅集传名士，南国新词咏莫愁。艳杀秦淮三月水，几时衫履得陪游？（新出《红楼梦》一书，或指随园故址）”[④]“新出《红楼梦》一书，或指随园故址”与“其所谓大观园者，即今之随园故址”相较，着一“或”字，疑信参半。袁枚后人袁翔甫对“随园即大观园”说亦认为乃“吾祖谰言”[⑤]。尽管周春“未深信”袁枚所说，但他仍从中获得启示，在致著名藏书家、拜经楼主人吴骞函中称“拙著《题红楼梦》诗及《书后》，绿（渌）饮托钱老广抄去，但曹楝亭墓

① 黄二宁：《假作真时真亦假——试析〈儒林外史〉中的谎言现象》，《平顶山学院学报》2007年第3期，第58页。

② ［清］诸联撰：《红楼评梦》，见一粟编《古典文学研究资料汇编·红楼梦卷》，第一二〇页。

③ ［清］富察明义撰：《绿烟琐窗集》，上海古籍出版社1984年版。

④ ［清］袁枚编，萧周校点：《随园八十寿言》，见王英志主编《袁枚全集》（陆），第九二页。

⑤ 见周汝昌著《曹雪芹小传》第十二章《流浪播迁》，百花文艺出版社1980年版，第85页注①。

铭行状及曹雪芹之名字履历皆无可考，祈查示知”[①]，以期发现作者线索；“新红学”奠基人胡适更是从袁枚《随园诗话》中的这段涉红文字入手，不懈追踪，写成《红楼梦考证》（改定稿），由此开创红学研究的新纪元。而张文虎认为随园乃袁枚“冒称即《红楼梦》之大观园”，故而止步于对曹雪芹的考证，殊可遗憾。

那么，张文虎这条关于袁枚“随园即大观园”的批语有否受到黄小田的影响呢？同处黄小田亦有批“大约是后来之随园”，语气犹豫未有所决，“此即后来随园也”，张文虎则颇为肯定。尽管黄小田在批语中并未点出随园与大观园的关系，但他对随园是不陌生的，“金陵自北门桥西行二里，得小仓山。山自清凉胚胎，分两岭而下，尽桥而止”“河未干时，清凉山为南唐避暑所，盛可想也”等袁枚所撰《随园记》中关于清凉山的句子让他看到杜少卿夫妇嬉游之地为“清凉山一个姚园”时，便写下“大约是后来之随园”的批语，可见他对袁枚及其随园的熟稔，以此推其对《随园诗话》自不会陌生，对“随园即大观园”的传言也或有耳闻。因为袁枚乃乾嘉诗坛风雅盟主，声名籍甚，而《随园诗话》同样风行宇内、妇孺皆知，因而黄小田在评点《红楼梦》时对关涉《红楼梦》之人事当有留意，换句话说，黄小田及其《红楼梦》评点对张文虎批校《儒林外史》是有影响的，这种影响既有直接影响，也有间接影响。

张文虎虽对《红楼梦》有所关注，但并未付诸评点，其《儒林外史》评点中另一条涉红资料应可解释个中原因。该条涉红资料即张文虎写于光绪二年丙子（1876）的识语，云：

> 近世演义书，如《红楼梦》实出《金瓶梅》，其陷溺人心则有过之；《荡寇志》意在救《水浒传》之失，仍酷摹其笔意，写陈丽卿、刘慧娘使人倾听而心知其万无是事，九阳钟、元黄吊挂蹈入《封神》甲里，后半部更外强中干矣。《外史》用笔实不离《水浒》《金瓶梅》，魄力则远不及，然描写世事，实情实理，不必确指其人，而遗貌取神，皆酬接中所频见，可以镜人，可以自镜。中材之士喜读之；其有不屑读者，高出于《外史》之人；有不欲读者，不以《外史》中

① 转自董志新《曹雪芹拥有〈红楼梦〉著作权的另一新证——周春致吴骞一封书信的解读》，《红楼梦学刊》2014 年第 2 辑，第 18 页。

下材为非者也。光绪丙子暮春天目山樵识。[①]

关于《金瓶梅》与《红楼梦》二书之间的承继渊源及人物、情节、语言等方面的仿效借鉴，脂批即有指出。如《红楼梦》第十三回叙秦氏之丧，甲戌本有眉批：“写个个皆到，全无安逸之笔，深得《金瓶》壶奥。”第二十八回宝玉、薛蟠在冯紫英家同锦香院妓女云儿饮酒唱曲，甲戌本有眉批：“此段与《金瓶梅》内西门庆、应伯爵在李桂姐家饮酒一回对看，未知孰家生动活泼？”第六十六回柳湘莲听宝玉说尤三姐乃宁国府尤氏之妹而言“这事不好，断乎做不得了。你们东府里除了那两个石头狮子干净，只怕连猫儿狗儿都不干净。我不做这剩忘八”（程刻本删去“只怕……剩忘八”一句），此处己卯本有夹批：“极奇之文！极趣之文！《金瓶梅》中有云‘把忘八的脸打绿了’，已奇之至，此云‘剩忘八’，岂不更奇！”等。脂批之后、程甲本以降，《红楼梦》同《金瓶梅》间师法、比较之言论甚夥。如嘉庆十年（1805）刊兰皋居士《绮楼重梦·楔子》云：“《红楼梦》一书，不知谁氏所作。其事则琐屑家常，其文则俚俗小说，其义则空诸一切。大略规仿吾家凤洲先生所撰《金瓶梅》，而较有含蓄，不甚着迹，足餍观者之目。”[②]哈斯宝《新译红楼梦》第九回“西厢记妙词通戏语，牡丹亭艳曲警芳心”批云：“我读《金瓶梅》，读到给众人相面，鉴定终身的那一回，总是赞赏不已。现在一读本回，才知道那种赞赏委实过分了。《金瓶梅》中预言结局，是一人历数众人，而《红楼梦》中则是各自道出自己的结局。教他人道出，哪如自己说出？《金瓶梅》中的预言，浮浅；《红楼梦》中的预言，深邃，所以此工彼拙。”张新之《红楼梦读法》云：“《石头记》脱胎在《西游记》，借径在《金瓶梅》，摄神在《水浒传》”，“《石头记》是暗《金瓶梅》，故曰‘意淫’。《金瓶梅》有苦孝说，因明以孝字结；《石头记》则暗以孝字结。至其隐痛，较作《金瓶梅》者尤深”，“《金

---

① ［清］吴敬梓著，李汉秋辑校：《儒林外史汇校汇评》，第六九五页。又可见李汉秋编《儒林外史研究资料》，第136–137页。光绪七年（1881）春上海申报馆第二次排印本卷首亦为张文虎写于“光绪丙子暮春”的识语，与引文个别字词略有不同，但“近世演义书，如《红楼梦》实出《金瓶梅》，其陷溺人心则有过之”一句同，见李汉秋编《儒林外史研究资料》，第135页。

② ［清］兰皋居士：《绮楼重梦·楔子》，见一粟编《古典文学研究资料汇编·红楼梦卷》，第四五－四六页。

瓶梅》演冷热，此书亦演冷热；《金瓶梅》演财色，此书亦演财色”[①]。光绪三年（1877）宝文堂刊张其信《红楼梦偶评》云：“第五回　意淫。此书从《金瓶梅》脱胎，妙在割头换像而出之。彼以话淫，此以意淫也。‘意淫’二字是全书骨子，即从此回中揭出，盖此回正组织秦可卿也。名分之隔，难下笔，故托为梦中以写之。玩册内‘造衅开端实在宁’句自明，至此回为入梦，则人皆知之矣。”[②]等等。因此，张文虎指出“《红楼梦》实出《金瓶梅》”并非新颖之论。关键的是下一句“其陷溺人心则有过之”，“陷溺”即浸润、影响，使变坏，此句意在表明《红楼梦》同《金瓶梅》相较，更能蛊惑思想、变坏人心，此应即张文虎未对《红楼梦》进行评点的原因之所在。张文虎之所以对《红楼梦》一书存有这样的认识，应基于以下几方面的原因：

第一，受社会上《红楼梦》“诲淫”言论的影响。乾隆五十六年（1791）萃文书屋木活字本百廿回《新镌全部绣像红楼梦》（即“程甲本”）刊行问世后，在赢得一片溢美之声的同时，也收获了众多肆虐汹涌的负面之辞。如嘉庆二十四年（1820）刊石韫玉《红楼梦传奇》吴云序称“《红楼梦》一书，稗史之妖也”，同治五年（1866）刊梁恭辰《北东园笔录（四编）》言“《红楼梦》一书，诲淫之甚者也。……摹写柔情，婉娈万状，启人淫窦，导人邪机”，同治十一年（1872）刊汪堃《寄蜗残赘》称“《红楼梦》一书，始于乾隆年间，后遂遍传海内，几于家置一编。聪明秀颖之士，无不荡情佚志，意动心移，宣淫纵欲，流毒无穷。至妇女中，因此丧行隳节者，亦复不少”，同治十三年（1874）刊陈其元《庸闲斋笔记》言“淫书以《红楼梦》为最，盖描摹痴男女情性，其字面绝不露一淫字，令人目想神游，而意为之移，所谓大盗不操干矛也”，等等。这些负面之辞皆认为《红楼梦》有伤风化——乃“诲淫”之作，“诲淫”即引诱别人产生淫欲。这与张文虎说《红楼梦》“陷溺人心”一式一样。

第二，受《儒林外史》闲斋老人序的影响。刊于嘉庆八年（1803）的卧闲草堂评本是目前可见《儒林外史》的最早评本，评本卷首有闲斋老人

---

① ［清］张新之：《红楼梦读法》，见一粟编《古典文学研究资料汇编·红楼梦卷》，第一五四页。

② ［清］张其信撰：《红楼梦偶评》，见一粟编《古典文学研究资料汇编·红楼梦卷》，第二一六页。

序："古今稗官野史，不下数百千种，而《三国志》《西游记》《水浒传》及《金瓶梅演义》世称四大奇书，人人乐得而观之，余窃有疑焉。……至《水浒》《金瓶梅》诲盗诲淫，久干例禁，……《传》云：'善者感发人之善心，恶者惩创人之逸志。'是书有焉。甚矣，有《水浒》《金瓶梅》之笔之才，而非若《水浒》《金瓶梅》之致为风俗人心之害也，则与其读《水浒》《金瓶梅》，无宁读《儒林外史》。世有善读稗官者，当不河汉予言也夫！"① 由闲斋老人序，知其把《金瓶梅》归入淫书之列，正因"诲淫"，"致为风俗人心之害"。显然闲斋老人在鉴赏说部书籍时，尤为注重教化功能（思想价值），而忽视了艺术价值与审美价值，这是有失偏颇的。因为《金瓶梅》"诲淫"，社会上大多数人又认为晚出的《红楼梦》脱胎于《金瓶梅》，故《红楼梦》亦为"诲淫"之作，张新之《红楼梦读法》即认为"《石头记》一书，不惟脍炙人口，亦且镌刻人心，移易性情，较《金瓶梅》尤造孽"②，料张文虎亦作如是观。此外，闲斋老人序不仅影响了张文虎对《红楼梦》的看法，也影响了黄小田对《水浒传》的看法。如《儒林外史》第三十八回"郭孝子深山遇虎，甘露僧狭路逢仇"黄小田回末批："此篇略仿《水浒传》，未尝不惊心骇目，然笔墨闲雅，非若《水浒传》全是强盗气息。固知真正才子自与野才子不同。"在《儒林外史序》中，黄小田更是直言："篇法仿《水浒传》。《水浒传》专尚勇力，久为诲盗之书，其中杀（人）放火，动及全家，割肉食心，无情无理。""《水浒传》全是强盗气息""久为诲盗之书"，有此之语，正缘于闲斋老人称《水浒传》"诲盗"。

第三，自身思想的局限。成书于道光年间的毛庆臻《一亭考古杂记》曾云："乾隆八旬盛典后，京板《红楼梦》流衍江浙，每部数十金。至翻印日多，低者不及二两。其书较《金瓶梅》愈奇愈热，巧于不露，士夫爱玩鼓掌。传入闺阁，毫无避忌。"③ 那么，闺阁女子读毕反响如何？道光元年（1821）刊乐钧《耳食录》二编卷八"痴女子"条云："昔有读汤临川《牡丹亭》死者，近时闻一痴女子以读《红楼梦》而死。初，女子从其兄案头搜得《红楼

① ［清］吴敬梓著，李汉秋辑校：《儒林外史汇校汇评》，第六八七－六八八页。又可见李汉秋编《儒林外史研究资料》，第99–100页。

② ［清］张新之：《红楼梦读法》，见一粟编《古典文学研究资料汇编·红楼梦卷》，第一五三页。

③ ［清］毛庆臻撰：《一亭考古杂记》，见一粟编《古典文学研究资料汇编·红楼梦卷》，第三五七－三五八页。

梦》，废寝食读之。读至佳处，往往辍卷冥想，继之以泪。复自前读之，反复数十百遍，卒未尝终卷，乃病矣。父母觉之，急取书付火。女子乃呼曰：‘奈何焚宝玉、黛玉？’自是笑啼失常，言语无伦次，梦寐之间未尝不呼宝玉。延巫医杂治，百弗效。一夕瞪视床头灯，连语曰：‘宝玉宝玉在此耶！’遂饮泣而瞑。”[①] 同治十三年（1874）刊陈其元《庸闲斋笔记》亦举例云：“余弱冠时读书杭州，闻有贾人女明艳工诗，以嗜《红楼梦》致成瘵疾。当绵惙时，父母以是书贻祸，取投诸火。女在床，乃大哭曰：‘奈何烧杀我宝玉！’遂死。杭州人传以为笑。”等等。这些事件在张文虎看来是难以容忍的。《舒乙室日记》中记载的一则事例对张文虎这一思想有所揭示：

> 同治八年（1869）三月二十日　晴。……耶稣教人所建讲书堂每日聚众，讲其所谓耶稣救世、代人赎罪、劝人入教者，不厌不倦，已为可笑。今竟有妇女持教者亦聚众讲书，高立台上，口讲指划，与盲婆唱书相似，廉耻之道尽矣。[②]

由这则事例可以看出，张文虎在妇女观的问题上是较为传统的，这并不奇怪，他毕竟是那个时代的文人，时代局限使然。在他看来，闺阁女子应严格遵守社会所规范的女仪女德，不应抛头露面，“还是纺绩针黹是你我的本等”（第三十七回宝钗语）。而《红楼梦》一书既叙写了宝黛钗剪不断理还乱的爱情纠葛，又塑造了诸多冲破时代牢笼、勇于追求幸福的薄命红颜，各个惊才绝艳、光彩照人，“可使闺阁昭传”（第一回），因而读来令人“荡情佚志，意动心移”“镌刻人心，移易性情”，这在张文虎看来简直是大逆不道。如前所论，黄小田的红学观也持传统和保守的立场，满脑子的伦理道德观与陈腐的妇女观，但他与张文虎又有不同，张文虎认为《红楼梦》“陷溺人心”，黄小田则竭力褒扬《红楼梦》，褒扬著书本旨，褒扬为文笔法，褒扬人物塑造，褒扬故事铺陈，且毅然而又决然地将其与淫书区别开来：“近有人欲禁淫书，并此书亦在其内，冤哉冤哉！何尝窥见作者之用意哉！”（第一回眉批）在《红楼梦》是否较《金瓶梅》“陷溺人心”上，张文虎不仅不如黄小田，更不如松江同乡青浦明斋主人诸联，诸联《红楼评梦》云：“书本脱胎于《金瓶梅》，而亵嫚之词，淘汰至尽。中间写情

① 转自邸瑞平选编《红楼漫拾》，江西教育出版社 1999 年版，第 46 页。

② 陈大康整理：《张文虎日记》，第 175 页。

写景，无些黠牙后慧。非特青出于蓝，直是蝉蜕于秽。”[①] 两相对照，高下殊绝。此外，张文虎对所谓的“诲淫”之作持否定态度，从黄小田《萍轩词草》所收《满江红·赠啸山》一词也可知悉：

何物输君，看插架、其书满家。坦便腹，沉酣六籍，咀尽英华。文笔马班供酝酿，诗篇汉魏作根芽。怪人间、轻薄却争传，温八叉。

凡鸟呼，声尽雅。真龙见，余并蛇。奋纵横，椽笔痛扫淫哇。时以滑稽为怒骂，笑看官职是泥沙。算终朝、抱瓮绝机心，聊种瓜。

词的下阕有“奋纵横，椽笔痛扫淫哇”句，“淫哇”即淫邪之声，多指乐曲诗歌，或指淫荡之语，故而张文虎对“陷溺人心”“致为风俗人心之害”的“诲淫”之作《红楼梦》不予评点也在情理之中了。

三、小结

综上，缘于“远无三月不聚首，近无三日不握手”之“订交十五年”的深情厚谊，黄小田及其所评点的《红楼梦》给予了张文虎直接或间接的影响。张文虎涉红资料凡 3 条，通过对这些资料的解读可以看出，张文虎对《红楼梦》一书的关注面还是比较广的，既关注到了小说的文本内容如浏览全书的整体感受，也关注到小说的版本系统如八十回原著与百廿回刊本，同时又对外延问题如“随园即大观园”有所注目，惜因存有“《红楼梦》实出《金瓶梅》，其陷溺人心则有过之”的成见，而对提及原著作者的资料如《随园诗话》所云“康熙间，曹练亭为江宁织造，……其子雪芹撰《红楼梦》一部，备记风月繁华之盛”止步不前，令人徒叹奈何。

另，在翻阅张文虎诗文集的过程中发现，其所校典籍多以曹寅扬州诗局刊本进行互勘。如《舒乙室杂著甲编卷下》中有《书张刻玉篇后》云：“朱锡鬯序称借得宋椠上元本于毛氏汲古阁，张子请开雕焉，又云孙氏《玉篇》虽非顾氏之旧，然去古未远，犹愈于今之所行大广益本《玉篇》也，是朱意以此为孙自强本也。今以曹楝亭刻本互校，脱落舛误皆无少异，其同出无疑。”“曹楝亭”即曹寅，“曹楝亭刻本”即刻于康熙四十五年（1706）

① ［清］诸联撰：《红楼评梦》，见一粟编《古典文学研究资料汇编·红楼梦卷》，第一一七－一一八页。

扬州使院的《楝亭五种》中的《大广益会玉篇》，而在《书张刻玉篇后》之后紧接的文章则为《书曹楝亭本类篇后》，由这些古籍校勘中所用到的“曹楝亭本”推知，张文虎对曹寅一定不会陌生，对康熙四十四年（1705）始由江宁织造兼两淮盐漕监察御史的曹寅于扬州天宁寺奉旨校刻《全唐诗》这一文化盛事也必知之；而袁枚《随园诗话》中又云“康熙间，曹练亭为江宁织造，每出拥八驺，必携书一本，观玩不辍。……其子雪芹撰《红楼梦》一部，备记风月繁华之盛”，对张文虎而言，这无疑是在提醒他二者可有效勾连，可对《红楼梦》作者曹雪芹的生平进行深入挖掘。张文虎深受乾嘉学派影响，擅长考据，其在《儒林外史》评点中即以史实比勘故事情节，或以历史人物对照小说角色，但他这一治学特长在对《红楼梦》作者的考证上没有发挥出优势，从而憾失探求良机，在这一点上，张文虎是明显不及周春的。

此外，张文虎之所以未对《红楼梦》进行评点，和他评判小说的标准也有一定的关系。《舒乙室日记》同治六年（1867）十二月十七日条云：

> ……从溥斋案头借得《池上草堂笔记》归，乃即梁恭辰所著《劝诫四录》，见之久矣，盖坊贾狡狯，诡名炫售。所记虽不尽确实，而意在儆世，亦小说中有益于人者。[①]

其中提到了梁恭辰的《劝诫四录》，梁著为笔记体志怪小说，主要辑录耳闻目睹因果报应之事，冠名“劝诫”，即劝善戒恶，“意在儆世”（“儆世”即“警世”）。而由“意在儆世，亦小说中有益于人者”这句话可推知，张文虎对此类小说是颇为认可与嗜读的。在他看来，《儒林外史》即是这样一部“可以镜人，可以自镜”的小说。张文虎的这一思想同闲斋老人是一脉相承的，如闲斋老人序《儒林外史》曰“稗官为史之支流，善读稗官者，可进于史，故其为书，亦必善善恶恶，俾读者有所观感戒惧，而风俗人心庶以维持不坏也”“《传》云：‘善者感发人之善心，恶者惩创人之逸志。’是书有焉”，可见重视小说的教化功能（思想意义和社会作用）是闲斋老人、张文虎等人评判小说优劣的主要标准。而张文虎眼里的《红楼梦》是莺莺燕燕、卿卿我我的，与《金瓶梅》相较“其陷溺人心则有过之”，看不明《红楼梦》体大思精，笔力千钧，在这一点上，张文虎是明显不及黄小田的。

---

① 陈大康整理：《张文虎日记》，第 118 页。

第四节 黄小田评点对朱昌鼎的影响

张锡恭在《杨苏盦大令家传》中曾言："公居官清，一为县丞，三为知县，罢官归，贫几不能自活。生平善属文，诗词书画靡不精，既归，乞文者盈户，稍稍取润笔资以自给。"[①] 寥寥数语，道尽杨葆光官场生涯落魄、家贫不能纳币的困顿情状。而幸其"生平善属文，诗词书画靡不精"，无论是跻身仕途前，还是被劾褫官后，与诸多文人雅士相厚，并啸歌吟咏，寄托怀抱，于黯淡的生活之外别开一方洞天。综览杨葆光《苏盦集》与《订顽日程》，其所交文士中，颇多研红论红之人，如甲戌本《红楼梦》刘铨福跋所言"李伯盂郎中言翁叔平殿撰有原本而无脂批，与此本又不同"中的翁叔平（同龢），说出"曹雪芹撰《石头记》皆操京语，我书安见不可以操吴语"的《海上花列传》著者韩邦庆，盛传一时的"三六桥本《红楼梦》"所见者、蒙古八旗武将三多，首倡"红学"术语的松江才子朱昌鼎[②]等。自咸丰十一年（1861）春向黄小田借其《红楼梦》手批本后至同治十二年（1873）归还，复借内兄张尔耆录出本，洎光绪元年（1875）十一月至光绪二年（1876）正月抄竣，在杨葆光两次过录的十余年间，黄小田评点能予如上诸人影响者以朱昌鼎可能性最大。本节即对此试作考析，因相关资料暂付阙如，虽不免辅以推测之辞，但也绝非凌空蹈虚。

一、朱昌鼎与杨葆光

朱昌鼎能留名红学史，缘于其首创"红学"一词：

> 华亭朱子美先生昌鼎，喜读小说。自言生平所见说部有八百余种，而尤以《红楼梦》最为笃嗜。精理名言，所谭极有心得。时风

① ［清］张锡恭:《杨苏盦大令家传》,见《清代诗文集汇编》第786册《茹荼轩续集》卷六。

② 以上诸人与杨葆光之交往，可见《苏盦集》《订顽日程》，此处略。

尚好讲经学，为欺饰世俗计。或问："先生现治何经？"先生曰："吾之经学，系少三曲[①]者。"或不解所谓。先生曰："无他。吾所专攻者，盖红学也。"[②]

这则趣闻来自近代报人均耀所辑《慈竹居零墨》，稍晚，徐珂《清稗类钞》也有大体相近的记载：

经学少一画三曲

曹雪芹所撰《红楼梦》一书，风行久矣，士大夫有习之者，称为"红学"。而嘉道两朝，则以讲求经学为风尚，朱子美尝讪笑之，谓其穿凿附会，曲学阿世也。独嗜说部书，曾寓目者凡九百种，尤精熟《红楼梦》，与朋辈闲话，辄及之。一日，有友过访，语之曰："君何不治经？"朱曰："予也攻经学，第与世人所治之经不同耳。"友大诧，朱曰："予经学所少于人者，一画三曲也。"友瞠目。朱曰："红学耳。"[③]

但《清稗类钞》将朱昌鼎置于"嘉道两朝"则明显失误，因为朱氏生于咸丰年间。学界对朱昌鼎的熟知，主要源于以上两则资料。2012年，以王正《松江才子朱昌鼎世系生平杂考》[④]一文为肇始，随着朱昌鼎家谱世系、思想交游等史料的发现，相关文章如《"红学"成词背景探究》[⑤]《早期"红学人物"朱昌鼎的新资料考释》[⑥]《〈申报〉所载红学人物朱昌鼎史料考析》[⑦]《关于朱昌鼎的几项补考》[⑧]等及时跟进，朱昌鼎研究渐成热点，尤其是《新发现朱昌鼎咏红诗考》[⑨]一文更使得朱昌鼎研究取得新的突破。结合朱

① "红"字繁体为"紅"，"经"字繁体为"經"，"紅"与"經"相较，少"一画三曲"。

② 均耀辑：《慈竹居零墨》，《文艺杂志》1914年第8期。又可见一粟编《古典文学研究资料汇编·红楼梦卷》，第四一五页。

③ 徐珂编撰：《清稗类钞》，第1792页。

④ 王正：《松江才子朱昌鼎世系生平杂考》，《红楼梦研究辑刊》2012年第五辑，第83-101页。

⑤ 宋庆中：《"红学"成词背景探究》，《曹雪芹研究》2013年第二辑，第171-181页。

⑥ 秦基琛：《早期"红学人物"朱昌鼎的新资料考释》，《红楼梦学刊》2013年第5辑，第83-90页。

⑦ 陈万华：《〈申报〉所载红学人物朱昌鼎史料考析》，《红楼梦研究辑刊》2014年第九辑，第234-248页。

⑧ 詹健：《关于朱昌鼎的几项补考》，《明清小说研究》2014年第4期，第90-97页。

⑨ 宋庆中、陈万华：《新发现朱昌鼎咏红诗考》，《曹雪芹研究》2018年第3期，第79-93页。

氏相关史料，撮其要而成小传如下：

> 朱昌鼎（1853—1899），字锦雯，号子美，一号紫孅，自署云间不羁生、最不羁生、华亭最不羁生、云间最不羁生、江南最不奇生、荟红巢主人等，江苏松江府华亭县人。肄业于龙门、求志、南菁、格致等书院，贡成均，谒选，以蓝翎五品衔候选直隶州通判用。文章诗赋，兼擅多能。弱冠即有才名，与同郡李幹甫有“东朱西李”之誉，晚岁卖文客沪，纵论天下事。著有《屯窝诗稿》《梦昙庵词稿》《一乐居文稿》《词媛姓氏录》等。

由朱昌鼎光绪十六年（1890）恩贡硃卷[①]（如下图）知其生于咸丰三年癸丑（1853），而该年六月，花甲之年的黄小田因太平军战火燃及芜湖而携家累避至金山，二人自然无从交往，同治六年（1867）黄小田去世时朱昌鼎也仅有十五岁，因而谈及黄小田《红楼梦》评点对朱昌鼎的影响，自然在黄小田身后，中转人即杨葆光（也或有张尔耆）。杨葆光乃松江府娄县人，“世居华亭华阳桥”，华阳桥在府城东门外（松江古语“东到华阳西跨塘”）；朱昌鼎为松江府首县华亭县人，“世居松江府城东门外东果子街”，二人相识有近水楼台之便。且杨葆光《订顽日程》中也确然颇多二人交游的记载，如：

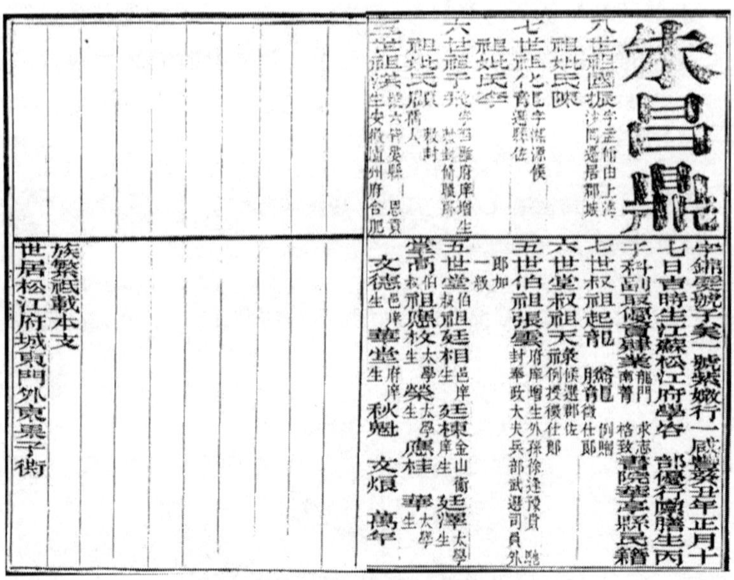

朱昌鼎恩贡硃卷（部分）

① 见顾廷龙主编《清代硃卷集成》第418册“朱昌鼎”。下引不注。

同治十二年（1873）：三月初九日“酬酢”条“晤钱小庄、朱昌鼎（子美）”，三月十一日“酬酢”条“到朱旭卿（传经）家，梦龄亦至，未见子美而还”；四月十五日“酬酢”条“沈跃斋（祥龙）、李幹甫（廷桢）、刘嘉禾（至健）、朱子美（昌鼎）来，未见”，四月十七日“酬酢”条“同孟平到龙门书院，晤嘉禾、子美、幹甫、约斋”，四月十八日“酬酢”条“季声、让木、香远、子美、幹甫、约斋来，留香远辈中饭”，四月二十日“酬酢”条“郭诵民、沈子馨、浦锡卿、子美来送……星桥、扬生、仪廷送至船，即回松”。

光绪二年（1876）：六月十六日“人事”条“子美以扇求字画，并以啸琴扇求字”、“酬酢”条“约斋、子美来，同二千君、八弟到酒楼欢饮，大醉”，六月十七日“人事”条“写海秋、子美、啸琴扇”，六月二十三日“酬酢”条“访啸山，见赠《舒乙室随笔》二本。子馨留中饭，馈药而别。访子美、瀫卿”；七月十四日“人事”条“画子美扇”，七月十五日“人事”条“托香远交子美、云溪扇，虞卿条”。

光绪十七年（1891）：六月十九日“函牍”条“子美来画报、信”。

光绪十八年（1892）：七月十八日“酬酢”条“寄送子美故分”。

光绪十九年（1893）：八月二十四日“人事”条“写东儒、子舲、竹君、子美扇对”。

从同治十二年至光绪十九年（1873—1893）的二十多年间，杨葆光与朱昌鼎一直互致音讯、鱼雁不绝，可见二人之情。《订顽日程》所记同治十二年（1873）四月下旬朱昌鼎等好友沪上送别杨葆光“至京师求应京兆试”（《苏盦文录》卷二《与乔鹤侪河帅书》）事在《苏盦诗录》卷四《自上海附轮船达天津途中书所历答前韵》一诗中亦有反映，其二云：“百货填舟纵复横，自崖送我已三更（顾香远、浦锡清、朱子美、郭诵民、沈子馨皆到船送别，夜分始去）。”此外，杨、朱二人文酒遣兴，私交甚笃，不仅因比邻而居，更兼有世交之谊。朱昌鼎存世诗集《屯窝诗稿》卷上有《杨古酝世丈以大令引荐并赴北闱，出留别五律相示，依韵奉和（原韵用杜）》诗五首，其四云：“破浪楼船倚画栏，壮怀历落恍奔湍。宜从薇省簪文笔，漫向莼鲈忆钓竿。十载苦心池洒墨，三生慧业篆吞丹。世交几代传酬唱（先曾大父诗稿中有与退谷先生唱和作），贱子而今学步难。”[①] 由尾联及句间小

① ［清］朱昌鼎撰：《屯窝诗稿》，松江博物馆藏抄本。下引朱氏诸诗及黄文镐序、朱久望跋亦见该抄本，不另注。

注知朱、杨两家先世即有往来，交如臼杵，“退谷先生”乃杨葆光高祖杨汝谐，张锡恭《杨苏盦大令家传》云“高祖讳汝谐，工诗，能书画，世称退谷先生”。朱昌鼎曾祖父与杨葆光高祖间不仅赋诗唱酧，朱昌鼎堂伯（叔）祖朱光裕还是杨葆光的启蒙恩师，如《订顽日程》所附《戚友姓编》载：“朱 嘉庆朝 光裕，号静溪。华亭诸生。道光丙丁间尝从习举业。咸丰朝□□，号子美。静师从孙，年少能文。”[①]

唐杜荀鹤《秋晨有感》曾言“吟发不长黑，世交无久情”，而朱、杨两家世代交好，洵为可贵。

二、朱昌鼎闻知黄小田及其《红楼梦》评点蠡测

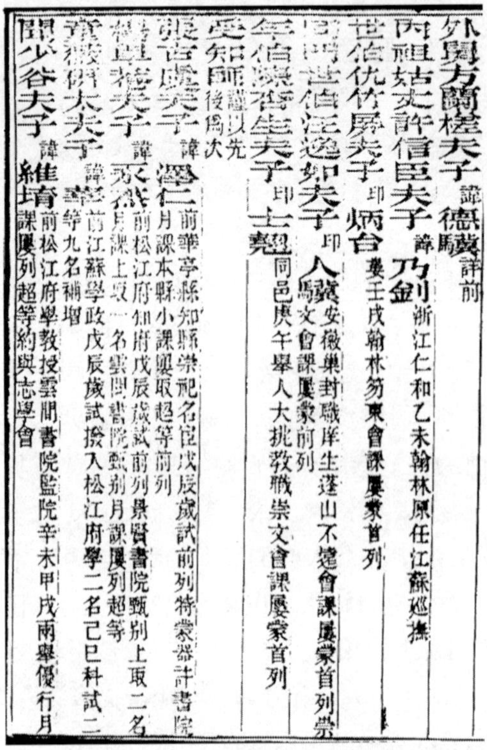
外舅方爾楼夫子 諱德驥 許前
內祖姑丈許信臣夫子 諱乃釗 浙江仁和乙未翰林原任江蘇巡撫
世伯优竹屏夫子 印炳台 癸壬戌翰林勿東會課屢蒙首列
世伯汪逸如夫子 印人驥 安徽巢封職庠生蓬山不覺會課屢蒙首列崇文會課屢蒙前列
年伯蔣省生夫子 印士翹 同邑庚午舉人大挑教職崇文會課屢蒙首列
受知師 以先後爲次
張吉曉夫子 諱澄仁 前華亭縣知縣崇祀名宦戊辰歲試前列特蒙器許書院月課本縣小課屢取超等前列
趙輯夫子 諱秉燕 前松江府知府戊辰歲試前列景賢書院甄别上取二名月課上取一名雲間書院甄别月課屢列超等
寶禮耕太夫子 諱 前江蘇學政戊辰歲試撥入松江府學二名己巳科試二等九名補增
周少谷夫子 諱維堉 前松江府學教授雲間書院監院辛未甲戌兩舉優行月課屢列超等約與志學會

朱昌鼎恩贡硃卷“问业师”(部分)

由上可知，朱昌鼎与杨葆光累世通家，且杨葆光乃黄小田《红楼梦》评点的亲见者与过录者，故而朱昌鼎能通过杨葆光获知黄小田及其《红楼梦》评点。另外，由朱昌鼎恩贡硃卷知“内祖姑丈许信臣夫子讳乃钊”为其十二位“问业师”之一（如图）。许乃钊（1799—1878），字信臣，号贞恒，又号讯岑、讯臣，晚号邃翁，浙江杭州府钱塘县人。道光十五年（1835）进士，咸丰三年（1853）任江苏巡抚兼江南大营帮办，咸丰七年（1857）以三品顶戴帮办江南军务，次年补光禄寺卿，咸丰十年

① ［清］杨葆光著，严文儒校点：《订顽日程》附《戚友姓编》，第三〇七三–三〇七四页。

（1860）太平军破江南大营，革职回籍。许乃钊同黄小田是有交的，黄小田《避弋小草》下卷作于咸丰四年（1854）《三兄自草堰浮海来访，许信臣（乃钊）纡道视我，欢聚数日，又欲言别，潸然赋此》一诗可证。许乃钊之所以同黄小田有交，因其兄许乃普（滇生）为黄小田父黄钺的得意门生，黄钺《壹斋集》与黄小田《礼部遗集》中颇多与许乃普酬答诗篇。许乃钊为朱昌鼎内祖姑丈，内祖姑即妻子祖父的姊妹，这表明朱昌鼎问业许翁时已然婚配，故而他对许氏昆仲同黄钺、黄小田父子间的交往或有耳闻。另，同纳兰性德齐名的女词人顾太清与许氏一家颇有渊源，顾氏为许太夫人义女，尊许乃普为六兄（如《东海渔歌》卷四《瑶华·代许滇生六兄题海棠庵填词图》[①]），同乃普继室项屏山为闺中密友（如《东海渔歌》卷四《江神子·听项屏山姊（紃）弹琴》《唐多令·十月十日，屏山姊月下使苍头遥糠一袋以饲猪，遂成小令申谢》等），而太清写有红楼续书《红楼梦影》，“尤精熟《红楼梦》，与朋辈闲话，辄及之”的朱昌鼎对许氏家族与顾太清的这段因缘也一定不会陌生，《红楼梦影》或为他与友朋茶余饭后的谈资。

由《订顽日程》可知，自同治十二年至光绪十九年（1873—1893）的二十多年里，杨葆光与朱昌鼎一直保持着音讯，尤以同治十二年至光绪二年（1873—1876）间旦夕过从最为频繁。由《订顽日程》同治十二年（1873）二月二十五日“人事”条“发行李上船”、二十六日“人事”条“别太夫人，以次上船”以及三月初六日“人事”条“晡时始抵郡城。……送伊卿菌油一大瓶、茶叶一瓶”知此际杨葆光由丹阳雇船返松；由四月十八日“人事”条“交扬生《石头记》二”知其返乡前已在过录黄小田批语，该日“酬酢”条“季声、让木、香远、子美、幹甫、约斋来，留香远辈中饭”——四月十八日这天杨葆光既归还韩扬生所藏《红楼梦》，又留朱昌鼎等人用餐，餐叙间说起黄小田评点并不意外，而“以《红楼梦》最为笃嗜”的朱昌鼎当尤为关注。

此外，朱昌鼎也可从其他渠道获知黄小田评点，比如张尔耆。朱昌鼎同杨葆光为世交，张尔耆又为杨葆光内兄，张尔耆同杨葆光一样同为娄县人，而松江府城内，南半华亭，北半娄县，朱昌鼎自然识得张尔耆。朱昌

① ［清］顾太清、奕绘著，张璋编校：《顾太清奕绘诗词合集》，上海古籍出版社1998年版。下引不注。

鼎年少即有才名，《屯窝诗稿》黄文镐序称“华亭朱明经子美先生，不佞二十年前曾识荆州，见乡人士群以才子目之，且有以兰台木天相期许者，其雅负时望可谓盛矣”，朱久望跋文亦称“先兄天赋聪颖，夙具才华，当日与同郡西郊李幹甫年伯齐名，时人有东朱西李两才子之目”，对于这样一位才望兼隆的青年才俊，张尔耆当然也不会陌生，所以酷嗜《红楼梦》的朱昌鼎从张尔耆处借阅黄小田评点也是可能的。

综上，朱昌鼎闻知黄小田并拜阅其《红楼梦》评点具备可能性。而查检《屯窝诗稿》中朱昌鼎所作题红诗，其所反映出的读红观同黄小田批语存在诸多同频共振之处。

三、朱昌鼎题红诗与黄小田红学观

朱昌鼎《屯窝诗稿》凡卷上、卷下两卷，其中收有题咏《红楼梦》的诗篇计 3 题 6 首，拙文《新发现朱昌鼎咏红诗考》一文解读甚详，可参看。为方便论述，复逐录如次。一为作于同治十二年（1873）秋《少轶为余言四妹生前好同女伴谭红楼梦，有感而作》：

名士读《骚》多不偶，闺人一例是《红楼》。
莫言顽石无情物，诉尽春愁亦点头。

一为作于同治十三年（1874）秋《题二美钓鱼图》：

娇娃何事凭栏杆，聚藻依蘋仔细看。
他日怡红春去也，只留明月伴鱼竿。

一为作于光绪元年（1875）春《花朝日约袁七一上舍（康）、李平书茂才（安曾）、王斗槎（廷棵）、孙顽石（点）折白桃花，供清醨，为潇湘妃子祝寿，占四绝句当迎神、送神词》：

稗官底事说荒唐，千古埋花土尚香。
君试妄言吾妄听，一杯清酒酹潇湘。

青（埂）峰前春不老，绛珠宫里月常圆。
情天悟彻销情劫，泪海何劳精卫填？

有情那得不成痴，愿侍香魂侍绛帷。
侬是前身作鹦鹉，喃喃曾诵葬花诗。

茫茫尘海论穷通，颠倒何须怨化工？
博得情仙应一笑，君家都是可怜虫。

仔细分析这6首题红诗，其所反映出的朱氏读红心得有四点与黄小田一致：

第一，均视《红楼梦》为文人创作的小说。以寻求作品“微言大义”为旨归的索隐派在红学史上可谓源远流长，在朱昌鼎生活的时代，“张侯家事说”“明珠家事说”“傅恒家事说”等仍较为流行且拥趸甚众。但细读朱昌鼎题红诗，其与穿凿附会的索隐之风是毅然绝缘的，这在“为潇湘妃子祝寿”四绝句其一中体现得最为显明。该诗第一句云“稗官底事说荒唐”，“稗官”代指小说或小说家，“底事”即何事或此事之义，“说荒唐”照应《红楼梦》第八回“嘲顽石幻相”七律首联“女娲炼石已荒唐，又向荒唐演大荒”，则该句意即小说家在《红楼梦》中敷演出一段关于石头以及由这块石头引发的“木石前盟”“金玉良姻”等荒诞不经的故事。“稗官底事说荒唐”，简简单单七个字，将《红楼梦》与以追索本事为能事的索隐一派割裂开来。在诗的第三句，朱昌鼎则再次重申自己的观点，“君试妄言吾妄听”，小说家既然凭空杜撰、满纸无稽，我就姑妄听之，听之读之。由朱昌鼎的这两句诗不难看出，在他眼里，《红楼梦》不过是一部文人创作的小说而已。这种看法是殊为可贵的。“为潇湘妃子祝寿”四绝句作于光绪元年（1875）春，而在四年前的同治十一年（1872），创刊仅一月有余的《申报》即刊载《红楼梦》逸闻云：“夫说部传奇等作，多属墨沼烟云，而徒以才子佳人，引人入胜，少年血气未定者，阅之鲜不为淫魔所祟。于是日向故纸中求佳丽，久之，且不必展卷而佳丽亦俨然在心目中矣。淫书之为患若此。而《红楼梦》虚中有实，尤为此中魁首，世传为曹雪芹所撰。按性德字容若，原名成德，满洲人，大学士明珠之子。《红楼梦》中所谓贾宝玉者，即其人也。《茶余客话》载，其年十七为诸生，十八举乡试，十九成进士，二十二授侍卫。《红楼梦》云乃其髫龄事。曾有诗云：幽谷有美人，无言若有思。含颦但斜睇，吁嗟怜者谁。予本多情人，寸心聊自持。私心托远梦，初日照帘帷。意即为林黛玉而发耶。”[①] 可见，《红楼梦》本事“明珠家事说”是有着相当的市场的。《申报》创刊后，关于《红楼梦》的逸事、诗词等时见发布，蔚成风气，浸淫于这样的环境中，朱昌鼎能保持清醒的头脑，未陷入索解隐衷的乱泥潭，自具宏见卓识。而黄小田在评批《红楼梦》时，将《红楼梦》视为文人创作的小说贯穿其评点终始，在逃难余生接档评点《儒林外史》时也不改初衷：“《石头记》为从来未（有）之小说。”（《儒林外史又识》）在黄小田评红批语中，视《红楼梦》为“小说”的字眼比比皆是，如“小说耳，原无足异，然文章之妙，为自来小说所未有”（第一回眉批）、“东府之污秽，不可明写，却借一焦大托之于醉，尽情骂出，痛快非常，从来小说有此妙笔否？”（第七回回末评）、“至其描写声容，无不惟妙惟肖，曲尽俗情，则自有小说以来未之见也”（第六十八回回末评）、“试问自有小说以来，有如此妙文否？”（第七十五回眉批），等等，除对小说中的妙文妙笔誉不绝口外，黄小田还盛赞小说作者：“作者之才，真小说圣手矣。”（第十五回眉批）黄小田与朱昌鼎均视《红楼梦》为文人创作的小说，无论是在其时，还是在当下，都有着积极的现实意义，因为立足小说文本，回归文本本位，读者才能不断赋予和重塑红楼文本的生命力，一如“接受美学”主要创立者姚斯所说：“艺术作品的本质建立在其历史性上，亦即建立在从不间断与大众对话产生的效果上。”[②]

第二，皆认为《红楼梦》写“情”。黄小田在《红楼梦》评点中指出“是书言情，无所不有”（第六十一回眉批）、“是书言情，无所不备”（第七十八回眉批），毋庸置疑，在他看来，《红楼梦》写“情”。“专写宝黛二人相爱之情。然非宝钗来，无可写也”，黄小田于小说第五回写下的这句眉批表明，《红楼梦》写“情”，重在围绕宝黛钗“木石前盟”与“金玉良姻”两段爱情婚姻并以其铺叙故事情节，描绘人情世态。在评点过程中，除对人伦亲情、手足深情、主仆真情等进行逐回品析外，黄小田还通过宝玉的闻见体验不惮其烦地总结出“空中之情”“不近人情之情”“意外之情”“决绝之情”等各种情感类型，“情”之内涵既见广度也具深度。黄小田对《红楼梦》“是书言情”的精当分析是符合芹笔芹意的，如孙逊所说：

① 《申报》1872年6月3日。

② ［德］汉斯·罗伯特·姚斯著，周宁等译：《接受美学与接受理论》，辽宁人民出版社1987年版。

“这个‘情’当然首先包含了我们通常讲的‘男女之情’，否则《红楼梦》也不成其为《红楼梦》；但它又远远不止‘男女之情’，而是包含了远为丰富和复杂的内涵。把《红楼梦》仅仅理解为爱情小说，把《红楼梦》的‘情’仅仅理解为‘男女之情’，不仅不符合小说实际，而且辜负了作者的一片苦心”，“这个‘情’首先包含了男女间的相悦相爱之情，同时又包含了人与人之间的同情关爱之情，更涵盖了人对自然的体贴怜惜之情；它们共同构成了《红楼梦》‘情本思想’的丰富内涵”[①]。而朱昌鼎透过题红诗也表达出《红楼梦》写“情”的思想。比如“为潇湘妃子祝寿”四绝句其二：“青（埂）峰前春不老，绛珠宫里月常圆。情天悟彻销情劫，泪海何劳精卫填？”全诗主要摹写黛玉魂游离恨天重返幻境、宝玉出家做和尚复归大荒后的景况，第三句“情天悟彻销情劫”既点出“情天”“情劫”等言“情”笔意，又可于《红楼梦》第百十六回“得通灵幻境悟仙缘”、百二十回“甄士隐详说太虚情”找出与之相契合的情节：

> 那仙女道：“你要知道这草，说起来话长着呢。那草本在灵河岸上，名曰‘绛珠草’。因那时萎败，幸得一个神瑛侍者日以甘露灌溉，得以长生。后来降凡历劫，还报了灌溉之恩，今返归真境。所以警幻仙子命我看管，不令蜂缠蝶恋。”（百十六回）
>
> 士隐道：“宝玉，即‘宝玉’也。那年荣宁查抄之前，钗黛分离之日，此玉早已离世。一为避祸，二为撮合，从此夙缘一了，形质归一。又复稍示神灵，高魁贵子，方显得此玉那天奇地灵锻炼之宝，非凡间可比。前经茫茫大士渺渺真人携带下凡，如今尘缘已满，仍是此二人携归本处：便是宝玉的下落。”（百二十回）

而这两处情节又皆起自第一回“木石前盟”的来历：

> 只因（绛珠仙草）尚未酬报灌溉之德，故甚至五内郁结着一段缠绵不尽之意。常说：“自己受了他雨露之惠，我并无此水可还。他若下世为人，我也同去走一遭，但把我一生所有的眼泪还他，也还得过了。”因此一事，就勾出多少风流冤家都要下凡，造历幻缘，那绛珠仙草也在其中。今日这石复还原处，你我何不将他仍带到警幻仙子案前，给他挂了号，同这些情鬼下凡，一了此案。

① 孙逊：《情本思想：〈红楼梦〉的文化精神》，《文汇报》2004 年 11 月 16 日。

这一番“灌溉之德”“还泪之因”，从前世到今生，从案前挂号到对册销号，正合“情天悟彻销情劫”。但朱昌鼎并未将目光仅着眼于宝黛两心相悦的爱情，而是放眼全书，聚焦包括宝黛在内的历尽风月波澜的一众痴儿女，如作于同治十二年（1873）秋的悼妹诗中即有云“莫言顽石无情物，诉尽春愁亦点头”，该诗句不难理解，不要说石头是无情无识之物，它在听完《红楼梦》一书所讲述的青春情事后也会颔首称赏、感化点头。这两句诗既称扬《红楼梦》震撼心灵的艺术感染力，也点明《红楼梦》叙写的主要内容。“春愁”一语则可从小说第五回警幻仙姑出场所歌“春梦随云散，飞花逐水流。寄言众儿女，何必觅闲愁”中寻求答案，儿女情长，摧心裂肝，故“诉尽春愁”意在表明《红楼梦》写“情”，主要写儿女之情。

上引孙逊对《红楼梦》“情本思想”的阐释认为除了男女之间生死不渝的爱情、人与人同帮互助的关爱之情外，“更涵盖了人对自然的体贴怜惜之情”，此即“警幻情榜”上宝玉的考语“情不情”——“不但草木，凡天下之物，皆是有情有理的”（脂本第七十七回，程本则为“不但草木，凡天下有情有理的东西”，远逊脂本）。黄小田在评点《红楼梦》的过程中，将第十九回望慰小书房内“自然是寂寞的”美人画、第三十五回“看见燕子就和燕子说话，河里看见了鱼就和鱼儿说话，见了明星月亮，他不是长吁短叹的，就是咕咕哝哝的”、第七十九回观迎春出嫁后的紫菱洲畔“蓼花苇叶，也都觉摇摇落落，似有追忆故人之态”等宝玉视天地众生万物有情的言行，概括为“物本无情，有情者视之如此耳，写宝玉之情，无所不至”（第七十九回眉批），可谓点睛破的，揭示出宝玉“情不情”这一界限的超越与灵性的高度。诚如宝玉所说“不但草木，凡天下之物，皆是有情有理的，也和人一样，得了知己，便极有灵验的”，朱昌鼎也注意到了这一点，他在“为潇湘妃子祝寿”四绝句其三中便将一只巧嘴的小鸟——鹦鹉，写入诗中：“有情那得不成痴，愿侍香魂侍绛帷。侬是前身作鹦鹉，喃喃曾诵葬花诗。”首句直言鹦鹉“有情”，而这只禀性聪慧的鹦鹉的确是只有情鹦鹉：

> （黛玉）想到这里，又欲滴下泪来，不防廊上的鹦哥，见黛玉来了，“嘎”的一声，扑了下来，倒吓了一跳。因说道：“你作死呢，又搧了我一头灰。”那鹦哥又飞上架去，便叫：“雪雁，快掀帘子，

> 姑娘来了!”黛玉便止住步,以手扣架,道:“添了食水不曾?”那鹦哥便长叹一声,竟大似林黛玉素日吁嗟音韵,接着念道:“侬今葬花人笑痴,他年葬侬知是谁?”黛玉紫鹃听了,都笑起来。紫鹃笑道:“这都是素日姑娘念的,难为他怎么记了。”黛玉便命将架摘下来,另挂在月洞窗外的钩上,于是进了屋子,在月洞窗内坐了。吃毕药,只见窗外竹影映入纱窗,满屋内阴阴翠润,几簟生凉。黛玉无可释闷,便隔着纱窗调逗鹦哥做戏,又将素日所喜的诗词也教与他念。(第三十五回)

它不仅会“诵葬花诗”,还会唤雪雁“快掀帘子,姑娘来了”,在“一年三百六十日,风刀霜剑严相逼”(第二十七回)的日子里,陪伴深闺黛玉打发幽寂时光,这直与人一样“得了知己,便极有灵验的”,一如东观阁本侧批:“鸟亦有情。”(第三十五回)诗才高逸的林黛玉虽以驯养鹦鹉聊为“释闷”,但也视鹦鹉为可托付心事的知音,她不仅“将素日所喜的诗词”念给鹦鹉,更将自伤身世述与宝玉听的《葬花吟》念给了鹦鹉,同居潇湘馆,人鸟相与欢,这或可看作是“人对自然的体贴怜惜之情”。鹦鹉这一意象在历代骚人墨客的笔下,有宫闺怨艾、文采风流、英才不遇及客愁乡思[①]等譬况寄慨,而服侍黛玉的两个丫鬟——紫鹃和雪雁,她们的名字亦是飞禽且寓意悲苦,以此暗示黛玉的悲剧命运。潇湘馆廊上的这只鹦鹉,无疑也是黛玉悲剧命运的暗示,黄小田敏锐地捕捉到了这一点,他在“那鹦哥便长叹一声”处眉批:“鹦鹉能诵诗者多矣,未有学叹声者,久之恐将作杜鹃啼血矣。”第七十四回《桃花行》中黛玉吟出的“一声杜宇春归尽,寂寞帘栊空月痕”,正是以杜鹃啼血预示自己悲戚的结局。但在后四十回续书中,这只乖巧善言的鹦鹉除了“姑娘回来了,快倒茶来!”(第八十九回)的无聊学舌外,便失去了灵性,终至销声匿迹,而续作也罔顾了曹公的一片深意。朱昌鼎却没有忘记,他在题红诗中甚至想象出这只“有情那得不成痴”的鹦鹉在黛玉魂归太虚后也随她飞升仙境,“愿侍香魂侍绛帷”,可谓情怀高邈。

由以上分析可以看出,黄小田与朱昌鼎皆认为《红楼梦》写“情”,这种“情”不仅包含迎风洒泪对月伤神的才子佳人式的爱情,而且“不但

---

① 刘欢萍:《古典诗词中的鹦鹉意象及其文化内蕴探究》,《安徽农业大学学报》(社会科学版)2009年第1期,第60–63页。

草木，凡天下之物，皆是有情有理的”。

第三，都同情与支持宝黛爱情，肯定宝玉出家的行为。《红楼梦》第六十二回袭人说“潇湘妃子”林黛玉的生日时谓之“二月十二是林姑娘”，而在花朝节这天，“以《红楼梦》最为笃嗜”的朱昌鼎为免黛玉香闺寂寞，便约请袁康、李平书、王廷樑、孙点等四位红楼痴人遥叩芳辰，既是“为潇湘妃子祝寿”，当然要提及她与宝玉的凄美爱情。四绝句其二“青（埂）峰前春不老，绛珠宫里月常圆。情天悟彻销情劫，泪海何劳精卫填？”虽摹写黛玉魂游离恨天重返幻境、宝玉出家做和尚复归大荒后的景况，但全诗的感情基调是欢愉的、和悦的。诗的开篇即描绘一派美好祥和的景象：宝玉皈依三宝后脱去人世间的皮囊骸骨，神归大荒山无稽崖青埂峰，重为那块娲皇“自经锻炼之后，灵性已通”的“鲜莹明洁”的石头，“自去自来，可大可小”（第一回），览四时烟霞，赏树影花光；而黛玉在温柔富贵乡同宝玉演绎了一场没有修成正果的恋爱后，也返归“楼阁高耸，殿角玲珑”的太虚幻境，复为身份尊贵的“头戴花冠，身穿绣服”（第百十六回）的绛珠仙子，有宫妆侍女服侍，没有人世哀愁，所谓“绛珠宫里月常圆”。黛玉重列仙班，宝玉悬崖撒手，这可称得是另一种形式上的圆满，一如化蝶的梁山伯与祝英台，人间的抗争虽然失败了，但仍是一种无与伦比的成功，因为他们并未败给爱情，这应该为之感到欣喜，又何必劳烦精卫鸟衔来微木去填滂沱泪海呢？是支持宝黛缔结秦晋，还是支持二宝永结同心？就全诗窥探朱昌鼎心理，显然感情的砝码偏向了前者。而黄小田也是同情与支持宝黛爱情的，这在第二章《“是书言情，无所不备”——黄小田“写情说”散论》一节中有详细论述。因为全书“专写宝黛二人相爱之情”（第五回眉批），所以黄小田对黛玉批判得也最为猛烈——他不满黛玉无视礼教道义，“千金小姐应该有千金小姐的样子，应该以礼相持，不能忘情，更不能越规”[①]。而当黛玉言谈举止符合女仪女德，黄小田的语气又变得温和柔缓，比如第八十九回向学房告假的宝玉去看黛玉，在“黛玉站起来，迎了两步”处眉批“是两人都大了情形”，在“雪雁沏了茶来，宝玉吃着。又等了一会子，黛玉经才写完，站起来道：‘简慢了’”处眉批“真是相敬如宾了”，等等。在黄小田批语中，关于黛玉的批语粗略统计有近 130 条，

① 张庆善:《一位鲜为人知的〈红楼梦〉评点家——黄小田〈新增批评绣像红楼梦〉评点初探》，第 232 页。

批判性批语则约120条，占92%之强，黄小田愈是对黛玉疾言厉色，愈能反映他对黛玉的看重，设若黛玉同宝钗一样以淑女情状示人，黄小田自然会赞誉有加。尽管如此，黄小田却十分同情宝黛爱情，认为“可怜红丝所不能拴者，苦矣”（第五十七回眉批），甚至想到以宝玉的泛爱多情虑及宝黛婚后黛玉的处境——“即使与黛玉如愿，而欲为化灰烟之人尚多，又何以处之？”（第五十七回眉批）黄小田批判黛玉的主要原因除无视礼教道义外，另一个则是爱使小性，在黄小田看来，使小性致使黛玉亲手埋葬了自己的爱情，如第八十二回眉批“这段婚姻是姑娘自己小性儿闹掉”，可以说，黄小田对黛玉的情感态度是既爱又恨且怜，而在这“爱恨交织”中，他对宝黛爱情的态度——同情与支持，也愈发清晰明朗。

宝玉博取功名后皈投佛门，对贾府而言不啻晴天霹雳，给家人带来的感情创伤如王夫人所言“宝玉抛了我，我还恨他呢”“我叹的是媳妇的命苦，才成了一二年的亲，怎么他就硬着肠子，都撂下了走了呢！”概括起来，即有违孝道、弃亲离义，所以，评点家们多从儒家孝悌观上来评价宝玉的出家之举，如张子梁说他“只管自己悟道，却苦了为父母的”（第百十五回夹批）、陈其泰批其“绝人逃世，伤父母之心”（第百十九回回末评）等。而黄小田则认为“宝玉有子，且中举辞别父母而去，可告无罪”（百二十回眉批），由批语不难看出，黄小田亦是遵循世俗化的孔孟之道，但他看待问题较为冷静，“宝玉有子”则荣府有后，“中举”则光耀门楣，功过相抵，“可告无罪”。稍晚的洪秋蕃也表达了大致相同的看法，他在《红楼梦考证》中称：“是宝玉有此一第，其有造于家庭不小。抛弃天伦，可告无罪矣。”[①]此外，黄小田在分析宝玉“可告无罪”时并未明确表示给宝钗带来的影响，通过第百十九回宝钗听赶考回来的贾兰说宝玉丢了致其“也是白瞪两眼”处黄小田眉批“宝钗也有今日”可以推知，黄小田并不支持二宝结合，因为在他看来，黛玉的婚姻是“自己小性儿闹掉”而“被人剪了绺去了”（第八十二回眉批），“剪绺”意即盗取，将“剪绺”的罪名冠以宝钗，黄小田对二宝联姻与宝黛爱情的倾向性明甚；而“宝钗也有今日”，短短六字，极尽揶揄，可见黄小田对宝黛爱情确然抱以同情。朱昌鼎亦同情与支持宝黛爱情，连带着，对宝玉出家的行为也持肯定态度。这仍要从“为潇湘妃子

① ［清］洪秋蕃撰：《红楼梦考证》卷十六，见王振良编《民国红学要籍汇刊》（影印本），南开大学出版社2017年版，第四七页。

祝寿”四绝句其二一诗中进行分析。黛玉辞世时，后四十回续书以“苦绛珠魂归离恨天”（第九十八回）拟为回目，字字含悲；宝玉秋试同家人道别，则语语不祥，以致“王夫人和宝钗娘儿两个倒象生离死别的一般，那眼泪也不知从那里来的，直流下来”（第百十九回），而朱昌鼎却一扫凄苦氛围，赋诗曰“绛珠宫里月常圆”“青（埂）峰前春不老”，可见他对宝黛重回天界的喜悦之情。朱昌鼎何以为喜？这要从第五回《红楼梦曲·终身误》“都道是金玉良缘，俺只念木石前盟。空对着，山中高士晶莹雪；终不忘，世外仙姝寂寞林。叹人间，美中不足今方信。纵然是齐眉举案，到底意难平”中寻找答案，宝黛虽有情人未成眷属，但宝玉在与宝钗结为婚姻后，“终不忘，世外仙姝寂寞林”，最终遁世而去，不负黛玉“你死了，我做和尚去”（第三十一回）的知己之语。而宝玉选择出家作为人生了局是命中注定的，其前生为娲皇弃石，“一日来到警幻仙子处，那仙子知他有些来历，因留他在赤霞宫居住，就名他为赤霞宫神瑛侍者。他却常在灵河岸上行走，看见这株仙草可爱，遂日以甘露灌溉，这绛珠草始得久延岁月”，由此开启“还泪”情债，“因此一事，就勾出多少风流冤家都要下凡，造历幻缘”（第一回），当人间情缘完尽，绛珠仙草与神瑛侍者则必然要回归木石之身，“《红楼梦》重点描述的，是贾宝玉如何从‘花柳繁华地，温柔富贵乡’的红尘诱惑中，一步步地走向出家的”[①]，而宝玉的出家也就“成为一种内在的自觉的行为”[②]，故而朱昌鼎才说“情天悟彻销情劫”，可见他是立足小说文本对宝玉出家的行为作出判断的。另外，通过《题二美钓鱼图》一诗也可约略看出朱昌鼎对宝玉出家所持的态度，拙文《新发现朱昌鼎咏红诗考》初步判断该诗诗题应为《题四美钓鱼图》，因为诗的内容与《红楼梦》第八十一回“占旺相四美钓游鱼”全合，尤其第三句“他日怡红春去也”明确点出“怡红”二字。对宝玉同探春、邢岫烟、李纹、李绮等“四美钓游鱼”，黄小田认为：“钓竿，宝玉也，鱼则众美也，竿折鱼散，终归于空，此作者寓意，非徒写钓鱼。”（第八十一回眉批）宝玉是愿永远守着清净女儿们过完一世的，大观园群芳最终却死的死、走的走、嫁的嫁，宝玉的美好愿望成空，而他也在爱情的失意中斩断三千烦恼丝，四大皆空，此所谓“竿折

---

① 刘相雨：《论贾宝玉出家的文学渊源和深层意蕴》，《红楼梦学刊》2016年第5辑，第75页。

② 刘相雨：《论贾宝玉出家的文学渊源和深层意蕴》，第82页。

鱼散，终归于空”。“娇娃何事凭栏杆，聚藻依蘋仔细看。他日怡红春去也，只留明月伴鱼竿”，细读全诗，用词直露，语调舒缓，感情平和，述及宝玉出家的“他日怡红春去也”一句尤其淡写轻描，没有过激措辞，没有冷嘲热讽，朱昌鼎表现出来的是一以贯之的平静与冷静，这或可看作是他对宝玉出家的默认。

第四，同时注意到小说所反映的荣枯兴替的问题。黄小田虽认为宝钗黛尤其是宝黛爱情为小说“正文”，但在第五十九回“柳叶渚边嗔莺叱燕，绛芸轩里召将飞符”的回末评中指出“此回与下一回似琐碎，无关正文，不知大家之败，多由家无正主，婢仆作弊偷盗，以至不可收拾，而后文六十四回以下，珍琏纵淫，凤姐至欲害人性命，作成查抄之祸何？莫非家主愚暗昏聩使之然耶？是书写盛衰之际，由细而大，由源而成，观者可为殷鉴。世人不知，徒沾沾于宝黛之情，误矣”，意在提醒读者阅读《红楼梦》不要仅醉心于铭肌镂骨的痴情爱恋，更应看到作者借此展现的百年望族“树倒猢狲散”的没落之因，此与王希廉称《红楼梦》“是说贾府盛衰情事”相合。而“为潇湘妃子祝寿”四绝句其四即反映出朱昌鼎对《红楼梦》一书展现出的人世兴衰的关注。“为潇湘妃子祝寿”四绝句中，第一首直言潇湘妃子，第二首聚焦宝黛爱情，第三首转向念诗鹦鹉，第四首则从“情仙”角度切入以观俗世浮沉，“情仙”应指谙熟“木石前盟”“金玉良姻”以及其他风月波澜的僧道二圣、警幻仙姑等天界人物。“茫茫尘海论穷通”，诗的开篇即直抵诗眼——“穷通”，“穷通”即困厄与显达，此句可解为在敷演神瑛侍者、绛珠仙草同“一干风流孽鬼”“下世为人”“造历幻缘”（第一回）的故事中，《红楼梦》一书也述及了人世的繁华与衰败。第二句“颠倒何须怨化工？”易于理解，福兮祸所倚，祸兮福相随，又何必恨命运无常，怨造化弄人？这令人想起第五回《红楼梦曲》中言及探春的话——“自古穷通皆有定，离合岂无缘？”也就是说“荣辱自古周而复始”（第十三回秦可卿语），皆有定数，强求不得，盖头脑中存有这样的认识，故朱昌鼎以“博得情仙应一笑，君家都是可怜虫”两句收结。虽然都关注到了《红楼梦》所反映出的兴盛衰废的问题，但在问题的剖析上，黄小田和朱昌鼎显然有所不同。贾府由盛而衰，黄小田将其归罪于这个钟鸣鼎食之家内部的腐朽透顶与自甘堕落——“奢侈促之”（第十六回回末评）、“倚势妄为”（第四十六回眉批）、“家无正主，婢仆作弊偷盗”（第五十九回回末评)、“因循疲玩，以至于亡”（第七十二回眉批）、妾妇“不能劝谏之过”（第百七回眉批）等，共同构成“贾家致败之由”（第二回眉批）；而从呼贾府上下人等为“可怜虫”以及贾府大厦倾颓不过是“博得情仙”“一笑”来看，朱昌鼎远没有黄小田见解深刻，同时由“颠倒何须怨化工？”一句也可窥得朱氏的看法带有宿命论的色彩。当然，必须要明确的是，朱昌鼎作诗时年仅二十三岁，与作批时年过半百的黄小田相较，人生阅历自然不足，对生存感受、生命体验认识浅显也在情理之中。

四、小结

综上，同杨葆光、张文虎等与黄小田有亲密接触的友人相比，生也晚矣的朱昌鼎自然无缘亲炙黄小田教诲，但通过对杨葆光与朱昌鼎的世交至谊、黄小田与朱昌鼎的问业师许乃钊交好、录有黄小田《红楼梦》批语的张尔耆应为朱昌鼎所熟识等各种直接或间接的关系，朱昌鼎闻知黄小田并拜阅其《红楼梦》评点有较大的可能性。而通过对《屯窝诗稿》中6首题红诗的鉴析也可发现，朱昌鼎的读红心得同黄小田批语存在较多观点相合的地方。因此，说黄小田《红楼梦》评点对朱昌鼎有所影响，并非蹈空逞辩。

附带一笔。同治六年（1867）黄小田逝世时朱昌鼎十五岁，二人没有交集，但命运是充满惊奇与惊喜的，朱昌鼎继娶韩氏女后，与黄小田便有了沾亲带友的关系。由朱昌鼎硃卷“继娶韩氏，娄邑附贡生、戊午顺天举人、刑部江西司主事加三级讳宗文号角邑公五女，太学生讳邦杰胞妹、娄庠生讳邦达本生胞妹、娄邑廪贡生名奇（原名）庆本生胞姊”（如369页上图），知朱昌鼎继室为娄县韩宗文之女。再查韩宗文道光二十四年恩科（1844）举人硃卷“韩宗文，原名云锦，字皆祥，号六一，又号角邑，行七，嘉庆己卯年十一月二十四日吉时生。刑部主事、江西司行走。江苏娄县学附贡生，民籍。……堂兄应陛，号绿卿，道光甲辰恩科举人、候选内阁中书。……堂侄载阳，国学生。……”[①]（如369页下图），原来韩应陛与韩宗文为堂兄弟，杨葆光《戚友姓编》亦载“韩 嘉庆朝 宗文，号角邑，渌翁从弟”[②]，

---

① 见顾廷龙主编《清代硃卷集成》第103册“韩宗文”。下引不注。

② ［清］杨葆光著，严文儒校点：《订顽日程》附《戚友姓编》，第三〇七二页。

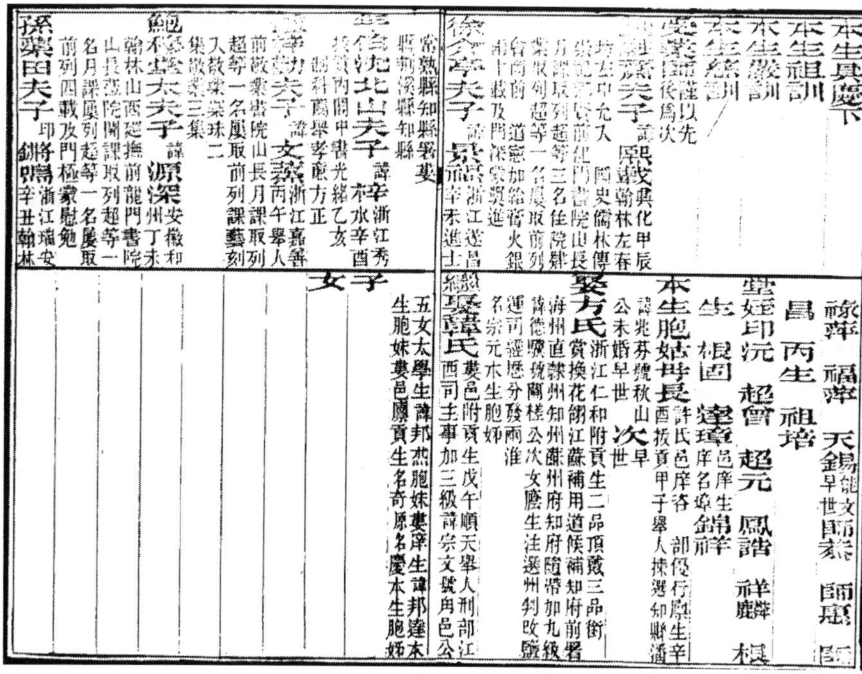

朱昌鼎恩贡硃卷“继娶韩氏”(部分)

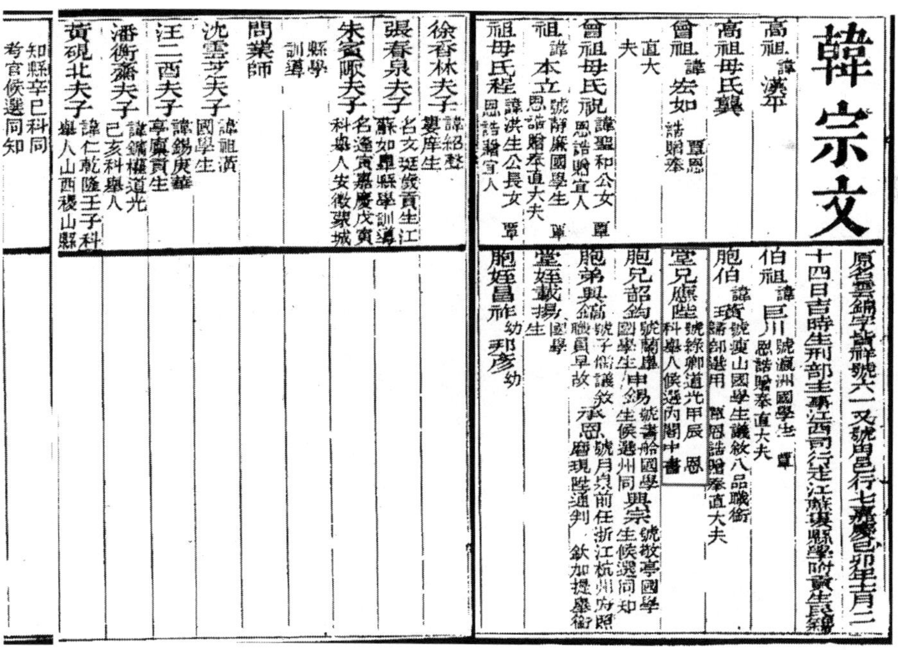

韩宗文中举硃卷“堂兄应陛”与问业师“黄砚北夫子”(部分)

则韩扬生与朱昌鼎为郎舅关系。黄小田之子黄安谨乃韩扬生姨丈，亦为朱昌鼎姨丈，黄小田为韩扬生表外祖，亦为朱昌鼎表外祖。此外，由韩宗文硃卷知“黄砚北夫子（讳仁，乾隆壬子科举人、山西稷山县知县、辛巳科同考官、候选同知）”为其问业师之一（如369页下图），而黄仁又是黄小田的受业恩师，黄小田虽为韩宗文长辈，二人却出自同一师门。须要指出的是，朱昌鼎续娶韩氏已在光绪六年庚辰（1880）夏（《屯窝诗稿》卷下《挽同邑顾表棣七芗太守（潮）殁于穗垣图局》其五“鸳牒新翻调锦瑟”句间小注“予于庚辰夏续娶”），而据杨葆光《订顽日程》光绪九年（1883）十二月二十九日“人事”条“刻苏盦文、骈文、诗词成”知其《苏盦集》十六卷印行于该年，至其卒于中华民国元年（1912）凡三十年的诗文则不见刊刻，且朱昌鼎自光绪十九年至光绪二十五年（1893—1899）即“四十以后竟无只字吟咏”（《屯窝诗稿》朱久望跋），二人交往资料的双重缺失，致“独嗜说部书，曾寓目者凡九百种，尤精熟《红楼梦》”的朱昌鼎有否因继配家族之故熟知黄小田并向杨葆光等借阅黄小田《红楼梦》评点不好遽下论断，但这种可能性也不能排除，因为由《订顽日程》光绪十九年（1893）八月二十四日“人事”条“写东儒、子舲、竹君、子美扇对”知杨葆光同朱昌鼎一直保持联系并常有讨字乞画诸事。彼时再谈《红楼梦》，料朱昌鼎的深刻认识会胜于早年。

胡文彬在《清代刻书业与〈红楼梦〉大普及——为纪念程甲本〈红楼梦〉问世220周年而作》一文中认为“红学”之名由朱昌鼎首倡并“极可能在光绪初年前后”[①]出现，这可看作学界对“红学”成词的主流看法，而通过如上相关资料的爬罗剔抉，黄小田《红楼梦》评点或给予朱昌鼎研红以养料与启迪，从而助其提出“红学”一语。事实若果，则黄小田其功更倍，因为朱氏“红学”之说，一经披露，便被传布，直与甲骨学、敦煌学并称中国文化三大显学而人尽皆知。

① 胡文彬:《清代刻书业与〈红楼梦〉大普及——为纪念程甲本〈红楼梦〉问世220周年而作》,《中国矿业大学学报》(社会科学版)2011年第4期，第111页。

第五章　黄小田评点的特点及红学史地位

因本书侧重于“评点动因、评点年限、评点底本、杨葆光的两次过录、张尔耆的过录、诸家治红对黄小田的影响以及黄小田评点对他人的影响”等基础性研究，故而各章节调用黄小田批语时，皆是依文解句，因句作答，并未对批语的特点进行系统的梳理与归纳，本章则对其进行概括性评价，同时对黄小田评点的红学史地位进行客观估衡。凡“黄小田评点的特点”“黄小田评点的红学史地位”等两节内容。

第一节　黄小田评点的特点

胡晴曾这样总结几位评点家的批语特色：“陈其泰的批语富于感情，具有灵性与悟性；王伯沆琐细而追求细节，有着学者气的旁征博引；黄小田的评点贴近世情，用语简练，但也有欠缺深度的遗憾；张新之的批语思路独特而好走偏锋，其中不乏思想的闪光；姚燮的批语中正平和，属于细腻规范的导读；王希廉则更加侧重于艺术性的感悟和深入浅出的解说。”[①] 评黄小田批语“贴近世情，用语简练，但也有欠缺深度的遗憾”，所论颇有见地，但这番话是就评点家个性特质投射于小说批评这一层面而言的。那么，黄小田批语所呈现出的整体特点有哪些呢？主要有四点：精当、细致、客观、广博。下面分叙之。

① 胡晴著：《烛明香暗画楼深：红楼梦人物研究》，第 218 页。

一、精当

黄小田出身书画世家，满门风雅，且“声名文采，振耀四方”（张文虎《黄小田仪部七十寿序》），因而他评点《红楼梦》时，阐幽明微，笔墨飞舞，精当之论，贯穿终始。比如他认为《红楼梦》一书“由盛而衰，不比寻常小说由衰而盛，所以点醒世人。而其叙述致败之由，则亲切有如目睹，高出庸手万万，俗所称‘四大奇书’，何足道哉！”（第二回眉批）指出“由衰而盛”乃“寻常小说”公式化的创作俗套，而《红楼梦》则“由盛而衰”且“叙述致败之由，则亲切有如目睹”，揭示出真实是艺术的生命这一创作法度，因为想象中的真实不是逻辑思维的真实，艺术的真实是以现实生活作为依据的，“所以点醒世人”。黄小田此番见解，与鲁迅所说“全书所写，虽不外悲喜之情，聚散之迹，而人物事故，则摆脱旧套，与在先之人情小说甚不同。……盖叙述皆存本真，闻见悉所亲历，正因写实，转成新鲜”[①]甚合。再如第十六回赵嬷嬷和凤姐说甄家接驾“别讲银子成了土泥，凭是世上有的，没有不是堆山积海的”，凤姐因之疑惑“只纳罕他家怎么就这样富贵呢？”黄小田在“赵嬷嬷道：‘告诉奶奶一句话，也不过拿着皇帝家的银子往皇帝身上使罢了！谁家有那些钱买这个虚热闹去？’”处眉批：“一句道破，然皇上家钱从何而来？”皇上家钱从何而来？当然来自底层劳动人民的血汗，“督抚司道等则取之州县，州县则取之百姓，层层朘削，无非苦累良民，罄竭膏脂，破家荡产”[②]。黄小田因有十数年的仕宦经历，故而能更进一步观照道咸之际吏治废弛、过劳民力的社会现实，这句痛快淋漓的发问可谓振聋发聩、一针见血。这样的批语读来无疑是有其积极意义的。而黄小田评点中的精彩创见也是非常多的。

① 鲁迅：《清之人情小说》，见鲁迅撰、郭豫适导读《中国小说史略》，第167–168页。

② 见《清实录嘉庆朝实录》卷七十五“嘉庆五年十月”条，中华书局1985年版。

二、细致

人物形象与故事情节是小说评点的重心，而诸评家的分析在各具自家风貌之外，皆细致透彻，“于细微处见精神”。黄小田批语的这一特点则主要表现在三个方面：

（一）研读之细

古代通俗小说欣赏的通例借《红楼梦》第一回青埂峰顽石向空空道人所言“观其事迹原委，亦可消愁破闷；至于几首歪诗，也可以喷饭供酒”即以消遣娱乐为归趣，黄小田深谙此一文体特性，但又绝不囿于此，而是试图改变这一由来已久的阅览习惯。比如第五十九回“柳叶渚边嗔莺叱燕，绛芸轩里召将飞符”回末评曰：“此回与下一回似琐碎，无关正文，不知大家之败，多由家无正主，婢仆作弊偷盗，以至不可收拾，而后文六十四回以下，珍琏纵淫，凤姐至欲害人性命，作成查抄之祸何？莫非家主愚暗昏聩使之然耶？是书写盛衰之际，由细而大，由源而成，观者可为殷鉴。世人不知，徒沾沾于宝黛之情，误矣。”黄小田此批体现出一位评点家应有的责任——“善读书者，必有以深窥乎作者之用心，而后不负乎其立言之本趣”（清蔡元放《评刻水浒后传序》），即不要仅欣赏小说的表层故事，更要把握作品的深层意蕴。黄小田该批意在表明，《红楼梦》全书是通过宝黛爱情的主线表达贾府由兴盛走向败落这一悲剧性主题的，此与王希廉所言“《红楼梦》虽是说贾府盛衰情事，其实专为宝玉、黛玉、宝钗三人而作”（《红楼梦总评》）颇符。显然，小说作者对贾府兴衰隆替的着墨并不逊色于对宝黛爱情的细致描绘。黄小田这则批语既体现出他对通俗小说批评鉴赏法则的遵循，也显示出他对《红楼梦》一书研读之周详、评批之细密，这对引导读者的阅读指向和阅读趣味并使《红楼梦》在读者心中赢得自身的地位和价值无疑是有所裨益的。

（二）阐释之细

《红楼梦》一书由于其博大精奥的思想内蕴与卓然特异的审美价值，使得后世读者从书中小至一句话、一个眼神、一件普通饰物里都能捕捉到意趣盎然的话题由头，从而扩展阐释空间。比如第七十五回贾母同王夫人、尤氏等席间用饭，在“鸳鸯又指那几样菜道：‘这两样看不出是什么东西来，是大老爷孝敬的。这一碗是鸡髓笋，是外头老爷送上来的。’一面说，一面就将这碗笋送至桌上。贾母略尝了两点，便命：‘将那几样着人都送回去，就说我吃了，以后不必天天送。我想吃什么，自然着人来要’”处眉批：“‘那几样’者，贾赦菜也。鸳鸯于王夫人、贾政之菜则送至跟前并桌上，于贾赦之菜则云‘看不出’，而贾母亦不尝，主仆心事如见。”对于这样一处走马看花读去或可错失丰富意蕴的情节，黄小田可谓心细如尘。“王夫人、贾政之菜”指“拣了一样椒油莼齑酱”，“贾母笑道：‘我倒也想这个吃。’”对“外头老爷送上来的”鸡髓笋，“贾母略尝了两点”；而独对贾赦孝敬的几样菜，贾母不仅未吃，还叫人送回去，“就说我吃了，以后不必天天送”，态度殊异，难怪同回中秋夜宴时贾赦说了一个婆子针灸治偏心的笑话，以致张新之夹批：“享政不享赦，面演偏爱，底注复机。而不令再进，废孝废敬，罪归史也。”贾母为何“不尝”贾赦之菜？一为在黄小田看来“贾赦与母别居已属不孝”（第四十七回眉批），二来贾赦讨贾母丫鬟鸳鸯为妾而致贾母勃然大怒并骂其“没脸”。鸳鸯“于贾赦之菜则云‘看不出’”，鸳鸯侍奉贾母多年，是贾母最贴心、最得力、最倚赖的大丫鬟，“大厨房里预备老太太的饭，把天下所有的菜蔬，用水牌写了，天天转着吃”（第六十一回柳家的语），鸳鸯岂能“看不出”贾赦之菜“是什么东西来”？一如张新之夹批：“孝敬之物而看不出什么东西，写得绝倒。”鸳鸯之所以说“看不出”，当然也是因为贾赦发动众人强纳其做姨娘而对贾赦厌恶至极的外在表现。就这样一个摆饭布菜的小场景，“因吃饭带写鸳鸯怀恨、贾母偏心”（第七十五回黄小田眉批）等“主仆心事”皆包孕其中，可谓尺幅千里。东观阁本批语、王希廉、姚梅伯、陈其泰、哈斯宝、刘履芬等诸评家，包括脂批，于第七十五回此处均无批语，由此凸显出张新之与黄小田见解的精诣，而黄小田尤胜在注解通透。对于此一小说情节，曹雪芹写作时究竟有无深意，我们不好妄作断语，但如黄小田等的精细阐释，却极大地开拓了读者的阅读视阈，禁得起反复琢磨，令人有言简义丰、余味不尽的观感。

（三）剖析之细

《红楼梦》一书明言是写“家庭琐事、闺阁闲情”（第一回）的，因而它以生活细节构成小说叙事的主体，但这些细节不是粗糙不堪的，而是在符合生活实际的基础上裁云剪水、精雕细刻，从而在刻画人物性格、丰满人物形象、生发故事情节、丰富作品内涵等方面起到重要作用。黄小田对此关注尤多、剖析尤细。比如第六回周瑞家的带刘姥姥去见王熙凤，在“那凤姐家常带着紫貂昭君套，围着那攒珠勒子，穿着桃红洒花袄，石青刻丝灰鼠披风，大红洋绉银鼠皮裙，粉光脂艳，端端正正坐在那里”处眉批：“粉光脂艳是饭后重施脂粉之故，细极。”作者描写“细极”，批者评点“细极”。“粉光脂艳”四字蕴含了三重含义：一是“饭后重施脂粉”凸显了王熙凤的待客之道；二是王熙凤的精致妆容并通身气派衬出养尊处优的生活状态；三是张扬了王熙凤争炫夸耀、倨傲凌下的神情姿态，这是颇符她的处事风格的。对于此一细节描写，大多人将目光聚焦于王熙凤的锦衣华服，殊不知“此书针绵慎密处，全在无意中一字一句之间耳，看者细心方得”（庚辰本第七十三回夹批）。比如第二十二回贾母提议诸人凑份子给宝钗过生日并自己拿出二十两银子，王熙凤为此戏谑“这早晚找出这霉烂的二十两银子来做东，意思还叫我们赔上”，此处黄小田眉批：“银子而曰‘霉烂’，最妙，是贾母不轻用银子故耳。”贾母当然不轻易动用自己的梯己，如王熙凤所说“金的、银的、圆的、扁的，压塌了箱子底”，然而“霉烂”之银自有其用处——第七十二回贾琏向鸳鸯借“老太太查不着的金银家伙”以解决贾母寿辰引发的财政难关与第百七回抄家后“散余资贾母明大义”。在“支借”与“散余资”两回，黄小田并未提及王熙凤戏谑的“霉烂”之银，但第二十二回王熙凤的这番笑语却引人思考，恰如庚辰本眉批“小科诨解颐，却为借当伏线”，可见黄小田特意拈出这一笔，有深意存焉。再如第二十六回薛蟠因五月初三生日而向宝玉说席间珍物“谁知古董行的程日兴，他不知那里寻了来的这么粗、这么长、粉脆的鲜藕；这么大的西瓜；这么长、这么大的暹罗国进贡的灵柏香熏的暹罗猪、鱼”，此处黄小田眉批：

“五用‘这么’字，活画出薛蟠性情形状来，而冷子兴[①]之送此礼，亦不知赚了薛蟠多少银钱矣。”薛蟠连用五个“这么”来形容瓜藕猪鱼，属于文学作品中的情态细节描写，物之珍稀难得令见多识广的薛蟠都感到惊奇惊讶——“活画出薛蟠性情形状来”，而“薛蟠性情形状”真是“如见如闻”（庚辰本同回侧批）。剖析最令人叫绝的是黄小田批语的后一句“亦不知赚了薛蟠多少银钱矣”。薛蟠出自“丰年好大雪，珍珠如土金如铁”的皇商家庭，“薛家有的是钱”（第四回门子语），程日兴为他生日特意进献奇物，以薛蟠“自为花上几个臭钱，没有不了的”的情性自会出手阔绰予以赏赐，而程日兴身为清客相公，又在古董行做事，自然懂得迎来送往、眉眼高低，从“百万之富”的薛大傻子处赚得盆满钵溢也是必然的，如同“薛蟠父亲死后，各省中所有的买卖承局、总管、伙计人等，见薛蟠年轻不谙世事，便趁时拐骗起来，京都中几处生意，渐亦销耗”（第四回），守着这样一棵摇钱树，“趁时拐骗”也是很自然的。分析至此，我们不得不佩服黄小田读书之细，剖析之细，更钦佩“作者写细琐小事也定有用意”（哈斯宝《新译红楼梦》第二十六回批）。

金圣叹受“曼殊室利菩萨好论极微”启发提出“文章之事，关乎至微”，而“细论”“精切之读”“细寻其肤寸”等也成为他评点才子书所力倡的鉴赏方法。由以上不难看出，黄小田于《红楼梦》评点中用心品味文本的细致之美，获得了极为丰富的审美体验，他对金氏观点的承袭与实践，“无疑是一次理论上的进步”[②]。

三、客观

黄小田批语的客观性主要表现在两个方面，一是对后四十回续书的评价，二是对人物形象的分析。

---

① 黄小田认为“程日兴”乃“冷子兴”之误,其于“谁知古董行的程日兴”处有眉批“程日兴当作冷子兴”，此乃黄氏误记。冷子兴系王夫人陪房周瑞家的女婿，在都中古董行做事，同贾雨村交好，而程日兴乃贾政门下清客相公，善画美人，也在古董行做事，盖同谋职于古董行且名字中都带有一个“兴”字，而致发生混淆。

② 何红梅著:《红楼梦评点理论研究——以脂砚斋等 10 家评点为中心》，第 221 页。

（一）评批后四十回续书较为客观

尽管黄小田在评点百廿回《红楼梦》的过程中援引张问陶《赠高兰墅（鹗）同年（传奇〈红楼梦〉八十回以后，俱兰墅所补）》一诗获悉小说后四十回乃续作，但他并未因是续作而在评点时对后四十回采取与前八十回截然不同的评价标准，在他看来，前八十回与后四十回是一个不可分割的艺术整体。除第八十二回“病潇湘痴魂惊恶梦”时唯紫鹃、雪雁侍候而批下“此时奶娘及老妈妈们何在？只有两个丫头耶？此则作者之谬”及第九十二回批“骤缩骤长”的巧姐“大谬，大谬”等两条情绪略显激动的批语外，黄小田对后四十回续作基本持尊重与接受的态度，其间颇多赞誉有加的批语。比如第八十三回病中的黛玉听到窗外有人嚷“你这不成人的小蹄子！你是个什么东西，来这园子里头混搅！”而误以为在骂自己，看望黛玉的探春开门见是一个“婆子手中拿着拐棍，赶着一个不干不净的毛丫头”，在“这丫头扭着头，把一个指头探在嘴里，瞅着老婆子笑”处眉批：“随意描写，无不入神。”这句话读来确实如见毛丫头神情形容。扭、探、瞅、笑，连续四个动作描绘出毛丫头的调皮可爱，也见其外婆对她的娇纵宠溺。而“把一个指头探在嘴里”，这个我们都曾有过的举止则一下子把人拽进了童年：首先，吮吸手指是孩童才有的行为，这表明毛丫头年岁不大，正是依贴母怀的时候；其次，如婆子所说“我是为照管这园中的花果树木，来到这里，你作什么来了？等我家去，打你一个知道”，此际正值秋令，这对一个满眼充满惊奇与欣喜的小孩子来说，大观园内飘香的瓜果才是最充满诱惑力的，小孩子嘛，嘴馋，故而才有“把一个指头探在嘴里”的举动。小说正文仅二十一个字，就把一个没见过世面的馋嘴小孩子的形象写得活灵活现。再如第八十二回有一段文字叙写“惊恶梦”后的黛玉“自己扎挣着爬起来，围着被坐了一会，觉得窗缝里透进一缕凉风来，吹得寒毛直竖，便又躺下。正要蒙胧睡去，听得竹枝上不知有多少家雀儿的声儿，啾啾唧唧，叫个不住。那窗上的纸，隔着屉子，渐渐的透进清光来”，此处眉批：“睡不着，人醒到天明，始如此景，写得逼真。”之所以“睡不着，人醒到天明”，是因为黛玉惊梦后对自己同宝玉的爱情及未来充满了担心与忧伤，故而辗转反侧，难以入眠，“坐了一会”“便又躺下”“正要睡去”“听得家雀儿的声儿”，真切地描绘出黛玉压制不住的忡忡心事，无论是写人，还是绘景，都源于作者对生活的认真观察与提炼细琢，所以“写得逼真”，在这里，黄小田注意到了细节真实性的问题。而张新之对此评价更高：“一段情景，极尽精微，千古才人，一齐搁笔。”两位评点家的热情褒奖，说明后四十回这一情节描摹是颇为成功的。第八十二、八十三回两则批语是关于人物塑造与情节设计的，再举一则关于叙事手法的。第九十七回，因薛蟠杀人收监，薛姨妈同薛蝌商量宝钗婚事，在“亲戚呢，就是贾王两家。如今贾家是男家，王家无人在京里。史姑娘放定的事，他家没有来请咱们，咱们也不用通知”处眉批：“顺手带出史湘云放定，一部大书不如此带叙带补，岂不累煞？故知作者之才之大。”“顺手带出”“带叙带补”，用脂批概括就是“避难法”。史湘云贵为金陵十二钗之一，是《红楼梦》中的重要人物，其放定（订婚）的事当要浓墨重写，但“处处细写，文章太板了”（第七十四回黄小田眉批），是故作者巧妙地避开正面描述，于薛姨妈、薛蝌说话间淡淡叙出，“省却许多闲文累笔”（庚辰本第七十九回夹批），做到了详略得当，繁简平衡。而黄小田说“作者之才之大”，是因“于闲话中点出，此书每用此法”（第五十二回眉批）。后四十回续书中赞美性的批语是非常多的，如第八十五回眉批“真妙笔也”“妙来不可思议”“文章须如此做，乃奇”，第八十七回眉批“盛衰冷热，都在作者笔端，神乎技矣”“想不到下棋，故两响俱听不出，正合棋声经院静之景。又想不到妙玉，故音熟而不知其人，皆情景逼真”，第九十七回眉批“每到急处，必有一缓，是作者能处”“两边合写极难打叠，看他借雪雁便递到宝玉一边，始能交互成文，真煞费苦心”，第百一回眉批“写得如身历其境，耳闻其声，令阅者亦欲发噤”“何其情事逼真乃尔”，第百九回眉批“如此引入，文法不骤”“写得浑雅乃尔”，第百十回“只开场一句，已逼肖老年人临终之语”“作者每于闲中写贾兰不凡处，以见贾氏继起有人，而借此将宝玉许多时情事补出，正不肯抛荒正文处。其写宝玉，又将宝琴、喜鸾诸人带出，以补诸人贞静处，又兼及贾环，真不止双管写下”，第百十九回眉批“宝玉若回来，便是蛇足，便是寻常小说，毫无意味矣”，等等，涵盖小说创作的方方面面。当然，必须要承认的是，后四十回续书相较前八十回原著确然“贡献巨大，落差巨大”①，人物灵气殆尽，故事拉杂空洞，情境诗意皆无，但若埋

① 吕启祥：《不可替代的后四十回及诸多困惑——写在程高本刊行 220 周年之际》，《曹雪芹研究》2012 年第二辑，第 66–81 页。

首寻思，反复体味，后四十回是有自出机杼之处的，尤其是一些细节描写，并不逊色前八十回，一如牟宗三所说："前八十回固然一条活龙，铺排的面面俱到，天衣无缝；然而后四十回的点睛，却一点成功，顿时首尾活跃起来。"①

从如上批语可以看出，黄小田对后四十回续书是理性看待、客观作批的，后四十回与前八十回也并非泾渭分明、冰炭不容，而这种持论公允的评点原则与治学态度是值得肯定的。

（二）鉴赏人物形象较为客观

曹雪芹祖父曹寅晚年于《题启南先生莫斫铜雀砚图》一诗中以"与奸作瓦罪莫辞"句呼曹操为"奸"，这与他在早年所制传奇《续琵琶》中以"外扮孟德，不涂粉墨"取代"白脸奸雄"的曹操形象相悖，其原因或受明末清初南山逸史三折杂剧《中郎女》"曹瞒不用粉面，以外扮，亦取其片善之意"的影响，即人都是两面的，正与邪，善与恶，美与丑……曹寅的这番艺术匠心在《红楼梦》中又被曹雪芹所活用。如第四十三回尤氏受命为王熙凤操办生日而偷还周、赵二位姨娘的份子钱，此处庚辰本夹批："尤氏亦可谓有才矣。论有德比阿凤高十倍，惜乎不能谏夫治家，所谓'人各有当'也。此方是至理至情，最恨近之野史中，恶则无往不恶，美则无一不美，何不近情理之如是耶？""至理至情"即人物塑造不能性格单一化，而应遵循生活实际，追求性格的多样性、丰富性、复杂性，人物形象才会突破脸谱化、类型化，才会"近情理"。黄小田在评点《红楼梦》的过程中，亦洞悉芹笔芹意，他对红楼人物的品评，无论是正面人物还是反面人物，无论是主要角色还是次要角色，均采取了褒贬两见、亦臧亦否的评判标准，让人觉得"一定情理如是"（第百十九回眉批）。比如"呆霸王"薛蟠因"幼年丧父，寡母又怜他是个独根孤种，未免溺爱纵容些"且"终日惟有斗鸡走马，游山玩景"，居于贾府后被族中纨绔"引诱的薛蟠比当日更坏了十倍"（第四回），但这样一个鄙俗不堪、肮脏丑陋的浪荡公子哥，却颇得黄小田好感。第三十五回宝钗因疑心薛蟠挑唆告密致宝玉挨打而兄妹吵嘴，在薛蟠劝慰薛姨妈、宝钗"'妈妈为我生气，还犹可恕；若只管

① 牟宗三：《红楼梦悲剧之演成》，《文哲学刊》1935 年第 4 期，见《红楼梦研究稀见资料汇编》，人民文学出版社 2001 年版，第 603 页。

叫妹妹为我操心，我更不是人。如今父亲没了，我不能多孝顺妈妈，多疼妹妹，反教娘母子生气，妹妹烦恼，真连个畜生不如了！’口里说着，眼睛里禁不住也滚下泪来”处眉批：“妈妈生气而曰‘还犹可恕’，奇谈奇谈。然薛蟠非生而能坏者也，溺爱骄纵至于如此，观其悔过落泪，其本质何尝不美耶。”十指连心，人性本善，薛蟠再蛮横凶恶、不学无术，关起门来，同薛姨妈、宝钗母女也是最亲近的人，他骨子里还是有情有义的，只因早岁失怙，“溺爱骄纵至于如此”。他如第六十七回薛蟠去江南贩货给宝钗带来一箱土仪并听得柳湘莲因尤三姐自刎事出家而“长吁短叹，无精打彩的，不象往日高兴”，黄小田批其：“未尝不友爱”，“好薛蟠，天真未凿，可惜可惜”。在黄小田看来，薛蟠“其心地本忠厚”（第七十九回回末评），而仔细分析薛蟠的言行所为，又确实是一个孝顺、憨直、重义气的人。再如宝玉眼中“极聪明、极清俊的上等女孩儿”（第四十四回）平儿，黄小田极赞她辅助王熙凤的管理之才：“妙妙，竟将凤姐提在手心里，何等本领，而凤姐犹如此笼络之，是知平儿之才，非凤姐对手。李纨云：你两个很该掉一个包（个）儿，虽戏语，却不错。”（第五十五回眉批）但也批评她在贾琏偷娶尤二姐过程中的表现——得信后告诉了王熙凤，致“苦尤娘赚入大观园”（第六十八回）。第六十七回“这里凤姐又问平儿：‘你到底是怎么听见说的？’平儿道：‘就是头里那个小丫头子的话。他说他在二门里头，听见外头两个小厮说：“这个新二奶奶比咱们旧二奶奶还俊呢，脾气儿也好。”’”处眉批：“至此始知发怒之由，然发难实自平儿始也。或谓平儿不当如此多事，不知平儿知而不言，凤姐或迁怒，疑其同谋，何以自存，且明知此事必不能久瞒，故不如早发之为妙耳。”黄小田所说有没有道理呢？有一事颇可说明平儿的尴尬处境，即第四十四回贾琏和鲍二家的偷情被凤姐撞见，因鲍二家的说了句“他（凤姐）死了，你倒把平儿扶正，只怕还好些”，平儿因此蒙受不白之冤——凤姐打骂平儿“‘你们娼妇们一条藤儿多嫌着我，外面儿你哄我！’说着，又把平儿打了几下”。有此先例在前，以凤姐的爆炭脾气，“或迁怒，疑其同谋”的概率是非常大的，而平儿“何以自存”也是不得不考虑的。姚梅伯即说：“人谓凤姐险，我谓平儿尤奸，盖凤姐亦被其笼络也。”（《大某山民总评》）宝玉念平儿以“贾琏之俗，凤姐之威，他竟能周全妥贴”（第四十四回）也说明平儿在权术方面自有其胜人之处，所以说黄小田所言并非完全没有道理。其他如钗黛湘探、刘姥姥、迎春、尤三姐、赵姨娘、贾政、邢夫人、王夫人、袭人等，均是优点与缺点共存、可敬（怜）与可惜（恨）皆有，与现实生活中的人事毫无二致，“合目思之，却如真见”（己卯本夹批）。黄小田这一客观评判标准即如鲁迅所说：“其要点在敢于如实描写，并无讳饰，和从前的小说叙好人完全是好，坏人完全是坏的，大不相同，所以其中所叙的人物，都是真的人物。”①好非全好，坏非全坏，由此成就艺术上的不朽。

四、广博

张庆善评价黄小田批语时曾说：“纵观全部批语，总的印象是批语涉及的面宽，对《红楼梦》的主旨、艺术成就、人物形象都有许多精彩的见解，水平不低。不仅如此，黄小田在评点《红楼梦》中，还不时提出一些小说创作的理论问题，这更加难能可贵。”②除此外，黄小田还对小说中出现的一些风物、戏曲、音释、字形等进行了探析，并指出包括情节、诗词、灯谜、联对等方面的疏失之处。音释方面的批语如第四十一回介绍妙玉茶具𤫩瓟斝、点犀盉时批曰：“𤫩，《集韵》，音斑，瑞瓜也。瓟，瓟瓜也，音雹，又音袍”、“盉：《广韵》，巨娇切，音乔；《博雅》，盂也；扬子《方言》，碗，谓之盉”，所论有据，注解清楚。字形方面的批语如第七回“那是醉汉嘴里胡唚”处眉批：“实非胡唚，‘唚’字比之于狗也，当书作‘吣’，《玉篇》：‘吣，狗吐。’今人则谓狗嚏为狗打吣。”“吣”“唚”二字为异体字，但黄小田所说是有依据的，《玉篇》确为“㕼，犬吐也。亦作吣”，清蒲松龄《日用俗字》亦言：“吐酒犹如猫狗吣，好土空把堑坑填。”用典方面的批语如第六十回芳官以茉莉粉替代蔷薇硝给了贾环，赵姨娘气不过，打了芳官，藕官、蕊官、葵官、豆官等和赵姨娘大打出手，在“蕊官藕官两个一边一个，抱住左右手；葵官豆官前后头顶住”处眉批：“再添两个便成‘六贼戏弥陀’，好看煞。”“六贼戏弥陀”典出佛教故事，《涅槃经》卷二三云：“六大贼者，即外六尘。菩萨摩诃萨观此六尘如六大贼。何以故？能劫一切诸

① 鲁迅：《中国小说的历史的变迁》，见《鲁迅全集》第九卷，第338页。

② 张庆善：《一位鲜为人知的〈红楼梦〉评点家——黄小田〈新增批评绣像红楼梦〉评点初探》，第220页。

善法故。”“六尘”即色、声、香、味、触、法六种尘境,“六贼”以眼、耳、鼻、舌、身、意等“六根”扰乱人心，则“六贼戏弥陀”喻不受外境干扰。也用为调侃语，如明末抱瓮老人《今古奇观》第三十二卷《金玉奴棒打薄情郎》：“七八个老妪、丫环，扯耳朵，拽胳膊，好似六贼戏弥陀一般，脚不点地，拥到新人面前。”而指出灯谜不佳的批语如第五十回评价宝钗“镂檀镌梓一层层，岂系良工堆砌成”、宝玉“天上人间两渺茫，琅玕节过谨堤防”、黛玉“騄駬何劳缚紫绳？驰城逐堑势狰狞”等三首春灯谜曰：“此书灯谜俱不佳，浅露直似，咏物文亦粗俚。此三首，疑是木塔、风筝、走马灯，即不是，亦必不佳，观前回所做更香之类便知。”情节纰漏方面的批语如第十回“金氏此来原要向秦氏说秦钟欺负他兄弟的事”处眉批：“兄弟当改侄儿。”金氏即贾璜之妻，书中呼为“璜大奶奶”，第九回“闹书房”中有个同贾家族中子弟及秦钟吵架的金荣，即其侄男，所以“秦钟欺负他兄弟”确应为“秦钟欺负他侄儿”。批评诗词欠妥的批语如第七十六回黛玉、湘云月夜联诗，在黛玉赞湘云“寒塘渡鹤影”一句“何等自然，何等现成，何等有景，且又新鲜”后所吟“冷月葬诗魂”处眉批：“既说上句自然又现成，则此句殊不相类矣。且只可入词，不可入诗。”是“诗魂”好还是“花魂”妙，此一问题聚讼至今，双方各有所据，黄小田则从意境角度取中“花魂”并认为“冷月葬诗魂”一句“只可入词，不可入诗”，值得思考。由如上各类批语可以看出，黄小田评点呈现出纳含广博、丰富多彩的样貌，显示出学养的兼通与深厚。当然，结论不是定论，所述未必恰切，但仍能予读者以视野的开阔与深思的启发。

必须要指出的是，由于时代的局限，黄小田在妇女观的问题上是十分严重的，比如因黛玉不能“以礼自持”（第二十六回眉批）而批其“不可谓之千金小姐耳”（第四十五回眉批），以“导淫于前，改嫁于后”（第九十二回眉批）批判袭人并称其为“贪生忘耻，无情无义，乃书中第一不足取之人”（第百二十回眉批），他如与宝玉调情的金钏儿、勇于追求爱情的司棋等，皆被黄小田归入“情之至下者”，这些迂腐之见、保守之谈应是予以批评并剔除的。

虽然批语中存在着为数不少的难以避免的思想局限，但瑕不掩瑜，黄小田以其机敏的才思，丰沛的感情，从阅读实际出发，关心作品本身，努力揭示《红楼梦》价值之所含，因而他笔下的评点文字，精当，细致，客观，广博，走笔落墨，极富艺术感悟。

第二节　黄小田评点的红学史地位

如所周知，黄小田不仅评点了《红楼梦》，也评点了《儒林外史》，且对《儒林外史》用力尤深，创见尤多，因为“黄小田是居官的封建士大夫，曾官礼部侍郎，对小说颇有嗜好。因此，其评点《儒林外史》既有官场经历，又熟悉小说艺术之特性，评点文字深得《儒林外史》之奥趣”[①]。更重要的是，黄小田《儒林外史》评点介于卧闲草堂评本与齐省堂评本之间，对齐省堂评本和天目山樵评本等均产生了直接或间接的影响，故而在《儒林外史》批评史上占有重要地位。那么，黄小田评点《红楼梦》在《红楼梦》批评史上地位如何呢？“黄小田评点显示出相当高的鉴赏能力和理论水平，在清代评点派中确属上乘，是中国小说批评理论的一份宝贵财富”[②]，张庆善的誉颂可作定评。然而我们需要正视的是，黄小田评点为手写批语，当时并未刊行，不可能形成广泛的社会影响，但他晚年避乱松江时将《红楼梦》手批本携出，并于戚友小范围内传阅，故而将其评点置于沪上早期《红楼梦》传播这一学术视野下进行观照，以考察其红学史地位，不失为一种妥帖的估衡途径。

一、沪上早期《红楼梦》传播的三个阶段

沪上地处东海之滨，“商贾咸集，素称繁富”[③]，“四方名流，荟萃于

① 卫慧琴:《〈儒林外史〉黄小田评点研究》,河北大学2012年硕士论文,第5页。该段引文中“曾官礼部侍郎”误，应为“礼部郎中”。

② 张庆善:《一位鲜为人知的〈红楼梦〉评点家——黄小田〈新增批评绣像红楼梦〉评点初探》，第220页。

③ 毛祥麟撰:《墨馀录》，上海古籍出版社1985年版，第104页。

此”[①]，璀璨的历史文化，为《红楼梦》落地生根并大放异彩奠定了良好的基础。而沪上早期《红楼梦》传播大致可分为三个阶段：

第一阶段即嘉道时期，此一时期较有影响的研红者有改琦、诸联、王芝岑、刘枢、凌承枢、姜祺、张祥河等。

乾隆五十六年（1791）萃文书屋木活字本百廿回《新镌全部绣像红楼梦》（即“程甲本”）的出版，促成《红楼梦》传播的新格局与新时代。其中，《红楼梦》批评以评点、杂评、题咏三种形态向前发展。杂评包括各种笔记杂录（如随笔、偶说、闲笔、丛说、论赞、问答、杂记等），随手评论，闲书感言，诸联四卷本《红楼评梦》即属此类。诸联（1765—？），字星如，号晦香，别号明斋主人，松江府青浦县人。屡试不售，遂走两浙为幕僚。另著有《明斋小识》《晦香诗钞》等。诸联《红楼评梦》刊于道光元年（1821），颇多新颖之见。如对《红楼梦》叙事手法的概括：“书中无一正笔，无一呆笔，无一复笔，无一闲笔，皆在旁面、反面、前面、后面渲染出来。中有点缀，有剪裁，有安放，或后回之事先为提挈，或前回之事闲中补点，笔臻灵妙，使人莫测。”[②]“书中无一正笔”与黄小田所说“总不用正笔”（第九十二回眉批）颇符，言及小说多用侧笔（“旁面”）描写；“或后回之事先为提挈，或前回之事闲中补点”则主要论及伏笔在小说中的成功运用，黄小田将“书中前后呼应起伏关键，悉为批出”（张尔耆语）也是就《红楼梦》文本埋藏伏笔之法而言的。再如“诸联评论《红楼梦》的语言说：‘全部一百二十回书，吾以三字概之，曰真，曰新，曰文。’意即《红楼梦》的语言既是真切自然的，也是新颖独创的，还是高度文学化的”[③]：《红楼梦》语言的“真”，如第六回刘姥姥说狗儿一番话，黄小田连下2条眉批“逼真乡下人声口”“又逼真积年老寡妇声口”；《红楼梦》语言的“新”，如黄小田在第三十六回“入了国贼禄鬼之流”处眉批“四字骂得新奇”、第四十四回“并不知作养脂粉”处眉批“四字新极”、第四十九回形容湘云冬装打扮“蜂腰猿背，鹤势螂形”处眉批“八字新”等；《红

① ［明］何良俊撰：《四友斋丛说》卷十六“史十二”，中华书局1958年版，第136页。

② ［清］诸联撰：《红楼评梦》，见一粟编《古典文学研究资料汇编·红楼梦卷》，第一一七－一二一页。又可参上海古籍出版社1988年版《红楼梦》（三家评本）卷首《明斋主人总评》，第十七－二一页。下引不注。

③ 何红梅著：《红楼梦评点理论研究——以脂砚斋等10家评点为中心》，第322页。

楼梦》语言的“文”，如黄小田在第五十九回“一日清晓，宝钗春困已醒，搴帷下榻，微觉轻寒。及启户视之，见院中土润苔青，原来五更时落了几点微雨”处眉批“闲景有诗意”等。他如认为《红楼梦》“书本脱胎于《金瓶梅》，而亵嫚之词，淘汰至尽。中间写情写景，无些黠牙后慧。非特青出于蓝，直是蝉蜕于秽”等亦深具慧眼和慧心。

凌承枢、姜祺、刘枢等人则于题咏一道抒发心曲，感慨人生。凌承枢，字沧州，上海人，撰《红楼梦百咏词》一卷，以人为题，凡百十七阕。凌词除道光二年（1822）自序、道光三年（1823）曹耀宗跋及其道光四年（1824）序外，尚有叶恭、刘枢、萧承萼、郁松年、范莲、康懋、范蕙、陆我春、曹耀宗、黄睿、徐梦云、夏世堂、张嘉仁、周樽元、陈日新、曹耀淳等十六人题词。[①]其中可查者如叶恭，字惟寅，号炳堂，嘉庆二十一年（1816）举人，寓居松江；郁松年，字万枝，号泰峰，嘉定南翔人，著名藏书家；夏世堂，字玉甫，福建建宁人，附贡生，官松江府官粮通判；周樽元，字南伯，号花农，浙江嘉善人，廪生，工书能诗……多为江浙名士。姜祺，字季南，号蟫生，上海人，作《红楼十二梦诗》七绝百四十四首，“有十二钗演成十二梦，冠以书中堂轩馆阁诸名色，梦各十二人，人缀绝句一”，旁有署名“兰卿”评语。时人对姜诗褒贬不一，姚梅伯《读红楼梦纲领》认为“词甚卑浅，不足讽也”，[②]光绪八年（1882）所刊澄江王芸阶绘《增刻红楼梦图咏》高丙序则认为“委婉可读”并述其“图凡百二十帧，择蟫生之诗之可用者，配以九十余首，其不足者，自为足之”[③]。刘枢则如前《范锴所见“旧抄本”对黄小田评点的影响》一节知为松江府上海县人，喜读《红楼梦》，曾为改琦《红楼梦图咏》题词，也曾为凌承枢《红楼梦百咏词》题词。其中凌著题词中有“题花我亦严觞政，此话于今二十年（曾戏作《红楼梦》酒筹，同人亦有题句）”，知嘉庆九年至嘉庆十年（1804—1805）间刘枢亦撰有《红楼酒谱二十四咏》，题咏凡二十四人，各缀七律一，交好诗友亦有题诗相和。

凌承枢、姜祺、刘枢等题红诗词以咏人物、咏情节为主，除此外，还有一种图咏的形式，改琦与王芝岑即属此类。改琦（1773—1828）为松江

① 凌词概况见一粟编著《红楼梦书录》（增订本），第311-314页。

② 姜诗概况及姚燮评价见一粟编著《红楼梦书录》（增订本），第268-271页。

③ 见一粟编著《红楼梦书录》（增订本），第243-244页。

府华亭县人，其驰誉红学史者乃绘于嘉庆间四册《红楼梦》画像，光绪五年（1879）冠名“红楼梦图咏”刊之。“（改七芗）来上海，下榻于李笋香光禄吾园。时光禄为风雅主盟，东南名宿咸来止之，交谯之盛，几同平津东阁。先生在李氏所作卷册中，惟‘红楼梦图’为生平杰作，其人物之工丽，布景之精雅，可与六如、章侯抗行。光禄珍秘奇甚，每图倩名流题咏。当时即拟刻以行世，而光禄旋归道山，图册遂传于外”[①]，知《红楼梦图咏》为改琦下榻吾园时为李光禄所绘，李光禄遍征题咏，声名昭著。而在题咏文士中，包括改琦生前及身后，除姜皋、顾恒、刘枢、武念祖、瞿应绍、徐渭仁、高崇瑚、沈文伟、黄仁、冯承辉、高崇瑞、程庭鹭等云间同好欣然提笔外；昆山顾春福、孙坤，上元罗凤藻，吴县王希廉、周绮，遂宁张问陶，钱塘钱杜、袁桐，锡山秦树楷，南海吴荣光，闽县廖鸿荃，长洲郭凤梁、郭凤冈，仁和陆玑等亦纷纷唱和风雅，得凡七十五咏，极一时之盛。改琦绘图抒情，而王芝岑则是借图传情。嘉庆十六年（1811），绍兴周逢吉以“贾宝玉神游太虚境”“得通灵幻境悟仙缘”等《红楼梦》回目为题，绘图三十二幅，知王芝岑“有笔有书，爰出图而索咏”，王芝岑是故作三十二阕题红词。王芝岑，号春盎居士，松江府人，名重道学。由光绪三年（1877）王氏文孙王裕昆跋“山阴周氏砚香舅祖曾于百二十回中，择其尤者绘图三十二幅，先大父为馆甥时，各系一词，不失乐而不淫、哀而不伤之旨，舅祖并作骈体文叙于简端，用付手民，一时脍炙人口”，知周、王图咏于嘉道间初刊时亦曾广为传扬。[②]

而张祥河走的却是另一种研红路径。张祥河（1785—1862），原名公璠，字诗舲，号鹤在、法华山人等，松江府娄县人。嘉庆二十五年（1820）进士，咸丰八年（1858）迁工部尚书，咸丰十年（1860）加太子太保，精于书画，名重于时。道光二十四年（1844）张祥河就职广西布政使时，曾校刻纳兰容若诗词，并在所撰《关陇舆中偶忆编》中称：“《饮水诗词集》为长白性德著，大学士明珠子。《曝书亭集》有挽纳兰侍卫诗，世所传贾宝玉者，即其人。词以小令为佳，得南唐李后主意。余尝刻于粤西藩署，原本残缺，其有不合律者，或传钞之讹，余为更易十数处。周稚圭中丞之琦

① ［清］淮浦居士：《红楼梦图咏序》，见一粟编著《红楼梦书录》（增订本），第238页。

② 王词概况见一粟编著《红楼梦书录》（增订本），第308–311页。

称为善本焉。”[①] 其中，“《饮水诗词集》为长白性德著，大学士明珠子。《曝书亭集》有挽纳兰侍卫诗，世所传贾宝玉者，即其人”一句所称即《红楼梦》本事“明珠家事说”。《关陇舆中偶忆编》一卷，主要记述文坛掌故、名人逸闻、乡贤遗墨、诗话词论等，因为其中这则关涉《红楼梦》贾宝玉原型的趣闻而成为研红者人尽皆知的笔录杂记，张祥河因而也成为《红楼梦》本事“明珠家事说”的拥趸。“明珠家事说”乃早期索隐派较为流行的说法之一，持此一观点的学者及其著作有舒敦《批本随园诗话》、张维屏《国朝诗人征略二编》、梁恭辰《北东园笔录（四编）》、赵烈文《能静居笔记》、杨恩寿《坦园诗录》、陈康祺《燕下乡脞录》、许叶芬《红楼梦辨》、俞樾《小浮梅闲话》、英浩《长白艺文志》、叶德辉《书林清话》等。但在小说情节比附历史方面求之过深，导致漏洞百出，难脱以意逆志之嫌，江顺诒《读红楼梦杂记》即认为：“或谓《红楼梦》为明珠相国作，宝玉对明珠而言，即容若也。窃案《饮水》一集，其才十倍宝玉，苟以宝玉代明珠，是以子代父矣。况《饮水词》中，欢语少而愁语多，与宝玉性情不类。”[②] 以“明珠家事说”等为代表的索隐观点虽难以自圆其说，但在社会上也产生了不小的反响，在一定程度上也扩大了《红楼梦》的影响力。

综览如上嘉道时期沪上研红作品，成就较高者当推诸联《红楼评梦》与改琦所绘《红楼梦》画像。《红楼评梦》因见解精赡，评析透辟，为世所重。如道光三年（1823）曹耀宗称：“凡诸家之评论此书者，无不尽读之。如吴批《红楼》，明斋之《偶评》《补评》，以及苕溪渔隐之《痴人说梦》，洵属绘水绘声，写花写影，即起雪芹先生于九原，当亦首肯而许为知音者也。”[③] 咸丰十年（1860）姚梅伯《读红楼梦纲领》言：“前列总评，后于每卷条论其要者，多有抉微达隐之笔，可与王氏抗衡。”[④] 刘永良在《诸联红学思想说略——读〈红楼评梦〉》一文中给予较高评价：“此书不仅对曹雪芹的才学和《红楼梦》的成就评价颇高，而且对《红楼梦》的思想意义、

---

① ［清］张祥河撰：《关陇舆中偶忆编》，见一粟编《古典文学研究资料汇编·红楼梦卷》，第三六七页。

② 见一粟编《古典文学研究资料汇编·红楼梦卷》，第二〇八页。

③ 见一粟编著《红楼梦书录》（增订本），第 313 页。

④ 见一粟编著《红楼梦书录》（增订本），第 159 页。

悲剧价值、人物塑造、情节结构、艺术方法等都有较为深刻的论述，同时还探讨了《红楼梦》对前代作品的继承与创新，其中有很多观点对于当今红学的健康发展都具有一定的借鉴意义。”[①] 而改琦则以画册为言说方式表达读红心得，其以丰厚的文化储备与美学修养深入红楼天地，所以我们通过画像能感受到他对小说人物内心世界与命运沉浮精确而又独特的理解与把握。比如元春一幅，画家只呈现了一个头戴花冠、凝神沉思的孤独的背影，元春无力地靠于雕花圈椅中，望着眼前占尽春光的杏花，而她和这杏花一样，寂寞青春，幽锁深宫，“今虽富贵，骨肉分离，终无意趣”（第十八回），字字呜咽，句句衔悲，透过画纸敲打着阅者的心房，画家的艺术化理解可谓贴切而又精准。再如妙玉一幅，表现的情节应是小说第八十七回“坐禅寂走火入邪魔”，但改琦避开妙玉神不守舍的幻况，而是描绘她跏趺莲台，打坐应是端容正坐的，改琦却让妙玉斜坐，眉目低垂，表现出若有所思的姿态神情，而妙玉心事即深藏内心对宝玉的痴情与爱恋，因为她正是“想起日间宝玉之言，不觉一阵心跳耳热”而走火入魔的。改琦让妙玉斜坐莲台寓其虽身在佛门却心系红尘，与判词所云“欲洁何曾洁，云空未必空”（第五回）相一致。改琦绘红楼画像五十幅，逐一观来，无不高度再现原著精神，但令人遗憾的是，画像的题咏者们既未深详小说，又歪曲绘者原意，或妄作解人，所赋诗词多流于平庸，格调不高，堪称足音空谷者寥若晨星。诸如王芝岑、刘枢、凌承枢、姜祺等人的题红诗词亦然，极写闲情逸致，铺叙春闺画楼，读来思想贫乏，境界庸常，虽也标榜脍炙人口，但溢美之词，不足征信。虽如此，不可否认的是，这些作品对《红楼梦》的普及与传播起到了一定的作用。如《红楼梦图咏》的题咏者中，颇多红学史上的著名人物，比如写有关涉后四十回续书《赠高兰墅（鹗）同年（传奇〈红楼梦〉八十回以后，俱兰墅所补）》一诗的张问陶、道光十二年（1832）双清仙馆刊本《新评绣像红楼梦全传》评者王希廉及其副室周绮，再兼著名画家钱杜、岭南名宿吴荣光、陶艺能手瞿应绍、鉴藏名家徐渭仁、篆刻才子冯承辉等社会名流，各以不凡的知名度提高了难登大雅的《红楼梦》小说的地位。王芝岑、刘枢、凌承枢、姜祺等所制题红诗词亦因荟萃众多“尝读《红

① 刘永良:《诸联红学思想说略——读〈红楼评梦〉》,《辽东学院学报》(社会科学版) 2010年第2期，第97–104页。

楼梦》而艳之”[①]的各方贤达，编织成错综交叉的文人交游圈和颇具规模的读红网络，增强了《红楼梦》于沪上的美誉度，扩大了影响力。

第二阶段即咸丰年间，此一时期较有影响的研红者有朱作霖、萧承萼、黄小田等。

与嘉道时期相比，咸丰年间沪上《红楼梦》传播无论是研红人数还是整体格局，都稍显沉寂。本地研红者中，以朱作霖、萧承萼为代表。朱作霖（1821—1891），字雨苍（一作雨窗），号维摩色外身，松江府南汇县周浦镇人，茂才，咸丰四年（1854）撰《红楼文库》[②]手稿一编。《红楼文库》凡文、诗 37 题，69 篇，其中，文 18 题，20 篇，诗 19 题，49 首，以赋、颂、诏、箴、判、文、赞、诗、铭、表、传、记、论等多种文体对《红楼梦》各色人物、故事情节、饰物风景等进行品评赏鉴，虽不免有观点陈腐之处，且充满卫道士气味，但朱作霖的某些评述还是眼光独到、一语破的的。如《文妙真人传》：“其情为古今男女共有之情，又为古今男女所不能尽之情，唯真人为能……真人事业碌碌，亦无功名念。甫登贤书，遽以情悟。故欲传真人者，唯兹区区之情为不可磨灭。”“文妙真人”即贾宝玉，该文表达了对宝玉之情的深刻理解及其生命真谛的深切领悟。又如《读红楼梦偶书》：“但见花鸟笑，谁知宫羽移？草蛇而灰线，令我费寻思。”“草蛇而灰线”道出《红楼梦》中惯用的叙事手法——伏笔，即如脂批所言“处处是随笔埋伏”（蒙府本第四十三回侧批），所论洵非常流。《红楼文库》撰成后并未立即刊行，而是在朋友圈内小范围观读，“书成士林传视，或为题辞，或为评语”（《朱作霖年谱稿》），得周南、潘莹、马元德、相林、承萼等题词及周南、潘莹、马元德、梅甫、香痴漫士、味菜生、借华盦主、香国司花隶、香史、俎红、味禅居士、海上鼓琴客、古箬山人等评注 48 条。周南题词注曰：“曾听君谈，《红楼梦》殊无一字常语。”古箬山人更是在十余年后的同治六年（1867）再作《总评》称：“仆向欲细评《红楼》，加以论赞，匆匆未果，今读是编，实获我心，后有暇日，当更补篇中所未备焉。”可见其时雅集读红、切磋

① 吴熙：《〈改七芗先生人物仕女画谱〉新序》，见一粟编著《红楼梦书录》（增订本），第 239 页。

② 关于朱作霖及其《红楼文库》概况，详参余光祖《晚清朱作霖〈红楼文库〉及其生平考述》，《红楼梦学刊》2018 年第 3 辑，第 154–166 页。又可见一粟编著《红楼梦书录》（增订本），第 168–171 页；一粟编《古典文学研究资料汇编 · 红楼梦卷》，第五〇七 – 五〇八页。

论红的盛况，这对《红楼梦》在沪上的传播无疑发挥了积极作用。

《红楼文库》文、诗兼备，故朱作霖既可归入杂评派，又可归入题咏派，萧承萼则为题咏派。萧承萼，字棣香，别号海市散人，上海人，诸生，工小楷，善花卉，著有《撷红词馆吟钞》《微波阁词》等。在沪上早期题咏派中，萧承萼是位极其活跃的爱红者，他曾为凌承枢《红楼梦百咏词》题词，邹弢《三借庐笔谈》卷五即曾言："上海萧棣香先生有题《红楼梦百咏词》诗四首，脍炙人口。余偶过友人斋头，见先生《撷红词稿》中亦载此诗，亟读之，后忘其一，只将所记者录下。"[①] 其中提及的《撷红词稿》即道光十五年（1835）所刊四卷本《撷红词馆吟钞》，黑龙江省图书馆有藏。而由如上对《红楼文库》的简况可知，萧承萼也曾为《红楼文库》题词。据余光祖《晚清朱作霖〈红楼文库〉及其生平考述》一文可知，"在《朱作霖年谱》'附录三'《红楼文库目录》中，有二纸附条，其中一条为'题朱雨苍红楼文选'，七绝 4 首，署名'萧承萼棣香'"，这 4 首绝句为：

疑假疑真总可怜，谁将缺陷补情天？
借君梦里生花笔，了断三生未了缘。

美人心性才人笔，莫作寻常子墨看。
若使花魂呼得醒，一齐含笑拜花坛。

绮业消除慧业留，华严法界塔前修。
天花满纸缤纷下，顽石如何不点头。

浮生自悔太蹉跎，万紫千红一刹那。
我亦有楼归未得，那堪往事唤春婆（时游兵石笋里）。[②]

而在第四首后另起一行中上部，写有"梓乡丛录卷一"六字，这似表明 4 首绝句摘自《梓乡丛录》。《梓乡丛录》为近人秦锡田（砚畦）据"家旧藏清代近地名人之遗著"（卷首秦锡田识语）编为上海文人诗词辑录，卷一、卷二选诗人五十五家，卷三、卷四选词人十二家。其中，卷一"诗一"最后一人即萧承萼，所选诗篇中即有《题朱雨苍红楼文选》，不同的

① 见一粟编著《红楼梦书录》（增订本），第 314 页。

② 萧承萼《题朱雨苍红楼文选》一诗蒙余光祖先生惠示复印件，谨致谢忱。

是，第二首末句“一齐含笑拜花坛”在该书中作“一齐含笑拜骚坛”。另，卷二“诗二”中的周南（卷四“词二”亦有出现）、吴修之，卷三“词一”中的于尔大以及《梓乡丛录》作者秦锡田等人，或为《红楼文库》题词，或与朱作霖有交。[①]而同《题朱雨苍红楼文选》相隔《题海宁李纫秋[②]（善兰）则古斋稿》一诗前另有一首涉红诗《阅红楼梦传奇有感而作，次金纤纤女史原韵》：

> 扑窗夜气十分寒，引到中天白玉盘。
> 敢学痴人将梦说，欲排恨事把书看。
> 真真假假情原幻，死死生生我也拚。
> 诉与嫦娥浑不解，深宵犹自倚阑干。

由诗题可知，该诗乃萧承萼读罢《红楼梦传奇》后所咏。由颈联“死死生生我也拚”一句初判应为仲振奎的《红楼梦传奇》，因为仲氏曾称“《前红楼梦》读竟，令人悒快于心，十日不快。仅以前书度曲则歌筵将阑，四座无色，非酒以合欢之义，故合后书为之，庶几拍案叫快，引觞必满也”[③]，“后书”即《后红楼梦》，该书中林黛玉因有炼容金鱼护体而起死回阳，萧承萼诗中故有“死死生生我也拚”之语。由于笔者所查检的《梓乡丛录》源于孔夫子旧书网所贴残页，其中是否还有题红诗不得而知，但仅此即可获悉萧承萼对《红楼梦》一书的由衷喜爱。从道光初年为凌承枢《红楼梦百咏词》题词，到咸丰初年为朱作霖《红楼文库》题词，从对《红楼梦》小说的痴迷，渐及对《红楼梦》戏曲演绎的追捧，三十年间，萧承萼对《红楼梦》痴心不改，委实是个红楼痴人，他同红友的题赠酬答、文谯流连，也为《红楼梦》于沪城的普及贡献了自己的一份心力。

光绪十年（1884）刊行的《松江府续志》卷二十七有“寓贤传”一栏：“凡寓居郡境及与郡之贤达有交、时时往来者，乃载兹，仍其例。而书院山长之住院者亦同载焉。若游踪偶至，未久即去，不及备列。”[④]这其

---

① 见余光祖《晚清朱作霖〈红楼文库〉及其生平考述》第一部分。

② 刊本此处误，“李纫秋”应为“李秋纫”，秋纫乃李善兰号。

③ ［清］仲振奎：《红楼梦传奇·凡例》，同治癸酉年抱芳阁刊本。

④ ［清］博润等修、［清］姚光发等纂：《松江府续志》，光绪十年刻本，见《上海府县旧志丛书·松江府卷》。

中即录有黄小田。咸丰三年（1853）因避难自芜湖迁至金山起，直至同治六年（1867）辞世，黄小田生命的最后十五年是在松江度过的，因而被列入松郡“寓贤传”是名副其实的。而黄小田的到来，在“与郡之贤达有交、时时往来”的过程中，对《红楼梦》于沪上的传播也起到了重要作用。黄小田将松江作为生命最后的栖息地，盖冥冥天意，因为早在青年时期，他同松江学人或说松江研红者即有往来。比如嘉道时期著名仕女画画家改琦，改琦与黄小田长兄黄初民（在轩）有交，嘉庆十六年（1811）曾作《寄题黄在轩清泛园第二图（有序）》一诗遥祝陶然亭谳集之欢。为改琦《红楼梦图咏》题词的乾隆举人黄仁则为黄小田受业恩师，由黄小田《避弋小草》下卷《研北师次予赠子枢诗韵叠韵赋呈》其一诗注“嘉庆己巳执经于先生”，知其于嘉庆十四年（1809）十五岁时受业于黄仁。另一为改琦《红楼梦图咏》题词的嘉庆十八年（1813）举人刘枢，道光八年（1828）履任咸安宫官学教习期间，同履任礼部七品小京官的黄小田亦交洽无嫌。除这三位松江文士，为改琦《红楼梦图咏》题词的“清代蜀中诗人之冠”（袁枚语）张问陶，与黄小田父黄钺同朝为官且诗酒逍遥，故而黄小田在评点《红楼梦》时引用《赠高兰墅（鹗）同年（传奇《红楼梦》八十回以后，俱兰墅所补）》一诗界定“前八后四”并提醒读者“见张船山太守诗集”（第百二十回卷末眉批）。据此可以发现，以改琦《红楼梦图咏》为基点，包括改琦，以及为《红楼梦图咏》题词的黄仁、刘枢，甚或张问陶，他们或绘画时构思上的精妙细巧和人文主义情怀，或题词时所传达出的对《红楼梦》小说的喜爱、理解和体验，或文以人名的一锤定音，都能给道光二十四年（1844）开始评点《红楼梦》的黄小田提供必要的理论参照、有益的经验指导与别样的启示思考，从而助其实施审美勘探与文心寻访。待到咸丰年间，为《红楼梦图咏》题词的诸家，或远居他乡，或墓木已拱，或风烛残年，皆风流云散，幸有黄仁和刘枢尚在，能与黄小田共忆畴昔流年。咸丰三年（1853）四月黄小田携家累逃难，六月始抵金山，七月即有《松江重谒家研北师》言及重晤恩师事，黄小田《避弋小草》上下两卷及《萍轩词草》中述其同恩师览胜访友的诗词有《松江重谒家研北师》(1题2首)、《叶桐君广文（珪）自郡来访，赠诗次韵答之》其三（1首）、《研北师次予赠子枢诗韵叠韵赋呈》（1题2首）、《再叠前韵寄子枢》其一（1首）、《忆旧游（松风堂赏牡丹，次研北师韵）》（1阕）等7首，而实际篇数比这还要多，因为《礼部遗集》系黄小田卒后其子编选而成，有诗词失收的情况。而刘枢于道光二十九年（1849）春自闽引疾归里，因咸丰三年（1853）八月上海小刀会起义而于咸丰五年（1855）移家松江城西秀野桥东[①]，直至逝世，黄小田则于咸丰七年（1857）二月自金山移居至松江城西菜花泾水关桥，道光八年（1828）前后即已相识的二人是以能于松郡再续前缘，故而咸丰七年（1857）三月初九日二人同赴叶桐君醉白池之招（刘枢《西涧旧庐诗稿》卷三《归云草・上巳后六日桐君招饮醉白池赋谢》），闰五月初五后不久黄小田携乃父遗珍明人九日诗卷请刘枢题词（黄小田《萍轩小草》下卷《题刘鸿甫明府（枢）遗稿》）。那么，在同黄仁、刘枢等乐游山林、诗酒放诞之际，皆嗜《红楼梦》的三位研红者有否品红论曹的风雅韵事？相关文献阙如，但这种可能性是不能排除的。在攸关性命的逃难之际，黄小田不舍《红楼梦》手批本并自芜湖带至金山，可见他对《红楼梦》一书的珍视，而面对昔年曾为改琦《红楼梦图咏》题词的恩师黄仁与好友刘枢，黄小田一定不会错过当面讨教、就近请益的绝佳机会。这是不难想象的。另，还有一位研红故人此际也在黄小田的交游圈中，他就是张祥河。张祥河乃黄小田父黄钺的门生，黄小田《过庭小稿》中也有《消寒第二集，张诗舲舍人（祥河）有诗次韵》《庚寅闰夏朔大人蒙赐诗一章，有“萦怀江上思儒雅，烟雨招吟逸兴迢”句，诗舲农部绘图赋诗，邮寄芜湖，大人次韵和之，命富民同作》等诗篇记交往事。黄小田在避难金山的第二年即咸丰四年甲寅（1854）春写有《再叠前韵寄子枢》一诗，其二有“愁信潮痕随夜长，故交星影向晨稀。凭谁一吐牢骚气，须待能诗张紫微（张诗舲中丞由陕入觐，闻将告归）”句提到了张祥河，查张祥河《小重山房诗词全集・来京集》，开篇诗为《甲寅仲春被召入都，留别关中人士》，与《再叠》诗间小注合。咸丰四年（1854）春张祥河入都后，授内阁学士，寻迁吏部侍郎，督顺天学政，可见“闻将告归”中的“告归”即请假回家，这表明张祥河曾返回松江故里，并同黄小田、姚子枢等有把酒临风、诗兴遄飞的快意之事。那么这期间及此后鱼雁往还中二人有否纵论《红楼梦》？这种可能性也不能排除。张祥河虽认为《红楼梦》本事取材“明珠家事说”，坚持“微

① 刘枢《西涧旧庐诗稿》自序“乙卯岁，始移家泖上”及卷三《归云草・寄呈张诗舲少宰同年祥河》其二“示疾维摩愧，移家范蠡惊（余以乙卯移居秀野桥东）”，见《清代诗文集汇编》第556册。

言大义”的研究理路，而黄小田坚定认为《红楼梦》是一部小说，但这并不妨碍他们品鉴小说宏阔的布局、动人的情节和精琢的人物，且张祥河对纳兰容若的关注系推崇其诗词始。此外，光绪元年（1875）十一月杨葆光第二次过录黄小田批语时“复从夬斋妇兄假录出本续成之”，而本书第三章《张尔耆对黄小田评点的过录》一节推测“夬斋妇兄”张尔耆乃于咸丰三年至咸丰四年（1853—1854）间率先过录了黄评，他对黄小田批语的过录、保存，在一定范围内，既扩大了《红楼梦》接受对象的范围，也为《红楼梦》盛行申江推波助澜。

黄小田不仅同昔年师友于松江异地重逢，也结识众多新雨朋侪，除张尔耆外，如张文虎、杨葆光等。黄小田携家累避于姻亲金山钱鼎卿处，得以结交馆于钱氏的著名学者张文虎，据粗略统计，黄小田《礼部遗集》中直接赠答张文虎的诗89首（另有提及张文虎的诗5首）、词8阕，张文虎《舒乙室全集》中直接赠答黄小田的诗50首（另有提及黄小田的诗7首）、词4阕、文3篇（另有提及黄小田的文3篇）、日记89条，可见二人交情匪浅。通过张文虎，黄小田又结识了张尔耆妹婿杨葆光，杨葆光《苏盦诗录》卷二有《酬小田丈辛酉年见怀原韵》一诗忆及咸丰十一年辛酉（1861）春“乱日逢高士”的美好时光，黄小田《萍轩小草》下卷有作于同年的《寄杨古酝（葆光）》一诗与之呼应，而就在这次拜晤中，喜读小说曲艺的杨葆光向黄小田借阅了他的《红楼梦》手批本，开启了一段过录之缘。而张尔耆、张文虎、杨葆光等也成为黄小田为同光时期沪上《红楼梦》传播蕴蓄的又一支力量。

通过如上梳理可以发现，朱作霖于南汇编撰红楼文选，萧承萼于上海咏红表情达意，客籍云间的黄小田则与黄仁、刘枢等故人于郡城另开论红新场，在兵火蹂躏的动荡年代，共同拱卫着《红楼梦》于沪上的传播。

第三阶段即同光时期，此一时期沪上研红日炽，杨葆光、张文虎、张尔耆、朱昌鼎等人身体力行，为《红楼梦》传播付诸努力。

前文曾言咸丰年间沪上《红楼梦》研究较嘉道时期稍显沉寂，乃咸丰三年（1853）秋刘丽川、周立春等领导的上海小刀会起义以及咸丰十年（1860）夏太平军攻克松江，致商贾不行、市井萧然，其惨况如张文虎《周浦纪略序》所云：“咸丰癸丑，土匪滋事，越辛酉，浙寇东窜，逃亡死丧相比，市肆为墟，高门大宅十毁七八，西市河塞，舟楫不通。”[①]这种民力凋敝、海内愁怨的社会现状随着同治元年（1862）清廷联合西方列强“借师助剿”而得到有效缓解，同治三年（1864）十月，历时十四年的太平天国运动宣告失败。而“同光之际，红羊劫过，边氛初靖，民间困苦方苏，海内粗呈乂安象”[②]，虽有同治七年（1868）江苏巡抚丁日昌查禁小说戏曲且《红楼梦》及其续书《后红楼梦》《续红楼梦》《补红楼梦》《红楼圆梦》《红楼复梦》《红楼重梦》等在查缴活动中无一幸免，然而开列榜单的方式却为读者按图而索《红楼梦》等“淫书”提供了便利。同治十一年（1872）三月，有中国近现代史“百科全书”之称的报界翘楚《申报》在沪上创刊，创刊仅一月，即刊登一则南海陈元圃阅其子陈笏文稿而“偶于书丛中得《红楼梦》一卷，陈变色谓：‘不肖子乃嗜此耶！’其子不敢作声。俄而风动卷开，陈睹卷首评语淋漓，皆其子手笔”[③]的逸闻，此后关于《红楼梦》的各种广告、闲谈、诗赋、曲艺等随“将天下可传之事，通播于天下”的《申报》频现报端，播传宇内。如光绪元年（1875）《申报》刊发仓山旧主袁祖志为海上名妓薛宝琴所拟联对“我为黄浦江头客，卿是红楼梦里人”[④]，光绪二年（1876）申报馆出版《红楼梦》续书《红楼梦补》《红楼复梦》等，由《申报》主笔钱徵与蔡尔康编辑的《屑玉丛谈》[⑤]收有光绪三年（1877）《申报》第一副主笔何镛等人所作《红楼梦》词，光绪五年（1879）“梁溪潇湘馆侍者”邹弢绘《潇湘侍立图》[⑥]于《申报》广征题咏……《申报》对《红楼梦》的宣传追捧，也带动了《红楼梦》在沪上其他行业门类的蓬勃发展。如光绪十年（1884）上海同文书局石印出版了王希廉、姚梅伯合评本《增评补图石头记》；该书局又于光绪十四年至光绪十五年（1888—1889）前后石印出版了王希廉、张新之、姚梅伯三家评本

---

① ［清］张文虎：《周浦纪略序》，见《清代诗文集汇编》第630册《舒乙室杂著乙编卷上》。

② 见包天笑主编《小说大观》第二集之《红学》，上海文明书局1915年版。

③ 见《申报》1872年6月3日。

④ ［清］忏情人：《北里新联》，《申报》1875年1月2日。

⑤ ［清］何镛：《瑀琈山房红楼梦词》“自序”，见钱徵、蔡尔康编《屑玉丛谈》三集，光绪五年刊。

⑥ 见一粟编《古典文学研究资料汇编·红楼梦卷》，第三八八页。

《增评补像全图金玉缘》[①]，而这一汇评本的出现，既使得王张姚三家评点萃于一书，后世读者耳熟能详的“评点派三大家”之名也首度实现合体，一时洛阳纸贵。再如光绪十五年（1889）二月，沪上影响最广的新丹桂茶园于《申报》刊登“新编新灯新彩新戏红楼梦”的演出告示：“今小园挑选名角，专意考求，准今酌古，配以管弦，朝暮习练，排成《红楼梦》新戏全本，可称菊部新开，非他人步学后尘可比。并且不惜巨资，早经聘请京都精工良匠到申，按戏揣摩，仿照贾府旧时排场图样，扎成大观园亭台楼阁，怡红院、潇湘馆以及众美所居，逐一齐备，装潢景物均逐一造就，飞禽走兽惟妙惟肖、栩栩欲活，所需灯彩皆用五彩纱缎结成，样样玲珑，色色鲜艳，光耀夺目，精巧无比，按戏布置，雅合时宜。另有点缀清虚观打醮诸般玩意，戏中演戏并添西洋灵巧机彩，种种新奇，笔难枚举。”[②]如此用心良苦的准备与造势，不难想见此戏搬演后万人空巷的盛况。《红楼梦》于沪上青楼亦有沾溉浸濡，“妓女阅读演绎《红楼梦》，并且将红楼人名冠于己身。在沪上盛行的花榜中或以红楼众美比附青楼女子，或援红楼‘薄命司’册簿之例，品评风月”，而《红楼梦》“作为青楼女子的阅读文本、表演内容，在理解与演绎中得以传承”[③]等。《红楼梦》在沪城可谓遍地开花、妇竖皆知，而且从接受与传播的意义上看，也丰富和拓展了《红楼梦》的内涵。

由以上梳理可发现，沪上《红楼梦》传播至光绪年间达到鼎盛，读红品红、谈红赏红成为一种社会时尚，《红楼梦》在广为流传中也获得了更多的文化期许。李汉秋曾撰文指出，在沪上一带，以黄小田为肇始，以张文虎为中心，形成一个评点和传播《儒林外史》的文人沙龙，“这个沙龙同时还传播黄小田的《红楼梦》评点”[④]，而沙龙中的积极分子如张文虎、

① 关于《增评补图石头记》与《增评补像全图金玉缘》的刊行时间，参杜春耕《〈增评补像全图金玉缘〉序》，见［清］曹雪芹、高鹗著《增评补像全图金玉缘》第一卷卷首，第一－三十页。

② 转自王丹《沪上梨园，遍按红牙——清末民初沪上“红楼戏”演出史料辑考》，《红楼梦研究辑刊》2015 年第十一辑，第 239–253 页。

③ 岳立松：《〈红楼梦〉与晚清沪上青楼》，《红楼梦学刊》2009 年第 2 辑，第 79–90 页。

④ 李汉秋：《上海周边的清末儒林外史沙龙》，《人民政协报》2010 年 5 月 10 日。

杨葆光、朱昌鼎[1]等文人雅士在这种争相传阅、家弦户诵的热切氛围下，确然为沪上《红楼梦》传播做着不懈的努力。杨葆光自咸丰十一年（1861）春借阅黄小田《红楼梦》评点后，约于同治三年（1864）始予过录，因疲于生计，过录工作因黄氏后人索回手批本而中止，直到光绪元年（1875）十一月下浣以妇兄张尔耆录出本为参照并在韩扬生、张心庵的协助下继续过录，至光绪二年（1876）正月中澣录毕。两次过录中，杨葆光也随手写下十余条批语，这些批语除读红的直接感受外，也有附着黄小田批语有感而发，在一定程度上，深化了黄小田批语的研究。杨葆光一生痴迷《红楼梦》，其所与交游者，皆一时闻人，其中多有论红者如辑有多则涉红资料并被胡适《红楼梦考证》（改定稿）频频征引的《小浮梅闲话》作者俞樾、写有《读红楼梦杂记》的“愿为明镜室主人”江顺诒等，杨葆光在同他们交接时，极可能谈及共同感兴趣的话题——《红楼梦》并谈及黄小田批语，从而提高黄小田评点的声望与价值。而在黄小田晚年诸友中，张文虎与其心意相通、情义最深，甚而张文虎《儒林外史》评本就是在黄小田评本的启发下完成的，但张文虎对《红楼梦》的重视程度则远逊《儒林外史》，因为《红楼梦》“陷溺人心则有过之”，虽如此，他仍在《儒林外史》评点中捎带提及了《红楼梦》，在《舒乙室日记》中也有关于《红楼梦》的点滴笔墨，这颇可说明《红楼梦》一书风行于世，对其影响至深，当然，也不乏黄小田耳濡目染的熏陶。“《红楼梦》为中国小说界空前之杰作，研究此书者至有‘红学’之号，足征其书之名贵矣”[2]，而首倡“红学”之号的松郡后起之秀朱昌鼎则于同治十二年至光绪元年（1873—1875）间赋有6首题红诗。这6首题红诗的意义是多方面的。首先，人们由此获知朱昌鼎龙门书院学友袁七一、李平书、王斗槎、孙点等松江文士亦爱红成痴；其次，通过解读题红诗并与黄小田批语比对后发现，二者在《红楼梦》本质属性、小说主题阐释、对小说人物的感情倾向、社会生活反映等方面高度一致，

---

① 李汉秋认为该沙龙中《儒林外史》评点殿军为朱昌鼎，判断失误。在同治十三年（1874）上海申报馆《儒林外史》排印本为评点底本的本子上，有署名“不奇生”“最不羁生”等的批语，此人即朱昌鼎；但又有署名为“则仙”“则先”等的批语，此人即朱昌鼎二弟朱昌泰（号则先），故可判为朱昌鼎、朱昌泰昆仲联袂评点了《儒林外史》。其中，朱昌鼎于第五十六回回末总评中语涉《红楼梦》，朱昌泰则于第八回回末评中提及了《红楼梦》。

② 《申报》1916年10月29日。

这似表明朱昌鼎接触过黄小田评点。朱昌鼎同杨葆光有世家至谊，二人尤以同治十二年至光绪二年（1873—1876）间走动最为频繁，而此际杨葆光过录了黄小田批语并成完璧，朱昌鼎亦撰有若干题红诗，因此朱昌鼎拜阅黄小田批语有着得天独厚的优势。再者，朱昌鼎同杨葆光关系密切，自然也识得杨葆光内兄张尔耆，而张尔耆是藏有黄小田批语录出本的。更兼光绪六年（1880）夏朱昌鼎续娶韩氏后，与黄小田有了亲戚关系，"自言生平所见说部有八百余种，而尤以《红楼梦》最为笃嗜"（均耀《慈竹居零墨》）的朱昌鼎当然不会错过这样一个阅览黄小田《红楼梦》评点的绝好良机。

如上可知，光绪年间沪上《红楼梦》评点是王张姚三大家的天下，除杨葆光有意识地过录黄小田评点外，张文虎、朱昌鼎等受黄小田评点影响的饱学之士所发表的谈红论见，无形中实则是对黄小田评点流传有序的一种有力呵护，从而为沪上《红楼梦》研究注入新的血液并成为其中的有机组成部分。

二、黄小田评点的红学史地位

黄小田在《儒林外史》批评史上的贡献一如吴新苗所言："黄小田对《外史》的评点是在《外史》传播及研究的衰落期间进行的，因此黄评有着开风气之先的作用"，"对《外史》在上海地区的传播及研究热潮起到了引领作用"[①]。当然，《儒林外史》评点是不能与《红楼梦》评点相比拟的，因为《红楼梦》尚在创写阶段即有脂砚斋、畸笏叟等诸公给予批评，直至民国时期仍有学人（如王伯沆）热衷于此，各路方家皓首穷经，代不乏人。通过如上对沪上早期《红楼梦》传播概况的缕析不难获知，黄小田对《红楼梦》在上海的传播，也同样起到了重要的推动作用。乾隆五十六年（1791）萃文书屋木活字本百廿回《新镌全部绣像红楼梦》的问世，结束了《石头记》传抄本私家秘藏、鲜为人知的不利局面，文本传播渐逐开放，并以此为肇端，促发了各种衍生形态。杂评、题咏、索隐、红楼画，嘉道

① 吴新苗：《黄小田与〈儒林外史〉的早期传播及研究》，《文学前沿》2006年，第212–220页。

时期沪上《红楼梦》传播即呈现姹紫嫣红的崭新气象，而改琦、诸联、王芝岑、刘枢、凌承枢、姜祺、张祥河等人则有奠基之功。洎咸丰时期，由于清王朝内忧外患，沪上战乱频仍，《红楼梦》传播深受影响，本地卓有成绩的研红者仅朱作霖、萧承萼等人，而芜湖学人黄小田的到来，则助挽不振颓势。黄小田家族同改琦素有往来，而为改琦《红楼梦图咏》题词的黄仁与刘枢，前者为黄小田恩师，后者为黄小田故友；此际张祥河虽多居官在外，但同黄小田鱼雁常通，张祥河族侄、黄小田故友姚楗之兄姚椿弟子张尔耆又过录了黄小田百廿回《红楼梦》评点——以黄小田为枢纽，沪上嘉道研红趣尚倚赖诸人不懈鼓荡，方得以在灾祸连绵的咸丰年间薪火赓续。而黄小田客寓云间所结识的杨葆光、张尔耆、张文虎等人至同光时期，又纷纷传播他的《红楼梦》评点并促进沪上《红楼梦》研究臻于繁盛，无由亲炙的华亭才子朱昌鼎亦投身研红热潮并以此为人生乐事。透过沪上早期《红楼梦》发展的三个阶段，我们发现黄小田或直接或间接的皆参与其中，其特殊的际遇，造就了与沪上《红楼梦》传播特殊的关系，并以咸丰时期为轴心，上承开辟于前的嘉道研红，下启发挥于后的同光读红，辟莽垦植，承先启后，并与沪上同好一道，在不断传播和推介的过程中，奠定文学瑰宝《红楼梦》的经典地位。

如今我们说沪上乃红学重镇，这自然离不开改琦、诸联、王芝岑、刘枢、凌承枢、姜祺、张祥河、朱作霖、萧承萼、杨葆光、张尔耆、朱昌鼎、张文虎等本地学者早期建构之功。而我们也应铭记因避乱而客寓松江的芜湖学人黄小田，正是在他的倾力带动下，沪上《红楼梦》传播得以有条不紊地向前推进发展，这对认知沪上红学在海派文化以及吴越文化圈中的影响和地位也是有所裨益的，仅此，我们就应心怀敬意并为他点赞。

结 语

至此，拙著《红楼梦黄小田评点研究》完结。本书凡五章，我们对各章内容作一综合回顾：

第一章为《黄小田评点研究概论》，凡两节即《黄小田评点研究综述》与《黄小田生平与著述》。本章为全书的绪论部分，主要述及黄小田评点的研究背景、研究现状及研究意义。因“本书的研究特色之一是侧重黄小田生平履历方面资料的爬梳，以此探究生平交游、文化修养、人生经验、命运遭际等给予其评点《红楼梦》的影响”，故将“黄小田生平与著述”划入本章，列为第二节，同时辅以“附录”部分《黄小田年谱简编》，以为后四章研究奠定基础。

第二章为《黄小田与〈红楼梦〉评点》，凡五节即《评点年限》《评点动因》《评点底本及参校本》《诸家治红对黄小田评点的影响》（计六小节）、《黄小田争议性批语简析》（计四小节）。本章为本书的核心部分。评点年限的界定既反映出评点者所处的时代背景与学术风尚，也决定着评点者对工作用本的审慎遴选，因而第二节谈“评点动因”，第三节谈“评点底本及参校本”。第四节则为“诸家治红对黄小田评点的影响”，包括东观阁本批语、王希廉批语、陈其泰批语、范锴所见“旧抄本”、《后红楼梦》及黄仁题红诗在内的六家治红，这六家治红也基本涵盖了评点、杂评、题咏等《红楼梦》批评的各种方式及续书等衍生作品，为黄小田个人红学观的形成提供了依据。第五节为“黄小田争议性批语简析”，就黄小田批语相关论文的观点提出不同看法，主要谈及“写情说”，批语中的“时政评点”，关于高鹗的批语析误，曹寅、黄钺与《莫斫铜雀砚图》等四小节内容。本章各节在对相关问题进行论述时可以发现，黄小田家世生平、艺文交游等对其《红楼梦》评点均有不同程度的影响。

第三章为《杨葆光、张尔耆与黄小田评点》，凡两节即《杨葆光对黄小田评点的过录》与《张尔耆对黄小田评点的过录》。本章主要依据杨葆光过录本识语“曩尝从先生假手批本，录未竟，先生文孙索去。乙亥冬，自杭郡归，复从央斋妇兄假录出本续成之，韩子扬生、张子心庵亦与焉”并结合相关文献史料，回溯、还原杨、张二人各自与黄小田的交往并过录其《红楼梦》评点的历程。通过考订，参与批语过录的杨葆光、张尔耆、韩扬生、张心庵等皆与黄小田沾亲带故且具有文化保护意识，这为黄小田《红楼梦》评点流传至今提供了有力保障。

第四章为《黄小田评点的影响》，凡四节即《黄小田评点对杨葆光的影响》《黄小田评点对张尔耆的影响》《黄小田评点对张文虎的影响》《黄小田评点对朱昌鼎的影响》。因黄小田评点发现于二十世纪七十年代末，故本章主要论及黄小田评点手写本及杨葆光过录本给予同时代学人的影响。

第五章为《黄小田评点的特点及红学史地位》，凡两节即《黄小田评点的特点》与《黄小田评点的红学史地位》。本章主要对黄小田批语的特点进行了系统归纳，并将其评点置于沪上早期《红楼梦》传播这一学术视野中以考察其红学史地位。

以上五章内容即本书研究的主要议题。书中曾提及“本书的研究特色之一是侧重黄小田生平履历方面资料的爬梳”并且在“基础性研究方面用力”，即“评点年限、评点动因、评点底本、杨葆光的两次过录、张尔耆的过录、诸家治红对黄小田的影响以及黄小田评点对他人的影响等”，这就不可避免地存在文献阙如、史料难觅等问题；又兼所闻不广、所见不详，诸多不确定的因素，令相关文字每难成说，如黄小田评点《红楼梦》起讫年限的精准界定、评点底本及参照本的范围圈定、黄小田同陈其泰有否直接往来、杨葆光首次过录黄小田批语的起讫年限、张尔耆过录黄小田批语的始末、朱昌鼎是否浏览过黄小田批语等，皆无直接论据予以证实，旁证材料更为罕覯，故此不免有蹈空逞臆之处。穷尽所有是不可能的，但本书力求追索原始文献，采铜于山，最大努力遍查线索、勾稽史实，以使研究过程及结论客观、合理、明晰。

对评点者家世生平和文艺素养影响评点内容这一课题导夫先路者为著名红学家胡文彬，如其所言：“‘评点派’著述的研究，过去只注重同代人诗文笔记中的零散记述，故对评点者的家世生平则多语焉不详。即使有些评点者的家世生平较为详尽，但研究者也甚少从时代、社会及评点者个人经历、学识、修养方面去探究这种蔚为一时风气的‘评点’文化背景，致使研究中出现就事论事、缺少规律性的偏狭现象。”继之踵武且卓有成绩者为胡先生的高足胡晴，她在 2014 年出版的《烛明香暗画楼深：红楼梦人物研究》下卷中以《同是天涯爱红人》《恸哭文章才绝世》两篇文章对旧红学评点派诸家的批评特色给予了特别的关注与评述。而本书正是在此治红氛围下对“黄小田与《红楼梦》评点”这一个案研究进行努力开掘，然而由于学识浅薄与学力不逮，期待更多的博雅君子参与其中，进行更为深入而细致的研考并及时纠正本书出现的粗疏和纰漏。

小说评点是中国文学批评的传统方式之一，评点家们最大程度地给予小说以文学性的阐释，并通过文本鉴赏引领读者细心品味深宏意旨，体察观照世情生活，引导欣赏创作技法。黄小田《红楼梦》评点即是如此。我们浏览黄小田批语是能深切感受到他面对《红楼梦》这一文学经典时心灵的喜悦以及通过自己的评点文字让经典发声的雀跃的姿态的，他的这番付出与努力也为《红楼梦》批评史再添厚度与光彩。因本书“侧重黄小田生平履历方面资料的爬梳，以此探究生平交游、文化修养、人生经验、命运遭际等给予其评点《红楼梦》的影响”，所以对涉及的黄小田批语只是做了浮光掠影式的浅层解读而未能深析具论，故期以抛砖，厥引金玉。

附录　黄小田年谱简编[①]

乾隆六十年乙卯（1795）　一岁

六月二十二日庚寅时，小田生，小字寅生。

按，黄小田《萍轩小草》下卷《甲子元日》有“溯自庚寅降（予生于乾隆乙卯年六月廿二日庚寅时），重逢甲子新”句。《过庭小稿·敬次大人己丑除夕叠查初白庚寅元日诗韵》有“孤负壮时才思涩，敢同骚客赋庚寅（富民生于庚寅时，小字寅生）”句可证。

嘉庆七年壬戌（1802）　八岁

除夕，小田长兄黄初民仿姒颐真画钟馗野溷，作《癸亥岁朝图》。小田等弟、妹观之，黄钺为补景题诗。

① 黄小田年谱原稿13万字，限于篇幅，“附录”部分择其要辑为《黄小田年谱简编》，余皆略之。为免拉杂旁逸，对其中所涉人、事均不作具体注解，只简明绍介。黄小田家族诸人介绍可参本书第一章《黄小田生平与著述》一节，不赘；凡小田戚友于本书出现并介绍者，可参看相关章节，亦不赘。杨葆光首次过录黄小田《红楼梦》批语的完成时间及第二次过录已在黄小田卒后，具体过程可参本书第三章。

按，黄小田《萍轩小草》下卷有《嘉庆壬戌，先兄在轩仿姒颐真画钟馗野溷，一豪猪即之，妹子持杖赶逐，作癸亥岁朝图。盖取岁名岁阳，声意适有关合耳。先勤敏公为补景，题诗其上。明年又值癸亥，六十年矣。追忆为图时富方九岁，今齿衰岁暮，流寓僧庐，因命鼎侄复仿作一图，题五绝句以志感》。

嘉庆十年乙丑（1805）　十一岁

正月十七日，小田长姊黄氏卒，年三十一岁。

按，黄钺《壹斋集》卷十九《哭女巽》其三有"料得寒厅上，伤心亦此时（女以正月十七日亡，今三十五日矣）"句。

嘉庆十三年戊辰（1808）　十四岁

五月，邵夫人率儿辈至太原，小田同往。时黄钺督山西学政。

按，《黄勤敏公年谱》嘉庆十三年（1808）"三月，先妣邵夫人率中民等由芜湖赴山西，五月至太原。与大人不相见者十年矣"。

嘉庆十四年己巳（1809）　十五岁

是年，小田受业于松江孝廉黄仁。

按，黄小田《避弋小草》下卷《研北师次予赠子枢诗韵叠韵赋呈》其一有"白发回头冬学闹，光阴四十六流年（嘉庆己巳执经于先生）"句。

嘉庆十五年庚午（1810）　十六岁

黄钺任满回朝，十月抵京。十一月，邵夫人率儿辈入京。

按，《黄勤敏公年谱》嘉庆十五年（1810）“九月，任满回朝。十月，抵京师，居兵马司后街。奉旨仍著在南书房行走。十一月，先妣邵夫人率初民等入京”。

嘉庆十八年癸酉（1813）　十九岁

九月，黄钺奉旨补放山东学政。十月，邵夫人率儿辈赴济南使院，小田同往。

按，《黄勤敏公年谱》嘉庆十八年（1813）“七月初八日，奉旨简放山东乡试正考官……九月初三日，闱中接到廷寄，奉旨补放山东学政。……是月，补授内阁学士兼礼部侍郎衔，仍留学政之任。……十月，邵夫人率初民等赴济南使院”。

是年前后，小田习琴。

按，黄小田《萍轩小草》下卷作于同治元年（1862）《沈郎中（维裕）以师琴友酒图属题》有“我少习琴声，三分琵琶七分筝。弃之五十载，勾剔吟猱都不解”句，据此推判，姑系于此。

嘉庆十九年甲戌（1814）　二十岁

正月，黄钺按试泰安、沂州、登州诸郡。三月，补授户部右侍郎兼管

钱法堂事务，奉旨还京供职。邵夫人率小田等儿辈返京。

按，《黄勤敏公年谱》嘉庆十九年（1814）“正月，按试泰安、沂州、登州诸郡。三月，按试登州，未竣事，接到廷寄，奉上谕：‘现在南书房人少，著即来京供职。’……四月，行抵莱州。奉旨补授户部右侍郎兼管钱法堂事务。时后任王公引之迎至新城交替。大人遂还省垣，料理入京。五月，抵京师。邵夫人亦率初民等继至，寓宣武门外井儿胡同”。

嘉庆二十年乙亥（1815）　二十一岁

八月，小田南归芜湖应试。

按，《黄勤敏公年谱》嘉庆二十年（1815）“八月，命少民、富民先后南归”。黄小田《过庭小稿·小雨扬帆过牛渚》有“近乡漫道情偏切，翻忆长安说远游（时大人命南归应试）”句可证。

是年，小田赘婚芜湖吴兆槼女吴氏。

按，《黄勤敏公年谱》嘉庆二十年（1815）“八月，命少民、富民先后南归，葬先祖考妣于当涂东乡之杨庄。富民赘婚吴氏，吴，休宁人，寄籍芜湖，捐纳同知讳兆槼女”。

嘉庆二十一年丙子（1816）　二十二岁

是年，小田补县学生。

按，《黄勤敏公年谱》嘉庆二十一年（1816）“是年，富民补县学生”。

嘉庆二十二年丁丑（1817）　二十三岁

是年，小田携吴氏至京。

按，《黄勤敏公年谱》嘉庆二十二年（1817）“是年，富民携吴氏妇至京”。

嘉庆二十三年戊寅（1818）　二十四岁

三月，小田同兄侄等南归芜湖应试，试毕还京。

按，《黄勤敏公年谱》嘉庆二十三年（1818）“三月，遣少民、足民、富民及安桐、安鼙南归应试。……是年，少民等自江南还京”。

嘉庆二十四年己卯（1819）　二十五岁

是年，小田食饩邑庠。

按，《黄勤敏公年谱》嘉庆二十四年（1819）“是年，富民食饩邑庠”。

嘉庆二十五年庚辰（1820）　二十六岁

二月二十三日，小田四兄黄足民为小田绘《澄怀园食笋斋图》。黄钺

题引首，祁寯藻、贺熙龄、程恩泽、许乃普、杜受田、龚守正、徐士芬等二十二家题跋。

按，北京瀚海拍卖有限公司2012秋季拍卖会拍品《澄怀园食笋斋图》，设色绢本手卷，钤“足民之印”“寸园”印，款识：“澄怀园食笋斋图，嘉庆庚辰清明日为五弟作，足民。”

七月二十五日，嘉庆驾崩。同日，嘉庆第二子爱新觉罗·绵宁即位，更名旻宁。

道光元年辛巳（1821）　二十七岁

爱新觉罗·旻宁改元“道光”。

春，小田同兄侄等南归芜湖应试。

按，《黄勤敏公年谱》道光元年（1821）“正月，……遣足民、富民及安桐、安鑾南归应试。五月，赐第地安门外堂子胡同”。

六月十六日，小田母邵太夫人卒，年七十岁。

按，《黄勤敏公年谱》道光元年（1821）“（五月）二十四日，邵夫人七十生日。时先妣病已半载，服药无效，然犹能起坐。……六月十六日巳时，邵夫人下世”。

八月，小田二兄黄中民、三兄黄少民奉母邵太夫人灵榇南归。十月，小田同四兄黄足民等奔迎于采石，暂厝芜邑东门外火炉山。

按，《黄勤敏公年谱》道光元年（1821）“是月（八月），中民、少民奉邵夫人柩登舟，由潞河南归。十月，抵芜湖。足民等奔迎于采石，择日安厝于芜湖东门外火炉山”。

十二月，小田同诸兄还京。

按，《黄勤敏公年谱》道光元年（1821）“十二月，中民等还京”。黄小田《过庭小稿》有《辛巳冬北上，道经徐州，车陷积潦，百计不得出，乃集村民为扛舆计，娄索既多，始脱泥淖，盖即此辈掘以祸行人而渔利者，为赋此诗》可证。

道光三年癸未（1823）　二十九岁

是年，小田在京，随父居澄怀园食笋斋，同南书房行走田季高、翰林院编修许滇生、内阁中书张祥河等有诗词唱和。

按，田嵩年（1788—1836），字季高，号梦琴，山西平定直隶州盂县北关人。黄钺门生。嘉庆二十五年（1820）进士，历官至顺天府尹。有《梦琴轩诗》《遁翁苦口吟》等。

许乃普（1787—1866），字季鸿，一字经崖，号滇生，别署观弈道人，浙江杭州府钱塘县人。黄钺门生。嘉庆十九年（1814）拔贡生，历官贵州、江西学政，兵、工、刑、吏诸部尚书，实录馆总裁等。谥文恪，御赐祭葬，国史馆列传。

道光四年甲申（1824）　三十岁

三月，小田随侍黄钺扈从香山。

按，《黄勤敏公年谱》道光四年（1824）“是月（三月），扈从香山，命富民随侍”。

五月初五日，黄足民绘端阳图，小田赋江乡五日杂忆诗十首题其上，黄钺作三绝句。

按，黄钺《壹斋集》卷二十八有《足民写端阳节物，富民作江乡五日杂忆诗十首，命题其上，书三绝句》。

十二月，小田南归芜湖应试。

按，《黄勤敏公年谱》道光四年（1824）“十二月，富民南归应试”。

冬，小田辑五卷本《广韵注姓氏纂》刊行。

按，图书信息源自浙江大学CADAL数字图书馆，其中，卷一“上平声”，卷二“下平声”，卷三“上声”，卷四“去声”，卷五“入声”。

道光五年乙酉（1825） 三十一岁

十月，黄钺将乞归，遣黄少民运书回芜。张祥河绘饯书图，题者甚众。

按，《黄勤敏公年谱》道光五年（1825）“是月（十月），遣少民送子妇等南归，并将书籍尽行辇归芜湖。门人张舍人祥河绘饯书图，一时题者甚众”。张祥河《小重山房诗词全集·诗舲诗录》卷四《左田师将乞假归当涂，以书万卷先行，命祥河作饯书图》可证。

是年，小田登拔萃科。

按，《黄勤敏公年谱》道光五年（1825）“是年，富民考取选拔生”。

道光六年丙戌（1826） 三十二岁

三月，小田赴京应朝考。

按，《黄勤敏公年谱》道光六年（1826）“三月，富民入京迎朝考”。

七月，小田以朝考一等钦点七品小京官，签分礼部仪制司行走。

按，《黄勤敏公年谱》道光六年（1826）“七月，富民应朝考，取列一等，奉旨以七品小京官分部学习，旋签掣礼部仪制司行走”。

十一月初七日，黄钺告归；二十三日，小田子安吉（后更名安谨）生。

按，《黄勤敏公年谱》道光六年（1826）“（十一月）初七日辰刻，自京寓启行南归。时嘉庆甲子、丁卯、癸酉、丙子、庚辰，道光壬午门下士及山西考取诸生官于朝者百有余人，咸饯送于广安门外。初民、富民留京待请假也。廿三日，第四孙安吉生，富民出”。

道光七年丁亥（1827）　三十三岁

正月，祁寯藻以诗索《澄怀园食笋斋图》，小田慨然相赠。

按，祁寯藻《䜩䜪亭集》卷十二有《澄怀园食笋斋图，黄寸园为其弟小田作也。余既移居斯斋，而小田将省亲南还，留图志别，题句奉饯，以申离绪（道光七年正月十八日）》《小田以和诗见示，感旧怀归，情见乎辞，次韵再答且慰其离索之感（正月二十五日）》等诗。黄小田《过庭小稿》有《春浦以诗索予食笋斋图，图为家四兄作，斋则家大人儤直澄怀园退食地也。大人告归，君代居于此，予向曾随侍，故有是图，因以赠之并次韵奉答》可证。

祁寯藻（1793—1866），字叔颖，号实甫、春浦、观斋、息翁，山西平定直隶州寿阳县平舒村人。黄钺门生。嘉庆十九年（1814）进士，历官至军机大臣，左都御史，兵、户、工、礼诸部尚书，体仁阁大学士，太子太保。谥文端。有《䜩䜪亭集》。

闰五月，小田同长兄黄初民南还省亲。

按，《黄勤敏公年谱》道光七年（1827）“闰五月，初民、富民乞假归”。

九月，小田同父兄辈览芜邑铁山、范罗山、法华庵等胜迹。

按，黄小田《过庭小稿》有《九日登铁山，以“尘世难逢开口笑”分韵得“开”字二首》《次韵王子卿太守（泽）展重阳日游法华庵太上阁，登范罗山，归饮古香精舍之作》等诗。黄钺《壹斋集》卷三十《九月十九日，登法华庵太上阁，归饮古香精舍，四次前韵》可证。

道光八年戊子（1828）　三十四岁

四月，小田赴京销假，偕长姊之子唐徵鏕入京应试。

按，由《黄勤敏公年谱》道光八年（1828）“四月，富民入京销假，因谒曹太傅。太傅为言，上常询及大人家居近状，且知明年八十，将赐寿于里第，问锡物当交何人。奏云其子将来京师，可令赍去也”。祁寯藻《䜌䜣亭集》卷十四《喜黄小田仪部来都，并寄呈当涂夫子》有“便从子敬思题壁，还向羊昙问赌棋（君偕令甥唐振甫[①]鏶来都应试）”句可证。

约是年前后，小田同咸安宫官学教习刘枢相交。

按，刘枢《西涧旧庐诗稿》卷三作于咸丰七年（1857）《上巳后六日桐君招饮醉白池赋谢》有“浊世翩翩公子豪，入洛声名重江夏。修门一别三十霜，鬒鬓相看各惊诧（谓黄小田礼部）”句，据此推判，姑系于此。

道光九年己丑（1829）　三十五岁

六月初一日，道光颁赐扁联珍绮，贺黄钺八月初五日八十寿诞，命小田赍回里第，并擢其为礼部候补主事。

按，《黄勤敏公年谱》道光九年（1829）“六月初一日，上以今年八月臣父八十生辰，特颁御书扁联及诸珍物赐寿，命军机大臣饬富民前往枢廷祗领。……是日，并奉上谕：‘……伊子礼部小京官黄富民，著加恩作为该部候补主事，俾闻之益增庆慰。并传谕黄钺，不必远道跋涉来京谢恩，以示朕优礼耆臣，锡庆引年至意。钦此。’”

七月二十六日，小田恭赍赐物抵芜，黄钺跪迎敬领。

按，《黄勤敏公年谱》道光九年（1829）“七月，富民恭赍赐件抵芜湖，大人迎归里第，九拜祗领乞，具折谢恩”。黄钺《壹斋集》卷三十二《道光九年六月朔日，上以臣钺八月五日八十生日，先期亲洒宸翰，锡以匾联，……七月廿六日，臣子富民自京赍到，臣当即出城跪迎，叩头祗领。……敬纪长律二首，垂示子孙，永永勿忘云尔》可证。

十月初四日，小田同父兄辈至当涂东乡杨家庄敬谒先人墓。

按，《黄勤敏公年谱》道光九年（1829）“十月，往郡城，命少民、富

① 祁诗此处漏一“徵”字。

民随侍，敬谒先高祖、先祖光禄公墓”。黄小田《过庭小稿》有《十月四日，偕大兄、三兄（少民）出郡东门，至杨家庄谒先祖光禄公墓，遂游武神山藏云寺而归》可证。

道光十年庚寅（1830）　三十六岁

九月初六日，黄足民外舅王泽招同小田及其父兄等游荆山，寻寒壁。

按，黄钺《壹斋集》卷三十三有《庚寅九月六日，子卿太守召同唐季观、邵小璘暨儿子初民、富民游荆山，寻寒壁。“寒壁”为明御史骆骎曾题，年月、姓名皆剥蚀，惟“马”字偏旁约略可辨，传欧阳圭斋书者，妄也》。

王泽（1759—1842），字润生，号子卿，安徽太平府芜湖县人，黄钺高弟。辛酉翰林，官徐州知府。擅山水，精篆刻。有《观斋集》。

十一月，小田自芜湖北上。

按，《黄勤敏公年谱》道光十年（1830）“是月（十一月），命富民入京”。

道光十一年辛卯（1831）　三十七岁

五月，黄初民随侍黄钺赴京为道光祝嘏，六月十九日道经沂水垛庄驿，初民以痰疾卒，年六十岁。

按，《黄勤敏公年谱》道光十一年（1831）“五月二十四日，由籍启行，六月初三日，舟抵江宁下关。邓中丞由安庆递到五月十六日谕旨，即于舟次具折谢恩，并陈病已痊愈，情殷瞻仰，仍请北上。七月初二日，得朱批：‘著仍遵前旨，毋庸来京。俟朕六旬再行前来叩贺，岂不更为熙朝盛事耶！钦此。’是时大人已行抵良乡。是行初民随侍，六月十九日以痰疾猝发，卒于沂水垛庄驿，暂停僧庵，令二仆守之，大人抵京即遣人护送南归。初民是年六十”。

道光十二年壬辰（1832） 三十八岁

十月二十日，朝鲜冬至兼谢恩使一行自本国出发，入清朝贡，岁末抵京。

按，朝鲜燕行使金景善《燕辕直指》卷之一《出疆录》载："壬辰六月二十日，都政为冬至兼谢恩书状官。七月十日，与正使徐耕辅、副使尹致谦会同于司译院，食后赴司译院。副使已来，少坐冽泉楼，待正使至，会于大厅。正使主壁，余与副使分东西相揖就坐，受诸任官恭现，略。议行事而罢，日官以初择行期在十月二十日为言。"

道光十三年癸巳（1833） 三十九岁

二月，朝鲜冬至兼谢恩使团副房伴倘通德郎尹锦沙、三房伴倘进士鱼广陵同小田、雷竹泉、李小瀛等话别；初七日，使团归国，小田等雪中送别。

按，黄小田《过庭小稿》有《朝鲜行人尹锦沙（景善）以诗留别兼赠纸墨，赋此答之》《雪中送朝鲜行人尹锦沙、鱼广陵（命羲）归国》等诗。李小瀛《舒啸楼诗稿》卷一《朝鲜使臣尹尚书公子（景善）暨鱼进士（命羲）约赴城东话别，偕黄小田仪部（富民）、雷竹泉比部（文辉）诣谈竟日，赠之以诗》及金景善《燕辕直指》卷之五《回程录》"（癸巳二月）初七日，雪，申后晴。自玉河馆发程，行四十里至通州宿。自晓乱雪滚下，其大如掌……"可证。

雷文辉（1795—1855），号竹泉，江苏松江府娄县人。道光六年（1814）由拔贡生考授刑部七品小京官，历任会试外帘官、热河都统随带司员、刑部郎中。有《红藕花词馆诗馀》。

春，黄小田与李小瀛、汪衡甫、温篴楼、蒋紫玖、汪小泉等结"百美诗社"，以宫闺雅故为题，累月赋诗，岁末止，时有"后六家"之称。

按，道光二十五年（1845）桐花凤阁刊《宫闺百咏》李小瀛原序："予昔随侍修门，获交世丈黄小田仪部。癸巳春，寄居甥馆温篴楼寓，距小田居益近，日相过从，遂识衡甫、小泉两汪君，皆工诗善谈，年各相若。小泉翩翩若太原公子，下笔亦娟秀有态；衡甫细腻慰贴，诗如其人；小田多豪侠气，铁板铜琶，唱大江东去者。予无能，窃欣慕之。衡甫创意，作'百美诗社'，上下千古，撷芳采艳，阄韵分题。夜分辄集小田寓斋，各出所成，互为月旦，累月若狂，旋以岁暮中止。"王韬《淞隐漫录》卷十二《十鹿九回头记》"李曾裕，字小瀛，上海人。父钟瀚，由部郎外擢贵州思恩府。其官京秩时，君随侍邸寓，翩翩年少，品粹学醇，弦诵之暇，与文人墨士结社联吟，时有'后六家'之称"可证。

汪本铨（1810—1854），字衡甫，江苏常州府阳湖县人。道光九年（1829）进士，历官至浙江布政使，卒赠太仆寺卿。有《澹庵遗稿》。

温忠彦（？—约1880后），字篴（笛）楼，山西太原府太谷县敦坊村人，李小瀛内弟。道光十七年（1837）举京兆试，官至苏州知府。有《玉镜台试帖》。

蒋道模，字紫玖，改名斯彦，汉军镶蓝旗人，李小瀛中表弟。道光二十四年（1844）举人，曾于江浙为官。

汪小泉（？—约1836后），字号体信，江西饶州府乐平县人。

是年，桐城派大家姚椿之弟姚楗来京，与小田多酬唱。

按，黄小田《避弋小草》上卷《赠姚子枢明府（楗）》其二有"醉乡浮拍乐忘死，词采联翩笔欲飞（癸巳在京，与君酬唱极夥。君尝与雷竹泉同年醉后过访，索酒不得，作搜酒词，今十九年矣）"句。

道光十六年丙申（1836）　四十二岁

春，"百美诗社"成员汪小泉赴京试春官，不久下世。黄小田、李小瀛等续咏百美诗题，名曰《宫闺百咏》。

按，《宫闺百咏》李小瀛原序："丙申小泉以孝廉来试春官，然已抱沉疴，不复能谈韵事，及其卒后，所作大半散佚，予于断简中拾得一二纸，怆然不忍卒读。是编不成，则故人吉光片羽，仍归零落耳，因相与续成之，故集中独小泉诗最尠。”李小瀛《舒啸楼诗稿》卷二《感怀诗·汪衡甫方伯（本铨）》有“缄口不谈温室树，仙心共赋广平梅（君直枢密，时予寄居君寓，公暇联吟，得《宫闺百咏》一集）”句。

道光十七年丁酉（1837）　四十三岁

九月，小田补授礼部精膳司主事。

按，《黄勤敏公年谱》道光十七年（1837）“九月，富民补授精膳司主事”。

道光十八年戊戌（1838）　四十四岁

三月，小田充本科会试提调官。

按，《黄勤敏公年谱》道光十八年（1838）“三月，富民充本科会试提调官”。黄小田《过庭小稿》有《奉命提调春闱得诗四首》可证。

六月二十日，小田升授祠祭司员外郎。道光赐黄钺人参八两，小田赴枢廷祗领。

按，《黄勤敏公年谱》道光十八年（1838）“六月二十日，富民升授祠祭司员外郎。未引见前，召对本部尚书成公格，上问：‘今日汝衙门引见之黄富民是黄钺之子否？’成公时到任未久，奏云不知。上曰：‘朕记其子缘以民字为名。’成公出，为富民言之，富民即发家书敬谨详述，大人具折谢恩。蒙赐人参八两，饬富民赴枢廷祗领……大人跪读祗领，感泣不能起立”。

道光十九年己亥（1839）　四十五岁

八月，小田升授礼部仪制司郎中。道光以八月初五日为黄钺九十寿诞，颁赐珍绮，小田赴枢廷祗领。

按，《黄勤敏公年谱》道光十九年（1839）"八月，富民升授仪制司郎中，大人具折谢恩。上知是年八月臣父九十生日，颁赐御书扁联、大缎江绸、伽楠朝珠、铜佛、玉玩等件，如前赐寿。扁曰'颐性延祺'，联曰'枢廷赞治经猷在，珂里承恩岁月长'。命军机大臣饬富民前赴枢廷祗领，寄归芜湖，大人具折谢恩"。

十一月，小田乞假省亲。

按，《黄勤敏公年谱》道光十九年（1839）"十一月，富民以省亲乞假归"。

道光二十一年辛丑（1841）　四十七岁

六月三十日，黄钺卒，年九十二岁，谥号勤敏。

按，《黄勤敏公年谱》道光二十一年（1841）"是年四月，子卿太守招赏牡丹，舆已在门，精神顿觉恍惚。……至六月三十日，遂偃卧不语，是日申时竟弃不孝等长逝矣。……七月，儿辈以遗折赍呈安徽巡抚程公楙采入奏，八月奉上谕：'致仕尚书黄钺学问优长，持躬端谨……兹闻溘逝，悼惜殊深，著加恩晋赠太子太保衔，入祀贤良祠……钦此。'寻内阁奏准，赐谥'勤敏'，赐祭一坛。太平府同知石同福来炷香，又加祭一坛。署芜湖县知县刘汉翼来炷香，并奉到御祭葬、赐谥、赐入祀贤良祠御制碑文三通，安徽藩司循例给予祭葬银两，国史馆行取事实立传。是年，当涂、芜湖绅士具呈公请入祀两邑乡贤祠，旋奉旨：'准其入祀，钦此。'"

十一月，小田有杭州之行。

按，黄小田《誓墓馀稿》作于道光二十二年（1842）《春杪旱热等于盛暑，立夏夜雷雨遂解，喜而有作》有“去年冬至闻雷时，我游于杭浑未知”句，道光二十一年（1841）冬至为十一月初十日。

是年，黄钺为小田子安吉议婚江苏松江府金山县钱熙甫女。

按，《黄勤敏公年谱》道光二十一年（1841）“是年，为第三孙安鼎议婚绍兴府山阴县刘氏职员起涛女，第四孙安吉议婚松江府金山县钱氏前芜湖教谕熙甫女”。

道光二十二年壬寅（1842）　四十八岁

春，李小瀛同温篴楼、蒋紫玖等着手《宫闺百咏》刊印事。

按，《宫闺百咏》李小瀛原序“壬寅春，篴楼与蒋君紫玖怂恿付梓”。

十一月，李小瀛改官杭州，《宫闺百咏》刊印事止。

按，《宫闺百咏》李小瀛原序“壬寅春，篴楼与蒋君紫玖怂恿付梓，刊未竟而予于是冬改官武林”。李小瀛《舒啸楼诗稿》卷一有《壬寅仲冬改官武林，留别春明诸君子》可证。

十二月二十日，黄钺葬于太平府首县当涂南褐山下。

按，《黄勤敏公年谱》道光二十二年（1842）“十二月二十日，中民等恭奉灵輀葬于当涂县南褐山下，先妣一品夫人邵夫人祔焉”。

道光二十四年甲辰（1844）　五十岁

八月二十日，李小瀛为《宫闺百咏》作序，时小瀛官湖州。李小瀛撰序后，熊松之亦有序。

按，《宫闺百咏》李小瀛原序：“今年奉檄吴兴，卧病两月，病中偶捡旧箧，怃然有今昔之感。十年间诗辄作辄止，即社中人离而合、合而离者亦屡矣。……因手写一帙，并志颠末，愿诗卷之长留，冀此情之不沫云尔。道光甲辰中秋后五日小瀛李曾裕书于菰城之试莲轩。”吴兴、菰城皆为湖州别称。李小瀛《舒啸楼诗稿》卷一《奉檄湖州，僦居试莲轩，庭前山石花木历落有致，喜赋四绝》可证。熊松之《竹如意馆遗集》卷十三“骈文”中有《宫闺百咏试体诗序》，由“百首新诗，共鼓湘灵之瑟；一篇自序，如听雍门之琴”句知作于李小瀛原序后，姑系于此。

熊松之（1807—？），字伯容，号子容，江西瑞州府高安县人。道光五年（1825）举人，官浙江慈溪知县。有《竹如意馆遗集》等。

九、十月间，浙江掀起禁毁淫词、小说、戏曲运动。小田始评点《红楼梦》。

按，可参王利器辑录《元明清三代禁毁小说戏曲史料（增订本）》（上海古籍出版社 1981 年版，第一一八－一二七页）及本书第二章《评点年限》一节。黄小田评点《红楼梦》第一回有批语云：“近有人欲禁淫书，并此书亦在其内，冤哉冤哉！何尝窥见作者之用意哉！”

道光二十五年乙巳（1845）　五十一岁

春，俞补华以李小瀛手辑《宫闺百咏》见示海盐举人陈其泰。

按，《宫闺百咏》陈其泰序：“今春仍客武林，苕上俞君补华手《宫闺百咏》见示，盖李小瀛鹾尹在京邸时与友人拈题各赋，汇订成编者也。……道光乙巳三月初吉海盐陈其泰识于西湖诂经精舍之第一楼。”

俞补华，名絜，浙江湖州府归安县人。由姚学塽《姚镜塘先生全集·送俞补华南归》“复送诗人去，其如春色何。津门垂柳短，江岸落花多。年少愁羁旅，生涯托醉歌。得归贫亦乐，西塞一渔蓑”一诗，知俞氏乃清贫士人。

三月初一日，陈其泰为《宫闺百咏》作序并付梓刊印。此际，小田服阕，金华知府崇厚庵以书约，遂有浙东之游。

按，《宫闺百咏》陈其泰序："今春仍客武林，苕上俞君补华手《宫闺百咏》见示，盖李小瀛鹾尹在京邸时与友人拈题各赋，汇订成编者也。读之心脾沁艳，齿颊流芬。奇情灿夺乎金荃，正轨远宗乎湘瑟。十荡十决，信旗鼓之分张；一字一缣，宜缥缃之共宝。因为校订数过，付剞劂氏传之……道光乙巳三月初吉海盐陈其泰识于西湖诂经精舍之第一楼。"

本月，小田服阕，有浙东之游。黄小田《萍轩小草》下卷《荒庵毒暑，长日如年。渡浦以来，残编尽失，偶借得西堂老人集，有岁莫杂诗用僻韵三十首，创格也，效之，聊用销夏。成非一日，有感辄吟，故无复伦次，寄啸山安庆》其二十二有"严滩一枝橹，曾傍客星僵（乙巳游浙东，由金华下严滩，沉醉舟中）"句，《誓墓馀稿·自杭往金华舟行杂诗》其八有"飘泊亦自怜，故人情太笃（金华太守崇厚庵福以书见约）"句。

崇厚庵，名福，官浙江金华府知府。

秋，小田游松江染疾，寓华亭叶桐君自怡园，故友黄晴初亲为延医。

按，黄小田《萍轩小草》上卷《寄家晴初广文宝应》其一有"十四年来鱼雁断，遥知头白两成翁（乙巳秋卧病怡园，君亲为延医，自此不见者十四年）"句，《萍轩词草》之《金缕曲·寿叶桐君六十》上阕有"奄有名园娱晚节，侬昔曾安行李（乙巳曾寓君自怡园）"句可证。

叶桐君（1795—1860），名珪，字桐君，自号水如，江苏松江府华亭县人。以廪贡生署吴江教谕，官松江府学训导。道光间于家自怡园招黄仁、张鸣章、雷约轩、蔡鹏飞等名士觞咏，手辑《自怡园屏锦词集》等。

黄时溥（1797—？），字受康，号晴初，江苏松江府娄县人。道光八年（1828）举人，官宝应教谕。

是年，小田继续评点《红楼梦》。

道光二十六年丙午（1846）　五十二岁

是年，小田继续评点《红楼梦》。

道光二十七年丁未（1847）　五十三岁

是年，小田继续评点《红楼梦》。

道光二十八年戊申（1848）　五十四岁

是年，小田继续评点《红楼梦》。

道光二十九年己酉（1849）　五十五岁

夏，小田有吴淞之行。

按，黄小田《䇣墓馀稿·纪水灾》其一有“道光己酉夏，我归自吴淞”句。

六月，芜湖大水，黄足民卒，年六十一岁。

按，黄小田《䇣墓馀稿·纪水灾》其八有“昏沉三月余，涨退才一线。回思水洊初，奈何急如箭。八月秋风生，树头残暑扇。始得平地居，若疾苏瞑眩”句，推水灾始于六月间；其五有“坐视孙枝摧，生将手足斫。已矣不忍言，惄哉阳侯虐（楼居酷暑，遭四先兄及除孙之戚）”句，知小田四兄黄足民卒。

是年，小田继续评点《红楼梦》。

道光三十年庚戌（1850）　五十六岁

正月十四日，道光驾崩。二十六日，道光第四子爱新觉罗·奕詝即位。

十二月初十日，洪秀全率众于广西浔州府桂平县金田村誓师起义，建号“太平天国”，起义军称“太平军”，太平天国革命正式爆发。

是年，小田继续评点《红楼梦》。

咸丰元年辛亥（1851）　五十七岁

爱新觉罗·奕詝改元“咸丰”。

冬，安徽按察使张印塘奉旨回任，与小田叙赴京见闻。

按，黄小田《誓墓馀稿·有感》其二有“听说长安事（张雨樵观察引对归），其如感慨何”句、《誓墓馀稿·喜雪》有“况闻燕齐道，三白未遽止（雨樵自京归，所见如此）”句。《清代官员履历档案全编·咸丰朝》“张印塘，现年五十四岁……咸丰元年五月，因监务督缉出力，经两广总督陆建瀛保奏，奉旨交部，从优议叙。六月兼署安徽按察使，闰八月领咨赴部，十月十三日经吏部带领引见，奉旨著回任”可证。

张雨樵（1798—1854），名印塘，字鉴湖，号雨樵，直隶丰润县大齐坨人，晚清重臣张佩纶之父。道光十五年（1835）进士，历官至安徽宁池太广道、安徽按察使。

约是年，黄中民自泰州草堰场大使任引疾归。

按，黄小田《誓墓馀稿》有《二兄任泰州草堰场大使，引疾将归，吏民泣送。先是有为位以奉者，顷以诗属和，即题其长生报德图后》。江苏省大丰市盐务管理局编《大丰盐政志》第十卷“盐民盐商”第一章“盐民”载：“草堰社学（正心书院）：……至道光三十年（1850），书院董事呈请月课，场大使黄中民捐廉100千文，以为优奖之费。”（方志出版社1999年版，第355页）推黄中民本年引疾归。

是年，小田继续评点《红楼梦》。

咸丰二年壬子（1852）　五十八岁

是年，小田次孙女阿蘋生。

按，黄小田《萍轩小草》上卷有作于咸丰八年（1858）《次孙女蘋生七龄矣，爱之特甚，八日而痘殇，悼惜悲愤，哭之以诗》，知阿蘋生于本年。

约是年，小田完成《红楼梦》评点。

咸丰三年癸丑（1853）　五十九岁

正月，太平军沿江东下，连克九江、安庆、芜湖等地。二月十一日，攻克金陵，二十日，正式定都金陵，改名“天京”。

按，黄小田《避弋小草》上卷有《听说金陵事（贼焚掠芜湖已甚，至金陵尤虐，有逃出者，忆其语为诗）》。

四月，太平军再犯芜湖，小田携家累投奔姻亲钱鼎卿。

按，黄小田《避弋小草》上卷《寄子方四十二韵》有“豕突性无定，乌惊弓载号（四月贼再犯芜湖，与君遂不相见）”句。该卷《寄二三两兄》其三有“下榻城西畔，深叨地主贤（钱鼎卿亲家熙辅遣人冒锋镝招予来此）”句。

六月，小田携家眷始抵松江府金山县张堰镇钱家圩，并同黄仁、姚楗等师友重逢。

按，黄小田《避弋小草》上卷《归心》有“到郡暑方剧”句，本年六月初二日小暑、十八日大暑，正为“暑方剧”。该卷有《松江重谒家研北师》《赠姚子枢明府（楗）》《过饮齿痛，子枢日遣人问讯并贻方药赋谢》等诗，知小田与故知重续前缘。

六、七月间，小田同南汇文士张文虎订交。时张文虎馆于钱氏。

按，张文虎《怀旧杂记》卷二“道光癸巳，予始馆钱圩，钱雪枝通守（熙祚）方辑《守山阁丛书》”，卷三“黄小田仪部（富民），勤敏公幼子也，当涂人，居芜湖。……咸丰癸丑，避乱至金山，一见如故，触目时事，以诗唱和，殆无虚日”。

七月十三日，“罗汉党”党人徐耀率嘉定千余人起义。

八月，刘丽川、周立春领导上海小刀会起义。初五日，刘丽川率上海小刀会占领上海，宝山、南汇、川沙、青浦等地失守。此际，太平军由河南入山西，连陷垣曲、绛县、曲沃、平阳。

按，《清史稿》卷三九五列传一八二：“刘丽川者，广东香山人。贸易上海，习于洋商，与苏松太道吴健彰有旧。素行不法，见粤匪势盛，遂倡乱，纠客籍粤、闽、江右会党二千人，于（咸丰）三年秋袭上海城，戕知县袁祖德，劫道库，吴健彰遁入领事署。邻境乱民纷起应之，宝山、嘉定、青浦、南汇、川沙五城连陷。”黄小田《避弋小草》上卷有《阅邸报，河南贼窜至山西，垣曲令晏宗望抗节被害，有旨赐恤。晏，予故人也，凄然赋此（君字秋水，和州人，道光辛卯孝廉，邃于经学，老而丧子，无孙）》，同卷《十一月十日夜对月感怀》有“思兄泪敢逢人堕，悼友情偏独我钟（山西平阳太守何晓枫维墀与予同年、同官，同居数载，昨见邸抄，全家殉难）”句。

八月二十日，清廷调军攻嘉定，周立春被害，小刀会退出青浦、宝山、南汇等地，集中力量守卫上海县城。二十六日，清军许乃钊部进驻上海郊区，徐耀率兵反攻嘉定未果。

按，黄小田《避弋小草》上卷有《土贼骤发，遂据嘉定、上海、青浦、南汇四邑，闻官兵收复三城，惟上海尚梗化耳，喟然有作》《纪青浦攻城事》《不见》等诗。

是年，小田同苏州文士江湜订交。

按，黄小田《萍轩小草》上卷作于咸丰九年（1859）《杭州访江弢叔贰尹，蒙以诗见投，次韵即题其西湖集后》有“西南一舸得良朋（杭州正在松江西南），七载重逢乐不胜”句并张文虎《舒乙室杂著乙编卷下·伏敔堂诗录跋》“道光庚戌，始与君订交郡城”，推小田、江湜订交，或经张文虎引荐。

江湜（1818—1866），字持正，又字弢叔，别署龙湫院行者，江苏苏州府长洲人。诸生，多作府幕，官至长林场盐课大使。有《伏敔堂诗录》。近代陈衍《石遗室诗话》评其为“咸同间一诗雄也”。

约是年起，小田始评点《儒林外史》。

约是年起，张尔耆借阅黄小田《红楼梦》手批本并予过录。

咸丰四年甲寅（1854）　六十岁

春，陕西巡抚张祥河被召入都并乞假返松，同小田、姚椷等晤面。

按，黄小田《避弋小草》下卷《再叠前韵寄子枢》其二有“凭谁一吐牢骚气，须待能诗张紫微（张诗舲中丞由陕入觐，闻将告归）”句。张祥河《小重山房诗词全集》之《来京集》有《甲寅仲春被召入都，留别关中人士》可证。

春夏间，黄少民自草堰乘桴探视小田，会逢许乃钊来访。

按，黄小田《避弋小草》下卷有《三兄自草堰浮海来访，许信臣（乃钊）纡道视我，欢聚数日，又欲言别，潸然赋此》，同卷《次韵三兄寄怀一律》有“悔令当年轻别去，手牵杨柳送行舟（甲寅送兄渡江，有‘忍送轻舟去，杨丝不可维’句）”句可证。

六月，小田赴海盐访故友朱昌颐并游涉园。

按，黄小田《避弋小草》下卷有《甲寅六月，访朱朵山给谏（昌颐）海盐，次日招游涉园。涉园者，海盐张螺浮先生构也。先生名维赤，国初以都给事首先上书请睿亲王归政者[①]。园广百亩，林木山石，二百年来，子孙犹世守之。裔孙芝亭茂才索诗，阅一载，始成二律奉寄并呈给谏》。

---

① 小田该诗称张维赤请睿亲王归政有误，杨钟羲《雪桥诗话馀集》言：“海盐张螺浮给谏，以乙未顺治十二年进士官黄门，其停圈占、革厂夫诸疏，皆关政本。由淮扬道乞休归，构涉园，广百亩，古木丛篁，境极幽邃，二百年来，子孙世守之。咸丰甲寅，黄小田礼部赠其裔孙芝亭茂才诗有云云。时礼部芜湖所居毁于贼，藏书数万卷于市上称斤卖之，勤敏墓前御碑石马悉为贼坏，依其戚金山钱氏，复自钱家圩移居松江西郊，又避寇屡迁至沪城，是以有‘几家华屋不山丘’之感。惟谓其先请睿亲王归政，睿邸以顺治七年薨，螺浮通籍在其后，盖传闻之误也。”

朱昌颐（1792—1862），字吉求，号正甫，又号朵山，浙江嘉兴府海盐县人。黄钺门生。道光六年（1826）状元，历官至山西道监察御史、吏科给事中。有《鹤天鲸海焚馀稿》《朱状元日记手稿》等。

六、七月间，平湖文士黄金台携《扁舟访友图》访小田并属题。

按，黄小田《避弋小草》下卷有《黄鹤楼（金台）扁舟访友图（黄，平湖人）》。

黄金台（1789—1861），原名森，字心窗，号鹤楼[①]，浙江嘉兴府平湖县新仓镇人。岁贡生，咸丰七年（1857）入江苏督学李联琇幕。有《木鸡书屋文钞》《木鸡书屋诗选》《左国闲吟》等。道光初年写有《红楼梦杂咏》七绝八十首及《读红楼梦图记（赋）》一篇。

九月二十四日，小田长孙黄敦宜生。

按，黄小田《避弋小草》下卷《九月二十四日得孙感赋兼呈鼎卿》有“我年已六十，但有两女孙。爱怜等丁男，锦髻而红褌”“好共两女兄，亲爱等弟昆”句，《萍轩小草》下卷有《孙敦宜识字戏作》知该孙之名为黄敦宜。

是年，小田继续评点《儒林外史》。

约是年，张尔耆完成黄小田《红楼梦》评点过录。

咸丰五年乙卯（1855）　六十一岁

是年，小田继续评点《儒林外史》。

咸丰六年丙辰（1856）　六十二岁

正月，小田有江浙之行。

① 此处据《清代硃卷集成》第242册“黄晋韶”条。

按，黄小田《避弋小草》下卷有《自苏州往嘉兴，大雪，渡太湖、宿吴江九言》《嘉兴踏雪访杨韵，邀饮酒楼留赠》《赠嘉兴太守李芝岩同年（祥麟）》等诗。张文虎《舒乙室诗存》卷三《和黄小田仪部（富民）吴江道中遇雪九言》《和小田访杨韵元韵》等诗可证。

杨韵（1812—？），字仲玉，号小铁，又号铁公、青笠散人，浙江嘉兴府海盐县人。诸生。工诗，曾与黄燮清、岳鸿庆、黄金台等结“鸳水联吟社”。有《息笠庵诗集》《帘影楼词》等。

李芝岩，名祥麟，湖北荆宜施道荆州府人。道光十七年（1837）举人，官至嘉兴知府。有《印心堂诗集》。

七月，钱熙泰绘双松图，属小田题之。

按，黄小田《避弋小草》下卷有《海忠介公手植二松在金山县北张堰镇钱广文（熙泰）宅，广文绘图属赋》。

钱熙泰（1810—1858），字子和，号鲈香，钱鼎卿三弟。廪贡生，署靖江学训导。有《古松楼剩稿》《锄月吟馆诗文集》等。

九月，小田病下利，张文虎寄诗以问。

按，黄小田《避弋小草》下卷《夜雨卧病枕上偶成》有“村醪浑浊烧春辣，一病从教苦备尝（予饮酒惟越酿差，适近以囊空，村酿、烧春杂进，遂病下利）”句。张文虎《舒乙室诗存》卷三《问小田疾》有“去年九月吾始病，问疾劳君心怲怲。可怜二百六十日，乍似磨礱脱机穽。今年九月君复然，屈指残冬岁将竟”句可证。

九月十七日，小田同张文虎、何鸿舫等观王原祁手绘《庚辰春日仿大痴道人笔意》图。

按，中贸圣佳国际拍卖有限公司 2007 夏季艺术品拍卖会中国古代书画册页手卷专场“1700 年作　仿大痴山水　手卷　水墨纸本”，有小田题跋：“家藏麓台画数帧，中一巨幅，全类大痴，兵燹后俱失去。丙辰九月展重阳前二日，同人集啸山舒乙室，鸿舫出其尊人所蓄司农手卷见示，笔墨虽似大痴，而蹊径又别，固知求貌似者皆习者流耳。鸿舫属题其后，予兄弟时能弄笔，鄙人一无所能，爰即所见，录数语塞责。小田黄富民。”

何长治（1821—1889），原名昌治，字补之，号鸿舫、髯翁、淞南医隐，晚号横柳病鸿，江苏松江府青浦县重固镇人，江南何氏医学世系第二十四代名医。太学生。精书法，有“江东独绝”之誉。有《还如阁诗存》《续医人史传》《通波惰农诗稿》等。

是年，小田芜湖家宅毁于兵。

按，黄小田《避弋小草》下卷作于咸丰七年（1857）《新居即事杂诗二十首（时自钱家圩移居松郡西郭内水关桥）》其二有“烟波却羡元贞子，泛宅浮家尚有舟（芜湖城南敝居去岁始毁于贼，香山卜居诗‘且求容立锥头地’）”句。

是年，小田继续评点《儒林外史》。

咸丰七年丁巳（1857） 六十三岁

二月，小田携家自钱家圩钱鼎卿处移居至松江城西菜花泾。

按，黄小田《避弋小草》下卷有《新居即事杂诗二十首（时自钱家圩移居松郡西郭内水关桥）》。

三月初九日，叶桐君招小田、刘枢等游醉白池。

按，刘枢《西涧旧庐诗稿》卷三《上巳后六日桐君招饮醉白池赋谢》有“修门一别三十霜，鬓鬢相看各惊诧（谓黄小田礼部）”句。黄小田《萍轩小草》下卷《题刘鸿甫明府（枢）遗稿》有“陶令爱题黄菊句（曾为题明人九日诗卷），习池高会白莲开（谓醉白池）”句可证。

五月二十五日，小田为叶桐君表弟亦藩先生题《西湖泛棹图》。

按，北京泰和嘉成拍卖有限公司2012春季艺术品拍卖会“古籍文献”专场“西湖泛棹图（1册）册页（十七开）纸本”，有小田题跋：“咸丰丁巳长至前五日题，应亦藩大兄先生雅属。当涂黄富民时年六十有三　黄富民印（白文）。”

十二月，小田携家自松江城西菜花泾移居至松江城西谷阳门外关午亭旧宅。

按，黄小田《避弋小草》下卷《移居六言》其三有“点缀自成画意，主人本是关仝（屋主人关午亭观察善画，手植花石尚存）”句。张文虎《舒乙室诗存》卷四《和小田移居六言元韵》可证。

是年，黄中民卒，年八十岁。

按，黄小田《萍轩小草》下卷《荒庵毒暑，长日如年。渡浦以来，残编尽失，偶借得西堂老人集，有岁莫杂诗用僻韵三十首，创格也，效之，聊用销夏。成非一日，有感辄吟，故无复伦次，寄啸山安庆》其十三有“马革悲吾友（龙子方遭害，尸未殓），龙钟逮我昆（二先兄年八十奔避，竟夜而死）”句。

是年，小田继续评点《儒林外史》。

咸丰八年戊午（1858）　六十四岁

正月，小田自号“萍叟”。

按，黄小田《萍轩小草》上卷卷首“自记”：“王元章隐会稽，名其舟曰‘浮萍轩’。予，浮家人也，既以萍自号，亦以名吾轩，且以名吾稿。咸丰戊午孟陬萍叟自记。”

三月，小田次孙女阿蘋病夭，年七岁。

按，黄小田《萍轩小草》上卷有《次孙女蘋生七龄矣，爱之特甚，八日而痘殇，悼惜悲愤，哭之以诗》。由同卷《端五前二日第二孙生感赋》及《次孙敦行三岁病夭，哭之以诗》其一“生偏同姊貌（次孙女殇两月余而孙生，貌极相类，予心为之动），肩未及兄齐”句，知阿蘋夭于三月。

五月初三日，小田次孙黄敦行出生。

按，黄小田《萍轩小草》上卷有《端五前二日第二孙生感赋》。

五、六月间，王庆勋辑《同人诗录》，收小田《过庭小稿》。

按，黄小田《萍轩小草》上卷有《王太守（庆勋）顷刊同人集，属杨肖英（煃）来录予诗》。

王庆勋（1814—1867），字叔彝，号菽畦，江苏松江府上海县人。附贡，官至严州知府。有《诒安堂全集》。

杨煃（？—1860），字肖英，江苏松江府娄县人。诸生。有《修竹轩诗钞》《蕉露词》及戏曲剧本《玉箫记》等。

六月，侍讲孙衣言作《为祁实甫相国题食笋斋图》。

按，孙衣言《逊学斋诗钞》卷六有《为祁实甫相国题食笋斋图》，序云："图为园庐真景，嘉庆庚辰，黄勤敏公三子[①]寸园（足民）为其弟殖园（富民）作。道光丁亥，实甫先生移居此斋，殖园以图移赠，先生题诗帧尾，寸园和之，勤敏公复和之，书斋诸前辈和者殆遍。予将出守安庆，先生以予亦居是斋，复命次韵。"

孙衣言（1815—1894），字绍闻，号琴西，晚号遁坡，浙江温州府瑞安县人。道光三十年（1850）进士，历官至湖北、江宁布政使，太仆寺卿。有《逊学斋文钞》《逊学斋诗钞》等。

是年，小田继续评点《儒林外史》。

咸丰九年己未（1859）　六十五岁

春，唐徵鏻携子避寇松江，同小田甥舅相晤。

按，黄小田《萍轩小草》上卷有《唐甥（徵鏻）避寇至松江，感赋三绝句》。

夏，小田携家自松江城西关午亭宅移居至松江城东。

按，黄小田《萍轩小草》上卷《金朴夫（华）过访》有"新觅城居东复东"句并《移居》《不凋轩（庭有黄杨桂，皆不凋木也，取以名吾轩）》《新居湫隘题壁》等诗。

冬，小田游浙并访故友江湜。

按，黄小田《萍轩小草》上卷有《冬日登烟雨楼》《梅里访竹垞先生故居成十二韵》《临平道中》《杭州访江弢叔贰尹，蒙以诗见投，次韵即题其西湖集后》等诗。江湜《伏敔堂诗录》卷十五"己未"有《黄小田先生（富民）见过夜谈即席赋赠》可证。

是年，南海县丞许文深召工重雕黄钺《壹斋集》。

按，许文深《重刊壹斋集后序》云："咸丰三年，粤寇由楚入吴，仓卒间，

① 孙衣言误，应为"四子"。

诗版与藏书数万卷悉没贼中。公子小田仪部避地松江，寓书文深，痛自引咎，且以无力重刊为终身恨。文深藏之于心，时耿耿焉。比岁粤东少安，俸入亦稍裕，乃思仪部言，捡公旧赠《壹斋集》，具存箧笥，因悉遵原本召工重雕，命弟文澄董其役……”

许文深，字小琴，安徽太平府芜湖县人，布政司经历许耕余子，王泽孙婿。监生，历官新安九龙司、南海五斗口司、番禺沙湾司三任巡检，南海县丞，有政声。

是年，小田为耐圃二兄诗画册页题跋。

按，豆瓣网 https://www.douban.com/note/30815528/ 有署名 chocolatemania 者于 2009 年 4 月 10 日发文《发现〈儒林外史〉评本作者黄富民》，并附黄小田为“耐圃二兄”诗画册页题跋，跋曰：“名士风流愧不能，乞诗乞画患难应。自嗤枯尽生花管，毛颖都成老秃僧。耐圃二兄先生属，当涂黄富民时年六十有五。”

是年，小田继续评点《儒林外史》。

咸丰十年庚申（1860）　六十六岁

春，何鸿舫母六十寿辰，小田书“颂吴宦”三字以贺。

按，见何时希编著《名医何鸿舫事略及墨迹》（学林出版社 1988 年版，第 151 页）。

四月十三日，苏松太粮道杨坊资助美国人腓特烈·华尔组织“洋枪队”，进攻太平军，五月二十八日攻陷松江。六月十五日，太平军李秀成部于青浦击败“洋枪队”，乘胜收复松江。时小田携家由松江城东避至松江城东南。

按，黄小田《萍轩小草》上卷《村居寄啸山（时贼据松江）》有“我来东南村，地僻天亦荒”句。

七、八月间，小田携家由松江城东南移居至金山张堰镇钱熙泰古松楼。此际，小田次孙黄敦行病夭，年三岁。

按，黄小田《萍轩小草》上卷有《自村居移寓钱氏古松楼》《次孙敦行三岁病夭，哭之以诗》等诗。

八、九月间，小田携家由张堰镇钱熙泰古松楼移居至张堰镇秦山下。

按，黄小田《萍轩小草》上卷有《再移村居》《移居张堰钱氏屋戏书》等诗。

九月，小田及子黄安谨校阅许文深重雕《壹斋集》样本。

按，黄小田《萍轩小草》上卷《久雨忆啸山家木芙蓉，以诗问之》其二有“荒村白堕朝酣酒，老屋青镫夜校书”句。

十一月，小田携家由张堰镇秦山下再移居至张堰镇钱熙泰古松楼。

按，黄小田《萍轩小草》上卷有《移居张堰钱氏屋戏书》。《萍轩小草》下卷《治废圃》有“穷乡易闹市（自秦山下移居张堰），量移事由渐”句可证。

是年，小田继续评点《儒林外史》。

咸丰十一年辛酉（1861）　六十七岁

春，杨葆光拜访小田并向其借阅《红楼梦》手批本。

按，黄小田《萍轩小草》下卷有《寄杨古酝（葆光）》。杨葆光《苏盦诗录》卷二《酬小田丈辛酉年见怀原韵》可证。

三月初九日，太平军攻克乍浦并入张堰，小田携家自钱熙泰古松楼避至南汇召稼楼。

按，黄小田《萍轩小草》下卷有《贼破乍浦，居人迁徙殆尽，因携家累移避南汇之召稼楼舟中有作》。《萍轩词草》有《兰陵王·落花》《戚氏·种菜》《清平乐·村舍李花》《后庭花·编篱》《前调·野庙》《满江红·赠啸山》《河渎神·水月庵》等记召稼楼风光。

七月十七日，咸丰驾崩。

九月，小田作《秋感二十首》寄示杨葆光。

按，黄小田《萍轩小草》下卷有《秋感二十首》。杨葆光《苏盦诗录》卷一有《守风吴淞口和黄小田仪部丈（富民）秋感次韵》答之。

十月初九日，咸丰长子爱新觉罗·载淳即位。

是年，小田继续评点《儒林外史》并同黄安谨校阅《壹斋集》样本。

同治元年壬戌（1862）　六十八岁

爱新觉罗·载淳改元“同治”。

正月初十日，慈禧太后那拉氏以同治名义发布上谕，正式宣布清廷“借师助剿”以围歼太平军，获西方列强支持。

二月十六日，清廷改组、扩编“洋枪队”为“常胜军”，以苏松太道吴煦为督带、记名道杨坊与华尔为管带，以松江为基地，联合英法联军进攻太平军。

二、三月间，小田携家自南汇召稼楼赁屋至上海县城周遭。

按，黄小田《萍轩小草》下卷有《移家》《赁屋初定，喟然有作》等诗。

三月二十九日，英法联军在清军配合下，自上海向嘉定发动进攻，四月初三日收复嘉定。

按，黄小田《萍轩小草》下卷有《夷兵攻克嘉定，掠贼所掠物归，皆欢忻鼓舞，捉人扛之感赋》。

冬，江湜《伏敔堂诗录》刊成，小田次韵和之。

按，黄小田《萍轩小草》下卷有《弢叔弃官，避寇闽中，友人为刊诗集远寄上海，披读见戊午在杭赠予一诗，予前曾次韵奉报，今再次韵却寄》。

十二月初五日，小田携家自上海县城附近移居至上海县城大东门内地藏庵。

按，黄小田《萍轩小草》下卷有《十二月五日移寓大东门内僧庵》。“僧庵”即地藏庵，《萍轩小草》下卷《梅花树下僧庐（有序）》小序“今不肖避乱上海地藏庵”及张文虎《舒乙室诗存》卷四《小田新迁东城地藏庵，别后寄怀二首》可证。

是年，小田继续评点《儒林外史》。

同治二年癸亥（1863）　六十九岁

二月，许文深重雕《壹斋集》刊行。

按，许文深《重刊壹斋集后序》云："去冬，公孙子九茂才来粤，携以示，遂属监视刊印，于是公之集复成，公之文更遍传海陬矣。……同治二年癸亥如月后学许文深谨识。"

约五月前夕，小田完成《儒林外史》评点。

按，李汉秋推测黄小田评点《儒林外史》的完成时间为同治元年（1862），见黄山书社 1986 年版《儒林外史》黄小田评点本"前言"。由上海宝文阁刊单行本《儒林外史评》卷末天目山樵（张文虎）识语"昔黄小田农部示余所批《外史》"，黄小田完成评点应在张文虎赴安庆书局之前，由《萍轩小草》下卷《送啸山赴安庆曾节相幕》及《忆啸山自次前韵》诗间小注"端午日饯君行，今半载矣"，知张文虎赴安庆书局在同治二年（1863）五月。宝文阁刊本《儒林外史评》黄安谨序称"先君在日，尝有批本，极为详备，以卷帙多，未刊"，黄小田不可能寄赠"卷帙多"的批语给安庆的张文虎看，张文虎更无法携带"卷帙多"的批语奔赴安庆，基于此，黄小田完成《儒林外史》评点最晚不超同治二年（1863）五月。

张文虎应曾国藩之邀入安庆书局校《船山遗书》，五月初五日，小田为饯行。

按，黄小田《萍轩小草》下卷有《送啸山赴安庆曾节相幕》，同卷《忆啸山，自次前韵》有"老我茅庵煨木佛，饯君蒲酒正榴花（端午日饯君行，今半载矣）"句。张文虎《舒乙室诗存》卷五《长歌酬小田》可证。

冬，杨葆光作《冬柳和丁紫巢鹾守（廷鸾）韵》寄示小田，小田次韵并有书信。

按，黄小田《萍轩小草》下卷有《次韵杨古蕴冬柳》，乃和杨葆光《苏盦诗录》卷二《冬柳和丁紫巢鹾守（廷鸾）韵》。由杨葆光《苏盦诗录》卷四作于同治十三年（1874）《岁莫感旧·当涂黄小田仪部丈（富民）》"楚咻市虎愁羁迹，吴语醯鸡妙解颐。独愧沈诗任笔旨，不堪沪上读遗诗（先生辟地时与予书有云，寄居海角，吴语聚醯鸡，楚咻成市虎。又云，足下沈诗任笔，独出冠时。……）”，知小田亦有书信附寄。

同治三年甲子（1864）　七十岁

六月，张文虎作《黄小田仪部七十寿序》为小田贺寿。十六日，湘军曾国荃部攻陷天京。

按，张文虎《舒乙室杂著乙编卷上》有《黄小田仪部七十寿序》。

黄小田《萍轩小草》下卷有《闻江宁克复》。杨葆光《苏盦诗录》卷三《喜闻官军收复金陵口号》可证。

九月，张文虎受聘江南官书局。

按，况周颐《蕙风簃二笔》载：“咸丰十一年（一八六一）八月，曾文正公克复安庆，部署粗定，命莫子偲大令采访遗书，商之九弟沅圃方伯，刻《王船山遗书》。既复江宁，开书局于冶城山，延博雅之儒，校雠经史，政暇则肩舆经过，谈论移时而去。住冶城者，有南汇张文虎，海宁李善兰、唐仁寿，德清戴望，仪征刘寿曾，宝应刘恭冕，此江南官书局之俶落也。”

十月二十日，太平天国幼天王洪天贵福被害于南昌，“太平天国”运动宣告失败。

约是年起，杨葆光始进行黄小田《红楼梦》手批本首次过录，过录于同治元年（1862）宝文堂重镌东观阁本系统百廿回《新增批评绣像红楼梦》上。

同治四年乙丑（1865）　七十一岁

夏，小田携家自东城地藏庵移至上海县署西三牌楼北口东巷未果。

按，张文虎《舒乙室日记》同治四年（1865）七月初八日条“接小田六月望书，系支应所张西园太守带来，云将迁至三牌楼北口东巷内”。由黄小田《萍轩小草》下卷《九月七日晓起大风作寒感赋》其三“四顾茅庵不是家”句知移家未果，仍居地藏庵。

十月初九日，小田为故友雷研农遗著《湘香馆词稿》题跋。

按，雷研农《湘香馆词稿》黄小田跋曰：“研农封君与予四世交，凶后归道山，竟不及吊。文孙夏书袖词稿来见，读之，喜研农有孙，而又伤研农之不见其孙之科第也。潸焉出涕，强书数语归之。若丐题辞，老懒请俟诸异日。同治乙丑小雪后四日七十一叟黄富民小田甫。”

雷良树（1796—？），字获人，号研农，江苏松江府华亭县人。诸生，貤封四品。书宗米芾，有《红萱馆诗古文集》《湘香馆词稿》等。

是年，杨葆光继续过录黄小田《红楼梦》批语。

同治五年丙寅（1866）　七十二岁

二月初三日，小田访李小瀛，谋重刊《宫闺百咏》。此际，江湜自杭来沪，候张文虎不果，以《伏敔堂诗录》及续刊托小田转致。

按，李小瀛《舒啸楼诗稿》卷四有作于同治五年（1866）《春分前二日，世丈黄小田仪部（富民）见过，招同王竹侯方伯（承基）小饮寓斋，即用舒艺室集中留宿夜话韵，翌日赋呈小田丈索和》《再叠前韵呈小田丈》《三叠前韵呈小田丈》等诗。其中，《再叠前韵呈小田丈》后所收小田和作有“饮量已微安敢痛（放翁诗‘小饮未敢痛’），名心至老笑犹贪（与君谋重刊《宫闺百咏》）”句。

江湜赴沪候张文虎未果事，见张文虎《舒乙室杂著乙编卷下·伏敔堂诗录跋》：“同治丙寅春旋沪，黄小田仪部又以君书及续刊癸亥以后诗授予曰：‘弢叔闻君将归，留沪数日，不至，今又赴浙矣。’予颇以为恨。”

二、三月间，张文虎自金陵返沪，与小田宴游竟夕。

按，张文虎《礼部遗集跋》云“岁丙寅春，予自金陵暂归，过沪见君犹健步，然不能多饮，诗兴亦减矣”。张文虎《怀旧杂记》卷三“同治丙寅予暂归，晤君步履犹健，惟酒量减耳”可证。

四月二十六日，小田携家自东城地藏庵移入上海县丞署。时黄安谨署上海县丞。

按，黄小田《萍轩小草》下卷有《安谨摄上海县丞事，丙寅四月廿六日自庵居移入其署，署有荒园，颇堪避暑喜作》。张文虎《舒乙室诗存》卷六作于同治五年（1866）《屡与小田游宴而无诗，别后却寄》其二有“居是火城门似水，阿翁餐菊子哦松（嗣君子昚方署上海丞，君书来言艺菊颇盛）”句可证。

五月，小田续《黄勤敏公年谱》八十六岁以后成，寄张文虎刊印。

按，张文虎《舒乙室诗存》卷六《屡与小田游宴而无诗，别后却寄》其二有“先德三朝恩重溯，编年一帙卷方终（撰勤敏公年谱方竟）”句。《黄勤敏公年谱》跋“年谱一册，先勤敏公命富民编次，手自删定。其八十六岁以后，则富民敬谨续成者，遭乱未得付刻，今始刻之金陵，距先公见背二十四年矣。不孝之罪，夫复何言。同治丙寅五月不孝男富民谨识，孙安谨校字（安吉更名）”可证。

七月，小田序贝青乔遗集《半行庵诗存稿》。

按，同治五年丙寅（1866）叶廷琯刊贝青乔《半行庵诗存稿》卷首有黄小田序，序云：“毒热盐汗，百务颓废，手扇无停麾。汪谢城孝廉触暑枉过，出一编示予，则吴门贝明经遗诗，其友叶翁调生与同志将为付刊者也。遣暑无术，倚北窗读之，苦心孤诣，盖笃于心，亦达于世故者。贝子中年从戎浙水，继复幕游滇黔，梯空缒幽，星饭水宿，不废铅椠。境苦而诗益工，实能鎚凿天险，雕镌世态。倚船唇而构想，磨盾鼻以呕心。语奇而卓，笔纡能达。言之有物，义归劝惩。不戾于风人之旨，不乖乎古作者之心勤矣哉！叶翁与诸子复为之订讹补佚，存诗如千首，贝子于是可传矣。乃予重有感焉。吴下诗人，吾尠交往，惟得江子弢叔，其诗亦精心结撰，不肯著一寻常吟弄语，其惨遭家难，复与贝子略相似。贝子以诸生应北直刘制军聘，在途病卒，身后得制军厚恤而未展其才；江子以诸生屈于一尉，虽邀徐树人中丞赏识，仅糊其口，今亦病没杭州，才人坎壈，有同慨矣。顾江子所著《伏敔堂集》续刻已成，传世可必；贝子之诗则屡经散失，幸而仅存，非得良友为之珍护爱惜，寿诸梨枣，不几与烽燹同灰寂灭而无闻耶！予虽不识贝子，而深有感于文章憎命，又重念夫友朋之不可少也。如是，故不敢方叶翁之命，忍暑停扇，书数语于首并质之谢城。倘谓予遂足以序贝子而传其诗，则吾其敢。同治丙寅新秋七十二叟当涂黄富民。”

贝青乔（1810—1863），字子木，号无咎，自署木居士，江苏苏州府吴县人。诸生。道光二十年（1840）鸦片战争爆发，投效奕经军幕，参加浙东抗英斗争。有《半行庵诗存稿》《咄咄吟》等。

十月，张文虎刊印《黄勤敏公年谱》成。

按，张文虎《舒乙室日记》同治五年（1866）十月二十二日条“遣刘春送上海信并续印《黄勤敏公年谱》至下关天平船，托姚晓岩送东厅”。

是年，杨葆光继续过录黄小田《红楼梦》批语。

同治六年丁卯（1867） 七十三岁

四、五月间，小田突患风眩，所识字皆忘，不久病愈。

按，张文虎《舒乙室日记》同治六年（1867）五月二十三日条“接小田、杏士、雨楼、姚石卿信，及家中寄来物件。杏士惠崇明布两匹，小田送寿礼，为予今年六十也。小田前患风眩，所识字皆忘，现已痊可，能作书矣，为之大乐”。

夏秋间，小田为刘枢遗稿《西涧旧庐诗稿》题词。

按，黄小田《萍轩小草》下卷有《题刘鸿甫明府（枢）遗稿》云：“三年莼菜湖边住，一老荔枝乡里来（予寓居松江，君适自闽归）。陶令爱题黄菊句（曾为题明人九日诗卷），习池高会白莲开（谓醉白池）。当时亲见奚囊富，此日空闻邻笛哀。幸有文孙堪破涕，谢家群季总清才（令孙喜捷礼闱）。”

十月初一日晚，小田因风眩复发致偏瘫；初六日，小田作书与张文虎；初九日，小田下世，年七十三岁。李小瀛作长歌《哭黄小田世丈》。

按，张文虎《舒乙室日记》同治六年（1867）十月十三日条“潘筱雅太守来拜，致王雨楼初三日所寄书，知小田于朔夕忽偏中。是时夫人方病甚，盖其心绪恶劣，火动生风所致，阅今数日，未知光景如何。访劳扆卿，所言相同，为之怅绝”，十月三十日条“接雨楼信，言小田于初九日病故”。张文虎《礼部遗集跋》云“卒之前三日犹作书寄予，与讣俱至，悲夫！”

李小瀛《舒啸楼诗稿》卷四《哭黄小田世丈》：“昨挂江浦帆，访旧来春申。忽闻东坡死，小病未及旬。蓉城遽赴召，知我今无人。忆昔弱冠时，同逐京华尘。君家老尚书，农曹枢密臣（谓勤敏公）。卅年励风节，闻望动至尊。先子筮仕初，两出尚书门。昕夕坐春风，先识君之昆（在轩先生，君长兄也）。燕山五枝桂，白眉谊最亲。时予学趋鲤，庭训诗礼敦。撰杖侍父执，交久忘年论。清暇互酬唱，偷效东施颦。英词撼山岳，奇句泣鬼神。同社二三子，知心数汪伦（谓汪衡甫方伯）。雷焕尚豪侠（谓雷竹泉比部），傲骨何嶙峋。刻烛竞敲诗，浑忘夜向晨。小集谱金荃，玉台艳古春（时结社联吟，得《宫闺百咏》一集）。鲰生百不能，末座追随频。黄踏槐市花，一第同艰屯。时效唐衢哭，狼藉青衫痕。时学刘四骂，白眼座客嗔。有时钗挂冠，长夜醉留髡。有时裘换酒，拥絮冬不温。满腹不合宜，愁绪茧一身。郎署升斗票，俸薄难疗贫。风絮各天涯，燕去鸿来宾。君卧黄山雪，我钓明湖莼。相思隔千里，怅望梁月昏。忽忽二十载，华年去若奔。世事几变迁，南国皆红巾。楚氛渡江来，波及东海滨。甫遂归畔愿，旋作流亡民（庚申正月乞假归里，春暮即值寇警）。戢影榛莽间，蠖屈不敢伸。虎豹踞城邑，瓜蔓抄乡村。故旧死兵火，秋雨飞青磷。劫后再相见，欲语声先吞。少壮游金台，先鞭斗风轮。旧梦不可续，残生嗟不辰。重联韩孟句，诗味多酸辛。昨岁牡丹时，卜居幸比邻。旧侣召摩诘（谓王竹侯方伯），共醉花下醇。腰脚健如仙，介眉上寿臻。秋仲谒灵光，话雨犹谆谆。一别才月余，顿失仙山椿。鹤驭去不返，遗稿墨尚新。展卷不忍读，泪落蠙珠匀。临风奠椒酒，人亡琴独存。素旐归何时，莫卜窆与窀。皖水碧迢遥，目断江上艑。同云一天雪，何处招吟魂。”

十一月，小田室吴氏卒。

按，张文虎《舒乙室日记》同治六年（1867）十一月二十日条“接雨楼、静山、杏士信，知子慎又丁内艰，为之惨然”。

是年，杨葆光继续过录黄小田《红楼梦》批语。

后　记

学无止境。

这是我完成本书写作后最为直接的感受。文本鉴赏、版本溯源、考证爬梳、红学史扫描、小说评点理论探析……对我这样一个普通红学爱好者而言，要驾驭如此之多的写作板块，难度之大可想而知。而在写作过程中，知识储备的不足，自身学力的不逮，视野所及的不广，也都逐一暴露出来，由此带来的便是捉襟见肘、左支右绌的写作窘态。所以，当我向读者诸君捧出这枚并不饱满的果实时，我的心情满是惴惴和忐忑："小书会有多少人看？会有多少人关注黄小田《红楼梦》评点？"

而确定"黄小田与《红楼梦》评点"作为我的专项研究，是2012年在镇江召开的"曹寅与镇江暨《红楼梦》程乙本刊行220周年"学术研讨会上。那是我第一次参加全国性的研讨会。我特别要感谢两位老师：一位是曹学专家崔川荣先生，是他的极力推荐，从此改变我人生的方向；一位是时任北京曹雪芹学会秘书长的李明新女士，是她的慨然应允，我才有缘忝列盛会。那真是一次群贤毕至、少长咸集的盛会，学识宏博的学界前辈，年富力强的中流砥柱，初出茅庐的青年才俊，直引得5月的镇江杂花生树，妩媚而又迷人。尤其是和我年龄相仿的学人，皆有佳作问世且崭露头角，这令我不得不思考一个必须要面对的问题：身为学人，必须要有学术成果，方为立足之本。但如《朱光潜传》作者王攸欣教授对我所说："宋老师作为一名中学教师，工作之外致力于红学研究，是很不容易的。"然而时为《红楼梦研究辑刊》的特邀撰稿人，"特邀撰稿人"的光环是令我赧颜的，如果没有令学界称道、让自己满意的学术论著，无论如何都是不行的，我不愿做一颗匆匆划过红坛长空的流星。骨子里的不认输，促我奋进。会议返程后，我即投入对黄小田及其《红楼梦》评点相关资料的搜集。

机缘凑泊，时负笈鲁东大学的高树伟兄创建了“红学小组”QQ群，该群汇集了众多研红方家与网络高手，黄一农（台湾）、任晓辉、方晓伟、夏薇、兰良永、胡铁岩、吴佩林、宋健、张志、王伟波、梁健康、陈万华、刘文武、赵立群、张胜利、李军、顾斌、吴营洲、樊志斌、詹健、吴伟、王丹、殷鑫、李晨、邵琳、宗亮、项旋、董义德、余光祖、胡鹏、雍薇、张桂琴、吴铭恩等数十位师友对我助力尤多，也为我研究的顺利开展奠定了坚实的基础。至今我仍怀念小组诸友切磋砥砺、商榷求真的治学氛围，与互帮互助、激扬文字的美好日子。此外，刘广定（台湾）、杨辛耕、邱华东、静轩、汪显清、何红梅、董学美、陈可冉、于鹏、林风、任世权、杨泠、成爱君、王宗乾、拾井磊、谌谌、韩乾昌、李娟等师友以及史运刚、李宁、王现民、韩国强、刘晓民、李美英、栗永刚、李芳、田静涛、李德昌等同事也都给予了我无私的援助与热情的支持。一桩桩雪中送炭的赏心乐事，一缕缕古道热肠的学林真情，攒成一轮暖阳，照耀我前行的长路。待数年资料整理稳妥，2016年我便开始点校黄小田《礼部遗集》，至2017年1月笺注完毕，凡约30万字；2017年2月至4月，制成13万字的《黄小田年谱》；2017年5月至6月，研读明清小说评点及《红楼梦》评点专著；2017年7月至2018年12月，历时一年半，撰写小书。我曾在2018年4月11日的微信中写下这样的文字：“‘砰—砰—砰’，有敲门的声音，敞门而望，原来是春姑娘殷勤探问，门外有幅巨画——名叫自然。自三年前潜心读红后，我是无暇顾及其他了，此后经年，红了海棠，绿了芭蕉，瘦了形魄，凋了容颜。”这确系我研红历程的真实写照。从搜集黄小田资料，到写成小书，七年的艰辛如鱼饮水，但每正误一则纰漏，发现一条线索，攻克一道关隘，都让我欢呼不已，喜悦与雀跃无以言表，并借此获得坚持下去的精神力量，一如鲁迅先生所说：“我觉得坦途在前，人又何必为了一些小障碍而不走路呢？”治学不易，撰述更难。无论何时，“埋首故纸堆，甘坐冷板凳”都是学人不可丢弃的精神品格。

小书的写作是参考《礼部遗集》与《黄小田年谱》进行的，此即“知人论世”这一传统文学批评方法的实践。当然，小书不是黄小田评传，其主要内容是黄小田《红楼梦》评点，而我也并未旁落这一核心议题。《红楼梦研究辑刊》的历练则为我研究《红楼梦》夯实了基础。我从未想过，我这样一个来自乡间的普通教师，能与大上海结缘，能与春申江畔一众知名学者结缘，而命运就是这么充满惊喜与神奇。2010年，由崔川荣、萧凤芝两位先生担任主编的《红楼梦研究辑刊》在沪上创刊，我在创刊号上发表了处女作《漫谈“合掌”——〈香菱学诗〉诗病指瑕》。收到杂志后，我发现校对上的一些问题，便致信编辑部，指出作为学术期刊，应尽量减少失误。——因我在大学期间主编系报诗刊，对文字瑕疵十分敏感。不久我便收到川荣先生的来信，他在信中说明了出现失误的原因并盛情邀我协助第二辑文章的校对，年轻气盛的我不假思索地就答应了下来。现在回想起来，自己当年真是鲁莽无知，以为就是一些普通的错别字及标点符号的查检，厕身其间，才发现《红楼梦》以一部小说上升为一门学问，其世界果真斑斓宏阔、不同凡响。我至今感念崔、萧两位贤师对我的着意栽培，因为我当时对红学研究近乎一张白纸，连“脂批”是什么都全然不知，遑论其他。两位贤师的青眼与提携，也开启了我们之间长达七年携手编书的合作历程。在七载编书的日子里，《红楼梦研究辑刊》为我敞开了读红研红的大门，我比别人能更早读到各路方家投来的精品力作，能更及时接触各类文稿引发的观点交锋，能更全面窥探文本、版本、曹学、脂批等研究门类探幽索微的奇异风景。红海多波，于今尤烈。在当下这个人心浮躁的社会，红学界也出现了许多病态的东西，奇谈怪论甚嚣尘上，新说厥词泛滥成灾。我为自己庆幸，庆幸踏进学界之初，两位贤师即为我筑起坚实的壁垒，我走得踏实而又稳健。在编书过程中，两位贤师还教我如何为人处世，如何直面生活。川荣先生是一个明月入怀、不拘小节的人，他的豁达洒脱，他的大大咧咧，总是令我乐不可支，而他的治学严谨、一丝不苟，又让我在红学研究上不敢有丝毫的懈怠与散逸。2018年7月我有沪上之行，川荣先生将我接到他的府邸，览上海美景，品浦滨美食，食宿住行一应由他料理，又见出他感情的致密与做事的周全。凤芝先生除了是一位从事炼油工艺的高级工程师外，还是一位作家，她的文字有张爱玲式跳脱的思维，充满了灵性，散文集《倾国》即如此。这或缘于她莳花艺竹，室雅生香。而她对精致生活的打点，对生活波澜的坦然，也总是感染着我，无论顺境逆境，我都学会了淡然处之。在编书上，两位贤师有着迥非常流的眼光和魄力，用人不疑，疑人不用；在生活中，仰沾两位贤师时雨之化，如坐春风，——约稿、审稿、统稿、校稿，我逐渐成长为独当一面的多面手，由特邀撰稿人到编委再兼责任编辑；撰稿、投稿、改稿、发稿，我的研红水平也有了脱胎换骨式的提高。这都得益于两位贤师的谆谆教诲，他们也成为我红学研究最重要的引路人。与两位贤师编书的七载春秋，真是一段“韶华惹得春风妒，品红论曹本多情”的温馨时光。由胡德平先生担任会长的北京曹雪芹学会对我亦厚爱有加，她让我从仄仄的陋舍中走出，走向更为广阔的红楼天地，从而欣赏到红学的繁华胜境。自2012年参加镇江会议之后，凡曹学会举办的各类学术会议，都向我发出了邀请，比如2013年在苏州召开的“曹寅、李煦、《红楼梦》与苏州”学术研讨会、2014年北京曹雪芹学会年会暨“曹雪芹与北京西山”学术研讨会、2015年在扬州召开的“纪念曹雪芹诞辰300周年国际学术研讨会”、2016年在北京召开的《种芹人曹霑画册》及《大房选胜图》小型研讨会等，2017年7月由曹学会与北京大学曹雪芹美学艺术研究中心联合主办的首届“曹雪芹美学艺术暑期讲习班”华丽开启，我也有幸成为其中的一员，日听名宿授课，夜同学友论辩。在当下的红学团体中，曹学会对新人的培养是不遗余力的，也是最倾注感情的，在她的引领下，我因红楼而结缘，识得众多海内外彬彬博雅的俊彦精英；我也因红楼而进步，诸贤锦绣篇什促我研习能力突飞猛进。2018年10月，曹学会会刊《曹雪芹研究》编辑部又邀我担纲刊物的责任校对，这对我来说既是莫大的信任，也是无上的荣耀，更是全新的挑战。两位贤师与《红楼梦研究辑刊》为我治红挥土奠基，北京曹雪芹学会与《曹雪芹研究》则为我继续培基加固，我也在一番磨砺与淬炼中，成长为一个全新的自己。

我是懵懵懂懂闯进红学圈子的，不仅根基不稳，也无专业素养加持，如果没有众多师友的一路同行，我很难坚持下来。诸师友的暖心之举令我感动、感恩、感佩：

以蒐集张爱玲资料著称的湖北学者陈万华兄是我红学研究的贵人之一。当我确定将黄小田《红楼梦》评点作为研究主项时，是万华最早为我提供了《礼部遗集》哈佛大学藏本，诗集的校点工作才得以顺利展开。万华对《海上花列传》作者韩邦庆研究用力甚勤，韩氏与参与过录黄评的韩扬生为从祖弟，故万华的研究与我有所交集。因此在小书写作过程中，万华将他所找到的清代松郡诗集毫无保留地供我阅读，为我的研究注入了新鲜血液。

中学教师研究学问的条件是无法与高校和科研机构相比的。比如点校

《礼部遗集》，默记半句诗，输入文档，文档最小化，回到电子书籍界面，默记半句诗，再输入文档，循环往复，而输入过程中，字迹的辨认，诗文的句读，令人苦不堪言。南通红友张汝鹏兄在获悉我的清贫境况后，伸出了援助之手，他将我所要参阅的文献著作打印出来并胶装成书，极大地提高了工作效率。汝鹏还不时寄来南方佳肴，美我口腹之欲，其情真挚深切，暖我心房。

我自写书以来，深承学界前辈眷注，他们通过各种方式呵护末学、扶植后进。比如我所敬重的胡文彬、张书才二先生各以微信留言“把书写成最为重要”、“保重身体，善自珍摄”。尤其是八十高龄的张先生听说我因查不到三让堂本《红楼梦》而致写作停滞，遂不避酷暑赴红楼版本收藏家杜春耕先生府上查阅，中国红楼梦学会副秘书长任晓辉先生知晓后亲自代劳。每念及此，总是令我热泪盈眶。比如我所敬重的裴世安、董志新二先生，每人各为我寄来一大箱红学书籍，裴先生并通过凤芝贤师转话“庆中以后出书，我提供资金赞助”，惜我驽钝不敏，动笔迟缓，而 2017 年 11 月裴先生溘然辞世。言犹在耳，心下惨然。

小书写作最大的缺憾是未能目验现藏南京博物院的黄小田评点杨葆光过录本。2018 年 5 月，我在微信朋友圈看到原江苏省红学会秘书长郑文莉女士贴上游览南博的照片，便请她尝试到南博查访杨葆光过录本，郑老师欣然同意。适值她的朋友、同样喜爱《红楼梦》的南京闳空间文化艺术有限公司洪燕、陈建华贤伉俪在为南博制作雕塑，洪、陈二位老师便请南博副院长李民昌先生协助查检，然而几天下来未见影踪。但四位老师的热心联络、急人之难给我留下深刻的印象。

数年前我在访寻松江文人朱昌鼎史料时，于新浪博客查到四川外国语大学日语系陈可冉兄有朱氏契弟孙点的《梦梅华馆日记》，便冒昧留言相询。可冉很快寄来他的老师、时在日本国文学研究资料馆工作的陈捷先生整理的日记复印件，事实证明，孙点确是一位红楼痴人。后经交往得知，可冉祖籍邯郸永年，与我有同乡之谊。这真是一段访书奇缘。而今，可冉升为日语系副主任，陈先生成为东京大学教授，他们的古道热肠成为我记忆中最美的风景之一。

黄小田同张文虎堪称金兰之交，乃在二人“性情所契惟一真”，我和顺德红友兰良永兄亦是如此。我们虽仅见过两次面，但情同手足，莫逆于心。良永不仅慨赠王张姚、陈其泰、哈斯宝、刘履芬、王伯沆等诸家评本，小书初竣时还赋诗以贺，“从知笔战非坚垒，却喜心耕是小田。愧我无才称笨鸟，羡君有志著先鞭”诸句为我注入前行的正能量。而南京红友任世权兄则以其丰博的研红资源为小书的写作保驾护航，有书可找，有求必应，“任宝库”的美誉名不虚传。

还有一件事细细想来，让我感到世间每一个角落都洒满了阳光。我常用的文献搜索网站是读秀学术搜索，曾有很长一段时间无法使用“体验版”，我便拨通了网页底部显示的客服电话，接电话的是位女士，她说她爱人外出了，回来后会把情况反馈给他，次日我果然接到这位客服先生的电话，他还通过 QQ 远程协助进行了调试。直到现在我也不知道这位先生尊姓大名，也不知道他是否还在作读秀客服，但他及他家人的热情恳挚值得我献上一份敬意。

之所以写下这么多闪耀着真善美的小故事，是因为若无广大师友的倾力扶持与乐成人美，小书的写作不会顺心遂意。倘若小书能于学界有所裨益，首先应归功于师友们，师友们的盛情美意我永铭五内。

需要说明的是，小书中除“评点底本及参校本”“陈其泰批语对黄小田评点的影响”“《后红楼梦》对黄小田评点的影响”“黄仁题红诗对黄小田评点的影响”“曹寅、黄钺与《莫斫铜雀砚图》”“杨葆光首次过录黄小田批语的起讫年限”“黄小田评点对杨葆光的影响”等为旧作外，余皆新文，但随着新材料的不断发现，旧作也做了较大程度的增删修改，不同曩时。

三十四万字的写作规模对于我这样一个普通的红学爱好者而言，是勉为其难的，我能静下心来完成写作，则要特别感谢哥哥一家、姐姐一家，我长年在外工作，是他们照顾八十老父，解我悬心之苦。念及此，忆起逝去十七个春秋多苦多难的母亲，母亲生前我尽孝不多，则以这本小书敬献给她，愿她在天国安好。而多年来经义的关怀备至与体贴入微，不仅让我的人生之旅有长情相伴，花香依随，也使我潜心研学，有梦可期。还要郑重致谢路老师、志民叔一家，我从唐山到千里外的邯郸执教，他们给予了我亲人般的疼惜与呵护。

北京语言大学沈治钧和天津师范大学赵建忠两位教授分别荣膺中国红楼梦学会副会长之职，他们一位“治学不为媚时语，独寻真知启后人”，一位同时率领天津学人打造津沽红学新亮点。当我为小书乞序时，两位先生百忙之中欣然应允并拨冗审读，不久，两篇赐序自美国与津门飞抵寒舍，情文并茂，美言迭加，为小书增色良多。不仅如此，沈先生还特意写信指出小书初稿的疏失之处，教诲谆谆；赵先生则力荐我加入中国红楼梦学会，提升水平。在此，谨向两位先生致以诚挚谢忱。

此外，为使小书顺利出版，知识产权出版社的编校老师们也付出了艰辛的劳动。尤其是年轻有为的责任编辑徐家春兄，他的时相勖勉，他的事无巨细，既消除了我写作上的畏难情绪，也使得小书尽善尽美。家春与我还是中国女排的铁粉，我们经常互告女排讯息并关注交流。

2018 年 6 月，张庆善先生在“冯其庸学术研讨会暨冯其庸研究中心揭牌仪式”上的发言中提到“我们还要重视程甲本与程乙本关系的研究，重视后四十回的研究，重视清代各种《红楼梦》刻本的研究”，小书写作可谓恰逢其时。而今年不仅是中国艺术研究院红楼梦研究所创建四十周年，也是《红楼梦学刊》创刊四十周年，明年则是中国红楼梦学会成立四十周年。红研所与红学会为推动和发展新时期红学事业发挥了重要作用，《红楼梦学刊》则是每一位红学爱好者心驰神往的“圣殿”，当此学界共襄盛举之际，谨以小书寄意达情，与有荣焉。当然，我自知材朽学浅，寡见鲜闻，乞请海内博雅君子，直言正色，匡我不逮。

川荣贤师旅游海南时，曾赋《海南和宋君（庆中）长歌韵》以赠，用此作这篇絮叨后记的结语最能表达我此际的心情：

> 余见“天涯石”屹立南天，过一侧径，又见“海角石”远在云间，几度攀爬绕道，乃达。时夕阳西下，飞沙掠过，感慨系之。归不能寐，恰宋君（庆中）作长歌以赠，依韵纪事并答之。
>
> 盘古神力指间抛，飞来南天听波涛。
> 莫说到此天涯尽，犹有小径通海角。
> 乱石阻路水弥漫，几度攀爬始登高。
> 人生执着思先贤，何惧千里走荒郊？
> 唐时文饶终不悔（李德裕为相，遭谗言构害，初贬荆南，次贬潮州，再贬琼山，仍不忘著书立学，扬善嫉恶，卒于贬所），遗爱遍洒黎民窑。

一代名士苏东坡，传播文化重乡教。
古来良相多艰危，做得良师亦自豪。
清贫还望安于心，默默耕耘育新苗。
闲来著书南沿村，孤灯一盏乐逍遥。

2019年岁次己亥春仲于古赵小镇